U0742133

龙

的船人

方学华◎著

安徽师范大学出版社
·芜湖·

图书在版编目（CIP）数据

龙的船人 / 方学华著. —芜湖：安徽师范大学出版社，2020.7
ISBN 978-7-5676-4498-4

Ⅰ.①龙… Ⅱ.①方… Ⅲ.①长篇小说—中国—当代 Ⅳ.①I247.5

中国版本图书馆 CIP 数据核字（2020）第 113365 号

龙 的 船 人
LONG DE CHUAN REN
方学华◎著

责任编辑：胡志恒
责任校对：胡志立
装帧设计：张　玲
责任印制：桑国磊
出版发行：安徽师范大学出版社
　　　　　芜湖市九华南路189号安徽师范大学花津校区
网　　　址：http://www.ahnupress.com/
发 行 部：0553-3883578　5910327　5910310（传真）
印　　　刷：苏州市古得堡数码印刷有限公司
版　　　次：2020年7月第1版
印　　　次：2020年7月第1次印刷
规　　　格：700 mm × 1000 mm　1/16
印　　　张：23.5
字　　　数：397千字
书　　　号：ISBN 978-7-5676-4498-4
定　　　价：56.00元

中国精神的激情诠释

——序方学华长篇小说《龙的船人》

罗光成

从《新叶》萌生文学梦想，从《平凡的世界》汲取文学精神，方学华前后历时十年、反复打磨的长篇小说《龙的船人》，终于"灿然"问世了。

不错，我感觉就是一种"灿然"。

如今，出版一本书，无论是诗歌散文，还是小说或其他类作品，通常已不再是什么大不了的事了，名家有名家的途径，凡人有凡人的办法。而《龙的船人》，却于这般"通常"之中，带着鲜丽，带着温度，亦即我感觉的那种"灿然"，妥妥地让我眼前一亮。究其实，是作者的精神品格，是作品的独特蕴涵，也是我当初内心对作者的期望与现实的正向叠加。

灿然一，是作者的成长磨砺与责任担当。方学华出生在皖南一个典型的小山村。少时的他，为了减轻家庭的生活压力，高一还没读完，就放弃学业，进入船厂务工，开始了一个普通农民工的人生漂泊与磨炼。他的坚毅品格，由此随着岁月的递进流逝，而益发释放与呈现。——与他同时进厂的，有多少因吃不了苦、静不下心、忍不住屈、受不了气、处不来人、做不成事，而纷纷回身上岸，星飞云散。而他，却心无旁念、铁心学艺、甘心向苦、忍辱负重，把自己的青春与未来，与造船紧密铆在一起。造船成为方学华人生永恒的背景与舞台，支撑着他成为具有船一样不甘于平庸、不依恋港湾、心系大海、志在远方的精神意象。正是这种直面现实、不畏困苦，又脚踏实地、胸怀梦想，使他以几近传奇的色彩，走出了自己注定的事业辉煌——从芜湖造船厂到上海江南造船厂，还有江苏、浙江和广东地区的大型船厂；从建造万吨轮，到建造大型远洋巨轮；从被一位，两位，到先后一共被五位造船大师收入门下，传以绝技；从一个普通农民工，到身怀独技的新一代船舶工程师。现在，国产首艘大型豪华邮轮在上海开工建造，方学华又成为其中的一员……这样的人，这样的人生磨砺，这样的使命担当，难道还不够"灿然"吗？

灿然二，是作者的心空境界。从农民工学徒，到独当一面的工程师，其中体力的、智力的、精神的消耗与付出，自不待言。事实上，方学华正是在工作之余，以常人难以想象的努力，通过夜校，补读完曾因家贫而早早辍学的高中学业；又通过自修，拿到大专文凭，获评工程师职称。行万里路，读万卷书。无论工作多苦、学习多累，那颗少年时代伴随《新叶》而播下的文学种子，一直在他心灵深处被珍藏，被呵护；一直在静待春风，择时花开。在一个又一个的夜深人静，他读完了《鲁迅文集》，读完了《家》《春》《秋》，读完了《老人与海》《红与黑》，写下了一篇又一篇读书笔记，并最终实现了科技论文与文学创作齐头并进。他的名字，也开始在船舶专业与文学报刊，一天一天，让人从陌生变得熟悉起来。这样的初心不移，这样的追求拼刺，难道还不够"灿然"吗？

灿然三，是作品的内容突破。《龙的船人》，书写的是新中国成立，特别是改革开放以来，中国船舶工业由弱到强，逐步迈向现代化突飞猛进的壮丽画卷，以及皖南新农村建设的伟大历程。新世纪以来，中国已完全掌握各类船舶建造技术，全世界百分之四十的船舶，都是由中国制造。一代又一代造船工人，一位又一位造船大师，将工匠精神植入骨髓，把青春智慧奉献给国家造船事业，以创造奇迹报效祖国，最终奠定了"世界第一造船大国"的历史地位！

《龙的船人》，2009 年开始筹划，2015 年开始创作，初稿 67 万字，最终定稿 33 万字，前后共计 100 万字。这是一部中国改革开放的时间年谱，更是一部中国船舶工业发展的全景图。纵观近年中国长篇小说，以及其他艺术形式，覆盖改革开放全部年代，同时又全景式展现中国造船工业艰难跋涉、巨大成就的，《龙的船人》，堪称首部！这样的视角创新与主题突破，难道还不够"灿然"吗？

《龙的船人》是一部贴近大地、贴近生活、贴近人情世情的文学作品。相比大多专业作家，带着选题下基层、到民间驻点体验，然后以驻点的了解和体验去构建文本；草根作者方学华《龙的船人》，则是直接融入现场，与中国造船人同爱同恨、同喜同欢，与中国造船事业患难与共、一路成长。方学华以农民工、产业工人、工程师——中国广大造船人中的一员，以复杂而自豪的心态情感，视中国造船事业为生命，将中国造船事业与自己的甘苦荣辱，紧密维系。全部的心思在造船，全部的情感在造船，是在用心，而不仅是用笔，吐露着中国制造、中国智慧、中国方案一路崛起的盛大与辉煌。人类生来就不是安静的，走向未知、奔向远方，是人类注定的宿命与美好。而天空、大海，还有我们脚下大地的深处，正是人类探索的触角永恒延伸的三维，是任何外在力量也阻挡不住人类基因原生的动力澎湃。大国崛起，离不开造船工业的崛起；大国梦想，离不开巨轮战舰的远航。古老的中华，曾有郑和七下西洋，开辟海上丝绸之路，传播东方文化，沟通海内外文明对话的风云壮举；今天的中国，历经千锤百炼的造船人，以铁的意志、钢的坚韧、执着精细、专注创新、舍身忘我、不畏艰险、卓越才智、不甘平凡，把中国的造船事业，从下西洋之后的低迷徘徊，强势拉升，逆风追赶，接力攀登，一览众山。

大国梦想，需要大国重器；

大国重器，需要大国造船。

《龙的船人》正是把这个逻辑关联，向读者进行着解析与问答。

方学华的人生经历与坚韧精神，让人不由青睐；他对文学的执着坚守，对生活的知足感恩，让人不由感动。正因此，三年前的那个下午，阳光很好地斜洒在办公桌上，他推开门，与我第一次相见相识，递上一叠书稿，腼腆地请我给他修改和写序时，我没有习惯性的推辞婉拒。我很高兴为他提出作品修改思路；建议他将书稿《龙的传人》，改为《龙的船人》；为他申请市文学创作精品扶持项目——是的，为他做着这些，我很乐意。

方学华给我的第一印象，是好学上进、朴实无华，又脚踏实地、充满梦想。他说他人生中有三个"忘不了"：一是1991年，读初三的他，教导主任胡老师借给他一本《新叶》作文选，由此让他的作文兴趣与水平迅速提高，并由此而萌发了不可遏止的文学梦想；二是后来读到《平凡的世界》，少安、少平两个平凡不屈、苦难坚强的生命，给了他巨大的人生力量，文学的精神从此在他心中升腾，一定要写一本《新叶》一样清新、《平凡的世界》一样厚重的文学作品，成为他心灵深处最圣洁的愿景；三是先后五位造船大师，对他的厚爱关怀、培养提携，让他深感恩重如山，没齿难忘。

十年一剑，《龙的船人》终于灿然问世！这是一部书写中国造船的作品，更是一部关乎青春、励志、奋斗的好作品。方学华的文学逐梦与人生感恩，终于有了一个厚重的载体与平台。

你想了解中国造船吗？

你想知道什么叫大国工匠吗？

你想探知"世界第一造船大国"背后的故事吗？

请翻开这本《龙的船人》，细细打量吧。

庚子初春　于金都

罗光成：中国作协会员、安徽师大兼职教授。签约作家、专栏作家。作品见《人民文学》《小说选刊》《散文选刊》《雨花》《人民日报》等。出版专著多部，作品入围第六届鲁迅文学奖。

目　录

第　一　章

春天总是充满希望的，春天总是给人们以无限的期待。中国是龙的故乡，中国人是龙的传人，亿万中国人民在改革开放的潮流中迎来一个又一个春天，勤劳智慧的中国人民正以龙马精神引领一个个行业不断迈向前进，引领中华民族走向辉煌的复兴之路。

"一九九二年，又是一个春天，有一位老人在中国的南海边写下诗篇，展开了一幅百年的新画卷，天地间荡起滚滚春潮，捧出万紫千红的春天……"邓小平南方谈话后，新一轮改革的春风正吹向中华大地，也吹向了长江两岸。

时间又过去了一年，又是一个春天回，转眼已是谷雨之后，大地一片生机盎然，四处绿树成荫，田野里农民们正忙着播种，工厂里传来一阵阵机器的轰鸣声。这一切都悄然发生在中华大地上。

这天早上刚上班，皖城造船厂下属宏运电器分厂门口，忽然传来一阵响亮的喊叫声："唐华，你和小六子快把这批文件柜送到西郊干休所去，快点！"原来是张厂长命令式指挥两个新来的农民工。这两个农民工一个是唐华，另一个小名叫小六子，他们是一个星期前招工来到船厂工作的。一起过来的还有四十多个农民工，不过只有他们俩在这个电器分厂工作，其余人都安排在别的车间。唐华中等身高，戴着一副眼镜，白白净净的脸颊显得一脸书生模样；小六子皮肤黝黑，个子比唐华高半个头，身材和唐华一样的瘦。此时他们穿着工作服，正低着头一边往一辆板车上装铁制的文件柜，一边用力把绳子拴牢。听到厂长的吩咐，他们头也没敢抬，小声地答应了一声"嗯"，然后继续往板车上装货。

快八点半了，张厂长见两个农民工还没有把货装完，急忙瞪大眼睛说道："动作再麻利点，干休所一大早来电话催了，今天上午一定要把货送到！"不一会儿，两个农民工终于把货全部码整齐了，满满一大板车，车胎都被压沉了。随后唐华和小六子没喝一口水，一前一后拉着板车出了车间大门。

九十年代以来，皖南乡村人们的思想发生了根本性转变。十多年前，在小岗村的带动下，农民们渴望分田到户，家家有地种，人人有饭吃。自从实行家庭联产承包责任制后，皖南农民干劲十足，粮食年年丰收，可是一年下来除去上交的公粮，剩下的余粮也卖不了多少钱，尽管肚子填饱了，但口袋里还是空空的，那些适龄青年要结婚娶媳妇，全家勒紧裤腰带奋斗好几年，才能盖上三间大瓦房子，多数人家还有几个儿子，显然单靠种田已不能满足人们的愿望。皖南开放的步伐明显比沿海地区晚，如何改变这样的生活？——进城！进城打工！这成为乡亲们茶余饭后讨论的新话题，年轻人恨不得马上就能够到城里找工作，一天也不能等！

南方谈话后，全国各地掀起了一股学习热潮，"思想再解放一点，步子再快一点。"

1992年7月皖城成为沿江开放城市，接着又设立皖城国家级经济技术开发区，这为皖城的发展起到巨大的推动作用，从此也开启了皖南的进一步改革开放。皖城地处长江下游南岸，是全国重要的"鱼米之乡"。新中国成立初期和计划经济时期，国家在皖城集中投资建设了造纸、纺织、卷烟、造船等一批工业项目，形成了门类较齐全的工业体系。如今皖城赢得了宝贵的发展先机，坚持以经济建设为中心，以结构调整为主线，优化产业结构，统筹城乡发展，积极融入长三角，加快工业化城市化进程，紧紧抓住呼应浦东开发皖江和中部崛起的历史性机遇，走上了一条"奋力争先、科学发展"的道路。

发展是硬道理！在这种战略思想的指引下，企业迈向改革的新浪潮，一切围绕发展创新实践，打破铁饭碗，打破传统用工制度，这也让很多农村富余的劳动力有了进城的机会。一个月前，皖城造船厂积极响应号召，率先向皖南地区招工。这是该厂有史以来首次引进农民工进厂工作。这项政策是新来的郑厂长提出的，并在厂党委会上获得通过。城南县劳动局接到通知后，立即布置工作。城南县几十万人口，大量的富余劳动力往哪里转移就业？今年开春以来，劳动局领导正一筹莫展，接到上级发来的招工信息，全县上下一片欢腾。过去几年，县劳动局为了促进农民工就业，专门成立工作组，工作组的同志跑遍了江浙沪地区，可都是一些小企业招工，诸如什么纺织厂、服装厂、建筑工地，再就是家政服务等，不仅用工数量有限，工资待遇也不高，就业的人数十分有限，尤其很少有大型国营单位来县里招工。船厂初步计划招工四十人，要求是35岁以下，初中毕业，身体健康。一位工作人员惊讶地说："这样的年轻人全县能够找出一大把，要是公开招工，哪还不把我们劳动局围得水泄不通？"一位领导说道："你小子嘴把严点，暂不公开。"

唐华来自城南县十字铺乡兴旺大队陈家庄，村里八九成人家都姓陈，因此而得名叫陈家庄，唯独唐华一家姓唐，可是他爷爷却姓陈。外姓的孩子时常受人欺负，唐华小时候没少受这样的委屈。有一次小唐华气呼呼地跑回家问爷爷："他们都骂我是外星（姓）人？"爷爷有意摆出一副凶巴巴的脸色怒对："小孩子家不许多嘴多舌。"奶奶也避而不谈。直到爷爷奶奶去世后很多年，唐华才知道自己的身世问题。

陈家庄土地肥沃，祖祖辈辈以农耕为生。"文革"期间，陈家庄来了很多知青，有的来自上海，还有南京等地的。知青的到来让这个闭塞的村庄增添了不少文化气息，他们常给老乡们讲述城市的生活，让一群农民开始幻想着外面的世界，虽然他们不知道上海南京是什么样子，但是从学生的口述中，他们想那一定是美丽的大城市。因此在此期间出生的孩子，祖辈们给他们取的名字都带有浓郁的文化意味。唐华的爷爷给他们兄弟俩分别取名为"文、华"，哥哥叫唐文，就是希望他们将来多学习文化，长大后一定要成为有用的人。知青返城后，孩子们读书"跳农门"成为乡亲们的最大梦想。

改革开放以来，陈家庄人也进行了种种努力。俗话说：靠山吃山，靠水吃水。陈家庄人率先开展植树造林，用四五年的时间开荒造林打造"万亩林场"，当时的劳动场面声势浩大，全村男女老少都投入到这场大会战中，家家户户把自家的山坡都翻了个底朝天，再栽上一行行杉木。有道是十年树木，百年树人。植树造林造福子孙，再就是培养下一代，让孩子们读书考大学。陈家庄人自然懂得这些道理。

可近年来陈家庄还没有一个大学生，连中专学校也没有考上一个。唐华的哥哥唐文学习不好，成绩年年垫底。相比之下，唐华热爱读书学习，唐华爸妈都把希望寄托在这个小儿子身上。那时考大学堪比登天，很多人最期望能初中毕业考上什么中专学校，因为上了中专就可以转户口成为公家人了。为了上中专，很多学生不惜一年又一年的复读，可惜名额有限，最终没几个能够考上，考上的多半是复读生。为此，唐华复读了一年，在中考前夕的五校联考中，唐华获得了第一名的好成绩，然而后来的中考却没能如愿考上中专。虽然当时家里很穷，但还是决定让唐华再复读一年。这年唐华更加发奋读书，所有的书本都早已被啃烂了，题目也不知道做了多少，全年几乎所有的第一名都是他的名字，另外唐华还获得了全县统考前十名的好成绩，于是各种言论四处传播开来，几乎所有人都相信"唐华一定能够考上"，唐华妈激动地说："儿子有出息了，妈就盼这天。"

唐华的理想是上县师范学校，将来当一名乡村老师，教书育人。这次统考成绩极大地振奋了唐华的信心。他信心十足地出了中考考场，他对自己的答卷总体感到满意，不出意外应该能够如愿考上师范学校吧。终于等到中考成绩出来了，唐华的成绩排名全县前十几名，有老师说："这样的成绩在以往任何一年都该被录取了。"然而天有不测风云，唐华竟然以一分之差名落孙山，奇葩的是一个比他少考四十多分的同学却如同中奖似的被录取了。现实有时是残酷的，命运有时就是这样折磨人。唐华就是这样一个命运不济的倒霉孩子，他又气又恼，当场晕倒在地，最失望的还有他的家人。

就这样，唐华以优异的成绩进了城南一中读高中。城南一中是全县最好的高中。此时他的妹妹明珠上初中了。现在村里除了唐华家都早买了黑白电视机，有人暗地里笑话："他们家不是买不起电视机，钱都给孩子念书了，结果啥也没考上，瞧他们家现在穷成什么样。"家里的收入太有限了，如今这个家已经实在无力再供他们读书了，一字不识的母亲去上海做保姆，哥哥去上海的工地上揽活，还向邻居借了五十块钱，七拼八凑才勉强给兄妹俩交了学费。一中在县城，离家六十多里路程，唐华要住校，交了学费，还要生活费的；饭票是从家里带去的大米换的，学校食堂有甲菜、乙菜、丙菜三等。唐华从来不吃甲菜，乙菜和丙菜混搭着吃，就像孙少平那样艰难地度过了一个学期。虽然生活贫困，但是唐华的学习成绩始终名列前茅，这是他唯一让同学们刮目相看的地方。

转眼到了第二学期，村里的风言风语更多了："一中又怎么样，准能考上大学吗？咱村谁家孩子能够跳出'农门'？"说来也是，陈家庄就是出不了一个大学生。去年邻村的洪建国考上大学，他家为了供他读书砸锅卖铁，一家人至今还住在土坯房，硬是让他参加三次高考，最终以高出几分的优势跨过了"独木桥"。唐华家与洪建国家的情况几乎没什么两样。前些日子村里开始宣扬"读书无用论"，"唐华那么好的成绩没考上学校，看来咱村人都不是读书的料。"论成绩，村里其他的孩子根本无法与唐华相提并论，于是这种言论显得

"证据十足"。老话说：人嘴有毒，吐沫能淹死人。这学期村里几个刚上初中的孩子，无论家庭条件如何，无论家长如何劝导，他们都选择了退学，其中也包括唐华的妹妹明珠。这丫头十分懂事，其实她是为了支持哥哥而退学的。

第二学期开学报名那天，一大群同学围在校办公楼前讨论着什么。唐华怀揣一沓零零碎碎的钞票准备去交学费，他匆忙挤上前去，看到通知栏上的学费涨了一倍多，心里顿时感到惊慌失措，自然明白了大家议论的话题。很多同学家里并不宽裕，因此他们的脸上显露出了相同的焦虑。让大家忧心的还有那可怜兮兮的升学率。当场就有好几个同学把学费悄悄地藏了起来退学了，"学费涨这么贵，这书读不起。"学费涨了，很多同学都很纠结，几个没交学费的同学准备去打工。随后唐华躲在一棵树下，他想静一静，思考着这学还要不要上，忽然一名同学过来打招呼："唐华，学费交了没有？"唐华沉着脸应和地答道："交了。"可是钱还在他口袋里。唐华爱读书，他回想起上学期的成绩，有四门功课全班第一，其中英语成绩全校第一，这样好的成绩又怎能放弃？不交学费意味着什么，他心里十分清楚。

下午三点半，广播里传来一阵刺耳的声音："还没有交学费的同学，请抓紧时间过来缴费。"唐华这才晃晃悠悠地过来交了学费，口袋里只剩下二三十块钱。离家前，他爸妈不知道学费涨了。刚交完学费，唐华又后悔了。

随后唐华用这点生活费，度过了一段难忘的日子，他经常连乙菜也不愿意吃，还挤出一块八毛钱买了一本自己喜爱的《英语园地》。一直熬到清明节，唐华借了一辆旧自行车骑车回家，一路上道路高高低低，他奋力地踩着脚踏驶向六十里外的家。

回村的路上，唐华看到很多邻居都在田里忙着，而他爸妈没在自家田里干活。一位大娘看到唐华回家了，话音怪怪地说道："回来啦！"大娘似乎还有话欲言又止。唐华刚进家门，就听到一阵脆弱的哭泣声，"他爸，你病得实在不是时候啊，咱家田地可怎么办啊？"唐华轻轻地推开房门，看到父亲躺在床上，母亲的眼泪刷刷地往下流："儿子，回来了。"唐华妈擦擦眼泪说，"你爸昨天身体还好好的，今天上午在田里干活忽然吐了一大口血……"看到父亲痛苦不堪的样子，唐华的脑袋立即如一团乱麻，眼泪止不住地流下了，他摸摸父亲的头，滚烫，还在发烧！唐华赶紧请来医生。医生给他老父亲把脉量体温，又拿起听筒在胸口来来回回地听诊一番，"这病是劳累过度，急火攻心，需要多休息，先挂水退烧再吃几服药。"说完，医生先打了一针退烧针，再配兑药水给病人挂水。到了晚上半夜时分，父亲的高烧才慢慢退了一些，但是浑身乏力，哪还有力气干活？

第二天一早唐华准备去耕田。他肩膀上扛着农具，手里拿着锄头，赶出大牯牛，径直走向田野。刚出院子门，唐华妈追出来叫道："儿子，你爸过几天就好了，还是等你爸身体好了，让他去干吧。"唐华头也没回，坚持要把剩下的一亩多田耕完。到了田里，唐华架好农具，吆喝着大牯牛，一圈又一圈地犁田。唐华原本没有干过这样的农活，几圈下来已经四肢乏力。累是当然的，但唐华仍然咬牙坚持把活干完了。回到家，母亲看到儿子的双手都起血泡了，心疼地说道："你这傻孩子就是急性子，就是犟脾气，认准的事就一定要干，真是一头犟驴……"父亲也忍不住跟着说道一番。

晚饭后，唐华告诉爸妈打算过几天再返校，打算把家里的农活继续干完。父亲的病还没有好，他怎么能够安心去上学呢？哥哥去上海打工，妹妹还小，现在家里唐华是顶梁柱，在家里最困难的时刻，他必须站起来！

回家后的第三早上，母亲问道："你爸的身体已经好多了，你咋还不去学校上学？"唐华搪塞地告诉母亲："学校放假了。"其实只是平常的周末而已，别的同学今天已经在上课了。在母亲的再三询问下，他下午才动身回学校。

进了宿舍，唐华奇怪地看到自己的被子乱得像狗窝，床头的书本也乱七八糟，再仔细看看，语文、数学、英语、物理、化学等课本全都不翼而飞……回家前，唐华把床铺收拾得整整齐齐，现在怎么变成这样子？他急忙在床上床下四处寻找他的书，好半天也没找到，他向同宿舍的同学打听，大家都说不知道。唐华的脑海里一片空白。妈呀！这是咋回事？是不是得罪了谁？对于一个学生来说，没有课本这可怎么读书呢？班主任告诉他学校已经没有多余的课本，新华书店也没有买到这些丢失的课本。晚上唐华心急如焚，焦虑地徘徊在校园里，又到学校附近找了好几遍，连垃圾桶也都一一找过，结果还是没有找到。夜深人静的时刻，同学们都早已入睡了，唐华却一刻也不能入睡，他一方面思索着书的问题，一方面想起病重的老父亲，他不停地问自己"我该怎么办？"这学期开学的时候，他就反复思考了很多问题，没想到又出这岔子事情，这如何是好？

第二天，唐华想起在医院工作的舅舅，想寻求舅舅的帮助。舅舅得知唐华丢书后，半开玩笑地说道："照你这么说，念书把书丢了，岂不是放牛也该把牛丢啦，看来你不是读书的料。"舅舅的话里有话，他深知这个家庭为了唐华读书有多么的艰难。后来舅舅郑重地说："为了供你读书，你父母已经很是尽力了，现在有一个国营单位招工，你愿不愿去工作？"舅舅把船厂招工的事情详细地说了一遍，"我可以想办法弄到一个指标，你好好考虑一下吧。"此刻他的家境，他的感情，需要他不得不思考未来。也可以说丢书事件，或许是导致唐华退学的"最后一根稻草"。就这样唐华在家庭极其困难情况下做出了一个重要的抉择，他心酸地决定去船厂工作，或许可以暂时缓解一下家庭眼前的困难，但是他的未来却是未知数。

半个小时后，唐华和小六子拉着板车到了团结路。路上两个人还算默契，但几乎没有说话，因为都是刚刚进厂，彼此不了解。他们要把这批货送到六七公里以外的地方。刚刚走的这段路比较平坦，再往前需要穿过一个立交桥。前面的路是小六子拉板车，唐华在后面推车，这时他们交换了一下。立交桥下面车来车往，路上行人和骑自行车的人很多，有下坡有上坡，下坡时速度难以控制，而上坡又不得不拼命地使劲拉车，所以这段路并不好走。下坡前唐华已经让板车提前减速，尽管如此还是一股脑儿地冲了下去，幸好唐华控制好方向没有撞到人。最累的是前面的上坡了。唐华使出浑身的力气，小六子在后面用力推车，这才拉上去了坡，"歇一会吧，上午一定能够赶到的。"唐华擦擦脸上的汗水说。

就在上午下班前，他们终于到了干休所。两个人手忙脚乱地把一个个文件柜搬下车，又要从一楼搬运到三楼并放到指定的位置。唐华为人诚实，按照对方的要求一点不差地摆放整齐。还剩下最后两个柜子的时候，小六子告诉唐华："我去一下厕所，你等我一会。"老半天过去了，还没有见小六子回来，唐华急忙搬起剩下的最后一个柜子，上楼梯的时候，他的衣服已经湿透，两条腿软得像棉花一样，哪里还有力气上三楼？在二楼的楼梯口休息了两分钟后，他咬牙扛起几十斤重的大铁柜子，一步一步地爬上了三楼。

出了干休所，两个人在路边的小吃店简单地吃了一盒快餐饭。

回来的途中，小六子仔细看了看唐华，上下打量了一番："唐华，我看你倒像是读书人。"唐华腼腆地笑笑，没有正面回答，随即问道："你为什么来船厂？"小六子摇摇头："说来话长，我两次报名参军，前年体检过了，家里人不让去，说陆军部队很苦。去年海军征兵，报名参军的人特别多，可是有人搞鬼，唉！结果没有去成……""当兵也有人搞鬼？"唐华质问道。"有人在我的体检报告上做了手脚，害得我连体检都没有通过，后来我又去了医院检查，身体完全合格。"小六子气愤地接着说，"咱家没有人，当兵都当不成。"那年头为了参军很多人挤破了脑袋，当兵或是考学校，哪是一般人能够左右的。唐华心想自己和小六子的情况差不多，于是对小六子有了一些亲近感。

下午三点多钟，他们回到电器厂向领导交了差。张厂长叫王会计分别给他们两个十块钱劳务费。当然这是工资以外的。一个来回十几公里，还要出力气搬上搬下那么多沉重的货物，换来的报酬就是这些。厂长笑着又补充了一句，"今年我们厂接了干休所很多业务，以后这点活都交给你们了。"

晚上集体宿舍里，很多人早早地睡觉了。唐华躺在上铺，翻来覆去，没有一点睡意，他的内心陷入了一片胡乱的沉思。一个星期前，这些一无所知的农民工踏入船厂大门，他们的心情十分高兴，十分兴奋，甚至充满了期待，期待以不怕苦不怕累的精神，在这座城市、在这个工厂有一份安稳的工作。他们现在被安排在不同的岗位，有的在船体车间，有的在机装车间，或者涂装车间，很多人羡慕唐华和小六子两人进了电器分厂，至少他们的工作相对轻松。小六子是有人帮忙打招呼才进了电器厂，唐华也是这样。

电器厂在船厂的东南角，设备齐全，有三个车间，分别是钳工车间、电气车间和涂装车间；职工46人，高级工5人，技师4人，工程师2人；电器厂是船厂的下属单位，核心业务是为船厂制造船舶电气设备，现在作为企业改革的创新实验区对外经营。唐华和小六子从事辅助工作，做一些零碎的打杂工作——这些工作是职工们不愿意做的事情，当然也是不可或缺的繁杂工作。电器厂的福利待遇相对其他兄弟单位略高一筹，因此其他的农民工嫉妒唐华和小六子分到了"好单位"。

唐华过来之前，他舅舅交给他一封亲笔信，说是让他找他的故交——吴叔叔。唐华来到船厂的第二天便开始暗地里寻找吴叔叔，他不敢问人，一连几次都没找到吴叔叔的办公室。费了一番周折，他才找到吴叔叔的办公室，不过吴叔叔早已下班了，他把那封信从门缝里塞了进去。吴叔叔是中层干部，帮忙打了招呼，这才让唐华进了电器分厂。现在唐华没想到来到这里居然干起了拉板车的活，虽然没有老乡看到，街头也没有遇到熟人，但是心里很不是滋味，因此一连几天晚上失眠了。

两天后，唐华和小六子又一次奉命前往西郊干休所送货。这种纯体力劳动，他们两个农民工不干又有谁干呢？谁能指使那些享受国家待遇的正式职工呢？两个人只好硬着头皮拉上满满的货物，沿着城市的道路一步步前行。然而后来送货的时候，事情又发生了变化。要说干体力活，显然小六子的力气大。自从送完第二次货后，张厂长再次吩咐送货的时候，小六子不是借故肚子痛，就是说感冒了，于是张厂长只好安排唐华一个人去送货。

一天早上，唐华再次拉着板车出发了，他出了船厂的大门，想起立交桥那段路就十分后怕，一个人拉车该怎么爬上坡呢？心想：不行就多歇会，总能够上去的。不一会就到了立交桥了，他先停车休息了一会，以便有足够的力气准备冲上去。几分钟后，唐华看到路上没几个行人，他瞅准时机一股脑儿地冲了下去，又加速滑行了一段距离，慢慢地车速明显减慢了。就在此时，忽然间感觉车速又快了起来，心想：是不是早上吃饱了有力气？于是加快脚步，一鼓作气拉上坡去了。

到了坡上，按惯例休息一会。刚停稳车，唐华看见板车后方走出一位老人，年龄约莫五六十岁，脸上刻着一道道皱纹，还没等唐华说话，老人先说话了："小伙子，我看你一个人拉这么多货蛮累的，刚才你在前面拉车，我在后面帮你推车呢。"人在遇到困难的时候，多么希望有人能够搭把手啊！"哦，原来是这样，十分感谢您！"唐华说着眼泪都快出来了。老人憨笑地说："我家住西郊，由于没有工作，经常在这附近帮人拉货，或者帮忙搭把手推车，推车每次一块钱……"唐华赶紧从口袋里拿出一块钱递给老人，老人连说："谢谢谢谢！""其实应该说谢谢的是我。"唐华向老人深深地鞠了一躬。

回来的时候，张厂长有些担心地问道："辛苦了，路上还顺利吗？"唐华只是回答两个字"顺利"。这次王会计给了唐华十五块钱辛苦费。

从此，张厂长把所有的送货业务都交给了唐华。

后来唐华每次路过立交桥的时候，都能看到那位老人。这位素不相识的老人关键时刻帮了大忙。唐华最后一次拉着板车过来时，老人再次帮忙把车子推上了坡，累得气喘吁吁，满头大汗。唐华见老人像是生病了，"大爷，谢谢您！身体还好吗？""老毛病，这几天又犯了，不碍事。"老人急促地喘着粗气，一边拿出毛巾擦擦脸上的汗。原来老人得了气管炎，为了一家人的生活，不得不靠卖力气干这点营生，即便身体不好也要坚持。唐华赶忙掏出口袋里仅有的十五块钱全部给了老人，可是老人依然坚持说："一块钱就够了。"唐华硬是把手中的钱塞给了大爷。

有一次，唐华送货回来的时候，已经快下班了。那天是星期五，大家都在打扫卫生，唐华去送货了，车间里只剩下一个农民工小六子。职工们明显意识到这小子为什么不去送货，有人说道："分明是要滑头，这点小把戏谁看不出？"这些职工很看不过眼，有人想使唤一下这位新来的农民工，对小六子大声叫道："农民工，快把这些材料搬走，再把所有的垃圾打扫干净。"小六子笑着走过去，把他该干的活都干了，心里只是对他们喊他"农民工"不满意！唐华进到车间门口的时候，也听到了这样的叫唤声。

从此，两个农民工时常成为大家议论的热门话题，对唐华和小六子两人的表现纷纷评头论足。一位老职工说道："我看小六子倒像个农民工，看看他那张脸就像是干过农活。"还有人说道："小六子嘴巴油腔滑调，干活很会耍滑头。"旁边有人跟着插话："我看唐华很不错，只是一副书生相。"再后来工作的时候，有的不再叫他们名字，而是叫他们"农民工"！农民工不过是他们的身份，怎么能这样叫呢？好像他们没有名字，或者他们的名字就叫"农民工"。这样叫唤谁能受得了？

一天下午刚上班，几个人围在一起又议论起这个话题，不巧被钳工车间的杜主任撞见了。杜主任劈头盖脸说了一通："往上倒三代，多少祖上不是农村的，农村人咋啦？朱元璋还是农民呢。农民一身汗水，满手老茧，这说明什么？——农民有优点。很多人在农村插过队。咱平时苦活脏活谁抢着干？现在到处都在打破铁饭碗，想过下岗了怎么办吗？农民工咋啦，都是凭本事吃饭，从现在开始谁也不准看不起他们，还要多教教他们技术，大家都听见了吗？……"杜主任在车间里威望很高，是钳工高级技师，也是这些钳工师傅们的师爷。杜主任说完，大家都脸红了，从此再也没有人议论了。

杜主任祖籍也是农村的。接着对唐华和小六子说道："农村人也是人，农村人要长志气。"从此杜主任像长辈一样关心他们的成长，勉励他们学习造船技术。

慢慢地，大家开始与两个农民工交流，很多师傅开始关心他们的成长。得知唐华曾经是一位优秀的高一学生，大家感到十分惋惜，多次劝他回学校继续读书考大学。王师傅是电工高级工，也是一位上进心很强的热血青年，通过自学考试取得了大学文凭。他不止一次找唐华谈话："我和你一样热爱读书，我读书也经历了一些曲折。知识会改变命运，你的学习成绩很好，回学校读书吧。"然而王师傅并不知道唐华的家庭有多么的艰难。

第 二 章

转眼半个多月过去了，这天上班唐华收到了十多封信。除了一封家信，其他的信都是他的同学寄来的，其中有男同学，也有女同学。一位同学在信开头写道："你一直是大家学习的好榜样！"第二封信中写道："你不仅学习好，还组织全班同学一起晚自习，全班同学共同学习，共同进步，这充分说明你有超群的集体意识，现在这个集体不能没有你！"第三封信是一位女同学寄来的："我思考了很久，决定给你写信，怀着沉痛的心情写下每一个字，记得你辅导我学习，记得你教我怎样背英语单词，你的学习方法值得我好好学习，你的影子深深地烙在我的心里……"班长赵伟东是唐华的同桌好友，他在信中写道："你的成绩那么好，全班同学曾经一度为你骄傲！现在大家为你的辍学感到十分震惊！就在你离开学校的那一刻，很多同学都流下了眼泪，同学们都十分期待你再回来读书！"末尾还有全班同学的签名。唐华看完信后感到一阵晕眩，眼睛湿润了。

接着打开几封信，大致都是相似的勉励和惋惜的内容，大家都十分期待唐华重返学校。那么多同学的来信，让唐华很受鼓舞，一定要争气！他给同学们一一写了回信，用拉板车挣来的钱买了一本《大山里的人生》赠送给同学们，"山里人不能做井底之蛙，读书一定有希望！"以此鼓励同学们坚持上大学的梦想。

家信里写道："家中一切安好，你爸身体已经好了，安心工作，勿念！"唐华过来上班之前，父亲的病已明显好转了，可以下地干活了，家里怕他担心，于是写信让他踏实工作。家书抵万金，此时他的心里安定了许多。

最后一封是沈文义的来信，沈文义是唐华的初中同窗好友。

　　文义家住在沈家庄，离唐华家三里路，中间隔一段山路。文义的姐姐叫文琴，还有一个弟弟叫文红。文义的爷爷没有上过学，早年参加了新四军，作战勇猛。爷爷特别羡慕有文化的人。文义小时候常听爷爷讲故事，"我们班长教大家在连队看到胸前插二支钢笔的就叫'首长好'，插一支钢笔的叫'连长好排长好'。有回，我捡到了二支坏钢笔插在胸前，还被战友们叫'首长好'。从此我开始读书学习还认识了很多字。"皖南事变只有部分新四军突围，其中包括文义的爷爷，之后爷爷跟随陈老总一路北上，再后来还参加了抗美援朝战争，直到战争胜利后凯旋，为新中国解放事业等做出了巨大贡献。回乡后，爷爷隐姓埋名当了农民。文义爸18岁当了生产队长，他爸只读了两年半的书，连自己名字都写不好，怎么管理好全村的事务？"文革"期间，他爸在知青的指导下对照新华字典学习，另外打得一手好算盘。读书一直成为文义家两代人的梦想，所以他们的名字都很特别。沈家庄一共有十几户人家。文义二叔十多年前考上大学，毕业后当了老师，成为全村最荣耀的事情，也鼓舞着全村的年轻人发奋读书。

　　文义曾经一度羡慕唐华考上了县一中，而他读了普通高中。他们已经分别很久了，文义是从别的同学那里得知唐华辍学的消息，顿时感到很意外，周末回家告诉他姐姐文琴，姐弟俩怎么也不相信，文琴认真地问道："你是不是听错了？"那天晚上姐弟俩回想起读初三的时候，他们经常看到唐华一次又一次地登上高高的领奖台，真让人羡慕！另外，他们也为唐华没有考上师范而惋惜，现在更惋惜他的辍学。文义在信上写道："唐华，你是一个优秀的同学，或许你现在遇到很大的困难，所以你才做出这样的选择。俗话说：是金子总会发光的。相信你不会被困难压垮，坚信你会更加努力！"

　　眼下文义姐弟俩都在读高中，文琴读高二，文义读高一，平时都在学校的宿舍住校，只有周末的时候才偶尔回家一趟。文琴得知唐华辍学后，一连几天心情不能安定下来，好像发生一件天大的事情。弟弟文红在上小学。一个农村家庭三个孩子都在读书，尤其是同时供两个高中生，这谈何容易呢？沈家庄耕地少，粮食生产年年歉收，家里光景可想而知。文义爸妈想尽各种办法挣钱，他爸曾经帮人家烧砖窑，打水井，开垦荒田，还干起杀猪卖肉的活计；他妈把家里的鸡蛋一个一个地攒起来兑换零钱，凭着这样的辛劳供他们姐弟上学读书。文琴经常从家里带咸菜到学校，几口咸菜就是一顿饭，有时咸菜都发霉了还舍不得倒掉，再就是吃开水泡饭，或者到同学那里蹭点菜。文义爸铁了心肠要让他们都读书，"无论多么艰难，一定要好好读书。"庆幸的是这学期文义学习进步很大。

那时候人们的联系主要依靠书信的方式，再快一点的就是电报了。

有一天，一起来船厂的杨宏明也收到了家里的来信。杨宏明与唐华来自同一个乡——十字铺乡。这个乡原来叫马场公社，因这里曾经是皖南新四军的马场而得名。这次只有他俩来自同一个地方，又睡在同一张床上下铺，因此彼此格外亲切，唐华叫杨宏明为"杨大哥"。杨宏明打开信后，见到信上只写了几个字，"见信后，端午节前速回家一趟。"具体什么事情信上没说，这可把杨宏明急坏了，心里咕咕咚咚直跳，拿着信问唐华。唐华猜了半天也不知道，为了不让杨大哥担心，唐华随口说了一句："没准是好事呢。"

第二天下午杨宏明便决定回家探亲了，他拿着刚发的工资给父亲买了一条香烟，给母亲买了两样营养品。一路上杨宏明反复估摸着信的事情，离家两个月了，不知道二老身体可好？下了车杨宏明迈开大步走进家门，发现父母身体都很健康，脸上满满的笑容，"这么快就回来啦！"他爸高兴地说。随后两位老人把儿子让进里屋，他娘神秘地说道："自从你去了船厂工作，这两个月全村人都为你高兴！你也老大不小了，也该寻门亲事了，这几天媒婆来了好几茬，我和你爸琢磨了好几个晚上，觉得李家村李大贵家的二姑娘秀芳不错，所以……所以我们希望你快回来见见面。"说到这里，他娘的心情十分激动，接着又说："我们不识字，信是叫人代写的，又不好明说，因此叫你回家再细说。"他娘开门见山地说出了原委，杨宏明这才踏实了。

杨宏明进了船厂工作以来，引起了一阵不大不小的轰动。他哥哥高中复读了好几年，终于考上了大学，当了老师，现在他去船厂工作，兄弟俩都有了工作，这在外人眼里是多么值得羡慕的家庭啊！他们村那些和他同龄的很多年轻人都在家务农，谁不想找一份稳当的工作呢？邻居们得知杨宏明去船厂当工人，感觉喜从天降一般，好些个媒婆，好些个姑娘，早就把目光锁定在他身上了。

第二天吃了早饭，媒婆就带着杨宏明去李家村相亲。李家村距离他们家不远，路上杨宏明想起前几次相亲的情景，有的老人说他没手艺，有的姑娘说他个子不高，还有的说他长得黑，更多的嫌弃他们的家境，好说歹说，人家姑娘就是不答应。现如今，姑娘们眼睛亮着呢，谁不想找一个好小伙！距离上一次相亲的时间，已经过去几个月了，一次次碰壁让杨宏明心灰意冷，不知道他这次的命运如何？杨宏明现在去了船厂工作，在船体车间当理料工——据说是全省最大的生产车间，工作期间几乎不晒太阳，不像在农村面朝黄土背朝天的干活，因此皮肤变白了几分，脸也圆了，小伙子显得比过去精神多了。

不一会儿，杨宏明手里提着几件像样的礼物进了李家院门，媒婆嬉皮笑脸地说道："我把人给你们带来了，小伙子很能干，在船厂工作……"李大贵愉快地把杨宏明请进了堂屋，夫妻俩一边忙活泡茶倒水，一边让杨宏明居首席入座。杨宏明再三谦让，在旁边的位置落了座，随即起身从口袋里掏出一包阿诗玛香烟，双手递给李大贵一支烟。他们家二姑娘躲在门后没好意思出来见人，只是从门缝里偷看了几眼，直到吃饭的时候，李秀芳才红着脸坐到一起吃饭。就在这时，杨宏明才初次见到了姑娘，也看上了秀芳姑娘的身段模样，他们俩在夹菜的瞬间相互对视了几秒钟，像是用眼神说了几句话。或许是媒婆的花言巧语，或许是缘分，这事就在饭桌上定下来了。幸福就是这么突然，有时候桃花运来了挡都挡不住。

秀芳目前一边在家里帮忙干农活，一边挤出时间学裁缝。既然父母点头答应了，秀芳便开始与他的"准未婚夫"交流了。

"你在船厂工作还好吧？"

"还好……"杨宏明笑着回答。

"我们俩现在不在一起，那你以后常给我写信吧！"秀芳有些害羞地说。甜美的语气显得含情脉脉的样子。

这时杨宏明在头上挠了两下："好吧，一定会的。"

回来后，晚上杨宏明躺在下铺翻来覆去睡不着觉。一方面他想起在饭桌上李大贵问他的工作情况时，他当时一脸的紧张，说有时候在办公室里休息，高兴得李大贵说"还在办公室工作呢"，接着又连说"好好好"，其实他的工作并不是坐办公室的，只不过是一个干杂活的理料工；另一方面是因为他不会写信，急得连觉也睡不好。

几天后杨宏明还没给人家姑娘写信，倒是先收到李秀芳的来信，"哥，我第一次见到你的时候，看到你帅气的样子，就开始喜欢你了，自从你回去上班后，我时时刻刻都在想你，盼回信。"那年代年轻人不会写情书如何谈恋爱呢？

姑娘还等着盼回信呢。

一连好几天，杨宏明还没有开始写回信，忽然他想到上铺的唐华，"有个事情想找你帮忙，"话说到一半杨宏明的脸就不知不觉地红了，"帮我写一封信。"唐华心想写信不难啊，他在家经常帮邻居写信——因为唐华是他们村读书最多的人，乡亲们私下都称他为"读书人"，平时写信或者写对联都找他帮忙。可这次写信不同，唐华没想到是写情书，他根本就没写过这种信，再说情书哪有叫人代写的？因为他没有谈过恋爱，怎么能够帮人家写呢？这可把唐华难倒了。"这是我家里写来的信，你看看。"杨宏明拿出李秀芳的信交给了唐华。当晚唐华在草稿纸上写了好几次，但都被他撕了，然后他根据李秀芳的信照葫芦画瓢，这才算了事。

李秀芳收到信后，首先看看信封上的字迹就感到十分满意，心想：字写得这么漂亮，真是一表人才。秀芳姑娘躲进房间里，拆开信后看到一行行优美的文字，心跳立即加快，脸红得像苹果一样，因为她有生以来第一次收到一个男人的情书。这时房门突然轻轻地开了，她妈站在背后低声地说："来信了？"秀芳一脸紧张地说："嗯。"她妈不识字，只是又说了一句："那就好。"说着关上房门就出去了。

半夜时分，笔还在李秀芳的手中，她在给杨宏明写第二封信。

杨宏明很快就收到了第二封信，"哥，来信已收到，看到你的字写得那么漂亮，让我高兴了两个晚上没睡着觉。咱农村婚姻都是父母之命，媒妁之言，既然他们都同意了，我也想好了，愿与你好好相处……如果你在办公室工作很忙，就隔几天回信吧。"杨宏明读完了，心里一阵阵高兴，可是一想到回信的事情就感到头痛，还得找唐华帮忙。唐华出于老乡感情，已经帮了一次忙了，再写就很不合适。杨宏明央求道："总不能见死不救吧？"话都说到这份上，唐华实在无奈，"那我好好想想吧。"那天晚上唐华拿起笔写了两行字，迅速揉成一团，他没有见过那姑娘什么模样，这信根本写不好。

第二天下班后，杨宏明和唐华吃了晚饭到夜市里逛街。夜幕降临，夜市里灯火辉煌，各种琳琅满目的小商品，吃的喝的玩的应有尽有，吸引不少人气，人头攒动，还有不少年轻的姑娘也过来逛夜市，她们都是附近厂里工作的临时工。据说最近很多工厂都在改革创新，诸如纺织厂、服装厂、毛巾厂，还有橡胶厂，也都招来不少新工人，他们的到来让那些面临困境的企业增添了不少活力，也让这个城市增添了不少活力。唐华和杨宏明东张张西望望，忽然在一个旧书摊上看了几本写情书的参考书，当即买了一本，唐华激动地说："这下好办了。"唐华按照书上的"秘诀"把信写好，还把信纸折叠起来，中间打了一个结。秀芳收到信后，小心翼翼地拆开信封，第一眼就被这个"结"感动了，"真是有心人。"再后来唐华每次把信纸折叠成不同的花样，秀芳也跟着模仿，把杨宏明乐坏了。唐华更是感到可笑，心想：自己和一个陌生的姑娘"谈"了一次恋爱。

此后唐华帮助杨宏明写了一封又一封的情书，李秀芳收到第六封信的时候，心里特别高兴，"哥，这些天你给我写了那么多的信，从来信中我知道了你的工作情况，了解了你的为人，你是一个优秀的人，我愿意嫁给你，永远爱你的妹妹，秀芳。"

两个月后，杨宏明和李秀芳订婚了。

"五一"过后，唐华在船厂的宣传栏看到了一条招生信息：上海铁路局委托一家技校定向招生，名额2人，毕业后去铁路上工作，农村户口还转户口呢！在船厂工作一段时间后，唐华觉得自己无非做一些打杂的事情，这不是他想要的未来。唐华符合招生条件，当即决定报名参加考试。由于名额有限，他必须力争第一。

唐华十分珍惜这次机会。时间是挤出来的，每天清晨就早早地起床读书，上班时间到了胡乱吃几口早饭，便急急忙忙赶到车间开始一天的劳动。中午的休息时间，他还要坚持复习功课。晚上的时间对他来说更加宝贵。

一个月后，唐华再次走进了考场。考试题目对唐华来说一点都不难，试卷上写下满满的答案，多余的时间很认真地检查了两三遍，最后满意地走出了考场。半个月后成绩出来了，唐华果然得了第一名！然而招生老师说道："对不起，你的眼睛不合格，不能录取。"当初简章要求矫正视力1.2以上，唐华完全符合。估计又有人"搞鬼"。唐华的心又一次受伤了。于是唐华每个月把一半以上的工资存进银行，准备下半年再回学校读书。

转眼到了六一，恰好是生产处吴叔叔儿子星星的生日，吴叔叔邀请唐华去家里吃晚饭。唐华下班后买了一些水果来到了吴叔叔家。吴叔叔住在厂里分配的宿舍里。进了屋，唐华看到书桌上堆了一堆各种奖状，有先进个人、先进标兵、优秀干部等，看到这么多奖状，唐华对吴叔叔崇拜得五体投地。星星现在读三年级了，学习成绩还不错。星星用奇异的眼神看着唐华，对这个陌生的大哥哥的到来表示欢迎。婶婶忙了半晌，准备了一桌丰盛的晚餐。

唐华第一次来吴叔叔家里，吃饭的时候显得有点紧张，甚至不好意思夹菜。吴叔叔说道："我和你舅舅是多年的好朋友，随便吃。"这时吴叔叔打开话匣，说起与唐华舅舅的往事，他们是在船厂附近的医院里相识的，那时唐华的舅舅在医院口腔科实习，吴叔叔牙痛去看病，后来成为好朋友。婶婶看唐华低着头吃饭，往他的碗里夹了两块鸡肉，又夹了两大块鱼，唐华连声说道："吃不了这么多，谢谢！"饭后唐华起身要帮忙收碗筷，被吴叔叔拦住了。吴叔叔让唐华在沙发上坐下，对儿子说："大哥哥是高中生，不懂的题目可以向大哥哥请教。"星星点点头。随后他们谈起工作上的事情。

"最近工作可好？"吴叔叔关心地问道。

"还好。"唐华回答。

"我知道你们电器厂的情况，那里技术力量雄厚，有空可以学习一些技术。"吴叔叔对唐华点拨了一番，"有了技术，对你在船厂的前途会有好处。我是1972年进厂工作，起初在一线当工人，这些年我靠着苦干实干走到今天，一言难尽，"吴叔叔指着桌子上的那些奖状，"努力不会白费！"接着吴叔叔简要地讲述了自己的工作经历。吴叔叔父亲曾经参加抗美援朝，符合军烈属照顾政策进了船厂工作，那时吴叔叔才18岁，不怕苦不怕累，什么工作都抢着干，年年评比都是先进。吴叔叔把自己的工作总结为一个字——干，两个字——苦干——比别人更努力。现在吴叔叔是生产处中层干部。婶婶嫌叔叔话多，笑着说道："全厂就你最能干？"吴叔叔笑了笑："不能干，能有今天吗？"

他们的谈话持续了一个多小时，晚上八点多唐华才回到宿舍，临走的时候吴叔叔把唐华送到楼下。

之后，唐华有时晚上或者周末过来给星星辅导功课。

一段时间以来，这两个农民工没有固定的工位，他们也需要休息的地方啊！杜主任作为车间主任，也是他们的直接领导，这点怎么没有想到呢？于是杜主任决定让他们俩进了自己的办公室。小六子高兴得嘴都合不拢，唐华也十分高兴。

杜主任担任钳工车间主任，负责车间日常管理工作，办公室里有一张办公桌，三把椅子，桌子上堆放了几叠图纸，左边有一本台式日历，右边的座右铭上写着"扎实工作",白色玻璃下面还压着两张黑白照片,一张照片上的几个人看上去还很年轻,还有一张照片应该是他的女儿。再就是一个茶杯和一本工作记录,上面密密麻麻地记着工作和会议要点,字迹十分工整。杜主任四十多岁,个头与唐华差不多,但身材魁梧,也戴着一副眼镜,看上去有点像温文尔雅的教授,脸上时常露出笑容,显得十分亲切。

"从今天起,你们俩和我一起办公,这里有很多图纸,你们有空也可以看看。"杜主任对唐华和小六子说,"年轻人一定要多学习。"小六子随即拿起一张图纸装模作样地看了半天,但一点也看不懂。唐华也翻开一张图纸,封面上有杜主任的签名"杜明"。唐华上高中的时候学过机械制图,他看出图纸是一个柜子的加工图。杜主任见两个农民工低头在看图纸,接着又说道:"车间有很多设备,今后你们要学习操作方法,还可以学习焊接技术。"唐华和小六子都想学技术,几乎同时回答道:"好。"

快下班的时候,杜主任说起自己"文革"的那段人生经历:"那年我下放到皖南农村,那个叫什么村?嗨!咋记不起来了……"说着杜主任看了桌子上的那张照片,忽然间想起来了,"叫幸福村!对!就是幸福村!当年有几个同学去了陈家庄,两个村相距不远,我还去过陈家庄几次。"唐华听着这两个村的名字似乎熟悉,这陈家庄可就是他们村?于是唐华问:"您说的陈家庄是不是十字铺乡兴旺大队的陈家庄?"杜主任想了又想,"好像是吧。""哦,我家就是那里的。"唐华说。杜主任激动地说:"真的吗?"说着说着,杜主任一下子记起了很多事,"有件事情今天还记得清清楚楚,那天我去陈家庄玩,和几个同学一起打球,结果把一个邻居家房顶上的瓦打碎了好几片,那家老爷子凶巴巴的,我们原以为要赔很多钱,我们俩都没钱赔人家,吓得当场一屁股坐在地上大哭,不知道是你们村哪户人家?"

"没想到,那老爷子一分钱也没要。"杜主任眨眨眼补充道。

说到这里,唐华也想起了很多事情。唐华是"文革"期间出生的,小时候经常听爷爷奶奶讲过去的事情,对一些事情还有模糊的记忆,以前他们家门前住着很多知青。唐华爷爷过去在村里的地主家做长工,兼保安队副队长,队长是沈家庄的沈金六。唐华爷爷会点腿脚功夫,平时穿着一身黑色衣服,脸上从不露出一点笑容,所以给人一脸冷酷的印象。

"你说的或许就是我们家吧。"唐华回答杜主任的问话。

"这么巧啊！"杜主任抬头看了唐华几眼，又看了手表，"哦，不早了，该下班了。"杜主任是个工作狂，工作忙的时候一定要把活干完才下班，今天因为多聊了一会，回家他爱人又要唠叨了。不过今天从闲聊中得知了不少事情，让他对过去的事情又多了几分回想。

随后的日子，杜主任像长者一样关心两个小兵，他要求唐华和小六子要主动学习技术，"咱们电器厂主要分三大区域，电工有强电和弱电之分，电工不是一朝一夕能够掌握，老孙头干了一辈子还没有真正摸透电动机原理，我家那口子只会接接电线而已。相对而言，钳工简单一些，但是需要掌握很多机器设备的操作，可以先学点简单的技术。"唐华和小六子连忙点头，"我们愿意学，最好有师傅教教我们。"

就在这时，电器厂接到了一大批防盗门业务。这批业务是一家大公司的，不是那种家用简单的防盗门。时间紧，任务重。钳工师傅人手多，装配速度快，可焊接速度慢，因为做焊接工作只有李大姐一个人。

李大姐是有名的"厂花"，今年三十来岁，齐耳的短发，苗条的身材，走起路来屁股一扭一扭的，优美的姿势回头率极高。最近工作那么忙碌，李大姐家恰巧遇到了紧急事，就在两天前儿子生病住院了，她丈夫在医院照顾孩子两天两夜没合眼。李大姐爱人也在船厂上班，对李大姐说："你工作忙，可别耽误了生产，家里的事情一切有我。"这种时候作为母亲，怎么能不陪伴孩子呢？工作第一！李大姐没有把家里的事告诉任何人，表现得十分镇定，脸上还像往常那样笑嘻嘻。李大姐进厂就当了焊工，她的双手特别灵巧，焊接技术十分了得，薄板厚板都会焊接，焊缝成型特别漂亮，曾经获得车间"技术能手"称号。然而这么多活任凭李大姐加班加点也很难完成，于是杜主任决定让两个农民工帮帮李大姐。

一天下午李大姐正在工作台前埋头工作，左手拿面罩右手拿焊钳，在一扇门上来回焊接，焊接的火花四处飞溅，弧光十分刺眼，同时发出"吱吱吱"的声音，汗水顺着脸颊往下滴，蓝色工作服已经被汗水浸湿了，显现出一块块不同的颜色。杜主任把两个农民工领到李大姐的面前，对李大姐说道："小李啊，你的工作太忙了，他们俩过来给你搭把手吧，先教教他们，学会了也可以帮忙干点活。"旁边的一位钳工师傅说："早就应该让他们过来帮李大姐了。"小六子在旁边看了一会儿，心想电焊光太强烈太刺眼，便不再想学电焊，改学油漆工。这家伙吃肉专挑瘦的吃。油漆工的活简单多了，拿起刷子蘸上油漆涂均匀便是。唐华对油漆工一点也不感兴趣，因为他讨厌难闻的刺鼻味道，他觉得电焊才是真正的技术活，尽管可能有点难，但只要用心学，就一定能够学会。

李大姐见唐华肯学焊接技术，于是决定手把手教这个小徒弟。唐华找了几块废钢板，坐在工作台前，李大姐俯下身握住唐华的手在钢板焊了一段。李大姐隆起的胸口紧贴着唐华的肩膀——这是他第一次与一个女人最近的距离。此时唐华脸一阵发热，白净的脸瞬间红了，心跳跟着加快，他明显感觉触碰到了什么。或许是因为唐华认为他们身份的差距，平时工作很少交流，唐华从不敢正面看李大姐一眼，李大姐却很关心这个白面书生。"往这里看……"李大姐叫唐华往电焊面罩里面看。刚引着焊条就发出刺眼的火花，尽管隔着面罩的黑玻璃，火花依然显得很亮，耀眼的强光让唐华感到一阵焦虑，他担心眼睛视力会下降。李大姐说道："不会的，有面罩呢。"这才稍稍打消了唐华的顾虑。唐华看到师傅干的活就是漂亮，可自己是零基础开始学习，接连试了几次都很糟糕，心里急得像猫抓一样。

俗话说：万事开头难。学技术哪有那么简单的呢？接下来的两三天，唐华静下心来仔细琢磨师傅教的技巧，决心扎扎实实地练习，他像师傅那样拿着工具练习一些简单的动作，待基本功扎实了，再让师傅教难一些的技术。有时大家都下班了，车间里只剩下李大姐和唐华两个人还在埋头工作，直到天色已经黑了，李大姐累得腰酸背痛，这才叫一脸汗水的唐华下班，"今天就干到这里，你干得不错，明天再继续。"实际上唐华知道自己干得很不好，就像刚刚学会走路的孩子，一旦得到妈妈的鼓励，他更加自信了。

下班后，李大姐骑着自行车急匆匆地赶往医院，饭也没顾上吃。

杜主任很关心唐华学技术，有天中午他告诉唐华焊接技术的基本要领，"关键是要手稳，就像写字一样，你的字写得怎么样？"杜主任立刻从抽屉里拿出几张白纸。就在杜主任打开抽屉的时候，唐华看到抽屉里有两本红色的证书，他忽然觉得好像在哪里见过？——他想起前些日子在吴叔叔家见过类似的获奖证书。唐华在白纸上写了几个字，杜主任微微点头，又叫小六子写了几个字。小六子和唐华的字迹有几分相似。接着杜主任自己也提笔写了两行字，那正楷、行草的笔锋简直像字帖上的一样，看得唐华和小六子目瞪口呆。末了杜主任叫他们有空多练练，"年轻人写不出一笔好字怎么行呢？"说是练字，其实是让唐华从写字中提高焊接技术。小六子不愿意学习焊接，杜主任也就不再多说了。

两个星期后，唐华有了明显的进步，现在已经会焊接很多地方了。李大姐表扬道："功夫不负有心人，只要努力就会有收获，你的进步太快了，现在有些地方比我做得还要好。"唐华现在的水平哪里能和师傅比呢？他知道是师傅有意夸他，红着脸回应师傅："谢谢师傅教导，我会努力学习，争取明天干得再好点。"再后来唐华已经完全可以独立的工作了，只是速度比师傅慢点，这已经很不错了，毕竟才干一个来月。杜主任和李大姐纷纷表扬，杜主任勉励道："干得很好，继续努力，可千万不能骄傲啊。"杜主任知道这种时候年轻人最容易产生骄傲的情绪，再不打打预防针，恐怕尾巴就要翘起来了，可他不知道唐华不是这种人。李大姐趁势告诉唐华："学会焊接技术，今后一定有饭吃，日后回家修拖拉机也可以养活自己。"唐华倒是没想到那么多。

有天傍晚忽然发生了一件意外的事情。就在李大姐准备收工的时候，忘了戴手套，右手直接碰到刚刚焊接的部位，滚烫的钢板瞬间就把手指烫破了，"唉！怎么这么不小心，这……这明天怎么干活呢？"李大姐强忍疼痛自言自语。唐华转身看到师傅痛苦的样子，急忙跑过来，只见师傅抱着手指，两手都在发抖，赶紧把师傅送到医务室，医生很快给包扎好了，"师傅，明天休息一天吧。"李大姐不停地责怪自己："不行啊！这活急得很，过几天就要交货了。"焊接技术全凭一双灵巧的手，工作正忙的时候手却受伤了。唐华劝师傅回家休息几天，李大姐怎么也不愿意，带着伤痛仍然坚持工作，"没事，就是干慢点。"师傅的手受伤了，于是唐华暗地里加快速度，他想把师傅的活也一起干完。

为了顺利完成这批业务，周末唐华、李大姐和杜主任来到厂里加班。杜主任是领导，本来可以坐在办公室里喝喝茶，可是他没有一点高高在上的姿态，任劳任怨地和他们一起干活，今天杜主任过来加班，帮他们做一些辅助性的工作。李大姐的手好点了。唐华更是加快速度焊接，因为下周就是交货的日期了。唐华现在干的活确实不赖，有好几条焊缝连他自己都感到满意，"就这样干。"他自言自语。过了一会，李大姐抬头也看见了唐华满意的那些焊缝，心里非常高兴，心想：这徒弟带得有劲，肯吃苦，将来一定会超过自己，便指着焊缝对杜主任说道："你看看这焊缝怎么样？"

"嗯,很好。"杜主任赞赏地说。

"唐华干的吗?"杜主任问道。

"当然啦。"李大姐笑着说。

"这小子虽然一脸书生相,但他和小六子不同,我没看错人。"杜主任指着唐华说:"年轻人只要肯学肯吃苦,将来一定有前途。"

唐华低头不语,心里对这样的好领导和好师傅感激不已。

下班之前,三个人已经把活全部干完了,顺利地完成了任务。李大姐握住唐华的手,高兴地说:"谢谢你!这段时间帮了大忙,今晚到我家去吃饭。"

再看看小六子吧。小六子每天帮着两个油漆工老师傅干活,他也渴望快速入门,有天他问其中一个老师傅,"师傅,教教我油漆工有什么技巧?"只见老师傅瞪了他一眼,"自己不会看?……"除此之外,再也没说什么。于是小六子学着师傅像写大字似的在钢板上涂抹着。活干完了,就爽快地坐在一边休息,等油漆干了再把一块块钢板堆放整齐。就这样小六子感觉学到了不少"技术",他还嘲笑唐华,"学焊接那么麻烦!"

时间久了,看到唐华已经会干活了,小六子又待不住了,说要改学钳工,其实就是跟在几个师傅后帮忙做一些出力气的事情。杜主任默认了。

应该说唐华和小六子分到电器厂工作是幸运的,现在他们或多或少学点技术。

再看看那些和他们一起过来的农民工,现在的工作和生活又怎样呢?

这几个月来,杨宏明还在船体车间当理料工,张向东及其他三个农民工也和杨宏明在同一个班组,杨宏明在车间里面工作,张向东在外场工作。船体车间是整个生产中最主要的车间之一。理料班的工作就是整理钢板材料。班组里还有一些老职工,只有年轻的行车工夏小莲还没有结婚。他们每天要整理很多钢板材料,把各种材料一一分类,再堆放整齐,或配送到需要的工位,有的材料两个人一起抬,再重一点的材料则需要用行车吊运。这就是他们的日常工作。

闲着的时候,大家在班组里休息——就是杨宏明所说的办公室。班组里有的师傅喜欢下棋,有的喜欢侃大山,有的在一边围观,时常传来阵阵笑声。杨宏明不爱说话,也不喜欢下棋,自从和李秀芳订婚以来,一直沉浸在幸福之中,时刻想念着他的秀芳。张向东也来自皖南偏远山区,年长唐华四岁,今年已经24岁了，他初中复读了两年也没有考上中专学校，后来因为高考升学率太低的缘故，他不愿意读普通高中。张向东的读书经历几乎与唐华一模一样，两人日后成了无话不说的好朋友。初中毕业后，张向东在家种了几年田地，晒得像黑炭一样，不知道的还以为他来自非洲大陆。对张向东来说，船厂的工作比种田轻松多了，毕竟甩掉了泥腿子。张向东特别喜欢下象棋，他可以看到三四步棋。班组里高手如云，张向东经常和他们打平手。张向东会吹口哨，时常指挥行车吊运材料，行车工夏小莲与他配合得很默契。每当张向东对弈时，夏小莲总是站在一边观战。有回张向东和汤师傅又在楚河汉界上杀开了，两人互吃了对方的几个棋子，夏小莲似乎看出了点名堂，忍不住对张向东叫道："快吃马！"可是张向东并没有吃马，而是吃了对方一个当头炮。夏小莲似乎有点生气地发问："叫你吃马呢？"张向东没出声，接着回头又把马吃了，夏小莲暗自叫好。没过多久汤师傅便输了棋。这时候夏小莲最高兴了，"哦，张向东赢咯！"汤师傅的脸上显露出有些不甘心。

此时两三个大妈围在旁边说笑话，说说她们编的故事。一个烫着卷头发的黄大妈说："猜谜了，一头毛，一头光，用起来唰唰响，拔出来冒白浆，猜一个生活用品。"第一次猜这样奇怪的谜语，几个农民工怎么也想不出谜底，低头憋笑，却又没好意思笑出声。一个结了婚的农民工满脸害臊地说："生活用品我不知道，不是生活用品我知道……"说这话的时候，他心想：这老女人还那么风骚？众人沉默了几分钟，竟然没有一个人猜出来。黄大妈得意地破口而出："这都不知道啊，是牙刷。"再就是把那些她们曾经讲过的故事，再重新讲给这几个新来的农民工听，"从前有个山，山里有个庙，庙里住着一个老和尚……"

"这故事都讲了八遍了。"输棋的汤师傅不耐烦地说。

"什么八遍九遍，又没叫你老汤听！"黄大妈瞪大眼睛回应，"要不你给他们几个小兄弟讲个故事？"

"从前有个山，山里有个庙……"汤师傅又把这故事重复一遍。大家忍不住发出灿烂的笑声。班组里时常爆发这样一阵阵的笑声。

这些日子，一起过来的农民工马老虎和五六个老乡在船台干起重工。船台是全厂的核心生产区域之一，只有把巨轮在船台上打造好下了水，才算完成船舶建造的关键工序。这些农民工跟着起重工师傅一道负责分段的吊运工作，他们三四个人一组，齐心协力把一根根碗口粗的钢丝绳固定在分段上，然后领头的师傅指挥高大的吊车，把这个几十吨重的分段缓缓平稳地吊起来了。这时候几个农民工把双手往后一背，远远地看着起吊的过程。有个农民工惊讶地说："哇，大吊车的力气真大，像老鹰叼小鸡一样。"马老虎显得十分欣慰，"那当然啦！"说着心里有种说不出的荣耀。到了指定的地点，几个人又赶忙过去把钢丝从分段上拆卸下来。他们几乎每天重复着相似的劳动。

起重班组里的师傅们个个膀大腰圆，他们是船厂的大力士。现在来了几个农民工，大家都很欢迎。休息的时候，他们平时不太爱说笑话，班组里像夜空一样的寂静，偶尔有人抱怨几句，"一年就造这么两条船，人还怎么活？"班长打断了说话的师傅，"别整天唉声叹气，现在不是在改革吗？郑厂长来了，一定有办法的，一定会……"听到班长的话，大家又沉默不语了，无比期待着美好的明天。

在机装车间和涂装车间工作的十几个老乡，已经基本适应了他们的工作。机装车间工作的老乡，他们有的在仓库里整理一根根管子，有的协助师傅在船上安装管子，还有的帮忙安装船上的机器。机装车间是厂里主要的生产车间之一，船上有许多管子，例如冷水管、热水管、消防管、排水管和油管等，船舱里布置得密密麻麻。老乡们只是做辅助工作。有的管子上有油污，搬运的时候难免会把工作服弄得脏兮兮，"干这球活，还不如回家种田安逸。"一个老乡干了不到一个月就辞工了。要说工作环境，涂装车间也很复杂，他们有时在十分狭小的舱室里工作，时常被油漆溅了个大花脸，没几天时间工作服就变成了"迷彩服"。因此这些人经常抱怨，甚至嫉妒唐华和小六子，"他妈的，你们进电器厂是不是走了后门？"唐华不出声，小六子也不回答。

一段时间以来，全厂上下对这些农民工的工作表现十分满意，现在职工们也不再像当初那样叫他们"农民工"，而是叫小张、小李、小王等这样的称呼，大家感到亲近了许多。

渐渐地，大家的工作积极性明显上升。

第 三 章

转眼到了七月中旬，正值家乡的"双抢"农忙时节。皖南的农田一般种两季水稻。"双抢"就是抢收成熟的早籼稻，再把晚稻秧苗插下去，是在一年最热的季节完成这项艰巨的任务。唐华决定请几天假，回家帮忙收稻谷插秧苗。出发前唐华买了一件格子短袖T恤衫和一双米黄色旅游鞋，两样加起来不到三十块钱。他以前总是穿解放鞋，现在第一次穿旅游鞋，走起路来感觉很顺溜，再穿上那件米黄色的的确良裤子——这条裤子已经整整穿了四年了，颜色褪去像是白裤子。唐华对自己这身穿着还算满意，尤其喜欢脚上这双新鞋子。

路上很顺利，两个多小时后唐华提着一包行李下了车。下车的地方离家还有七八公里，这段路没有车坐了。刚出车门唐华明显感到一阵热浪扑鼻，顶着烈日沿着那条熟悉的山路往家走去。山坡上又浓绿了几成，树木也长高了一些，树林里不时传出知了有气无力的叫声，还没有走多远他的脸上大汗淋漓，衣服汗湿了一半。下了山坡离家不远了，唐华穿着新鞋子轻快地走向回陈家庄的路上。眼前田野里一片片金黄色沉甸甸的稻谷，农民们正忙着收割稻谷，其他再也没有什么新变化。不一会儿，唐华到了他们村的乡间。乡亲们看见路上有人过来，有的不知道是谁，还以为是过路的；到了近处，一个老伯认出了唐华，说道："回来啦，听说你去船厂工作不念书了？"唐华点点头。老伯从头到脚打量着唐华，接着说道："咱们陈家庄祖宗三代都不是念书的料，还是进厂工作好。"唐华听罢感觉一阵心酸，加快脚步进了家门。

哥哥唐文也从上海赶了回来。妹妹明珠去了苏州打工，还在培训期，因此没有回家帮忙。

第二天一早，唐华兄弟俩一前一后抬着那台笨重的打稻机到了自家的田里，一家人卷起裤腿下了田，弯着腰割倒齐腰深的稻子，像劳动竞赛似的拼命地你追我赶，唐华妈干活快，总是冲在最前面。割下的稻子堆成一堆一堆的，形成一种别样的风景——这就是他们家今年上半年的收成了。自从家庭联产承包责任制以来，陈家庄的粮食年年丰收。农忙就得靠人多，现在各家都忙着自家的事情，劳动力多的人家那就快多了。两个儿子都回来帮忙干活，又瘦又矮的唐华爸心里高兴了好一阵子，他一生最幸福的是养了两个儿子和一个女儿，因为他认为两个儿子干活有帮手，女儿孝顺晚年可以享点清福，每每想到这些老汉就幸福了一回又一回，不觉中脸上露出憨憨的笑容。

一亩多田的稻禾上午割完了，下午便开始打稻谷了。烈日下兄弟俩轮流使劲地踩着打稻机的踏板，唐华妈也跟着踩踏板，像机器那样不知劳累。在田里滚爬了半天，唐华明显感到浑身乏力，腿脚显得那么的无力，不过是在城里上了几个月班，当了几个月工人而已，咋农活就干不动了？这时他突然有个念头：要是有先进的机械来收割就好了。其实村里不是没有尝试过。前两年乡农技站推广过一种电动收割机，由于采用220V电源，试用当天差点电死人，后来再也没人敢用这种机械。还有人说在电视上看到东北使用机械耕种，但立马有人反对："人家是平原地区，咱们皖南山区跟人家不一样。"

晚上张灯时分，一家人才收工吃了晚饭，饭桌上碗筷还没有收，唐华兄弟俩就向父亲母亲汇报了各自的工作情况。唐文关心地问："兄弟在船厂做什么工作？累不累？"唐华连忙说："不累，这段时间在学电焊。"工作上其他的事情唐华没有细说。一家人听说唐华在学技术可高兴了。唐华妈说："村里和你一样大的，有的寻不到出路还在家里，有的到南京上海找不到好工作，尽干些拾垃圾的苦脏活，还是去船厂工作好，又能学技术。"唐华爸点了一支烟，跟着点头，还没等手里的烟抽完，就依着饭桌打起了呼噜。唐华本来想对家里说下半年回学校读书的事情，可是一家人都在兴头上，欲言又止的话终于没有说出口。接着唐华妈一边洗碗，一边听兄弟俩诉说各自的工作。唐文学了木匠，在上海建筑工地上四处打零工，这家干完了，又等着下一家工地，但都是一些小工地，有的工地没几天就干完了，吃饭有上顿没下顿，经常饿着肚子，他羡慕弟弟进船厂工作稳当。为了不让家里担心，唐文说道："大上海从浦东到浦西到处都在大发展，总能找到活干。"

兄弟俩半年没有见面了，躺在床上还有很多话说。唐文又对唐华说了一些事情，"一个月前，我到江南船厂附近帮一户人家搞装修，江南船厂很大，我当时很想进去看看，可门卫不让进厂，只在外面看到很多大吊车。"说着，唐文的心情显得特别激动。唐华第一次稀罕地听到江南船厂的名字，立即竖起耳朵听哥哥接着往下说。"那个东家也是江南的，还是电焊工，他家还有一台大彩电，我告诉他你也在船厂工作，东家高兴得像遇到熟人一样，活干完了，还多给了五块钱工钱。"说到这里，唐华想起家里连黑白电视机都没有，对唐文说道："咱好好干，争取年底买台电视机吧。"

随后唐文又说起半个月前发生的事情。那天晚上十点多，唐文刚睡下听到有人敲门，开门后看到门口站着几个警察，当时把他吓一跳，心想自己没干坏事啊。警察说道："查暂住证！"唐文没有暂住证，紧张得浑身直哆嗦，他佯装着四处查找。那年代在上海没有暂住证很可能被当作盲流要被遣送回去的。房东谎称道："他的暂住证在我屋里，这就去拿。"房东认识那个查暂住证的警察，随后警察转身就走了。由于唐文给房东干了些活没收工钱，因此房东才帮忙解了围，"要是被警察遣送回来名声不好听，可不能告诉家里呵！"接着唐文再三叮嘱道："这事可万万不能对爸妈讲……"累了一天，唐华已睡着了。

第二天天麻亮，唐华爸妈便起床开始了新一天的劳动，唐华爸赶着大牯牛走向了田野，唐华妈去秧田里一把又一把地拔着秧苗，准备上午的插秧工作。家里没有电风扇，天亮的时候唐华热得一脸的汗水，他赶忙叫醒哥哥，兄弟俩来到田野里，此时父亲已经把田犁完了，母亲拔了一大片秧苗，"你们把这些秧苗送到田里。"说完唐华妈便回家做早饭了。唐华悔恨自己起床晚了，要是早点起来就该多干很多活了。

吃罢早饭，一家人开始插秧。

一个星期后，唐华家农忙终于顺利完成了。村里家家户户都插完秧苗，田野里又换了一种新的景象，空气里夹杂着一股浓烈的泥土味。

忙完了农活，唐华兄弟俩要返回城里了。唐文一大早就出发，赶乘前往上海的长途汽车。临走时唐文哽咽着对父亲母亲说道："爸妈，你们一定要保重身体！"说完眼泪禁不住流了出来，朝送行的两位亲人挥挥手，便消失在漆黑的山路上。

吃完了早饭，唐华爸妈又要送小儿子出门了。三个人相继走出村口，一路上都没有说话，接着又送了一程，这时唐华终于忍不住说出想回来念书的打算，"爸妈，我想下半年回来念书，学费我自己挣，每个月存了一些钱……"听儿子说要回来念书，唐华爸急忙说："你在船厂工作不是好好的吗？干嘛还想着念书？"唐华妈顿时感到一阵头晕，脚底打滑差点摔倒了，"你想回来读书也好，我和你爸没……没意见，只是学费咋办？"此时唐华心里怦怦直跳，他知道今后再回到学校的话，还要面对很多困难，心里坚持对自己说："我不能放弃读书。"他强忍着泪水踏上了返程的汽车。

送走了两个儿子，唐华爸妈心里感觉堵得慌，尤其是小儿子还想读书的事情，像巨石一样压在两位老人的心头。

农忙结束了，左右邻居时常到唐华家院子里纳凉。唐华家院子本来就不大，这几天小院子已经被挤满了。尽管已经立秋了，可秋老虎还很闷热，到了晚上人们才感到一丝凉意。月光下大爷大妈们手拿扇子一边纳凉，一边驱赶可恶的蚊子，一群人谈论的话题自然离不开唐华。在村里人看来唐华去船厂工作，像一步登天似的，陈二爷羡慕地问唐华爸："还是你们家唐华念书多有出息，现在到船厂工作多好啊，户口转了没有？"唐华爸抽着闷烟不搭话，唐华妈只是说在学技术。一位大爷跟着插话："学技术有前途，将来就是技术工人，比咱们农民强百倍！"院子里有说有笑。接着有人打算给唐华说对象。陈二婶说："唐华和兰花从小青梅竹马，我看他们俩很合适。"陈四婶抢着说："依我看他和小丽更合适！"说着两人相互抬起来。唐华妈急忙说："唐华今年才二十岁，婚姻大事还是日后再说吧。"唐华本来在村里的口碑还不错，村里的好几个年轻姑娘都看好他，唐华妈硬是没有同意，因为他们必须先考虑大儿子的事情。

说到唐文的婚事还有一段插曲。去年村里人听说唐华一准能考上师范当老师，也就在这期间，唐华家突然变得热闹起来，好几家媒婆过来试探口风，"外面都说你们家唐华爱念书，今年一定能够'中状元'。"唐华妈笑着说："托你的好口福，谢谢吉言！""你们家唐文今年有二十二了，又有一门好手艺，不知道是否有对象？……"那媒婆只说了三分话，也没说具体是哪个姑娘家让她过来当说客的。唐华妈实话实说："还没呢。"在村里人的眼里，唐华要是当了老师，今后家里所有的家产必将是唐文的，这样看来他们家的日子也不错的，因此早在心底算计着，他们更想等到唐华中考结束一切就明了，现在就算是挂个号，目的大家都心知肚明。谁知道中考成绩出来后唐华偏偏差一分。结果那几个媒婆自然也就像风一样消失了。

然而事情仅仅过去了一年多的时间，他们现在又来打唐华的主意，唐华妈想到这些事心里就堵得慌，算是把人看明白了，但都是隔壁邻居不好得罪。现在唐华爸妈的确很苦恼，一方面是为唐华还想读书不知所措，一方面是为唐文的婚事犯愁。

　　唐华回到船厂宿舍的时候，杨宏明立即对唐华说："听说有人东西被偷了，快看看你少什么没有。"唐华顿时心里一阵紧张。几十人住在一个大宿舍，谁丢了东西也不是什么奇怪的事情。唐华急忙查找自己的行李，随后发现自己的物品原封不动，尤其是那本小心保存的存单还在，这才稍稍放心了。

　　7月下旬电器厂的电气车间接到一家酒店的电气装修业务。酒店位于闹市区，规模总共五层，装修后酒店将以传统美食为其特色。电气装修业务包括从上到下所有的电气安装，负责安装各种灯具和开关，以及其他的电气设备及插座安装等，工期四十天。酒店打算8月中下旬重新开业。电气车间立即组织最强力量前去工作。王师傅和另外两个师傅接到任务后立即到酒店开展工作，首先按照图纸铺设电线，把红的黄的白的电线一一铺开，有些密集的地方像蜘蛛网一样。放线工作稍稍轻松，可也不能放错任何一根线。王师傅是电工高级工，这点活对他来说简直是小菜一碟。由于重新装修，电线必须钻孔或开槽埋进墙壁，有很多开关和插头的位置需要重新凿开，最麻烦的是开槽凿孔工作又脏又累，拿着十几斤重的冲击钻在墙壁上使劲地钻，弥漫的灰尘夹着颗粒物四处飞溅，几个回合下来，不光眼睛吃不消，双手也吃不消，工作服也脏兮兮的。加上天气十分炎热，这里的工作环境比在车间里辛苦多了。一天下来，三个师傅和工地上的农民工没什么两样。

　　半个月过去了，电线已经基本铺放到位了，现在最要紧的工作是钻孔开槽。就在这时，一个师傅说孩子生病需要请几天假，另一个师傅说身体不舒服也要休息两天。他们请假的理由都很充分，结果只剩下王师傅一个人坚持在工地上，因为他是负责人，工期不能耽搁，所以他不能再请假了。三天过去了，那两个师傅还没有过来上班，王师傅下班后回厂汇报工作情况。张厂长看到王师傅的一身衣服，得知有两人请假了，当即决定让两个农民工前去帮忙。唐华和小六子以为领到了什么好差事，傻傻的高兴了好一会儿。

　　第二天早上，唐华和小六子乘车前往市区，公交车过了劳动路便到了中山路，这条路明显繁华很多，两边高楼和商场让人眼花缭乱。此刻两人的心情显得格外舒畅，就像刘姥姥进大观园一样东张张西望望，像是鸟儿从笼子里放出来，终于可以到外面呼吸一下新鲜的空气。今天人都到齐了，王师傅安排四个人安装吸顶灯，一个人安装壁灯。吸顶灯很大，还有一串串玻璃吊坠，站在高高的人字梯上安装，需要格外小心。王师傅担心小六子干活毛手毛脚，没让他上梯子安装吸顶灯，叫他在下面扶稳梯子。唐华站在梯子上面双手用力托着灯架，费了好大一会工夫，才把这个大家伙装上去了。半天时间，五个人安装了一楼的六盏吸顶灯和十盏壁灯。

中午他们在外面吃简单的盒饭，吃完饭在酒店找了一个相对干净的地方躺一会。唐华不想睡觉，在报刊亭买了一本青年杂志，然后坐在酒店楼梯口一页一页地阅读。

下午开始安装开关和插座。

下班的时候，王师傅对今天的工作进展很满意。

接下来的两天，大家把一楼和二楼的灯、开关和插座等全部安装完毕了。

上面几层的电线槽和开关盒都还没有凿开。

星期三上班，王师傅安排唐华和小六子轮番开槽，他俩抱着冲击钻对着墙壁一阵疯狂，尘土飞扬。幸好唐华戴了眼镜。不一会儿，两人就开好了两条线槽，小六子浑身大汗，唐华也累得双臂发麻。下午刚干了一米多长，小六子的眼睛忽然被飘落的灰尘迷了睁不开，捂住眼抱着头蹲在地上。王师傅赶忙过来用手翻了翻小六子的眼皮，"一颗沙子在眼球上，别动。"说着王师傅掏出一张十块钱，把钱折叠成三角形，一手翻开小六子的眼睛，一手准备用钱拨开沙子，"见钱眼开"。小六子看到那三角形一角尖尖地刺向他的眼睛，反而眼睛紧闭，王师傅翻了几次才翻开，一粒细小的沙子果然刮出来了。当晚小六子睡了一觉醒来，想想干这些活就烦躁，于是决定明天向厂长请假。

第二天上班的铃声响起，小六子刚到电器厂门口，张厂长就看见了小六子。

"今天怎么没去酒店？"

"昨天脚崴了，想请两天假。"小六子撒谎道。

"别装模作样了，刚刚看你一路小跑嘛，工程很快就要完工了，再坚持几天。"厂长接着又补充说，"这个月给你们俩加奖金。"这才把小六子打发走了。

小六子出了厂门口，买了一副眼镜，坐上公交车到了酒店。

酒店梁经理一早来到现场，梁经理恳切地对王师傅说道："你们能不能再加快一些，泥瓦工和木工都在等你们的施工进度，几位师傅再加把劲啊！"梁经理的话里带着几分命令的语气。"一定，一定。"王师傅回答道。接着梁经理叮嘱其他在场的师傅，"你们要确保工程质量，但也要保证按期完成。"说完梁经理就走了。王师傅立即组织大家召开简短的现场会，把这几天手头上要紧的活先安排了，再把每个人具体的活也详细安排了，"现在最关键的还是开槽凿孔，泥瓦工等着补水泥。这样，现在大家轮流来干这活。"看到小六子戴着眼镜，王师傅立即差人去买了几副眼镜。大家都戴眼镜干活安全多了，开槽的速度比之前快了两倍多。小六子和唐华看见师傅们今天也轮流钻孔，心里平衡了几分。

快到中午时分，酒店梁经理亲自买来了几大袋子盒饭，"师傅们你们辛苦了，都快过来吃饭吧，吃完饭再好好休息一下，下午再接着干。"梁经理刚进门，有人就闻到饭菜一股香喷喷的味道。听到经理在叫他们吃饭，一群人立即放下手里的工具，有的手也没洗，朝经理走去，领到一盒饭一盒菜。打开饭盒，有一大块大排、三四块鱼块、两个大肉圆，饭盒底下还有一小撮青菜，这么多菜把饭盒填得满满的。每盒都一样。这时一张张脸上露出了荷花般的笑容。小六子说道："味道真好吃，比咱吃的盒饭强多了。"唐华说："嗯，这么多菜。"梁经理看到大家大口大口地吃着，指着袋子里的盒饭说："这些饭菜都是免费的，不知道合不合你们的口味，大家尽管敞开肚子吃，知道你们干活很辛苦，所以特地多订购一些，这里还有很多饭菜，不够吃的随便吃，饭一定要吃饱。"

听说盒饭是免费的，大家继续放开吃，有的师傅已经吃得满嘴油腻。唐华和王师傅吃了一盒饭，肚子就饱了。小六子狼吞虎咽，还没有吃完，赶忙又过去拿了一份，第二盒饭吃了一半的时候突然被噎住了，发出"咯咯"的声音，伸长的脖子上下抽动着，急忙在脖子上抹了几下，"他妈的，鱼刺没吃出来……"小六子喝了两口水，吞了一口饭，这才平静了下来，最后还有一个大肉圆和一块鱼实在吃不下了。

随后的日子，他们每天都能够吃到这样丰盛的免费午餐。小六子的肚子像永远吃不饱似的，继续贪恋着吃两份饭菜，时间久了，他感觉肉圆不好吃了，吃了一半就不想再吃了，饭后肚子都鼓起来了。小伙子本来在长身体的阶段，不知道是不是这些天长胖的缘故，皮带松解了好几次，还感觉皮带系得太紧了。这些天唐华的脸庞也圆润了一些，他想起高中的时候连几毛钱的甲菜都吃不上，现在这么好的饭菜竟然是免费的，他觉得尽管是免费的，那也不能白白浪费。

再说天下没有白吃的午餐。师傅们吃饱午饭，休息片刻就立即投入到下午紧张的工作。现在干活可不比前些日子，好像有牛一样的力气，泥瓦工手里不停地忙活着，木工拉快了锯子，电工师傅自然不能拖后腿，他们也加快了施工进度。这两天小六子的手臂显得格外有力气，他抱着冲击钻使劲地钻孔开槽，线槽的深度和宽度都很合适，开关盒的孔钻得大小也刚好合适，王师傅不住地点头称赞！唐华见小六子累得一身的汗水，想让他休息一会，小六子却意外地说："你没有我钻得好钻得快，还是我来干！"一天中午休息的时候，小六子像小老板似的说："开孔钻槽的活我包了。"大家用怀疑的目光看着小六子。小六子却兴奋地说："怎么啦，不相信啊？"听到小六子坚定的语气，王师傅对剩下的活又做了周密的安排，"这样吧，咱再分工一下……"

一个星期后，电工师傅又完成了两层的工程任务。

现在工程到了最后的紧要关头，只剩下最后一周的时间了。下午三点多，酒店梁经理再次过来了，恰好电器厂的张厂长和电气车间姚主任也赶了过来，梁经理陪同张厂长和姚主任仔细查看工程进展和施工质量。在王师傅的带领下，大家正在各自的岗位上紧张而有序地工作，王师傅正在接线，另外两个师傅也在接线，唐华拿着螺丝刀拧紧开关盒。"小六子还剩多少孔钻？"王师傅问道。小六子大声地回答："今天下午全部搞定。"梁经理对电器厂的两个领导点头称赞，"你们的师傅好样的，干活让人放心。"接着张厂长和姚主任把大家召集在一起，张厂长说："大家辛苦了，这次市里把这么大的工程交给我们船厂来做，尽管时间短、任务重，大家一定要克服困难，争创一流的质量。""这个月我给大家发奖金，希望大家继续努力，一定确保工程进度，更要确保质量。"姚主任一边说，一边给大家递上了冰爽的饮料。随后张厂长、姚主任和梁经理离开了现场。

四天后酒店装修全部结束，比原计划提前了三天时间完工。装修质量经过有关工程监理单位验收合格，也得到酒店方面的一致好评。

第 四 章

酒店装修结束后，唐华和小六子返回了原工作岗位。这段时间工作虽说很辛苦，但多了五十块钱奖金，两人十分高兴。想想那些免费的美味饭菜，现在他们再也吃不到了。一切又回到了原来的样子。

休息的时候，唐华仍然喜欢阅读青年杂志。小六子和两个新来的实习生也都喜欢看这类杂志，因为杂志上有很多励志成才的故事。他们有时还相互交换着阅读。

距离新学期开学不到五天的时间了，唐华开始谋划回家读书的事情。晚上下了班，一边着手准备收拾行李，一边想着去把存单上的钱取出来。唐华翻箱倒柜地找了三遍，怎么也没有找到那本存单，急得满头大汗，"到底放哪里了？"唐华自言自语。于是又在床上床下翻了两三遍。下铺的杨宏明看唐华忙着找东西，问道："你找什么？"

唐华随口答道："我的笔不见了。"

"哦，昨天写信放在我的本子里。"杨宏明说。

唐华接过笔躺在床上怎么也睡不着，存单究竟放哪里了？这可是他半年来的积蓄，也是他即将回学校读书的学费。此前唐华经常把存单放在一本书里夹着，小心翼翼地保存着，每个月发工资的时候，他再往里面添上几十块钱，现在一共有四五百块钱了。他仔细想想，莫非还夹在那本书里？第二天中午唐华回到宿舍，一页页地翻开那本厚厚的书——曾经放存单的地方，却不见存单的踪影！唐华急得浑身上下直冒虚汗。接着唐华又把所有的行李翻了个遍，就是没有找到他最需要的东西，他突然觉得十分后怕，难道被偷了？因为前些日子宿舍里曾经遭遇过小偷，他不得不有这种疑虑。

下午唐华向杜主任请了一个小时假，急忙去银行查存单的问题。银行工作人员热情地问道："您好！请问有什么需要帮助。"唐华把事情的经过详细地诉说了一遍。"您好！请出示身份证。"唐华立即从口袋里拿出证件递了过去，便焦急地等待对方肯定的回答。一位工作人员查了又查，脸上没有露出一丝笑容，似乎遇到了什么情况，对旁边的另一位工作人员说道："过来看看。"两个人一起仔细核实后，才对窗外焦急的唐华说："您存单上的钱已被取出了。"唐华得到这样的答复怎么也不相信，自己根本没有取钱！两名工作人员疑惑地看着唐华，"您再好好想想？"接着工作人员找出那张取款的回单，"这上面还有您的亲笔签名。"唐华接过回单看了又看，签名"唐华"，日期"1993.8.24"，顷刻间整个人懵了，他心里十分清楚自己并没有取过这笔钱，难道是有人冒领？唐华拿着回单细细看了好几次，他一方面回想8月24日那天自己干了什么事情，一方面对这个签名的字迹有了初步的判断，这笔迹与自己的笔迹颇有几分相似，好像哪里见过？由于没有设置密码，只要有存单便可提取，银行是按规定操作的。唐华只好遗憾地回去上班了。忽然间唐华看到小六子今天脸上的表情，似乎与往常明显不太一样。

半夜里，唐华隐约想起前两天有人找他借书的事情。那天他们发了奖金，唐华把那五十块奖金存进了银行，回来的时候他担心存单放在身上被汗水浸湿，于是顺手把存单放进那本杂志里面；中午小六子向他借书，他又把书直接借给了人家。想到这里，唐华更加确信存折上签名笔迹的由来。

第二天一上班，唐华便向小六子询问借书的事情，只见这家伙刚刚还和杜主任说说笑笑，刹那间脸色突然由晴转阴。那本书现在还在小六子那里。小六子从桌子上把书找出来递给唐华，脸色紧张却又振作地说："谁见过你那东西？……"唐华的心里打了一阵寒颤，心想回单上的签字铁证如山，难道非要捅破这层窗户纸？

接着唐华回想起小六子最近一些极不正常的表现。小六子家境也很不好，平时吃饭也十分节省，在食堂里顶多吃两块钱的饭菜，最近天天吃三块四块的，有时还要上一瓶啤酒，打饭的时候明显阔绰三分，掏钱的动作比孔乙己还夸张。打完饭一个人坐在拐角边津津有味地吃着喝着，吃完了，饭桌堆了一堆碎骨头，然后嘴巴一抹，大摇大摆地走出食堂。有天一个老乡见小六子吃得这么爽快，问道："今天又吃大餐啦？"小六子头也没回，说："嗯，发奖金了。"老乡嘀咕道："还是你们电器厂工作好，月月有奖金发。"这一切唐华看得清清楚楚，起初原以为是发了奖金，也就没有多想。再就是，这几天他们在车间里干活的时候，小六子走路似乎有意避开唐华，偶尔碰面神色很慌张，中午根本见不到小六子的踪影。想到这里，唐华更加觉得这些天小六子心里肯定有鬼！

第三天唐华再次来到银行请求帮助。工作人员遗憾地说道："对不起！我们银行是按程序办事，出了这样的事情，我们也没有办法。"最后他们建议唐华向厂保卫科报案。唐华向保卫科的民警一五一十地说出事情的来龙去脉，民警一边仔细听，一边在本子做着笔录。

"这是我半年的工资，求求你们一定要帮忙找回来。"

"你先回去吧！我们一定会尽力而为，这也是我们的职责。"

出了保卫科，一路上唐华心急如焚，眼看就要开学了，居然出了这么大的事情，心想只要把钱找回来就好，找回来就好。

半个小时后，小六子被请进厂保卫科。

小六子回来的时候，他的脸色很难看，露出的胳膊上有两三条红红的痕迹，一句话也没说，低着头走向他的工作岗位。

就在这时，电器厂张厂长得知了此事，张厂长把唐华单独叫进了办公室，一边给唐华倒水，一边说道："刚才保卫科来电话，他们询问了半天，可是那家伙一口咬定'不知道'，没办法只好把人放了。"唐华得知这样的结果，急忙跪倒在地，"这是我半年的工资啊，求厂长给我做主……"说着两行眼泪流了下来。张厂长知道他们每个月工资才一百多块钱，"我想想法子。"随后张厂长让杜主任暗地里叫小六子写几行字，其中包括"唐华"两个字，只是这两个字不是连在一起的，从上到下仔细看看便知道了张厂长的用意。其次张厂长和杜主任两人亲自找小六子单独谈话。小六子满口否认，"我和唐华同一天进厂，怎么可能干这种事情，谁要是拿了他的钱谁就是遭雷劈的王八蛋。"张厂长和杜主任商议后，只好告诉唐华"证据不足"，让他去派出所报案。

派出所的干警热情地接待了唐华，唐华又把事情的经过从头到尾说了一遍，"同志，对不起！您报案的数目不足一千元，我们不能立案调查。街道上每天丢几十块几百块的都要查办的话，这根本不现实，再说我们哪有那么多精力？"唐华听到这样的回答，两条腿都软了，有气无力地走出了派出所。

当晚唐华呆傻傻地坐在江边哭了一个晚上，"这学还怎么上啊？……"顿足捶胸地发问，问苍天问大地，问奔涌不息的母亲河，"我不甘心！"可没钱又怎么回去读书呢？

9月1日，开学了，同学们见唐华没有回来报名，赵班长对大家说道："唐华上次在信中说这学期一定回来读书的，或许……或许他明天就回来了。"同学们的心情都是一样的，正默默地期待唐华的出现，像是等待一个奇迹！

两天后唐华依然没有出现在校园里，同学们不知道究竟发生了什么事，大家你一言我一语地议论开了。一位女同学激动地说道："上次唐华写信告诉我学费他自己挣，他半年的工资够这学期学费了……"说话的女同学叫彭美霞。话音刚落，一群男同学立即朝彭美霞望去。这时有个男同学起哄地问道："这些你都知道啊？"说得那女同学脸都红了，好像只有她知道唐华更多的事情，或许他们的交往已经超出了男女同学关系。还有一位同学反问道："十年寒窗苦，读书多辛苦啊！唐华已经走上社会了，还想读书？"班主任见唐华没有回来，摇摇头说："他是一个好学生，真可惜！"政治老师说："人各有志，有志吃志，无志吃力。"政治老师的话激发同学们更多的思考。因为他们相信知识改变命运，相信这个发展的世界未来将是知识时代，因此大家都加倍努力学习。

纵然唐华没有回来读书，但是大家把他的座位一直保留着直到高三毕业。

这几天唐华爸妈也感到很纳闷，"儿子上次说开学回来读书，怎么还没有回家呢？要是回来读书，起码先回家一趟吧。"唐华妈躺在床上问他爸。"这都开学了，你快去学校看看吧。"老两口心里纠结了一夜没睡。

9月2日，唐华爸坐车赶到了学校，向同学和老师四处打听，才知道唐华根本没有回学校。这让他爸感到莫名的担心。回去的时候，唐华爸心里咯噔咯噔的，"难道儿子又不想读书了？"进了家门，唐华妈很是不解，"老头子，你还是赶紧到市里去一趟吧，看看咱儿子还在不在船厂上班……"接着又补充道："问问儿子到底是什么意见。"

第二天吃完早饭，唐华爸穿着一身稍微体面的衣服再次出了家门。皖城他爸七几年曾经去过一次。那年代还没有高级的席梦思，城里人爱睡乡下人用棕绳丝编织的一种床叫绷子床。唐华爸妈都会做这种床。那次他爸和村里人一道去市里卖绷子床，还是向邻居借了一条裤子去的，说起来都过去二十年了。下了车唐华爸根本不认识路，"哎呀，这城里变化太大了，当年好像就是在劳动路卖了那张床的，怎么就变得不认识呢？"走了很长一段路，唐华爸看到路牌上写着"劳动路"，再往前就到船厂了。唐华爸在门卫室前徘徊许久，保安走上前问道："老伯有事吗？"唐华爸半天也没说清楚他儿子的工作单位，猛然间想起："叫什么电器厂"，热情的保安把电话打到了电器厂张厂长办公室，这才见到了他的儿子。

见到自己的老父亲从家里赶了过来，唐华赶紧把父亲引进了宿舍，"你妈让我来看你工作可好？"他爸说。"都好着呢。"唐华回答。差不多两个月没见面了，父亲上下打量着，看到儿子的脸圆润了一些，随后两个人坐在床边都没提读书的事情，唐华没告诉父亲丢钱的事情。"这附近我以前来过一次，现在变化大，一点也认不出，幸好我还认识'劳动路'三个字……"老父亲说着，感到一种说不出的荣耀和激动。

吃了午饭，唐华领着父亲参观船厂。船台上一艘五千吨级的大轮船已经成型，两边矗立四台大吊车，吊车的顶端高耸入云，唐华爸饶有兴趣地看了好几分钟，"第一次见到这么大的轮船，第一次看到这么高大的吊车。"此时一群工人在船台上下忙碌着，有几个工人正在焊接，焊接的火花朵朵，唐华爸问："你和他们一样干这活吗？"唐华指着他工作的车间，"我在那个车间里工作。"老父亲听儿子说车间里工作，心想车间里工作大概会轻松点，"来不及了，下午我还要赶回去。"说着唐华领他爸往车站方向径直走去。

快到车站门口的时候，唐华爸问："读书的事情你到底咋想的？我回去要向你妈回话。"唐华在路上早料定他爸会这样问他，"爸，我不想读书了，我想学技术好好工作。"唐华爸听到儿子这样的回答心里感到满意，"年代不同了，念书考大学将来也是要工作的，现在学技术将来也有前途。"父亲摇摇头，接着说道："儿啊，爸实在没本事，实在没办法啊，现在家里还欠……欠不少债务，我和你妈不是不想让你读书，这都是命啊！咱就认了吧。"说着老父亲用手抹了抹眼角的眼泪。为了让孩子们读书，这个身高只有一米五几的老汉不是没有尽力，全村数唐华兄弟俩读书最多，有的人家几个孩子加起来还没有唐华读的书多。唐华看见父亲的后背明显躬了，耳鬓添了一根根白发，他的心在流血，眼泪在眼眶里直打圈圈，"爸，快别说了，我都懂……"这时车站广播响了，"有前往九华山方向的旅客请尽快上车了，车辆马上就要出发了。"唐华含泪目送着父亲在靠窗的位置坐了下来，他爸伸出那双布满老茧的手朝车窗外挥了又挥，嘱咐道："回去吧，好好工作，保重身体。"汽车缓缓地驶出了车站，唐华眼泪汪汪地看着父亲的身影随着车子一起消失在眼前。

天黑的时候，唐华爸回到了家。唐华妈已经把饭菜端好在饭桌上，两人先顾不上吃饭，他妈急忙问道："见到儿子了吗？他咋说的？"他爸在凳子上坐稳了，抽出一支烟点着，半天没说话，他妈急得直跺脚，"儿子读书的事情是大事，倒是快说啊！"他爸猛抽了一口烟，才开口说："儿子说在船厂工作好着呢，他又不想读书了。"

"还说啥了没有。"他妈又问，"上次儿子不是说还想念书吗？"

"还说在车间里烧电焊，工作不累。"他爸说着脸上显得有些高兴，"我看到了大轮船，还有大吊车……"

"肚子饿了，快吃饭吧。"

"嗨，光顾着说话，肚子早饿了，现在又不觉得饿了。"他爸吃了两口就不想吃了。

接着把到市里的所见所闻给他妈讲了三遍，"那地方我去过一次，这次下了车就打不开方向，要是你去就麻烦了，幸好我还上过几天学。才二十年的时间，城里变化可大了，你说外面的世界咋就变得这么快，可咱们陈家庄为啥还是老样子呢？"老汉这次去城里回来后感慨万千，他不知道改革开放现在到处都在快速发展，到处都在搞建设，别说二十年的变化，现在一些地方三年大变样，甚至几个月就换了新面貌，也就这穷山旮旯的变化显得跟不上时代。他爸接着激动地说："还有一件事，我在儿子船厂看到了毛主席的照片，儿子告诉我毛主席1958年到这里来过……"

"真的啊！"他妈脸上露出无比兴奋的笑容。

"可不是吗，儿子亲口告诉我的。"他爸说。

都半夜了，老两口还没合眼，"毛主席都去过，看来咱儿子去国营单位工作好，现在船厂又学技术有前途……"直到鸡叫两遍了，两人才疲倦地睡着了。

要说这些年陈家庄也不是没有变化，陈家庄田地肥沃，粮食收成在整个兴旺大队和十字铺乡都算是很好的。十年前他们辛辛苦苦植树造林，如今万亩林场的树木已经长到碗口粗了。植树造林是前人栽树后人乘凉的好事，也是十一届三中全会后陈家庄人利用集体力量干的一件了不起的大事。再就是去年大队陈书记号召大家修路，"乡亲们，上面号召要想富先修路。"陈书记也是陈家庄人，在村里老辈当中读书最多最有见识，曾经在山西太原当兵；退伍回来的时候，陈书记给乡亲们讲愚公移山修路的故事，村里根本没人相信，甚至感到十分可笑。去年9月陈书记刚宣布修路有人举双手赞成，但也有人反对，最不支持修路的是陈光明，因为修路占了他家四分田，为修路的事情多次顶撞陈书记，"前些年开山栽树，咱把树栽了，这多年也没见到什么金凤凰，还不是一副穷酸样，现在又换啥名堂修路？"

连日来陈书记好说歹说，工作就是做不通，陈光明扯破嗓子说："感谢党，感谢咱们老村长，修路咱就能发财啦？"陈光明成了众人之敌，全村人堵在他家门口，像是开批判大会一样，"你们家要不要走路啊？"唐华爸说："我说咱是农民，农民就是修地球的命，上面叫干啥咱就干啥，至少修了路咱娃娃们上学方便嘛！"陈书记没想到这个平时不爱说话的老汉对修路的态度如此坚定。陈光明仍然不以为然，把怒火朝唐华爸发了一通，"都怪你们家唐华没中状元，他要是中了状元，上头自然给咱修路了，戴上大红花骑上高头大马，走上宽阔的大马路风风光光……"唐华爸差一点被当场气晕，好言相劝结果被反咬一口。一旁的陈二婶指着陈光明的鼻子骂，"是不是还要唱一曲'中状元着红袍，帽插宫花好新鲜……'哦呸！"几个妇女跟着破口大骂，"就你家不赞同修路，当心你们家断子绝孙。"陈光明家有四个女儿，本来就一直重男轻女，似乎在村里矮人家半截，话说到这份上正刺痛他的心，再不同意那在村里就更抬不起头了。最终多补了陈光明家一分田，才把宽宽的大马路修通了，这条路可以连结到国道通往上海。

完工那天，陈书记望着宽阔的马路，心想虽然是一条土马路，虽然现在还没有车子开进来，但是总有一天会有的，哪怕是拖拉机也好。"乡亲们，有了这条路，咱出行就方便了，到上海到北京都可以。"陈光明心灰意冷地说："照这么说，还可以到罗马到联合国……"

树也栽了，路也修了，村里这些大事小事都办妥了，只不过是没有立竿见影的效果，大概是这山山水水看惯了，几乎感觉不到有啥变化，尤其是现在他们的口袋还不充足，离"翻两番"的目标还相差很远。一个落后的地方要跟人家城里比发展速度那怎么行呢？落后并不可怕，可怕的是思想不能落后了，而发展往往需要几代人的共同努力，只要有雄心壮志的好儿女，再穷也有出头之日。老辈们只能这样想。

当晚唐华再次来到江边，静静地坐在那里沉思，目光呆滞地望着滚滚长江。江水滔滔，耳边伴着阵阵波浪拍打着岸边的声音，他嫌弃草丛里的虫子发出杂乱的叫声，随手拿起一块小石头扔了过去，也向滚滚的江水里扔了几块碎石，"我该怎么办？我的路在何方？"他不停地责问自己，他无比悔恨自己丢钱的事情，有气无力地摇摇头，无意中伸出一双大手，这个不会相术也不相信命运的年轻人居然给自己看手相，就在这时他忽然记起小时候那次算命的事情。

八岁那年小唐华得了一次急病，在医院里住了一个星期，出院后爷爷去几里外请来杨家庄的杨大仙给这孩子算卦，占卜他将来的命运。杨大仙天生双目失明，这瞎子算命特灵，不出家门就能算得谁家大门朝哪方向开，甚至能算得墙角放了哪些东西，方圆百十地无人不晓，被十里八村的乡亲们尊称为"杨诸葛"，求算命的求取名的把他家门槛都踩烂了。午饭前杨大仙和唐华爷爷一前一后回来了。大仙戴着一副黑色眼镜，穿着一身灰褐色长袍，肩膀上背着一个长长的布包袱，一手拿着一根三尺来长的竹竿探路，一手不时敲打着响器发出"叮铃叮铃"的声音。进了唐华家门，大仙嘴里说："这门向朝西。"唐华爷爷连忙说："是是是，先生不出门能知天下事。"一家人客气地把大仙请进屋。

唐华妈和奶奶早已准备好午饭，吃了午饭，杨大仙便开始给小唐华算命了。

杨大仙叉开双腿坐在上席的椅子上，一手捏着佛珠，一手摇晃银葫芦，嘴里念着咒语做法事。霍霍，这两样法器可不一般，据说佛珠是经过老和尚开过光，葫芦是他们家的传家宝，摇晃的时候还发出摇骰子一样的声音。法事做完了，问得小唐华的生辰八字，然后让小唐华从一叠卦中抽取了一支。小唐华紧张地看着这瞎子觉得像故事书里的阿炳，甚至十分怀疑是不是真瞎子。爷爷轻轻拉了唐华的衣角，"先生叫你抽一支，你可想好了。"这么多卦小唐华也不知道抽哪一支好，抽了一支又想再换一支，接连换了几次才抽出一支交给了先生。杨大仙接过唐华抽出的卦，将了将下巴上长长的胡子，接着又捏佛珠又摇晃葫芦，嘴里念叨"天灵灵地灵灵，天灵灵地灵灵……"不懂事的小唐华哥俩看着差点笑出声来，被爷爷瞪了一眼，兄弟俩才安静了一些。一家人用无比期待的眼神看着大仙。

那副卦在大仙手里反复摸了好长时间，每次都推得同样的答案，大仙扳着手指又算了一遍，"金、木、水、火、土，怎么样样都缺呢？看来这孩子命苦。"话不能这么直说，于是拐弯抹角地说道："卦上说五行顶缺金。"唐华爷爷立马站起来回话，"先生说的极是，我们家就是穷啊。"说话的时候老爷子的脸色瞬间转变了，"我们家祖宗三代都这样，这古话说穷也不过三代，先生看看这孩子的前景如何，可不能再……"老爷子恳求先生再算算。杨诸葛又捋了捋胡子，再次摸摸唐华的双手，接着重复着相似的动作，"这孩子命硬，长大后或许是一块读书的料，或许……"大仙没有往下说。唐华爸妈相互交换了一下眼神，"先生请接着说。""如读书行不通的话，这孩子手掌结实，倒是可以干一些力气活，或许是不错的打……打铁匠。"听到这番话，一家人的心情立即变得复杂起来，他们更愿意相信先生前面说唐华是读书命，哪里还相信是什么打铁命？这孩子从小身子骨差，前些日子还生了一场大病，要不是命硬就差点没命了。奶奶疼爱唐华，急忙气呼呼地说道："我孙子耳朵大，说不定将来还有好福气呢！"杨大仙立马转口说道："嗯嗯，一代总比一代强。"

唐文站在一边有口无心地说道："打铁好，爷爷我也要算一卦。"大仙又让唐文抽了一支卦，估摸了半天，心想：这兄弟俩一样的苦八字，比起刚才的卦这支卦的命更差，五行样样都缺，尤其是缺"木"。爷爷从小疼爱大孙子，希望这支卦能够让他们满意一些，老爷子急忙问："先生，这孩子的命相如何？"杨大仙把快要掉下的眼镜往鼻子上推了推，说："这孩子缺木，读书不如刚才那个，成人后可做木匠……"没想到两个孩子竟然一个是木匠命，一个是铁匠命，一家人神色慌乱。爷爷婉转地问道："先生，这命可能改？"大仙重新坐正后默默地说："命中注定岂能随便改的。"老爷子再三央求。"那好吧，改卦要加二毛钱，我杨瞎子今天试试看。"大仙咂咂嘴，捏捏手中的佛珠，"哎呀，办法只有一个，改名换姓。"瞎子把一家人的手相挨个摸了一遍，"你们家不是本地人，我看这两孩子该改姓……改姓陈家庄的大姓。"一家人又相互看了一眼。唐华妈对爷爷说："只要能够改的好？这事全凭爷爷做主。"爷爷偏爱大孙子，"改一个吧，那就请先生把哥哥的改了吧。"接着大仙给哥哥唐文改名为"陈家兴"，自然是期望将来家庭兴旺的意思。

算完卦又改了姓名，可并没有带来什么好运，不久老爷子就离开了人世。要说改名也不是完全没有好处，那就是爷爷躺在病榻上紧紧拉住陈家兴的手，上气不接下气地说："家兴，咱家的将来就靠……靠……你啦，你可一定要争气！"陈家兴跪在爷爷床前不停地哭着点头，老人才微微地笑着闭上眼睛。然而爷爷去世后这个家也越来越穷。后来这个陈家兴的确不是读书料，成绩单上一串红灯笼，还得过不少零分，初中毕业后学了木匠，而唐华最终没能考上大学进了船厂，也算是当了打铁匠，像是应验了杨诸葛的算卦。

长大后唐文十分后悔改名，于是又改回了原名，再后来连他自己都忘了叫"陈家兴"。

想到这里唐华又悔恨自己中考差一分的事情，可世上哪有后悔药呢？现在尽管会了一点点焊接技术，但在厂里终究是一个农民工。都说学好数理化走遍天下都不怕，可自己这点文化是远远不够的。尽管对家里说不读书，但怎么甘心呢？然而钱丢了，要怎么面对这样的现实，难道没有两全其美的法子？

直到宿舍快关门的时候，唐华才起身准备回去睡觉，站起来那一刻显得那么的无力那么的无助，猛然间脚底下的沙石子打滑，身体摇摇晃晃往前俯冲，险些滑到了江里，慌乱中唐华抓了一把几根狗尾草，才稳住了脚步。

一连几天小六子不再到杜主任办公室去了，刷完油漆后躲在偏僻的角落里休息，那张油嘴滑舌的大嘴巴紧闭了，再也不像之前那样张扬。车间的师傅们都换了一种目光看这小子，小六子从大家面前走过，似乎空气都被污染了，如同夹着臭屁那样不干净，师傅们都不经意地用手在鼻子前扇几下。上班的时候，经常听师傅们议论，有人说："兔子还不吃窝边草。"最近一段时间，师傅们把自己的贵重物品看得紧紧的，还有人把洗手的肥皂锁进了工具箱。周一的早会，小六子参加的次数越来越少。后来杜主任干脆由他去了。张厂长原本打算辞退他，可是唐华丢钱的证据不足，再说合同没有到期，因此不太好办。

这两天上班的时候，唐华的脸色像白纸一样苍白，那点焊接技术明显退步了不少，今天有一条焊缝十分糟糕。李大姐看出唐华的心情不好，但没有直接批评徒弟，"歇会，明天再干吧。"唐华明白师傅的意思，脸红了，垂头丧气地走向杜主任办公室。电工王师傅正和杜主任说话，杜主任说："上午厂部生产会上，总厂郑厂长宣布我们厂最近承接了一大笔订单，包括两艘万吨级散货船和其他的新订单，两条线都获得可喜的订单，其中这两艘万吨级巨轮是我们厂首制船……"王师傅一边竖起耳朵听，一边不住地点头叫好。唐华听见了，心里暗自高兴，有活干是好事，可是读书的事情绝不能放弃。

唐华走进办公室，坐在自己的位置上，杜主任和王师傅都看了看唐华。他们知道唐华原来打算回去读书，谁知道出了阴差阳错的事情。现在已经开学三天了，唐华的心情显得很沉重，看来他还真想读书，王师傅这样对唐华说道："爱读书是好事，不回去读书可以一边上班，一边上夜校，这样可好？"唐华听说可以上夜校读书，脸色立刻转忧为喜。杜主任连忙说："对对对，上夜校好。""夜校就在上次装修的酒店那边，刚开学还来得及报名。"王师傅说完立即从口袋里掏出一百块钱给唐华，杜主任也给了一百块，还把一辆半新半旧的自行车送给了唐华，唐华接过钱和车钥匙，连忙激动地说："谢谢！……"

就这样，唐华开始一边工作，一边上夜校。

第 五 章

夜校在中山桥下，由皖城市总工会主办，有高一至高三年级三个班级。高二班主任蒋冰倩老师同意唐华读高二年级，因为他高一年级课程已经基本学完了。

晚上下班后，唐华在食堂急匆匆地吃了晚饭，便骑着杜主任给他的那辆自行车朝中山桥下的夜校赶去。唐华每天较早地来到班级，从不迟到，也不早退，座位在教室右边第一排。唐华到了教室就拿出课本开始学习，像往常那样爱读英语课文背单词，遇到一些棘手的数理化题目，把课本反复阅读几遍，再对照一串串长长的公式，结果又做出了一大半。半个小时后，同学们陆陆续续到齐了。很多同学都坐在尽量靠后的位置，最后两排还有五六个男同学和女同学同桌。这些学生年龄绝大多数二十岁上下，唐华与他们的年纪差不多大，有三四个同学模样看上去有三十岁，其中坐在第三排的张小水同学已经三十五岁了，他同桌问道："你还要读书啊？"张小水同学毫不害羞地回答道："不读书不行啊，不读书跟不上时代发展……"基本上大家都是一样的想法，因此才走进了这个特殊的课堂。

几分钟后，班主任蒋冰倩老师夹着两本书走进了教室。蒋老师教英语课，戴着一副金边眼镜，上身穿一件短袖白衬衫，下身穿齐膝盖的黑短裙，脚下一双黑色高跟鞋，走起路来发出"滴答滴答"的声响。于是大家凭着这种声响便知道是班主任来了。蒋老师把课本放在讲台上，抬头向教室里扫视了一眼，"大家都到了吗？"班长孙小燕点头示意"到齐了"。"现在开始上课，同学们把课本打开第一页，今天我上第一课……"接着蒋老师把几个陌生的单词抄写在黑板上，转身的时候把头微微甩了一下，动作十分优美，满头乌黑的长发跟着飘舞，有几个男生目不转睛地盯老师漂亮的身材。蒋老师刚写下"mask"其中的"ma"两个字母，一个同学忽然发出"妈"的一声。蒋老师背对着大家说"不是读'妈'！"立刻引得满堂大笑。唐华也忍不住跟着笑了。

"老师，我英语基础差，我最怕英语……"刚才那个同学补充道。

"那你抢答什么？"老师笑了笑问。

教室里再次爆发一阵阵笑声。"安静！安静！同学们，你们晚上来夜校上课很不容易，现在我们接着讲课。"蒋老师严肃地说，又说："英语是一门主课，大家一定要认真听课，现在很多外国公司来我们中国投资，学好英语将来对你们工作和生活都很有帮助。"

下课的时候，唐华的笔记本上记满了新课的笔记，回到宿舍已经九点半了。

唐华读夜校的消息立刻在宿舍里传开了，当然也只有他一个人去上夜校，这在一群农民工看来是多么滑稽，简直是一件冒天下之大不韪的事情！宿舍里这群农民工，他们下了班便无所事事，或下棋，或打牌，或找点乐趣互相挖苦。这些人当中只有杨宏明和张向东两个人说话稍稍入耳，"多读书不坏。"除此之外，再没有什么好听的话。有人说：依我看那书呆子是想读书想疯了，读再多的书还不是和我们一样的命，人就得认命！尤其是咱们这样的人，像癞蛤蟆还能蹦多高？还有的不明是非，也跟着嘲笑："什么考学校差一分，早干嘛去了，活该！家里穷得连电视都买不起，还读什么狗屁书，还不是把钱往水里扔。"唐华的耳边时常听到这些冷嘲热讽，但是他从东耳朵进西耳朵出，从没有把那些话真正放在心上，因为他有他的梦想，因为人各有志，青年不努力更待何时？唐华时常在心里对自己说：你跟他们不一样，也不能一样，他们是纯农民工，他们只能看到眼前的事，才不会去想明天的事。此后唐华为了安心学习，经常到江边上读书写作业，或者像童第周那样在路灯下坚持学习。

这些日子电器厂的师傅们都知道唐华上夜校的事情，这几乎像是上大学一样的喜讯。无论是年轻的师傅，还是年长的师傅，都对这个有志向的农民工竖起了大拇指。而他们对小六子却另眼相看，因为他不仅不爱学习，还很可能干了见不得人的事情。当然最高兴的是李大姐了，得知是杜主任和王师傅资助了唐华，李大姐还向他们俩深深地鞠了一躬，"我当了小唐几天师傅，对他还是比较了解，我代徒弟向你们表示感谢！"杜主任说道："自打他们进厂那天起，我就看出小唐不一样。"电气车间的老孙头鼓励道:"年轻人就要爱学习,活到老学到老,我明年退休了还打算上老年大学呢。"尤其是有王师傅这样自学成才的好榜样,唐华更加坚定了信心,一定要坚持到底!

下半年唐华开启了繁忙的工作和学习模式,时间对他来说是相当宝贵,早晨在江边读书背课文,晚上很晚才上床休息;工作比以前更加积极了,焊接技术提高了一大截,受到杜主任和张厂长的表扬,当月奖金还增加了十块。

一个月后,唐华给同学写了两封信告诉自己读夜校的事情。

在给赵班长的信里,唐华写道:"老同学,你好!原本打算回学校读书的,中间出了点意外,因此没能回来,但我绝不会放弃读书的,现在在夜校继续读书,谢谢同学们关心!代向老师和同学们问好!"

唐华也给同学彭美霞写了一封信,"美霞,因为我的粗心大意把自己辛辛苦苦积攒的学费弄丢了,因此没有回到学校读书,现在已经在好心人的帮助下一边上班一边读夜校了,放心吧,我还是那个我,最近一次英语考试我得了第一名。祝你学习进步!"

一个星期后,唐华收到了三封信。

一封是沈文义写来的,信中写道:很高兴听说你读夜校了,你边上班边读书,一定比我们更辛苦,希望你保重身体,一定要坚持下去。我们都是好样的,因为我们都不服输。这学期我姐读高三,我当班长了。我们一起努力。祝工作顺利!

不久,彭美霞同学给唐华回信了,信上说:来信已收到,很高兴得知你又读书了。书中自有黄金屋。高尔基说:读书是人类进步的阶梯。三国时代周瑜和关公这样的大英雄还夜夜苦读书呢!是金子总会发光的。为你骄傲!为你自豪!

还有一封是家里寄来的,爸爸妈妈来信告诉他家里一切都好,再就是说村里有人给哥哥唐文介绍了对象,让他安心工作。

转眼学期结束了,唐华期末考试总分全班第一,其中有三门功课单科成绩第一。唐华那张脸又瘦回到原来的样子,眼镜度数加深了。

到了年关,唐华兄妹三人提着大包小包陆续回到家中。唐文立即从衣服里面的口袋里掏出六百多块钱交给了妈妈,又从包里翻出两件新衣服,"妈,这是我给你和爸爸买的衣服。"唐华妈笑着说:"这么多钱啊!……"唐华爸也很高兴。妹妹明珠从裤子荷包里拿出四百块钱给了妈妈，还给妈妈买了一条围巾，给爸爸买了一顶帽子，"冬天冷，戴帽子、围围巾暖和。"唐华爸戴上女儿买的新帽子，"嗯，暖和多了，就你孝顺。"唐华妈把围巾围上。看到哥哥妹妹都把一年挣下的钱交给妈妈，唐华掏出仅有的三百二十块钱，两手颤抖地递给妈妈，"妈，就……就这些了。"说着唐华脸色很不自然的红了。唐华妈刚刚的笑容明显减少了几分，立马又转过来说道："第一年嘛，不少了。"唐华没有告诉家里挣钱少的具体原因，也没有说在上夜校读书的事情。唐华妈接过三个孩子手里的钱，打算先给家里买台电视机，再就是给孩子们做新衣服，其中还包括两门干亲的，再就是谋划唐文相亲的事情了。

年三十晚上，唐华一家人吃完年夜饭，高兴地围在新买的17时电视机前看春晚，虽然是黑白的，但是一家人已经两年多没有看过电视了，此时此刻的心情自然是美好的。

要说他们第一次看电视还是九年前的事情，最近一次看电视也是两年前。

陈家庄人第一次看电视是1985年夏天在村里伍爷家看的，不过这台电视机不是伍爷买的，是伍爷从台湾带回来的。几个月前村里通了电，立马看上了精彩的电视节目，这让陈家庄人感到无比自豪，因为别的村根本没有这种千载难逢的机会。

没有电以前，这山旮旯的老老少少最怕太阳落山了，到了晚上只能靠点煤油灯照明，煤油灯还没有灯罩，熏得鼻孔黑乎乎的，长夜难熬，晚上早早地睡觉了，有时睡了一觉醒来天还没有亮，又迷迷糊糊地睡着了。老人们睡眠少，有时互相讲个故事，听爷爷讲讲家谱和祖上三代，也算是认祖归宗，再讲讲老祖宗做人做事的道理让家风传承；说说新四军在皖南如何如何英勇作战，回忆回忆过去地主如何如何剥削穷苦的农民，回想回想毛主席去世的时候十里八村乡亲是如何如何悲痛，还有唐山大地震，等等。虽说那会儿生活贫苦，但一家人和和气气，媳妇孝顺，婆媳相处融洽，也算是平安享福了。自从有电以来，山区人们的精神生活还是较为贫乏。毕竟时代在进步，新生活是美好的，也是充满希望的。

伍爷家原本是陈家庄地主，老地主去世后伍爷的哥哥陈爷接任，陈爷成为附近有名的大地主，掌控陈家庄二百多亩田地。陈爷有文化有胆略，也有雄心报国。有回七八个家丁抬着陈爷去县城，路过县武装部的时候，陈爷从轿子里看到门前有个国军士兵帽子歪扣在头顶上，上衣有两三颗纽扣没扣，衣领敞开着，嘴里还叼半截香烟，枪斜挎在一边，陈爷立即停下轿子，快步走上前去扇了那士兵两耳光，"爷叫你着装不整……"挨打的士兵捂着脸，见是来势汹汹的大地主，一句话也不敢说。

自从在县城打了士兵后，陈爷便带着唐华爷爷和一群家丁离开了家乡，还带了不少银两，在国军李大将军手下谋了营长，参加台儿庄战役，打死了不少日本鬼子。战斗结束后，陈爷有两个家丁被俘，死了四个，五个家丁下落不明，唐华爷爷被打散了逃回了家乡。随后陈爷被派遣到重庆保卫蒋委员长，到了重庆时身边就剩下三个家丁，不久两个受伤的家丁也死了，最后身边只剩一个来自沈家庄的家丁沈金六。国民党部队节节溃败之后，陈爷和沈金六一起追随蒋委员长去了台湾，从此再也没有回来，这一待就是三十多年，从小伙子熬成白发苍苍的老人，但是思乡之情一刻也没有停止过。

这么多年过去了，一直没有陈爷的音讯，几乎所有人都认为他死了。然而1984年春天伍爷突然收到台湾的来信，可把伍爷高兴坏了，全村人也都喜出望外。随后，伍爷一路到香港，转机去了海峡对岸。1985年夏天伍爷再次去了台湾，这次回来时带回了这台来自宝岛的电视机，也是陈家庄第一台电视机。

直到1987年冬至，陈爷终于返回大陆，回到陈家庄祭祖，一把鼻子一把眼泪地对乡亲们说："认祖归宗是中国人永远割不断的亲情，故乡与家永远是我们的精神源泉，爱国永远是炎黄子孙的信仰。当年我原本打算去延安的，走错了路，报国无门……"

伍爷家有了电视机成为全村的特大新闻，一夜之间便炸开了锅。从此伍爷家成了村里的文化娱乐中心，一到晚上全村男女老少争先恐后过来看电视，把伍爷家里里外外挤得满满的，有坐着看的，有站着看的，还有好多小孩坐在大人肩膀上看电视，门外边还有好几十人，伍爷干脆把电视机搬到门外的大院子里。这台电视机像大熊猫一样稀罕珍贵，周围几个村人也赶过来看。过去陈家庄人爱看黄梅戏演出，现在特别爱看电视，看过《霍元甲》《八仙过海》等精彩节目，白天在田里干活还想着看过的电视剧，精神上像是过着神仙一样的日子。

几个月下来伍爷家电费翻了好几倍，伍爷便要求来看电视的人每人每晚交五分钱电费，后来又涨到一毛钱。那时唐华才十来岁，也常去看电视，末了收费了他把压岁钱花完了，有几次他奶奶偷偷地给他鸡蛋让他去看电视，可是有时候老母鸡不下蛋，唐华看不成电视急得直哭。

"一个鸡蛋能吃一顿饭，电视能当饭吃吗？"唐华妈生气地说。

"能长学……学问……"唐华哭着鼻子说。

"不看电视要死啊，不好好读书。"唐华爸大声吼道。

听到父母的严厉批评，唐华吓得直哆嗦，从此唐华再也没看过电视了。

直到两年前，唐华家隔壁的陈四爷家买了电视机，唐华端着饭碗去看过几次。东西还是自家的好，跑到人家看电视，难免也要看人家的脸色，谁让你家买不起呢？唐华自尊心极强，后来唐华再也不爱看电视了。

除夕之夜，一家人兴高采烈的看春晚。唐华兄弟俩爱看相声，唐华爸妈喜欢看黄梅戏和小品，妹妹喜欢歌曲节目，一家人都目不转睛地看着这台黑白电视机，不时发出一阵阵笑声。唐华妈愉快地说："哎呀，自己家有电视就是好，在别人家看到精彩的时候笑都不敢笑……""我连屁都忍着不敢放。"唐华补充说。直到新年的钟声敲响才关了电视机。

到了年初三晚上，唐华妈躺在床上翻来覆去睡不着，一方面想着已经给干儿子干女儿准备了新衣服，前些年都是正月初二一早就过来拜年了，今年怎么还没有过来拜年；一方面想着明天大儿子唐文相亲的事情。

这两门干亲不是别人家孩子，一个是唐华舅舅家的，一个是姨妈家的。八十年代，这小山区家家日子都不大好过，有很多人家儿女多，多一张嘴就得多一个负担，衣服老大穿小了穿旧了再让老二老三接着穿。有这么一句顺口溜：新三年旧三年，缝缝补补又三年。难道这当老二老三的就活该穿破旧的衣服？穷人有穷人的活法，于是给老二老三寻干妈，这样他们逢年过节就可以有新衣服穿了。有了干妈的孩子，在家里地位明显提升，显摆着说"有新衣服穿咯"。这么说还是干妈好！舅舅和姨妈家都有两男两女四个孩子，其中姨妈家有一半是不会说话的哑巴，也怪可怜的。他们两家根本不管唐华家同不同意硬塞过来认干亲。唐华家兄妹三个，家里本来就苦了底子，他爸妈身上的衣服还是结婚时做的，现在布料颜色早褪色了，肩膀上还有好几个补丁，自己家孩子都难得有新衣服穿，但再怎么地也要给干儿子干女儿做一身新衣服——这是农村的规矩。

想到这里，唐华妈记起前几年的中秋节了。那时家里刚刚东挪西借，给三个孩子准备了学费，真的没钱给干儿子干女儿做衣服，唐华爸妈急得一连好几个晚上睡不着觉，可是衣服终究还是要做的，最终决定上山砍柴换些钱，这也是没有办法的办法。于是每天天亮上山砍柴，半个月砍了四十担，换了三十二块钱给他们做了两套的确良衣服。

"当年砍了那么多杂柴，现在想想还腰酸背痛。"

"腰痛也没用，养干儿子干女儿有啥用？……"

"咋今年他们不过来拜年吗？"

"现在什么年代了，谁还稀罕这些不值钱的衣服？"

唐华爸妈都是标准式的中国农民，家里一向底子薄，还要忍受着被一次次挤牙缝。虽然没啥文化，他们从生活中得出这样的感悟：人在贫穷的时候，总想着朝外伸手；一旦他们富有了，就立马把胳膊紧紧地朝里拐，眼眶比哈雷彗星都高，谁还记得感恩？

第二天一早，唐华妈起床做了早饭，让儿子唐文吃得饱饱的，饭后领着儿子去隔壁的陈二婶家。几个月前陈二婶给唐文说了一门亲事，他们今天要去陈光明家相亲。临出门的时候，唐华妈笑嘻嘻地对唐文和二婶说："今天是初四，双日子好事成双。"唐华爸也嘱咐唐文"到了人家要懂规矩有礼貌"。唐文点点头记住了。唐文今天穿着一件在上海买的夹克衫，一条八成新的蓝色裤子，一双六成新的旅游鞋。这已经是最好的着装了。唐文穿着整齐了，对着镜子梳了梳头发，便跟二婶出门去相亲了。

前面说过陈光明家有四个女儿，大女儿叫翠莲，二儿女叫翠花，三女儿叫翠凤，小女儿叫翠娥。翠莲嫁给了村里的一个泥瓦工，孩子五岁了；翠花给伍爷家当了儿媳妇，因为伍爷家有"摇钱树"大哥在台湾。伍爷家小儿子像选美一样选中了翠花。翠花的命好，这不用说了，大女婿是泥瓦工，翠莲也有日子过。翠凤过年21岁，翠娥还不到18岁。家里没有儿子，陈光明整天唉声叹气，"尽是不争气的女子，留在家里有什么用？""当家的，有合适的咱就给凤丫头寻个婆家吧。"他又哭着说，"都是我没用，没给你养儿子……"

几个月前的一天，陈光明正想着给凤丫头找什么样的婆家。正巧那天陈二婶过来给唐文提亲，二婶会说话，"咱村再也没有台湾佬摇钱树了，现在农村的年轻小伙子不是木匠就是泥瓦匠，你们家大姑娘嫁给泥瓦匠，可不能再找同样的女婿吧！这老古话说同行是……是……"后面那几个字二婶有意没说。其实不说陈光明心里也明白，他也想给三女儿在村里找个合适的人家，打量村里这些小伙子，倒是觉得唐文还不错，他弟弟唐华又在船厂工作，陈光明夫妻俩都同意春节让他们见见面。

出了门，二婶在前面引路，唐文紧跟着往陈光明家走去。陈光明家住在陈家庄上村头，唐文家住下村口，两家相距不到二里地。太阳挂在半空中，一缕缕阳光照在大地上，家家户户的大门上都贴着崭新的对联，门前的一堆堆积雪还没化完，晚起的人家还没吃完早饭，二婶和唐文路过别人家门前的时候，有好几个人都看到了。二婶在路上对唐文说："现在这年代，农村姑娘找对象不比以往，尽挑选什么当兵的、公家人或手艺人，那些没本事的上哪去找对象。姑娘家里没意见，说好今天见面的。""一切听婶婶的。"唐文说。陈家庄是穷山沟，但是最近几年姑娘们的眼眶越来越高，倒是对手艺人稍稍看好些，当然人家注重门当户对。两人走小路很快就到了上村头。

进了院子大门，陈光明把唐文和二婶让进屋，赶忙倒了茶让了座，又让他老婆上了茶点，陈光明老婆笑着寒暄道："快坐，快坐。"几个人入座后，陈光明开口说话，"客人都到了，去把咱姑娘叫出来吧。"两分钟后，陈光明老婆从翠凤的房里走了出来，关上房门站在门口，神色紧张地说道，"嗨，这姑娘今天不知道去哪里，怎么不在房里？……"二婶立即明白这话里有话，用手轻轻地拉了拉唐文的衣角，闲扯了不到半小时就回去了。

其实翠凤今天根本没有出门，她正坐在她的房间里为她的婚姻大事犯愁。要说这翠凤姑娘长得真不错，一点也不输给她二姐翠花，身高一米六，圆圆的脸蛋，迷人的身材，一左一右两根辫子，上身时常穿着格子褂，这形象就是村里村外年轻小伙子心中的"小芳"。这些天他们家门接连来了好几拨媒婆，但是这么多"候选人"中，翠凤一个也没有看上，自然包括唐文，即使家里同意也不行，死活不肯出来见面。等唐文他们都走远了，翠凤才跑出来赌气地朝他爸妈说："尽是土八路，我不嫁。"

"人家有手艺，弟弟还在船厂工作，哪点不比咱家强？"陈光明冲着女儿说。

"就是啊，嫁谁都是结婚过日子……"陈光明老婆跟着说。

"又不是你们跟人家过一辈子。"翠凤顶嘴，心想：又不是他弟弟。

"看你能找什么样的，挑三拣四。"陈光明大骂道。

结果三个人不欢而散。翠凤气呼呼地哭着跑回房间紧闭房门。

还没到吃午饭时间，二婶和唐文回来了，唐文耷拉脑袋，二婶急忙上前说道："不巧今天姑娘不在家……"唐文妈心里立刻明白没戏了。

唐文爸妈又琢磨了两个晚上，决定初六再去一个亲戚家里给唐文说婚事。亲戚家住王家庄，与唐文家里是一门远方的老亲戚，论辈分唐文该叫伯伯。他们家里有两个儿子三个女儿，还有八十多岁老奶奶，前些年日子过得相当艰难，年年青黄不接的时候到唐文家借一两担粮食才接上，每回吃喜酒都是到唐文家借衣服穿，大前年奶奶生病又借了一百块钱。虽然是过去的事情，伯伯一家人时常记在心里，"人不能忘本，这些恩情是要报答的。"

伯伯家大儿子是亲上加亲结婚成家的，大女儿月秀也是如此。月秀和金福是表兄弟，两家屋连屋，从小一起长大，他们经常一起干活一起放牛，对牛弹情（琴），在外人看来是青梅竹马的一对。俗话说：近水楼台先得月，肥水不流外人田。就这样月秀和金福顺理成章的牵手进了洞房。伯伯家老三老四是姑娘，为了报答这份厚重的恩情，伯伯和伯母商量了好几次，"一定不能忘恩负义，两个姑娘任他们家挑。"

唐文爸妈进了伯伯家，向老奶奶送上礼物拜年问好，伯伯热情让座，伯母忙着午饭，两个姑娘从房里出来给唐文爸妈施礼拜年："叔叔婶婶，新年好！"老三叫月芹，老四叫月芳，她俩都二十出头了。女大十八变，姑娘们亭亭玉立。最近两三年没有走动，唐文妈几乎认不出了。月芹在家干农活，还像以前那样梳着大辫子。月芳短头发，衣服比她姐姐时尚一些，据说她在上海的一个小饭店当服务员。

伯母做好了一大桌菜，伯伯让唐文爸妈坐上首席，酒杯倒满米酒，伯伯端起酒杯站起来说："都是你们家在最困难的时候帮了大忙，先敬你们一杯！"伯母也跟着站起来敬酒。"吃菜吃菜！"说着伯母还用大勺子舀了一大勺子菜往唐文爸妈碗里添菜，"现在比以前好多了，过年有鱼有肉吃，多吃菜。"接着伯伯又让月芹月芳给叔叔婶婶敬酒，"你们可千万记住叔叔婶婶的大恩大德，特别是八二年发大水，要不是你叔叔婶婶帮忙都不知道怎么办，这酒该敬。"唐文妈笑着说，"一家人不说两样话，都是老亲戚，都是应该的，多少年前的事情瞧你们还记得……"唐文爸连忙说："是啊是啊。"奶奶今年虽说八十多岁了，老人身体安康，脑子一点也不犯糊涂，"你们别光嘴上说感恩。"她对着伯伯、伯母说，伯伯、伯母立即相互看了看。

吃完饭大人们坐在桌子旁说说这两年的事情，接着便谈起儿女们事情，伯母主动说道："都老大不小，该成家立业了。"伯伯喝了一口茶说："依我看，咱家这亲戚还得继续往下续……"伯伯的话似乎已经暗示得很清楚。唐文爸妈心里暗自高兴。这时两个姑娘正在厨房里洗碗，她们都听见了大人们说话，姐妹俩开始议论纷纷。

"咱爸的意思是把你给叔叔家当儿媳妇呢。"月芳对姐姐试探地说。

"亲戚怎么能够在一起？"月芹连忙摇头。

"那大哥大姐他们不也都是吗？"月芳又说。

"咱家像是有祖传秘方，现在什么年代，要嫁你嫁。"月芹生气地回了一句。

"我才不干，我宁肯在上海找个要饭的，也不……"月芳反击道。

伯伯给唐文爸点了一支烟，开门见山地说道："我们家老三和你们家唐文同岁，依我看生辰八字也都合，唐文又有手艺，只要他们愿意倒是亲上加亲的好事，"听到这话唐文爸妈笑开了，"好事好事。"这时月芹突然从厨房里冲出来，沉着脸说"我不同意"，弄得大人们立马变了脸色，面面相觑，沉默不言。伯伯连抽了三根烟，气得直跺脚，"忘恩啊！……"

就这样唐文接连两次提亲都失败了。

这天晚上唐文怎么也睡不着，唐华知道哥哥心里难受，问道："你在上海打工就没有遇到合适的女孩？""感情和婚姻是讲缘分的。我追过两个女孩，他们都嫌安徽太穷了……"

后来陈光明家翠凤嫁给了外村一个开店的人家，由于村里人口少，小店利润本来就低，赊账的多，没多久就经营不下去关了门，婚后不到两个月，翠凤发现他们家就是一个空架子，"嫁给你真是我瞎了眼，还不如那个木匠，人家一天下来好歹挣几十块钱。"而唐文伯伯家的月芹嫁给了一个山里的农民，月芳嫁给了上海的一个四十多岁的下岗工人。

第 六 章

春节后，唐华又返回了船厂工作。

开春后，船厂里到处是一片繁忙的样子，今年正式开始建造万吨轮，这是皖城建造的第一艘万吨轮，也是全省有史以来建造的第一艘万吨轮。全厂上下都积极投入到新船建造中。郑厂长在新年生产动员大会上热情洋溢地说道：

同志们，过去的一年船台两条生产线都活起来了，去年下半年又承接了一批新订单，取得了可喜可贺的好成绩。同志们，这些成绩来之不易，是在全厂广大干部职工共同努力下取得的伟大成就，我深深地感到骄傲！

今年是我们厂改革的关键之年，我们要全心全意谋发展，紧紧抓住改革的大好机遇，加快转变观念转换经营模式，不断增强企业活力，深化企业创新能力，把企业效益快速搞上去。现在首制万吨级巨轮即将开工建造，希望同志们再接再厉夺取新胜利！

郑厂长发言结束，全场起立，响起了热烈掌声。

会后郑厂长的发言被精辟概括为"两个转变和两手抓"，就像一阵春风再次吹遍船厂的每一个角落，全厂职工鼓足干劲迎来一个新的春天。

郑厂长是江苏人，今年五十出头，身材高大，腰身魁梧，国字脸上嵌着一道道皱纹。郑厂长一年前从上海调任到皖城工作，成了皖城船厂改革发展的总设计师。郑厂长吃住在厂里，每天骑着自行车上下班，经常深入车间走进广大职工队伍中间，甚至走进一群农民工中间调研工作。一年来，郑厂长把上海地区的先进造船理念传播给干部职工，让皖城船厂不断从困境中走出，走向大发展的辉煌之路。

两天后万吨轮首制船举行隆重的开工典礼，车间现场悬挂大幅标语"热烈庆祝W001号万吨轮开工！"下料车间宽敞明亮，两台切割机已经准备就绪，工人师傅们身穿干净的工作服分列两旁。在郑厂长的陪同下，船东和船检代表等嘉宾兴致勃勃地出席开工点火仪式，郑厂长亲切地与嘉宾们一一握手并合影留念。郑厂长愉快地说道："今天是个好日子，是我们厂万吨级首制船开工大喜的好日子，该船的建造标志着我厂造船水平又上了一个新台阶！"嘉宾们纷纷向郑厂长致谢祝贺！

新船开工后，各生产车间掀起了一轮大生产热潮，车间主任每天亲自到现场指导工作，工段长每天穿梭在车间里，班组长更是忙得不可开交，工人师傅们井然有序地在岗位上。船体车间一位起重工高兴地说："过去咱们七点上班，八点钟到，九点钟回家摸锅灶，一年造两条船，没活干把咱造船人愁都快愁死了。"一位年轻的师傅激动地说："咱早就盼着有活干！"一位老工人说道："保证完成任务，活没干完咱就不下班。"还有一位大姐插话，"郑厂长是咱厂子里的大救星，咱就听郑厂长的，往死里干……"

张向东和杨宏明所在的理料班组现在积极性高涨，他们扎实工作，成了全厂学技术的典范。他们每天把所有的材料归类堆放整齐，空闲的时候不再下棋了，由汤师傅负责检查设备保养，由黄大嫂负责联络工作。夏小莲还抽空练习吊装技能，她让张向东把一根焊条绑在行车的吊钩上，练习焊条插入啤酒瓶子里的高难度精准吊装技术。工人的智慧和创造力是无穷的，用这种办法学技术或许只有他们想得出来。张向东指挥吊车运转方向，"往左，再往右边一点……"夏小莲坐在高高的驾驶室里聚精会神地操控吊车，两人配合十分默契。在张向东的指挥下，夏小莲第三次练习就成功了，张向东高兴地说："进去啦！"吊车上面的夏小莲更是高兴极了，"我们成功啦！"

皖城船厂历史悠久，企业文化别具特色，可以说在同行业处于领先地位。厂区文化长廊刊登了厂史、现状、未来发展蓝图，以及国内外的造船状况；有宽阔的篮球场和足球场，以及老干部活动室等；每月一期厂报，刊登了厂内新闻动态、好人好事、技术研讨和创新大家谈等，极大丰富了职工业余文化生活。广播站每天按时广播，女播音员普通话十分标准，播音水平相当专业，几乎可以与中央台主持人相媲美，每天滚动播放各类新闻包括好人好事英模事迹等，还包括点歌节目，"咱们的工人有力量，每天每日工作忙……"企业文化如同企业的血脉，优秀的企业文化将使企业获取更大的力量。今年厂里的企业文化更加突出重点，更加深入基层，让大家把工厂当作最温暖的家。另外，郑厂长十分关心职工的身体健康，还打算让全体职工做广播操。

唐华所在的电器厂也是一片大干的热潮，车间里机器轰鸣，钳工师傅忙碌着制造船上各种电气产品，电工师傅们负责安装电气设备。春节过后，杜主任调到电器厂设计室工作，陆主任接替了他的工作，小六子还是爱干他的油漆工，闲着的时候东逛逛西荡荡，唐华像往常一样的忙碌，跟师傅学焊接，再干些杂活，偶尔还去拉几趟板车，只是在拉板车的路上，唐华再也没有见到那个热心的老人了。

下了班，唐华依旧踩上旧自行车前往夜校读书。

夜校不能与普通高中学校，夜校办学宗旨是普及高中教育，不追求高升学率，多数学员是一边上班一边上学，因材施教，故不能与全日制学校相提并论；再说，学员们晚上能够过来坚持读书已经很不容易，哪能过高的要求呢？毕业了，拿到高中文凭，每月工资可以加五块钱，要是再读到大学那就更不得了。这些年轻人过去没有很好学习才读夜校，因此他们才不惜放弃晚上的休息时间过来读书学习。一个城市有这么多不放弃学习的青年体现了这个城市的良好的学习风气。

同学们相处一个学期了，大家都彼此熟悉了不少，友谊也随之增加。这学期开学一个星期后，教室里的座位发生了微妙的变化，起初只是后排的几个同学是男女同桌，现在只剩下唐华和班长孙小燕两人坐在前排单独的座位上，唐华的位置靠墙角的右侧，孙小燕的座位在中间，全班同学都对他俩发出阵阵嘲笑声"别与众不同"，一位结了婚的女同学站起来说："我说某位男同学也不主动点保护咱大班长当一回护花使者，大家说是不是啊？……"唐华和孙小燕都低头不言。

有天下课的时候，唐华和孙小燕先后走出了教室，一个女同学急忙跑过去把唐华的书包悄悄地挪到了孙小燕的课桌上，还有两个男同学帮忙把唐华的课桌搬到了最后一排。唐华上厕所回来的时候看到自己的课桌不见了，最后在孙小燕的桌上看到了自己的书包，料想一定是有人在搞恶作剧，顿时脸红到脖子，唐华正打算去后排搬回自己的课桌，可是上课的铃声已经响了。孙小燕回到教室发现唐华坐在自己的位置上显得有些不自然，两个人都觉得很不好意思，旁边的同学起哄道："这就对了嘛。"这时所有的同学都把目光投向了他俩，唐华和孙小燕的脸瞬间红得像个大红苹果。

一分钟后，教室外面传来一阵"嘀嗒嘀嗒"的声音，教室里顿时安静了下来，大家脸上的笑容没有完全退去，有些同学还显得几分洋洋得意的样子，因为在他们的敦促下全班同学的座位都是男女搭配了。班主任蒋老师走进教室的时候发现唐华和孙小燕成了同桌，嘴角边露出一丝丝微笑，几乎默认了同学们的座次。"同学们，今天我们上第三课，请把书翻到第七页。"大家跟着翻开书，蒋老师按惯例先在黑板上抄写生词。

今晚蒋老师身穿一件浅绿色上衣，一件黑色牛仔裤，转身的时候依然习惯性甩几下长头发，几个年长的男同学看着老师紧紧的圆圆的屁股发笑，现在没人抢答老师的问题了，很多男女同学不时地交头接耳，中间位置有个男同学手里握住圆珠笔有意无意地打转转，忽然笔掉在了"三八线"的另一侧，他的手不巧碰到了同桌女同学的手，两只手像触电一样搭在一起，两人同时发出了笑声，全班同学的眼睛又一次集中到了一起，"你们笑什么？"蒋老师回过头问道，起初她以为身上的衣服有什么不妥，扭过头来朝屁股后看了看，结果没发现什么，也没有搞明白发生了什么事。"下面谁来回答这个问题？"蒋老师问。班级里鸦雀无声，没有一个人举手。两分钟后，蒋老师再次问道："谁来回答？"就在这时，唐华和孙小燕几乎同时举起了右手，教室里顿时一片哗然，两人的脸红得像猴子屁股一样，弄得孙小燕不好意思放下手又低下头，轻声地对唐华说道："你来回答吧。"唐华立即站起来回答了问题。蒋老师对唐华的回答很满意，"完全正确，大家要向唐华同学好好学习。"唐华坐下来的时候，孙小燕在课桌下面向他竖起了大拇指。

下课后，大家急忙朝着停车场走去。刚出教室门的时候，有好些同学已经迫不及待地手挽手肩并肩地走在一起，他们当中绝大多数是同桌。孙小燕是班长，每天负责锁门，唐华是学习委员，经常帮班长干些班级里的琐事。唐华帮忙关灯，孙小燕锁好教室门，他们俩最后一起离开教室，一前一后走向停车场。就在唐华骑上车子准备出发的时候，孙小燕站在唐华身边问："你住在哪里？"

"劳动路，船厂。"

"哦，我家也住在劳动路，就在你们船厂前面。"孙小燕高兴地说。

"以前路上没有看到你啊？"

"以前我和表哥从解放路回家，现在有人陪他回家了，所以……所以……"

"那你今晚从哪边回家？"唐华忙问。

"呵呵，那我们一起走吧。"孙小燕腼腆地笑着说。

于是唐华和孙小燕一起骑车回去了。唐华今年21岁，进城以来头发理了一副帅气的造型，上身穿一件新买的浅白色夹克衫，褐色格子裤，脚上是去年买的旅游鞋。孙小燕比唐华小两岁，脸上肤色有点黄，穿一身旧校服，扎麻雀尾辫子，显露一副少女的魅力。出了学校大门，走过繁华的中山路，还有好几家店铺没有关门，大街上还有很多行人，路上两人都没有开口说话。再往前便到了劳动路，这段路显得暗淡了，路上没什么行人。都九点多钟了，谁还闲在大街上呢？这时孙小燕羡慕地对唐华说道："今天老师提的问题，你回答得太好了。""你英语也很好啊！"唐华说着从后面追上来与孙小燕并排前行。"还是你的学习好，向你学习！"唐华第一次有人陪他一起放学，而且还是一个女同学，显得十分激动又紧张，他低头骑车偶尔看看孙小燕几眼，忽然间他觉得这丫头与他妹妹明珠有点相像。孙小燕与唐华第一次结伴而行，一路上感觉时间过得特别快。

不一会儿，唐华到了船厂门口。孙小燕说："你到了，我家在前面，我……我怕……"唐华立即明白了，"那我送送你吧。"孙小燕点点头。两人又骑了一段路，"这路灯怎么不亮？"唐华问。"大概坏了吧，好久都没人修，所以我以前跟表哥走那边的。"孙小燕说。唐华心想一个女孩子家晚上走这条路确实不安全，"我送你回家吧。"

接着两个人拐过几道小巷子，唐华才把孙小燕送到了家门口。孙小燕家住在纺织厂的老宿舍，在一排平房靠最里面的位置，家里灯没亮，屋子里漆黑，估计家人早已休息了。"我到家了，谢谢你！""都是同学，不用谢。"说着唐华转身返回船厂。孙小燕站在门口目送唐华消失在夜色的小巷里。

此后唐华和孙小燕每天放学都一起回来，再把孙小燕送到家门口。

第二天唐华来到了教室刚看了一会书，只见孙小燕背着书包匆匆忙忙进了教室，手里拿着两个包子，她放下书包急忙找出作业本，气喘吁吁地说："今晚加了一会班，作业还没有来得及做……"唐华赶紧拿出作业本递给孙小燕，孙小燕一边吃着包子，一边准备抄写作业。唐华急忙说："慢点吃，别急！"教室后排也有五六个同学也在相互抄作业，不时发出一阵阵说话声："我昨晚回家都半夜了，哪有时间做作业啊，你的答案到底对不对啊？唉，甭管了……"孙小燕翻开唐华的作业本对照着抄写，"哇，你的字写得真漂亮！"现在她和唐华成了同桌，真是幸运！唐华昨天到宿舍快十点半了，宿舍里的人早已睡觉了，他虽然满身疲倦，但仍然坚持把作业完成了。上课前孙小燕已经把作业完成了，孙小燕从心里感激唐华。最后有好几个同学作业没有交。从此孙小燕与唐华说话交流多了起来。

晚上放学后，同学们像往常一样牵手走出教室，再成双成对地走向了停车场。孙小燕和唐华一前一后地来到停车场，骑上自行车一起回去，今晚两个人说的话明显多了。

"你为什么来读夜校？"唐华问。

"我初中毕业就进了纺织厂，没机会读高中，可我还想读书……"孙小燕说。

"那你为啥不读高中呢？"唐华又问。

说着两人都放慢了进步，孙小燕一下子打开话匣。孙小燕爸爸原来是纺织厂维修工，妈妈是纺织厂的临时工，家里还有在读小学的弟弟。这几年纺织厂效益不好，妈妈下岗了，家里生活主要依靠爸爸的工资。然而不幸的事情再次降临到这个家庭，前年八月孙小燕爸爸在一次工作中，由于操作失误当场死了，厂里为了照顾他们一家，报了工伤并给孙小燕安排工作，十七岁就成了一名纺织女工。说到这里孙小燕的眼泪流下来了，腿脚也显得十分无力。唐华心里感觉有一种说不出的心酸，连忙安慰这位小妹妹，"天有不测风云，很多事情必须勇敢面对……""嗯。"孙小燕哽咽着回答。

这时孙小燕的两腿发软，再也踩不动那辆破旧的自行车了，于是干脆下车推行，唐华也下了车，与孙小燕并排一起走向劳动路。过了船厂门前，长江路还是没有路灯，路面一点也看不清，孙小燕的脚忽然被什么黑乎乎的东西绊了一下，连人带车滑倒在地。唐华急忙扔掉自己的车，双手迅速把孙小燕扶了起来，"没事吧？"只见孙小燕扑向唐华的怀里大哭，"哥，我好害怕……"说话的声音直哆嗦，双手不停地颤抖。"不要紧，有我在别担心。"唐华说着用手轻轻地理了理孙小燕的头发。"哥，你送我回家吧。"孙小燕小声央求。安抚了一阵后，唐华轻轻地推开孙小燕，"书包呢？快找找。"唐华在车前方找回了书包，接着把孙小燕送到了家门口。孙小燕在门前依依不舍地望着唐华的背影渐渐地远去，直到影子完全消失了，她才掏出钥匙开门进屋。

从此唐华和孙小燕成为梁山伯与祝英台那样的好同学，但上课的时候他们从不越过"三八线"，下课回来的一路上彼此交谈着他们的人生理想。

有一种药叫"白加黑"，有一种苦叫"白天不懂夜的黑"，上夜校的人就是比别人付出更多的代价，这种苦只有求知的人会去吃，这种苦只有经历的人才懂得，这种苦也只有励志的人才能够坚持下来，因为他们对知识的渴望从未放弃，因为时代也不容他们放弃，再难他们也不能停下脚步。

春节早已过去了，船厂的这些农民工当中还有不少人沉浸在无比的喜悦之中，因为这个春节他们都遇上了快乐的事情，有七八个小伙子春节期间找到了女朋友，你说这能不高兴吗？他们来到船厂，似乎找到了一个"铁饭碗"的好工作，因为招工文件上有说"择优转正"四个字，这给他们的前途增加了不少砝码，虽然他们现在是临时工，但谁知道哪天政策不会向他们倾斜呢？所以这些小伙子进城后比人家吃香，像香饽饽一样被那些漂亮的农村姑娘倒过来追。杨宏明订婚后，现在他的婚姻八字有了一撇，他正为盖新房的事情发愁。张向东今年也老大不小了，家里开始为他的事情操心了。

这些日子张向东的心情十分美好，因为不知道从什么时候开始他和夏小莲的关系变得十分微妙。俗话说：女大三抱金砖。夏小莲刚好比张向东大三岁，张向东就喜欢小莲姐姐的贴心，也最想找姐姐这样的人生伴侣，不知不觉中有意向夏小莲靠近。夏小莲有一次恋爱经历，之前的男朋友是白马王子，结果把她甩了。夏小莲现在就喜欢这个黑黑的小伙子——张向东。她认为皮肤黑有很多好处——黑得健康！黑人跑步快，足球又踢得好。另外张向东下得一手好棋，说明他脑子聪明。工作的时候，张向东在下面怎么指挥，夏小莲就在行车上面怎么配合，真是一对默契的黄金搭档，夏小莲对张向东的印象是怎么看怎么顺眼，因此有一种吸引力让他们内心的距离越来越近。当然这一切都在暗地进行和发展着，他们能不能走到一起，现在还不知道。

万吨轮首制船开工建造后，这些农民工的工作表现得到了各部门高度认可，他们工作积极主动，不论什么活都抢着干，有时还主动加班加点，尽管加班费每小时只有七八毛钱，他们也十分乐意，甚至还盼着多加班呢。一个月后，船厂又从皖南地区招来了第二批工人，这些农民工大多安排在机装车间和船体车间，因为这两个车间工作最繁忙。其中胡建明分配在机装车间，担任管子理料工作。

唐华所在的电器厂承担了万吨轮船上所有的电气制造任务，包括各种各样的配电箱配电柜，大大小小的箱子柜子把车间里塞得满满的。唐华和小六子现在也成了香饽饽，各个车间的师傅争着抢着让他们俩帮忙干活，因为他们不参与师傅们的工时分配，光干活又不拿师傅们一毛钱，这是多么好的事呢！一会这个师傅叫"唐华过来帮帮忙"，一会又是那个师傅叫帮忙。小六子现在也是。只是唐华和小六子从那以后再也没有说过一句话。唐华是个细心的人，他每天认真仔细观察什么地方安装了什么螺丝，螺丝是什么型号都记在心里，电工师傅接线用什么工具等也都记在心里，记不住的就写在一个小本子上，尽管晚上还要上夜校，但再忙也要把这些工作记录完成。现在唐华学会了一些钳工技术，还学会了一些电工技术，他甚至想深入学习电工技术，以后回家搞无线电维修，但是王师傅说："修电视机没那么简单，百事通不如一门精。"于是唐华还是一门心思学焊接技术。

为了顺利建造好万吨轮首制船，厂领导组织了多次专题攻关会议，其中船体变形问题被列为会议重点讨论的课题之一。近年来厂里接连建造了多种中小型船舶，由于这些小船薄板多，变形复杂，矫正难度大，又缺乏高技能人才，因此船体变形被列入重点攻关项目之一。其实哪家船厂面对这样的问题不是同样的棘手呢？然而他们恰恰忽略了一点。本厂船体火工班杨富林班长和几位老师傅的技术也都不错，杨班长还解决过一些超难度问题，只是过去经常没活干，他们的劳动态度不够积极，于是一谈到船体变形问题就如同谈虎色变。前不久孙副厂长亲自带队前往上海的一家船厂学习取经，最终决定从他们厂高薪引进了一位江苏籍名叫马丹峰的高级火工，专门负责万吨轮船体建造。

马丹峰年龄三十出头，高高的个子，粗壮胳膊，好像天生就是干造船的料，只是那长长的鹰钩鼻和光光的额头看上去有些怕人。马丹峰在上海那边原本也是农民工，从事了八年船体火工，据说是技术十分了得的高级工，因此才被高薪聘请过来，成了厂长的座上宾，享受着专家级免费食宿待遇，入住"黄楼"——厂内最高级招待所，位于厂区中心位置，是专门招待船东和贵宾的地方。马丹峰就是赶上了这样的好机遇，从一名普通的造船农民工到享受专家待遇，谁不羡慕呢？现在建造万吨轮，全厂上下对这位专家寄予厚望。

刚来的时候，马丹峰吃完丰盛的早餐，嘴巴一抹，穿上崭新的工作服，戴上安全帽，双手往后一背大摇大摆地走出招待所。马丹峰走路迈着八字步，姿势潇洒，有人说像是唐老鸭走路，立马有人反驳："专家走路当然与众不同。"后来很多人想学，可学来学去最终也没能学会，那些人邯郸学步，结果是不知道先迈哪只脚好。路上的工人见专家过来了，赶紧往两边闪开。有回一个新来的农民工正走在马丹峰的前面，他不知道身后的人是谁，一旁的老师傅慌忙对这个农民工小声说道："我说你哪只眼睛瞎了，还不快闪开！"农民工抓耳挠腮一点儿也不明白老师傅说话的意思，老师傅急忙一把把他推开，才把路让了出来，直到等马丹峰走远了，他们还站在原地。

"你小子知道前面那人是谁吗？"老师傅问农民工。

"不知道，他是？……"农民工疑惑地回答。

"也难怪你不知道，你才来几天。"老师傅又说，"这是我们厂新来的火工专家，以后记住要给专家让路，别他妈的眼睛瞎了。"

一听说是专家，把农民工吓得直哆嗦，"师傅，记……记住了。"

八点十几分马丹峰到了工作岗位。这时班组里的师傅们早已到了工作现场，有的已经干了差不多半小时活了。马丹峰拿起工具不紧不慢地开始工作了，一边用一把火枪给钢板加热，一边用水管紧跟着浇水冷却，水火交融，热胀冷缩，不一会儿一块变形很大的钢板被奇迹般调平整了。周围的师傅见专家亲自干活，脸上露出十分喜悦的笑容，还有两个装配工一个电焊工和一个火工师傅都围过来看看专家的技术，他们像是看神医华佗看病似的，眼睛眨都没舍得眨一下，火工师傅心想：原来是这样干的啊！

下午船体车间火工班杨班长在车间周主任的带领下，把全班的火工领到现场学习，还有其他几个师傅也一起来到现场，十几个人把马丹峰围在中间，周主任主动邀请专家现场给大家讲课，"各位，我来介绍一下，这是我们厂新来的火工马专家，他原来在上海工作，现在我们很荣幸把马专家请过来了，也是为了打造好我们厂的万吨轮首制船，现在请专家给大家讲几句，大家鼓掌欢迎！"一群人两眼激动地看着专家，双手使劲地鼓掌。掌声停下来的时候，马丹峰双手叉腰，一只手摸了摸脑门说道："我在上海学了一些造船技术，火工是一门比较难的造船技术，具体我也说不清楚，关键是需要很多实践经验……""是啊，火工技术最难，因此……因此我们才把马专家请过来的嘛，请多多指导！"周主任握住专家的手说。杨班长当场表示："在马专家的指导下，我们一定努力学习，认真向专家请教！"接着马丹峰现场给大家演示了一番，算是上了一堂实践课。众人纷纷点头称赞。马丹峰的脸上露出了几分洋洋得意的笑容。

马专家过来的消息很快就在全厂传开了，这极大地鼓舞了全厂职工的信心，全厂上下再次掀起了一阵学技术的高潮。下班的时刻，广播里传来女播音员抑扬顿挫的声音："职工同志们，下面播送本厂新闻，本台最新消息，W001号万吨轮自开工建造以来，一切进展顺利！目前船体车间攻克了一项又一项重大技术难题，在特邀专家马丹峰的带领下，复杂的船体变形问题迎刃而解，在此向马专家致敬！"接着是广播点歌台栏目，"今天的点歌台节目是由船体车间周主任为马专家点播的《亚洲雄风》"。"我们亚洲，山是高昂的头……"听到广播里传来了令人振奋的好消息，工人师傅们显得特别有精神，走路腰杆都挺直了。

就这样，马丹峰几乎一夜之间成了全厂学习的劳模。在这种精神的鼓舞下，万吨轮捷报频传，一个个大节点顺利完成，大家期待着新船早日下水——船舶建造重大节点，下水后船舶将进入码头舾装和设备调试阶段。

这段时间马丹峰工作很卖力，的确干了不少活，工作得到了大家的肯定，厂领导和车间主任对他十分欣赏，"真是人才！不愧是专家！"有领导私下说"我们厂就缺乏这样高水平的火工技术人才！"

5月18日，皖城船厂终于迎来了期盼已久的首制船万吨轮下水大节点。下水典礼是展示船厂企业文化的重要窗口。每逢新船下水典礼，船厂都要组织锣鼓队、乐队、舞蹈队等开展庆祝活动，全厂各界都愉快地参与其中。这次规模创历史新高。锣鼓队由船体车间和机装车间的工人师傅组成，他们个个身强力壮，锣鼓敲得咚咚响，鼓点节奏感很强，是一支具有专业水平的业余锣鼓队。两架大鼓装在一辆大卡车上运到现场，有四人组和六人组的大鼓，师傅们穿戴上喜庆的服装和帽子，打鼓时身躯和着那优美的动作身体前俯后仰，鼓声阵阵，助威加油！乐队更是具有专业水平了，由技术部的年轻人组成的乐队，一位领导亲自担任指挥，他们身穿乐队专用的白色演出服，整齐地在船台前一字排开，双手紧握各种乐器，有萨克斯、长号、小号等乐器，二十多人集体演奏一首首欢快喜庆的乐曲。还有女职工舞蹈队也加入了，她们貌美时尚，统一的服装，整齐的舞姿，令人目不暇接。

今天是新船下水的大喜日子，隆重邀请省市领导、航运公司及船东代表等数十位嘉宾，省发改委、省交通厅、市交通局、市劳动局、市经委、市财政局等单位领导应邀出席，省委副书记和市长在百忙之中专门抽出时间出席典礼。

出席下水典礼的还有八位厂劳模和先进个人及老干部代表，马丹峰专家也应邀在主席台上就座。船台周围彩旗飘扬，地上铺上红地毯，每隔几步都有一名"礼仪小姐"，她们身穿红色旗袍，肩披迎宾彩带，面带微笑。这些"礼仪小姐"都是各车间的行车工、电焊工，她们个个年轻貌美，身材堪比模特，她们是船厂的半边天，也是船厂的一道道亮丽的风景线。一名礼仪小姐迈着轻盈的步伐把马专家引到座位上坐下，马丹峰的脸上露出像是捡到百万英镑般的喜悦表情。旁边七十八岁的老劳模冯百忠听说身边坐的是马专家，激动地起身与马丹峰握手，"现在造船靠你们年轻人啦！"1958年毛主席视察皖城时曾经亲自接见了这位英雄的劳模，虽说退休多年了，但依然十分关心造船事业的发展。马丹峰并不认识这位老劳模，握手后便坐下了。这时坐在前排的市劳动局领导转身朝冯百忠劳模打招呼示意问好。

　　船台四周早已是人山人海，全厂职工和农民工都前来观看新船下水典礼，很多家属带着孩子也赶过来观看。这些人一辈子都没有见过万吨大船，大家怀着无比喜悦的心情就是想看看这艘万吨巨轮究竟是什么样的大怪物。唐华一个星期前就邀请夜校的同学孙小燕过来观看。孙小燕从来没有看过船下水仪式，听说是万吨级大船激动得一夜没睡觉，心想：明天穿什么衣服合适呢？在箱子里翻来翻去，试了几件都不满意，最后在衣橱里找出她爸给她买的一件浅蓝色格子裙，再穿上妈妈买的黑色高跟鞋，对着镜子反复看了好几遍才满意地点点头。半夜里孙小燕躺在床上怎么也睡不着，尽管唐华曾经给她讲了很多，可没有亲眼见过，实在想不出万吨轮是什么样子的大船。早上出门的时候，她妈见女儿今天这身打扮觉得有些奇怪，"你今天不上班去哪里？""今天放假，同学叫看电影……"孙小燕出了家门，她妈估摸着女儿一定有事瞒着，看那高兴的样子就知道准有事！

　　现在船台周围一切就绪。新船涂装上新艳的油漆格外漂亮，船上挂满了绚丽多彩的万国旗，船鼻子上还有一大瓶香槟酒，船头最上面挂上一个大大的彩球，彩球上面有一条条彩带连接到主席台。船台两边到处是围观的人群，人们排成长龙队伍，有的站在凳子上，有的大人把孩子扛在肩膀上，有的爬上高高的地方，有三名记者爬上了高高的大吊车上拍摄。尽管人多但没有人拼命拥挤，人们静静地等待最隆重的时刻。所有的农民工分散在人群中，张向东和夏小莲肩并肩站在一起观看，唐华倒是没看见他俩。唐华领着孙小燕从人群里来到了船台中间，他仔细看了看孙小燕的脸，弯弯柳叶眉，樱桃小嘴，笑的时候露出一对浅浅的小酒窝。孙小燕最近在长身体，胸前明显微微隆起，把格子裙衬得紧紧的，唐华的眼神在孙小燕的Ｖ型衣领上下停留了几秒钟，孙小燕怪不好意思地说："没见过啊！……"他们以前是在晚上上学见面的，那晚上看的是朦胧美，这白天看到的是自然美。唐华第一次在白天见孙小燕，"你今天真漂亮！"孙小燕脸红着说："你穿工作服也这么帅气！"孙小燕的裙子在微风中随风摆动，脸上显得格外的兴奋，"哇，第一次见到这么大的船，好漂亮啊！"唐华一会指着船头一会又指着船舷叫孙小燕看，"快看！"把孙小燕忙得顾头不顾尾，遗憾地说："哎呀！这么多人挡住了，看都看不清。"

上午十时许，W001号万吨轮下水典礼正式开始，船体车间周主任主持下水典礼，"尊敬的各位领导、尊敬的各位嘉宾：大家好！今天是我们厂W001号万吨轮下水的大喜日子，首先感谢各位嘉宾出席典礼，下面请允许我隆重邀请郑厂长讲话，请大家欢迎！"全场响起了热烈的掌声。郑厂长健步走到发言席，面带微笑地对着话筒，用亲切的语气说："首先我代表全体干部职工，隆重欢迎省市领导和各界代表出席下水典礼，隆重欢迎今天出席下水仪式的所有嘉宾……"船台上下听到郑厂长的发言无比喜悦，大家都把耳朵竖起来细细听，四周没有人讲话，连坐在大人肩膀上的小孩子也变得十分听话。接着郑厂长简要介绍新船的诞生过程，并感谢全体职工辛勤的努力，最后祝愿新船早日交付，再次感谢各界领导的光临！郑厂长发言完毕朝杨栋梁总建造师赞许地点点头。

造船是一项极其复杂的工程，需要全体造船人付出巨大的努力，W001号万吨轮的建造涌现了一批辛勤的劳动者，其中一位就是杨栋梁。杨栋梁今年四十六岁，戴着一副四百多度的眼镜，一米八的大个子，腰背明显躬了些。杨栋梁从事造船工作二十多年，自从担任万吨轮首制船总建造师以来深感责任重大，与广大职工日夜奋战在一线，亲自指挥和仔细检查各项工作，在生产进入关键时刻，他从家里带来被子就睡在办公室，最近一个月他有二十多天没有回家睡上一个安稳觉，胡子也长得旁逸斜出了，"保重完成任务！"这成为杨总建造师最常说的一句话。没有像杨栋梁这样的干部职工怎么能完成如此艰巨的任务呢？

剩下的时间，还有来自省、市和各界的代表相继发言。接着省委副书记发表了重要讲话，"工人师傅们，大家辛苦了，今天我们怀着十分激动而又十分喜悦的心情来参加新船下水典礼，W001轮是我省近年来精心打造的第一艘万吨级巨轮，在我省造船史上具有重要的里程碑意义。谨此深表祝贺！祝贺皖城船厂迈入了新的造船时代！希望同志们再接再厉，再创辉煌！"市长对皖城船厂的发展予以充分肯定并给予厚望，"要抓住机遇进一步深化改革力度，为国企改革树立典范……"省市领导先后发言。这一刻全场都屏住呼吸洗耳恭听，领导们发言完毕船台上下掌声如雷。最后发言的是船东代表，船东对新船的成功建造表示最诚挚的感谢，对新船的质量给予高度评价。船东发言完毕，郑厂长热情地上前与船东握手。

嘉宾们发言完毕，到了最精彩的一刻——剪彩。船东代表和嘉宾们缓步上前从礼仪小姐手里接过剪刀剪断象征吉祥的彩带，这寓意着吉祥的一刻即将开始了，香槟酒顿时砸碎了，船头上的大彩球瞬间打开了，大彩球里五颜六色大大小小的彩带随风飘落在船台上，飘向了主席台的周围。一阵阵优美的音乐声中，大家的目光注视着一串串气球及一只只和平鸽腾空而起，接着又传来一阵阵震耳欲聋的鞭炮声、锣鼓声。船是船厂的生命，船是船厂的儿女，造船人就是如此珍爱他们的劳动成果。在场所有人都见证了新生命终于诞生了，所有的努力和等待都是为了这一刻。

紧接着总建造师杨栋梁指挥新船下水，"五、四、三、二、一，准备！开始！"一阵急促的哨声后，数十名身材魁梧的起重工迅速拿起大锤砸向支撑船体的沙箱，只听见一阵阵"霹雳哐当"的声音，所有的沙箱被快速打开，刹那间巨轮从船台上缓缓向下滑移，渐渐地加速前进，最后快速冲向了江面，巨轮在江面上掀开一条巨大的浪花带，继续滑行了一段距离后便慢慢停了下来，整个下水过程不到三分钟。一双双眼睛紧盯着巨轮滑行移动，人群随着巨轮的滑移伴随着一路小跑欢送……与此同时，船台周围响起了一阵阵鞭炮声、锣鼓声、号乐声，以及各种的尖叫声、欢呼声，大家脸上露出最灿烂的笑容。唐华拉住孙小燕的手跟着人群追随船体的移动，孙小燕无比激动而又兴奋地说道："真是壮观极了。"

W001号万吨轮成功下水，最后周主任宣布下水典礼结束，全场再次响起了雷鸣般的掌声，郑厂长与嘉宾们一一握手祝贺，嘉宾们微笑地离开了船台。新船终于下水了，最期盼的一刻终于结束了，人们呐喊着庆祝胜利，所有人都感到无比的振奋，所有人的脸上都堆满了笑容，所有的辛劳这一刻都忘记了。

最快乐的一天，就这样热热闹闹地过去了。

下水典礼结束后，郑厂长在厂部二楼会议室向省市领导汇报有关工作，"W001号万吨轮是我们厂建造的第一艘万吨级巨轮，W001轮的成功建造标志了我们的造船水平再上新台阶，我们将进一步转变思想观念，深化改革创新加快发展……"郑厂长发言时，省委副书记和市长一边认真听取汇报，一边认真细致地做笔记，得知船厂正在加快改革发展的好消息后，领导们频频点头赞许，对船厂取得的巨大成就予以充分肯定，省委副书记不时插话，"政府要给予适当的政策支持企业谋发展，让企业获得更多的自主权，努力把企业活力、效益搞上去，让企业不断发展壮大，将来我们还要建造更大吨位的船舶，希望同志们勤勉工作，继续努力。"会后，省市领导在郑厂长的陪同下深入生产车间调研，并与工人们一一握手。

当晚皖城电台新闻播报了万吨轮下水典礼仪式，社会各界很多观众收看了新闻联播，全厂职工再次从电视镜头里回味着巨轮下水的精彩瞬间。《皖城日报》在头版头条大篇幅刊登了有关新闻。

唐华领着孙小燕去食堂吃了晚饭，然后送孙小燕回去。唐华推着孙小燕的自行车，两个人并肩前进，孙小燕脸上的快乐还没有散去，她把下水典礼又回想了一遍，心里对造船人充满无限的骄傲。唐华忽然想起刚才人群中拉住孙小燕手的事，其实是在无意之中拉的手，因为人太多又担心孙小燕穿高跟鞋被摔倒，这才第一次拉手的。走了一段路，孙小燕说："你们造船人太伟大了。"说着孙小燕的手不经意地拉住了唐华的手。唐华沉默了一会说："造船人都不简单。"孙小燕又说："我们纺织工人整天面对一堆堆纱线，没有你们造船伟大，也没有你们造船人有技术。"唐华说："你们也很伟大，老百姓的日常生活都离不开你们。"孙小燕高兴地点点头："是啊是啊！"后来孙小燕说不过唐华，但她从心底敬佩造船人。

孙小燕进了家门，刚坐稳就听到妈妈说话了，"燕子回来啦，今天看什么电影？"孙小燕突然听到妈妈的问话，心里一阵乱麻，这可怎么回答呢？脑子里想了半天，干脆胡诌一个吧，"《美丽人生》。"话刚出口，孙小燕又犯嘀咕了，其实根本不知道什么内容，万一妈妈再问咋办呢？孙小燕妈妈以为是电影《人生》，笑着说："那电影我看过，主人公是不是叫高……高加林？""嗯，好像是吧。"孙小燕慌了神答道。她妈又问，"那女主人公是谁啊？"这下可把孙小燕难倒了，脸红着站在那里不知所措。"我看你今天根本不是去看电影了，到底干啥去了？"孙小燕被妈妈问得哑口无言，最后谎称逛公园了。

孙小燕妈妈看出女儿一脸的紧张，倒了一杯水递了过去，"傻孩子，有话还不告诉妈妈啊？"孙小燕硬是一口咬定说是逛公园。妈妈心想女儿前言不搭后语，前些日子邻居张大爷就告诉她一个秘密，说是看到有个小伙子天天晚上送小燕回家的事情，妈妈放在心底装着一直不说，今天准是和那小伙子约会去了，这还用问吗？想到这里，妈妈拉着脸说道："燕子，现在一边上班一边读书，可要好好工作！"又说："你也快二十了，妈妈在这么大的时候，都和你爸结婚了，要找对象的话可要把眼睛擦亮了，一定要找……"话还没说完，孙小燕的眼泪就掉下来，"妈，你说哪了，我还小呢。"妈妈见女儿哭了，一把抓住女儿的手说："妈问你送你回家的小伙子到底是谁？"孙小燕低头看了看妈妈一眼，结结巴巴地回答道："夜……夜校同学。"母女俩说了好半天话才上床睡觉。

上床之后，孙小燕一点睡意也没有，回想一天来的快乐，似乎有一种幸福正向他们靠近。常言道：女大十八变。哪个少女不怀春呢？此刻孙小燕脑海里像放电影一样回想起与唐华上夜校的所有事情，那天要不是唐华帮忙，自己的作业都来不及做好，平时有很多不懂的问题都是向唐华请教的，还有长江路那里一个人晚上根本不敢回家，等等。反正唐华就是一百个好。可是妈妈今晚的问话让她陷入一种莫名的胡思乱想，小燕竟然失眠了。

唐华从孙小燕家回来后就上床睡觉了。半夜里唐华又迷迷糊糊地醒来，回味着万吨轮下水典礼的精彩瞬间，回味着与小燕一起观看下水典礼的欢乐时光，最兴奋的是与省委副书记的握手，对于他这样一个农民工来说是多么的幸运，唐华还打算回家告诉妈妈呢。接着，唐华又幸福地睡着了。

新船下水几天后，很多人依然沉浸在一片欢乐之中。最激动的是一群老干部老职工，他们在万吨轮建造过程中多次前往船台仔细查看，还主动要求为一线工人送茶送水送饭，后勤处刘处长说船台作业不安全，为此他们和刘处长还吵了一架。冯百忠劳模生气地说："俗话说：人是铁，饭是钢。半天工作下来最想喝上一口吃上一口，瞧瞧杨栋梁总建造师都多少天没下船了，还有那些农民工，你们不让我们去送，我们的心里憋得慌……"大家把话都说到这份上了，刘处长只好勉强同意了。在新船完工后，一群老干部老职工又来到船台前仔细观赏英姿潇洒的万吨巨轮，他们的心情格外激动，他们用双脚测量船长，他们从头到尾前后一共走了三百六十多步，一边走一边数着万国旗，美国、英国、新加坡、澳大利亚……还有好些国家的名字都说不上来，当然最高兴的是看到船头上一面五星红旗迎风招展。

连日来老干部活动中心热闹非凡，他们谈论的话题自然是这艘万吨级巨轮了，一位老干部竖起大拇指说道："依我看未来中国造船必将进入更好更快的发展时期。"冯劳模按捺不住激动的心情，"我真想再年轻三十岁，再好好大干一场。"另一位老干部自信地说道："今年我们能够造出万吨轮，说不定明年就能够造两万吨，不出五年八年就一定能够造五万吨八万吨大船。"就在这时发生了戏剧性的一幕，有人突然发生了激烈的争论，一位白发苍苍的老工人面无表情地说："我说你们也不多看看报，你看看人家江南厂早就在造七八万吨大船了，咱们速度跟不上江南老大哥啊！"还有一位老者挥挥手说道："报上还说人家日本、韩国一家船厂一年的产量就能达到200多万吨，咱们和人家那就更没得比，咱们国家的船厂加起来还不到人家一家船厂的产量……"冯劳模看大家都把话题转移到国外去了，急忙说道："大家不要急嘛，毛主席靠小米加步枪打下天下，咱现在还在发展中，将来也一定能够造更多的大船。"听了冯劳模的话，大家异口同声地说道：是是是，早晚的事！

这些天一群来自皖南的农民工兄弟也是心潮澎湃。一年多来，他们目睹船厂的发展变化，看到了好几艘新船下水，但最大的船就是这艘万吨级巨轮了。因为他们也参与了建造，付出了不少汗水，因此他们心里有着一种说不出的成就感。尽管他们只是干了一些杂活，那好歹也有一份功劳啊！当他们看到马丹峰专家坐在主席台上的时候，很多人投上无比羡慕的目光，那一刻让人发问：同样是农民工，怎么差距就这么大呢？让他们欣慰的是他们还拿到了和本厂职工一样多的五十块钱奖金。还有最让他们高兴的事情，省委、市委领导在听取郑厂长汇报后，表示要大力探索新思路，一方面可以扩大农民工就业，一方面提高广大职工的积极性；当问到农民工的工资待遇问题时，省市领导一致强调："要想尽一切办法，尽可能地提高他们的工资待遇。"经研究决定从下个月起他们的工资将从138元调整到240元，其中有20元是特别补贴。这对他们来说无疑是天大的喜事。

第 七 章

今年夏天因为厂里生产太忙，唐华没有回家帮忙抢收，哥哥唐文回去了，妹妹明珠也请假回到家里。唐华爸今年特别高兴，田里的稻子长势出奇的好，比往年格外旺盛，沉甸甸的穗谷把秆子都压弯了腰，全村不止他们一家，几乎家家户户田里都是一样的。农民是靠天吃饭的，就是盼望着老天爷开眼，盼望着这样的好收成。

刚收完稻子，兴旺大队陈书记传来喜讯，"乡亲们，今年是丰收年，还有一个大好消息……""什么好消息？书记倒是快说啊！"唐华爸迫不及待地插话。陈书记接着说："今年国家上调了粮食收购价，每担涨了20块钱。"话音刚落，一双双粗糙的大手纷纷鼓掌。陈书记补充道："昨天文件已经下来了，有多少就收多少。"陈二婶和陈光明同时说道："那真好！"接着大家扳着手指算算今年增收了多少粮食。陈光明家一共多收了12担，其中他家的杂交水稻产量最高，亩产高达400多公斤，他家是第一次种植这种杂交稻还缺乏经验，或许明年会更好。陈二婶家也种了一亩田杂交稻，二婶后悔死了，"这杂交稻产量就是高，早知道多种几亩田。"唐华家上半年没有种植杂交稻，但收成也增加了三成。

陈书记看到今年大家都丰收了，按捺不住喜悦的心情，接着说："这杂交稻产量就是高！"陈光明得意地说："书记，当初我只想试试看，这稻苗长得就是不一样，插一两根秧苗结果发棵长了一大把，扬花的时候我就知道一定有好收成。"唐华爸说："今年布谷鸟叫声出奇，整天'发棵发棵'叫得不停，杂交稻成熟的时候，我还特意去数了好几棵稻穗。"陈书记一把抓住唐华爸的手说："现在后悔了吧，当初叫你试试你就是不肯。"唐华爸遗憾地说："前年村里让养什么杂交猪，结果我家养的那头杂交猪怎么也不长肉，还不如本地猪，没想到杂交稻和杂交猪不一样……"不过后来唐华爸也种了二亩田双晚杂交稻。

接着陈书记又给大伙说说种杂交稻的好处，"这杂交稻是科学家经过多年科学试验培育出来的，现在全国各地都在推广高产杂交稻，听说有的地方亩产已经达到了五六百公斤以上，这绝对不是浮夸的，今年我村里是第一年种植，明年产量应该会更高了。"陈光明抱着双手说："咱村土地肥沃，一定一定！"陈书记没想到陈光明这么支持种杂交水稻，这二杆子现在怎么转得这么快？上次修路就是不赞成。唐华爸恰恰相反，好在及时转过来了。现在就剩唐华大伯一家没有种了，陈书记去他家做工作，大伯就是不同意，"什么杂交稻？一辈子都没听说过。"陈书记苦口婆心地说："时代在变，咱农民也得变，千万不能守着旧思想。"可是大伯就是死脑筋，听不进好言相劝。

山里人见识少，他们还不知道改革开放以来外面的世界究竟发生了多大的变化。眼看还有几年就到21世纪了，咱村该怎样迎接21世纪？这是陈书记最近一直思考的问题，他预计不出两三年村里一定有人买拖拉机盖楼房。这不是没有事实根据的，就拿今年来说，村里外出打工的年轻人又多了一成，那些在家的乡亲也没闲着，有的开始搞养殖业，养猪、养鸡、养鸭子，虽然现在规模还不大，但是起码他们的观念在变。沈文琴的堂姐文秀和姐夫家喜去年秋后试验性养了100只小鸡，年底增收了800多块；今年家喜打算扩大养鸡规模。唐华妈今年也多养了一头大肥猪，希望再有几年这样的好收成。

一个星期后，唐华再次收到家里的来信，这封信是哥哥唐文临走前写的。

"家中一切都好，农忙已经顺利结束了，我们家今年大丰收了，稻子都卖上了好价钱，另外父母身体都好，安心工作。"

再就是收到了同学沈文义的来信，"最近学习很忙，没有及时给你写信。高考成绩已经出来了，很遗憾我姐（文琴）没有考上大学，其实姐姐读书一向很努力，去年暑假天气炎热，姐姐把腿脚泡在水桶里坚持学习，成绩出来后姐姐哭了三个晚上。家里没条件让姐姐复读了，姐姐下半年到中学当代课老师了。我马上读高三了，希望你也要加油！"

转眼又开学了。唐华在夜校也读高三了。进入到最紧张的学习阶段，再也没有同学给他写信了，就连彭美霞也很少来信了。前不久，唐华的高中同学举行了特别的宣誓大会，校长勉励大家牢记校训"激情、向上、拼搏、进取"。这届学生底子厚，高考有望取得历史性突破，学校对这届学生寄予厚望。

第一天上课，唐华和孙小燕再次坐在前排的座位上，班级里除了几个请假的同学外都到齐了。上课的铃声响了，班主任蒋老师走进了教室，孙小燕立刻叫道"起立"，大家都跟着站起来："老师好！""请坐下！"蒋老师发表热情洋溢的讲话，"同学们，高三是浓缩的人生，高三或许是人生的一大转折。有人说：人生至少有三大考验'高考、婚姻、事业'。同学们，你们也是高三人，一样有权参加高考！希望你们珍惜时间，积极进取，为梦想加油！"此刻教室里一片静悄悄的，大家都打起精神。蒋老师接着说道："同学们，还要告诉大家一个好消息，在上级教育主管部门的大力支持下，我校与师大积极沟通，今年争取到了一个保送师大的名额，刚刚毕业的雷梦同学成了第一个幸运儿，她已经是师大经管系的大学生了。"同学们兴奋不已，纷纷鼓掌。"明年我校仍然有一个保送名额……"这时教室里交头接耳议论纷纷，有的说：我成绩不好，我哪有哪个命？有的说：就是有十个名额也轮不到我。还有几个男同学说"不管我的事"，干脆趴在桌上呼呼大睡。有几个女同学交谈着打算周末去看电影的事情，不时肆无忌惮地发出笑声，不过再也没人跟着一起发笑了。

　　这时大多数同学都把目光集中在唐华和孙小燕身上，因为他们俩平时学习最用功，成绩是全班最好的。有个男同学忽然站起来说道："我看直接把这个名额给唐华就得了，大家说是不是啊？"说完了，他似乎想得到同学们的支持，急忙补充道："同意的，请举手！"一句话把教室里搞得七嘴八舌，有的支持唐华，有的支持孙小燕，男同学又说："同意唐华的，请举手！"孙小燕第一个举手，接着教室里一个个把手高高举起，举了又放下，放下了又举起，蒋老师在讲台上看着发笑。接着一个女同学跟着呼应："同意孙小燕的，赶快举手！我看谁敢不举手！"说着大家跟着又举了一轮。唐华也高高举起手。女同学像监督员一样，又大叫了一遍："还有没有支持孙小燕的，还有没有？最后一排的你们到底支持谁啊？"唐华和孙小燕俩人品学兼优，他们都得到同学们的拥戴。一男一女两个同学像主持人一样，他们呼吁大家又举了三轮。最终唐华和孙小燕得票一样多。结果就是这么巧合。这下可把两位"主持人"难倒了，前排一个女同学出乎意料地说道："干脆你们俩锤子剪刀布吧！"唐华和孙小燕两眼对视笑了笑。全班哄堂大笑。最后一排的一个男生站起来说道："我反对！依我说有两个名额就得了，那还用投票吗？"这时全班同学都把目光集中到蒋老师身上。

　　蒋老师沉默了一会，说："大家静一静，此事以后再说吧。"

　　上第二节的时候，教室里已经完全变了样，很多同学都不再专心听课了，因为在他们看来保送的名额已经基本锁定。蒋老师在上面认真讲课，下面有笑声有说话声，也有睡觉的呼噜声，一个女同学欣喜地说道：这夜校也没白上，起码我知道了生孩子的秘密，由两个什么染色体共同结合，主要是男方决定的，我爸以前总是责怪我妈，我得回去评评理……还有一个同学说：拿到毕业证每月加五块钱工资，我就满足了。蒋老师叫了两遍"安静安静"，教室里才稍稍安静了一些。这时唐华悄悄递给孙小燕一张小纸条，上面写着"坚持到底就是胜利！"不到一分钟，唐华也收到了同样的小纸条，接着又收到了第二张"哥你喜欢我吗？我ai你！"唐华接过小纸条没再回应，小声地说道："听课。"孙小燕才坐端正了。

下课后，大家的话题依然停留在保送名额的问题上。

今晚回去的路上，唐华和孙小燕的脸上显得很尴尬，因为保送的名额问题同学们把他俩推到风口浪尖，真要是有两个名额该多好啊！一路上两人没怎么说话，在长江路下车推着自行车，孙小燕先开口说话："有保送上大学的名额真好……"话还没说完，唐华拉住孙小燕的手，"先不说这些，到时候说不定有两个名额呢。""那最好了。"孙小燕点点头说。到了孙小燕家门口的时候，唐华依旧没有进她家，可是孙小燕妈妈却在墙角的拐弯处看见了唐华，唐华却没有看见她。临别的时候，孙小燕拉住唐华的手说："哥，周末你有空吗？我们厂发了两张电影票……"唐华借口说要加班，孙小燕再三邀请，唐华最终答应一起看电影。这一切都被孙小燕妈听得清清楚楚。

孙小燕前脚进了家门，她妈也跟着进了屋里，"妈，你没睡啊？"孙小燕问。"我刚刚去外面上厕所。"孙小燕心想坏了，刚刚说话是不是被妈妈听到了。

周末一早，孙小燕穿着上次看万吨轮下水典礼的那身打扮，出门前还喷了不少花露水。孙小燕在船厂门口等到了唐华，两人一起来到了电影院门口，检票进去在中间的位置找到了座位。今天的电影是《唐伯虎点秋香》。电影院坐满了一对对青年男女。唐华看到张向东和夏小莲坐在一起看电影，他惊喜地发现了这个秘密。张向东和夏小莲正在低头说话，没有看到唐华。电影开始后，孙小燕指着银幕问道："哥，你以前看过这部电影吗？"唐华摇摇头。孙小燕说着把手放在唐华的手上，肩膀在不知不觉中靠在一起。刚看了不到五分钟，一个中年妇女突然朝这边挤了过来，有人嫌弃她挡住了视线，妇女连声说道："对不起！我来晚了。"唐华和孙小燕正聚精会神地看电影，听到有人说话没有理会，忽然那个妇女在他们面前停了下来，一把拉住孙小燕的手，"快跟我回去。"孙小燕一看是她妈，顿时生气极了，"妈，你干嘛？""别问那么多，快回去！"唐华不知道发生了什么，脸色尴尬地站了起来叫道："阿姨阿姨……"孙小燕妈朝唐华瞪大眼睛说道："别叫我阿姨，农民工！"这时现场气氛好不尴尬，孙小燕鼻子都气歪了，抿着发抖的嘴唇，浑身颤抖，最终她妈连拖带拽把女儿拉出了电影院……

忽然间唐华被弄得一头雾水，一个人呆呆地走出了电影院。

进了家门，孙小燕和她妈又是一阵激烈的争吵——这是她第一次与妈妈吵架。最近她妈四处打听，最终得知唐华家住皖南农村，在船厂是一个农民工。孙小燕妈妈对女儿与一个农民工在一起厮混气急败坏，两眼盯着女儿训话，"你知道那个唐华是什么身份吗？农民工，农民工你懂吗？"孙小燕抬起头顶撞，"农民工怎么啦？农民工不是人吗？""好好好，农民工好，别忘了你爸的遗言，咱家折腾不起！……"

发生这样不愉快的事情，让孙小燕伤心不已，她本来想邀请唐华去看电影，就是想和他单独在一起，同学同座这么久了，班上那么多同学都在谈恋爱，难道唐华没有一点想法？这家伙真是榆木脑袋，莫非比梁山伯还笨？心想：都快毕业了，赶紧启发启发他。于是邀请唐华一起看电影的。唐华看到电影的名字就知道这丫头的心思，但唐华认为他要获取更大的能量扎根在这个城市，因而暂时保持纯洁的同学关系。孙小燕根本没想到妈妈竟然是这么强烈反对她和唐华在一起，气得整整哭了一个晚上没睡，接连两个晚上痛哭和失眠。更糟糕的是她妈不再允许让唐华送她回家，而是让她再跟她表哥一起上学，"下次再看到你们在一起，我就打断你的腿……"孙小燕接连哭了几个晚上。唐华被这一切的一切弄得稀里糊涂，本来他们只是同学关系，并没有所谓的谈恋爱，尤其是孙小燕妈说的"农民工"三个字让他陷入无比痛苦之中，因为他根本改变不了农村出生的事实。

星期一上课的时候，唐华看到孙小燕两只肿得高高的眼眶心里很难受，孙小燕低头做作业，唐华把自己的作业本轻轻地挪了过去，可孙小燕又把本子轻轻地推了过来，就这样一句话也没说。下课的时候，孙小燕表哥已经在教室门口等候了，高大的表哥手里紧紧地握着拳头，朝唐华狠狠地使了一个眼神，然后拉住孙小燕往停车场走去。孙小燕难过地朝唐华看一眼，便消失在唐华的眼前。从此唐华独自一人骑车回去，再也没有与孙小燕同路过，上课的时候也再没有像以前那样交流，但是他们的成绩依然是全班最好的。这一切同学们看来似乎有些怪异。后来有男同学开始追孙小燕，邀请她吃饭看电影，但都被孙小燕拒绝了。

高三毕业前，唐华在三次模拟考试中都得了第一名，孙小燕第二名，最终唐华把保送的名额让给了孙小燕。其实唐华和孙小燕都很想上大学，他们一样的家庭条件不好，唐华觉得孙小燕家更需要帮助，其二唐华即便去上大学还是没有学费，因为他把所有的工资已经全部给家里办事了。

四年后孙小燕大学毕业了，她歉疚地到船厂去找唐华，可是唐华已经离开了，孙小燕遗憾地回去了。从此两人再也没有联系上。后来孙小燕成为纺织厂一名会计师。而唐华的身影依然在其他的船厂里穿梭着，当然他是不会轻易放弃读书的梦想，若干年后唐华通过自学考试也拿到大学毕业证书，成为一名船舶工程师。

悠悠岁月，最终夜校的同班同学只有唐华和孙小燕坚持到最后。

在今年的高考当中，同学沈文义考上了皖城的一所大学。唐华原来的高中同学取得历史性的好成绩，全班有37人考上了大学，很多同学至今仍然为唐华的辍学感到惋惜。机会就是这样的，一旦错过了，就真的错过了。唐华为同学们庆祝的同时，又一次独自流下了眼泪……

张向东最近工作很顺利，也过得很开心，因为他和夏小莲的距离越来越近。夏小莲曾经谈过一次恋爱，最后男朋友和她分手了，据说分手的主要原因是她家里条件不好，她爸得了慢性病，常年吃药打针。夏小莲失恋后，两年都不再想谈恋爱结婚的事情，没想到张向东的出现让她改变了。人是有感情的，现在夏小莲心里已经彻底接受了张向东，但是最终能不能走到一起关键还是要看她妈的意见了。

星期五下班后，夏小莲叫张向东晚上去她家一趟，说是有十分重要的事情。张向东高兴了好一阵，最后邀请唐华陪他一起过去。夏小莲家就在劳动路，走路十几分钟就到了。吃了晚饭，夏小莲先想探探她妈妈的意思，说："妈，我谈恋爱了。"得知女儿谈恋爱了，她妈愉快地说："这是好事啊！那小伙子是哪里的？"

"厂里的。"夏小莲回答。

"怎么不早说啊，叫小伙子来家里玩，也好见见面啊。"她妈有些激动地说。

"这……"夏小莲说，接着半天说不出话。

"这又什么嘛，你都老大不小了，还不尽早结婚？"

"他今晚过来，不过他是……是农民工……"

忽然间夏小莲妈起身把大门反锁了，沉重脸对女儿说："别把什么人都往家里领。"她妈只说了一句话，随后朝房间里走去了。夏小莲傻坐在椅子上，心里像刀子绞了一样，回到房间她趴在窗户上看见下面的张向东，本想叫他一声，却始终叫不出口。张向东一直兴奋地等着夏小莲叫他上去，可是不一会楼上的窗户慢慢地关上了，灯也熄灭了。张向东立刻感觉有问题，对着窗户大喊："为什么，为什么？……"接着身体像烂泥一样瘫倒在地。唐华赶紧双手扶起软绵绵的张向东，准备绕过繁华的夜市走向江边。张向东边走边回头张望，似乎等待奇迹发生，刚走出几步张向东惊喜地发现四楼的灯又亮了，立马转身往回跑去，结果发现不是夏小莲家的而是她邻居家，最终有气无力地挪开了脚步。唐华和张向东在江边什么话也说不出，他们的心里都藏着一个人，最初不相识，现在谁为谁心疼呢？该坚持的时候却放了手！或许一些事只能当作回忆，一些人只能是过客，因为这个城市可以接受农民工进城工作，但其他的一概不能接受。

从此每天下班后，夏小莲家的大门和房门都被她妈反锁了，她的心也被这样反锁了。他们的恋情就这样神秘地流产了。这是张向东的初恋。有天工作中因为夏小莲的操作失误，险些还出了安全事故。不久张向东主动申请调离工作岗位。后来张向东家里给他介绍了好几个漂亮姑娘，他一个也看不上，因为他心里只有他的小莲。

几个月后，唐华和小六子在电器分厂的合同到期了，之后他们被人事部门调到船体车间去学船体火工技术。

第 八 章

夏天即将过去了，秋天的脚步渐渐地来临，世界又在发生了深刻的变化。

唐华来到船体车间火工班组已经是 1995 年 8 月 6 日，早上上班他和小六子被夏班长领进了班组，老师傅们起立欢迎，旁边还有一个农民工——胡建明，随后大家围在一张桌子召开简短的欢迎会。夏班长说："今天又有两位小兄弟加入我们火工班，这是我们班的荣幸，也是车间领导对班组的高度重视，大家欢迎！"几位师傅起立鼓掌。随后夏班长给唐华和小六子分别指派了各自的师傅，唐华的师傅是丁师傅，小六子的师傅是姜师傅。胡建明是三个月前过来的，他的师傅是夏班长。从此唐华便正式成为一名船体火工学徒工。

唐华现在还不知道什么是火工，他之前原以为是烧锅炉的，马丹峰专家过来后，大家相互议论，唐华才略略知道火工不是烧锅炉的，而是跟船体变形有关的造船技术工种。火工技术与焊接技术完全不同，唐华对火工技术一无所知，脑子里就像一张白纸一样，只好再次从零开始学技术。唐华细细地看了看班组的环境，有一排更衣柜，一张大桌子，墙壁上还有几张奖状，其中一张奖状是"先进班组"，一张奖状是"厂象棋比赛一等奖"。他微微地点头称赞，忽然看到墙角处还有几把大锤，他的脸色瞬间变了。

马丹峰在上次出席下万吨轮水典礼后发生了很多事情。下水典礼结束后，一名身材苗条的礼仪小姐领着马丹峰走下主席台，不知道是礼仪小姐的腰、屁股还是大腿深深地吸引了他，看得马丹峰两眼发直，下楼梯的时候险些摔倒，把一旁的礼仪小姐吓一跳。从此马丹峰对身材妖娆的女人多了一个心眼。后来有人发现他的脚很大，还给他取了一个"马大脚"的绰号。按说脚大走路应该很稳健，但走偏了恐怕不一定稳当。前些日子，马丹峰以嘉宾的身份参加万吨轮下水典礼，从此尾巴翘上了天，工作态度一天比一天差，工作质量更是让人担忧，但是没人敢反映，一位班长私下说道：你不知道他是谁请来的吗？谁要是指指点点，那还不是自讨没趣！不仅班长对他不满意，就连车间主任也摇头。所以只好任凭马丹峰自由发挥，不过再也没人叫他"专家"了。

下班后马丹峰早早地吃了晚饭，经常到码头、车站附近闲逛，还把一些不认识的女子往"黄楼"里带，结果保安不允许。有天晚上保安不同意，双方发生了激烈的冲突，马丹峰居然动手把保安打倒在地，最后几名保安上前把他制服。那个女子气得灰溜溜地跑了。第二天马丹峰被开除了，他的好运也到头了。

马丹峰离开后很多人拍手叫好，最起劲的是厂里的火工师傅了，正因为他的到来，这些火工师傅明显比人家"矮"了一大截，头都抬不起来，像是得了一场大病，没过一天好日子。现在马丹峰终于灰溜溜地夹着尾巴走了，才让这些火工师傅又峰回路转，几个火工师傅不平地说道："走得好！难道外来的和尚一定好念经？结果还不是靠自己人……"其他的工人师傅也纷纷议论，有的说看他那副长相光光的额头，就觉得不是什么好人，有的说鹰钩鼻多阴险，也有不少人背后说厂长花了冤枉钱。

此后为了加快火工技术人才培养，厂里决定把唐华和小六子安排到火工班，另外还从皖南新招了十名年轻的农民工前往上海进行为期三个月的技术培训。

离开电器厂的时候，有件事情让唐华感到不平。就在几个月前，车间里连续发生了两起安全事故，先是一位钳工师傅被机器压断了一截手指，接着陆主任的三根手指也被机械压成了骨折。唐华倒是没有受伤，但是电器厂张厂长硬是安排唐华到医院陪护两个病人长达两个多月，唐华没想到进船厂连这种活也是他的工作。人在屋檐下没办法，只好忍着把两个病人像照顾自己的亲人一样护理到出院。他本来想好好表现争取以后"择优转正"，结果啥也没有的事情，如此看来还不如学一门实在的造船技术。

到了火工班组后，第一天上班唐华没有去现场干活。当晚唐华躺在床上一点也睡不着，看到班组的那几把大铁锤的时候，唐华的心里阵阵发颤，他再次记起小时候算命的事情，难倒真是打铁的命？原来他还不相信这些，现在看来不信都不行，因为哥哥唐文也果真当了木匠。第二天下午上班，师傅果然让唐华打锤，他的身材那么瘦弱，哪里能打得动？

两天后唐华跟着丁师傅去了现场。丁师傅一手拿着一把火枪，一手拿着一根水管，默默地干活，也不时地教唐华技术要领。唐华见火枪的时候发出"扑哧扑哧"的声音，又冒出浓烟又发出猛烈的火花，最可怕是火枪还发出剧烈的高温，唐华顿时倒吸一口冷气，一脸茫然地问："师傅，什么是变形？""变形就是不平，看看这里不是洼下去了吗？这就是变形。"丁师傅对唐华说。尽管师傅的解释十分形象，唐华仍然不是很明白。丁师傅又幽默地补充了一句，"简单地说就是'哪里不平哪有我！'好比济公大师和包公大人一生的最爱。"这时唐华露出一丝丝微笑，"哦，原来火工是'打抱不平的'……"心想那不就是打铁匠？但话没说出口。接着师傅又叫唐华打锤。唐华一边抢起大锤，一边又后悔把上大学的机会给了孙小燕。命运总是爱对这个年轻人开玩笑，前面是高中辍学，接着连到手的上大学的好机会也转送给了别人，一切的根源还不是家里困难？山重水复真无路。唐华咬牙切齿地打了几下便打不动了。小六子也不会打锤，他的脸上居然显得一幅津津有味的样子。胡建明已经学了三个月，他已经学会很多技术了，这让唐华和小六子都很羡慕。

下班后，胡建明对新来的唐华和小六子说道："火工很简单，你们不用担心，三个月就能学会。"这么说来引发了唐华的学习兴趣，毕竟不像在电器厂啥杂活都干，或许学火工也是好事，或许不需要天天打锤的。听胡建明说三个月就能够学会，小六子高兴极了，并且再次记住了人事部门交代的一句话"择优转正"。厂里现在特别重视火工技术人才，因此做出如此承诺的，也包括那些前往上海学习火工的农民工。

万事开头难。这段时间，丁师傅手把手地教唐华学习技术，唐华工作很勤快，力所能及的工作抢着干，每天早早地把工具准备好，晚上下班的时候再把工具收回去。一个月后，唐华跟师傅学会了一些最简单的基本动作，增长了几分信心。船体薄板矫正经常需要打大铁锤或者木槌，有的大锤十多斤重，这可是一项重体力活，打锤的要求是"稳、准、狠"。刚开始唐华不会打锤，后来师爷——赵师傅教会唐华打"八面榔头"技术，之后每次打锤的工作大多由唐华包揽了。

慢慢地，唐华对丁师傅有了一些初步了解。丁师傅从事船体火工十六年了，中等身材，为人随和，少言寡语，象棋水平很高，曾经代表厂队参加"市企业杯象棋大赛"并荣获一等奖。另外师傅还很喜欢钓鱼，从没有空手而归的。丁师傅的家庭很幸福，女儿读小学五年级。丁师傅爱岗敬业，工作认真，唐华从师傅身上看到很多高贵的品格。丁师傅成了唐华的启蒙师傅。从此，唐华真正意义上开启了他的造船人生。

有天晚上下班后，唐华骑上自行车去吴叔叔家给星星辅导功课，他已经有些日子没有过来了。进了家门，吴叔叔和婶婶热情招呼一番，随后唐华给星星辅导了一些题目。功课辅导完了，吴叔叔问起唐华的工作情况，"我现在调到火工班了。"唐华回答。吴叔叔微笑地说："那也好，火工是一门技术活，学会了很有前途。我原来是当锻工的，还给九华山锻造过大钟，火工有时候需要打锤，与锻工一样掌握一定的技巧就不难了。"接着吴叔叔给唐华简单地讲解船体火工技术的一些基本原理，最后说道："我想办法给你办个借书证，你去图书馆多看看书，理论结合实践，这样学习会更好。"唐华连忙道谢。

从吴叔叔家出来的时候，天下起了大雨，唐华没有带雨伞，急忙骑车往回赶。雨越下雨大，路上几乎没有行人，唐华低着头快速往前冲，到长江路拐弯的时候看见有个影子晃动，唐华的眼镜模糊不清，感觉像是树影，他没有抬头继续加速前行。就在这时不幸的一幕发生了，原来晃动的不是树而是两个人！刹车已经来不及了，当场把两人撞翻倒地。原来是一对老教师家访回来，他们打着一把大黑伞，又穿着一身黑衣服，夜晚下雨唐华完全没看清楚。大爷在地上打了两个滚才艰难地爬了起来，大妈倒地一动不动，"哎呦，我的头……好痛……"唐华立即扔掉自行车，一把扶稳大爷，又和大爷一起搀扶起大妈，大妈双手抱头，"这里好痛！"大爷急忙在大妈头上摸摸，"这么大的包？""老头子，你没事吧？"大妈问大爷，"我没事。"大爷说。唐华和大爷赶紧把大妈送到医院，挂号、交费、诊断、拍片，忙上忙下，唐华把身上刚发的工资全部用完，钱不够又跑回宿舍向同事们借。最艰难的是等待拍片的结果。这时两位老人埋怨了半天。

"这要是脑震荡可怎么办？"大妈心急地说。

"我说不走这条路回家，你偏偏不依。"大爷摇摇头说。

"这么倒霉！都怪那个年轻人不长眼睛！"大妈恼火地说。

十分钟后，医生拿着片子走了过来，"13号病人，片子上显示只是皮外伤，鉴于目前淤血较多，建议住院观察两三天。"大爷连忙说道："颅内没有出血就好。"唐华又赶忙办好住院手续，回到宿舍已经是夜里一点半了，身上从头湿到脚。躺在床上，唐华悔恨不已，怎么就那么巧呢？

第二天唐华请假去医院照顾大妈，他买了一串香蕉和一串葡萄还有几个苹果，放在桌子上，大妈连看都没看一眼。大爷过来的时候，唐华已经帮助大妈洗漱完毕，还把早饭买好了，大妈就是不想吃一口。唐华十分理解大妈的心情，毕竟是自己撞倒的，就是人家有再多的怨气也得忍受，因此再三向大妈赔不是，他不说罢了，说了大妈听着更生气，"医生说住三天，我要住一个星期，万一……"大爷对大妈说："别乱想。"一会儿大妈说要去卫生间，唐华和大爷赶忙把胖乎乎的大妈扶起来。这两天应该说唐华比他们的儿子做得都好。

第三天，大妈头上的包已经基本消除了。傍晚，一位年轻漂亮的姑娘走进了病房，拉住大妈的手，"妈妈，你没事吧？"姑娘是大妈的女儿，在郊区当老师，得知妈妈住院了，放学后赶了过来。姑娘摸摸妈妈头上的包已经消了，又从医生那里得知可以出院了，态度与她妈完全不同，"妈，没事的话咱就回家吧。"她妈一把推开女儿的手，说："你懂什么？万一以后再出血，再什么的，那找谁？……"说完大妈冲着唐华说道："把你的工作证和身份证给我看看。"唐华把证件递了过去。他们一家三口仔细查看。大爷前几天看过船厂万吨轮下水的新闻报道，赶忙说道："他在船厂上班，咱别耽误他工作，别为难人家了。"大妈这才勉强同意出院。

唐华跟在后面，手里拎着他买的那些水果，大妈进了家门，唐华又给了大妈一些营养费，转身下楼，这时大妈的女儿说道："等一下，我送你下楼。"唐华以为还有什么事情，在门口等了两分钟，两人一起走到了楼下。姑娘说："事情的经过我爸都说了，这事情不能完全怪你，他们自己也有责任，当然谁都不希望发生的。我爸还在电话里说，事情发生后，当时确实很害怕，尤其是怕得了脑震荡，但是医院报告没有，也就放心了。"唐华听着没出声。姑娘接着说道："我爸还说你这个人心眼好，事情发生在晚上，又没人看见，其实你就是跑掉也根本没人知道，因此这点我爸和我十分敬佩你！"唐华心想这是自己惹的祸，就是路过见到这样的事情也一定会把大妈送到医院。

姑娘把唐华送到了小区大门口还没有回去，又对唐华说："你在船厂工作，我愿意与你交朋友，说真的，你的责任心打动了我……"说完姑娘有意靠近了唐华。唐华显得很不自然。姑娘在医院里见过，模样和身材都很漂亮，另外还是老师，她怎么会跟自己交朋友？唐华根本无法相信。唐华慌忙说："是我对不起你妈，要不是天下雨，要不是……"姑娘一把拉住唐华的手，"事情都过去了，咱们都不提了，我敬重你的是你的责任心，我就喜欢和有责任心的人在一起。"唐华忍不住把自己的身份说了出来。姑娘满不在乎地问道："农民工怎么啦？农民工也是人，人人平等的。""不早了，你快回去吧。"唐华说。姑娘这才放开唐华的手，默默地看着唐华的背影离开，直到唐华走远了。

回到宿舍唐华想想下半年要更加节俭了，再想想姑娘的话感到很滑稽，难道是塞翁失马焉知非福？不论姑娘的话是真是假，很多事情他经不起再一次了。让他没想到的是，那姑娘后来竟然到船厂找他，由于不知道唐华具体工作单位几次都没找到。

然而随着人们的思想进一步解放，后来他们船厂竟然有好几个农民工与城市姑娘结婚了。

过了几天，吴叔叔便帮唐华办好了借书证。

有了借书证就像有了一把金钥匙，唐华业余时间就泡在图书馆里读书。图书馆有三大类书，一类是船舶专业技术图书，一类是杂志报纸类读物，还有文学作品，都是免费阅读的，这对唐华来说不亚于读了免费的大学。其他的农民工已经不再关注这书呆子，下班后有的去跳舞，有的打牌斗地主。胡建明和小六子两样都喜欢。唐华借阅了很多船舶专业书籍，包括船体装配、焊接和设计等，他还找到几本旧得发黄的苏联时代的造船技术资料，如获珍宝似的认真阅读，读完了再去借，还做了两大本学习笔记。知识在于一点一滴的积累。三个月后唐华有了很快的进步，一些工作可以自己独立操作了。

转眼三个月过去了。为了检验两名学徒工的学习成效，夏班长和师傅们组织了一场现场测试。唐华双手拿起工具对着钢板有条不紊地操作，把师傅教的技术和书上学到的知识都应用在实践中。一旁的丁师傅看着徒弟赞许地点头。半小时后，唐华把一大块波浪形的钢板调平整了，矫正效果很好，班组的老师傅都拍手叫好，有的师傅给他打了80分，有的打了82分，最高的得分是85分。随后轮到小六子，最终他最高得分只有78分。

渐渐地，唐华和胡建明都能独当一面了，师傅们对他们俩的工作都很满意，可小六子学得还不够熟练，连工具都拿不稳，更别说打锤了。

下半年生产再次进入高潮，两条生产线都相继有新船下水，码头还有新船交船。

第二艘万吨轮已经顺利下水，下水仪式还是那么的精彩。现如今唐华只想努力学技术，他没再邀请孙小燕过来看下水典礼了，他独自一人站在船台的角落里观看同样的仪式，回想上次下水典礼上的小燕是那么漂亮，又怎能忘记呢？

过去的那段岁月，无论从哪个角度看都是美好的，现在两个人回到了两个世界。

国庆节后，皖城船厂再次发生了深刻变化。订单方面两条生产线都传来喜讯，最大的喜讯是接到 X 国四艘两万吨级散货船，其他方面也获得不少新订单。不久，W004 号船暨 20000 吨首制船即将开工建造。可谓捷报频传。一大批基础设施改造工程先后开工，还打算建一座星级宾馆发展第三产业，也是为下岗再就业创造机会。打破"三铁"的相关工作持续开展，一位副厂长主动要求他的爱人带头下岗，这在全厂掀起了一阵轩然大波。随后一些老弱病残的职工相继分流。农民工的宿舍改造工程也被列入重点工作，不久他们将搬入新宿舍。在劳动用工方面，又在皖南招聘了两批新农民工，另外还引进了七八十人的劳务队。全厂处处都在谋发展，只是唐华原来工作的电器厂变化不大，今年防盗门业务少了，李大姐倒是清闲了不少，但她对这个相处两年的小徒弟唐华印象深刻。

另外皖城经济开发区也发生了重大变化，包括几家知名公司就是这期间诞生的。

很快到年底了，天空下起了一场大雪，到处是白茫茫一片。瑞雪兆丰年。明年是 1996 年了，"6"是中国人心中象征吉祥的数字，六六大顺！此时陈家庄家家大门紧闭，一家人围在火盆边烤火取暖，谈论着一年的收成和来年的期盼。外面那么冷，这种时候谁还愿意在外面受寒挨冻呢？也只有那些外地打工回乡的人了，他们在宽阔的大马路上留下一串串的脚印，虽然回家的路很远，但是走在这条宽阔的路上心情特别美好，因为他们已经快到家门口了，尤其是口袋里还有一年下来的积蓄，能不高兴吗？年前村里多了三个新娘子，那些适龄小伙子不得不考虑他们的未来了。有几个青年兴奋地唱起了小曲"树上的鸟儿成双对"，还有人唱"我们的家乡，在希望的田野上……"唐华也跟着唱起来。后面有人滑稽地说道："那是八十年代的歌，唱点流行歌，《春天的故事》最好听。"

唐华兄妹三人跟着人群后面回到了家中。今年唐华家的收入再创新高。唐华妈接过儿女手中的钱兴奋地数了好几遍，又报喜似的告诉儿女们："今年风调雨顺，粮食大丰收……"一家人到半夜还没有睡觉。唐华爸讲讲村里的事情，"还有一件大喜事，前年村里修路，今年村里大矮子家带头买了一台拖拉机，开着拖拉机拉着乡亲们去卖粮食，还帮大家运输化肥种子。"大矮子官名叫陈富旺，其实他身高并不矮，成年后有一米七，只是过去他家太穷了，好像比人家矮了半截，因此有人给他取了这样的绰号，为此他妈时常义愤填膺。时代在变化，陈富旺现在成了村里致富的带头人，再也没人叫他大矮子了。

今年不仅是唐华家丰收了，全村家家收入都比往年翻翻，有几户人家已经打算盖楼房了，这在过去想都不敢想的事情。岁末年关的时候，每个家庭都应该好好总结过去展望未来，紧跟着时代步伐一起发展。正所谓一年之计在于春。这点来说唐华妈的思想还是跟得上的。唐华妈勉励道："咱们家也要好好干！可不能落在人家后面。"在新年来临之际，妈妈给全家布置了一道重要的新任务，他爸坐在一边紧锁着眉头，点了一支烟没出声。

新年的钟声即将敲响，陈家庄人热热闹闹地迎接新年，祈祷新年好运！

第 九 章

春节回来后，唐华多了一些想法，怎样才能提高收入？当然这种想法不只是他有，其他人也都一样的。杨宏明申请到涂装车间工作，因为涂装车间加班多，而且加班费都涨到九毛钱一小时了，因此他主动要求调过去了。张向东也同样要求调到杨宏明的班组，虽然工作脏点累点，但是他们每个月的收入可以提高八十多块。两个好朋友都有各自的打算，唐华却不知道如何是好，他一次次徘徊在十字街头。

正月底的一天晚上，唐华和张向东一起去逛街。张向东和唐华关系最好，两个人性格爱好十分相近，连平时买衣服都喜欢一样的。当晚他们在夜市转了两圈，看到摆摊的小商贩生意很好，唐华倡议："我们也在夜市合伙摆地摊吧？"但是立即被张向东否决了，"我晚上经常加班，没空。"唐华觉得一个人干不合适，于是放弃了这种想法。

星期天晚上唐华一个人出去走走，路上看见一个店里冒出电焊的火花，唐华停下脚步仔细看看，老板正在做防盗门，都八点半了还蹲在地上两只手不停地干活。唐华在门口看了五六分钟，这种门样式简单，是私人住宅的防盗门。唐华上前与老板交谈，"老板，这么晚了还没有收工？"老板慢慢站起身来说：

"没办法，人家急着要安装。"老板姓周，原来是纺织厂机修工，老婆也是纺织厂工人，前两年他们都下岗了，自谋职业开店做生意。周老板接着说："这里有六七道门没有做好，还有好几家催我去做，一个人实在来不及……"唐华听老板说来不及，心里暗自打算盘。

"老板，你这里需要帮手吗？"

"要啊，一直没找到会电焊的，你给我介绍吗？"

"我会做防盗门。"

说着唐华就拿起工具干了起来，接连焊接了几个地方。周老板看看唐华活干得还不错。接着唐华又和周老板谈谈，也没问工钱的问题，最后周老板答应唐华业余时间过来帮忙。正在这时老板娘送饭过来了，见店里来客人，还以为是找上门的客户。周老板告诉他爱人，"这个小兄弟是船厂的，他会电焊，愿意到我这里来帮忙。"话还没有说完，老板娘脸上露出十分喜悦的心情，两个小酒窝久久没有散开，"这太好了，欢迎欢迎！"

星期一下班后唐华便过来干活了。相邻的三家店都没收工，左边是防盗门加工店，中间还有一家羊毛衫店，右边是姐妹饭店。防盗门店和羊毛衫店都是周老板夫妻俩开的，夫妻俩一人经营一个店。羊毛衫是老板娘自己编织的，店里还有一个年轻姑娘帮忙。此时羊毛衫店里有几个顾客正在挑选衣服，有顾客说定做一件高领的羊毛衫冬天穿暖和，还有的要低领或圆领的，老板娘忙了好一阵子。唐华进到了防盗门店里，穿上工作服拿起工具准备干活。

"老板，今天做哪些活？"

"先歇会，干活不急。"周老板不慌不忙地说，又说："以后就叫大哥吧。"

"那不好吧。"

"随便点。今晚先做地上这道门，我现在回去吃饭。"

说完周老板夫妻俩手挽着手一起回去吃饭。他们家就住在附近，七十多岁的老母亲在家做饭。现在防盗门店里只剩下唐华一个人。隔壁的羊毛衫店里还有一个年轻的姑娘。那姑娘叫黄熙凤，小名叫小雁，大概是家里希望她将来像大雁一样越飞越高越飞越远吧。唐华今晚要做的活就是把一扇门焊接好，他蹲在地上默默地干活，在门框上一根根横竖交叉点上来回焊接。这扇门比他之前在电器厂做的门样式要小很多，工作量不大，用不了多久就可以干完。不知道什么时候小雁忽然出现在他的身边，唐华激动地叫了一声"小燕"，小雁笑着说："你怎么知道我叫小雁？""你剪头发了吗？……"唐华看了看小雁，真以为是夜校的同学孙小燕，因为她们的模样很像，只是小雁的头发稍微短了一些。小雁弄得一头雾水，"没有啊，你说什么呀？不明白。"唐华这才知道自己认错人了。

周老板回来的时候，唐华已经把活干好了一半，周老板高兴地说："看来你的手艺还不赖。"说着周老板看了看焊接质量，竖起大拇指说道："嗯，比我干得好，造船厂的焊接技术就是好！"周老板爱人暗自高兴。小雁在一边插话："就是啊，我刚刚看他干活很勤快，头也不抬，也不理我。"小雁是周老板爱人的表妹，肥西人，来店里帮忙两年多了，会织各种样式的羊毛衫，小雁穿着打扮很时尚，嘴巴能说会道，人又很漂亮，因此吸引了不少顾客。唐华继续干活，也没跟着一起说话，一个小时后他已经把门焊接完毕，并且把门锁安装了，油漆也刷好了，明天一早周老板就可以去安装了。

一晚上两个小时唐华焊接了一道门，可把周老板夫妻高兴坏了，"今晚就干到这里，辛苦你了。"唐华换下工作服就回去了。

星期二傍晚，周老板夫妻俩去上门量尺寸去了，因为这个时候客户家里有人在家，他们也是为了方便别人。临走的时候，周老板向小雁交代今晚唐华的工作。唐华还是像昨天一样的干活，一句话也没有。小雁急得找他说话，"你知道我的名字吗？"唐华摇摇头。

"我爸爱读《红楼梦》，给我取了和王熙凤一样的名字。"小雁自豪地说。

"哦，那你爸很有学问啊！"唐华说。

"哪里啊，老农民一个……"小雁摆摆手说。

"你家哪里的？"唐华问小雁。小雁用方言说："从肥东到肥西买了一只老母鸡，你说我家是哪里的？猜猜看？"唐华一会儿说肥东，一会儿又说肥西，把小雁逗笑弯了腰。"不跟你说了，干活了。"说完唐华继续干活，没再搭理小雁。周老板八点半回到店里，唐华已经把今晚的活干完了，"大哥，这扇门已经做好了。"周老板满意地点点头。

星期三晚上，周老板双手乏力地撑着说道："哎哟，装了一天的门，累得腰酸背痛……"于是吩咐唐华把小区一个老邻居家的门做好，自己回去休息了，老板娘也跟着回去了，店里又只剩下唐华和小雁。小雁一边对着编织机干活，一边看电视发笑。店里塞得满满的，唐华把门搬到店门口焊接，刚好在小雁的视线范围。小雁见唐华的肩膀很宽，双手很灵巧，焊接发出朵朵刺眼的火花，唐华干活总是不作声，也没有被精彩的电视剧影响。小雁正在看电视《神雕侠女》，小雁问道："你看过《神雕》吗？"唐华只听见"雕（吊）"字的发音，顿时觉得难为情，蹲在地上浑身很不自在，他害臊地摇摇头。接着小雁又问"你看过《射雕》吗？"这两部电视剧唐华都没有看过。

"我跟你说，杨过的武功真厉害！还有小龙女……"小雁说。

"哦，我没看过。"唐华说。

"我最喜欢听那主题歌了。"小雁说着唱了起来。

"依稀往梦似曾见……相伴到天边……"

"问世界情为何物？直教人生死相许。"

小雁一边唱一边脱去外套，露出优美的身材，一会儿摆着降龙十八掌的招式，一会儿使着打狗棒法。唐华见小雁的样子很可爱，在他眼里小雁比孙小燕更活泼开朗，而小雁的眼神看他似乎有一种说不出的感觉。唐华听着欢快的歌曲，干活更有劲头，不时偷看小雁几眼，只见小雁唱得十分投入，像是有感情的表演，边唱边跳，手舞足蹈，丰韵的身材在唐华的眼前扭动着。就在这一刻，唐华觉得小雁真漂亮。唐华和小雁同样的身份，同样来自农村，忽然间唐华对小雁多了一个心思。

老板娘回来的时候，不巧看见小雁和唐华有说有笑，老板娘心里在发笑，心想：他们俩还真般配呢！不会这么快吧？于是多了一个心眼，似乎有意撮合小雁和唐华在一起。随后的日子，唐华和小雁单独在店里的时间更多了。

星期四晚上，唐华刚到店里，周老板激动地告诉他："今天又接到一笔大业务，阳光小区五十套防盗门。""这么多啊，太好了。"唐华说。今晚收工前两个人做好了两扇门。唐华回到宿舍洗澡上床已经十点了，躺在床上看了几页书才睡觉。

星期五晚上，下大雨唐华没有过来干活，小雁独自一人在店里显得有点寂寞。

周六一早，唐华来到了店里，"今明两天我出去安装，你们俩留在店里。"周老板说着朝小雁递了一个眼神。接着夫妻俩便拉上几扇门出去安装了。周末路上车来车往，逛街的行人多了起来，不时有人过来买衣服，也有人过来问防盗门的业务，有人问：老板，你的门做得真漂亮，多少钱？有人问：老板娘，你的手艺真好，你说我做低领的好看呢还是 V 领的好看？唐华和小雁热情招呼客人，认真对待每一位顾客，不知道的还以为是他们俩开店。等客人们都走了，唐华和小雁笑得肚子痛，小雁笑着说："人家以为你是我老公呢！"唐华也笑着回应，"他们说你老婆真漂亮！……"小雁故作难为情地说："哼，你占我便宜。"也就这两天的时间，两人的心似乎在玩笑中一点点靠近了。

尽管唐华业余时间过来帮忙做了很多活，但是那五十扇门的工期太紧。于是周老板找来两个帮手，一个叫二喜，一个叫五毛，他们都是周老板的亲戚。二喜和五毛都不会电焊，从头开始学习，还和周老板一起上门安装。

半个月过后，一天晚上几个人忙到八点多钟才收工吃饭，周老板说："今晚把店门都关上，到家里吃饭再喝两杯，二喜和五毛没回来不管他们，咱先回去吃饭。"唐华和小雁分别把店里店外的东西收拾好了，关上门跟着周老板一起上了楼。周奶奶已经把一桌菜都摆好了。唐华进了家门向奶奶问好，"奶奶好！"周奶奶关切地说："肚子都饿坏了吧，快坐下吃饭。"小雁从电饭锅里盛上热乎乎的米饭。周老板开了两瓶啤酒，拉着唐华坐在自己身边，老板娘对唐华说，"你坐对面的位置。"周老板似乎瞬间领会了爱人的意思，"对对对，下面的位置留给二喜和五毛。"小雁到厨房拿筷子回来的时候，准备坐在下方的位置，被老板娘制止了，"你们俩坐一起，下面有人……"说着顺手把小雁推向了唐华的座位上，小雁坐下后显得有些不好意思，尽管最近经常和身边的这个人说话开玩笑，可是从来没有公开坐在一起。就这样，大家开始吃饭了。

"忙了一天，也不早点回来吃饭，快吃吧。"周奶奶心疼地说。周老板夫妻俩应声拿起筷子吃饭，"嗯，今天这鱼味道不错，你们都吃。"唐华和小雁都夹了一小块。吃了两口菜，周老板端起酒杯示意喝酒，周奶奶不喝酒，小孙子埋头吃饭，剩下的四个人都端起酒杯喝了一口。酒过三巡，菜过五味，老板娘开始说话了，"你们看唐华的肩膀多宽，耳朵也很大，有男子汉气概。"说着几个人几乎同时朝唐华看。周奶奶放下筷子说："肩膀宽耳朵大好，有后福，女孩子找对象就要找这样的小伙子。"唐华看看自己的肩膀，没觉得自己的肩膀比别人宽多少。小雁听他们的话里有话，朝唐华看着发笑："他的手更灵巧，干活多熟练……"老板娘抢着说："你们俩手都灵巧，一个会电焊，一个会织衣服。"周老板又喝了一杯酒，跟着说："让奶奶看看他们的手相。"老板娘装糊涂，"不用看了，你们看他们俩的眼睛多像，依我看他们有夫妻相……"一句话把话题直通通地挑明。小雁害羞地说："我的眼睛哪里和他像啊？"说着小雁的肩膀缓缓向唐华靠近。老板娘笑着说："现在更像了。"周老板八岁的儿子连忙说："妈妈，他们的眼睛真像。"周奶奶摸着孙子的头说道："大人说话，小孩子不要插嘴。"这时大家又把目光投向了慈祥的奶奶。"此事以后再议，你们再喝一杯。"周奶奶慈祥地说。四个人举杯再喝一杯，小雁突然起身面对着奶奶说道："奶奶，您辛苦了。"唐华也跟着起身把酒杯喝干。

吃完饭了，还没见二喜和五毛两个人回来。奶奶和小雁在厨房洗碗。周老板抽完一支烟，说道："哎呀，这家家都装防盗门，把房子弄得像鸟笼子一样，有些邻居都不认识，记得小时候很多人家睡觉都不关门，哪有过去左右邻居间热热闹闹？……"周老板一边说话，一边在腰上摸摸，"哎哟，我的腰……好痛！"他儿子连忙在他爸腰上揉捶了起来，"爸，累坏了吧？爷爷大坏蛋，当初不给你安排一个好工作。"几个人同时朝墙壁上看看周老板父亲的遗像。老爷子生前是解放军某部高级指挥官，曾经立下赫赫战功，胸前佩戴多枚勋章。周老板冲着儿子说："儿子，别整天说瞎话，路要靠自己走。"周奶奶见小雁今晚的心情不错，便探问："那小伙子怎么样？"小雁只笑不语。

饭后闲聊了一个小时，唐华要起身回去，老板娘叮嘱道："以后常来家里吃饭。"随后老板娘让小雁把唐华送到楼下。唐华走远了，回头看见小雁还站在楼梯口。

回到宿舍，唐华躺在床上仍在回想吃饭的情景，今晚他和小雁竟然成了饭桌上的主角，大家的话题都紧扣他们俩身上，小雁一点也不回避大家的目光。再说周老板一家人真没有把自己当外人，不仅夫妻俩为人随和，就连初次见面的奶奶也让他感到那么温暖。还有他和小雁认识才几天就无话不说。从古到今，有人吃饭遭遇鸿门宴，而对他来说倒像是"鸿运宴"！难道真的桃花运来了？

此后，唐华和小雁的关系在忽明忽暗中有了不寻常的发展。

春天是一个富有生命力的季节，也是一个美丽神奇和充满希望的季节。阵阵春风吹过，世界迎来新的变化，大地变绿了，柳枝在微风中翩翩起舞，燕子再次从南方飞回来了，也捎来人们期盼已久的喜讯。这天上班广播里传来好消息：

"2月8日，20000吨首制船正式开工建造。3月8日，第一个船体分段上船台铺龙骨。3月18日，第一个上层建筑分段开工建造。"

捷报频传，振奋人心。全厂上下人人爱岗敬业，以最饱满的精神面貌展开了一场大会战，以一不怕苦二不怕累甚至不怕牺牲的伟大造船精神投入工作，以"零误差传递"的伟大工匠理念，以"精品意识"打造这艘两万吨级巨轮。

一个月前，赴上海培训的几名火工顺利地回到了厂里。去的时候是十个农民工，最终回来了七个，因为有三个人嫌弃工作太辛苦中途退出了。他们都是来自皖南地区。这些小伙子脑子灵活，又年轻，体力充沛，他们在上海学习了先进的造船技术，他们现在什么工作都想干也都敢干，可谓初生牛犊不怕虎。车间领导决定由杨班长带领他们参与新船建造。把这样的重任交给杨班长，杨班长深感责任重大，只是这些年轻人还不知道他们将要面临多大的困难和挑战。不过杨班长技术很好，工作经验丰富，成为班组工作的总负责人兼总教练，总的来说打消了后顾之忧。这个火工班就是厂里的"经济特区"，享有很多特权，譬如加班费比别人高，有时还可以享受免费的晚餐，最与众不同的是他们班组所在地与车间主任现场办公室相邻，受到车间主任直接领导，唯一让他们遗憾的是没有入住"黄楼"。

这几个农民工在上海学习了三个月，学会了一些入门技术。他们年轻肯吃苦，每天加班加点跟着学技术，就像鱼儿在水中学习游泳，自然能够学会一些本领，回来的时候很多人已经能够独立担任部分工作了。其中有两个小伙子基本功稍稍出众，一个是王小飞，一个是李秋高。王小飞个头不高，处事谨慎，虚心学习。李秋高性格外向，对自己前往上海"留学"沾沾自喜，根本不把厂里的其他老师傅放在眼里，讲话时常口出狂言："他们那些老家伙那是什么技术？"但是要想想三个月究竟能够掌握多少呢？三个月就能够培养一名高级工吗？毕竟造船是一项复杂的工作，恐怕谁也没有那么大本事吧？这些杨班长看在眼里，只有统筹管理好这些小伙子，引领他们快速成长才能够担大任。

现在全厂船体火工人数已经达到十六人，分别承担不同产品的任务，由杨班长带领几个"留学生"火工全面承担两万吨新船建造任务。后来劳务队招来了两个学徒工，他们都拜唐华班组的夏班长为师学习火工技术。唐华所在的班组还有五名老师傅，他们是老职工。

到目前为止，唐华学习火工技术有半年多了，他已经在实践中学习掌握了一些技术技巧，又不断加强理论知识学习，初步懂得火工技术的基本原理，打锤的基本功扎实了许多。唐华曾经为没有去上海学习感到有些遗憾，但他不只是学习了丁师傅一个人的技术，班组里哪个师傅干活好，他都记在心里，还经常与胡建明交流探索哪种方法更好，摸着石头过河，一次又一次练习，取得了不小的进步，可以说现在唐华的技术一点也不比那些"留学生"差。但是那些留学生并没有把这些老师傅和徒弟放在眼里，甚至想发出挑战。

一天工作中，李秋高和王小飞来到唐华班组的工作区域，见到唐华和胡建明正在干活，李秋高一把抢过唐华手中的工具，"你看我的。"唐华尴尬地说道："你有什么高招？"李秋高不慌不忙地在钢板上烧出"W"形状的线条，很快一块钢板被调平了，顿时脸上露出无比得意的笑容。唐华看着发愣，心想这种方法师傅以前没有教过，师傅经常用"井"字形矫正，他第一次见到"W"形矫正方法感到很稀奇。夏班长见李秋高歪戴着安全帽，衣袖卷得高高的，实在看不过眼那副吊儿郎当的样子，也拿起工具，烧了几个呈梅花形排列的圆点（俗称"梅花点"），一边说："他妈的，才干几天火工就敢逞能？"等到最后一个圆点烧完后浇水冷了，一个大鼓包被调平。众人拍手叫好，算是给几个新来的家伙上了一课。

这次比试让唐华见到截然不同的方法，他想起数理化的解题方法也是多种多样的，此后唐华更加注重多种方法的灵活应用。有回丁师傅上厕所回来，发现唐华也采用了"W"形和梅花点矫正，师傅问："你怎么这样做？"结果丁师傅发现他矫正的效果很不错，最后还表扬了他。后来师傅也跟着应用这种方法。再后来唐华把书上学习的很多技巧都在实践中反复试验、对比并获得良好的效果，不断积累技术经验，宛如一棵小树苗在茁壮成长。

除了白天的正常工作，唐华业余时间仍然坚持兼职做防盗门。

这段时间唐华什么活都抢着干，他和周老板一家人相处得十分融洽，周奶奶把他当作一家人一样看待，小雁还是用那种眼神看着他的一举一动，在城市这个的角落里唐华找到了一种莫名的幸福感。唐华最讨厌二喜和五毛两人干活累了经常喝酒，喝完酒又像话痨一样东扯葫芦西拉瓢，不停地唠叨，用他们的话说是"酒后吐真言"，最后又说又笑还骂人，快三十的人了还像小孩子一样不懂事。这点唐华与他们没有共同语言。小雁也十分讨厌这两个酒鬼。有天晚上两个酒鬼喝了六瓶啤酒，又喝了两瓶黄酒，结果还说没喝够。都是亲戚，周老板没好意思说，老板娘气呼呼地去买了一打啤酒。酒是好东西，干活累了，少喝点可以解解乏，但是喝多了未必，甚至还不知道会发生什么事。

星期五下班后，唐华来到了店里突然看到小雁抱着头坐那里号啕大哭，衣服袖子都擦湿了，老板娘坐在她身边不停地安慰："出了这样的事情，我们根本没想到……都怪那个畜生……"昨天小雁还活蹦乱跳的，今天到底怎么啦？唐华急得心里怦怦直跳，他问老板娘缘由，老板娘什么也不肯说，周老板耷拉着脑袋一根接一根地抽闷烟，也不说话也没心思干活。只见二喜在那里无精打采地干活，不一会二喜下班了。五毛今晚没有过来。唐华没问今晚要干什么活，他见到地上有一扇门还没有做好，拿起工具低着头一边干活，一边心痛地朝小雁看几眼。小雁哭破了嗓子，突然说道："我不想活了……"在场所有人吓得惊慌失措，周老板夫妻俩赶紧把小雁扶起来送回家。

第二天唐华过来的时候没有见到小雁，也没有见到五毛。老板娘轻轻地把唐华拉到一边，脸色紧张地告诉他，"小雁家里有急事，她回家几天。"唐华信以为真，接着默默地干活。周老板低声说道："家鬼害家人，这叫什么事？"下午周老板夫妻俩和二喜出去上门安装，店里只剩下唐华一个人。这时姐妹饭店的老板娘悄悄地对唐华说了几句话，唐华才知道了事情的真相——昨晚五毛喝酒后强奸了小雁。顿时唐华的脑子简直要爆炸，心里像被鬼子的刺刀刺痛了，立刻把手里的工具扔在一边，身体瘫坐在地上……整个下午他连一扇门都没有做好。老板娘回来的时候，发现唐华的脸色难看，眼眶像桃子一样红肿，痛心地对他说："放心吧，没什么大事，小雁很快就会回来的，她走的时候给你留了一封信，还有她亲手为你织的一件羊毛衫。"唐华双手颤抖着接过两样东西。

晚上唐华在被窝里小心翼翼地拆开信封，信上只有一行字："不要找我，我不会把不干净的身体交给我最爱的人。小雁。"看到最后一个字的时候，唐华像是得了心脏病一样在床上不停地翻滚。下铺的胡建明问他怎么了，"没……没事……"唐华哽咽着说。

从此，唐华有段时间没再去周老板的店里干活了。

唐华在床上昏睡了两天才爬起来，人瘦了一圈，但还是强忍着去上班，毕竟工作要紧。到了班组，师傅们见他这副模样觉得很奇怪，夏班长问：两天没有上班，怎么一下子变成这样？他们不知道唐华这些天发生什么事情。唐华语无伦次地说："我感……感冒了。"他师傅急忙说："感冒多喝水，再去医务室开点药，很快就好了。"唐华感激地望着师傅点点头。

不巧第二天唐华真的感冒又发烧了，体温达到了39.3℃，他只好去医务室打吊针，药水一滴一滴输往他的血管，唐华呆坐在医院的椅子上想了很多很多，他甚至想去肥西去找小雁，可又不知道小雁的家住哪里。后来唐华跑去问老板娘，老板娘怕唐华见到小雁会更加痛苦，所以死活不肯告诉他小雁家住址。

一连数日唐华彻夜难眠，那些最喜欢读的技术书一点也看不进去，本来这些书就十分枯燥无味，这种时候谁还有心事看呢？但是不看书又不去做事，他又该干什么呢？这天下班后，唐华匆匆地吃了几口，便无精打采地走进了图书馆，在技术图书室里翻来翻去没有找到一本喜欢的；接着又翻看几张报纸，一张报纸上有东南亚金融危机和一些关于"WTO"的新闻报道，"这跟我有啥关系？"于是随手丢向一边。随后唐华在小说类图书室漫不经心地转了两圈，最后被书架上一本《平凡的世界》深深地吸引，他拿着书像是得了什么宝物似的走出了图书室。当天晚上趴在床上读了十几页，立刻被小说主人翁的故事深深打动。说来也真奇怪，这本书比药都管用，感冒在突然间好了很多。

《平凡的世界》是一部伟大的作品，不止唐华爱不释手，他下铺的胡建明也同样喜欢，两个人半个月时间交替把这本厚厚的小说读完了。后来唐华和胡建明又仔细阅读了一遍，还不时交流学习心得，从此他们的友谊更加深厚。

现在外快没有了，唐华和张向东、杨宏明商量怎么省钱的法子。农民工赚钱不容易，尽想那些如何多赚钱少花钱的主意。他们看到宿舍有几个人开始自己买菜做饭，市场的菜又不贵，电费也不用自己交，果然比在食堂吃饭省钱了，于是他们商量一起合伙做饭。三个人都同意了，平时去菜场买些青菜萝卜，最好的菜是豆腐干豆腐皮，那就算是"荤菜"了，一顿饭花不到几块钱。

星期天张向东和杨宏明都加班，唐华去市场买菜做饭。菜场就在船厂附近。唐华到了菜场先买了几个辣椒，还买了两个萝卜，接着在一个老阿姨面前停下准备买些青菜。老阿姨把青菜洗得干干净净，一把一把地摆放整齐，青菜着实漂亮，嫩绿的叶子十分新鲜，唐华随手挑了两把，付钱的时候唐华突然认出老阿姨就是孙小燕妈，而她好像没有认出唐华，唐华把手里的四十多块钱全部给了老阿姨转身就走了，"小伙子，两把青菜一块钱，用不了这么多……"说着老阿姨跟着追了过去，可是唐华已经走远了。出了菜场，唐华才想起还要买"荤菜"，于是向熟人借了两元钱，折回菜场买了几块豆腐干。

回来的路上，唐华想到孙小燕已经上大学了，他们再也无法见面了，而小雁也一样无法见面了。每当看到那些成群结队的北雁南归的时候，唐华的心里痛苦至极！

一个星期后，唐华想起小雁送给他的衣服，他想把衣服退给周老板，于是忍着痛苦来到了防盗门店里。周老板见唐华过来了特别高兴，以为唐华又要过来帮忙干活了，唐华把手里的衣服交给了老板娘，然后眼泪汪汪地转身要走。这时周老板再三相求，"再过来吧，这里很需要你这样的好兄弟！"老板娘一把拉住唐华的手，"答应吧，好吗？"说话的时候，夫妻俩交换了眼神，他们早就期盼唐华过来，并商量好给唐华加工资。唐华不好意思再拒绝了，最后答应再过来帮忙干活。

第二天晚上，唐华便再次过来像往常一样卖力地干活，只是他忘不了那个活泼可爱的小雁。周老板军旅家庭出身，很守信用，果真给唐华加了工资。现在唐华每月两份工资加起来差不多有八百多块了。拿到工资唐华心里还是喜悦的，毕竟有付出就有收获，就是人累点，但他年轻这点苦不算什么，睡一觉，明天太阳一样的升起……

第 十 章

转眼到了春夏之交，一阵春雷惊艳了四方，人们在忙碌中收获满满。这时喜讯接二连三地传来。先说说唐华和同学聚会吧。

人生有一种缘分叫同学，同学之间的友情可以延续一辈子，这种难得的友情且珍朝夕。学生时代同学们总期盼着早点毕业，可是一旦毕业了将各奔前程，见面的机会就少了。唐华已经初中毕业五年了，很多初中同学都走上了工作岗位，沈文琴和陆曼菲都在十字铺中学当老师，唐华和赵东峰进了船厂工作。沈文琴是语文老师，陆曼菲教数学，她们都是代课老师，她们教学认真，还主动提升自身的文化修养；"五一"前夕她们来皖城参加自学考试，四个老同学意外地在皖城相聚了。分别五年多了，风华正茂的男女同学相互握手致意，双眸久久凝望着对方，"你还是老样子，我一眼就认出你了……"大家都很激动，愉快地共进午餐。

下午陆曼菲还有一场考试，沈文琴没有考试。于是两男同学兵分两路，赵东峰和陆曼菲是同班同学，由他陪同陆曼菲考试，唐华和沈文琴一起逛街。

下午一点半，唐华领着沈文琴沿着公园往市中心走去。不一会儿，天空下起了小雨，两人撑起了一把雨伞肩并肩地往前走。沈文琴是班花。唐华发现沈文琴的气质越来越好，圆圆的脸上露出满脸的微笑，身穿着新做的喜庆的橙红色套装，布料是亚麻的，是今年最流行的款式。唐华的着装也很得体，裤子笔挺，衬衫白净，脚上穿的是新买的皮鞋。他们一边欣赏着公园的景色，一边相互赞美对方，沈文琴还像过去那样崇拜唐华学习好，对唐华说："你一点都没变，好像更帅了。"过了公园月牙形石拱桥，他们的谈话越来越多，唐华这才得知沈文琴在学校当老师和她弟弟沈文义在皖城上大学的事情。雨越下雨大，唐华和沈文琴只好挨得更近一些。到了百货一店，沈文琴在一件件服装前停下脚步，看看城里最新款式的服装想回家定做，并让唐华帮忙参考哪款样式好看。唐华的嘴一向很笨拙，可是这会儿不知道怎么了，一下子变得滔滔不绝，给沈文琴留下了深刻的印象。

下午三点半，两个男同学完成了任务，把两个女同学送上了车就此分别。这次同学简短的聚会，起初唐华并没有当回事，然而最终却影响了他的人生。

一年一度的"五一"国际劳动节快到了。4月28日早上广播里传来喜报："杨栋梁总建造师被船舶总公司评为'劳动模范'！"喜讯传来，全厂职工备受鼓舞，沉浸在一片欢乐之中。刚上班夏班长立即召开班前会，"接上级通知'五一'前后有重要活动，具体工作布置如下：一、各班组组织一次彻底的大扫除；二、严格遵守各项纪律，安排落实好各岗位责任制；三、W004号船生产已经进入了关键期，务必确保各项生产计划如期完成。"会后全班马上行动起来。全厂职工都积极行动起来，把厂里收拾得整整齐齐干干净净，布置得到处洋溢着节日的气氛。

上午全厂干部职工代表参加了欢送杨栋梁总建造师前往北京受奖的庆祝大会。

船舶制造是国家工业的基石，也是国民经济发展的重要元素，国家历来对造船事业高度重视。皖城船厂是历史悠久的老厂，曾经为国家发展做出了很多重大贡献，当年毛主席和朱老总对皖城造船事业一直很关心。改革开放已经十八年了，皖城经济快速发展，皖城造船事业也蓬勃发展。特别是最近两年来，在郑厂长的领导下，全厂上下统一思想，鼓足干劲，蒸蒸日上，涌现了像杨栋梁这样的优秀劳模和很多先进人物，又如船体车间主任周金龙、郑朝阳，还有质检科的胡启平等，这些业务骨干都是船厂的中流砥柱，他们都是出色的造船人，把皖城造船事业稳步推向前进。

第二天国务院总理到皖城视察，并首先来到皖城船厂指导工作。这又是特大喜事！上午十点整，郑厂长在下车处迎接，当总理微笑地走下车时，全场响起雷鸣般热烈的掌声，总理向大家挥手致意：工人同志们，大家好！大家辛苦了！劳动是光荣的，"五一"国际劳动节又到了，向你们表示崇高的敬意！并通过你们向你们的家属表示亲切的慰问！改革开放以来，我国已经逐步成为世界制造大国，经济快速增长，进出口贸易取得突破性增长，航运公司对各类船舶的需求也日益增长，希望大家再接再厉再立新功！……全场再次热烈鼓掌，一片欢腾。接着总理在郑厂长陪同下详细视察了生产情况。

之后总理深入皖城开发区数家工厂考察，还走进郊区的田间地头调研"三农"问题，与乡亲们一一握手并亲切交谈，仔细询问乡亲们的生产生活情况。这次总理皖江之行对皖城快速发展具有十分重要的意义，也积极推动了皖南农村的发展。

"五一"节后船舶总公司领导莅临指导工作，厂党委立即组织召开职工代表大会，首先学习"五一"前夕总理的讲话精神，研究船舶和航运市场行情，研究皖城造船未来的发展大计。本次会议确立皖城船厂"一个中心、二个转变、三个看齐"的发展理念，即以发展为中心，转变思想、转变观念，瞄准国内外造船的发展模式，向江南船厂老大哥学习先进的造船技术，向广州造船厂看齐，学习广船的发展经营理念，向韩国、日本船厂学习先进的发展经验，全面推进皖城造船事业发展。

一位领导最后说道："目前国内造船能力远远满足不了航运市场需求，很多新船订单都跑到国外去了，因此我们一定要紧紧抓住国家经济发展的大好形势快速扩大产能，为航运公司打造更多的一流船舶，并且争取更多的'国轮国造'。"另外，他还介绍了在上海浦东打造一家特大型船厂的初步设想。这也预示着造船的春天即将来临。

几天后，唐华收到了哥哥唐文的来信，信中说道：

"兄弟，近来工作可好？家中一切顺利，爸妈的身体也都好。再就是告诉你一个好消息：我马上要订婚了，你嫂子叫邹爱荣，是隔壁村的，订婚日子初步定在端午节前。现在哥哥的婚事你就不必担心了。"

哥哥的婚事有了着落，唐华收到信后很是激动，作为弟弟为哥哥感到很高兴，因为村里和哥哥的同龄人基本上都找到了对象，有的年前已经结婚生孩子了。唐华现在没有见到他的嫂子，不知道嫂子的模样和人品如何，更不知道哥哥和嫂嫂的感情如何，他们的未来究竟是否幸福？一切现在还是未知数。

邹爱荣今年二十一岁，比唐文小四岁，模样不漂亮，身材瘦小。村里人说："大腿还没有人家胳膊粗，说话还有一股小孩子气。"陈二婶原本把邹爱荣介绍给一个邻居的，可是两人互相没看上，这才介绍给唐文。邹爱荣家庭条件一般，与唐文也算是门当户对了，双方家人基本同意了。但是村里人对唐文和邹爱荣的婚事并不看好。其实唐华父母是在无奈中默认的，家里穷哪有条件找个漂亮的儿媳妇呢？

一个月后，唐华想起同学聚会的事情，他想给沈文琴写信，又不知道该写什么好，打了两次草稿都觉得不合适，最后决定写同学聚会的快乐心情，与沈文琴一起分享一下。几天后唐华收到了文琴的回信，没想到文琴与唐华都写下相似的感觉，结尾写道："谢谢你那天陪我逛街，从你的谈话中让我知道你还是那么好学上进，你是一个优秀的人，祝你事业进步！"读完信后，唐华的脑海里时刻荡漾着与文琴一起逛公园的情景，一起逛商场的情景，有着说不完的和不一样的快乐。古人云：窈窕淑女，君子好逑。当晚唐华决定给文琴回信，其中有一行字暗示了爱情：喜欢你的质朴，喜欢你的淡雅，愿做你的护花使者。没想到文琴从《平凡的世界》里孙少平和田小霞的爱情故事展开了回信，"你读过《平凡的世界》吗？我觉得你很像孙少平，我愿意做你的小霞……"这样委婉的比对，谁不感觉幸福呢？或许这就是缘分，唐华相信一见钟情了。唐华回想起那天与沈文琴肩并肩的结伴而行，要不是天公作美下雨恐怕没有这么好的缘分，或许文琴才是他苦苦追寻的"小燕子"。

幸福有时候来得太突然了，随后唐华和文琴鸿雁传书，双双坠入爱河。所以说那次同学聚会成为改变唐华一生的机遇。唐华和文琴同样读过一本好书——《平凡的世界》，他们无比感谢路遥先生，感谢作家在忘我的工作中奉献了一部伟大的作品，《平凡的世界》改变了很多人的命运甚至包括他们的爱情。唐华和文琴同样仰慕孙少平和田小霞的爱情故事，然而小霞却在洪水中救人英勇牺牲了，因此唐华和文琴格外珍惜这份真挚的感情，反倒是把相爱的过程变得更加简单化。

树有了爱情结成了连理枝，大雁有了爱情比翼双飞，年轻人有了爱情将在幸福中追求美好的向往。百年修得同船渡。爱情是来之不易的，一次次追寻，一次次回眸，或在一次不经意的相逢中让有情人收获了幸福。爱情一直是世间最美的情感，就像一粒种子在有情人的心里开花成长，让有情人终成眷属。爱情的力量是伟大的，相爱的人彼此之间有一种巨大的吸引力，真正的爱情是多么美好而神圣，直叫人生死相许。

唐华每个星期都要给文琴写信，也一样能收到文琴的来信，他们在信中谈理想谈感情，就是以这样的方式谈情说爱并进一步确立了恋爱关系。收到一封信后又紧接着期盼着下一封来信，这期间的等待尤其感觉漫长，有时几天没有收到来信总感觉心里空荡荡的，于是只好把之前收到的信再反复看了一遍又一遍。那年代的农村青年男女谈恋爱真不容易，又因为他和文琴身居两地，只能通过书信来往，有时唐华工作很忙，没有及时给文琴写信，这让文琴更加经受思念的考验。后来有了电话，只是偶尔打电话。

唐华每天晚上下班后还坚持去做防盗门，他有些日子没有给文琴写信了。有天晚上很晚才收工吃饭，周老板说天气冷喝酒暖暖身体，结果唐华当场醉得一塌糊涂，最后还被送去医院洗胃。醒来的时候，唐华想起昨天收到文琴的信，"这么长时间没有收到你的信，到底是什么意思？要分手就早点说清楚……"唐华立马一阵慌乱，他根本没有这个意思，只是工作太忙而已，赶紧亡羊补牢给文琴打电话道歉，他跑到一个公用电话亭拨通了学校办公室的电话。接电话的是一个女老师。唐华对着电话说道："喂，你好！是文琴吗，对不起！最近工作忙，没有别的意思，我一定会永远爱你！"他在电话里说了很多道歉的话，又说怎么怎么爱文琴。可是电话那头一句话也没有，唐华以为文琴还没有原谅他，又急忙连夜写了一封深刻的检讨信。最终文琴在回信中原谅了唐华，但信里有句话让唐华哭笑不得，"你知道那天电话是谁接的吗？不要见人就说'永远爱你'……"唐华这才知道当时不是文琴接电话的，脸顿时红到脖子，不过说错话没关系，只要文琴原谅就好。

此后唐华更加懂得珍惜，文琴也十分理解唐华的工作很忙。不经历风雨不见彩虹，阳光总在风雨后。他们的感情发展得越来越好。其实文琴身边不缺乏追随者，曾经有很多老师追求文琴。爱情就是缘分，文琴就喜欢唐华这个穷小子，因此也十分珍惜这份感情。

唐华从文琴那里得知了她弟弟沈文义的学校地址，几天后过去看望文义。唐华来到了文义的大学，在校门口唐华巧遇高中同学彭美霞，其实唐华并不知道彭美霞也在皖城读大学，彭美霞原以为唐华是来找她的，两眼凝望着唐华看了好半天。唐华委婉地说："我找化工系沈文义。"彭美霞指着化工系的宿舍说："哦……就在那边。"

傍晚六点多钟，化工系宿舍里有的同学在聊天，有的同学在洗漱，沈文义穿着一件旧汗衫躺在床上看书，听说门口有人找，他立即从床上起身，穿上一双发白的解放鞋走出了宿舍，"怎么是你啊！"两年多没有见面了，文义没想到唐华会在这里与他见面。几年前文义的身高还不到唐华的耳朵，现在文义已经是一米八的大高个，这么大的变化初次见面让唐华几乎认不出。"你还没有吃饭吧？""没有。"于是文义领着唐华去食堂吃饭。唐华紧跟在文义后面，唐华注意到文义的穿着与其他同学明显不同，尤其是文义脚上的那双鞋子，心里顿时感到一阵心酸。到了食堂，文义对厨师说："阿姨给我打两份好点的菜。"厨师很快打好饭菜，唐华抢着付钱，文义坚持要刷卡，卡上的余额显示 36.6 元。

两人端着饭菜到了一个偏僻的角落边吃边聊。文义当年的高考成绩距本科差一分，第一志愿报的是船舶院校，第二志愿是师范，没想到最终被第三志愿大学的化工专业录取了。他原本还想复读一年，可是家里条件哪里允许呢！现在每个月的生活费一半是当老师的姐姐文琴资助的，一半是自己勤工俭学——到学校图书馆整理图书，或者在校园推销电子表，还干过挖土方的杂活。这些都是他姐姐文琴告诉唐华的，只是文义现在还不知道唐华和他姐姐的事情。"唉，你要参加高考一定比我考得好……"唐华摇摇头说："那些都是过去的事情了，现在一心学技术。"末了唐华问："你的钱够用吗？"文义一个劲地说"有有有"，临别的时候唐华把身上的几十块钱全部给了文义。

不久，唐华发工资了，他给文义买了一双皮鞋和一件衬衫，当场要文义换上鞋子，文义却舍不得扔掉那双旧得发白的解放鞋。文义可是大班长，后来还担任化工系学生会副主席兼系党支部书记。文义穿着这双解放鞋主持过班级和系里多场文娱节目，还多次获得了一等奖。用他的话说：穿什么不重要，要跟人家比学习比奋斗！一句朴实的话说得真好。

连日来W004号船暨20000吨首制船建造进展顺利，主船体已经成型，接下来要啃上层建筑这块硬骨头了。杨班长带领全班人马参加战斗，七名年轻的农民工辛辛苦苦干了一个月，结果一层也没有报验出去。现在这些"留学生"终于尝到了苦头，再也不像当初那样夜郎自大。接着厂里安排全厂所有的火工参加工作。大家前前后后接连干了十多天，其实质量也不是多么差，但就是没有通过报验。X国船东身材高大，盛气凌人，现场转了几分钟，写了一个大大的英文RUBBISH——垃圾，转身就走了。该船上层建筑遇到了前所未有的挑战，一群人又干了几天，还是同样的结果，生产几乎陷入绝境，码头彻夜灯火通明，杨栋梁总建造师和孙副厂长已经多天没有回家，最终决定向上海江南船厂请求专家支援。

两天后江南厂的火工专家洪技师乘火车过来指导工作，孙副厂长亲自到火车站去迎接。

到了船厂，洪技师在黄楼休息了几分钟，随即要求去现场查看，结果洪技师的评价是"总体良好，甚至有些地方比江南船厂做得还要好"。听专家这么说，孙副厂长当场一阵欢喜，"可就是报不出去啊！"这时洪技师把孙副厂长单独叫到一边，低声在孙副厂长耳旁说："可能是受到东南亚金融危机影响，航运市场低迷，或许船东有意为难……"

随后孙副厂长召集全厂火工到培训室听专家讲课，孙副厂长也坐在培训室中间参加学习。这次可是真专家，而不是马丹峰那个伪君子。培训室没有人讲话，也没有打瞌睡，一双双眼睛目不转睛地看着专家，渴望专家传经送宝。洪技师今年已经五十六岁，臂膀宽厚，身材魁梧，浓眉大眼，目光炯炯有神，头发稀疏，身穿工作服站在讲台上，见学员脸上的表情凝重，他直奔主题进行讲解："船体薄板变形是正常的，关键是要找到合理的解决方法……"大家纷纷鼓掌欢迎！接着他详细讲解了薄板矫正几种常见方法和上层建筑矫正原理。唐华听得十分投入，这给洪技师留下了深刻的印象，从此结下了不解之缘。

当天下午洪技师给大家接连讲了三节课，还带来了一本专业技术书让大家学习。洪技师满腹经纶，讲课循序渐进，几节课让大家茅塞顿开。

下课前洪技师还谈到火工在船厂的作用和前途，以及江南船厂火工管理及待遇等问题，"中国造船正在快速发展，未来需要大量的造船人才，船体火工是船体建造的主体工种之一，未来船体火工一定很有前途，希望你们年轻人努力学习技术……"老专家的话为这些年轻造船人指明了奋斗方向。人生没有梦想，就像船没有导航而迷失航行的方向；有了梦想，就像有了隐形的翅膀展翅飞翔。从这一刻起，唐华真正走出他的人生低谷，他不再懊恼过去那些读书的事情，打算刻苦学习船体火工技术，他对未来充满信心，他甚至渴望有朝一日也像洪技师那样站在讲台上给一群人讲课，那是多好啊！

唐华是一个热爱学习的人，他善于抓住每一次学习的机会。晚上唐华去招待所拜见洪技师，洪技师热情地招呼唐华在沙发上坐下。唐华落座后向洪技师递上一支香烟，并向洪技师做了自我介绍，还介绍了他自己的学习情况。洪技师高兴地说"很好"，接着把白天讲解的技巧又给唐华细致地讲解一遍。唐华认真聆听，并做了详细笔记。上班的时候，洪技师特意留意唐华的工作情况，还手把手教唐华学技术，这让唐华对火工技术有了新的认识，技术水平也有了新的进步。

第二天一早，洪技师跟大家一起上船，孙副厂长全程陪同。洪技师亲自示范，"昨天讲过了，火工的基本原理是热胀冷缩，火工是千变万化的，像这种变形我们可以采用'W'形矫正，W形矫正的特性是可以让钢板产生良好的收缩性能，从而达到良好的矫正效果……"一双双眼睛紧盯洪技师的一举一动，认真学习大师的技术。在专家的指导下，理论结合实际，十几个火工一层一层仔细处理，一层一层仔细检查。三天后船东总算同意了二层。孙副厂长兴奋地说："洪技师，看来大有希望了，感谢您的指导！"

接下来的时间，大家按照洪技师指导的方法继续加班加点工作，两天后又通过了二层，老外当场竖起大拇指称赞"Very good！"

现在还剩下最后一层了，也是最难的关键时刻，其中有一个地方没有做好，洪技师急忙亲自上阵。由于钢板变形大，加上洪技师年纪大了，或许眼花的缘故，火候掌握得稍稍欠缺，矫正效果不太如意。可唐华特别理解，毕竟薄板变形复杂，火工矫正都是手工活，哪有每次都是百分之百的效果呢？后来大家共同努力，直到星期三下午船东同意在报验单上签字。最终顺利完成了所有的任务。

捷报传来，全厂沸腾了。应该说全厂火工都是好样的，他们顶住了种种考验，最终在江南船厂专家指导下完成了艰巨的任务。但由于种种原因，该系列船被迫延期交船，其中一个原因是我国还没有加入世贸组织，受到贸易不平等不公平待遇，当然我国正在加紧"WTO"谈判。

星期五洪技师准备启程返回上海，厂长组织了隆重的欢送宴会，正式答谢洪专家。

半个月后，某劳务队承接的一个上层建筑分段来不及做，老板急忙找胡建明和唐华帮忙。由于工期紧他俩也来不及做，于是叫上老乡李秋高和王小飞一起做。他们四个人加班加点，把这个薄板分段顺利完成了。报验的时候，质检员怎么也找不出什么缺陷，他根本不相信是几个年轻人做的产品，"怎么可能比他们的师傅做得还好？"事实证明这几个农民工是有技术的。

第二天该分段船东一次报验合格，还被评为优质"免检产品"。这让在场的所有人都为之高兴，当然最高兴的是这四个农民工，还有劳务队的老板，老板当场给唐华和几个老乡发奖金，一时间他们成为全厂新闻人物。

在这次工作中，唐华得知劳务队工人的工资比他们多，唐华多了一个心思。

暑假期间唐华回家探亲。回到家唐华妈告诉他家里五谷丰登、六畜兴旺，粮食又是好收成，特别是哥哥订婚的喜事。唐文的订婚酒席上，嫂子邹爱荣要求买一辆自行车，还有VCD音响和手表，比起人家要买金戒指、金项链、耳环已经是少得可怜了，因而当场答应了所有的要求。按农村的风俗订婚，男方家里本该就要表示一下心意，唐文对这点要求也没的说。但是订婚第二天，女方家又提出要求盖楼房！盖楼房起码要一万多块，哪里来这么多钱？这可把唐华爸妈急坏了，于是全家再次勒紧裤腰带。

农忙结束的时候，唐华嫂子邹爱荣过来串门，看来哥哥和嫂子现在感情还好。这是唐华第一次与他未来的嫂子见面，同他哥哥在信里说得那样，嫂子个子不高，身材骨瘦，尤其是说话还有一股孩子气。

"叔叔回来啦！"嫂子嗲声嗲气地说。

"嗯，嫂子好。"唐华低头答道。

"叔叔在船厂工作可好？"嫂子又问。

"都好。"唐华说。

这时唐华妈用脚尖在桌子底下踢了踢唐华的脚，接着唐华便借口起身出了门。

返程的路上，唐华回想着嫂子的问话，心想这声音似乎在哪里听过，忽然间想起电视剧《水浒传》的某个镜头，让他越想越后怕，似乎有一种不祥的征兆……

很快要到元旦了，唐文来信说元旦结婚，唐华在市里买了一套西装送给哥哥作为结婚礼物。回到家门前的时候，唐华一下子认不出他的家了，几个月前家里把大部分老房子拆了，盖了两层楼房，旁边只剩下一间老房子留给他和他的父母住。另外村里还有三户人家也盖起楼房，这让唐华一点也没有想到，几个月没有回家村里竟然发生了这么大的变化，一年前村里有人说盖楼房现在就盖起来了，就连陈书记也不敢想。有乡亲说：只要政策好，咱农民也要奔小康！就在家里盖楼房期间，嫂子邹爱荣意外怀孕了，因此哥哥的婚期提前了。唐华妈早就准备好儿子的婚事，该买的东西都买好了，亲戚们都发过喜帖了。

新的一天开始了，新的一年开始了，一家人很早就起床迎接大喜的日子。唐文穿上唐华新买的西装，唐华妈在厨房里帮厨子忙活，唐华爸今天把胡子刮得干干净净，穿上体面的衣服在门口迎接客人。

吃了早饭，唐华和唐文坐上大矮子陈富旺的拖拉机去迎亲。过去农村迎亲都是抬轿子去的，新娘坐上八抬大轿风风光光；现在村里路修宽了，赶时髦改坐车迎亲了。车轮滚过，后面扬尘飞舞，前面大红花迎风飘扬，大矮子今天特别高兴，"走嘞，我这台拖拉机已经迎接了八位新娘了，今年是第一位！"两个村庄相距不远，十几分钟就到了邹爱荣家。唐文给老丈人家亲友发喜糖喜烟。邻里在一边放鞭炮，喇叭声鞭炮声阵阵，大家七手八脚把嫁妆搬上拖拉机。邹爱荣舅舅把她背出房间。她母亲哭着送到车前，"丫头，结了婚就是大人了，到了婆家一定要孝敬公婆，做个好媳妇，别给家里丢脸面……""妈，女儿不孝，女儿记住了。"邹爱荣在盖头里哭着点头。唐文热热闹闹把新娘迎娶回来。

中午时分，远远地听到拖拉机"吧嗒吧嗒"声，村口的几个孩子奔回去报喜："新娘子来咯！"唐华爸在酒席桌上忙着招呼客人，唐华的舅舅姨妈叔叔阿姨等至亲都在首席入座，桌子上不时传出划拳的声音，"五魁首八匹马六六大顺"。听说新娘子到了，大家都放下筷子。拖拉机停稳的时候，唐文背着新娘下车并送入二楼的洞房。今天新娘身穿红色衣服，头发盘带整齐，红盖头下露出几丝笑容。搬下最后一件嫁妆时，一位亲戚嘴里嘟哝着"就这点嫁妆，没有几个值钱的……"唐华一家人听着没出声。众人接着喝酒，酒席一直持续到下午四点多钟才结束。

唐华爸刚送走了亲戚，回到屋里就听到楼上有说话声，"去楼下把那个毛毯拿上来。"没过多久又听到"快去啊！叫你没听见？"声音一阵比一阵大。原来是唐文在背新娘上楼的时候，新娘从盖头里看见堂屋中间挂满了很多礼品，其中有一床贵重的毛毯，当即就想据为己有，这才让唐文下楼去拿。但是酒席刚刚散去，家里还有亲戚没有走，这怎么好意思下去拿？邹爱荣是个急性子，她要的东西立马就要得到。

"你到底去不去啊？"

"明天和妈妈商量一下吧，行吗？"

"不行！……"

唐文一着急突然哭了起来。常言道：男儿有泪不轻弹。尤其是在这大喜的日子。这可把唐华爸妈气坏了。唐华陪亲戚们多喝了几杯酒，他不知道发生了什么事。

结婚成家理当与家人一起同甘共苦，唐华妈想想自己也是儿媳妇过来的。唐文结婚后，家里刚建房子又办喜事欠下不少债务，可邹爱荣吵吵闹闹根本不愿意承担一分钱债务，把她妈交代的话忘得一干二净，唐华妈万万没想到娶了这样的儿媳妇，经常夜深人静的时候以泪洗面。难道时代真的变了吗？然而就从这天开始，这个家几乎没过上一天太平日子，家庭矛盾一点点地激化，一家人陷入痛苦之中。

让家人高兴的是唐华今年的收入多了一些，年底带回几千块钱帮忙还了一些债，再就是唐华谈女朋友了，唐华妈喜笑颜开，欣喜地说："真的啊，女朋友是中学老师！全村没有第二个……"唐华认为一定要自己找志同道合的女朋友，婚姻一定要有感情基础，这点与哥哥唐文完全不同，当然他比哥哥幸运。唐华把事情从头到尾告诉了妈妈，并决定到文琴家去拜见她的父母。

寒冬腊月，天空下起大雪，鹅毛般的雪花漫天飞舞，大地被覆盖一层厚厚的积雪，山野里到处是一片银装素裹。唐华背着背包，撑着雨伞，行走在通往沈家庄的山路上。这条路还是很多年前走过一次。路面积雪看不清路，唐华凭着感觉往前走，翻过一座又一座山坡，他回想着与文琴相爱的点滴，不知不觉地快乐起来，加快了脚步，他摸摸背包的几样礼物，一套化妆品、一瓶洗发露、一束玫瑰花，还有一瓶香水和两个蝴蝶结发簪，不知道这些文琴会喜欢吗？雪越下越大，寒风中唐华冻得连打寒战。

下午三点多钟，唐华来到了一个岔路口，眼前有一条大路和一条小路，两条路都被大雪严严覆盖，走哪条路？心想或许大路可以近点，最终唐华选择走大路。过了两个山坡，大路通往一个村庄，唐华以为快到沈家庄了，立即整理好衣服，又调整好心情，把想说的话在心里重复了好几遍。到村口却发现这里不是沈家庄，可把他急坏了，他本想找人打听一下，可是家家户户家门紧闭，又不好意思敲门询问，于是在茫茫的大雪中加快脚步，穿过了一片田野，忽然有个挑担子的人跟在后面，唐华回头问："大爷您去哪里？""我去沈家庄。"原来大爷与他同路。这时唐华终于放心了。见大爷肩膀上挑着一担牛肉，唐华一把抢过大爷的担子，"大爷我帮您挑吧！"大爷揉揉肩膀说："谢谢你！小伙子，这大雪天你要去哪里？""我去沈家庄。"大爷很快把唐华领到了文琴家。

到了文琴家门口的时候，一条大黑狗猛扑过来"汪汪汪"直叫，凶狠的样子把唐华吓一跳。文琴一边唤道"死狗瞎了吗？"狗很通人性，立刻不叫了。文义见唐华过来玩惊喜地出门迎接。文红不在家，留在外婆家过年。文琴爸还在外面忙着帮乡亲们杀年猪。文琴妈招呼唐华吃罢晚饭，四个人围在火盆边打牌，唐华和文义一组，文琴和她妈一组，打了几圈，又换成斗地主。快十点了，文琴妈眼睛睁不开了，这才准备睡觉。

打牌的时候，只有文琴和唐华心里知道唐华这次过来的目的，文义和他妈一点都不清楚，文义起初以为唐华是来看他的。打完牌文琴走进了她自己的房间，唐华紧跟着文琴后面。文琴的房间在左边，文义也很少去姐姐的房间。关上房门两人对视足足有一分多钟，接着文琴从枕头下面拿出厚厚的一沓信，"这是你写给我的信。"文琴妈见唐华去了文琴的房间心里觉得有事，"不早了，早点休息。"唐华随后准备返回文义的房间，只见文琴一把抱住他，两个人深深地吻在一起，是他们的初吻，也是第一次热吻……

第二天早上，吃了早饭，唐华和文琴把他们恋爱的事告诉了妈妈，文义在一边说："唐华肯学习，将来一定很好。"妈妈说："时代发展了，你们年轻人的事情自己做主，只要你们自己愿意就好，我们做父母的绝不干涉！"唐华见文琴脸上露出笑容，心里一阵大喜。俗话说：丈母娘看女婿，越看越顺眼，这八字就有一撇了。现在就看文琴爸的意见了。不巧她爸一早就出门干活了，只能等爸爸回来再说了。想到这里唐华的心里又感到不安。还是文琴的一句话让唐华吃了定心丸，"从小到大爸爸最疼我，爸爸思想解放，一定会支持我们的……"事情就是这么顺利，文琴爸没有反对文琴和唐华的恋爱关系。文琴的奶奶和外公外婆也都喜欢唐华，因为他们觉得唐华很勤快，还是造船工人，将来一定有前途。

吃了午饭，唐华邀请文琴爸妈去家里再和他爸妈详细谈谈，随后便打算回去了。临走前文琴把唐华送出村口，那条大黑狗一直把唐华送出一里多路。

春节期间唐华和文琴订婚了。酒席上亲戚们纷纷夸奖："他们俩郎才女貌，天生一对。"酒过三巡，文琴突然起身准备说话。这时大家的目光都集中在文琴的身上，按习俗女方可以提一些合情合理的订婚彩礼要求。唐华爸妈心里七上八下，唐华妈心想：如今很多儿媳妇订婚都要买"三金"——金戒指、金耳环、金项链，为了唐文的婚事现在家里已经一贫如洗，这可如何是好？只见文琴愉快地说道："各位长辈，今天我和唐华订婚，我们不是来谈条件的，再说也没有什么条件可谈……"话音刚落，唐华妈脸色"刷"地转变过来，连忙感激地向文琴爸妈敬酒。文琴不要一分彩礼，她的话感动了所有人。亲戚们纷纷称赞："当老师的修养高，说话很有水平，连一件衣服都没要求买，哪里找这么好的人家啊？哪里找这么好的姑娘啊？唐华真是好福气。"

订婚宴上，文琴的表态让唐华觉得很不好意思。后来唐华决定给文琴买件像样的礼物，最终买了一辆摩托车。几个月后，唐华邀请文琴来市里，给她买了两套衣服。订婚后文琴依旧在学校当老师，唐华仍然在船厂上班，他们的感情更加甜甜蜜蜜。

两年后唐华还没有房子，也没有钱结婚。唐华在洪技师的帮助下去了上海工作。人啊，有时候越努力越幸运。人穷不能志短，他的未来又将经历怎样的奋斗？

第十一章

1998年夏天长江流域连续下了多场暴雨，皖南地区遭受洪涝灾害，大片的农作物被洪水肆虐。幸好陈家庄地势高，没有造成人员伤亡。暴雨过后，陈书记第一时间组织乡亲们展开恢复生产自救，由于积劳成疾，陈书记倒在抗洪前线。

随后，村委会换届选举，由雷书记接任兴旺大队书记，并将兴旺大队更名为"兴旺村"，雷书记兼任村主任。至此前两届村委会顺利完成上级交给的任务。由1978年改革开放以后的分田到户，再到90年代初中期组织全村开展的生产生活，村里明显发生了一系列变化，特别是在陈书记领导下村里开展植树造林、组织村民修路和推广杂交稻种植等措施，近年来乡亲们的收入明显增加，不少人家已经盖起了两层楼房。还有在今年的中考高考中，陈家庄终于有人考上中专和大学，这让村里的学生再次萌发奋发读书的梦想。村民的生活日新月异，应该说陈书记功不可没。

雷书记在就职发言中指出：本届村委会任务依然十分艰巨，村委会将继续带领乡亲们拓展致富门路，我们要依托村里的资源优势，可以搞一些适合家乡发展的工业，如木材加工厂、粮食加工厂等；另外还要进一步修路，让每个村庄都实现"村村通"。关于教育方面，雷书记说："要加强广大适龄儿童和青少年的教育问题，一定要培养出更多优秀的大学生，咱村将来一定有考清华北大的，因为咱村人不比人家笨！"雷书记发言完毕，台下响起一片热烈的掌声。不一会，掌声便稀里哗啦停了，因为很多人都是当笑话一样听。有大爷说："清华北大那是什么学校？我虽然不识字，但我知道那是全中国最牛的大学。唐华那么喜欢读书，结果连师范都没考上，咱村还能指望谁？"大爷刚说完，会场里爆发一片唏嘘声。

与兴旺村相邻的幸福村村委会也同时进行了换届选举。沈家庄属于幸福村。文琴爸身为一名基层党员，一心系农村发展。这次文琴爸也参加了选举，并且获得很多选民的支持。最终幸福村老村长的大儿子何福高当选书记兼村长，尽管有个别村民代表持反对意见，但是何福高还是顺利当选了。幸福村新一届领导班子也制定了与兴旺村相似的发展蓝图。

同年，十字铺乡调整为十字铺镇，管辖九个村。十字铺经济落后，但自然资源丰富，农业以种植业、养殖业和桑蚕业为主。镇长秦海涛和书记王宏远等领导对兴旺村和幸福村两个村委员班子基本满意，并给予厚望。基层党组织是党在基层坚强的战斗堡垒，他们使命光荣，责任重大。他们究竟能不能实现这些宏伟的发展目标，让我们拭目以待。

1998年8月8日，唐华唐文兄弟俩坐上了前往上海的长途汽车。这是他们第一次一起去上海。唐文曾经去过江南船厂，这次他要把唐华送到江南船厂报到。前些日子农忙，家里总有做不完的事情，唐文还有个一岁多的女儿也正是调皮的时候，这些天实在太累，唐文说了几句话就呼呼大睡了。唐华没有一点睡意，他同样的干农活，还险些中暑了。这个暑期唐华的脸色已经不那么白净了，身体变得十分消瘦，体重只有101斤，文琴心疼地说："咋一下子瘦这么多？……"有多少人知道唐华有多少休息时间呢？这当然是很多人都不知道的，唐华每天做两份工作，像铁牛一样劳动，像铁人一样工作，身体怎么不瘦呢？还有他那张脸整天在阳光和电焊光照射下工作，就是钢板也生锈了。唐华说："只要健康就好。"看着唐华那黑黑的脸和瘦弱的身子，文琴的眼泪止不住流下。

车子行驶了一段路后，唐华想起洪技师答应收他为徒的事情依然很高兴。洪技师第二次来皖城是两个月前，这次还是为了薄板变形问题，可厂里的火工表现出与之前截然不同的态度，甚至连洪技师讲课也不愿意听，只有唐华一如既往地认真听讲做笔记。有天晚上唐华单独前去拜见洪技师，洪技师看到唐华手里的笔记大加赞赏。这本笔记有八万多字，字迹工整，是他学习和工作记录，还有洪技师讲课内容。洪技师语重心长地说："你好好学习，将来一定能够成大器！"得知唐华家庭困难，洪技师主动帮助唐华联系工作，这才让唐华有到江南厂的工作机会，唐华也成了皖城那些农民工当中唯一的幸运儿。当然工厂的发展不会因为谁的离开就停滞不前，当然他也会持续关注这个工厂和这个城市未来的发展。五年前唐华悄悄地来到这里工作，现在悄悄地走了。离职前唐华不再相信当年厂里承诺的"转正"问题，那些"留学生"也不再相信，因为船厂已经基本走向劳务承包制发展模式。唯有小六子还在期待这种好事，他阿Q式地想到了一点"他妈的，你们都走了最好，说不定就给老子一个人转正！"不过这家伙再也没钱吃大餐了。

汽车在高速公路上快速前进，唐华左思右想仍然没有睡意，拿起那本他喜爱的小说《平凡的世界》随手翻开看了几页，想想自己和哥哥就像孙少平和孙少安一样有志气，可就是找不到一条属于他们的好出路，自己和哥哥也是一样。唐文曾经想在家乡开一家木材加工厂，可家里刚刚接连办了很多事情，哪有启动资金呢？只好和乡亲们一样外出打工谋出路。上海这个城市对唐华来说并不陌生，他在三个月前曾经去过一次，那是有人介绍他去参加一个所谓的"直销"活动，文琴说他"想钱想疯啦？"幸好文琴及时提醒，才让唐华没有陷入太深。没钱万万不能啊，他们订婚两年了还没钱结婚，村里同龄人的孩子都一两岁了。

汽车下高速拐进了一家饭店，驾驶员大声说道："下车，吃饭。"下了车唐华赶忙去简易的厕所方便。过了一会儿，两三个黑衣人在厕所旁边大喊大叫"上厕所的搞快点，赶紧过去吃饭，动作快点！"几个女乘客大概不愿意吃那十五块钱一份的"大餐"，半天没出来，结果那几个黑衣人跑进女厕所把她们生拉硬扯拽出来。有乘客忍不住骂道："他娘的，男人怎么能够进女厕所？真他妈的气死人！"唐华也听到一阵刺耳的声音，真想打抱不平！唐文急忙扯了扯他的衣袖，"人在屋檐下，该低头时要低头。"唐华和唐文无奈过去吃饭，算是花钱消灾。

拿到这份十五元的大餐，看看只有一小撮酸菜、两块豆腐和两块鸡骨头。唐文强忍着吃了几口米饭和豆腐。唐华的肚子早饿了，却一口也咽不下去。这时唐华又开始悔恨自己当年中考的事情了，要是当年多考一分多好啊！要是当了老师，也不用走这样的打工路，可是世上哪里有后悔药呢？后来唐华想起昨晚文琴唱的歌，"你终于为了一件傻事离开了家，多年以后你是不是有了一个属于自己的家……""我的未来不是梦，我的心跟着希望在动，我从来没有忘记对自己的承诺对爱的执着！"尽管两个人把A调唱成了B调，但是幸福的味道徜徉在他们的心底。

下午一点半，唐文领着唐华来到江南船厂门口，洪技师亲自过来迎接。

进了江南船厂大门，唐华看到道路两边有很多整齐而高大的树木，毕竟是百年老厂，显然这些树木有些年头；还看到了很多高大的吊车，到处都是繁忙的景象，让他感到一阵欣喜。办公楼前的道路上有领导人的亲笔题词：弘扬江南精神，打造一流舰船。闪闪发光的金色大字让唐华感到无比的激动。很快洪技师把唐华兄弟俩领进他的办公室，"喝点水，休息一会。"随后洪技师带唐华到船体车间三工段办公室联系工作。洪技师把唐华介绍给工段领导和海申公司黄经理，黄经理上下打量唐华一番，没等他们说话，洪技师用上海话先说道："伊在船厂干了好几年了，伊手艺老好。"接着唐华自我介绍，还拿出自己的工作笔记给大家看看。在场的领导们都说"很好！"黄经理握住唐华的手，"欢迎你！明天就可以上班了。"

唐华的工作联系好了，唐文就乘车去宝山的建筑工地了。

随后洪技师领着唐华到厂区参观。船体车间有八个生产工段和一幢办公大楼。洪技师在二楼工艺室工作。唐华和洪技师走下办公楼，径直走向船台方向，眼前四台 100 吨大吊车正在联合起吊一个超大型分段，1 号船台正在建造一艘化学品船，2 号船台上正在建造一艘 7.4 万吨级巨轮，现场很多工人正在忙碌。这些船比唐华之前造的船大多了，吊车也高大很多，唐华看着目瞪口呆。让唐华惊喜的还有两个船坞也在同步造船，船坞边上还有四台大吊车正在紧张作业，原来江南的造船能力如此强大！一路上，洪技师向唐华介绍有关生产情况。唐华将被安排在 8 号平台工作。洪技师有些遗憾地说："外场平台露天作业，日晒雨淋，夏季高温，冬季寒冷，没有车间里的条件好……"唐华笑着告诉恩师"我不怕！"从此唐华开始了长达八年的露天作业，皮肤也被晒得更黑了。

返回的路上，洪技师着重向唐华介绍了江南船厂的生产形势，"江南造船发展处于国内同行领先地位，年造船总量有望突破一百万吨，生产任务十分饱满，船台和船坞同步造船。过去江南成功打造了'远望号'航天测量船等著名船舶，还有很多船舶和重大工程，为国家发展做出了重大贡献！"唐华为江南取得的成就感到无比自豪。洪技师再就是简要介绍了海申公司情况。该公司成立于 1982 年，是较早与江南合作的劳务公司。江南还有好几家劳务公司，劳务工总人数达数千人。广大劳务工肯吃苦肯学习，从而造船实力显著提高。劳务承包制是江南最先探索的新发展模式。这种模式逐渐被其他船厂推广应用。一个多小时的参观结束了，听了恩师细致地讲解。唐华对江南有了初步的了解，他决心扎根江南努力学习努力工作，把青春奉献给江南造船事业。

傍晚住宿也安顿好了，宿舍就在船厂附近，每个房间八人。唐华住在六楼 606 室，宿舍里除了孙晓伟来自江西，其他的师傅都来自江苏南通，其中"李家军"占据宿舍的半壁江山，李大哥一家兄弟三人，还有他的侄子等。李大哥在家排行老大，和蔼可亲，为人随和，是十多年的装配工老师傅；他们全家人都会造船技术，有装配工，有电焊工，李老二是焊工带班，他们的造船技术都很好。后来李大哥发展成为身价不菲的大老板。孙晓伟是装配工，唐华睡在孙晓伟的上铺。入住后大家对唐华都很友好。

第二天上午唐华体检完毕后去参加安全学习，之后就正式上班了。就这样，唐华成了江南的一名劳务工。应该说唐华是幸运的。在江南船厂像他这样的劳务工还有数千人，其中有很多人已经在江南工作十多年了。大家都习惯了上海话称他们"乡下人"。这种称呼不再有歧视的目光，因为大上海的各行各业已经离不开广大的农民工兄弟。

下午宋带班在班组会上向大家介绍唐华，安排唐华的具体工作，还给他介绍了一位同行老师傅曹咏春。宋带班愉快地说道："各位，这是我们新来的小唐，他是优秀的火工师傅，大家欢迎！今后由小唐和曹师傅负责我们班的火工工作，大家多多支持他们！"唐华起身向大家鞠了一躬，"初来乍到，请多多关照！"班组同事们纷纷鼓掌欢迎。

曹师傅是上海人，祖籍青海，今年已经六十多岁了，满头白发，戴着一副老花镜。曹师傅六七年前已经退休了，但老爷子舍不得在家休息，还坚持工作，发挥余热，理由很简单，"我热爱江南，我把青春留在江南，也要把夕阳洒在这片深爱的热土上。"江南人爱厂如家，甚至比他们的生命都重要。在江南还有很多和曹师傅一样的老职工。洪技师退休两年了，但是退休不退岗，仍然风雨无阻地坚持工作。唐华和曹师傅老少搭档，还成了无话不说的"忘年交"。

第三天唐华早早地醒了，看手表六点了立即起床。这块手表是胡建明给他的。胡建明打牌输了钱，向唐华借钱又没钱还，于是把这块进口的全自动手表抵给了唐华，可唐华戴了半年就不走了，也不知道什么缘由。还没到六点半，唐华就来到了班组，先把班组卫生打扫干净，再把开水准备好，看到曹师傅的茶杯很脏，立刻把茶杯刷得干干净净，还把茶泡好了。

七点多钟曹师傅过来上班了，老爷子看到唐华很勤快，非常喜欢唐华，"你会上海话吗？"唐华摇摇头。上海话发音特别，唐华一点也听不懂，感觉如同外语一样。"从明天起我教你上海话。"工作之余，唐华开始跟曹师傅学上海话，几天后他听懂了一些，后来还学得一口流利的上海话。上海话很有意思，把"你"说成"侬"，把"我"说成"阿拉"，把"他"说成"依拉"。上海话还很有特色，如上海话"打"有表达"洗"的意思，如"打碗"表示"洗碗"，而不是把碗打碎。各地的方言都有不同的艺术魅力。再比如普通话说"晚上有空多来玩"，上海话这样说"夜里向，没事多来白相相"，把"来玩"还说成

"白相相"，是不是不请客人饭吃啊？

之后唐华还能听懂一些南通话、河南方言，和这些来自各地的农民工有了良好的沟通。

刚过来工作时，上海的秋老虎异常炎热，钢板被烈日晒得滚烫，唐华要手拿一把火枪在高温下坚持工作，半天下来全身衣服都是汗水。这比他之前在车间里工作辛苦多了，但是唐华和其他造船农民工一样经受住这种煎熬。再说他在皖城学了几年造船，技术还远远不够全面，初来江南工作有些问题唐华还是第一次遇到。有一次曹师傅手把手教唐华技术，鼓励唐华放心大胆地工作，"小唐，你的基础很好，技术也不错，专心学习，胆大心细，一定能够把工作做得更好。"在曹师傅的指导下，唐华的技术进步很快。之后一个机舱分段薄板变形很复杂，处理过程中唐华谨记曹师傅的话，并把洪技师教导的技术全部发挥出来，结果让曹师傅很满意，船东也很满意。这次工作对唐华来说也是一场特殊的考试，由于他用心又有技术顺利通过了。

然而这次考试只是简单的考核唐华的技术而已。

唐华过去仅仅造过几种船型，比如大型集装箱船他还是首次参与建造，分段形状也完全不同，一些新问题又一次考验唐华。一艘集装箱船的上层建筑分段甲板大面积波浪变形，曹师傅要求把这块巨大的甲板采用火工调平。师徒俩拿着工具到了现场，曹师傅负责烧火，唐华负责打大锤，他们一边烧火一边打锤。船厂里打锤也是一项技术活，不仅要甩开膀子有力度，还要讲究轻松自如地打好"八面榔头"，这可比铁匠铺打锤有讲究。曹师傅对唐华打锤的姿势很欣赏，他打锤时像举重运动员一般前腿拱后腿绷，锤子甩得自然，力度也恰到好处，看着凹凸不平的钢板很快被调平了，老爷子很满意。

烈日下，打锤的声音惊动了不少周围干活的人，不时有人朝这边张望，有人问道：谁还在那边这么有力的打锤？路过的其他火工师傅也对唐华竖起大拇指点赞！唐华紧握手中大锤一次又一次地敲打。他们花了一整天时间把这块甲板调平了。一天下来，唐华的工作服干了又湿，湿了又干，汗水把衣服浸透，干了之后变得硬邦邦的，留下一道道发白的印迹，还有一股刺鼻的汗味。下班前唐华已经精疲力竭，就像是磕头一样也不放弃手中的大锤，咬牙坚持到最后一分钟。曹师傅问道："今天打了有六七百次吧，累不累？"唐华擦擦脸上的汗水笑着说道："不累！"这么强的体力劳动怎么会不累？只是唐华熟练掌握了打锤技巧，再就是他不怕累！

"知道为啥要你这么做吗？"老爷子问。

"不知道。"唐华摇摇头说。

"这叫苦肉计！"老爷子说。

"苦肉计？"唐华不解地问道，又想：只是听说《三国》里周瑜打黄盖用过这种苦肉之计，师傅这究竟是何意？

"古人云：天将降大任于斯人也，必先苦其心志，劳其筋骨……"老爷子又说。

唐华听罢嘻嘻微笑。接着老爷子说自己可能不久要正式退休了，因此需要进一步锻炼这个年轻的接班人。

后来这个分段被船东评价为"最佳分段"。从此同事们对唐华刮目相看。

洪技师在工艺室工作，唐华常去拜见恩师。第一次去洪技师办公室的时候，唐华看到师傅的办公桌很整洁很干净，看得出恩师是个细心的人。洪技师是全国造船行业为数不多的著名船体火工专家，老爷子备受大家的尊敬和爱戴，大家都习惯称呼他"洪老"。之后唐华也喜欢这样称呼恩师。洪老今年快60岁了，腰板硬朗，精神矍铄，神采奕奕。洪老办公室的同事都是离退休老技师老专家，他们负责船体装配、焊接、火工、气割等多项工艺技术，专家们主要职责是负责处理生产过程中的各种工艺技术，指导解决现场各种疑难问题，组织培训造船事业年轻的接班人，充分发扬"传帮带"作用。用上海话说这些老专家都是"老法师"，他们个个身怀绝技，八仙过海，各显神通。洪老鼓励唐华，"在江南的人才摇篮里，只要你努力学习，一定能取得更大的进步，一定能够成为一个更加有用的造船人才。"恩师的话就像灯塔一样照耀着唐华继续前进。

半个月后，唐华工作基本稳定了，他给文琴写了一封信，信中写道：

近来工作顺利，一切安好！恩师洪老对我的工作和生活都十分关心，班组里师傅对我也十分友好，一定会努力工作，放心吧！我们一起走过的路十分巧合也很不容易，谢谢你给我的爱！因为在《平凡的世界》里我们有了很多共同的语言，收获了属于我们的爱情，这份情天不老地不荒，相伴到永远！

信写完之后，唐华把信纸折叠成一架"纸飞机"送给了他心爱的文琴。文琴收到信得知唐华工作顺利终于放心了，晚上那架"纸飞机"常常伴随她入梦。唐华和文琴的爱情并没有因为距离的扩大而改变初心，也没有随着时间的推移而改变初心，以往他们每个星期都能够收到来信，现在一个月收到一次来信，由于相隔路程远了，加上唐华工作忙，这点文琴十分理解。文琴把深深的思念转化为实际行动，每天认真工作，还没日没夜地为唐华织了一件厚厚的毛线衣和一条毛线裤，一针一线地编织着她对唐华的爱。

再后来唐华买了一个时髦的BP机，文琴呼他的时候他赶紧找公用电话回过去。电话联系方便多了，但电话拨通前的等待是最焦急的。下班后唐华听到寻呼机响了，急忙四处寻找电话亭，有时打电话还要排队等候。电话接通后，一个在电话那头一个在电话这边，一根电话线把两颗相爱的心紧紧联系在一起，"亲爱的，想我吗？很久没有联系了……"其实这样的联系他们经常保持着。常言道：有情人一日不见如隔三秋。有次上海下大雨，商店都关门了，唐华找不到电话回过去，文琴在电话旁边等了很久，不知道发生了什么情况，电话铃声始终没有响，她急得一晚上没有睡好。长途电话费很贵，两人尽量控制通话时间，文琴在电话里长话短说，什么话该说什么话不该说都掌握得很有分寸，甚至报喜不报忧，唐华得知家里"一切都好"也就放心工作了。唐华最不放心的是妈妈和嫂子的婆媳关系了，再就是母亲整天愁着他和文琴的婚事，这一切他心里清楚得很。

新学期开学后，文琴担任初三（1）班语文老师兼班主任。文琴深知带好毕业班责任重大，所以她更加努力工作，认真教学，同学们都喜欢她上的语文课。上学期期末考试他们班级语文获得了平均分和最高分两项第一名，在同年级的六个班级当中遥遥领先，这让文琴信心十足，"一定要把班级带得更好！"文琴和唐华谈恋爱以来，她一点也没有影响教学工作，她把唐华好的学习方法传给她的学生，让很多学生受益匪浅。最近一次小测验，他们班级获得了语文、英语和化学三个课目均分第一名的好成绩。

这些事情文琴都在电话里愉快地告诉了唐华。然而有一件事文琴只字不提。有天下班后，文琴急于回家忘记戴头盔，发动摩托车后加速前进，刚刚行驶了不到一百米，路面是90°急拐弯，刹车已经来不及了，一头冲撞在拐弯的大树上，连人带车一起向前飞出，情况十分危急！文琴吓得浑身直哆嗦，瞬间脸色变得苍白。就在这危急的时刻马校长恰好路过，一把抱住飞出的文琴，又连忙在树丛中扶起新摩托车，车子只有一个灯损坏了，万幸之中人一点都没有受伤。发生了这么大的事情，文琴在电话里一个字也没说。几年后唐华从别人那里得知时，顿时感到胸口一阵剧烈的疼痛和后怕。

自那以后，文琴谨慎驾驶，再也没出任何差错。

暑假期间沈文义已经大学毕业了，并在苏州找到工作了。毕业前唐华给文义一些路费，他和几个同学一起前往苏州开发区找工作，一连三天没找到工作，有的同学累得实在走不动路了，有的脚底都起了血泡，文义的皮鞋已经裂开了，其中两个同学沮丧地说道："咱这趟白来了，赶快回去算了……"但文义还不肯放弃，鼓励大家："前面还有一家工厂，再试一试"。文义把皮鞋脱下提在手里，赤脚往前走了两公里，直到公司门口才把鞋穿上。几个同学见文义如此决心要找工作，不好意思说回去了。然而就在这时幸运之神来了。这家公司门口的红纸告示上写着"本公司招聘化工专业应届毕业生两名。"机会永远留给那些永不放弃的人。最终文义通过严格的招聘考试，成为外资公司的一名正式员工。

一个月后唐华发工资了，他激动地从宋带班手里接过八百块钱。晚上唐华躲在被窝把印有四大伟人头像的百元大钞数了两遍，露出一丝笑容，他很久以来没有这么开心了，因为以前为了这些钱他要做两份工作，现在终于不用那么辛苦地工作了。唐华现在的工资是那些留在皖城工作的农民工的整整两倍。唐华离职的去向几乎没人知道，有的说他不干造船了，有的说他改行学木匠了，有的说是去做防盗门了……唐华怎么会轻易放弃自己的造船理想呢？唐华是一个重感情的人，他拿到工资打算给恩师洪老买条香烟，还被恩师训了一顿，"我抽烟怎么要你买？"后来他给恩师买了一些水果，也被退回去了。

第二天唐华给家里寄去了三百块，他知道家里连买化肥农药的钱也没有了。

下半年唐华班组承担的生产任务繁重，各种各样的大分段把整个平台堆得满满的，最大的分段有180多吨，犹如一座小山头，工作任务可想而知。面对繁重的任务，唐华毫不畏惧，每天有条不紊地工作，为了照顾年迈的曹师傅，他在高高的脚手架上爬上爬下，一天工作下来唐华浑身湿透，为了赶时间有时连水也顾不上喝一口。到了下班时间，唐华照常让曹师傅早点回家，自己加班到天黑才收工。唐华诚恳的劳动态度和优质的工作水平得到宋带班和工段领导的一致肯定。

天道酬勤，有付出就有收获。让唐华高兴的是每月工资逐渐增加，到年底的时候他的工资已经有1200多块了。虽然工资多了，但唐华为了筹钱结婚，一块钱也不敢乱花。

吃饭方面，厂里食堂丰盛，价钱四五块一份，而外面的"马路快餐"要便宜一些。唐华觉得只要填饱肚子就可以了，所以一日三餐就吃这种简单的马路快餐。船厂农民工特别多，大家总想节省点钱。中午过来吃饭的农民工特别多，有的农民工喜欢吃辣，有的喜欢咸的，不顾饭菜是否卫生是否有营养，主要是看谁家的饭菜色香味可口。这些快餐老板买菜的成本不高，利润没少赚，因此船厂也是他们的"金山银山"。常言道：人是铁，饭是钢。这些整日与钢板打交道的造船人不吃饱饭怎么能够干活呢？肚子饿了也顾不上什么吃相，拿到盒饭有的坐在路边吃，有的蹲着吃，也有少数几个站着吃，一个个狼吞虎咽。老板也蛮心疼这些造船人，"兄弟，米饭不够再加。"吃完了，嘴巴一抹，赶紧回去休息。唐华班组的很多同事经常吃这种快餐。没想到几年后有很多人得了胃病，自然也包括唐华。

今年冬至前夕，陈家庄两位老长辈相继辞世，一位是陈老先生，一位是王大爷。陈老先生享年88岁，王大爷比陈老先生小十岁，他们都是村里德高望重的老长辈。早些年陈老先生和王大爷都担任过村里族长的角色，就像《白鹿原》中的白家和鹿家一样管理整个村庄，虽然两人曾经为了一些鸡毛蒜皮的小事也有过恩怨，但最终以"六尺巷"的精神化干戈为玉帛。在他们的领导下，陈家庄一家有难八方支援，民风朴实，团结互助，过去陈家庄很穷，可他们安逸的生活让人羡慕。陈老先生曾经担任村里支援新四军领导小组组长，亲自为新四军送粮食，他一辈子没有结婚，把自己省吃俭用的钱买肉煮熟分给村里的孩子们吃，老先生是村里专门做好人好事的活雷锋，因此获得乡亲们的普遍尊敬。王大爷是村里的大户人家之一，也深受乡亲们的爱戴。在他们的主持下，陈家庄家家户户关系十分融洽。两位老长辈去世时，全村里人时常以泪洗面，时常怀念他们。

陈家庄现在发生了翻天覆地的变化，除了唐华大伯家没盖楼房，家家户户都盖起了楼房。唐华大伯家不是不想盖楼房，而是家里实在没有那么多钱，三个儿子都没有手艺，仅凭种田种地的收入怎么盖得起楼房呢？大伯愁得肝火攻心，得了老年痴呆症不久去世了。村里的楼盖好了，把仅有的家底也花光了，很多人家还欠下不少债务，日子过得紧巴，那些新过门的媳妇儿可过不下这种苦日子，最近有好几家要闹分家。树大分枝，儿大分家，也是常有的事情，然而现在分家与往年不同，很多儿媳妇连一毛钱债务都不愿意承担，这家怎么分？过去陈老先生和王大爷主持过很多分家的事情，他们按规矩把田地和债务一起搭配分家，父子婆媳之间没有不满意的。话说如今这分家要多难就有多难！

陈老先生去世当天，陈家庄就发生了一家因为分家闹得天翻地覆的事情。虽说家家都有一本难念的经，但他们家分家竟然是为了几个碗的事情。媳妇三口之家，娘家时常来亲戚，于是想多分几个碗。婆婆说：儿媳妇小家庭该少分几个碗，家里还有弟弟妹妹和爷爷奶奶，这么多人吃饭都要碗的，如果媳妇家里来人也可以过来拿。媳妇偏偏不依，理直气壮地说："分家分家，就得彻底分开！"婆媳俩为这点小事情吵得脸红脖子粗，最后还把村里雷书记和村干部请来评理，雷书记得知后严肃批评道："至于吵架吗？这事要罚款，每人一百。"婆媳俩听说要罚款立马不吵了，反而蹭鼻子上眼跟雷书记急起来了，两人怒火冲天地骂道："你们村干部讲不讲理，凭什么罚款？"雷书记板着脸说："现在就要交钱，到了明天就涨价两百了。"这时媳妇和婆婆都不敢再言语了，媳妇立马从口袋掏出一百块，婆婆向邻居借了一百块。交钱后，婆媳俩一百个不情愿，挤对眼神互相埋怨。

下午雷书记派人上街用两百块钱买了一大堆各式碗筷，当晚就送过去了，婆媳俩又苦苦地笑了。这事雷书记解决得总算让双方满意，这个家才平息了。

事情过去了，雷书记和村干部几天都没睡好一个安稳觉，雷书记开始担心：今天分家是碗筷的事情，明天不知道谁家为分田分地，还有债务或者其他鸡毛蒜皮的事情。邻居们常常议论纷纷。难道时代真的变得这么复杂？之后，有些想分家的儿媳妇四处收集"信息"，打听家里还有哪些她们不知道的"家产"。在个别人的推波助澜下，村里又接连发生了几家分家的闹剧。这让唐华的爸妈一连数日彻夜难眠，因为他嫂子邹爱荣也想分家过她的小日子，虽然嘴上还没说心里已经开始打算盘了。

转眼到了腊月，阵阵东北风呼啸，天气变得十分寒冷，最低气温达零下五六度，室外更冷。唐华把工作服穿在一件旧棉袄外面，双手冻得发紫，眉毛上像是下了一层霜，眼镜更加模糊不清。在船厂火工属于高温特殊作业工种，工作很辛苦，最怕的是炎热的夏天，冬天就不一样了，那就是火枪的温度可以取暖。有天特别冷，唐华冻得受不了，鼻涕往下直流，工作没有完成，但他还是一如既往地让曹师傅下班回家。曹师傅家住浦东，过了渡口还要坐几站路公交车才到家。老爷子年纪大了，因此唐华每天都让师傅先下班，来不及的活都是他加班加点完成的。

这天下班时间到了，曹师傅叮嘱唐华几句，准备收拾工具下班了。老爷子戴着一副老花镜，呼吸时镜片上有一层雾气，看东西不太清晰。工作交代完后，曹师傅身穿蓝色旧军大衣，手里拿着一把扳手去拆氧气管和乙炔气管，老爷子先把氧气管接头拆下了，可是乙炔气管的接头怎么也拆不开，急得用扳手使劲敲打螺丝。人老了，加上视线模糊不清，可能忘了乙炔气管的螺丝是反螺纹。不幸的一刻就在瞬间发生了。只见老爷子屁股坐在地上抱着双手发抖。唐华还在干活，刚好视线被挡住了，没看到老爷子发生了什么事，还是吴工段长路过的时候发现了，"曹师傅，手怎么啦?"原来老爷子大拇指指甲刚刚被扳手敲掉下来了。吴工段长立即叫来宋带班和唐华，三个人把老爷子送到医院，所幸只是指甲掉了，骨头没受伤。唐华十分后悔刚才没有帮师傅一起收拾工具。

事后曹师傅休息了三天没有过来上班。唐华把所有的工作都认真完成了。

第四天早上，唐华像往常一样把一切准备好了。今天曹师傅过来上班了，老爷子手里提了两个袋子，里面装了两盒饭菜，其中一份是他自己爱吃的素菜，另外一份有很多荤菜也有一些蔬菜，其中包括一大块排骨和几块红烧肉——曹师傅是回族人，对这是禁忌的，这是给唐华准备的。中午两人一起吃饭有说有笑，"多吃点，吃饱不想家。"

曹师傅退休前是船体火工高级工，在他的指导下唐华进步很快。这段时间唐华学会了多种工装夹具的灵活应用，还学会了曹师傅的很多独门技巧。俗话说：师傅领进门，修行靠个人。别人学技术在实践成长，而唐华学技术是两条腿并行，每天晚上依然坚持写工作记录，又善于动脑筋，在千锤百炼中快速成长。青出于蓝而胜于蓝。再后来唐华的技术甚至超过了曹师傅。曹师傅评价唐华"现在你可以独当一面了"。

年底的时候，车间决定不再聘用一些退休的老职工，曹师傅这才依依不舍的正式退休回家。最后一天上班，曹师傅遗憾地对唐华说："我的子女都不在船厂工作，你是我的关门弟子，我还有很多技术想再传给你……"唐华听罢一阵心酸，他把再次洗干净的茶杯递给了曹师傅，含着泪水望着老人背影一步一步地离开了。

很多年以后，唐华依然清晰地记得这位恩师，感恩这位慈祥的回族老人。

第十二章

转眼到了1999年，陈家庄又有两对新人赶在新年来临前结婚了。文琴原先不那么急于结婚，她愿意等唐华天长地久。但他们的婚事一直让双方父母倍感焦急。

热热闹闹地过完年，正月初七唐华返回上海工作了。春运期间人多拥挤，唐华买了一张高价票，总算坐上前往上海的汽车。这次唐华一个人前往上海，唐文暂时留在家里还有一些事情要处理。一路上唐华昏昏沉沉，心里又开始想着怎么多赚钱的事情了。

到了长途汽车站已经是下午四点多了，下车后再穿过立交桥前往火车站南广场坐公交车。唐华刚刚踏上了立交桥，有两个陌生人在唐华一前一后，这立刻引起他的警觉。唐华一步一步地往前走，不时观察周围环境，毕竟火车站周围人多复杂。几分钟后，身后的那人急匆匆地从唐华身边超越过去了，还在他前面不远处丢了一个包裹，唐华佯装没看见，从包裹旁边绕过去了。前面那人突然回头问道："小兄弟，我刚刚掉了一个包裹，你看到没有啊？"紧接着，后面的人捡起了地上的包裹，"大哥，这个包裹是你的，还是这个小兄弟的？"接着那人打开包裹看看，"哇，这么多钱！我们三个人都看到了，不如我们三个人一起分吧？"天上哪有掉馅饼的好事？唐华摇摇头说："我没有丢东西，你们误会了吧！"转身间两人交流一下眼神。恰巧这时一大群人路过，两个家伙迅速消失了。唐华用双手紧紧捂住自己的背包，赶紧加快脚步到了南广场，看到了很多的警察，唐华心里才稍稍平静了下来。随后坐上公交车顺利地到了宿舍，但还是心有余悸。

第二天有同事告诉唐华，"这种小把戏叫'调包计'。"幸好唐华不贪财没上当受骗。

这几天唐华想起哥哥唐文摆地摊的事情。唐文去年利用业余时间摆摊赚了一千多块，悄悄给家里还了债务。春节后由于工作暂时不忙，唐华想找一份第二职业。宿舍附近的夜市晚上人流量大，摆摊的人很多，生意也好。一天晚上，唐华看到报纸上有"招聘兼职"的信息。第二天便过去面试。交了报名费，有人告诉他："这是虚假招聘，专门骗取报名费……"工作没找到反而损失了一百块。之后他又想到夜市摆地摊。结果没几天夜市被封闭了，改成了广场舞的场所。唐华只好安心工作了。

正月底，班组的工作唐华一个人忙不过来，于是把胡建明叫过来一起干。然而工段领导和海申公司黄经理对他们俩还有些担心，决定拿一个分段考核他们的技术水平。考核的分段难度很大，唐华看在眼里想在心里，一定要顺利完成考核任务！过去的半年，在曹师傅的指导下，唐华的技术进步很大，现在胡建明的技术和他有明显的差距。第二天唐华和建明商量，让建明做一些简单的事情，复杂难做的活唐华亲自做，两个人白天抓紧做，晚上加班加点干，唐华全面仔细检查了两三遍，像绣花一样再做得更完美一些。一个星期后，分段顺利通过船东报验，船东对产品质量很满意，还当场表扬了唐华。最终他们顺利地通过了考核，领导们终于放心了。

此后唐华和胡建明一起努力工作完成了很多任务，并多次受到领导表扬。建明曾当过代课老师，父亲是政府公务员，他比唐华年长五岁，至今还没有结婚也没有女朋友。他们之前在皖城结下了深厚的友谊，两人时常愉快地回忆当年一起读《平凡的世界》的乐趣。如今在江南更成为黄金搭档，亲如好兄弟，一起工作，一起吃饭，一起逛街，他们的性格也变得十分相似，连说话风格也十分相近，建明还没开口唐华就知道他想说什么。有天晚上建明告诉唐华后来皖城船厂由于多种因素走向了下坡路。唐华感到很遗憾。

还有几天发工资，胡建明口袋已经没有钱了，把仅有的十块钱买了一包香烟。唐华身上也没有多少钱。建明只好打电话向洪技师求助。周末老爷子原本休息，连忙骑着电动车从家里赶过来给了建明二百块钱。真是雪中送炭啊！可丢人的是建明后来一直没有归还这二百块钱，原则上也失去了一个做人的底线，让老爷子很鄙视。

建明很好面子，平时花钱不注意节约。建明快三十岁了，毕竟将来也要成家过日子。唐华时常提醒建明花钱控制一点，建明表面上听进去了，实际上仍然我行我素，月月工资不知不觉地花光了，成为"月光族"。直到年底前两个月才想起来要存钱，结果一年下来口袋空空，这样下去哪个姑娘喜欢啊？他还振振有词说道："钱这东西生不带来死不带去，不能刻意降低生活标准，尤其抽烟的'档次'不能降低，总要留点面子啊！谁家姑娘愿意就结婚，不是有老句话叫'姜太公钓鱼愿者上钩'……"年轻人不能总啃老，"月光族"们总有一天会后悔的。

常言道：穷人的孩子早当家。唐华认为该花的钱一定要花，但也不至于把工资全部花光吧。关于花钱方面，不懂得节制的人就是不珍惜自己的劳动成果，也对家庭最不负责任。花钱谁不会啊，花钱的那一刻很慷慨，难道你就该贪图享受，难道爹娘就该死吗？他们什么时候才能觉醒呢？世上不会挣钱的人和不懂得节制的人都是很可怕的。

二月初唐文来到了上海，唐文经熟人介绍承包了一栋办公楼的木地板安装业务。唐文告诉老婆邹爱荣，邹爱荣欣喜若狂，立即起身到了上海，把两岁多的女儿丢在家里由婆婆帮忙带。母亲得知儿子搞承包的事情也特别高兴，并乐意帮忙带孩子，更期盼他们年底能够帮忙还点债务。现在流行复合地板，安装便捷，使用方便。唐文干过这种活得心应手，夫妻俩起早摸晚安装，一天下来安装了五六十平方米，收工时唐文兴奋地对邹爱荣说："老婆大人，你看我这活干得怎么样？""太棒了！"邹爱荣第一次竖起大拇指夸老公。邹爱荣身材瘦小，干起活来也十分有力，跟着老公后面打下手，老公要什么材料就小心翼翼地递上。唐文第一次与邹爱荣找到了默契。回去的路上邹爱荣含情脉脉地说："亲爱的，累了吧？"唐文揉揉肩膀，笑着说："男女搭配，干活不累！"晚上八点多钟他们才回到郊区的出租屋，饿着肚子还在想一天下来能够赚多少钱！后来唐文越干越熟练，最多的时候一天能够安装七八十平方米。这让邹爱荣更加兴奋不已，"照这样下去，咱今年能发大财啦！"

这几天唐文回到家像老爷一样躺坐在椅子上——他老婆让他这样休息的。唐文弯腰蹲在地上干了一天的活，腰身累得快直不起来了，看到老婆一个人在做晚饭，唐文心疼得不好意思躺着，刚要起身就被邹爱荣制止了，"你干活累了，我来做饭，一会儿就好。"说着邹爱荣急忙找来零食让老公垫肚皮。邹爱荣干活麻利，不到半小时饭菜做好了，尽管菜的味道咸淡不均，可唐文吃得津津有味。吃完饭，邹爱荣继续让唐文躺下休息，还泡了一杯热茶，"老公辛苦啦!"邹爱荣收拾好家务之后又给唐文揉揉肩膀。看着老婆忙前忙后,唐文忽然想起了他曾在收音机里听说诸葛亮的夫人也不漂亮但很贤惠,现在他老婆也是这样的贤内助,此时他感到无比的满足。

上床之后,唐文更加体会到老婆的温柔,甚至比他结婚时还要温柔。

不到二十天时间,两个人把活干完了。可是唐文夫妻俩算盘打早了,结账的时候老板给了一半的工钱就不见踪影。随后唐文成了无业游民,有老乡熟人介绍活就忍着干点,一个月下来没赚多少钱。从此唐文的好日子走到头了,就像袁大总统当了短命的皇帝一样。慢慢地,邹爱荣三天两头吵架。也就在这期间邹爱荣的脾气长了不少。邹爱荣是属兔的,最近这些日子突然变得像母老虎那样凶悍,蛮不讲理。

有天晚上唐文到家已经九点半了,家里漆黑一片,叫了半天,邹爱荣才慢吞吞地开了门,也不问唐文有没有吃饭,倒头就又回到被窝里睡觉。锅里的剩饭已经被倒进垃圾桶,唐文只好跑到门口的小店里买方便面,老板关切地说道:"这么晚了还没有吃饭?幸好还有一包。"唐文不好意思地说:"加班,肚子饿了。"竟然落到这种没饭吃的地步,回去的路上,唐文的脸上满脸泪水。

大街上也不知道有多少像唐文这样搞建筑的木匠和泥瓦匠,僧多粥少,都是熟人之间互相介绍点活干,要命的是活干完了,很多老板的工钱照样不那么好接到,因此他们的日子过得十分窘迫。直到下半年,唐文在亲戚的帮助下开了一家早餐店才有所好转。有时实在没活干,唐文就在街头挂牌子"本人木工,手艺好,求活"。有好心人家里需要装修,也请他干点零活。他们是真正的弱者,被很多人瞧不起。唯一让唐文骄傲的是"我弟弟在江南厂工作"。而唐华一点也不知道哥哥在上海找工作这么难。

端午节过后,邹爱荣独自一人从上海回到家中。刚进家门,婆婆就让公公逮了一只老母鸡,老两口立即把鸡杀了,婆婆把鸡汤熬好端到饭桌上先给儿媳妇盛上一大碗,还给小孙女舀了一碗汤夹几块肉。邹爱荣低头吃着鲜美的鸡腿,一句话不说,也不叫公公婆婆多吃点。婆婆见媳妇吃得很香又添了一大碗,她自己和老头子只吃了两个鸡脚和一个翅膀,婆婆觉得吃饭的气氛太安静了,便开口说话:"这鸡汤炖得很烂很香,瞧我把骨头都吃下去了……"邹爱荣吃了两碗仍然不搭话,也没喂自己的女儿吃一口,喝第二碗汤的时候噎住了,结果连饭也没吃一口。婆婆见状用胳膊碰了一下公公,公公立即起身跑到厨房里去吃饭了。公公今天干活累了，吃了半碗米饭就不想再吃了。婆婆试探性地问道："回来路上顺利吧？"这时邹爱荣忽然沉着脸冲着婆婆道："你儿子没本事，我的命怎么这么苦？……"说着抱着女儿扭头就朝楼上自己的房间走去。

第二天公公婆婆一大早就起床了，公公去田地干活，婆婆刚把菜洗干净准备做早饭，忽然间听到楼上发出奇异的声音，好像有哭声还有打砸的声音，婆婆急忙跑上楼看看，到了楼上被眼前的一切惊呆了——水瓶、茶杯、茶几等都被打碎，碎片满地都是，还有家里唯一一台黑白电视机也只剩下空壳，孙女吓得坐在墙角里号啕大哭……唐华妈赶紧抱起地上可怜的孙女，低声问道："怎么啦？"邹爱荣板着脸理都没理，接着跑到厨房把锅也砸碎，头也不回冲出家门，回娘家去了。唐华妈双手颤抖地抱着小孙女一起大哭，"老天爷，这日子怎么过啊！"唐华爸刚好从外面回来，被突如其来的一切惊呆了，瘫坐在地上，眼泪汪汪地说："我们又没得罪你，怎么就这么狠心？良心何在？"事后村里人无不痛骂邹爱荣不孝。

八点多钟公公婆婆连早饭都没得吃，婆婆语无伦次地说道："老头子，这样下去在一个屋檐下没法过日子，咱赶紧搬……搬家算啦……"随即开始准备请人把一间老房子拆了，再到别处盖房。天气异常炎热，陈家庄全村人赶来帮忙，他们在半里外的山坡上忍着高温酷暑，一锄头一锄头地挖地基，一块块地搬运砖头，半天下来累得汗流浃背。唐华姨妈家的两个哑巴兄弟也赶来帮忙，哑巴兄弟吃完饭就顶着烈日干活，打着手势叫乡亲们抓紧时间尽快把房子造好。连不会说话的人都知道怎样做人！而邹爱荣这些天始终没有出现。

在乡亲们的帮助下，一个星期后房子造好了，三间平房，也是陈家庄唯一一户这样的房子。山坡上原来没有人住过，四周荒草丛丛，还有老鼠和蛇出没，晚上还有大量的蚊虫叮咬根本没法住人。到了傍晚时分，唐华爸妈忍不住朝村里的老屋方向看了又看，有好几次竟然走到老屋门前才想起来走错了，接着又踱步走向那荒无人烟的山坡……

两个月后唐华才知道家里出大事了。国庆节唐华和文琴一起回到家里，他们从进家门哭到出家门，唐华义愤填膺，"我要像武松那样报仇雪恨！"唐华妈急忙说："儿啊，国有国法，千万不能鲁莽做违法的事情。"文琴跟着制止唐华，"娘在家在。"唐华哭着劝母亲："想开点，一定要坚强！"同样是儿媳妇。

让婆婆高兴的是还没有过门的小媳妇文琴就是懂事孝顺，文琴紧紧抱着婆婆大哭："妈，只要身体好就好！我和唐华一定会争气！"

文义在苏州工作有段时间了，工作和学习有了很大进步。文义在公司工艺技术科工作，科长是教授级高级工程师，另外办公室还有五位工程师。科长很关心文义的成长。文义的社交能力很强，善于和不同的人沟通，大学期间勤工俭学与很多人接触，积累了丰富的社会阅历，这对他今后的工作有了很大的帮助。参加工作以来，文义向每一位同事虚心学习，深入车间生产线，向车间主任和一线工人学习，认真调研分析生产线流程中存在的问题，半年时间文义做了两大本工作记录。在团队的帮助下，文义在这个工程师摇篮里快速成长，实习期满已经基本具备独立工作能力了。

半年来文义把全部精力投入工作学习，买了一台电脑上网学习很多有用的知识，并利用业余时间学习英语，准备英语四级考试。文义所有的努力都紧跟时代前进的步伐。上个月文义还买了一部手机。手机的出现逐步改变了人们的生活，也预示着寻呼机即将退出舞台。工作安定之后，有的同学开始谈恋爱了，也有同事给文义介绍对象。婚姻是讲究缘分的，文义一时还没有遇上合适的女朋友。

今年江南有很多船型的订单，有散货船、集装箱、液化气船、化学品船等，生产任务十分饱满。唐华和胡建明每天加班工作，其中也遇到了一些十分棘手的问题。

6月的一天，某上层建筑分段一大块薄板变形简直超乎想象，唐华从来没有遇到过如此复杂的问题，急忙去找恩师洪老指导。洪老到了现场仔细查看，老爷子也觉得非常不可思议，立即把宋带班叫过来，拉着脸问道："你们有没有按工艺要求施工？"然后气得一句话也没说，转身就走了。随后吴工段长赶过来了。吴工段长把脸拉得长长，当场暴跳如雷，把嗓门提高了八度，指着宋带班破口大骂："侬怎么搞的？"宋带班吓得两腿哆嗦，低着头一句话也不敢说，第二天请假回家了。后来唐华把几位经验丰富的同行老师傅请过来指导，大家都摇摇头走了，一位老师傅灰心地说道："没办法，搞不好了……"唐华却不以为然，难道真的一点办法都没有？晚上唐华躺在床上认真思考，想想起以前学过的薄板矫正方法，又想起曹师傅传授的技术经验，问题总归有办法解决的。

第二天唐华下定了决心，决定试试处理这个无人问津的难题，一上班他把容易的部位优先处理好了，剩下最难做的地方——这些地方是真正的硬骨头，谁见了都头疼脚痒！中午吃饭的时候，唐华神奇般地想出了一个解决的办法，大家一致同意了唐华的方案。下午唐华亲自动手制作了一个特制工装，有了这个神器便和建明大胆地去做。两个人共同配合，采用特制工装一点一点地矫正，很快这个硬骨头被他们俩顺利拿下了，接着唐华把所有的部位又重新处理得更完美一些。检查合格后，唐华再联系洪老和吴工段长到现场检查验收，大家都满意地点头称赞，"了不起！功夫不负有心人！"由于处理得当，最终船东也很满意。

事后宋带班告诉唐华这块板是装配工未按照工艺要求施工导致严重变形，当时如果换板成本太高，再说施工周期也不允许。这次工作唐华出色发挥，及时完成了任务，避免了更大的损失，吴工段长当场表示"加奖金！"

又到月底了，这月唐华的工资又多了二百块，也比胡建明多二百块。为了攒钱早点结婚，唐华领了工资还是节省着花钱，每天中午在厂门口吃着简单的快餐。工作顺利完成了，唐华打电话告诉了文琴，书信现在联系少了，电话联系增多，他们的感情依旧很好，更期待着早日结婚。胡建明拿到工资也很高兴，毕竟比在皖城的收入强多了，但他与唐华的工资不一样，心里开始有了一种不平衡。然而他却不想想唐华比他多干了多少活？又肩负多大的责任？

转眼到了暑假，文琴班级在今年的中考中取得佳绩，有八名同学考上县重点高中，有两名同学考上中专。文琴班比其他班级多一个重点高中和一个中专名额。后来这八名同学都顺利考上重点大学，其中两人来自兴旺村。

毕业典礼大会上，马校长在致词中首先祝贺三（1）班取得优异成绩，充分肯定沈文琴老师和全体老师的教学成果，并向沈老师表达由衷的敬意！文琴发言时心情激动，"同学们，你们是我带的第一届毕业班，很荣幸担任你们的班主任，首先向几位成绩优秀的同学表示祝贺！其他同学继续努力，希望同学们再接再厉！人生一定要有理想，希望你们努力实现梦想，为梦想加油！祝愿你们的明天更美好！"同学们纷纷鼓掌，热泪盈眶。班长吕涛代表班级发言，他首先向主席台上的马校长和沈老师及所有老师深深地鞠了一躬，"尊敬的马校长和各位老师：在沈老师的教导下，我们班同学团结拼搏取得优异的成绩，在此代表班级真诚感谢老师们三年的辛勤教学！下个学期我也将前往一中读高中了，我们感恩母校，绝不辜负沈老师和母校的培养，再次感谢所有的老师！……"话还没有说完，吕涛同学已经泣不成声，文琴上前一把抱住他，鼓励道："三（1）班好样的，三（1）班加油！"随后教室里齐声高呼"加油！"

7月下旬，文琴帮家里忙完了农忙，同学梁佳华邀请她来上海游玩。梁佳华在上海宝山区一家公司做会计。文琴于是起身来到了上海。这也是文琴第一次来到上海。

几天后唐华请假去宝山看望文琴。晚饭时佳华遗憾地讲述她亲身经历的一件事情。川妹子贾小慧和佳华是好姐妹，一起工作两年多了。去年国庆节贾小慧打算回家探亲，"佳华姐，我妈妈得了癌症，需要很多钱看病，可我现在连回家的路费都不够，可以借点钱吗？"佳华出于一片好心，答应借钱给她。贾小慧接过佳华手中的三千块钱，感激地说："我很快就回来，年底前想办法一定还上……"第二天急忙带着行李回家了。然而年底也没有见贾小慧回来上班，此后再也没有联系。就这样，佳华半年多的积蓄全部被这川妹子"借"走了。唐华和文琴听说后勉励佳华宽心，今后为人处事一定要小心谨慎。

第二天三个同学一起去上海外滩游玩。天气虽然很炎热，一点也没有影响人们出行，浦江两岸车水马龙，外滩广场上人头攒动，文琴的脸上露出灿烂的笑容。上午九点多，唐华和文琴手挽手走在人群当中，他们第一次肩并肩走在外滩大道，一起观看高耸入云的东方明珠，共同把美好的爱情续写在美丽的外滩。佳华拿出相机拍下一个个美丽的瞬间。

晚上文琴仔细看看唐华比以前更瘦了，脸晒得更黑，心里很难受，于是决定留在上海找工作，他们共同努力奋斗争取早点结婚。随后他们搬到船厂对面居住。

很快文琴找到工作了，在船厂附近一家皮鞋厂上班，一个月后适应了工作。开学前学校打电话过来，文琴没再回学校当老师。

9月的一天，梁佳华突然接到同学蒋秋月从广州打来电话，"我现在工作很好，广州的电子厂工资奖金比上海高很多，我们公司现在大量招工，愿意过来的我可以帮忙联系……"蒋秋月两个月前从上海去了广州。秋月、佳华和文琴是相处最好的初中同学，是彼此十分信任的好姐妹。听了秋月的介绍，佳华有些心动，文琴也想去广州打工多赚钱。谁不希望多赚钱呢？尤其对于那些急需钱的人。最终文琴决定前往秋月那里。唐华心想如果文琴工作稳定了，也打算去广州和文琴一起工作。唐华依依不舍地把文琴送上前往广州的火车。文琴上车后，唐华心里一直扑通扑通的，路程那么遥远，一路顺利吗？

然而五天后文琴在船厂门口等到唐华，唐华突然一下子蒙了，文琴扑通倒在唐华的怀里，眼泪止不住流下，哭着告诉唐华遇到传销了。原来文琴坐了20多个小时火车到了广州，又坐了七八个小时汽车才到了秋月那里，之后秋月一连两天晚上带文琴去一些神秘的地方"上课"，根本不提电子厂工作的事情，还不时向文琴借钱，文琴机智地说："我没有钱"。第三天凌晨三点秋月把文琴叫醒，"快醒醒，我们要搬家。"一群人忙前忙后把一大堆东西往楼下搬运，并叫文琴到楼下帮忙看管。哪有半夜搬家的？文琴仔细想想顿时着慌了，趁着慌乱拿起行李快速溜走了，赶紧坐火车返回上海。

原来秋月在电话里瞒着他们，她参与了传销组织。传销已经被禁止，但是地下组织仍然猖獗。后来同学高小林也被秋月骗去传销，秋月打电话给小林的父母，"你儿子在街头要饭，赶紧寄钱过来。"小林家人接到电话心急如焚，赶紧去找儿子，不可思议的是当他们找到小林的时候，被成功"洗脑"的小林说什么也不愿意回去……那年代传销不知道害苦了多少人，直到今天仍然危害社会的安稳。没想到文琴也被意外地卷入其中，幸好文琴机灵快速逃离了魔掌，唐华气得浑身颤抖！抱着文琴大哭了，十分后悔当初让文琴去广州，几天时间来回坐车奔波，还经历那么多事情，唐华感到无比的愧疚！前些日子，他们还提醒佳华处事要谨慎，没想到文琴竟然被最好的同学狠狠骗了一回，还把皮鞋厂的工作给丢了。

此后，文琴每天洗衣做饭照顾着唐华的生活，唐华努力工作。

转眼到了10月份，唐文和邹爱荣在工地上做早点生意有两个月了。工地上有一百多名农民工，工地附近没有早餐店，有的农民工只好天天早上吃方便面。对于整天劳累的农民工兄弟来说，他们很希望有地方就近吃早餐。于是唐文夫妻俩决定做早点生意。工地老板双手同意，老板还专门腾出一间活动房免费给他们使用。说干就干，唐文把工具置办齐了，每天半夜就起来烧水和面，邹爱荣也跟着一起干，夫妻俩做韭菜饼、鸡蛋饼、糍粑等，味道还不错，价钱也不贵，农民工兄弟都爱吃，他们的收入逐渐增加了。

慢慢地，他们又扩大了一些规模，增加了小米粥、豆浆、面条，生意越来越火爆，两个人都忙不过来。每天起早贪黑忙碌，一天下来能赚二百多块，另外唐文白天还在工地上干活，可以挣两份钱。邹爱荣高兴极了，小曲哼起来"甜蜜蜜，甜蜜蜜……"就这样，唐文又过上了几天上半年那样老爷式的生活。

周末唐华去宝山工地看望哥哥唐文。途中唐华遇到了多年未见的表哥雷云东一家。表哥家与唐华家是世代亲戚，唐文是其父亲的"干儿子"，自然与表哥以兄弟相称。这些年上海到处都在搞建设正需要大量的水泥。表哥家族在上海办起了一家水泥建材贸易公司，通过轮船把安徽产的水泥运输到上海销售，他们事业上取得了巨大的成功，发家致富身价百万。表哥原本也打算扶持唐文一把，可是他们知道邹爱荣那惹不起的老虎脾气，再说又不是嫡系亲属，最终没有给予帮助。

这段时间唐文做早餐方便工友们的生活，夫妻俩起早贪黑根本忙不过来，瘦弱的邹爱荣累得腰酸背痛。唐华建议他们："小本生意图的是薄利多销，生意这么好，赶快增加人手帮忙，另外一定要注意卫生"。哥哥嫂子点头记下了，唐华放心地回去了。

一个星期后，邹爱荣把她母亲接到上海给他们帮忙。老娘不会做早点，帮忙收钱、卖早点等，干一些打杂的活。看到女婿夫妻俩每天可以赚二百多块，一个月下来收入十分可观，老娘心里暗自高兴。一天早上，老娘在收钱的时候忽然动起了心思，悄悄地拿了十块钱揣到了自己的口袋里。女儿女婿忙活不得了，谁也没有注意到老娘居然有这种行为。又过了几天，老娘再次私吞了十块钱，还是没有被发现，窃窃自喜，装着若无其事的样子。随后的日子更是胆大了，每天都私吞十块、二十块。过了一些日子，邹爱荣感觉利润"少"了一些，可他们怎么也没有想到背后居然还有这样的事情。

三个人一起干，空闲的时间多了一些，唐文开始有了新的打算。一天吃晚饭的时候，唐文笑着说："我准备再增加花样，比如中午和晚上增加盒饭和炒菜，甚至还可以到市场的熟菜店顺带捎点烤鸡烤鸭，把生意再扩大一点。"老婆和丈母娘俩都赞成。第二天便开始准备，饭菜也合农民工口味，关键是方便了他们的生活。

又过了半个月，一些农民工在附近的饭店吃饭，其中有人无意中把唐文做盒饭的生意给说出去了。饭店老板心想：难怪最近我的生意差了。由于唐文的生意直接影响到饭店老板的利益，于是老板找到了当地巡查队的"朋友"，让他们帮忙去查一查。

几天后巡查队果然来到唐文的早餐店检查，"营业执照拿过来看看？"本来就是为了工地服务的小生意，哪有什么营业执照？再说这个小生意没多少利润油水，也没有打算要办理执照。邹爱荣急中生智，慌忙说道："正在办，很快就下来了。"说着两腿直哆嗦。她老娘吓得不敢出声。就这样搪塞过去了。晚上唐文开始担心起来，没有营业执照怎么办？邹爱荣忧心地说："老公，我担心他们明天还来检查。"

就在这时，意外再次发生了。一天早上忙完早点之后，老娘累得晕头昏脑，把做中午盒饭的菜没有洗干净，下午几个农民工兄弟吃了拉肚子，有的拉了好几次，医生说：可能是食物中毒！他们忘了唐华上次交代的要求。从此大家都不敢吃他们的盒饭，连早点也不敢吃了，还没有等巡查队再次来检查就关门了。唐文感到很失望⋯⋯

10月底文琴到上海后水土不服生病回家休养。唐华一个人在上海工作，躺在床上时常想家，更加想念他的文琴了，业余时间唐华喜欢看书读报，身边总离不开那本《平凡的世界》，与少平相比唐华是幸运的，唐华从事造船工作，没有少平在矿山挖煤那样辛苦；哥哥唐文不如少安那么能干让唐华很遗憾，再就是秀莲那么爱少安，而他的嫂子邹爱荣根本没法与贤惠的秀莲相比。为了生活再苦再累，也要继续努力，一定要拼出样来！

最近唐华从报纸阅读了两条重要的新闻，让他备受鼓舞。

1999年10月18日，上海外高桥船厂在上海浦东开工兴建，建成后将是一个特大规模的现代化船厂。对于中国造船来说这是一个特大喜讯，预示着中国造船迈开大踏步前进的脚步，也预示着中国造船新的春天即将来临。唐华在报纸上看到这条振奋人心的好消息，心情十分激动，同事们也备受鼓舞。

1999年12月20日零时，澳门回归祖国怀抱，从此中国政府对澳门恢复行使主权。这是继香港回归祖国之后，中华民族进一步实现了祖国统一大业。1840年帝国主义列强发动了鸦片战争，他们靠着几艘破旧的战船掠夺我中华的大量财富，战争失败之后澳门被迫沦为殖民地，从此中华民族遭受了百年屈辱。火药是我们的祖先率先发明，如果我们祖先的造船技术再先进一些，这些历史都将不复存在。如今祖国正越来越强大起来，祖国统一是全国人民期盼已久的大事，香港、澳门相继回归是中国政府和中国人民的坚定意志。

岁末年关，唐华揣着一沓钞票回到家中，他今年的收入已经比去年翻一番了。一个月前，在众亲友的帮助下，唐华在十字铺镇上买了一套房子准备结婚，他是陈家庄第一个在镇上买的，成了全村瞩目的新闻。房子买下后，文琴请人把新房装修好了。进了新家大门，唐华一把抱住文琴兴奋地说："亲爱的，终于要结婚啦！"春节前唐华给家里买台彩电，又和文琴拍了结婚照，万事俱备，只等大喜的日子了。还有一件喜事，文琴下学期又将回到学校继续教书，唐华喜不自禁，真是双喜临门！

胡建明和唐华一起返乡过年，建明拿着最后两个月工资给家里买了一台大彩电，全家人看着彩电高兴得一夜没睡，老妈激动地说："儿子终于有出息了……"

第十三章

2000年是农历龙年，也是新世纪的开元之年，全国人民喜迎新千年的到来，中华大地普天同庆迎来了新世纪。新世纪向我们走来，爱我中华，让我们把春天引进来！爆竹声中一岁除，春风送暖入屠苏。改革开放以来，一阵阵春风吹遍了神州大地，全国人民的生活发生了翻天覆地的变化。九十年代以来，很多安徽年轻人长期奋战在江浙沪地区的经济建设中，有力地带动了两地经济发展，皖南人民的生活也发生了翻天覆地的变化。新世纪新征程，人们更加向往美好生活。陈家庄人也在欢乐祥和的气氛中迎来新年，迎来令人期待的新世纪。一位八十多岁的老太太愉快地说：人活七十古来稀，没想到还能看到21世纪的好日子！

大年三十晚上，吃完年夜饭，唐华一家人围在一起看精彩的龙年春晚。春晚一直深受全国人民喜爱，极大地丰富了人们的精神生活，比起唐华小时候看龙灯精彩多了。今年春晚节目十分精彩，唐华最喜欢相声节目《谈情说爱》，相声演员把爱情、生活和婚姻用不同的艺术形式表达十分含蓄而又幽默，节目中一位大爷说道：爱情是一盆面，需要不停地糅合；生活是一张饼，需要节省着过日子；婚姻好比一锅粥，越熬越甜美。节目贴近生活，赢得了全场观众的热烈掌声。再过一个月，唐华和文琴就要结婚了，节目内涵与他们此刻的心情相吻合。母亲一边看电视一边给唐华讲做人做事的道理，希望他们结婚后好好过日子，唐华认真记在心里。新世纪向我们走来，新年的钟声即将敲响，唐华许下新年的心愿：一定要努力工作，把家庭建设得一年更比一年好！

正月初一是好朋友梁佳华的生日，唐华和文琴一起去佳华家拜年。佳华年前借五千块赞助他们买房，解决了他们的燃眉之急，因此他们准备新年第一天陪佳华过生日。回来的路上，唐华和文琴有着说不完的话题，想到不久即将结婚了，心里充满喜悦，唐华还学习了一下"背新娘"，唐华背起文琴一路小跑了一百多米，文琴高兴得笑弯了腰，"原以为你背不动我，没想到你很有力气。"唐华笑着回答："必须的，背新娘是一生中最幸福的时刻，就是把小时候吃奶的力气都使上，也要把心爱的新娘背起来。"快要结婚了，这就是一次模拟演练。随后两人手挽手幸福地回去了。

走过一片田野，文琴对唐华说："最近两年我们沈家庄有六位姑娘嫁到上海去了，她们也算跳出了'农门'，过上了大城市的生活。"如今皖南鱼米之乡美女如云，个个身材骄人，白白嫩嫩的皮肤，一双水灵灵的大眼睛，一双勤劳的双手，一颗善良的心灵，人见人爱的模样，一点也不输给苏杭美女，别说是上海人，北京人见了也会喜欢。婚姻就是缘分，有缘分千里来相会。皖南这些小村庄也成为很多上海人的娘家花园。那么多年轻漂亮姑娘把终身幸福留在上海，这是史无前例的，也算是安徽为支持上海改革开放做出的巨大贡献！从这点来说上海人民应该感谢安徽人民！老辈们常说：咱这山窝里飞出金凤凰，山里妹子还成为上海儿媳妇，真是一件了不得的大喜事。文琴不以为然："老公适合自己就好，幸福是靠自己奋斗出来的，唐华家现在是很穷，但总不会穷一辈子吧！"

转眼已经是农历二月初三，还有三天唐华的婚期到了，唐华妈在电话里告诉他家里一切都准备好了。唐华请假从上海赶忙回家，为了这一天唐华太激动了，回去时他居然还坐错了车，第二天才到家，可他没有告诉家人，直到几年后文琴才知道的。唐华和文琴恋爱了整整五年，经历了这么久的爱情长跑，人家的孩子都几岁了，文琴痴情地笑道："等了你这么多年了，哪个姑娘愿意啊！"唐华苦苦地笑了。

二月初六那天，唐华将在母亲的小屋里举行结婚仪式，随后将前往十几里外镇上他们自己的新房入洞房。

早饭后唐华随着迎亲的队伍前往文琴家接亲。

一大早文琴家里开始热闹起来，办了丰盛的酒席，亲友们都过来贺喜，大家酒喝得很尽兴。年前家里为文琴准备了很隆重的嫁妆，岳父岳母为女儿女婿的婚事花光了全部积蓄，大彩电、冰箱、洗衣机、龙椅和被子等嫁妆装了满满一大卡车。文义因为工作原因没有参加姐姐的婚礼，这么多年姐姐一直资助他读书，他给姐姐寄来一千块钱贺礼。文红今年即将高中毕业了，他今天表现得十分反常，看到家里为姐姐准备了这么多的嫁妆，当众哭道"家产都没有了……"搬嫁妆的时候，文红硬要把那台大彩电留下。自家人摆乌龙，文琴爸气得话都说不出来，"要不是看在亲戚的面子上，老子今天非要……非要……揍他不可!"文琴气得直哭。奶奶急忙把文红拉回了房间。

午饭前文琴穿上漂亮的新娘妆，焕然一新，新娘子漂亮极了!唐华哥哥唐文也给他买了一套笔挺的新西装，今天唐华很帅气。众人都夸他们夫妻俩郎才女貌。酒席上，同学们现场编排了很多快乐的助兴节目，有同学让唐华和文琴"抢花生米"，醉翁之意就是逗他们俩取乐，一桌子同学站起了高呼"亲一下"，一位女同学夹着花生米一会靠近文琴的嘴边，一会又挪向唐华的嘴边，两人在众目睽睽之下觉得不好意思，最终腼腆地当众献吻了，大家纷纷鼓掌欢呼。

酒过三巡，菜过五味，唐华和文琴挨桌向长辈和亲朋好友们敬酒，向岳父岳母敬酒，向敬爱的奶奶敬酒，奶奶高兴地说："我大孙女孙女婿的喜酒该喝!"唐华和文琴在一阵阵喇叭声、鞭炮声、祝福声中热热闹闹地把婚结了。由陆曼菲担任伴娘，她笑着对文琴说："陪你去考试，还帮你找到了另一半，该怎么感谢我?"临出门前，奶奶和母亲依依不舍流泪，文琴再也控制不住眼泪，一把紧紧地抱着父亲母亲号啕大哭："感谢爸爸妈妈对女儿的养育之恩……"唐华拉着文琴的手向岳父岳母和奶奶鞠躬。都说可怜天下父母心。为了不让女儿女婿的新生活受苦，不知道什么时候岳父悄悄地给女儿的衣服里塞了三千块钱，文琴第二天才发现的，感动得又哭了好一阵子。

随后唐华乘坐一辆面包车把文琴娶回了家，上车的时候两人含泪，不时地回头向亲人挥手告别。到了家门口，邻居们也放起鞭炮迎接，唐华愉快地发放喜糖喜烟。当看到一大卡车嫁妆的时候，大家都兴致勃勃地过来帮忙搬上搬下，几个人轻手轻脚地把电视机、冰箱等抬到新房里。有大娘说：这老古话说嫁出门的女儿就是泼出门的水，谁家这么有钱这么舍得给姑娘陪嫁妆?这家女婚真是八辈子修来的好福气！可他们不知道沈家庄现在只有两三家没有盖楼房了，其中包括文琴家，岳父硬是省吃俭用为女儿女婿置办嫁妆。唐华搬完最后一件嫁妆时候，心里半是喜悦半是泪水，因为他这辈子遇到多么好的老丈人！女婿是半个儿，他将来一定要报答这份厚重的养育之恩。唐华三步并作两步把漂漂亮亮的新娘背回了新房，掀起盖头的那一刻甭提有多高兴！

有人说：幸福的婚姻从一开始就是幸福的。文琴当晚就亲自下厨做了一大桌饭菜招待前来送亲的亲友，大家无不夸奖文琴是个好媳妇。大喜的日子唐华特别开心，他陪亲友们喝了不少酒，满脸红彤彤的，心里也是红彤彤的。

新婚之夜，新房里点上两对红蜡烛，唐华和文琴补上拜天地拜高堂的礼数，接着夫妻对拜，唐华再次掀开老婆的红盖头，两个新人深情地拥抱在一起。礼毕，唐华幸福地说："我们的爱情是缘分，人海中遇到你那是因为雨伞美丽了城市的风景，亲爱的，我要说声'谢谢你！'"文琴高兴地跟着VCD音乐唱起来了，"我选择了你你选择了我，这是我们的选择，希望你爱我到天荒到地老……"唐华也愉快地跟着合唱："我一定会爱你到地久到天长到海枯到石烂！"

上床后唐华和文琴紧紧依偎在一起约法三章，他们早就约定：第一，要做模范夫妻，互相敬重，互助爱护；第二，民主生活，夫妻男女平等，孩子生男生女都一样；第三，相敬如宾，白头偕老，不准吵架，不准一方欺负另一方，更不准打老婆。说完他们愉快地一起按下红手印，还像孩子似的"拉钩钩"，文琴开心地笑了，"自由恋爱好，这辈子没有嫁错人。"他们相约人生，追求人生，共享未来；他们都把心上人视为知己，彼此珍爱，彼此呵护。这约法三章成为他们美满婚姻的法宝，也是他们人生幸福的源泉。唐华和文琴都属虎，文琴在别人面前表现不一般，唯独偏爱唐华，她把所有的爱都给了这个穷小子。直到半夜两人才进入甜美的梦乡。

新婚第二天，按习俗唐华陪文琴一起回娘家。新人婚后第一次回家，岳父远远地放鞭炮迎接。奶奶外公外婆也都很高兴，一切还沉浸在无比的喜悦中，长辈们都夸奖唐华："大孙女婿干造船将来一定有出息"。三位七八十岁的老人盼着大孙女早生贵子呢。由于天气下雨，唐华穿着胶鞋过来的，岳父赶紧让唐华换鞋。唐华脱下脚上的胶鞋，岳父忽然发现唐华的袜子破了一个脚趾头。岳父很爱面子，当即说道："咋连袜子也买不起？……"唐华顿时觉得很尴尬。

唐华现在身无分文，还负债累累，不仅买不起袜子，连孩子也和老婆商量好暂时不想要。不过，后来唐华再也不穿这种破袜子。

结婚意味着责任更大，再苦再难也要扛起家庭的担子。婚后的生活一切从零开始——准确地说应该是从负数开始，为了他们的婚事父母已经竭尽全力，家里还背下巨额债务。贫困家庭最根本的因素就是缺钱。过去一分两分余着结婚，现在一块两块要余着还债。他们的父母身为普通的农民，他们没有更好的条件，一切只能依靠自己努力，欣慰的是文琴与唐华同心同德同甘共苦。

造船人的事业在船厂，结婚一个星期后唐华又回到了工作岗位，文琴留在家里独守婚房。新婚夫妻分别是别样的痛苦。古人云：花自飘零水自流，一种相思，两处闲愁。盼郎如盼月，望尽天涯路。而唐华又何尝不忍受这份相思之苦，如同断肠人在天涯……

第二天上班，唐华给班组同事挨个发喜糖喜烟，大家热烈祝贺唐华结婚了。当发给胡建明喜烟的时候，唐华感到一阵心酸，因为他对唐华结婚的喜事显得无动于衷，丝毫没表示庆祝。唐华面无表情地把喜烟递过去，建明接过喜烟只是微微地笑着说："结婚好"。连一句祝福也没有。唐华一直把建明当作好兄弟。好兄弟结婚怎么就没有一点表示呢？哪怕是一句祝福的话语呢。要说洪技师是唐华的大恩人，那唐华也算是胡建明的恩人，唐华把他叫过来工作，他现在的收入至少翻了两三倍。唐华发觉这个人十分冷漠，像是从门缝里把人看扁了，从此与建明的交往变得谨慎起来。但唐华仍然对建明像是亲兄弟般的处处关心，甚至比对待他自己的哥哥都要亲。

胡建明比唐华大五岁还没有找到对象也很着急。唐华还打算当一次"红娘"，牵线搭桥想把一个女同学介绍给他。一个星期天唐华带建明去了东方明珠女同学的公司相亲，可惜女同学已经调走了。再后来工作很忙，这事也就不了了之。

3月底唐华参加了车间年度总结大会，唐华是车间主任亲自邀请的农民工代表之一，因为几个月前唐华在车间技术比武中获得了第一名。

元旦之前船体车间为某工程选拔一批优秀火工技术人才，特别组织了一场精彩的技术比武，比赛由车间工会组织，由洪技师担任评委。比赛分为理论和实践两项，为了充分体现公平公正原则，所有参赛选手考卷上的名字都贴上封条。全厂三十多名劳务队火工参加了本次比赛，唐华和胡建明都报名参赛了。

唐华的理论基础扎实，理论考试得了第一名。实操考试题目是将一块焊接变形的薄板校平，唐华认真应对比赛，一边轻轻地敲打，一边用直尺仔细检查。洪技师发觉很多选手都是凭经验比赛，他在唐华的身后停留了好几分钟，自言自语道："就应该像唐华这样认真做。"四十分钟的实操考试结束了，还有两三个选手没有完成考试。最终唐华实操也得了第一名，获得总分第一名的好成绩。

几天后比赛结果在车间宣传栏张榜公布，唐华第一名，胡建明第六名。洪技师鼓励唐华："你平时工作最认真，成绩最优秀！"车间工会特别奖励唐华四百元奖金。一时间唐华成了全车间的"新闻人物"，令他十分激动和兴奋。这次比赛成绩是对唐华最大的鼓励，他努力工作终于得到了大家的肯定，于是唐华更加充满信心，更加努力地工作和学习，认真分析和总结工作中各种问题，总结各种规律性技术经验，还把自己的工作记录又重新整理了一遍，时刻准备担负起更大的重任。

总结大会上，会场气氛热烈，主席台上方悬挂巨幅标语"热烈庆祝船体车间1999年度总结暨表彰大会"，集团公司工会许主席应邀出席，并与车间领导一同在主席台上就座。车间各界代表100多人出席大会，代表们鼓足干劲，精神抖擞。唐华身穿干净的工作服，肩披彩带端坐在前排认真聆听报告。许主席全面总结了过去一年公司的生产经营情况，介绍公司当前的生产经营目标，她在发言中充分肯定船体车间去年所取得的成绩，最后热情洋溢地说道："希望同志们紧密团结在公司和车间团队周围，继续努力，再接再厉，力争夺取更大的胜利！"去年车间完成了14艘船舶建造任务，车间高主任在讲话中重点强调"成绩来之不易，这些成绩都是大家艰苦奋斗出来的，在此感谢全体干部职工，也包括广大劳务工兄弟的努力，特别是劳务工兄弟们，他们经常加班加点。还有一点值得表扬和肯定，就是前不久的技能大赛涌现了一批青年骨干人才，车间高度重视他们的发展……"

会议结束前，车间和工会领导给获得先进人物和优秀员工颁发奖状证书和奖金。高主任亲自给唐华颁奖，亲切地握住唐华的手，"祝贺你取得好成绩！"唐华向高主任坚定地表示："一定会更加努力工作，绝不辜负车间领导的关心和培养。"

最后全场起立，会议在雄壮的国歌声中结束，也再次掀起了生产的高潮。

会后，海申公司黄经理和其他领导脸上十分有面子，因为唐华的出色表现为公司赢得了荣誉。总的来说，胡建明的比武成绩也不错，比起7号平台的两个火工，唐华和胡建明都是好样的。现在唐华成了全车间的"名人"，工作也更加自信了。本来这次技术比武是公司为某舰船建造而选拔人才配置，唐华比武得了第一名应该参加该工程，可最终由于多种原因很遗憾没有参与建造。胡建明也没有参与。

第二天车间工会夏主席找唐华谈话，夏主席勉励唐华继续努力工作，"祝贺你在本次比赛中取得优异成绩，希望你再接再厉！洪技师是江南的火工专家，你要向你的恩师努力学习造船技术，勇攀新高峰成为一名更加优秀的造船人才。"听了夏主席的鼓励，唐华深受鼓舞，哼着歌曲下班了，"我的未来不是梦，我认真的过每一分钟，我的心跟着希望在动……"唐华并没有因此而骄傲，每天依然坚持努力工作和学习。山外青山楼外楼，一山还有一山高。洪技师是唐华人生最重要的恩师之一，从此唐华更加倾心向恩师学造船技术。不久唐华参加了洪技师组织的高级工培训。

俗话说：三人行必有我师。后来唐华还先后拜过另外四位优秀的造船大师学习造船技术，开启了他不平凡的造船人生。

就在这时，7号平台的两名火工突然离职了，由于他们把一个上层建筑分段处理得十分糟糕，被7号平台姜带班批评后辞工了。7号平台和8号平台挨在一起，都是船体车间的主力生产区，同属三工段的作业区，也是海申公司承包责任区，两个平台长期担任重要的生产任务，很多难度大的船头船艉分段都是由这两个平台制造。唐华和胡建明担任8号平台工作后，两人配合默契，胡建明干活快，唐华不仅干活快而且更细腻，他们的工作质量明显优于其他作业区，产品一次合格率高达95%以上，多次受到车间领导和船东船检的一致好评。而7号平台火工一直拖后腿，他们的合格率有时还不到90%，特别是上层建筑分段很难报验，因为他们的技术根本无法与唐华和胡建明相比。

7号平台火工离职后，姜带班立即向上级汇报。车间领导和海申公司领导不得不及时做出调整，决定让唐华去7号平台工作，胡建明留在8号平台，并让他们各自再带一个学徒做帮手。很快胡建明把他弟弟胡建平叫过来了。俗话说：上阵父子兵，打虎亲兄弟。胡建明现在如虎添翼，讲话声音有底气也比以前响亮。兄弟还是自家的亲。从此胡建明和唐华的关系发生了微妙的变化。

半个月后，唐华经过多方联系还没有找到学徒工，最后还是他老丈人帮忙联系了一个朋友的儿子过来试试，结果那人到上海第三天就回去了，临走的时候摇头说道："造船太辛苦，简直不是人干的活……"后来他小舅子文红也过来试试，文红在旁边看唐华干了一个小时的活满头大汗，甩头走了，嘴里说道：我还以为姐夫给我找了一个什么好工作。

一天晚上，唐华在人民广场约见了哥哥唐文。八点多钟兄弟俩在人民广场见面，先是回想起家里最近发生的很多事情，兄弟俩对邹爱荣逼走父母的做法极为不满，让他们家在村里更加抬不起头，唐文哭着说道："都是哥哥没用，我最对不起爸妈，连畜生都不如……"说着唐文捶胸顿足地敲打自己麻木的身体。唐文开始后悔娶了这么一个"三八婆"。唐华兄弟俩从小感情很好，难过地陪哥哥一起哭。有道是男儿有泪不轻弹。苦难面前哭有用吗？唐华再三对哥哥说："去我们船厂工作吧。"唐文怕日后影响唐华和文琴的家庭关系，因此自始至终没有答应。

"哥你就答应我吧！"

"船厂工作好是好，但我不能影响你们的夫妻感情……"

"咋就会嘛，我和文琴感情好着呢！"

"这……这时间长了，难免……节外……生枝……"。

兄弟俩都是出于一片好心，唐文最终没有答应去船厂工作。连走的时候唐华见哥哥衣衫褴褛，给哥哥买了一套衣服和一双打折的鞋子，又给哥哥几十块钱。唐文说什么也不要弟弟花钱，"你刚结婚家里还欠两万多元债务，怎么能让你花钱？"最后唐华硬是把衣服鞋子和钱塞给了哥哥。末了唐文告诉弟弟："同行工作尤其要注意分寸，这点哥哥比你更清楚。"那时唐华很单纯，还不太明白哥哥说话的含义，只是点头说记住了。再就是说了一大堆感谢洪技师的好话。最近表哥雷云东给唐文联系了几家装修业务，唐华才稍微放下心来。想想哥哥和自己走在不同的道路上，始终为哥哥感到不安。

忽然下起了一阵大雨，唐华带了雨伞，唐文没有雨伞只好夹着脑袋一路向公交站跑去。唐文刚跑出十几米，忽然听到有人在身后喊道："小兄弟等等我，我有雨伞。"只见一位大爷气喘吁吁跟在后面，迎上来给唐文打上雨伞，唐文感激地说："谢谢您！""我们都是同胞，做点好事不算什么。"大爷关切地问道："你在上海做什么工作？"得知唐文在上海搞建筑，大爷满是感慨，"我是政府退休人员，上海的发展离不开你们，感谢你们为上海的建设做的贡献！"

大爷的一句话让唐文特别感动，直到几年后依然记得。

由于一直找不到学徒工，原本两个人的工作被唐华一个人扛起来。那时唐华年轻干活快，他把一分钟当作两分钟来用，连上厕所都节省点时间。著名学者朱自清在《匆匆》里指出时间就像海绵里的水一样永远也挤不完，时间如果不挤的话，也会白白浪费，"洗手的时候，日子从水盆里过去；吃饭的时候，日子从饭碗里过去……"唐华把每天的工作任务排得满满的，上午干什么活下午干什么活都一清二楚，甚至把三天的工作都安排得井然有序，从不拉下生产任务。这点唐华与姜带班很相似，经常受到他的表扬。唐华就这样没日没夜地工作一干就是整整六年，每月按时优质完成任务甚至提前完成任务，而胡建明兄弟俩有时还忙不过来。胡建明有了他弟弟的帮助，干活时常摆着一副老师傅的架子，兄弟俩隔一会就去工具间喝喝茶抽抽烟，并没有注意到自己的行为有什么不妥。这些宋带班看在眼里又不好明说，毕竟唐华已经不在他的班组了。

唐华新班组是船体车间战斗力最强的班组，长期担任车间最繁重的生产任务，全船难度最大的分段都是由他们建造的。姜带班技术好，在他的带领下大家不怕苦不怕累，每天不要命似的热火朝天地干活，工作效率极高，不到20人班组每月完成七百多吨分段。唐华现在负荷加重了，收入随之增加了，工资位居班组前三。吴工段长对唐华的工作态度和工作质量都十分满意，时刻提醒唐华注意安全、保重身体。恩师洪老也十分关心唐华的工作和生活。有次车间高主任在路上遇见了洪技师，表扬洪技师为江南引荐了高水平火工人才。

唐华加入了姜带班的班组，显著提升了班组的战斗力。班组的装配工老师傅大多是南通人，他们都知道唐华技术好，积极支持他的工作。唐华与这些南通人相处多了，对他们也有很深刻的了解。南通人有一个相似的喜好，喜欢别人称呼他们"老大"——这称呼或许要理解为大家对南通人的尊重。南通人说话的方式很特别，舌头好像打了个卷。不同地方的南通人对"老大"发音不同，南通话更多的发音是"老他（音）"。南通话的发音还有很多特色，如"南通"发音是"罗通"，"不懂"说成"八懂"；南通话把"车间"说成"茶干（音）"。其实南通人也是好面子的热心人，有事找他帮忙的话叫一声"老他（大）"，态度再和蔼一点，啥忙都愿意帮你了。唐华也学着这样称呼这些南通人，这样沟通愉快多了。

三个月后唐华的工作负荷实在太重，加班加点也难以完成。于是唐华向胡建明提议让他弟弟胡建平抽空过来帮忙干活，两边的工作都完成了，建明兄弟俩的工资收入可以提高20%以上。胡建明兄弟俩都同意了。海申公司领导也同意了唐华的建议，黄经理说："你们俩的技术都很好，这两个平台就包给你们了，具体工作你们自己协商安排。"

为了答谢唐华的一片好意，一天中午建明兄弟俩请唐华吃拉面。兰州拉面经济实惠，味美爽口，拉面师傅的手法精巧，他们像是玩泥巴玩魔术一般，把一团面团拉出又长又均匀的面条，放锅里煮几分钟，再放上特色的汤水和香菜、牛肉，一碗香喷喷的拉面很快就做好了。三个人一边吃着拉面，一边打开话匣，海申公司领导对唐华和建明的工作很满意，现在黄经理把两个平台承包给他们了，他们憧憬着在江南大干一场，甚至想承包更多的业务，争取创造更大的成绩。饭后唐华再次重申工资分配方案，建明兄弟俩都点头答应了。

随后三个人做两个平台的活，两边都顺利完成了任务。

一个月后发工资了，唐华拿出三分之一的工资给胡建平——这是之前商量好的方案，他想如果建明也给他弟弟同样的钱，那两份加起来也就不少了。按说一个三个月的学徒工该给多少钱呢？没想到胡建明沉着脸说："这点钱太少了！……"唐华好心被当作驴肝肺，他忘了几个月前哥哥唐文的暗示，最关键的是海申公司让他们承包没有正式的合同，再者他们的工资分配只是口头说说，口说无凭啊！为了钱的事竟然发生严重纠纷，随后事态进一步升级，建明兄弟俩见唐华像敌人一样，连话也不说了，建明甚至当众放狠话："宁可坐牢！"真是人为财死鸟为食亡。都说老乡见老乡两眼泪汪汪，有时老乡出门在外不够团结，偏偏给你穿小鞋帮倒忙，有啥办法呢？最终闹得不欢而散。

鲁迅先生曾说：友谊是两颗心的真诚相待，而不是一颗心对另一颗心的敲打。路遥知马力，日久见人心。人与人之间相处时间久了，让人看清了很多事情，总有一天时间会告诉人们真善美。生活中有些人你为他做了十件事情，哪怕有九件是他满意的好事，可他不一定领情；但只要有一件不如意的事情，他就把这一件事情记住了，还用放大镜不断放大，却从不站在对方的角度思考问题，也不想着为别人做点什么。这也是唐华的人生最难写的一段刻骨铭心的故事。回想在皖城的时候，他们的友情宛如刘关张的八拜之交；想起一起读《平凡的世界》的日子，想起建明刚来江南的时候他们一起接受公司的考核问题……但那些往事已经过去了。而今他们俩因为闹剧分开了，他们的故事将被降价处理。

　　然而总有一些人的眼睛是雪亮的，因为他们看到了事实的真相。

　　慢慢地，建明兄弟俩的行为受到很多人的非议和厌恶。一个星期后，胡建明和宋带班吵架了。其实就是工作中的一点鸡毛蒜皮的小事，原本是建明自己理亏，可他放不下面子，脾气暴躁也不计后果，当天下午两人一起辞工了。第二天一早，建明兄弟俩匆匆忙忙赶回老家，没有向洪老和唐华招呼，也没有还洪老借的二百块钱。

　　事情过去后，唐华和胡建明好几年没再联系。每当唐华看到胡建明给他的那块不再走动的手表时，常常夜里失眠，常常从噩梦中惊醒……

第十四章

　　婚后的第二年暑假，文琴再次来到上海，文琴不想让唐华一个人承担家里的重担，决定在上海找工作上班，与唐华一起共同奋斗来偿还家里的债务。

　　唐华记得上次还钱给梁佳华的时候，看到中山路那边有一家建材店招聘营业员，文琴决定去面试。建材店潘老板见文琴性格开朗，当过老师，还有开店的经验，当场就同意了。

　　第二天文琴就去上班了，就是路有点远，但有直达的公交车，总的来说还算方便。

　　潘老板来自江苏高邮，今年40岁，中等偏瘦身材，和蔼可亲，整天面带微笑。两个孩子在老家读书，父母年迈多病，老婆留在老家照顾家庭。潘老板曾经在福建打工，三年前买彩票中了十多万块，有了这笔钱才来到上海开店；原本做木工，对装修业务十分熟悉，所以便决定做建材生意。上海房地产正快速发展，生意现在越来越红火，一个人根本忙不过来，这才决定招聘两个帮手：一个人看店，还有一个小工送货。潘老板从小生活在水深火热之中，年轻时吃过很多苦，虽说现在当了老板，但是一点架子也没有，形象和气质还没有脱掉农民工本色。正是这样的人才更懂得心疼别人，对待两个帮手就像亲人一样。

　　由于生意太忙，加上经验欠缺，店里杂乱不堪，很多货放在哪里有时一时半会找不到，账目也混乱不堪，甚至有些账目有没有结清也不知道。文琴过来后，把店里收拾得整整齐齐，利用自己在家开店的经验，把所有的货物一样一样地归类摆放，最好卖的东西放在最显眼的地方，滞销的货物放在最下面或者角落里面；再把各种各样的货物都贴上标签和价格，归类整齐摆放就像超市里面一样，方便自己和老板查找，更方便了客户。文琴整整忙了一个星期，才把所有的货物全部整理完毕，一些沉重的货物搬不动就一点点地移动，结果把手都弄破了。潘老板最近总是在外面忙于各种生意，回来后看到店里好像换了模样，"我还以为走错了店铺，辛苦啦！"当即给了文琴一百块奖金。文琴微笑着说："应该的，这样大家都方便，客户也方便很多。"

随后文琴又把账本一样样地清理，把所有货物清单详细登记，货物名称、库存数量、摆放位置等信息都详细整理记录，把老板之前的旧账目也清理一遍，结果发现有好几笔账目欠条，还有两年多没有结清的旧账。潘老板回来后，看到了一本新账本和一本货物清单十分喜悦，看到还有两万多块没回收的账目自己都差点忘了，"一个人开这样杂乱不堪的杂货铺，没有一个好帮手还真不行，还是老板娘细心。"文琴精明能干，潘老板遇上了好助手，又急忙掏出一百块奖励文琴。

"你刚刚叫我什么？"文琴盯着老板问。

"老……老板娘啊！……"潘老板笑着说。

"想占便宜？没门！别人不知道的还可以这样叫唤，你敢！"文琴拉着脸说。

"不敢不敢，还是叫小妹……"潘老板不好意思地说。

小四子帮忙送货干得也不错。小四子来自四川，由于没有技术，一直没有找到固定工作，现在跟着潘老板干，十分珍惜这份工作。小四子干活也很卖力，每天把客户要的货物准时送到客户家里，搬到客户指定的地方，比如像地砖、瓷砖和玻璃等容易损坏的货物轻拿轻放没有一点损坏，客户对小四子的服务态度很满意。有天一个客户急需的货物太多，小四子一直搬到下午两点多，尽管又累又饿还是坚持把货物按时搬到了六楼，下楼的时候两条腿都软了。饭后潘老板也给了小四子一百块钱奖金，小四子连忙感谢。

建材店隔壁是菜市场，文琴利用空闲的时间跑过去买菜，回来一边洗菜做饭，一边照看店里的生意。午餐两菜一汤，味道可口，也不浪费。之前潘老板一个人忙不过来经常吃方便面，厨房里有好几箱方便面，要么就是两个咸蛋一顿饭。"高邮咸鸭蛋全国闻名，你们也尝尝咱们高邮咸蛋。"潘老板做生意很忙很辛苦，整天就靠方便面充饥，这怎么行呢？文琴过来后每天炒菜做饭，潘老板和小四子都竖起大拇指夸她厨艺好。一个月后，潘老板和小四子脸都长圆了。

一天吃午饭的时候，潘老板给文琴和小四子讲述自己过去的生活，"小时候恰逢饥荒年代，经常吃不饱肚子，饱一餐饿一顿，从小挨饿都习惯了，有时候半夜里肚子饿了爬起来喝点冷水充饥，后来家里没钱供读书，初中没毕业就去学了木匠，二十几岁开始随老乡去福建厦门打工，吃住在工地上，为了能多积攒点钱，每碗菜多搁点盐煮咸点，这样可以多吃一顿饭。"潘老板喝了一口水，接着说道："来到上海开店之后，生活上依然改不掉节俭的习惯，饭菜还依然做得那么咸，就像是吃咸菜似的，没想到去年得了胃病，现在每天要坚持吃药。"文琴说道："天天吃咸菜，难怪那么瘦弱，还得了胃病……"

说着文琴急忙到厨房里翻了个遍，找到碗柜角落里有一碗雪菜烧肉，拿着发霉的菜给潘老板看看："老板，这菜你还要吃吗？我给你留着吧！"潘老板摸摸头说："我都忘记什么时候做的……"文琴立即把菜连碗一起扔进了垃圾桶里。潘老板嬉皮笑脸地说："那碗还可以留着吃饭嘛。"文琴跟着发笑，"小四子，快去把那碗捡回来，留给老板吃饭吧。"小四子呆呆傻傻的，还真当回事，正准备要出门，文琴又说："还真捡回来啊？小心把狗都毒死了。"小四子这才笑得喷饭，潘老板笑得肚子痛，"你们就别笑话了，给我留点面子吧。"

接着文琴郑重地宣布："你们两个农民工听好了，从今天起中午的饭菜都由我来做，老板看看你的胃，今后谁也不准再吃咸菜不准吃隔夜菜；以后每天中午两菜一汤，伙食标准是每人六块钱；每个星期改善两次，标准是每人十块。"潘老板举双手赞成，小四子高兴极了。文琴像小妹妹一样照顾这两位大哥哥，他们也更加喜欢这个小妹妹。潘老板又连忙给两个小兵每人再发五十块钱奖金。两个小兵也把潘老板当作大哥哥一样，就像是给自家人开店。三个人相处得十分友好、十分和谐、十分快乐。

随后文琴重新买了一套新碗筷，每天按标准做了两菜一汤，三个人吃得十分开心，店内外充满了快乐。小四子也不懒，每天承包了洗碗的琐事。两个小兵争相抢着干活，让潘老板中午休息片刻。

　　8月底的一天中午，潘老板突然接到家里打来的电话："父亲病危，医院已经下通知书了，速回！"潘老板双手颤抖着放下电话，顿时如同天塌下来了，急得一宿没有睡觉，无论如何也要尽快回家。可是上海没有亲戚，回去后店里怎么办？是不是该关门？不关门的话，又交给谁照应交给谁放心呢？生意这么好总不能关门吧。在他看来，小四子脑袋不灵，交给他肯定不行；文琴才过来上二十几天班，不知道底细，万一把店里的钱卷跑咋办？……半夜里潘老板仔细想想文琴这些天种种表现，她不仅把店里收拾得整整齐齐，还把各种账目都整理得清清楚楚，熟悉各种货物价格。潘老板左思右想放心不下，最后还是决定把店里生意交给文琴帮忙打理。这也是无奈之举。

　　第二天文琴到了店里，发现老板脸上没有一点笑容，不知道是昨晚没有睡好，还是有什么心事。文琴把柜台擦得干净了，看到潘老板还是一张苦瓜脸，关切地问道："老板胃又疼了吗，中午想吃什么？买一只老鳖补补身体吧！"只见潘老板连抽了两根香烟，脸上稍稍露出一丝丝笑容。小四子没看出老板今天有什么不一样，搬起一大车货物送货去了。这时潘老板终于开口说话："小妹，我想和你商量点事情……""什么事说吧！"潘老板见文琴很直爽，于是打开话匣子一五一十地告诉文琴。帮老板看店并不是那么简单的事情，店里货物价值几十万，不仅白天要帮老板打理生意，晚上还要守在店里；再说建材店在市场附近人多复杂，要是那些三只手的人知道老板回去了，是不是有机可乘？

　　文琴一听老板家里出了这么大的事情，难怪今天一早坐在那里发呆。这么大的事情谁不着急啊？急忙安慰道："老板，你就放一百个心赶快回家吧！我一定能够把店照看好，所有卖的货物跟往常一样做好记录，送货由小四子负责；还有晚上我把我老公叫过来陪我一起看店，大可放心吧！"接着又补充道："你回去之后，我们和往常一样开门做生意绝不告诉任何人，另外这几天只做上门的生意，每一笔生意我们都只收现金，大生意等你回来处理。"几句暖人的话把潘老板感动笑了，潘老板激动地说道："我就知道你很聪明能干，你刚来的时候我就看出来了，把店交给你我最放心，谢谢小妹！"另外文琴叫潘老板不要告诉小四子，让潘老板把最近几天要送的货物详细列清单，还叫潘老板每天给小四子打一个电话，告诉小四子把货物送到哪里，以便掌握小四子的动态。随后文琴打电话叫唐华晚上过去帮忙看店。一切安排妥当之后，潘老板起身匆匆赶回家。

小四子回来的时候已经是中午了，文琴把饭菜早已做好了，小四子先向文琴汇报了送货的情况，见老板还没有回来吃午饭，忙问老板去哪里了，文琴冷静地说道："老板谈生意去了，你今天怎么这么晚回来，不是一早就出去了吗？"小四子趁老板不在场，告诉文琴："我路上干了一点私活，帮人送货挣了一点外快，你可千万不要告诉老板……"说完小四子买了一瓶牛奶给文琴，文琴若无其事地说道："放心吧！这事我绝不会告诉老板的。"小四子急忙结结巴巴地回道："当然放……放心了……"

吃完午饭，小四子像往常一样把碗筷收拾干净，喝了一杯水。小四子休息了一会儿，文琴拿着一张送货单，"这是你下午的活，再休息一下吧，估计老板待会就要回来了。"小四子躺在椅子上又睡了十多分钟，伸了一个懒腰就干活去了。

傍晚小四子送完货回来了，再次问道："老板呢？一整天都没有看到人。"文琴应付道："老板在厕所，你找老板还有事吗？""没有，那我先下班了，车子我放在院子里锁好了。"说完小四子就下班了。

唐华晚上下班后就乘车去建材店陪文琴一起看店。由于乘车路线很远，唐华到店里已经七点多了，小四子早已下班。饭后文琴悄悄地告诉唐华潘老板回家的事情，接着又说道："老板人那么好，家里有重要的事情，在这关键时候我们俩无论如何也要帮帮他；老板在这关键时刻第一个想到把店交给我们，说明老板对我们最大的信任，我们一定要尽最大的努力！"文琴说得很有道理，唐华不时点点头。晚上睡觉前唐华把店里店外仔细检查两三遍，在大门上加了一把锁，还用凳子把前后两道门撑住。一切小心为好，就像保护他们自己的财产一样，这才放心地上床了。

俗话说：金窝银窝不如自己的狗窝。上床之后，唐华和文琴怎么也睡不着，毕竟习惯了自己的生活。于是文琴给唐华讲起了潘老板过去如何当学徒工，再到厦门那边打工如何过着节俭的生活，还讲起那天扔掉潘老板那碗发霉菜的事情。想想农民工的生活都不容易，也把唐华的肚子笑痛了。让唐华羡慕的是潘老板买彩票居然中了大奖，自己也买过彩票，可是一次大奖也没中到。

接着又讲起了小四子四川老家的故事。小四子来自四川偏远山区，他是一个苦命的孩子，从小就没了娘，只上了小学四年级，16岁就出门打工，先到成都打工，两年前和老乡一起来到上海，今年已经三十多岁，家里还有妻子儿女和年老的父亲，为了一家人的生活他不得不努力工作。小四子脑子反应慢，没有手艺，但他肯吃苦，为人还算诚恳……不知不觉半夜了，唐华叫文琴赶快睡觉，明天一早还要上班。

第二天早上六点，两个人都起床了，唐华把建材店门前门后打扫得干干净净，文琴把柜台抹干净了。唐华在临出门的时候，文琴对着唐华的耳朵讲了一句悄悄话："千万不要告诉任何人，包括小四子，毕竟我们对他还不够了解。"文琴在唐华的脸上亲了一口，"亲爱的，放心吧，我们一起努力，加油！"

潘老板回去之后，文琴每天照常开门做生意。文琴负责打理店里的事情，小四子照常送货，一切按照既定的方案营业，一点破绽没有露出。

当天晚上六点多，潘老板到了家。就在回去的路上，他敬爱的老父亲已经不幸过世了。摸摸父亲冰凉的身体，潘老板嗓子都哭破了，一家人又跟着哭了半天，眼泪都哭干了。潘老板跪在地上磕了几十个响头，怎么也不肯起来，"儿子回来晚了，为什么不等儿子回来见一面？儿子不孝，我没有董永那样的孝心，我真愚蠢我罪该万死！……"潘老板越哭越伤心。他老婆劝解节哀："父亲已经走了，你就别自责了，老人临终前交代叫你在上海好好发展事业，咱爸最后一刻没有那么痛苦，笑着闭上了眼睛。"潘老板已经很久没有回家，这次回来与以往不同，因为他失去了最亲最亲的人，他更加悔恨没把店卖了，把所有的钱都给父亲治病，接到电话的时候还犹豫了半天，"我要那么多钱又有什么用？现在连一次感恩的机会都没有了……"

两天后老人安葬了，潘老板又哭得死去活来，还是两个孩子哭着把他硬拉回去的。老父亲安葬之后，在乡亲们的帮助下操办了十多桌酒席。酒席开始前，潘老板倒了一杯酒敬给父亲，跪在地上使劲抽自己两个耳光。乡亲们手忙脚乱地把他架起来了。随后潘老板不顾自己的胃病，挨桌子给乡亲们敬酒，答谢乡亲们对父亲生前的关心和帮助。

已经半年多没有回家，本来夫妻之间是小别胜新婚的，可是这次回来摊上这么大事，谁还有心情想这事呢？老婆好说歹说把老公拉上了床。毕竟家父已去世，节哀顺变，保重身体，但愿好人一生平安！老婆再三安慰老公，叫他在家里陪儿子和女儿再玩一天，后天到上海去，毕竟店里的事也要紧，其实潘老板也有点放心不下，他老婆更着急，"我说你也胆子太大了，怎么能把店交给一个安徽人，她又不是你家亲戚。"再说店里那个安徽人又是年轻漂亮的姑娘，这也引起了他老婆疑虑。

自从潘老板回去后，文琴把店里打理得很妥当，每天谎称老板在谈生意，小四子信以为真，也就没有再多问了。文琴每天按照清单详细清点货物，嘱咐小四子路上注意安全，再给小四子十块零花钱，小四子张开嘴巴笑呵呵地走了。晚上文琴和唐华再把一天的营业额仔细盘点两遍，把所有的现金都转移到安全地方，再把前后门都锁好，这才上床睡觉。唐华问文琴："这几天有没有发现什么问题？""应该没有吧，没有告诉任何人，小四子也没有什么变化。"两人弄得神神秘秘，像是地下工作者。唐华告诉文琴继续做好保密工作，好让潘老板放心。

第五天下午三点多潘老板回到了上海。刚好小四子送货还没有回来，文琴见老板回来了，赶忙丢下自己手中的活，"家里的事情办好了吗？"潘老板扫视了一下店里的情况，"谢谢小妹！家里都忙好了，不忙好的话能回来吗？"于是潘老板跟着和文琴一起笑起来了。文琴见小四子还没有回来，一五一十地把店里情况告诉了潘老板，接着又把最近的现金和账目清点完毕。潘老板一颗悬着的心终于放下了。

五点钟小四子回来了，潘老板急忙跑到门外迎接，"小四子，辛苦啦！这几天我起早摸晚谈生意，让你受累了。"潘老板赶忙把文琴泡好的茶也递给小四子一杯。小四子终于见到了老板，心里十分高兴，也汇报了最近几天的情况。"好好干，我都知道了，你把车子放好先下班吧！"

晚上潘老板踏踏实实地睡了一个安稳觉，一觉醒来想想两个小兵都很好，在紧要的关头他们帮忙顶住了，不是亲人胜似亲人呐！还把两个弟妹点评了一下，文琴真的很出色，如同自己的亲妹妹一样，里里外外没有她的智慧真不行；小四子也不错，肯吃苦耐劳；越想越觉得和这两个人有缘分。

第二天中午吃饭的时候，潘老板又给两个小兵发了奖金，每人一百块，随后趁小四子不在的时候又塞给文琴一百块。

晚上下班前，潘老板提出了一个大胆的想法："现在上海房地产市场发展很好，等将来资金充足了，我打算再开两个分店，让你们俩去发展一起赚钱……"这算是知恩图报有福同享吧。文琴和小四子高兴得合不拢嘴。

几天后，文琴感冒休息了三天。

这些天潘老板留在店里看店，上午店里生意很忙，有买水管的，有买水龙头的，还有买螺丝的，潘老板手忙脚乱地把所有的生意都做完了。中午老板刚躺下准备休息一会。就在这时店里来了一位年轻貌美的肖女士，说要买很多装修材料，还把材料单给潘老板看看。来了一笔大生意，潘老板欣喜若狂。接着肖女士对老板说："老板，我在你店里买这么多材料要给优惠价吧。"然后肖女士和潘老板一样样地砍价钱，还闲聊到其他的事情。

"老板哪里人？听你说话口音不像是上海人？"

"我江苏高邮的，你要的材料我全部给优惠价，放心吧。"

"你一个人在这边开店？"

"是啊是啊！"

这时肖女士眉飞色舞地盯着老板，两人无意中对视了几秒钟，彼此都觉得有些不好意思。

下午店里没有其他客户过来，两人海阔天空地聊天。潘老板一边给肖女士找材料，一边陪肖女士聊天，事态正在一步步地发展。肖女士告诉潘老板："我家住宝山区，老公在外地做生意赚了钱，最近在内环线买了一套新房子，可是他忙于生意，房子装修都赖我来忙前忙后，整天累得腰酸背痛，晚上那死鬼又不回家，家里冷清清的，连个说话的人都没有……"说着肖女士脸上显得十分难过的样子。潘老板立即安慰几句。肖女士接着又说："大哥，我第一眼就看出你是好人，其实材料的价钱我和你开玩笑的，反正他会赚钱，我才不心疼呢！"说着肖女士的双手忽然抓住了潘老板的手，"大哥今晚有空吗？我请你吃饭。"潘老板一个人在这边，最近家里又经历了伤心的事情，便愉快地答应了。两人去了附近的酒店点上美味佳肴，再来上一大瓶红酒，在包间里一直吃到了九十点钟，把一大瓶酒喝完了，肖女士醉了，潘老板酒也喝多了。最终两人不明不白地睡到了一起。

三天后文琴一早过来上班，看到了柜台上有一瓶香水。女人的第一直觉灵敏，顿时感到这里面一定有文章。这时只见一位年轻女子挽着潘老板的手从店外进来了。文琴感到很意外，心想：这位是谁？潘老板的老婆没有这么年轻啊？原来潘老板刚陪肖女士吃完早餐，回到店里被文琴撞上了。潘老板瞬间感到一阵脸红，支支吾吾搪塞文琴几句。

此后肖女士就公开住在店里，潘老板开始整天沉迷于美梦之中，重色轻友，简直判如两人，还和两个小兵保持距离，一个月前的好形象越来越看不到了。潘老板从农民工爬起来做老板，但是本色还没有褪去，就像妖怪一样现出了奇怪的原型。俗话说：英雄难过美人关。这也是人性的弱点。

一个月后文琴辞工了，她眼里实在揉不得沙子，临走之前不忘告诫潘老板："不要戴着面具生活！摸摸自己的良心，多想想你的老婆和家人吧，还有你刚刚去世的老父亲，哪点对得起他们？"

几天后，小四子也遗憾地分道扬镳了。

辞工之后，文琴到船厂附近一家韩国料理上班，地点位于南浦大桥下面的繁华商业区。店里生意火爆，文琴在店里做服务员，穿着整齐的服装端盘子，免费供应两餐饭，工资也比之前的建材店高；工作分白班和晚班工作时间，白班是上午九点上班，下午五点下班，晚班从下午二点工作到晚上九点下班，每到晚班唐华都要去渡口迎接文琴。他们的工作虽然都很辛苦，但小日子过得很甜蜜，左邻右舍都羡慕他们恩爱，夸他们是模范夫妻。

三个月后文琴怀孕了，唐华高兴极了，"我要当爸爸了，我要当爸爸啦！"文琴怀孕期间反应激烈，不久唐华叫文琴辞工了。唐华每天都要问文琴："亲爱的，想吃什么？"晚上躺在床上，文琴依偎在怀里问唐华："你喜欢男孩还是女孩？"唐华兴奋地说道："男孩女孩都一样，只要孩子健康聪明就好，生啥我都喜欢！"已经是21世纪了，国家改革开放快速发展，人们的思想正在随着放开，重男轻女的观念越来越淡薄。文琴愉快地说："我喜欢女孩，女孩听话好管教。"唐华和文琴都不懂得如何育儿，于是到新华书店看书学习，对照书本精心培育他们未来的小天才。除此之外，文琴积极参加社区有关妊娠知识讲座，还常听音乐"胎教"，摸摸隆起的肚皮喜不自禁地乐了。文琴的肚子一天天大了，他们沉浸在满满的幸福之中。

随后文琴开始准备孩子的衣服，买了五颜六色的毛线，向邻居学习织毛衣。文琴心灵手巧，织了很多花样的小毛衣，唐华夸奖："真是好妈妈！"他们的爱情有了结晶，他们的生活逐步充满了阳光。

今年下半年文红再次来到上海，在沈叔的帮助下开始学习印刷业务。文红脑子聪明，很快学会了简单的印刷业务，还买了一台印刷机经营名片、小广告和宣传品等印刷业务。好运正在向文红招手，他工作很努力，业务有了起色，赚到了一些钱。

有天晚上文红去附近一家安徽餐馆吃饭，"老板，一份五香肉丝，一瓶啤酒。"一位年轻的女服务员很快就端上菜和酒过来，操着安徽安庆口音说道："帅哥，这是你的菜，请慢用！""谢谢！"文红见女服务员十分漂亮，于是一日三餐常去这家餐馆吃饭，今天吃这道菜明天吃那道菜，把餐馆的老乡菜都尝遍了。服务员叫阿雯，来自安徽安庆。文红很帅气，天天过来吃饭，又都是安徽老乡，俩人就这样眉来眼去，闪电般地恋爱了。他们的爱情就像港台小说里写的那样爱得轰轰烈烈。不久他们就决定订婚了。

几个月后文义当上了副科长。文义也找到了女朋友，文义和淑玉在同一家公司工作，相识相知，情投意合，他们也享受着最美的爱情。淑玉老家在东北，他们两家相距数千公里，真是有缘千里来相会。但淑玉的母亲很舍不得女儿嫁远嫁他乡。

就这样文琴的两个弟弟都自由恋爱了。春节期间岳父家里双喜临门，文红和阿雯订婚了，淑玉带着文义去东北老家结婚。

小平同志说得好，"思想再解放一点。"这句话适合很多范畴。已经是21纪了，随着改革开放深入发展，人们的思想观念逐步解放，农村青年自由恋爱的大门逐步打开，甚至一下子敞开了，相反过去那种媒婆说客式婚姻越来越少。

妹妹明珠今年23岁，也是女大当婚的年龄了。唐华妈思想还很保守，认为女儿应该找一个"知根知底"的对象，于是媒婆给明珠介绍了邻村的男朋友姚满山。姚满山是一名油漆工，在上海一个家具厂打工多年，为人质朴，忠厚诚实，家庭条件尚可，双方父母都同意了，不久妹妹和妹夫也要结婚了。

国庆节到了，唐华休息陪文琴去上海南京路购物逛街。南京路和淮海路是上海最繁华的商业区，素有"中华商业第一街"的美誉，南京路东起外滩，两旁商厦繁华无比，云集上百家知名商店。南京路曾经历了曲折的发展历史，也见证了中国和上海的发展，鸦片战争后上海被迫辟为通商口岸，南京路成为帝国主义公共租界；解放前南京路是帝国主义者耀武扬威的场所，租界的历史警示着国人不能忘记当年的国耻。南京路又是一条爱好和平的道路，一条充满血腥和富有革命传统的革命道路，著名的"五卅惨案"就发生在南京路，1949年5月解放军解放大上海的时候，涌现了"南京路上好八连"的英雄事迹。如今南京路成为上海一道最亮丽的风景线。

上午十点多钟，唐华和文琴手挽手走在繁华的大街上，两人不时地东张西望，唐华指着一座金碧辉煌的大厦说："进去看看吧。"来到老凤祥银楼，唐华和文琴在黄金珠宝柜台前仔细看看一件件闪闪发光的首饰。服务员热情地问道："小姐喜欢哪款？戴上试试吧。"服务员正准备拿出一枚十克拉的钻戒，文琴急忙摇头，"我喜欢小一点的。""那你看这款怎么样？"文琴又说："还是再换一款吧！"唐华原本也想给文琴买一枚大一些的戒指，文琴坚决不同意，小声地说道："昨天晚上不是商量好的嘛，大的戴在手上碍事。"一直换了好几款，最终挑选了一枚三克拉的小戒指。接着唐华又到百货一店给文琴挑选了一套衣服。文琴也拿出自己的工资给唐华买了一套衣服。两人提着两袋衣服高兴地走出了店门。

随后沿着步行街往外滩方向走去，远远地看到陈老总的雕像伫立在广场上，雕像面带微笑，和蔼可亲，彰显勤勤恳恳的公仆形象和虚怀若谷的儒将风度。唐华和文琴买了两束鲜花，一起向雕像鞠躬敬礼。就在距离雕像不远的地方，唐华看见有一位老者在慷慨激昂地演讲，"陈老总是伟大的革命家、军事家、外交家和诗人，也是新中国上海市第一任市长，上海人民永远不会忘记老市长！同志们，老市长目视东方，时刻关注着上海的快速发展……"周围的人群一片欢呼。唐华和文琴热泪盈眶。

老者喝了一口水又说道："今天大上海取得举世瞩目的发展成就，浦江两岸东方明珠、金茂大厦等上海市标志性建筑，已成为我国改革开放的象征和上海现代化建设的缩影。天亮了，乌云散去了，伟大领袖毛主席带领中国人民重新站起来了，小平同志带领中国人民改革开放富起来，但是大家永远不要忘记黄浦公园曾记载着一句不堪入目的话——华人与狗不得入内，这是全体中华儿女自古以来最难听的一句话！……"唐华不禁想起鲁迅先生的《纪念刘和珍君》，正是先生在黑夜里彷徨呐喊，正是那些敢于不断斗争的真正猛士才唤醒了东方的雄狮。唐华再次受到了一场生动的爱国主义教育，此刻他决心努力工作，走造船之路为国争光。

回到出租屋已经是晚上八点多了，文琴穿上新衣服满意地笑了，"看看老婆漂亮吧！""真漂亮！"唐华说着从袋子里面拿出一条赠送的银项链，不好意思地给文琴戴上。

"这样搭配更漂亮啦！"文琴开心地说。

"可惜是银的……"

"我就喜欢银项链，不知道的还以为是白金的呢！跟你出去玩一天真不合算，今天一共花了多少钱？下半月又要过苦日子咯！"

两人幸福得像小猪一样，紧紧地拥抱在一起。

第十五章

转眼快到春节了，唐华领到了工资和奖金，夫妻俩兴奋地把一沓钞票数了好几遍。

腊月二十七，唐华和文琴从上海回到老家。刚进家门，就有人站在他家门口说道："不好意思，我来问一下你们借的那几千块钱啥时候能给还上，我家也急用钱……"文琴赶紧从包里掏出一沓钞票把人打发走了。刚刚送走了一位债主，接着又来了两位。幸好今年文琴和唐华一起努力工作，辛辛苦苦攒下了一万块钱，否则这年怎么过啊？再就是唐华爸妈把家里山上的树卖了三千块，加上田里的收入，帮忙还上了五千块，现在还欠一万块。文琴不久要生孩子了，家里总要留点钱备用。

年三十唐华带着文琴回老家陈家庄陪父母一起过年，文琴挺着大肚子快要生了，唐华乘坐一辆面包车回去的。刚进村口，唐华看到山坡上好多树木被伐了，一些山变成一幅光秃秃的景象，他不由地打了一个冷战，不知道是惊喜还是惊惶，因为他知道这样大面积砍伐会造成生态破坏，甚至会造成水土流失。果不其然，面包车驾驶员朱师傅证实了这些，"夏天下大暴雨，你们村发洪水把下游的村庄都淹没了，当时村里雷书记说不让伐木卖树，村里很多人家盖楼房欠债没办法，雷书记实在拦不住，结果酿成严重后果。后来下游的老百姓纷纷到村里告状，雷书记挨家挨户做工作，山上现在又长出了一尺来高的小树苗……"唐华抬头向山坡上看了看，"幸好书记及时亡羊补牢。"

吃完年夜饭，唐华父亲接着说起村里的事情，"去年村里办了几家木材厂，把山上的树木加工成半成品卖到外地。大家都想早点还上家里的债务，好几家都是因为儿媳妇吵得不可开交，因此家家都抢着卖树。再就是现在村里有人买了拖拉机耕田，这比用牛耕田省了不少劳动力，可是老人不会使用拖拉机，差点出了人命……"唐华得知卖树的缘由，也获悉村里正向农业机械化方向发展，心里半是喜悦半是忧虑，村里老人都不再年轻，而年轻人多数外出打工，这些田地如何耕种？因此农村必须走机械化发展道路。

今年春节喜事连连，文琴的两个弟弟一个订婚，一个到东北去结婚，还有唐华妹妹也要结婚了，两家都忙得不可开交。老丈人家接连办喜事哪有那么多钱呢？文义自己想办法解决问题，他向同事借了几万钱，总算把婚结了。文义现在也像唐华一样成为"负翁"。文红在上海赚点钱够他谈恋爱花费就不错了，光靠家里啃老本。唐华妈为妹妹明珠准备了稍微体面的嫁妆，妹妹也将在妈妈的小屋里结婚了。

还有一件大喜事就是文义跳槽到上海张江高科的一家跨国公司研究所上班了。年前文义第二次考试通过了英语四级考试，并幸运地获得去上海面试的机会。人事经理看到文义的简历显然与众不同，"党员，大学班长，三好学生，党支部书记，学生会副主席……"还有很多获奖证书。经理和文义用英语交谈了两个多小时，文义还现场即兴表演了一个拿手的文艺节目，经理高兴地握住文义的手说："你是一位优秀的人才，热烈欢迎你加入我们公司！"要知道该公司排名位居世界五百强前列，下属研究所700多名员工当中最低学历是清华北大的本科生，其余都是硕士和博士高学历人才，而文义是第一位普通的大专生。文义能够录取绝非偶然，因为他有着不一般的才华！文义虚心学习，之前在外企工作积累一定的工作经验，专业方面打下了良好的基础，特别擅长现场生产工艺，对各种化工设备性能尤为通晓，因此从数十名应聘者中脱颖而出。这对全家来说是特大喜讯！

文义的职位是实验室助理，协助硕士和博士做各种试验研究，工资待遇翻番了。文义进入新公司工作仅仅是开始，他在这个权威研究所如同走进更高的学府，又开始了奋斗新征程！

2002年正月底唐华喜得千金，他们可爱的女儿金雅出世了。女儿出世后，唐华在家陪伴了七八天，船厂生产任务紧又赶着回去上班了。临走前唐华看着刚分娩的妻子身子虚弱，还有嗷嗷嗷待哺的女儿，十分难舍，善良而贤惠的妻子鼓励道："你放心去上海上班，家里有妈妈照应，放心吧！"就这样唐华带着满满的牵挂又回到了工作岗位上。唐华妈在家帮忙照顾到满月就回去农忙了。此后文琴一个人在家含辛茹苦地带着刚出生的女儿。两个人就这样默默奉献着他们的辛劳。有一首歌唱得好："十五的月亮照在家乡照在边关，宁静的夜晚你也思念我也思念，我守在婴儿的摇篮边，孝敬父母任劳任怨，你献身祖国不惜流血汗，丰收果里有你的甘甜也有我的甘甜，军功章也有我一半也有你的一半……"

今年江南船厂将同时建造六七种船型十几艘船舶，难度相当大，也是同期国内船厂史无前例的。船体车间生产面临周期短任务重的巨大压力，车间生产计划组通宵达旦工作，周密地安排生产计划，分析严峻的生产形势，再到现场跟踪生产计划落实情况，每天晚上回笼最新生产计划的完成情况，在各个部门之间来回协调沟通工作。生产准备组也是最繁忙的单位，不同船型的材料分类整理，每个月上万吨大大小小的材料需要及时配送到各作业区，师傅们工作认真，统一安排人手和车辆及时有效地送到生产现场，每天下班的时候他们还在吊车的配合吊装各种材料，由于材料实在太多，工人们累得筋疲力尽。

再就是一个个技术难题急需攻关，所有工程技术人员加班加点工作。复杂的技术难题需要智慧的大脑攻坚克难，工艺室专家们积极参与技术攻关，深入研究解决技术问题。工程技术人员和老专家想尽各种办法改进现场工艺技术，他们把船头分段大胆尝试改为"侧造法"，把难度大的机舱分段采用双斜切法制作，显著降低了施工难度，确保了工程的顺利进行。遇到一些复杂船体的变形问题时，车间领导曾亲自找洪老出马指导工作，例如某船体双曲度外板加工方面遇到了一项技术难题，洪老开动脑筋率先推广应用活络样板配合现场的加工检验，还研究制作了一种特制的扭曲戗势样板，这种特殊样板是国内首创，充分彰显大国工匠精湛的技艺。江南船厂拥有"中国造船技术人才摇篮"的美誉，尤其是那些老技师老专家，他们是中国造船新工艺新技术的创造者，一切难题在他们面前迎刃而解。这些老专家把毕生的精力都用在研究国内外造船技术上面，他们是江南船厂的宝贵财富，是中国造船行业顶级专家，他们是中国造船技术发展的卓越功勋。

为了进一步提高广大劳务工技能，车间组织多场次技能培训。唐华也参加了所有的培训学习。一是安全培训，讲解公司船舶安全管理"安全第一，预防为主"的指导方针，有专业老师讲解明火作业、起重作业、高空作业等安全要求，现场施工安全环境和安全意识，以及安全生产预防措施，包括交通安全、食物中毒等预防措施；还有专业老师给大家讲解急救常识等。每天上午正常工作，下午半天安全学习，前后一共学习了十多天。可见车间对这次安全培训的高度重视。二是举行了一系列岗位技能培训，由车间工艺室专家组成员讲课，洪老的理论和实践经验十分丰富，负责讲解船体火工专业课。唐华有幸再次听到洪老讲课。洪老是船体火工高级技师，也是江南火工技术的祖师爷，培养了江南一代又一代火工技术人才，其中包括两名高级技师和四名技师以及多名中、高级工。

为了不影响生产，洪老每天下班后讲课一小时，一边讲解理论知识，一边画图举例子，让大家积极思考，"今天讲解船体火工基本原理，谁来回答一下这个问题？"唐华立即站起身回答恩师的问题"热胀冷缩"。洪老点点头说："很好，但仅仅知道这点还不够的，还要深入学习各种理论知识和实践技巧……"唐华认真听课并详细做笔记。每周培训一次，一直坚持学习了三个月，洪老系统性地讲解了船体火工技术。通过这样"传帮带"式培训，让很多学员提高了理论和实践技能，更好地服务生产。

除了这些培训计划之外，公司为了进一步确保生产任务有序进行，还专门组织实施了"百名优秀班组长计划"，更加有力地保障生产稳步推进。

今年唐华班组的主要生产任务是两艘火车渡轮、两艘化学品船和两艘液化气船，还有八艘七万吨级散货船。几种船型同步建造，生产任务十分繁重，其中火车渡轮是国内首制船，长长而高大的火车要通过这艘巨轮连接海南岛与大陆之间，海上航行需要抗10至12级大风，船体结构十分复杂，船体建造难度系数非常大，其中主船体内的火车轨道精度要求极高，还有114个客房都是薄板结构，薄板焊接容易失稳而产生变形，火工矫正难度大等特点，这些都是硬骨头。百年的江南技术力量雄厚，享誉"中华第一厂"盛名，在众多专家的指导下，成功攻克了一个个技术难题，顺利地完成了一个个高难度的分段制造。

上半年唐华所在的7号平台承担了火车轮渡的很多分段制造任务，每个月产量高达800多吨，其中包括两三个上层建筑分段。年轻的唐华特别能吃苦，再加上他吸取了多方面技术经验，把学到的技术应用到工作中去。一位老师傅拍着胸脯和唐华打赌："这个分段起码要做一个星期！"还有人说需要十天。唐华像累不死的老黄牛一样，三四天就把这个硬骨头给啃下来了，应该可以这样说唐华的矫正方法是最佳的，得到船东代表的一致好评。等完成任务之后，那些人又有话说了，"真是傻蛋，像你这样干活，活都被你一个人干完了，也不想想自己能拿到多少钱……"唐华热爱江南，为了江南造船事业拼尽了自己的力量，他从来不计较个人的得失，累点苦点不算什么，把青春献给江南有什么不好呢？

知识就是力量，学习让人进步。技术在于不断学习和创新，造船技术不能止步于老一代造船人，年轻人既要学习传统造船技术，又要深入学习造船理论知识和新技术，不断总结经验再力求创新突破，只有这样中国造船技术才能进一步快速发展。通过千锤百炼，唐华积累了很多宝贵的经验，还写下了十多万字的工作日记，把自己的技术经验上升到理论层次，因而船体各种各样的变形对他来说几乎是小菜一碟，他把啃这些硬骨头当成一种乐趣，也很感谢江南给了他这样的锻炼机会，让他成为一名优秀的技术能手。这对唐华未来的造船人生起到了十分至关重要的作用。

5月初唐华班组里来了两名新来的劳务工，一个叫宋明，一个叫卢俊雄。他们的父辈爱读《水浒传》，给子女起名字都带有浓烈的水浒色彩。唐华对这两人很稀奇，得知卢俊雄来自河南周口，出生在北京周口店，他当即给卢俊雄深深地鞠一躬，严肃又幽默地说道："兄弟你生在好地方，咱炎黄子孙祖先的出生地啊！"卢俊雄得意地笑了笑。宋明听着他们的谈话忍不住插话："你知道俺是哪里人吗？"唐华摇摇头，但估计是山东人。"俺来自山东曲阜。"唐华的心情持续高涨，又给宋明深深地鞠一躬，宋明也十分得意，自豪地对唐华说："齐鲁大地是中华文化的发祥地，俺有空给你讲讲孔孟的故事，讲讲巍峨天下的泰山，再讲讲《水浒传》《聊斋》……"

宋明原在煤矿工作，几年前矿上发生事故受了轻伤，最终决定离开煤矿来到船厂工作。卢俊雄原来在家养鸡，去年由于禽流感暴发，他家养的几千只鸡全部死光，因而来到江南船厂工作。他们担任打磨工作。打磨是船体建造过程中必不可少的一项工作，也是最苦最累的工作之一，一天下来浑身上下尤其是那张脸与矿工没什么两样。唐华从《平凡的世界》书中了解孙少平下到深深的矿井在漆黑的井中采煤，可以想象矿工工作是多么的艰辛，尤其遇到矿井透水或瓦斯事故则更可怕。得知宋明来自煤矿，唐华像记者一样采访宋明，"我了解孙少平在矿上的工作，矿上工作也很辛苦。"宋明摸摸脑袋说："我们矿上没有孙少平，有个叫沈小平的。"接着又说："井下挖煤整天不见天日，危险性大，什么时候有情况都不知道，我宁肯干造船工作，起码天天可以看到日出日落……"时代在发展变化，宋明的到来让唐华感觉"孙少平"也改行造船了。

唐华对宋明和卢俊雄都很友好。山东人河南人爱吃面食,唐华也喜欢吃拉面之类面食。

一年后,宋明学会电焊技术,辞工去了浙江。

5月19日由江南打造的全国第一艘火车渡轮完工顺利下水,海南省副省长亲自从海南赶过来剪彩。副省长在讲话中热忱地表扬道:热烈祝贺江南造船事业取得辉煌成就!感谢江南为海南人民做出的巨大贡献!新船被命名为"普陀岛"。

随后第二艘姐妹船被命名为"葫芦岛"。众所周知普陀岛和葫芦岛都是我国的著名岛屿,引用这两个地名作为新船名寓意吉祥平安。两艘火车渡轮成功地航行在琼州海峡,把海南和祖国大陆的火车成功运送,为海南的经济社会发展增添了无限活力。这是用中国智慧创造的伟大奇迹。

就在这时,同期建造的欧洲船意外地面临一些困难。应该说江南的质量是很可靠的,但或许受到90年代末期亚洲金融危机的影响,有的船东质量要求很高,也有个别船东十分刁钻,反复检查报验严重影响了正常的生产进度。

上周唐华工段装配三班的某上层建筑分段提交三次报验没有通过,第三次报验时船东对该分段平整度质量仍很不满意,报验完毕后船东严肃地说道:"再不处理好,不允许再提交报验。"这也是最后通牒了。负责施工的火工吓得当天辞工回家了。该班组一时找不到人过来处理,也必须要技术好的火工师傅来帮忙处理。下午吴工段长急忙过来找到唐华,"帮帮忙支持一下兄弟班组工作。"唐华当即爽快地答应了。

两天后唐华把船东画出的标记全部认真处理到位,还把整个分段细致地检查了两遍。这两天唐华把所有的技术水平都充分发挥出来了,下班之前他还觉得不放心,再次认真检查一遍,确定没问题了,才最后一个下班。

第三天上午船东再次过来报验,吴工段长微笑着告诉船东,"Mark 先生,这次我们已经全面处理好了。"老外说道:"哦,你有什么好办法?"吴工段长自信地回答道:"这次我们请来了我们工段最好的火工师傅,也是全车间最好的火工之一,船东先生请放心吧!"船东用流利的汉语风趣地告诉工段长:"你们要是早这样做,不就早通过了吗?也让我少跑几次冤枉路啊!""Mark 先生,让您受累了,今后一定会提高产品质量,让您满意,请您放心!"说完工段长和老外亲切地握手。"Thank you!Bye-bye!"Mark 先生愉快地走了。在唐华的努力下，分段成功报验合格，工段长终于放下了心。

此后"百名优秀班组长计划"得到进一步有效实施，各班组认真总结经验加强管控质量意识，施工人员加强日常自检，带班每天加强质量检查控制，更加注意施工过程的细节问题，并按照质量管理"PDCA"原则循环改进提高。除此之外，车间和工段还组织了多种形式的劳动竞赛，促进了生产有序进行，有效地捍卫江南品牌。后来的一段时间内再也没有发生类似的质量问题，产品一次合格率再次提升到95%以上。最终这批欧洲船建造任务顺利完成。

车间负责唐华工段质量的两个主管QC，一个叫张喜龙，今年三十来岁；另一个是即将退休的许文华工程师，许工程师看上去还很年轻的样子。他们的工作各具特色。张喜龙平时有两样爱好：第一，喜欢穿布鞋，只要天晴都爱穿老北京布鞋，有时候工作期间忘记换工作鞋，穿着布鞋就爬到分段去了；第二，爱好喝酒，早上起来喝一杯，中午再喝一杯，晚上更是敞开肚子喝，有时还带一个小酒葫芦揣在口袋里，酒瘾上来熬不住再尝一口。霍霍，这家伙像洪七公似的把酒当饮料喝。每当张喜龙过来报验，远远就闻到了一股酒气味，到了现场张喜龙翻着白眼说道："都……都做好吗？你们干活……质量我最放心！"说完了，看他今天又穿着布鞋就爬到分段上，掏出粉笔到处划上"√"，前前后后画了几十个。最后在分段上龙飞凤舞地签上名字和日期"ZXL某年某月某日"。张喜龙的字迹潇洒，这大概就是他的书法作品。写完了，张喜龙撇着嘴巴说道："我的字写得还行吧，你们看看像不像王羲之的书法？"

中医说：病从口入，抽烟伤肺，喝酒伤肝。一个长期嗜酒如命的人，肝胆也不是铁打的，况且铁板也要生锈呢！张喜龙因长期饮酒而得了肝硬化，没多久就去世了。之后上海交大毕业的小雨接替了他的工作。

再说说许文华吧。许文华当了十八年装配班长，担任十年船体建造师，也是经验丰富的船体工程师。许工程师对唐华的产品质量多次竖起大拇指表扬，用地道的上海话对唐华说："侬的技术水平十分了得，了不起！阿拉老佩服！"

几年后，许工程师和唐华在浙江又一起工作。

秋天是收获的好季节，江南的秋色分外迷人，院子里的瓜果成熟了，田野里四处一片金黄，阵阵微风吹过掀起一片别样金黄的景色，沉甸甸的稻谷正等待人们收割。秋高气爽，人们正期盼着丰收的好日子。

国庆假期唐华再次踏上回家的路，离家大半年了，不知道女儿长成啥模样了。上车后，唐华从口袋里掏出女儿的"百岁照"看，女儿的笑脸很像他小时候的样子，特别是眼神十分相像，鼻子和嘴巴像文琴，夫妻俩对漂亮的女儿十分满意。孩子出生不久，唐华和文琴就领了独生子女证。船厂今年的效益虽然比往年好，可唐华每月的工资不仅没有涨反而少了一二百块，原来他的工资位居班组前三名，现在他的排名已经是班组老师傅当中末尾了。这让他一路上心情未定。

下车后，听见邻居家的音响里传来黄梅戏，"从今不再受那奴役苦，夫妻双双把家还，你耕田来我织布，夫妻恩爱苦也甜，比翼双飞在人间……"安徽是黄梅戏故乡，唐华从小就喜欢黄梅戏。回家的心情自然是美好的，唐华也跟着节拍哼唱起来，"树上的鸟儿成双对，绿水青山带笑颜……"看到树上片片绿叶已经变成了黄色，想想又是多少日子没有回家了，连季节都不同了。进了家门，唐华见了心爱的老婆急切地问道："咱闺女呢？""楼上睡觉呢，刚刚睡着。"唐华放下行李，立即冲到楼上，见女儿睡得正香，忍不住在小脸上亲了两口，"想死宝宝了……"文琴轻手轻脚地跟上楼来，"想宝宝了吧，别把宝宝吵醒了。"唐华这才转身紧紧地抱住贤惠的妻子，"你真笨！想女儿不管老婆啦？……"看看文琴的脸颊瘦了一圈，唐华心酸地流下了眼泪。

一个小时后女儿睡醒了，"宝贝饿了吧，妈妈喂奶。"俗话说：世上只有妈妈好。文琴一把抱起可爱的女儿，又是端尿又是忙着喂奶，动作十分熟练。等孩子吃饱了，唐华赶紧把女儿抢到怀里，细细看看女儿的小脸，孩子起初十分不愿意，自家的孩子都不相识，唐华感到一阵心酸。孩子出生以来，当爸爸的没在孩子身边陪伴多少日子。文琴诧异地说道："女儿认生，你还不如隔壁的老奶奶，你这个爸爸当得惭愧吧！"常言道：血浓于水。过了一小会儿，孩子又喜欢爸爸抱了。孩子已经一大把抱了，唐华拿出带回来的拨浪鼓和小喇叭，小家伙玩着调皮地笑了。快三十的人初为人父，唐华沉浸在无比的幸福之中。这一刻唐华感觉自己是世界上最幸福的人，尽管在外工作很忙很累，回到家亲亲女儿肉嘟嘟的小脸蛋，这种当爸爸的快乐、家的温馨，让他所有的劳累顿时都没有了，眼睛闪烁着幸福的泪花。有了爱情的结晶，三口之家的生活增添了很多幸福和美好。

晚上上床后，唐华抱起女儿亲了又亲，文琴笑着说："女儿长得好吧，看看多可爱啊!"唐华幸福得无与伦比,"都是老婆大人的功劳!"女人是半边天,女人也是男人事业背后的坚强后盾。孩子睡着后,文琴说起一个人在家带孩子的苦处,"这孩子调皮,像个假小子,三个月的时候就让人很不省心,一天中午她睡着我去楼下做饭,刚刚把菜倒到锅里就听到楼上有动静,等我上楼的时候就看见她的屁股已经到了床边,差点掉到地上了,好险啊!等我再下楼的时候锅里的菜都糊了……"唐华听到这里感到一阵心酸,老婆一个人在家带孩子真不容易,甚至有时饭都弄不到嘴,尽管如此文琴从不叫苦,"放心吧,我已经摸准孩子的脾性了。"久别胜新婚,夫妻俩享受了愉快的二人世界。随后唐华睡得很沉。半夜里文琴给孩子喂了两遍奶,换了一次尿布,睡了三四个小时天就亮了。

第二天唐华回陈家庄帮家里收稻子,接着又去老丈人家帮收稻子。今年两家收成都很好,杂交稻产量高比往年多收了好几百公斤。民以食为天,今年全国各地再次迎来了大丰收,粮食增产解决了13亿人的温饱问题。

很快唐华又要回上海了,临别的时刻最痛苦。孩子刚刚还在微笑,突然间意识到什么急得大哭,文琴也眼泪汪汪。多少外出打工的人尝够这种亲人离别之苦!"本愿与你长相守,同偕到老忘忧愁,孤独的滋味早尝够,萍踪浪迹几度秋;你我久别乍聚首,怎叫离愁别恨,放下眉间又上心头……"

12月31日岁末年关,也是全体江南人聚餐的日子。船体车间工会为了答谢大家一年的辛劳,组织各科室和劳务队举行隆重的大会餐。今年海申公司会餐安排在船厂宿舍附近的喜临门大酒店,两个月前就预约了。上午大家干了半天活,下午放假了。聚餐时间是下午两点半准时入席。

往年的聚餐,海申公司兄弟姐妹们一起买菜做饭。早上各班组安排几名老师傅去市场买些鱼、肉、虾等荤菜,熟菜买几只烤鸭和白切鸡,素菜买些青菜、黄瓜、豆腐和毛豆等,还有烟酒、瓜子和花生等副食品。菜买回来了,男同胞动手洗菜,女同胞忙着切菜,像家里过年一样。再把一个个煤油炉点起来,由厨艺好的师傅负责掌勺。他们的厨艺可圈可点,算得上三级厨师。一大群人忙活大半天,红烧、热炒、冷菜样样俱全,有红烧牛肉、红烧羊肉、清蒸鲈鱼、水煮对虾,荤素搭配的有肉烧茨菇、肉烧萝卜、肉烧豆腐,还有凉拌黄瓜、皮蛋,以及青菜和生菜等等。一道道菜切得厚薄均匀,女同胞真给力!再看看色香味,红烧菜酱油搁得十分精准,还有八角、葱蒜、香菜的味道香喷喷，宿舍内外到处飘逸着一股令人垂涎的美味。

最精彩的一道菜是"走油肉"。南通人的做法很特别，买肉的时候挑一块方方正正的五花肉，洗干净直接放在半锅水里煮；大约二十分钟后，放几根葱和几片姜再放点盐，盖上锅盖再用大火煮上二十分钟，煮到七八成熟的时候把肉捞起来；接着把肉皮朝下放在油锅里炸上十来分钟，肉皮发黄了起锅；再就是最后一道工序，把整块肉切成一片一片放在盘子里洒上一些酱油，一盘走油肉就制作成功了。这时有人立即尝了一块，"真好吃！"走油肉的味道香嫩，口感不油腻，有点像东坡肉味道，但不像上海的红烧肉带有甜味。

南通人还特别爱吃盐水毛豆，他们把毛豆壳两端剪掉，洗干净搁盐放进清水锅里煮熟捞起来。这也是必不可少的一道菜。南通人最喜欢这种吃法，比吃大鱼大肉还下酒。

下午两点半，一切准备就绪，大家各就各位开始喝酒，"开席！干杯！"这一刻来自五湖四海的数百名农民工欢聚在一起，不分彼此，人人平等。他们今天放开肚皮大块吃肉、大口喝酒，比家里的年夜饭吃得还有滋有味，一张张嘴吃得满嘴油腻。这些造船人十分团结，相互敬酒，喝得不亦乐乎，一年里最难得的一顿大餐，一年里难得一回醉。这一刻难得放松，大家也吃不下了，酒也喝多了。自己动手做的饭菜经济实惠，最后剩很多菜没人吃，第二天再继续聚餐。

整个聚餐持续两三个小时，酒足饭饱，打扫战场，进行最后一个节目——茶话会，摆上瓜子、花生和水果，大家一起唠唠家常，谈谈对新年的期盼，或者斗几把地主，也有喝醉的躺下睡着进入梦乡了的……

今年海申公司特意安排在星级酒店聚餐，喜临门大酒店二楼已经被公司包场，公司所有劳务工都参与活动。下午一点半大家到齐了，几十桌酒席座无虚席，在欢快的《祝酒歌》声中全场起立，热烈欢迎各位领导的到来！出席今天活动的领导有车间工会主席、工段领导和海申公司老总等。几位领导兴高采烈地步入酒店大厅，全场再次响起热烈的掌声。

一会儿各种美食菜肴上齐了，咱看看圆桌上的菜吧，以海鲜为主：甜虾、三文鱼、小鲍鱼和红烧带鱼等，油炸花蛇、烤乳猪，还有凉拌烤麸、凉拌黑木耳，以及南瓜饼和扬州炒饭等，服务员最后端上来一大碗甲鱼汤，有几个人没认出来，"这是什么汤？"老百姓平时会餐讲究经济实惠，而大酒店档次品味高雅，烟酒也都上了档次，目的就是答谢大家一年的辛劳，让大家尽情享受一顿大餐。

聚餐开始了，车间工会夏主席开始发言："首先代表江南和车间各级领导感谢大家辛苦工作，在大家的努力下过去的一年取得了可喜可贺的成绩，在此特别感谢大家！明天就是元旦了，又是新的一年，祝愿大家在新的一年里工作顺利！家庭幸福！"接着海申公司老总发言，都是相似的客套话："大家辛苦了，新年快乐！干杯！"说完大家都举起酒杯一饮而尽。在领导们的号召下，大家酒过三轮。

接下来大家开始用餐了。很多人第一次吃这样的美味还有些害怕，大家我看看你你看看我，尤其是盘中的蛇、甲鱼和乳猪，有胆小的更不敢动手。再看看周围的桌子，有胆大的带头尝了起来，津津有味地说："这蛇味道真不错，很脆很香！"其他人跟着夹了一块试试，"味道果然不错！只要不去想它活着的样子，也就没啥好害怕的。"一桌人纷纷动手，很快一大盘子蛇肉干掉了一半。接着有人把甲鱼翻过身来了，还看见了王八蛋，众人情不自禁地笑了，有人想起电视小品里的"扯淡（蛋）"，有人跟着起哄："这玩意大补，吃什么补什么。"一张脸上笑得乐呵呵，再次举杯干杯！还有那一大盘烤乳猪让人毛骨悚然。农村人平时谁没有见过猪，但谁也没有这样吃过啊，"有啥好怕的？"两个人迅速动手把乳猪破开，猪仔的肉很细嫩，味道真不错，每人再来一块，一鼓作气把这只猪仔瓜分了……再吃吃三文鱼、鲍鱼、带鱼。这时领导过来敬酒了，大家纷纷起立端上满满的酒杯，一位领导满面春风地说道："各位师傅，过去的一年里大家辛苦了，今天是个承前启后的好日子，感谢大家大力支持！祝福大家明年工作顺利！一帆风顺！一切都在这杯酒里，干杯！"男女同胞共同举杯喝得一干二净，还有人高呼"再来一杯！"领导们喝完了，给男同胞们都派上一支中华香烟，并挨个握握手祝贺新年！

下午三点车间高主任赶过来了，全场再次响起最热烈的掌声。高主任已经喝得红光满面，用满口上海话说道："各位江南的好朋友们、兄弟姐妹们：大家好！今天吃得还满意吗？希望大家再接再厉，争取更上一层楼！再来一杯！"掌声中大家又再饮一杯。紧接着高主任端起酒杯晃晃悠悠地来到唐华班组的酒桌前，高主任拍拍姜带班肩膀说："你们班是车间骨干班组，为车间争光了，兄弟姐妹们辛苦了，再喝一杯！"姜带班脸已经红得像猴子屁股一样，激动地说："谢谢主任关照！来大家一起敬主任一杯！"全班起立把酒杯高高举起一饮而尽，唐华也把酒喝干了。高主任向唐华班组成员一一握手并举杯敬酒——因为这个班组战斗力最强，很多人眼里闪耀着激动而又幸福的泪花。车间主任亲自过来敬酒也把本次聚餐活动推向了高潮。随后高主任和其他领导起身离开了酒店。

聚餐持续了两小时，大厅里还在播放着《祝酒歌》，"美酒飘香歌在飞，朋友啊，请你干一杯！千杯万杯不会醉！"有几个未尽兴的工友在继续喝酒，有两个酒量大的工友划拳找乐趣，"五魁首，八匹马，六六大顺！"两个酒鬼握握手，"输赢在此一举！"结果他们都不知道出了几个手指头。逗得围观的女同胞哈哈大笑，男同胞也在一边呐喊助威。此刻胜败已经不重要了，共同一饮而尽。一年中最难得的一次聚餐，其乐无穷。

随后酒席渐渐地散了，最后还有很多菜没有吃完，很多人摇头说道："多可惜。"

一年一度的会餐结束了。这些劳务工平时面对一块块钢板辛勤工作，今天彻底放松了。他们平日里吃那些三五块钱的马路快餐，今天终于吃上丰盛的大餐，喝了"上等"的美酒，抽上了"高档"的香烟，算是见过了大世面，快乐属于这些可爱的造船人，所有的幸福都写在脸上。感谢党的政策放光芒，让这些农民工从农村走出来，在江南光辉灿烂的光环下，这些最可爱的造船人也体味了百味乐趣，还有什么理由不回报江南呢？

第二天太阳依然从东方升起，大家又回到自己的岗位，一切又回到了从前。

新年的第一天，文义公司组织了精彩的元旦晚会，晚会在公司大礼堂隆重举行，全体职员穿礼服出席，晚会由沈文义先生和赵亚玲小姐共同担任主持。研究所的几百名高材生来自美、英、法等十多个国家，中国大陆员工占七成以上，还有来自我国港澳台地区的，他们个个文武双全，多才多艺。一个月前公司各部门组织排练很多丰富多彩的节目，一周前文义组织人手把会场布置完毕，现场气氛热烈。

下午四点整晚会准时开始，两位主持人款款来到舞台中央，赵亚玲欢快地说道："Ladies and Gentlemen:We are very happy to gathered to hold a new year evening party.Happy new year ! Welcome!"文义手持麦克风慷慨激昂地说道："尊敬

的各位领导、各位同事：过去的一年大家团结一心，积极向上，公司取得了辉煌的业绩，这些成绩来之不易也离不开大家的努力。新年伊始，今天我们在这里隆重聚会，总结过去，展望未来。首先请欣赏英文歌曲《新年快乐》，大家欢迎！"

接着有同事依次演唱了好几首中英文歌曲，还有舞蹈、诗歌朗诵和大合唱节目。这是一场高水平的晚会，其中中国元素占据主导角色，全场响起阵阵热烈的掌声。

沈文义：各位嘉宾，去年本所D组海归女博士谢彩云团队取得骄人的成绩，该团队在学术创新方面取得重大进展，发表三篇高质量的论文，申请三项国家专利，让我们用热烈的掌声祝贺他们！接下来请欣赏谢彩云博士演唱的《归航》，大家欢迎！

赵亚玲：这里还要告诉大家一个好消息，H组来自清华大学的张婷博士团队在高分子领域也取得了骄人的成绩，他们研发的新材料正在申报国家专利，下面请欣赏由她演唱的《走进新时代》，大家欢迎！

音乐响起，谢彩云博士深情地唱道："月圆月缺一代代梦想，潮涨潮落一百年沧桑，归航啦，同是龙的传人，依恋黄河长江，天时地利人和，共创大中国富强……"优美的歌声像是胜利的凯歌，打动了每一位中国员工，也感动了在华工作的外籍职员。接着张婷博士在翩翩舞蹈中一展歌喉，"总想对你表白，我的心情是多么豪迈，总想对你倾诉，我对生活是多么热爱，勤劳勇敢的中国人意气风发走进了新时代，我们唱着东方红当家作主站起来，我们讲着春天的故事改革开放富起来，高举旗帜开创未来……"改革开放二十多年来，中国迈开大发展的步伐，中华大地太平盛世，国富民强，全国人民生活发生了翻天覆地的新变化，世界各国人民共享中国改革开放成果。近年来这些跨国公司在中国在上海取得了巨大的发展。晚会现场一曲曲中国声音，引起全场共鸣并报以热烈的掌声。

晚会精彩不断。随后方小飞硕士成为全场的焦点，小伙子来自陕北，一首《西部放歌》开场便震撼全场。紧接着来自美国的戴维博士展开巅峰对决，一曲英文版的《冬天的一把火》，劲歌热舞吸引了全场观众的眼球，恰似歌唱家费翔和迈克·杰克逊在台上表演。

最后文义表演了压轴节目——口技《二泉映月》，文义仅凭一张灵巧的嘴变换着吹拉弹奏，活灵活现地"演奏"二胡独奏，把整场晚会推向了高潮。《二泉映月》是盲人音乐家阿炳的巨作，被这个来自皖南山区的年轻人表演得淋漓尽致。文义小时候就特别喜欢音乐，他没有老师教就自己跟着收音机学习，在山上放牛期间练就了一副好嗓子。文义在大学期间歌唱比赛中多次获奖，他的大学老师曾建议他走艺术道路。音乐是没有国界的，音乐也是人们最美的精神食粮。晚会现场文义把代表中华文化的音乐瑰宝呈现给中外友人，让大家看到他极具魅力的一面，表演结束后全场起立长时间鼓掌，有博士惊喜地说道："从来没有看到过这么精彩的节目，文义表演太精彩了，比洛桑学艺还有味！"

最终经评委会一致投票决定：方小飞硕士独唱歌曲《西部放歌》和谢彩云博士演唱的《归航》及张婷博士的《走进新时代》并列三等奖，来自美国戴维博士的英文版《冬天的一把火》获得二等奖，文义的《二泉映月》当之无愧的摘得桂冠。晚会结束前，公司领导兴高采烈地上台给获奖选手颁奖。

晚会结束后，文义成了大家心目中的大明星。

第十六章

进入新世纪以来，皖南农村发生了日新月异的变化，一年一个样，三年大变样，几乎家家户户都住上了楼房。他们的未来该怎样发展？

党在新时期又一次高举邓小平理论伟大旗帜，全国各地广泛深入学习"三个代表"重要思想。年前各级党组织召开会议宣讲，并把"三农问题"摆在突出位置，一些深层的改革措施在农村推广实施。十字铺镇党委认真贯彻学习"三个代表"重要思想，各党支部积极行动，发扬党员先锋模范作用，引领乡亲们发家致富奔小康。

唐华岳父在幸福村的威望很高，也是一名优秀的农村基层党员。在唐华岳父的带领下，沈家庄有七八户人家发展养鸡、养猪、养羊等副业，幸福村几个年轻人拿到驾照准备跑运输，还有的家庭扩大规模种植杂交稻，老百姓口袋渐渐鼓起来了。沈家庄沈旺财家去年养了八十多头山羊，赚了二万多元，家里也盖起了楼房。年前岳父家搬进了新盖的楼房，儿女们为有这样的好父亲感到由衷的敬佩！相比之下，村长何福高就是甩手掌柜，很多事情都交给别人办理，还说得好听："要时刻牢记党的宗旨，全心全意为人民服务，做一名合格的党员。"

有一天，兴旺村党支部雷书记在电视上看到评选"好婆婆好媳妇"的新闻，高兴地说："这个办法好！"前些日子雷书记还为村里的一些不正之风发愁，刚好现学现用推进乡村民风建设。年前经过村里投票，陈四婶家当选陈家庄本年度"好婆婆好媳妇"，可是最近几天两个媳妇莫名其妙地为了几块钱的小事情吵得不可开交，最终评选结果被取消，四婶气得两天没吃没喝。过去陈四婶家里是全村公认的"美好家庭"，现在她家也闹得不安宁。村里最不省心的媳妇是唐华嫂子邹爱荣，有事没事闹得他们家常让人笑话。为此雷书记决定"一定要下大力气推进乡村民风建设"。

全国各地都在认真学习贯彻"三个代表"重要思想，但农村也有另类的不合格的党员。唐华嫂子邹爱荣的父亲邹根水是村生产组长，也是一名拥有二十多年党龄的老党员。他们村只是嘴上念念，没有一点实际行动，也不积极推进"三农问题"，似乎改革的春风还没吹到他们村就已经停了。用邹根水的话说"反正上面管不到咱们村"。村里有人问他："电视上说啥'三个代表'？"邹根水反问道："你说……啥手表……"邹根水就这点觉悟。他女儿邹爱荣把自己婆婆赶出了家门，身为父亲身为党员也不管教，人家都指着他鼻子骂："子不教父之过，亏你还是党员，真是辜负党的培养！"

春节前文琴的两个弟弟都有了各自的孩子，文义的儿子叫金宇，文红的儿子叫金天，金天比金宇大三个月。今年春节全家大团圆，三十晚上一张大圆桌子坐满了。看着满堂儿孙，唐华岳父喜上眉梢，同时又有一种新时代的紧迫感和使命感。

新年新气象，春节后文琴的两个弟弟都迎来好运。

文义在年前的元旦晚会上表现十分抢眼，获得大家的一致好评。春节上班一周后，公司总经理布朗先生向文义宣布一条好消息，"你是文武双全的优秀人才，经公司董事会研究决定派你去北京读研究生，市场营销专业，好好考虑一下。"但文义认为自己的英语水平还不够，决定放弃到北大深造的机会。爱人淑玉现在也在上海一家外企工作，他们的孩子由丈母娘帮忙看管，业余时间夫妻俩一起学英语并准备报考六级。

　　世上无难事，只要肯登攀。文义和淑玉两人一起学习英语，发挥"1+1＞2"的叠加效应。文义记忆力超强，几乎过目不忘，单词背得滚瓜烂熟。淑玉则付出了更多的努力。俗话说：有志者事竟成。一年后他们俩都顺利拿到了英语六级证书。后来文义还自学达到英语八级水平，并拿到了托福证书，公司英语文件熟练阅读，英语写作水平大幅上升。这为他后来的工作进一步发展奠定了良好的基础。文义经常告诉唐华："行行出状元。人生后天的努力很重要，千万不要放弃读书。"从此文义成了唐华最崇拜的偶像。只是文义现在还租住在别人的房子里，不过他已经打算在上海买房了。

　　文红两年前在家学了驾驶。文红学驾驶与众不同，师傅教他一个来回，他就能稳稳当当地开起来了，师傅夸奖道："你是我教得最快的徒弟。"如今物流业迅速崛起，正成为一种新型热门行业。春节前来自沈家庄的上海女婿孟春来担任新成立的上海某国际物流浦东分公司总经理。正月里孟总回安徽过年，邀请文红前去他的公司工作，负责公司八十多辆车的调配工作。孟总新官上任，物流公司业务繁琐，身边没几个贴心人不行，再说这项工作也不需要太多的文化，熟悉基本业务即可，这对文红来说再合适不过了。浦东发展迅速，陆家嘴日新月异的变化简直让人不敢想象。大上海工作机会到处是，有人是靠自己打拼出来的，有人是借助别人的肩膀，文红就是属于后者，他在孟总的关照下从糠箩里跳到了米箩里，如同朱洪武当官一夜之间连升三级成了"高级白领"。

　　早上起床后，文红穿上一身干净的衣服，对着镜子照了又照，问他爱人阿雯："你说我这件白衬衫是不是该换换了？"出门前还把头发上喷上厚厚一层摩丝，梳得油光发亮的。到了公司，文红坐在办公桌前把一张张派工单派给张三李四，叮嘱他们一路上谨慎驾驶，然后就没什么事情了；晚上再把运回来的货物点齐全入库，并吩咐后勤人员检查车辆安全。这就是文红一天下来的工作，比他哥哥文义的工作轻松，比姐夫唐华在船厂工作更轻松，虽然工资不如他们多，但是管理那么多老司机师傅，让他感到很满足。文红从小就喜欢管人理事，现如今他有大权在握，犹如孙悟空手中有好使的金箍棒，那些比他年长的驾驶员谁敢不听使唤？

　　工作稳定了，文红帮爱人阿雯联系了工作，阿雯去了一家酒店当服务员。夫妻俩住在浦东的出租屋，他们的小日子红火了起来。一天晚上吃了晚饭，文红问阿雯："你说我是不是像中奖一样，我得去买张彩票……"人啊，好运来的时候干啥都顺利，买彩票都能中奖！没想到文红花了十块钱果真中了大奖——二等奖！夫妻俩狂喜得一夜没睡，庆贺的小曲唱起来，又是蹦又是跳，屁股扭得像麻花一样，"小点声！"阿雯说。半夜里，文红还在猜想奖金的数额，还开始"规划"起自己的未来。

第二天文红夫妻俩悄悄地准备了一番去领奖。出门那一刻，文红的心跳急速加快，嘴巴乐得像荷花一样，阿雯也克制不住激动的心情。进了彩票中心，文红掏出中奖彩票和身份证，工作人员认真核对后说："先生，您好！恭喜您中奖了！感谢您对福利彩票事业的大力支持！"站在窗口的文红焦急地等待着，一边想着怎么花这笔巨款，"我是不是该到欧洲、美国或者新马泰旅游一趟？"阿雯扯了扯文红的衣服，文红半天才缓过神来。这时工作人员说话了，"先生，您好！您的彩票有效，奖金一共是1688.8元。""多少？"文红怎么也不敢相信就这点钱，于是又问了三遍才确信，"唉！所有的计划都泡汤咯……"最后他用奖金买了一款新手机，把旧手机送给了姐夫唐华。

好景不长，三个月后文红开始厌倦了这份工作，由于一些车辆上下货物或者路上堵车等因素经常晚点，所以他不得不加班很晚才下班。有天晚上十二点多才收工下班，文红累得像皮猴子一样。文红是一个习惯自由的人，长期加班对他来说是一种煎熬，可不干这活又能干什么呢？最终他还是决定坚持上班。阿雯也是如此，有时候酒店生意很忙，也是经常很晚才回家，甚至有客人见她长得漂亮还请她陪酒。这让他们夫妻之间有了几分猜疑。有天晚上，文红悄悄地去酒店暗访，果然看到一个胖乎乎的老男人正拉着阿雯的手，阴阳怪气地说道："小姐，陪哥喝一杯。"刚好被文红撞了正着，文红气得当场把酒杯摔得粉碎，拉着阿雯冲出酒店，于是出租屋里时不时多了不和谐的吵架声……

一个星期后，文红让阿雯换了工作，去一家服装厂上班了。服装厂不像酒店人多复杂。这样他们的生活总算安稳了。

唐华得知文红中奖的消息后也急忙去买彩票，可是一连几次没有中奖，他自我安慰道："不中奖就当献爱心吧。"彩票是一项社会福利事业，谁不想中一次大奖呢？后来唐华学着开奖过程那样，把写上一串数字的小纸条拧成小球，装在一个精心制作的盒子里摇晃，再从中抽取"中奖号码"。这天唐华下班后，一个人躲在宿舍的角落里一边摇晃盒子，一边念叨着只有他自己明白的祈祷暗语，接着从中抽取了一组数字，赶紧跑到彩票店把这组数字买下，然后兴冲冲地回去等待开奖。神奇的事情居然发生了，唐华也中了二等奖！

第二天下班后，唐华饭都没吃，赶紧打车去领奖，路上他和文红上次领奖前是一样的心情，心里默默地祈祷着奇迹的发生，心想：怎么说也应该比文红的奖金多吧！为了安全起见，唐华还特意买了一顶帽子。令人费解的是这期二等奖中奖人数特别多，结果奖金只有188元，刚才打车的费用都去了100多块。唐华的心顿时凉透了。回来的时候，唐华坐在公交车上已经没有了一点兴奋的样子。

再后来唐华断断续续买了几次彩票，也中了几次小奖，然后便不再感兴趣了。

半个月后，文琴带着女儿来到了上海，唐华把上次中奖的消息告诉了妻子，文琴不屑一顾地说道："老老实实上班，别大白天痴人说梦！……"

几天后，唐华的手机突然收到了一条奇妙的短信又让他激动起来，短信上说：您好！我们是XX公司，您的手机号码被我公司抽奖中得二等奖，奖品是笔记本电脑一台，外加8000元现金。唐华信以为真，把短信反复看了好几遍，回家后又激动地把手机给妻子看，文琴怎么也不相信，"天上哪有掉馅饼的好事？手机号码中奖？听都没听过！"就连他三岁的女儿也不相信，"爸爸别傻了，那是骗人的把戏。"可痴迷的唐华却确信不已，弄得一连几晚上都睡不着，还打算去领奖。文琴见这呆子气得连觉也睡不香。

就在这时班组里几位同事也收到类似的"中奖"短信，但是根本没人相信这种好事，有人说："说不定是诈骗信息！"唐华这才恍然大悟。

一个月后文义帮姐姐文琴找了一份兼职的工作，唐华搬到浦东靠近张江高科附近的镇上居住。兼职工作不影响文琴带孩子，新家还有小伙伴和唐华女儿差不多大。为了便于联系，唐华给文琴买了一部新款折叠式的手机。现在手机样式越来越新颖，文琴特别喜欢这款小巧玲珑的手机，还有闹钟和定点报时等功能。没想到这部新手机不到一个星期就被住在同一院子的外地人偷走了，打了110报警，可警察过来后说"证据不足"。晚上唐华才知道这事，他们没想到这里治安如此混乱。

搬家后唐华到船厂上班远了，每天踩着自行车上下班，单程就要一小时，早上出门还好点，毕竟休息了一夜，可是白天工作了一整天，晚上下班的时候他的两条腿哪里还有力气赶这么远的路呢？为了一家人的生活，再难也要坚持，因为这是一个男人的责任。然而人毕竟不是机器，人的体力是有限的，而机器也需要加油和维护。他一个人长期担任那么多的工作，换谁都难以承受！

今年夏天连续高温，一天唐华在一个狭小密闭的分段里面干活，分段里面温度高达五六十度，像蒸桑拿一样，唐华额头上豆大的汗珠往下直落，但还是坚持把活干完了。晚上收工的时候唐华浑身湿透，累得连话都说不出，坐在工具箱里洗澡的力气也没有，忽然间双手抽筋从椅子上滑到在地，"救命……救命……"工友们闻讯赶来，一个工友说道："不好，唐华中暑了！"大家手忙脚乱赶紧把唐华抬到阴凉的地方，把电风扇对着他吹，又让喝下十滴水。休息了半小时，唐华才慢慢地回过神来。可第二天早上唐华却依然坚持过来上班。

到了下半年，班组工作任务很重，唐华时常感觉累得腰疼，下班后忍痛挨饿回去了。一连几天都是这样的情况。中午唐华还是到厂外吃马路快餐，吃完了饭赶紧回去休息，摸摸腰身实在疼痛难忍，根本无法正常休息。有天洪老见他难受的样子，关心地说道："当心身体，别太累了。"由于工作太忙，唐华一天假没请过。最要命的是每天晚上下班后还要骑一小时的车回家，他也不知道是怎么回去的。

一天下午下着小雨，唐华的腰疼病又犯了，上厕所的时候腰痛得出奇，简直无法站起来。休息片刻后，强忍着疼痛继续在高高的分段上干活，然而浑身乏力，头脑一阵发晕，突然间脚下打滑差点从分段上面摔下来。分段下面到处是钢板，想想惊险的一幕十分后怕。为了不让文琴和女儿担心，唐华没有告诉他们实话。晚上腰痛实在难忍，叫文琴帮忙捶捶背。第二天又去上班了。

此后每隔几天就发作一次，痛得实在不行。

一个星期后，唐华去医院看病。医院里病人很多，匆忙中医生以为是普通的骨科问题，开了一疗程骨科的中西药和外敷的膏药。医生说：如果再不行，下次回来再拍片全面检查一下。半个月过去了，腰痛一点都不见好转，晚上无法入睡。再这样下去不仅影响正常的工作，也直接影响基本的生活。尽管如此，唐华仍然坚持上班，每月生产计划还是按时优质完成。大冬天有时唐华痛得额头上的汗珠直冒，连内衣都汗湿了。究竟是哪里不舒服？会不会是得了腰椎间盘突出？文琴责怪唐华："原本是两个人的工作，你二傻子一个人干，身体怎么能吃得消？再说他们给你两份工资吗？……"

周末唐华腰疼厉害，文琴心疼地说道："休息一天吧！"随后一家人去浦东文义家做客。两个孩子在旁边玩耍的时候，唐华拿起桌上的一本养生书认真阅读，发现自己身体症状和书中描述的胃病情况十分相似。难道是医生误诊？

第二天唐华去医院挂内科专家门诊，老专家根据症状诊断果然是胃病，专家开了几瓶胃痛药物，"胃需要保养，胃病要注意合理的饮食，千万不能吃刺激性食物。"一个星期后，唐华腰疼果然好了很多。文琴说："幸好那天去了文义家，否则再去看骨科就麻烦了，你说骨科和胃病能一样吗？……"说起唐华的病情，文琴认为除了工作劳累外，还可能与吃马路快餐有关。从此唐华不再吃马路快餐了。由于治疗得当，唐华的身体明显好转。文琴和女儿的心情也逐渐好起来，一家人又回到往常的快乐。

随着年龄的增长，历经生活的劳累和艰辛，再好的身体也扛不住，一些怪毛病也随之而来。唐华的身体刚刚好点，文琴也生病了。家里的里里外外都是文琴一手操劳，特别是又要带孩子，又要工作和做家务，累得文琴的身体也吃不消。文琴得了难言之隐的痔疮，有时大便十分困难。都说十人九痔，女人多半是生孩子引起的。农村人生病不到万不得已，一般不会轻易去医院，谁不惧怕那高昂的医疗费呢？起初文琴还想忍一忍，心想或许不要紧吧，更是舍不得花钱。一天晚上，文琴痛得在床上打滚，女儿吓得大哭："妈妈没事吧……"

第二天唐华拿到刚刚发的工资，连忙带文琴去医院看病，跑上跑下交了一千多块钱医药费，主治医生采用激光微创手术把文琴的痔疮切除了，麻药过后伤口十分疼痛，身上黄豆大的汗珠如同下雨般往下直掉，唐华抱着心爱的老婆失声痛哭，文琴强忍住泪水说："回家吧！"唐华双手搀扶老婆一步一步地回去了。文琴从小就怕吃药，却坚持把两个疗程药吃完了，病痛慢慢地康复了。这段时间唐华心如刀绞，他宁可自己累点，也不想让老婆孩子跟着受苦。

下半年夫妻俩相继生病，这是唐华的造船人生最痛苦的一年，他常常夜不能寐，对自己的人生充满了怀疑。都说女怕嫁错郎，男怕入错行。不干造船或许又是怎样的人生呢？全家的生活仅凭唐华的工资，可工资收入太少，让家人也跟着受苦，好在女儿最近健健康康的，也幸好文琴对他始终恩爱如初，始终不离不弃。家庭的力量是伟大的，这才坚定了他的工作信心。

12月初，南方一家船厂遇到一个十分棘手的技术问题，老总亲自打电话到江南船厂求助。车间领导紧急协调，安排洪老和唐华一同前往广州，技术方面由洪老负责。这是唐华第一次和恩师一起出差，能够和恩师一起为兄弟单位解决问题，是一件十分荣幸的事情，也是江南人的荣耀。像洪老这样的大师，到哪里都是领导前簇后拥，不仅有面子也很风光。晚上唐华告诉老婆出差的消息，文琴也十分高兴。

第二天早上，唐华和洪老乘坐火车前往广州。洪老身穿灰色西装，脚穿黑色皮鞋，头发重新打理了一下，显得更加神采奕奕，风度翩翩。文琴让唐华穿上结婚时的西装，人显得分外精神。上车不久，卧铺车厢里很多人都睡着了，洪老对唐华说起了家里的事情。洪老爱人是退休教师，两个女儿的工作都不错，也都成家了，根本不需要老爷子再操心了。但是洪老一心想再为造船事业多做点贡献，三个月前洪老先后两次去皖城，爱人十分反对，"这都退休几年了，一大把年纪还在船厂东奔西走……"洪老第二次是从皖城带伤回家的，胳膊被摔骨折了，刚进家门又被爱人大斥一顿："活该！自作自受！退休了整天不回家，这个家还像家吗？""阿拉现在身体老好，难道整天在家这样白相相（享清福）？""那就大路朝天各走一边！"人老了，有时候脾气十分固执。操劳了一辈子的老夫老妻，却在人生的最后关头离婚了。

说到这里，老爷子眼泪一把鼻涕一把。常言道：一日为师终身为父。唐华对待师傅早就像自己父亲一样敬重。唐华安慰恩师宽心。"我哪里想离婚，不过是一时说了气话！阿拉18岁进船厂，就喜欢造船这份工作，厂里经常加班还要出差，家里的事情都丢给了老太婆，两个孩子都是她一手拉扯大、培养成人，老太婆确实很辛苦。青年夫妻老来伴。没想到老了还要受这种罪……"洪老退休前已经为国家造船事业做出了很多贡献，退休后又参与了很多国家级重大工程建设，前年负责三峡工程的闸门建造，去年负责F1上海赛区的钢结构工程，今年上半年又参与卢浦大桥工程，特别是卢浦大桥工程最后阶段遇到了前所未有的难题——最后一段拱形合拢口难以总装合拢。洪老亲自上现场不知道爬上爬下多少次，摸索出桥梁随气温变化的规律，最终成功科学地解决了这一世界级难题。另外还有一系列重大工程等着他，其中包括北京奥运鸟巢体育馆项目。洪技师是一位著名火工专家，这些国家级工程都是在他退休多年以后所做的重大贡献！

出了火车站，船厂乔副总经理和船体车间魏主任亲自过来迎接，洪老和两位领导亲切握手，相互自我介绍，洪老还把唐华介绍给他们，"这是我徒弟小唐。"乔总随即紧握唐华的手，"唐工，您好！欢迎！"简短地寒暄了几句后，两个人上了乔总的车，直接把他们送到船厂附近的一家星级酒店。

当晚乔总在酒店设下宴席，点上酒店特色招牌菜：广东烧鹅、文昌鸡、白灼虾、老火汤等，满满一大桌粤菜风味美食，还摆上了五粮液。唐华沾了恩师的荣光，他和洪老居首席入座，也和恩师一样备受尊敬。领导们轮番向洪老和唐华敬酒。洪老的酒量很好，三杯酒下肚后红光满面。身材高大的魏主任挺起将军肚，站起来向洪老敬酒，"久闻专家大名，初次见面不胜敬意，这次让您老受累了，招待不周请多海涵！"洪老用上海话说道："侬放心，阿拉一定会尽最大努力帮助大家解决问题。"乔总也跟着向洪老和唐华频频举杯。洪老举杯动作十分优雅，每次都习惯性把手高高扬起，彰显了长者的礼节和专家的风采。大家放下酒杯，接着听洪老讲述江南的发展形势，讲讲自己在江南和其他船厂处理过的一些技术难题。大家纷纷点头称赞！

第二天清晨，唐华和洪老起床吃过早餐，洪老抽支烟休息了一会，脑子里在酝酿着他们反馈的问题，然后又吃了两粒降压片。过了一会，魏主任到酒店把他们接到厂里。到了车间主任办公室，喝了一杯茶，休息了一刻钟。洪老性子急，"走吧，去现场。"随后同魏主任一起来到了现场，叶主管汇报："主要问题是该船艉轴孔中心往左偏差7毫米，工程技术人员想过很多种办法，可问题还是没有解决……"

几分钟后，叶主管向洪老介绍了具体的细节问题。这时魏主任接到一个电话，临时有事离开了，吩咐郭科长亲自负责跟进。洪老若有所思在现场转了两圈，认真思考分析处理方案，脑海里再三斟酌，要求采用测量仪器把相邻部位数据再仔细测量一遍，并且叫人把测量点做好标记。数据很快就测量出来了，洪老拿着数据仔细研究数据变化规律，以及各部位的结构强度和结构特点。唐华和恩师一起爬上爬下把变形位置做好标记。洪老虽然年过花甲可眼神还很好，腿脚麻利。大家看到老爷子一举一动显得胸有成竹。现场工作人员听说洪老是来自江南船厂的船体火工高级技师，大家都十分敬重，十分喜悦，期待能成功破解这道困扰已久的难题。

接着洪老对唐华讲解详细的施工方案，包括加热温度和冷却方法等，并要求装配工在轴孔上方安装一个线锤，随时注意观察轴孔的变化。一会儿工夫，唐华和两名火工已经准备好了，老爷子再次爬到高高的脚手架上，把技术要求对唐华又交代一遍，还亲自示范操作技巧。现场五六名工程技术人员看到洪老坐镇指导，脸上都露出了笑容。一个小时后，唐华烧完第一把火，用水将钢板浇冷却了。这时听到下面负责测量的师傅惊喜地报告："线锤已经有变化了。"脚手架上的叶主管激动地说道："再仔细测量一下。"测量人员复查确认了两次，确实往右变动了1.5毫米。测量人员全神贯注着仪器的微妙变化，听到了这个好消息，大家喜出望外，赶紧向上级领导报告。叶主管再次向洪老汇报了最新情况，郭科长脸上露出了灿烂的笑容，双手赶紧握住洪老的手，"洪专家，有希望啦！"洪老微笑地点点头，一切似乎都在预料之中，"小唐，你再烧两把火。"这时唐华的心情也跟着激动起来。另外一名火工高兴地说道："我们怎么就不知道这种方法呢？洪专家真是高人。"

又过了一个小时，唐华已经烧完第二把火，洪老再次对他说道："你们再辛苦一下，再往后烧一把火。"这时叶主管端起一大箱饮料发给在场的所有人，似乎提前庆祝胜利。测量人员全神贯注盯着仪器，"报告最新测量结果，现在又过来了1毫米，已经变动了2.5毫米。"此刻郭科长的脸色喜笑颜开。洪老叫唐华再调整一下加热温度。此刻大家的眼神都紧紧盯唐华的一举一动。

十点一刻，测量人员再次报告最新的测量结果。"现在偏差3毫米，已经符合技术要求了。"洪老对郭科长说道："再烧一把火，还可以过来一点。"说完老爷子再次爬到高高的脚手架上向唐华交代一番。此刻唐华的心情愈加兴奋，"今天和恩师又学到了很多技术。"在恩师的指导下，唐华默契配合，最终成功解决了这个难题。

十点四十分，测量人员报告中心线偏差已经调整到最佳状态。捷报传来，郭科长亲自发了一轮饮料，现场所有人再次响起热烈的掌声。魏主任和乔总刚开完会就急忙赶到施工现场，听到大家的掌声他们就知道结果了。两位领导紧紧握住洪老和唐华的双手，乔总愉快地说："洪专家辛苦了！我代表公司感谢您！"郭科长兴奋地握住唐华的手说道："谢谢唐工！感谢帮我们解决了技术难题！"现场还有人激动地说道："洪专家真是神医华佗！"工程技术人员兴奋地向洪老和唐华一一握手，大家再次鼓掌庆贺！

随后两位领导带领洪老和唐华一起回到总经理办公室，陈秘书赶紧给他们让座，接着又倒茶又拿烟，还给他们安排好午饭。乔总对身边的魏主任说："明天早上把测量数据准备好，再联系船东报验，另外明天下午组织一个专题会，听听洪专家给我们讲解江南的造船技术，趁专家这次过来的机会给我们好好补补课……"魏主任立即回答道："没问题，我马上安排。"

下午三点多，在车间刘副主任和郭科长的陪同下，唐华和洪老去船体车间参观指导工作。洪老边走边谈自己的见解，首先对该厂良好的生产发展形势大加表扬；其次对船体建造过程控制分段变形问题谈了一些具体的看法；第三建议加强青年骨干人才的培养。两位领导频频点头，"感谢专家亲临指导！"洪老还介绍了江南人才培养经验，不时地夸奖唐华，"小唐在江南进步很快，现在已成为骨干人才，这次问题能够顺利解决也有他的功劳，我只是动动嘴皮，具体工作都是他做的。"两位领导亲切地向唐华表示感谢！

第二天上午，现场已经做好报验准备工作，唐华和洪老也赶到了现场，大家都在等待船东和船检过来报验。九点半船东和船检过来了。船东刘工见到洪老赶忙上前握手，"洪专家辛苦啦，感谢您老亲自过来指导！"刘工几年前曾在江南担任船东代表，对洪老的造船技术十分钦佩。几分钟后乔总和魏主任也赶到现场。船东刘工微笑地对乔总说道："老总，我给你推荐洪专家没错吧！"乔总愉快地握住船东的手，"感谢感谢！在洪专家的指导下，现在精度已经控制到最佳状态。"郭科长赶紧把测量数据给船东和船检看看。测量人员再次现场测量一番，船东当即点头称赞："比我预想的还要好，很满意！洪专家来了问题彻底解决了，我和乔总都放心了。"随即船东再次向洪老握手致谢。这一刻乔总脸上也很有面子。船检老外竖起大拇指点赞："你们中国人真有办法，了不起！Very Very Good！"

报验结束后，船东再次握住乔总的手说道："航运公司正等待这艘船完工后，有一大批货物从中国运往新加坡，现在专家解决了这个难题，剩下的都不是问题了吧？"乔总挺直腰杆说："保证按期完成任务。"于是船东当场批准生产进入到下道工序，现场叶主管尤为高兴，大家一片欢呼庆祝！

下午两点半，车间礼堂里座无虚席，车间中层干部和职工代表一百多人出席会议。音响里播放着《咱们工人有力量》的轻音乐，唐华和洪老紧随乔总步入礼堂，全场起立欢迎，掌声四起。应乔总邀请洪老和唐华在主席台上就座。在主席台上就座的还有乔总、魏主任及工会主席等领导同志。大家都期待着洪老指导工作。乔总先发表讲话，"首先，感谢江南老大哥及时支援！感谢洪老和唐工成功为我们解决了技术难题！其次，船体车间广大干部职工一定要深刻吸取教训总结经验，要不断学习新工艺技术；第三，工程技术人员要加大精度技术的研究，可以组织部分骨干成员到江南参观学习先进造船技术，包括船体火工技术……"与会人员把乔总的讲话纷纷记录下来。

"下面请洪专家给大家指导工作，大家欢迎！"顿时台下响起了热烈的掌声。洪老起身向大家挥手致意。在场的很多人都是第一次见面，洪老先简短地自我介绍，接着简单地讲述自己的造船经历。洪老讲话很有水平，大家都把耳朵竖起来听，还一边做着笔记。会议室一片安静，洪老继续发言，"各位同仁，造船是一个复杂的系统工程，需要大家共同努力共同协作。第一，广大工程技术人员一定要加强新工艺新技术研究，特别是要加强现场施工过程管理，要及时有效地把质量控制到最佳状态，及时有效地把潜在的问题消灭掉；第二，船体装配和焊接工作就好比夫妻关系，需要相互沟通配合，才能更加有效地控制船体变形，才能更好地控制好船体建造精度；第三，要重视造船技术人才培养，要不断通过理论和实践培训提高技能水平，充分发挥大家的积极性和创造性；第四，造船技术没有最好只有更好，是无止境的，唯有学习使人进步，年轻人爱学习前途将更加光明，中国造船事业必将更加蓬勃发展。"这时全场再次响起了雷鸣般的掌声。

随后洪老站起来补充道："船体火工是一项冷门技术，也是现代造船的主体工种之一，江南对船体火工技术一向很重视，而很多船厂火工技术人才匮乏，缺乏专家级领军人才，遇到技术问题头疼脚痒，希望引起大家的高度重视。为此我提出两点希望：第一，希望年轻一代的造船人要继续发扬'不怕苦、不怕累和勇于创新'的造船工匠精神，刻苦学习，努力奉献中国造船事业；第二，俗话说活到老学到老，我们还要多学习国内外的先进造船技术，特别是要对比中日韩造船发展找差距，力争企业快速稳步发展。最后祝大家工作顺利，家庭幸福！"话音刚落，全场站起来鼓掌。

洪老讲话言简意赅。船体火工是造船关键技术之一，船体变形处理不妥当，不仅影响产品质量，还直接影响生产计划，为此很多船厂曾经吃过大亏。这时几位领导一阵脸红，乔总起身再次握住专家的手，"感谢专家的精辟讲解，我们一定谨记专家教诲，今后一定会加强火工技术人才培养！……"

第三天乔总安排刘副主任陪同洪老和唐华到深圳旅游，由刘副主任开车，由陈秘书担任导游前往沙头角海滨公园，还登上"明斯克"号航母参观。众所周知航母不仅是一个国家军事力量的象征，也彰显了一个国家的造船技术、国防科技和综合国力等。目前世界上已有十多个国家拥有航母，而我国还没拥有属于自己的航母，与我国的大国地位极不相称。站在航母甲板上，唐华和洪老的心情都很激动，第一次看到威武的大家伙，洪老长叹一口气："阿拉干了一辈子造船工作，唯一遗憾的就是没有造过航母，希望将来有一天咱们的船厂也能造出航母，扬我中华国威！"刘副主任接过话茬："咱们中国将来一定会有航母！"洪老接着说道："我们国家有广阔的海洋，将来一定会建造航母来捍卫我们的家园，这需要你们年轻一代造船人努力，如今我已年过花甲，恐怕完不成这个愿望……"

第四天吃完早饭，唐华和洪老起程返回上海。魏主任代表乔总亲自把他们送到车站。回来的路上恩师勉励唐华："要坚持不懈地努力学习，要勇于攀登造船技术巅峰，积极争取将来为造船事业做出更大的贡献！"唐华虚心听取恩师教导，以恩师为榜样埋头苦干，戒骄戒躁，期待在江南的人才摇篮里进一步成长。

回来之后，唐华和洪老获得了车间工会的特别嘉奖。

第十七章

12月中旬，唐华从南方出差凯旋后，再次成为车间的"新闻人物"。

中午休息的时候，唐华的工具箱成为大家休息中心，也是班组的"娱乐中心"。工具箱面积十多平方米，可以容纳全班兄弟入座。这些造船人大多数是60后和70后。午休时来自五湖四海的十几个农民工常常挤在一起吹牛。

这天中午大家都赶过来休息，像水泊梁山一样论资排位，由资历最老的刘开明老师傅开吹。刘开明来自苏北，身高八尺，膀大腰圆，十多年前来到江南从事装配工，全班技术数他最好。陈老总曾经在他们那里打过仗，因此有人给他起"刘总"的外号。刘总坐中间的椅子上，宛如宋江坐在头把交椅，抬头看了看四周的众兄弟。这时掌声四起，有好事者起头"开吹！"刘总夸夸其谈，先从相声艺术家马季大师的相声《吹牛》开场，"都是马季老师教得好，吹牛的人比考古学家还牛皮，把人家祖宗三代的老祖坟都敢挖出来；吹牛的人力气最大，可以把牛皮吹上天；吹牛的人胆子最大，可以把死的吹成活的，也可以把活的吹成死的……"接着把朝鲜战争吹一遍，还吹到伊拉克战争怎么怎么残酷。海阔天空，什么都敢吹，吹得满面春风，吹得五花八门，就像作文题材不限。他们上知天文下知地理好像三国里当过丞相，什么体坛盛事、曲苑杂坛、古今中外、战争和平无所不晓，吹得满腹经纶，吹得神乎其神，吹得神魂颠倒，大伙儿再助助威鼓鼓掌，再看看一张张脸都开心的"变形"了。

接下来有人吹到了中国乒乓球，这可是国球荣耀！大伙都把耳朵竖起来听，"话说邓亚萍虽然身材不高，打球却神勇凶猛无比，为国家争得十八块金牌，萨马兰奇主席亲自为她颁奖……"中国乒乓球队屡次夺冠，还有中国女排，让这些造船人特有面子，大家脸上满是骄傲的笑容。唐华插话了："哎呀！这乒乓球就是给咱中国人长脸面，看看国际赛场咱中国队打遍天下无敌手，多扬眉吐气！"接着刘总把王涛、吕林这对黄金搭档夸一遍，"看看他们双打技术那叫真正的高手！乒乓球在他们手里好比玩魔术似的，比巴西人玩足球的水平还高，要不信叫国际足联把那足球改成和乒乓球那样大小，看看巴西人还能不能夺冠……"大家拍手叫好，哄堂大笑。不过巴西足球水平确实很高，特别是外星人罗纳尔多球技超群，还有那赏心悦目的桑巴舞也很优美，中国和巴西都是好样的！不知道的还以为是中国发明了乒乓球，巴西发明了足球。看看国际上老是改乒乓球比赛规则，要是把足球规则也改改，也让中国队成为世界杯常客那才叫完美嘛！

这会儿一说到这乒乓球，大家的心情就特别激动，还在回味那赛场冉冉升起鲜艳的五星红旗。接着大家再把王楠、王涛兄妹俩细细地夸一遍，也不管他们是不是一家人，反正他们都是咱中国人，尤其说道王涛在世界杯赛场上的精彩表现那就更加佩服了，比分都打到了31:29，比赛多么惊心动魄啊！王涛霸气十足，为真正的王者点赞！接着从小球吹到了大球，竟然还吹到了老祖宗高俅，都传说是他在宋朝年间发明了足球，可现如今中国足球水平，大家感到悲哀叹息。

说到足球，居然有人吹到了2002世界杯。有人对中国队参加了韩日世界杯做了点评：中国队在冲击阶段表现可圈可点，可最后被巴西人像屠夫一样屠杀了。吹到了世界足球先生，索性借题发挥还评出了江南造船十大"世界最佳装配先生""世界最佳焊工先生"。这些所谓的获奖者自然是班组骨干成员，大家互相找点乐趣，互相嘲讽罢了。吹着吹着，已经冲出亚洲走向世界了，工具箱里充满了欢声笑语。由于唐华在前年公司火工技术比赛中获得了"第一名"，最后大家一致推荐唐华当选本年度"世界最佳火工先生"。全场热烈鼓掌欢呼！工友们吹牛真给力，啥都能吹得出来，唐华被大家逗得笑弯了腰。

再来谈古论今，有人从三国吹到现在，又海阔天空吹到了孙悟空大闹天宫，接着又有人吹到了《红楼梦》里的林黛玉整天哭哭啼啼。小三子忽然怪异地问道："知道女人为什么不长胡子吗？"有好色之徒抢答道："女人皮厚长不出来啊！"——这是他们家老祖宗告诉他的道理，反正吹牛说错了又不犯法。大家再次哄堂大笑。你一言我一语，有的说女人皮厚，有的说男人皮厚，还互相抬杠起来。最后资格最老的刘开明做总结发言，"其实男女都一样皮厚，究竟有多厚呢？欲知此事，请听下回分解。"旁边好事者问："那到底有多厚啊？"有人跟着补充道："吹牛的人已经没脸了。"大伙儿嘴巴再次笑歪了，很多人兴奋得把眼泪都笑出来了，好像孔乙己也在场似的，工具箱里充满了欢乐。

休息的时间很快过了一大半，大家又再次扯到了《红楼梦》，也自然而然吹到了班组的女焊工陈美和王荣身上。她们俩都是班组里的"欢乐宝宝"。有的说王荣像林黛玉，有的说陈美像《射雕英雄传》翁美玲版的黄蓉。一说道两个美女大家都打起了精神，眉飞色舞，有人说张三喜欢陈美，有人说李四喜欢王荣……一群人又抬起杠了，争论得互不相让，跟着登鼻上脸，面红脖子粗，脸蛋都快发紫了。

吹牛的人最开心，吹牛的时间过得最快，一会工夫上班时间快到了。这时两个美女刚好路过，"上班了，上班了，还在吹牛？"吴工段长也过来了。正吹到高潮的时候上班了，大伙意犹未尽，无奈屁颠屁颠地回到工作岗位。吹牛的笑声像地震一样余波未尽，上班的时候他们的心里依然充满了欢乐。

此后吹牛成为大家休息娱乐的一种沟通方式，也增添了彼此友谊。这些造船人吹牛有三大特点：第一，三句话离不开老本行；第二，三句话离不开女同胞；第三，海阔天空，什么都敢吹。一个时代有一个时代的文化，现在他们就喜欢这样侃侃而谈。随着时间的推移和手机功能的多样化，这种休憩方式逐渐变化了，笑声渐渐变少了。

12月底，车间安排唐华班组一项新的生产任务，协助江南下属单位制作一个化学品船的机舱分段。该分段制造难度前所未有，主要特点是线型复杂、双层结构、薄板多，以及密闭空间多，施工难度相当大。全班已经持续奋战一个多月了，还是来不及按期完成，唐华也只完成了85%的工作量。由于连续工作，唐华累得筋疲力尽。吴工段长安排大合拢作业区过来帮忙，其中高亚军兄弟俩过来给唐华帮忙。

高亚军来自南通，今年三十五岁，个头比唐华高五厘米，胳膊也比唐华壮实一圈，他也是从事船体火工十多年经验的老师傅。都在一个厂里工作，唐华之前并不认识高亚军。高亚军在分段周围仔细查看一遍，对唐华说道："这个分段难度确实很大，一个人的确很难完成。"造船工作繁重，人多力量大。第二天三个人一起加班加点工作，一个星期后，经过大家共同努力，分段终于制作完毕，并顺利通过了船东的检验。

同样的分段后来又做了两次。唐华善于总结经验，他找到了一种新的工作方法，很快就一个人顺利完成了。真是学无止境，知识用活了也就达到事半功倍的效果。这让高亚军也对他刮目相看。此后高亚军成了唐华最好的朋友，也是人生的知己，友谊天长地久。

几年后高亚军和唐华相继离开了江南，而又意外地在浙江重逢。

虽然唐华出色地完成了工作，收入上却没有得到体现，这个月他的工资又排名全班第八，与他刚来这个班组时候的排名相差甚远。唐华一个人承担了两个人的工作。天道酬勤，多劳多得，因此他的工资自然比很多人多一些，可是半年前这种待遇已经没有了，任凭他如何辛苦的工作也不再受到重视。这个月拿到工资后，唐华义愤填膺，再也忍不住心中的怒火，他找姜带班理论："一个人干了那么多活，难道就这点工资？"姜带班语无伦次地说："不少啦！……"最让人气愤的是唐华的奖金栏被班组其他人签名了。唐华无意中发现了这个巨大的秘密，他有一种说不出的气愤和苦恼，也有了离开江南的想法。就在这时，班组里还有几个同事也对收入不满意，辞工去了其他船厂。

恩师洪老得知后，找到吴工段长沟通，吴工段长告诉洪老："唐华的工资不会这么少吧，我查一下。"回到办公室，吴工段长把班组近几个月的工资报表一一查看，报表上显示唐华每月工资排名班组第三，没什么不妥啊？随后吴工段长把姜带班叫到办公室，"唐华的工资是啥情况？"姜带班前言不搭后语。"这么好的火工哪里找？人家要走了，你知不知道？无论如何一定要把留下！"

姜带班答应下月给唐华涨两百块。车间工会也十分关心唐华的事情。然而姜带班做假账的事情却不了了之。洪老为了挽留唐华，狠狠批评道："做人难啊！写一个'人'只有简单的两笔，做起来需要一辈子，凡事要学会忍耐，忍一时风平浪静，退一步海阔天空，快乐工作，不要总在钱的问题上打算盘。"恩师在委婉的批评中教育唐华做人和做事的道理，怎么感谢恩师的高尚情怀？他想起了诗人汪国真的一首诗《感谢》：当我走向你的时候/我原想收获一缕春风/你却给了我整个春天……

古人云：师者，传道授业解惑也。恩师洪老不仅传授了唐华丰富的造船技术，还不断教诲他做人做事的道理。跟随恩师十多年来，恩师一直默默地教导他热爱工作热爱生活，他又怎能不加倍地虚心学习呢？一定要学习恩师高风亮节的胸怀，学习恩师那泰斗般的造船技术。人生的道路还很漫长，有这样好师傅，真是他的好福气，也必将终身受益。唐华牢记恩师的教诲，以实际行动来争取更大的进步！

2005年元旦，洪老邀请唐华去家里做客。唐华和文琴带着女儿一起去拜访。

几个月前，洪老和小区女理发师罗兰生活在一起了。罗兰年轻貌美，只比唐华大几岁，还不到四十岁，女儿十六岁，老公是下岗工人。罗兰与老公假离婚，脚踏两条船，抱着洪老这棵"摇钱树"不放手。其实洪老的工资收入也不多，只有几套出门穿的像样的衣服，平时穿得最多的是工作服，最爱抽的香烟是七块五一包的红双喜，每天半包半包地抽，省吃俭用为罗兰买房子赞助不少钱，新房装修得很气派，从地面到墙体全面精装修，还买了很多新式家具和家电，看得出应该花了不少钱。

刚进门唐华一家人闹出尴尬。唐华和文琴见罗兰打招呼："阿姨好！"罗兰正在晾衣服，背对着唐华应了一声，一边招呼让座，一边招呼洪老泡茶。这时唐华女儿先叫道："爷爷好！"爷爷很高兴。接着唐华让女儿对理发师打招呼，按辈分女儿应称呼"奶奶"。金雅随即叫道："奶奶好！"罗兰晾完衣服转过身来回道："我有那么老吗？"这时唐华才看出她还很年轻。于是尴尬地让女儿也叫"阿姨好！"一家人都不分什么辈分了。

恩师一早去买了很多菜，洪老和罗兰一起做午饭，罗兰厨艺很好，一会做了丰盛的一桌菜。罗兰对洪老的生活照应得很周到，可以看出恩师现在的生活也很幸福。但幸福只是短暂的，毕竟是半路夫妻，一年后两人还是分手了。

回去的路上，唐华和文琴心想师傅的生活是一面镜子，文琴幸福地说道："我们要珍惜美好生活，一定要经营好婚姻，不要忘掉爱情誓言，守护好属于我们的幸福。"

正月十五元宵节，唐华一家三口再次去恩师家里做客，陪恩师一起共度佳节。下车后他们去小区的超市买了一些礼物，洪老亲自到小区大门口迎接。

这些日子洪老常常一个人在家，下班后面对空荡荡的家，别说是一个老人，就是空气也变得十分寂寞。洪老在造船事业中取得了很大的成绩，可是晚年离婚是他人生最大的不幸。徒弟一家人过来陪恩师过节，老爷子十分高兴，去市场买了新鲜的鲈鱼、对虾，还有烤鸭和白切鸡等熟菜。洪老亲自下厨准备了丰盛的午餐。菜上齐了，洪老倒上满杯的茅台酒，不停地为他们夹菜，"今天过节，多吃点，喝酒！"唐华夫妻俩站起来向恩师敬酒，"谢谢师傅多年的教导！永远感恩师傅！"金雅在一边津津有味地啃着香喷喷的鸭腿。这些年来洪老一点都没有把他们当外人，唐华心底充满感激。洪老已经退休十多年了，头发稀疏了很多，身体一向还好，白天坚持工作，晚上还坚持学习电脑，老爷子风趣地说道："不会电脑是新时代的新文盲，再不学习就落伍啦！"听了恩师的一席话，唐华有一种新的紧迫感。

饭后文琴抢着要洗碗，老爷子坚决不让，"你们是客人，哪能让你们劳烦？"

随后唐华和恩师兴致勃勃地聊天。唐华在江南工作七年多了，技术水平有了很大进步，已经达到高级工水平。酒后，唐华心底有些骄傲，自以为如何如何，居然在师傅面前耍起"大刀"，夸夸其谈地炫耀："师傅，您看我现在还有什么好学的？"洪老完全看出了唐华的心思，但没有直接批评，微微笑着说道："活到老，学到老。造船技术发展很快，我还有三样没学到呢！年轻人可不能骄傲自满。"师傅的话音刚落，唐华当即感到十分汗颜。其实老爷子对唐华的成长挺满意的。洪老抽了一支烟，拍拍唐华的肩膀，接着说："做人要低调一点。学技术先要学习做人，要时刻保持谦虚谨慎的态度。去年从广州回来后，我又到大连指导工作，采用爆破法解决了一项技术难题，当时在场的所有人都竖起大拇指佩服，我只不过笑笑而已。"随后老爷子还讲起了他当年参加建造"远望号"的建造技术，还有散货轮、油轮、集装箱船等造船技术，以及国内外的造船技术发展情况。这是他们师徒俩最交心的一次谈话。师傅语重心长地勉励唐华。唐华梦想有朝一日能成为像师傅那样的造船专家。人生有梦想就有目标，若干年后唐华也成为一名优秀的造船技术人才。

听了恩师的教诲，唐华顿时茅塞顿开。时代在快速发展，造船也有着学不完的技术。唐华重新深入学习造船技术，取得了可喜的进步，他不仅深入学习船体火工技术，还融会贯通地学习船体装配、焊接和精度控制等相关工艺技术，他向高级技师王福高和刘敏杰等大师学习造船技术，学习不同类型的船体分段装配技巧，学习船体精度控制原理，以及船体工艺流程和焊接原理等。学习使人进步，功到自然成。这对唐华将来担任工艺工作有了很大的帮助。

一天工作中，唐华细致地研究各种焊缝变形规律，他采用多种处理方法进行对比试验，探索出一种独创的矫正方法，不论哪种类型的焊缝变形，他都可以采用一种特殊的方法快速处理好。这是师傅从来没有教过的技术。通过这样自我创新，唐华把自己的技术提炼得更加出色，也收获一份成功的喜悦。第二天唐华激动地告诉恩师，洪老到现场查看后大加赞赏："好方法，再接再厉！"

今年唐华除了建造很多大型船舶，还参加了上海内环高架桥钢结构工程和其他等重大工程建设，产品质量达一流水平，工作得到领导和同事们的一致好评。

同期海申公司广大劳务工也掀起了学技术的高潮，并涌现了一批先进事迹。

张小红是一名出色的高级焊工，焊接拍片一次合格率达96%以上。张小红是一名女工，长期担任压力容器的焊接工作。前不久车间接到了一家韩国船厂的液罐项目，液罐的外壳由很多块中碳钢组成的球状体。中碳钢的焊接难度非常大，张小红和其他男同志一样出色地焊接了很多焊缝，拍片全部达到优等品。由于韩国船厂为了赶进度把船体已经合拢完成，结果导致液罐放不进去，最后他们和江南协商把液罐从中间切开放到船体内部，这样液罐的焊缝需要再次焊接。于是江南派出一个工作组到韩国船厂负责施工。张小红是车间的焊接技术能手，也被选派到韩国出差，大家经过十五天的努力，完成了全部的焊接工作，受到韩国船厂的高度赞扬，还获得了每人1000美元嘉奖金。张小红为江南出色地完成了本次出差任务，不仅为中国造船人赢得了的荣誉，也为广大劳务工树立了好榜样。

还有岳美华也是一位十分出色的女焊工，被誉为"神枪手"，她在年前上海赛区焊工技能大赛中获得了第一名的好成绩，行行出状元，不单个人赢得荣誉，也为江南增光彩。

在江南的人才摇篮里，培养出了很多优秀的造船人才，也涌现出了大批优秀的劳务工。在江南很多劳务工通过刻苦学习成为优秀人才。机装车间劳务工万小虎荣获"上海市十佳杰出外来务工青年"。他们的成才意味着农民工的造船人生也一样的精彩，时刻鼓舞着广大劳务工更加热爱工作和学习，更加热爱江南这片热土。

2005年5月初洪老离职了。洪老从十八岁进厂一直工作到退休，退休后又继续工作了九年后才最终离职，凭着一颗执着的心在江南整整工作了四十六年，把毕生的精力都献给了他深深热爱的江南，这是多么了不起的贡献！现在这位六十四岁高龄的老专家，就像三国里的黄忠老将军再次出征担任大任，前往浙江绍兴新工集团担任北京奥运核心工程——鸟巢体育馆工程监理。

离职前一天，洪老在船厂门口邀请唐华吃饭。洪老点了几道菜，师徒俩边吃边喝啤酒。老爷子今天心情很不错，脸上露出一脸的笑容，"小唐，我已经离职了。"此时唐华还不知道师傅离职的消息，只有极少数人知道洪老离职的去向。唐华放下酒杯，似乎没听明白师傅的话，以为师傅正式退休了。唐华跟随师傅十多年了，好像还没有断奶的孩子，十分依依不舍，说话的嗓音顿时变得沙哑了，"师傅，您退……退休好……""我打算去浙江工作。"洪老说，又说："上海世博会申办成功了，江南搬迁在即，江南无论在什么时候都最有前途，你留在江南好好干！……"

半个月后，洪老从浙江绍兴返回上海并再次请唐华吃饭，唐华没想到还能与恩师再次见面，心里十分高兴。这次唐华见师傅容光焕发，气色很好。洪老告诉唐华担任鸟巢工程监理的好消息，还带给他一个大喜讯，"你跟我去浙江工作吧！那边有'五险一金'，这对你将来养老有好处。"唐华当时在江南属于劳务工是没有这种待遇的。唐华当即答应了恩师。就在这天，唐华才知道恩师在江南的工资只有三千块，他怎么也没有想到师傅的收入和自己现在的收入相差无几。更没人知道这位老专家1996年的工资只有1560元——这点钱可能还不够买一张明星演唱会的门票。洪老却不以为然："明星受到各界的追捧，产生了广泛的社会效应，他们的收入是很高，但科技工作者创造的价值不可估量，二者之间没有什么可比性。年轻人应该立足本职工作，做对国家和社会有用的人，也是熠熠闪光的大明星……"有人问洪老："这样执着究竟是为什么？"答案只有两个字——奉献！洪老决心要把毕生的精力都奉献给中国造船事业，奉献给国家重大工程建设！

第二天唐华请假与师傅一起来到绍兴新工集团有限公司。该公司是一家特大型民营企业，也是中国500强企业，坐落在绍兴经济开发区，拥有一流的现代化生产线，承接鸟巢体育馆大部分主体工程建造，另外还承接上海最高的101层上海环球金融中心大厦钢结构工程。路上洪老告诉唐华，"鸟巢工程巨大，大多是扭曲型箱梁，施工过程变形十分复杂，我打算筹建一个火工班组，由你来担任班长。"到了车间，洪老领着唐华到现场参观，一块块扭曲像麻花一样的箱梁让唐华感到十分好奇又十分紧张，好奇的是期待北京2008奥运，紧张的是他从来没有见过类似的问题。洪老见唐华一脸的紧张样子说："不用担心，我在这里有什么好担心的？"尽管师傅给他吃了定心丸，唐华还是决定回去做他熟悉的造船工作。临走前师傅感到有些失望。而唐华也与鸟巢工程擦肩而过。

洪老离职后，车间安排孙师傅接替洪老的职位。孙师傅也是船体火工技师，身材高大，肩膀宽阔，和蔼可亲，戴着眼镜，一副学者形象。孙师傅的父亲原是大学教授，"文革"期间孙师傅学业被迫中断，到船厂当了一名普通的造船工人，转眼即将退休了。孙师傅家庭幸福，爱人是星级酒店经理，女儿在读大学。孙师傅的技术很精湛，曾经担任过一些重点工程建造技术负责人，几年前被派往日本船厂工作留学一年，因而有机会学习了很多日本造船技术，这也是很多人所没有的经历。

唐华从浙江回来后，认识到自己的技术还有很大的差距，仅仅是对造船工作熟悉，造船以外的工作还很缺乏经验，因而他有一种紧迫感。一天晚上，唐华做了好几个梦，梦到前两天在鸟巢施工现场看着一根根弯曲的箱梁，自己却无从下手，急得满头大汗，"师傅教教我……"后来又梦见胡建明嘲笑他："你不是很牛吗？这都不会？"文琴听到唐华说梦话，"醒醒，做啥噩梦了？"唐华愣了好半天，原来是一场梦！

随后唐华又打算拜师学艺。唐华在江南工作七年多了，孙师傅对这个农民工并不陌生，也很欣赏这个肯干好学的小伙子。另外还有一位船体火工技师邓学良师傅也很关注唐华的成长。在车间工会夏主席的帮助下，孙师傅同意收唐华为徒弟。就这样唐华有幸拜了江南的第二位大师学艺，并与孙师傅结下了深厚的友谊。

一天中午，唐华拿着自己的笔记本请孙师傅指导，孙师傅送给他一本专业书《金属结构热处理工艺学》。这本书理论知识深奥，唐华起初几乎看不懂，但是还是坚持一页一页阅读，先后读了五六遍终于领悟了其中一些内容，理解了其中一些深层原理。孙师傅把唐华的笔记足足看了一个月，对唐华说道："很不简单！你若有机会到日本学习那就更好了。"在孙师傅的指导下，唐华初步学习了一些日本造船技术，技术有了进一步提升。

2005年全国造船形势一片大好，很多船厂重组或扩建，并涌现了很多新建船厂，也有不少日本、韩国公司来华投资建厂。其中一家日本公司在江苏省港城市建立了分厂，该公司已有120多年发展史，在日本船舶制造领域有重要的影响力，主要产品包括船舶舱口盖、克令吊、汽车甲板等业务。港城分厂中等规模，招聘了一千多名中国工人。胡建明和其他老乡去了港城，享有"五险一金"，工资待遇都比较满意。

一年前胡建明和谭月娥结婚了，两人都去了港城，日子开始幸福起来了。

下半年唐华女儿金雅已经四岁了，也该上幼儿园小班了。这孩子在妈妈细心教导下十分聪明活泼，特别爱学习。有天金雅拉着妈妈的手站在幼儿园门口央求道："妈妈，宝宝想上学……"这一刻文琴的心都快碎了。公费幼儿园不招收外来务工子女，私立幼儿园每月学费一千多块，另外还要交巨额赞助费。两个月前文义买房子，唐华赞助了几千块，现在家里没钱给女儿上学，夫妻俩整天发愁。

一天晚上文琴和唐华商量，"女儿在家里上学吧，我亲自辅导女儿的学习。"金雅勉强同意了。随后买了几本启蒙教育书，还有《十万个为什么》和《成语故事》，妈妈每天讲一个故事，可金雅还觉得不够，嚷着："妈妈明天讲两个故事吧！"这孩子从小就是书虫，不到两个月就把几本书读完了，"妈妈，宝宝还想上学……"爸爸妈妈的心特别酸。

国庆节唐华休息两天，一家人去上海动物园游玩，一大早乘车到了动物园门口，排队购票进去参观。金雅早就盼星星盼月亮要去看大老虎，今天愿望终于实现兴奋极了。动物园是孩子们喜欢的游乐园，节日期间游客人山人海。

上海动物园动物种类繁多，是国内最大的动物园之一，这里有很多珍稀动物，其中珍稀野生动物共计四百多个种类，动物数量超过六千多只，不光有我国特产的金丝猴、花孔雀、华南虎等珍稀动物，还汇集有世界各地的代表性动物，有来自世界各地的非洲狮、长颈鹿、骆驼、袋鼠、企鹅、河马、海狮、猩猩、大象等。动物种类繁多令人目不暇接。另外园内外植物种类和数量也很繁多。

首先参观猴山，猴山像一座宝塔，四周有高低不平的假山，里面有很多活泼可爱的小猴子。猴子是人们最喜欢的动物之一，引起很多大人和小朋友围观。金雅最喜欢小猴子，迫不及待跑过去，"哇！妈妈快看这么多活泼机灵的小猴子，有的伸出手来索要食物，有的在假山上蹦来蹦去，有的在嬉戏，真是可爱极了。"最可爱的是那些表演杂技的小猴子，猴子抬轿、空中飞椅、趣味钓鱼、走钢丝、荡秋千等，不仅动作优美，还很幽默风趣。金雅笑得合不拢嘴。猴子表演吸引了众多小朋友的目光，大人们纷纷掏出长短各异的相机抢镜头，生怕错过美妙的一刻。

跨过猴山走进野兽区，这里的动物实在太可怕了，那凶狠的眼神死死地盯着人们，简直是想把人类当成它们的食物，幸好它们都关在笼子里面。接着看到玻璃房里有几百条蛇，有竹叶青、眼镜蛇、蟒蛇等，嘴里不停地吐着怕人的信子。文琴和女儿吓得浑身发抖。不敢久留，随后往西方向游览，胆战心惊地见到了凶猛的大老虎，虽然它被关进特别坚固的房子，但张牙咧嘴朝人群发出吼叫声仍然十分可怕。金雅看到了大老虎既兴奋又害怕，有趣地问道："爸爸，动物园怎么把大老虎抓回来的呀？"唐华不知道该如何回答，随口说道："老虎睡觉的时候抓到的。"一家人嘻嘻笑了。

忽然听到一声枪响，原来是马场里即将举行赛马比赛。一匹匹体格健硕的骏马整装待发，精神抖擞，一号白龙马乳白色的身体，金色的鬃毛在阳光下金光闪闪，尽显雄姿；二号大黑马全身乌黑发亮，鬃毛也是黑色的，帅气无比；三号大红马显得活泼灵巧，威风凛凛；其他几匹骏马也都英姿潇洒。金雅激动地说道："妈妈，比赛开始了！"全场观众不停地加油，大家齐声呐喊助威："加油加油！"一号白龙马一马当先，三号大红马排在第二，二号大黑马跑在最后。就在最后冲刺紧要关头，大黑马突然加速，可谓过五关斩六将，最终率先到达终点获得冠军。全场观众一片欢呼。

下午参观鱼馆，鱼馆里有五颜六色的鱼，鱼儿兴奋地游来游去，这里成了它们的欢乐世界。唐华领着女儿来到金鱼池边，看到池中有一座金鱼雕像，还有各式各样的小金鱼，有的尾巴像剪刀，有的腮帮宛如乒乓球，有的眼睛像铜铃。金雅第一次看到这么多小金鱼，近距离地站在玻璃鱼缸旁看着里面可爱的小金鱼，开心极了。

接着去天鹅湖看洁白而高贵的天鹅。天鹅身子是乳白色，脖子有白的、黑的，还有黑白相间的颜色。成双成对的天鹅在水里自由自在地游着，毫不惧怕游客的挑逗行为。金雅把一小块面包扔到湖里，这时一只白天鹅立刻转身抢到嘴里，津津有味地吃起来。金雅又调皮地扔了一块，面包被两只天鹅同时发现了，它们开始互相争夺起来了，最终被一只黑天鹅抢到，吃完了还尖叫几声，仿佛正唱着胜利的凯歌。

最后去看来自泰国的大象表演。三国里就有曹冲称象的故事，大象体型笨重，可大象表演节目却十分灵活，一会儿用脚踢球，一会儿用鼻子投球，还会表演走独木桥的绝活。几头大象的足球比赛在一片掌声中结束。大象是人类的好朋友，大家纷纷把手中的香蕉、甘蔗等喂给大象，大象愉快地享受着美味。唐华一家人第一次近距离看到大象，第一次和大象亲密接触。金雅还想起盲人摸象的故事，笑着说道："原来大象如此高大肥硕，大象不是一堵墙，不是一把扇子，更不是什么柱子……"

在园内辗转了六个多小时，但仍未全部参观完毕，文琴和金雅都累坏了。一路走来看到那么多的动物，真是大开眼界，享受动物的乐趣，有一种回归自然的感觉。动物们千姿百态，或威武，或憨厚，或美丽，或丑陋，或灵巧，或笨拙，一群可爱的动物让人们流连忘返。欢乐的时光总是飞逝而去。转眼夕阳西下，金雅意犹未尽，一家人恋恋不舍地离开。返回的途中还看到了美丽的孔雀开屏和可爱的河豚表演。百闻不如一见，与在电视里看动物世界的感受完全不同，让女儿普及了科普知识，体验了无穷的乐趣。

第二天唐华一家人去外滩游玩，还登上高耸入云的东方明珠游览。

东方明珠广播电视塔高468米，位居亚洲第一、世界第三，坐落在美丽的黄浦江畔浦东陆家嘴，与外滩万国建筑博览群隔江相望，与88层金茂大厦和101层上海环球金融中心并肩而立，与左右两侧的南浦大桥和杨浦大桥形成双龙戏珠之势。东方明珠是上海市标志性建筑，是上海改革开放经典杰作，成为上海重要旅游景观之一。

上午九点，唐华领着老婆和女儿穿梭在外滩的人群中。从外滩这边望去，东方明珠直冲云霄，高低错落的球体非常壮观，似乎从蔚蓝的天空串落到绿茵草地上。东方明珠塔建筑造型新颖别致，她是一颗屹立在世界东方璀璨的明珠，把上海这座城市点缀得更加灿烂辉煌。从外滩这边眺望东方明珠的高大雄姿，可以全面欣赏她的立体美。隔江相望，塔尖更加高耸入云，球体悠然别致，让人产生登高望远的欲望。

坐车来到塔下，首先看到"东方明珠广播电视塔"的金色塔名。游客们纷纷拿出相机合影留念，唐华也让老婆和女儿拍照留念。抬头仰望，明珠塔更加高耸入云，更加雄伟壮观。东方明珠是一件价值连城的艺术品，整个塔身直径缓缓减小，球体自下而上逐渐变小，巧妙地融合在天地之间，其高度创造中国建筑奇迹，设计和建造向世界充分展现了中国智慧，不仅向世界传递无数电视信号，更向世界述说中国已经走进新时代。唐华和文琴十分兴奋，女儿更是欣喜若狂。此时此刻最期盼登上这魅力无穷的明珠了。

一个小时后，唐华跟着人群排队买票准备登塔参观。高速电梯只需几十秒钟便可到达263米高的观光球上，每秒7米的高速十分罕见。很快电梯显示到了离地面263米的高空，也就是第二个球体。唐华缓步走出电梯，四周是宽敞明亮的大厅，前来观光的游客人头攒动。改革开放以来，开放的上海迎来高速发展的美好时代，浦东以惊人的高速发展取得重大成果。透过玻璃观光台举目远望，将浦江两岸的城市风光尽收眼底，见证浦东开发开放成果，让人心旷神怡。俯瞰脚下的上海风光，浦江两岸高楼林立，金茂大厦和环球中心与明珠一起欲与天公试比高。

接着来到下面第一个球体90米玻璃观光台，四周全是透明的玻璃，脚下也全是玻璃，走在上面感觉像在太空漫步，文琴和女儿吓得两腿发软，唐华也十分紧张。俯瞰塔下的江水更加清晰，黄浦江上来往的大小船只留下一串串长长的波浪，在阳光的照耀下闪耀着金色的波光；还有一些顽皮的小鸟时而从水面上掠过，时而在空中展翅飞翔，给平静的黄浦江增添了妙趣。

在旋转餐厅享受自助餐美食后，唐华还参观了东方明珠塔内的上海历史博物馆。博物馆内一幅幅精美的照片展示上海发展的深刻变化，特别是改革开放以来上海取得的巨大成就；二十多年前浦东还是一片农田，今天浦东的发展已令国人骄傲，更令世人瞩目！有游客自豪地说道：改革开放以来，中国取得了令人瞩目的发展成果，上海只是其中的一个缩影。中国是龙的故乡，中国人是龙的传人，中国巨龙正腾飞在世界东方！说得真好！改革开放以来，古老的中国快速发展，中华大地一片生机勃勃，五千年的中华文明从一个平凡的世界走向一个极不平凡的世界。

从电梯下来以后，一家人手挽着手恋恋不舍地离开了东方明珠，还不时地回头仰望着那片充满神奇的天空。

半年后，唐华做出抉择离开了工作八年的江南船厂，离别前为热爱的江南写下了一首诗《百年的江南》。

百年的江南

百年的江南啊，江南
你是一片造船的圣地
你历经了一个多世纪的风风雨雨
你历经了无数次锤炼
打造出中国造船的著名品牌
一个享誉世界造船的著名品牌

百年的江南啊，江南
你不仅打造了中国海军一流的战舰
你不仅打造了世界一流的航天测量船
你还打造了多少敢于乘风破浪的英雄船舶
有着数不尽的光环和荣誉
更是创造了中国造船事业的无限辉煌

百年的江南啊，江南
你是造船人才的摇篮
你创造了先进的造船技术
你战胜了千辛万苦
你用无穷的智慧和力量
把一艘艘巨轮从怀抱中推向大洋深处
巨轮在大洋深处掀起了中国制造的浪花

成为大海的英雄儿女

百年的江南啊，江南
你是一匹健硕的千里马
领跑中国造船的快速前进
你是一群真正的高人
敢于站在世界屋脊上说话

百年的江南啊，江南
你是东方最灿烂的明珠
你谱写了中国造船光辉灿烂的历史
你续写了民族工业无数新篇章

百年的江南啊，江南
你把成绩藏在心底
你把辉煌诉说给党听
你把荣誉献给祖国母亲

百年的江南啊，江南
我愿成为李杜的学生
为你写上千首赞美的诗歌
我愿有帕瓦罗蒂的歌喉
为你唱上万支歌颂你的情怀

百年的江南啊，江南
当我走向你的时候
我看到了春天般的希望
也看到了秋天的硕果
祝福你的明天更美好
祝福你的明天更辉煌

第十八章

2006年的春天极不平凡，至此我国改革开放已经走过了二十八个春秋，二十八年对于一个人来说已经从少年走向青年时代，而中国正迈入科学发展的好时期。

几个月前，国家宣布全面取消农业税。这是关乎全国农民切身利益的特大喜事，也是党的新一代领导集体实施的惠农政策。全面取消农业税，意味着在中国沿袭两千多年的传统税收终结，不仅切实减少亿万农民的负担，也是我国农村体制改革重要的里程碑。事实充分说明：改革开放以来，国家取得重大发展成果，国家越来越强盛，人民生活越来越好，农民兄弟分享到更多的实惠。

陈家庄人在大彩电上看到这条重要消息，家家户户欢天喜地庆祝，有老乡家音响里传出美妙的歌声，"我们的生活充满阳光，幸福的花儿心中开放，亲爱的人啊携手前进，携手前进……"这是一首八十年代的老歌，可今天听起来更有味道。雷书记欣喜地说："党的政策暖人心，咱庄稼人的好日子更有盼头了。"如今乡亲们的生活发生了根本性变化，过去盖楼房的债务基本还清，很多人家还有不少存款，已经基本实现了"小康"目标。为了进一步夯实乡村民风，促进和谐家庭建设，雷书记在村民代表大会上向大家征求意见，"乡亲们，现在不交农业税了，村委会建议大家每年每人交一块钱设立基金，这笔钱取之于民，用之于民，专门奖励村里的'最美好媳妇'，每两年评选一次……"雷书记的话还没有说完，全场就响起热烈的掌声，最后全票通过。

兴旺村有什么好经验也分享给幸福村，因为雷书记和何村长是同学。两个村长经常一起到镇上开会，经常一起探讨发展大计。现在村干部责任重大，他们要为村里谋发展，只有埋头苦干！

2006年3月，唐华迎来了好机遇。在胡建明的帮助下，唐华进了港城市新兴镇一家日本公司工作，成为该公司的正式员工。这是唐华人生的一大转折。到目前为止，唐华的造船人生已经走过了十三个春秋，十三年风风雨雨只为一个等待。即将前往美丽的港城工作，又是一家日本工厂，收到录取通知时唐华像是中状元一样兴奋，高兴得说话的语调完全变了样，他得意地对老婆大声嚷嚷："要摆一桌，好好庆祝一下！"文琴也为唐华感到由衷的高兴，但文琴只是把喜悦放在心底，打情骂俏地说道："瞧你嘚瑟的样子。"女儿连忙高兴地问道："爸爸，那我是不是可以去港城上学？"

第二天晚上，唐华邀请文义一家在上海小聚。出门前一家人精心打扮一番，兴高采烈地来到酒店，唐华点下一大桌菜。文义和淑玉带着儿子金宇准时赶到。文义首先向唐华表示祝贺："祝贺你！是金子总会发光的，努力不会白费，期待你在新岗位上取得更大的成绩！"端起酒杯的时刻，唐华依然兴奋不已，"谢……谢……"进船厂工作以来，唐华从来没有今天这样兴奋，他像是翻身做主的农奴，这一刻开始他将是一名外企职工了，而他之前是一名劳务工。男人要养家过日子。按说找到一份好工作理所当然该庆祝，但是他不知道改革开放以来外面的世界发展有多么快，还有多少人取得了多大的成就，而他的步伐依然落在别人后面，甚至还有很大差距。

喝完两杯酒后，文义沉着地说道："这个月我也有收获，当科长了。"还有文义去年已经在上海买房了，现在职位又步步高升，这是全家又一大喜事。大家都把耳朵竖起来听文义说话。一个月前，文义部门原科长辞职了，文义参加了科长职位竞选，主要竞争对手是中国科技大学毕业的王硕士，最终文义以高票通过成功胜出，总经理布朗先生亲自给文义颁发任命书，"你的能力有目共睹，恭喜你！"这家全球500强公司的研究所科长职位可不简单，下面有三十多名硕士和博士，没有卓越的才华如何能够管理好这样一群高级人才呢？当然文义能够当选有他的理由，入职三年来文义进步很快，英语达到八级水平，修完硕士研究生学业，再就是获得五座含金量很高的奖杯。文义为人处事越来越成熟，时刻把成绩藏在心底，时刻朝着更高的目标努力。

常言道：人往高处走，水往低处流。三个月后，文义意外地跳槽了，离职前总经理布朗先生再三挽留。最终文义和张博士一起去了上海另一家外资公司，该公司是世界500强排名前十的国际大公司，文义担任部门经理。文义靠着自己的努力，一步一步地在大上海闯出了一份属于自己的事业，现在他的收入十分可观。同期淑玉也进了一家知名外企工作。文义夫妻俩双双被列入"上海市外来青年人才"数据库优秀人才。

文义和唐华都在家里排行老二，目前家里只有他们俩的工作相对好些，他们像火车头一样带动全家的发展。知识改变命运。他们出生在同一个地方，一个上了大学，一个中途辍学了，他们的人生起点不同，现在他们的命运竟然有如此大的差距！随着时间的推移，这种差距还将进一步扩大。唐华一直以文义为榜样，时刻不放弃读书，他将在港城这里开启新征程。文义很敬佩唐华勤奋好学，"总有一天，你会取得更大的进步！"

港城市是一座美丽的城市，也是享誉全国的文明城市。港城市毗邻上海，是长三角地区重要的港口城市，拥有独特的人文环境和得天独厚的发展优势，自20世纪80年代初开始，港城人民紧紧抓住改革开放发展机遇，经济发展居全国百强县前茅，城市规划井然有序，市中心到处是巧夺天工的高楼大厦，繁华的市容市貌让人目不暇接，最令人惊叹的是街道十分干净而又整洁，文明、整洁、富饶是港城的城市名片，来过港城的人都会情不自禁地喜欢这座美丽的城市。

新兴镇是一个充满活力和特色的新型城镇，经济繁荣发达，位于港城市北面，紧邻长江，交通便捷，距离市区约三十公里。该镇地理位置独特，人文环境极佳，政府干实事，民众促发展，吸引了大批产业进驻，促进本地区经济多元化快速发展；镇上五金厂和纺织厂众多，五金涵盖各类工具，纺织包括各类生活用品，号称"中国五金之乡"和"中国纺织之乡"；另外还有数家大型企业，其中一家是亚洲最大的不锈钢生产基地，一家大型废铁回收公司，以及一家日本造船公司等。唐华很荣幸来到港城这个美丽的小镇工作，一家人将在这里度过一段美好时光。

三月初，阳光明媚，春暖花开，春风又绿了江南岸。唐华来到迷人的港城，带着愉快的心情来公司报到，他打算工作稳定了，再把老婆孩子一起接过来。胡建明骑着电瓶车前往车站迎接，两个人已经六年没有见面了，见到唐华的那一刻建明惊讶地看着唐华，"咋还这么瘦？"建明是两年前来港城工作的。唐华看到建明现在脸上的气色很好，身体比以前壮实很多，看得出他现在的工作和生活很美好。六年前唐华把建明带到了江南工作，为了一些小事不欢而散，六年后他们又一次在一起工作，故友重逢，一笑泯恩仇，握手之间两个人又回到往昔深厚的友情之中。

下午上安全课，由安管室袁主任讲课，新入职员工参加学习。袁主任引用美国的马斯洛理论，详细地把安全与人生的价值观结合起来讲解，"马斯洛理论把人的需求划分为五个层次，按由低到高的次序是生理需求、安全需求、社会需求、尊重需求和自我实现需求，人只有满足了低层次需求，才会去追求高层次需求，人的一生都在为能达到这种需求而劳累奔波，千辛万苦为一份安全需求。"另外还讲解公司安全技术和管理措施等，袁主任最后强调："快乐造船，安全第一。"唐华第一次听到如此精彩的安全课，他详细做了学习笔记，不仅梳理了人生价值观和安全重要性，还增强安全意识与家庭的责任感。

课后袁主任带领十几个新员工到现场参观，一边简要介绍公司概况，一边细致讲解现场安全管理要素和其他注意事项。公司成立于2003年，厂区占地面积三十多万平方米，北面是宽阔的长江，南面是宽阔的沿江公路，共有六个高大的生产车间，袁主任指着车间的外墙面说道："日本造船技术很发达，大家仔细看看这几个字，这些标语绝对不是空话。"墙上有五个大大的"一流"：一流的工艺、一流的技术、一流的管理、一流的品质和一流的效益。唐华抬头看到了这些醒目的标语，但他现在还不明白其中深刻的内涵。

随后大家进入车间参观。车间厂房是沙滩上建起来的，三年过去了，地面还是那么平整，厂区干净、整洁，到处都堆满了分段，到处都是繁忙的生产。一线职工都是全国各地招聘过来的优秀的中国工人，工程技术人员大多数是日本人担任，现场技术指导员也是日本人。车间外面有一大批开阔的场地，袁主任说："这是公司规划二期工程用地，不久将启动二期工程建设。"车间东边是公司办公楼，施行大办公室集中办公模式。接着袁主任还简单介绍了公司的生产经营状况，"公司总部位于日本，拥有120多年发展史，与国际著名船用吊机和舱盖制造商齐名，主打产品在世界市场占有率较高，订单已排到了三年后。"

听了袁主任的讲解，唐华对公司有了初步认识，增强了工作积极性。签完安全生产责任书，唐华和一起入职的姜二勇到班组正式上岗了。

唐华分配在五号车间舱口盖作业区工作。去年公司接到日本和韩国船厂大量订单，五号车间同步建造多种型号的舱盖，既有普通散货船舱盖，也有大型集装箱船舱盖，重点工作是集装箱船舱盖制造，另外还有大批的汽车甲板——汽车甲板属于汽车滚装船的重要构件。舱盖和汽车甲板有其独特性，制造工艺流程复杂，精度要求高，矫正技术难度大，是船体火工工作难点之一。舱盖和汽车甲板制作变形复杂，需要大量的火工矫正工作，作业区有内、外场两个火工班组，共有三十多名专业火工。唐华和姜二勇分在外场班组，班组一共十四人，一半是南通人，其他的师傅来自五湖四海。班长刘文宇也来自南通，性格开朗，技术精湛。在刘班长的带领下，全班团结一心，总能按时优质完成任务。

新员工入职有三个月试用期，唐华被安排在林正华小组，四个人一组，每天矫正一个舱盖——这是最快速度，工作繁忙需要经常加班工作。在林组长的指导下，唐华从头开始学习舱盖矫正技术，晚上还坚持写工作记录，把白天学习的知识详细地记录下来，再结合自己在江南船厂学到的知识进行对照，唐华的收获很大，也和班组的每一位师傅都相处融洽。

说来也巧，唐华当初面试的两位老师正是他的车间领导，一位是黄谦明，一位是高俊杰，他们都来自南通，曾经在江南工作很多年，还和唐华在同一个班组工作过。面试的时候，高俊杰一眼就认出了唐华，"这人我认识，技术很好！"这个老班组是出人才的地方，现在黄谦明担任五号车间课长，高俊杰是系长——相当于副课长职位。虽然他们早已离开了江南，但仍然对江南有着深厚的感情，依然牵挂江南的老班组发展的情况。唐华过来上班后，两位领导时常过来打招呼，工作上很关心。

胡建明在克令吊作业区担任火工班长。克令吊是散货船上自备的专用卸货吊车，制造工艺十分复杂，技术含量高，国内外仅少数几家公司拥有生产许可证。他们车间每年为国内外客户制造一百多台克令吊。克令吊生产流水线作业。建明班组仅有六名火工，工作负荷重，建明身为班长责任重大，每天很早去开班前会安排工作。建明在长期的工作中掌握了独特的矫正技术，积累了丰富的工作经验，带领班组加班加点，按时保质完成任务。

唐华和建明在厂外同一个村租房子。唐华为了省钱住在一个养猪户家里，养猪臭味大，但房间里面精装修，让唐华感到稍稍满意。他们每天一起上班，建明骑电瓶车，唐华骑自行车，建明把车刹手捏得紧紧与唐华一道，一路上有说有笑，建明像导游一样给唐华介绍，"这家日本公司历史悠久，各项造船技术达世界先进水平。"过去唐华和建明都是船厂的临时工，现在他们都是享有"五险一金"的正式职工，他们在这里找到了归属感，也有一种莫大的成就感。建明告诉唐华："全厂一共有七十多名火工，其中安徽籍火工占30%以上，原来在皖城厂工作的八名火工都在这边，包括王小飞和胡霄峰，王小飞在二号车间担任火工班长。另外还有黄山的老乡。"过去他们在皖城学习造船技术，老乡们现在齐聚日本公司工作，他们都成为各自岗位的骨干，尤其胡建明和王小飞都已经担任基层管理工作。在国家造船事业蓬勃发展的大背景下，这些普通的农民工已经成为企业的技术骨干，未来必将发挥更大的作用。

由于公司订单多，工作量很大，产品周期短，尽管工艺技术先进，但为了确保产品质量和周期，中国工人需要经常加班。周末和节假日加班费翻倍计算，高额的加班费吸引了众多中国工人经常加班，有的选择加班两小时，还有的加班四小时，九点半下班还有晚餐补贴，一个月下来加班费十分可观，因此加班也成为常态化。公司实现打卡制度，打卡机位于公司大门口，下班的时候门口排起了长龙，虽然等待的时间很长但大家都很乐意。唐华也时常加班，他觉得加班工作并不太累，比起他过去在江南的工作负荷小许多。食堂里饭菜可口，慢慢地唐华的身体长胖了。

几天后，唐华第一次见到建明的老婆谭月娥。谭月娥很年轻漂亮，对唐华也很客气。

三个月很快就过去了，为了答谢大家的关心和指导，唐华在镇上的一家酒店订座，邀请刘班长、林组长和几位老师傅一起聚餐，建明和高系长应邀出席，黄课长临时有事没有参加。这是唐华第一次请领导同事吃饭，希望通过沟通增加彼此友谊。建明帮忙点了几道特色菜：肥肠鱼、白切鸡和日本豆腐等。席间建明带头敬酒，大家频频举杯，喝得面红耳赤。至于唐华在试用期的工作表现大家一致认为可圈可点，刘班长和林组长多次夸奖唐华，刘班长表扬道："唐华工作认真，处处发扬表率作用，是班组优秀骨干，我代表班组敬你一杯！"唐华起身和刘班长一同把酒杯喝干。接着高系长勉励道："努力工作，天道酬勤。"

试用期过后，唐华成为日本公司的一名正式员工。劳保用品方面充分体现日本公司的人性化管理，唐华穿这身蓝色作服还有点帅气，工作鞋是带铁头的既安全又舒适，头上戴的安全帽上还有一条杠，让他有一种莫名的自信。只是建明的帽子上有两条杠让唐华羡慕不已。再就是唐华的工资仅次于刘班长，比班组其他同事都高一些，也比建明多五十块，当然按公司规定工资是保密的。唐华现在很喜欢这份工作，每天更加努力工作。

一天下班后，江南的同事郭富林打电话告诉唐华近来老班组的变化，"自从你离职后，班组一直没有找到合适的接班人，现在火工整天拖后腿，生产任务完不成，我已经辞工了，姜带班也打算辞工。"原来唐华一个人长期担任班组火工工作，每月完成七八百吨各种类型的分段，最高峰产量近九百吨，其中包括很多难度大的分段，唐华全部顺利完成，另外他还有时间学习船体装配和焊接技术。当年唐华即便累到中暑，甚至得了胃病，也从不拖班组后腿，而且一个人坚持了六年之久。接着郭富林义愤填膺地说道："后来花高价请来三名火工，他们工资总是你原来工资的四五倍，可是三个王八蛋加班加点还是忙不过来……"三个人顶不过一个人，听起来让人觉得很不可思议，但是他们谁有唐华那样精湛的技术，谁能像唐华那样卖力地工作，这点不得不让人深思！

挂断电话，唐华顿时感觉哭笑不得，幸好及时跳了出来，否则再继续坚持下去身体还不知道会折腾成什么样。现在日本公司工作负荷轻了很多，唐华的身体也好了很多，工资还是之前的1.5倍以上。唐华在江南整整工作了八年，把人生最美好的青春全部奉献给他热爱的江南；虽然离开了江南，但他十分牵挂江南的发展，那毕竟是曾经培养他的地方，经过千锤百炼让他学到很多造船技术，也把自己锻炼成为一名合格的造船人。人们常说年轻的时候吃点苦并不算什么，累了美美地睡上一觉，明天太阳依然从东方升起。路遥先生曾说：生活像流水一般，有时那么平展，有时又那么曲折。生活不能等待别人来安排，命运要靠自己去奋斗！唐华对目前的工作更满意。

半个月后，姜带班也无奈地辞工了，还有几个老师傅相继辞工。没想到唐华离职才几个月，这个战斗力强大的班组就这样彻底垮了。再难也要坚持工作，最后班组里只剩下几个水平一般的师傅坚守阵地。唐华恩师洪老曾经说过：江南永远是全国最好的船厂。若干年后这些人都取得了不错的业绩，还有人买房买车了。

今年全国造船形势一片大好，可谓遍地开花，各大船厂生产如火如荼。今年是江南搬迁任务最繁重的一年，很多劳务工不愿意前往长兴岛工作，多数骨干纷纷前往其他船厂工作，一时间人才流失现象十分严重，也引起社会各界的高度关注。

6月底的一天晚上，唐华拨通了恩师洪老的电话，"师傅，我目前在港城日本公司工作。"洪老起初没有听清楚，"你说什么？再说一遍。"唐华详细告诉师傅现在的工作情况，洪老庆幸地告诉唐华："很好很好！"接着师傅告诉唐华他的工作情况，"现在鸟巢工程进展顺利，前几天我还去了一趟北京，那边总装工程进展顺利。"唐华得知鸟巢项目顺利，听到师傅说话声音洪亮感觉恩师身体还好，也就放心了。

　　新工集团承接了鸟巢体育馆两万多吨钢结构工程，公司上下精心施工，车间里经常通宵达旦，三班制滚动作业。洪老工作责任心强，每天深入现场指导和检查工作，每周组织一次专题会，"鸟巢是国家重大工程，承担这项工程是新工的荣耀，我们要树立企业信誉，千方百计打造好精品工程……"老专家对工程质量严格把关，不仅带来了江南先进的造船技术，还把江南的很多先进的管理经验传播给广大管理和施工人员，"工程质量最关键的是'三按'，即按工艺、按标准、按要求施工。"中午吃完饭，老爷子累了躺下就睡着了，下午上班号声响起立即爬起来，有时血压上来了吃点药，又来到了工作岗位。

　　再就是洪老现在工作忙很少回家。洪老业余时间喜欢跳舞，舞姿优美，快三、慢四、探戈、拉丁舞都擅长，在舞厅结识了与他年龄相仿的红颜知己梁彩芬。梁彩芬是机械工程师，已经退休了，老伴五年前病故，儿子在国外留学，成了形影孤单的空巢老人。俗话说：青年夫妻老来伴。人老了，没有伴侣真不行。梁彩芬面容娇美，身材纤瘦，也爱好跳舞；洪老身体壮实，肩膀宽阔，梁彩芬很欣赏洪老的气质，两人经常手拉手跳各种欢快的舞蹈，从交谈中渐渐地走到了一起。洪老爱喝绍兴花雕酒，梁彩芬时常陪洪老去高档酒店喝酒，每次饭后梁彩芬都不让洪老买单。半个月前，梁彩芬还给洪老买了两套名牌服装，"你穿那身衣服怎么去北京啊，试试看这套衣服咋样？"除此之外，他们还去过鲁迅故里、西施故里和兰亭等地旅游。情人眼里出西施，两个六十多岁的老人好像一下子年轻了很多。洪老是鸟巢钢结构工程监理，责任重大，梁彩芬总是叮嘱洪老：认真工作，注意安全。可以说梁彩芬是洪老幕后的好助手，时刻为鸟巢工程建设加油。

　　一阵忙碌和惊喜之后，唐华牵挂远在上海的妻儿了。他们一家人在上海生活了好几年，现在分开了真不习惯。在上海的时候，文琴每天把香喷喷的饭菜做好等他下班回来，唐华回到家看到女儿微笑的模样，疲劳顿时消除了一半，那些日子想想就觉得幸福。现在下班回来后，房间里空荡荡的，菜是生的，饭还是米，屋内一阵冰凉！每当夜幕降临，唐华总是想念老婆和女儿，躺在床上拿出她们的照片反复看，思念之情无法消除。

　　7月初唐华去上海接文琴和女儿。刚进家门，唐华幸福地抱起可爱的女儿，金雅高兴极了，"爸爸回来咯！"分别了几个月，四岁的女儿又长高了。一家人出门在外四季的衣服样样需要，还有锅碗瓢盆等日常用品一样都少不了。文琴已经打包做好搬家准备。第二天一早，文红帮忙联系物流公司的车辆搬家。港城是人见人爱的美丽城市，城乡一体化发展，新农村建设走在全国前列，整齐规划。唐华把房间收拾得干净整齐。文琴和女儿早就期盼过来了，她们对唐华租住的房子还算喜欢，就是房东阿姨养猪受不了。全家从上海搬迁到港城，文琴一边做家务后勤工作，一边在家辅导女儿学习。唐华一家人在港城这片土地上开启了新生活。

7月份发工资后唐华买了一辆电瓶车，上下班方便了。

暑假期间文琴去镇上联系幼儿园，下半年女儿该上学了。新兴镇幼儿园是公办幼儿园，也是星级幼儿园，学校环境优美，教学设施样样齐全，师资力量雄厚，正规化管理教学，一点也不比大城市的幼儿园差。在这里上学的孩子很多，镇上外来务工人员子女都可以上学，有公司证明即可，不需要缴纳赞助费，学费也不贵。金雅第一眼就喜欢上新学校，夫妻俩期盼女儿在这里快乐成长。

港城经济发达，文琴也想在这边找工作上班。炎炎夏日，文琴顶着烈日四处找工作，听说镇郊有一家新办的私立小学正在招聘老师，文琴赶紧过去面试。校长得知文琴有多年从教经历，愉快地说道："我们学校正缺乏像你这样有经验的老教师，欢迎你来我们学校工作。"工作找到了，文琴和女儿期盼早日开学。

离家半年多了，金雅很想念家乡的爷爷奶奶和外公外婆。8月中旬唐华带着妻儿回家探亲，全家人穿上新衣服踏上返乡的汽车。路上唐华露出灿烂的笑容，文琴也格外喜悦，金雅更是手舞足蹈无比快乐。

下了车，唐华领着家人朝陈家庄走去，他腰杆挺直，走路步伐有力，人也显得成熟了几分。今年陈家庄的杂交稻长势旺盛，长长的稻穗大快人心。一群乡亲在田野里正忙于农活，见唐华回来立马围了过来。

"听说你到啥日本去工作？"陈二婶急忙问。

"不是，是在日本工厂工作。"唐华回答。

"那还不是一个样嘛！"二婶笑着说。

还有人抢着说："唐华妈说他在港城，港城可是好地方，电视上经常看到，唐华是咱村第一个去港城工作的，还是日本船厂，村里人都为你骄傲！"二婶接过话茬："港城多好啊，幸好你当年没有当老师……"二爷立刻感觉二婶的话说错了，"你婶不会说话，哪壶不开提哪壶，考学是哪年的事情还提起，可千万别见怪！"二爷说完，二婶转过头对文琴说道："看你和唐华多幸福，孩子都这么大了，港城空气好，瞧这孩子长得多漂亮啊！"现在乡亲们对唐华充满敬佩的目光，"还是多念书好。"然而旁边有几个人一言不发，看样子似乎有欲言又止的话没说出口。

一阵欢声笑语之后，唐华加快脚步向山坡上妈妈的小屋走去，进了家门看到妈妈脸色很难看的样子，唐华立刻意识到家里有事。唐华妈见到儿子回来了好半天才缓过神来，"你们都回来了。""爸爸呢？"唐华忙问。"你爸在房里，这些天腰疼……"说完妈妈的眼泪就跟着掉下来。金雅甜美地叫道："奶奶好！"又问："奶奶你怎么哭了？""奶奶看到孙女回家高兴。"唐华转身推开房门，见爸爸在床上发出阵阵"哎吆哎吆"的疼痛声，"爸，好点吗？"老爸用力睁开眼睛看看儿子，强忍着说道："不碍事，人老了，哪有不生病的呢？"可怜天下父母心，有一首歌这样唱道："都说养儿为防老，再苦再累不张口！"

几分钟后，文琴把带回的菜拿去洗准备做饭，唐华妈露出一些笑容，"还是小媳妇好，既懂事又勤快，不像你嫂子……"

房间里只剩下唐华和他爸妈，妈妈忍不住哭着对儿子说："今年你到港城工作是多好的事，你嫂子高兴了三天又开始吵架，说我们偏心没给你哥哥念书，要是他和你一样多念几年书说不定也一样去外国公司工作，反正都是我们做父母的错，最后放火把厨房里柴火点着了，床上的被子点着了，幸好邻居们急忙赶来救火，要不是大家救火及时，你恐怕都见不到我和你爸了……"唐华听着两行眼泪往下直流，离家半年全然不知道家里发生了这么多事情。嫂子邹爱荣小肚鸡肠，时刻见不得唐华勤劳致富，就像一颗随时都可能引爆的炸弹，没想到她竟然这样对待公公婆婆，简直骇人听闻，无法无天！"后来我和你爸被逼无奈，到六里你大姑家住了半年，这才回家不久，还是你哥哥把我们接回家的……"听到这里唐华双腿跪地，"爸妈，你们可要保重身体！"唐华爸忍痛说道："儿子，医生说我得了腰椎间盘突出，我怕开刀医生采取保守治疗，现在已经好多了。好好工作。别听你妈尽说家里这些小事。"唐华一天的心情跌落到了最低点。

文琴洗完菜回来见到厨房熏得很黑，忙问婆婆："妈，厨房怎么啦？"唐华妈擦干眼泪又对文琴说了一遍嫂子烧房子的事情。文琴当场气哭，眼泪汪汪地对婆婆说道："现在和谐社会，家和万事兴，家不和外人欺，嫂子实在太过分了……"唐华夫妻俩的心像被刀子捅的一样，文琴拉住唐华的手正要冲出家门去找邹爱荣理论，唐华妈拦住文琴说："他们今天不在家，去市里给儿子看病了……"文琴对婆婆说："妈，你歇着，我来做饭。"唐华在灶台下生火，文琴在锅上炒菜，文琴对唐华说："我们一定要给家里争气！"

临出门前，文琴给爸妈每人一千块钱，让公公去看病，让婆婆买点生活用品。金雅对奶奶说道："奶奶，我马上在港城读书，我一定会努力读书，将来考大学接你们到城里去生活。"这孩子小小年纪却特别的懂事，爷爷奶奶高兴极了。

第二天唐华一家人来到了岳父家里，刚下车只见四五个邻居正抬着他的岳父进了家门，"你爸腰疼不行了，赶快上医院……"唐华岳母立刻从屋里跑出来，"早上还是好好的，这是咋啦？"原来岳父去年盖新房劳累过度，腰身隐隐约约痛，一直忍着病痛坚持干活，又为新农村建设忙乎不停，今天上午在田里干活终于倒下了。文琴两个弟弟都没有回来。唐华立即叫来车子去市医院，"爸，再坚持一下，咱现在就去医院看病。"

两个小时后，医生检查结果出来，"哪位是家属？请过来一下。"唐华和文琴赶紧进了急诊室，主治医生拿着片子指指点点说道："你爸这病是腰椎间盘突出，腰椎长了很多骨刺，需要尽快手术。"文琴当即吓得大哭，"爸太累了，爸是累垮的……"唐华一面安慰老婆，一面安慰岳父，"咱听医生的，做完手术就好了。"

腰椎间盘突出开刀可是大手术。文琴急得不知所措，倒在唐华怀里心跳扑通扑通加速。几年前唐华在照料电器厂陆主任住院期间认识医院骨科赵主任。当晚唐华买了一些礼物委托赵主任疏通一下关系。赵主任亲切地把唐华让进家门。一进门唐华束手束脚地把礼物放在桌子上，又慌忙向赵主任的裤子口袋里塞了一个红包，"一点小意思，请收下。"赵主任恼火地说："这样很不好，赶快收回！否则请你马上出去……"唐华的脸色唰地变得十分难看，尴尬地收回红包，然后把岳父的病情告诉赵主任，"不要担心，腰椎间盘突出开刀是常见的普通手术，我们医院医疗设施一流，完全有把握有能力做好这个手术。"说完赵主任当场给主治医生打电话，"小叶啊，18床的病人情况如何？""目前病情基本稳定，准备明天下午手术。"赵主任接着说："帮忙多关心一下这个病人，祝你成功！"

第二天下午两点，岳父被推进了手术室。唐华和文琴坐在手术室外焦急地等待着，手术室门上有个大大的"静"字让人心跳加快，甚至连呼吸都屏住。这时文红夫妻俩赶到了医院，文红和阿雯正要说话，唐华轻声地说："正在手术，别急！"说完唐华急忙下楼去缴住院费。文琴问弟弟文红带了多少钱，"我没……没钱……"听到文红的这样话，文琴小声骂道：爸爸没有养你吗？两分钟后，文琴的手机响了。原来是二弟文义的电话，文琴赶紧跑到外面接电话。

"姐，爸现在怎么样？"文义焦急地问。

"正在手术。"文琴说，又说："别担心，你姐夫找了熟人。"

"公司工作忙，我暂时回不来，刚刚给你转了六千，不够再……"文义说。

时间一秒一秒地过去了，每一秒都让人等得格外焦虑。一个半小时后，医生走出了手术室，"18床病人手术成功了。"医生额头上满头大汗，唐华赶忙上前感谢医生。随后几名护士把唐华岳父推出了手术室，回到了病房，"病人现在最需要休息，还有麻药过去后会有一阵疼痛，有问题随时联系我们。"接着护士给病人挂水。这一刻老岳父的脸显得更加消瘦，喘着微弱的气息，"好……好多了……"现在麻药没有醒，自然还没有感到疼痛，经历这样大的手术，老人的身体十分虚弱，一会儿就睡着了。

傍晚唐华让文红夫妻俩回家告诉岳母手术已经成功了。

晚上文琴和唐华留在医院陪护，又去外面饭店给岳父订了骨头汤，又去超市买了一些营养品。养儿必报父母恩，女婿也是儿子，唐华在医院任劳任怨照顾老丈人。这点得到了乡亲们的夸奖，有邻居说道："幸好你们这次回来及时，唐华真是好女婿……"

一个星期后，岳父的伤口恢复得很好，出院回家休养。

第十九章

9月1日开学了，唐华去幼儿园给女儿报名。由于金雅没有读过小班，唐华不知道该报哪个班。一位老师说：瞧这孩子很聪明可爱，可以直接读中班。随后报名很顺利，金雅欣喜若狂，终于可以上学了。

文琴在小学教三年级语文兼班主任。开学报名工作繁忙，由于学校人手不够，班主任帮忙收学费。报名入学的外地孩子很多，家长们一边忙于给孩子报名，一边又急于赶回去上班，文琴很理解家长们的心情，叫了三四遍"大家依次排队报名"，可一群人吵吵嚷嚷就是不肯排队，尽管如此文琴还是耐心地组织报名工作，让每位家长交钱后登记好自己的孩子姓名，最终在一片嘈杂声中完成了报名工作。下班的时候，文琴忽然发现名单和缴费不一致，其中有一人登记了姓名却没有交钱，这可把文琴急坏了。

开学第一天工作就出了差错！下班后文琴的心情久久不能平静，这么多陌生的家长，究竟谁没有交学费呢？如果这位家长不补缴学费，那就要自己掏腰包了，这该如何是好？文琴回想了很久，"到底是哪一位家长呢？怎么一点印象都没有？……"晚上唐华和文琴想出了两个办法：第一，明天开家长会要求没有交钱的家长补缴；第二，把所有上交的学费都暂时退回去，让所有的家长重新到学校缴费。其实谁没有交钱心里自然明白。家长会上，文琴发现有一位家长脸都红到脖子，只见他尴尬地站起来说道："老师，昨天我忘了交钱……"家长主动认错，这才把学费的事情处理好了。

明天要正式上课，文琴和女儿都要按时到校。文琴的学校路程远，前往小学和幼儿园顺路，唐华和文琴商量，"亲爱的，你骑电瓶车上班并接送女儿，我骑自行车上班。"文琴工作责任心强，为了不影响学生家长上班，每天很早到学校接管学生。这样女儿上幼儿园谁来接送？唐华早上八点上班，晚上还要加班；文琴早上七点上班，下午放学早；他们根据工作时间对女儿的接送再次作了分工，另外决定再买一辆电瓶车，早上唐华送女儿上学，晚上文琴接女儿放学，夫妻俩总算把女儿接送的问题解决了。

刚过几天，幼儿园开门时间推迟了十五分钟，弄得唐华上班时间很紧张，每次途中都急忙赶路，有时班组会还迟到二三分钟。两人带着女儿上学，工作和生活很忙，文琴傍晚回来买菜做饭，晚上还要把衣服洗好，接着还要备课，一直到很晚才睡觉。总之一个字"忙"，但为了生活还是快乐的。

第一天正式上课，文琴把女儿打扮得漂漂亮亮的，小辫子上夹着漂亮的蝴蝶夹，孩子高高兴兴地去上学了。文琴一直按照0~6岁孩子的培养计划教育金雅，金雅智力超群，表现优异，赢得老师的夸奖，放学回来时头上戴了一朵红花，脸上露出灿烂的笑容。晚上唐华下班回来了，女儿兴奋地炫耀道："爸爸，今天宝宝答对了三道题目，老师奖励一朵小红花，看看小红花多漂亮啊！"说话的时候，小眼睛一眨一眨的，显得特别高兴的样子。唐华和文琴鼓励道："宝宝，好好学习，争取得到更多的红花。"

几天后金雅又十分开心地带回了很多小红花，还有好几朵大红花。唐华给女儿买了一个精美的盒子，金雅把所有的红花珍藏起来，"爸爸，我一定要得到更多的大红花。"

唐华夫妻俩一边上班，一边带着女儿上学，一家人的生活很幸福。

建明夫妻俩都快四十岁了，他们结婚三年多了还没有孩子。唐华女儿很可爱，建明夫妻俩都很喜欢，"这孩子真可爱！"不久月娥意外怀孕了，建明高兴得合不拢嘴。月娥没有文化，一直没有找工作上班，所以就在家做做家务，闲着没事就经常打打麻将。很多老乡的老婆也在港城这边上班，王小飞老婆孙小兰在五金厂上班，胡霄峰老婆冯爱华在公司门口开店，她们都在做事，月娥不见怪。然而月娥得知文琴到学校当老师后感到莫名其妙的不平衡，对唐华夫妻俩的态度截然不同，连见面也不打招呼了，再也没有了当初的热情。

距离唐华上次回家，转眼一个月过去了，不知道父亲和岳父的身体如何？

一天晚上唐华先给父亲打电话，唐华爸告诉他："我的病比你岳父的情况好些，没有开刀做磁共振理疗，我现在戒烟了，身体好多了。"抽烟是一部分人的生活习惯，而戒烟关键是意志，如同戒毒一样难。唐华爸硬是坚持彻底戒了烟。这代老人一生经历了很多事情，年轻的时候吃过很多苦，即便改革开放后日子好起来了，可他们过惯了简朴的生活，一向缩衣节食，到老了疾病缠身。唐华放心不下，经常给家里打电话。

接着唐华给岳父打电话，得知岳父的伤口已经基本痊愈，唐华和文琴也放心了。岳父是老烟民，手术后医生再三叮嘱："抽烟有害健康，手术后千万不能抽烟。"岳父在医院戒了几天，回家又想抽烟，"哪怕抽一支也好！"抽完感觉病情"好"了一半。腰椎间盘突出是一种慢性病仍然会时常发作，特别是经历了手术的创伤，一时半会难以彻底痊愈，尤其不能过度劳累。身体刚刚好了一些，岳父舍不得休息，"没事，农民不干活怎么行呢？又不是干部！"有天岳父忍痛上山干活，不到半小时双手捂住伤口痛得不行，荒山野岭空无一人，最后捡了一根树枝拄着一瘸一拐地回到家。岳母心疼地说道："都说伤筋动骨一百天，医生叫你多休息，出院才多少天？"

亲人永远心连心，即便远在他乡，也永远不能忘却父母的养育之恩。亲人身体不好，唐华一家三口隔三岔五打电话回家问候。唐华爸妈和岳父岳母每一次接到电话都十分高兴。尊老爱幼是中华民族的传统美德。可唐华爸从来没有接到过女婿姚满山的电话，唐华妈时常抱怨：我把女儿养这么大容易吗？姚满山不只是不给岳父岳母打电话，连一双袜子一粒糖也没有买过，"人心都是肉长的，他的心被狗吃了……"

这段时间文红在物流公司无心工作，三天打鱼两天晒网，还成天想家想儿子，一到晚上这种思念之情更是难以忍受，"我的妈呀，赶紧回家看看……"第二天便从上海回到家中，到了家见到他的宝贝儿子金天，抱在怀左亲亲右亲亲，儿子太调皮太淘气，不到五分钟就没了兴趣，还动手打了他两巴掌。然后又回到上海，接着又像魔咒似的得了"相思病"，忍不住又回到了安徽老家，一个星期回了两次家，来回路费交了四百多块。第三次回家的时候，老爸气急上火，"想家就把家搬到上海吧！"最后老妈气得拿扫帚把文红赶出家门。

一个周末的聚会让文红大开眼界。这些年有一群安徽人不怕脏不怕累，他们把工厂的垃圾分类回收，不仅为企业解决了环保问题，也从垃圾中淘到财富。文红表哥马银祥也在上海搞承包垃圾业务，年收入达到好几位数。当天表哥带着文红去拜见老乡梁伟东。梁伟东在上海靠承包垃圾成功起家，是家乡家喻户晓的首富。说来也巧，梁伟东的三舅爹沈金六和文红是一个村的。沈金六早年跟随陈家庄地主陈爷去了台湾。当年沈金六从台湾回来的时候，梁伟东还在农村种田，现在他已经成为身价不菲的大老板。梁老板听说文红和他三舅爹同族同宗，"这么说你和我也是一家人。"

当晚梁老板在一家星级酒店盛情款待文红。梁老板西装革履，气度非凡，由专职司机开着豪车。梁老板让文红坐自己的车一同前往酒店。富丽堂皇的包间里灯火璀璨，满满一大桌山珍海味，让文红受宠若惊，简直不敢下筷。梁老板多次示意："都是自家兄弟，随便吃，不必客气。"第一次来如此豪华的酒店，又是同一位富豪一起吃饭，文红十分紧张，随便吃了几口便停下筷子，心想：改革开放以来，家乡数十万人来闯荡大上海，没想到梁老板居然打拼得如此成功，这其中有什么致富秘诀？两杯酒过后，梁老板见文红还是那么紧张，为了缓解一下气氛，梁老板说："前些年看过一部电视剧《北京人在纽约》，咱安徽人在上海闯荡得也不错，要是拍成电视剧也一样精彩！"文红附和道："那电视剧我也看过。"此刻梁老板已经成为文红最崇拜的偶像，文红想跟这位首富学点成功之道，亢奋地站起来连敬梁老板三杯酒。在文红看来，这三杯酒算是拜师酒了。

饭后梁老板带文红去他在上海的家中。五年前梁老板在上海某高档小区买下这套复式豪华住宅。刚进门文红就被眼前的一切目瞪口呆，房子面积、豪华装修和家电设施让人赞不绝口，"没想到垃圾里也有金山银山！"晚上梁老板邀请文红在他们家留宿，可把文红高兴坏了。当晚文红开始做梦，"要是能够找到一条快速致富的好路子，那该多好啊！"

不久文红辞工了，一心想搞垃圾承包业务。然而赚钱的事情不只是文红能想到，也不是每一种致富路人人都适合。正如至理名言：鞋子合不合适，只有脚穿上才知道。几个月下来，文红一无所获，成了王满银式的"逛鬼"，一家人的生活只能依靠家里的肉铺和小店，他爸气得直抖，"就不能像你姐夫一样好好上班，尽想些不切实际的东西……"

与文红相比，文义的性格完全不同，文义是党员，求真务实，实事求是，是马克思主义真理的实践者。文义在公司担任部门高级经理。职位越高责任越大，作为一名中层干部，一定要为公司创造更大的价值。公司订单多，文义每天深入车间现场调研，他发现流水线上一台机器的效率不高，严重影响生产效率。文义主动向公司高层领导提出详细的解决方案，引进一台自动化生产设备。科学技术是第一生产力，设备改进后，生产效率提升了两倍多，公司业绩取得历史性突破，产品市场占有率达到了前所未有的高峰。总裁对文义的工作给予高度肯定。

文义平时住在公司，周末才能回家一趟。文义喜欢早起晨练，晨练回来时还在农贸市场带一大堆菜，有一天到了家丈母娘问道："今天青菜多少钱一斤，还有鱼呢？"文义一个也答不上来。文义买菜从不问价钱，也从不和那些小商贩讲价钱，而小商贩也看人涨价。文义买房欠下不少贷款。都说无债一身轻，丈母娘很是着急，希望他们早点把贷款还上，因而精打细算过日子，"下回你别买菜了，你买菜尽浪费钱……"文义觉得那些卖菜的小贩起早摸黑也不容易，多付点钱也算是为社会做点贡献！文义的梦想是成就一番更大的事业，而不是在一些小事上浪费时间。

唐华最担心的还是哥哥唐文。唐文儿子明明出生的时候左脚扭曲畸形，上次去医院检查，医生说：现在孩子小，暂时不能做手术，等到七八岁的时候再开刀矫正，并且准备七八万块钱手术费。唐文家里穷得叮当响，哪有那么多钱呢？后来唐华爸认识一位土郎中袁先生说能够治好，唐文决定去试试。

一天早上唐文夫妻俩抱着孩子，买了一百多块钱礼物来到袁先生家。袁先生摸摸孩子的脚，冷静地说道："这孩子是出生前在他妈妈肚子里动了胎气，翻身脚扭了，我有办法可以治好。"其实都是邹爱荣惹的祸，孩子出生前她与婆婆吵架，能不影响吗？几分钟后，袁先生找来两块木头，拿起工具给孩子做了一个特殊的木夹子夹在孩子的脚上，"不吃药不打针，一个星期调整一下角度，回去后戴上三个月，准好！"

起初唐文将信将疑，没想到一个月后果真见效，唐文万分激动地说道："真是神医华佗！"三个月后孩子的脚已经基本恢复正常。后来他们不放心又戴了一段时间，明明的脚真真切切好了。俗话说：高手在民间。由于孩子刚出生不久，脚骨头很柔软，畸形的脚采用木夹固定成型彻底治好了。这位土郎中真是艺高人胆大，不仅为唐文家庭减轻了负担，更为孩子减轻了多少痛苦！孩子一岁多就像正常孩子一样学会走路了，原来畸形的脚完全正常了。就连大医院的医生都十分敬佩：简直不可思议，向这位民间高人致敬！

唐文现在有了两个孩子，迫使他更加努力工作。下半年唐文又到上海的建筑工地打工去了，邹爱荣带着儿子也一起去了上海，女儿阿莲在家读小学了。上海到处都在搞建设，最近两年房地产业蓬勃发展，这些建筑工人天天有活干，并且现在他们的工钱都涨价了，大工的工钱已经涨到了一天100块，这让唐文兴奋不已。上个月唐文赚到了三千多块。由于他们平时花钱少，对他来说不亚于赚到六千块。唐文拿到工资的时候十分激动，"老婆，这是上个月的工资!"邹爱荣收下钱后又对丈夫好了起来，毕竟一家人的生活都靠老公养，现在工资涨了一家人的日子也好起来了。

唐文从这个工地干完了，又马不停蹄地前往下一个工地。然而他们的工资像过去一样，并不是每个月都能够顺利地拿到。唐文在一个老板那里干了足足一个月的活，算起来有三千块钱，最终老板只给了一半的工钱，老板对唐文说道："还有一半的钱暂时没有，要不我把这部'新'手机先抵押给你……"唐文本来没钱买手机，拿到手机高兴了好一阵子，结果发现这是一部旧手机，价值不到一百元！然后那老板神秘地失踪了。想想这些建筑工人付出了多少辛劳，当我们看到一栋栋崭新的高楼大厦拔地而起的时候，不要忘了幕后辛辛苦苦的建设者，可为什么他们不能按时拿到属于他们的血汗钱呢？美丽中国建设处处离不开这些工人，和谐社会需要关爱这些弱势群体。

转眼到了9月中旬，星期一金雅放学回家后没有往日活泼可爱的劲头，坐在小板凳上呆呆发愣，脸色不好也不说话。文琴以为孩子生病了一把抱起女儿，金雅忽然大声哭道："妈妈，宝宝明天不想上学……"妈妈急忙问："明天才星期二，怎么不上学呢？宝宝不是很喜欢幼儿园吗？"金雅又重复了一遍，"妈妈，明天宝宝就是不想上学！"妈妈再哄哄，"先吃饭好吗？"吃饭的时候，金雅的小嘴巴还撅着。

第二天早上，唐华把女儿送到幼儿园门口，金雅很不情愿地到了教室，晚上放学回家后嘴里重复着"明天不想上学……"吃饭前金雅还在哭闹，也不说是什么原因不想上学。妈妈蹲下身问道："是不是被小朋友欺负了？妈妈明天去问问老师好吗？"金雅摇摇头，"明天宝宝不想上学！"饭后还在重复着这句话。唐华和老婆思量着究竟是什么原因不想上学？可女儿就是不回答，一直闹了一个星期，而且厌学情绪越来越严重。

周四早上唐华把女儿送到教室，金雅双手紧紧抱住爸爸，说什么也不肯放开，程老师笑着安抚道："爸爸要去上班，金雅听老师的话好吗？"可金雅就是不肯下来，最后还要求爸爸带她去妈妈的学校。没办法唐华只好请假把女儿带到妈妈的学校。随后为了不影响妈妈上班，唐华把女儿带回家，接着陪她去公园玩耍，这时金雅的心情才稍稍好转。可到了吃晚饭的时候，这孩子又不想上学！

这段时间金雅每天回来总是大哭大闹，开始咳嗽生病了，药也吃了很多，咳嗽就是不见好转。后来去医院一连挂了三天水，金雅只是稍稍感觉好些，全家人十分着急，老师也很关心，但还是坚持去上学。刚过几天又咳嗽不止，再去开了一些药，金雅痛苦地说道："妈妈，这药我真的吃怕了……"金雅每天早上起来还是咳嗽不止，闹得更加不想上学，弄得唐华和文琴愁死了。究竟是什么原因总是咳嗽呢？

连日来文琴前思后想：房东阿姨养猪，空气质量差，必定是导致女儿咳嗽的根源，一定是房子问题！于是唐华决定搬家。由于一时难找到好房子，搬到镇后街去居住。这间房子在一楼，里面没有装修，但生活还算方便。房东大爷告诉唐华："可以用生姜熬糖水喝治咳嗽。"唐华立即熬姜汤给女儿喝，但是几天后仍不见好转。之后还试了好几种偏方都不见效，有邻居建议去看中医，医生开了一大袋子中药，每天回来熬药，孩子实在吃怕了，但也是治标不治本。眼看着女儿瘦了，而咳嗽病还没有好，妈妈心痛极了，唐华也夜不能寐，"带女儿去上海看病吧！"由于两人都要上班，文琴没有同意。金雅整日哭哭闹闹。他们上班本来就已经够忙碌，现在上班更加吃紧。

一天下班后金雅还在哭闹上学的问题，唐华心情不好，居然动手打了女儿，一巴掌打了五个手指印，孩子顿时大哭……文琴对唐华的行为失望极了，生气地说道："你怎么舍得打孩子？"孩子哭了，夫妻俩也跟着一起哭，全都是因为孩子生病和厌学惹的，但究竟是什么原因导致她厌学，女儿就是不说。再就是没有老人在后面帮忙，夫妻俩的工作确实忙不过来，一切为了孩子，文琴决定辞职了。

随后为了孩子上学的问题，唐华主动和老师沟通。班主任程老师说："金雅聪明好学，最近为什么总闹学？我们也在查找原因。"金雅班级有两位老师，一位是有二十多年教学经验的程老师，一位是年轻的薛老师。随后唐华决定请老师吃饭。吃饭的时候，程老师不停地给金雅夹菜，砂锅里有冬瓜，程老师给金雅夹了两块，"金雅，老师有一个小问题，你知道冬瓜长在哪里吗？"金雅一边吃着冬瓜，随口答道："冬瓜就是长在东边的瓜。"逗得大家开怀大笑。程老师接着问："这么说南瓜是不是长在南边啊？西瓜长在西边？"金雅觉得瓜的名称跟方位有关系，不假思索地点点头。薛老师跟着问："那高瓜长在哪里呢？"金雅一时答不上来，两眼看着妈妈求助，忽然想起一个答案，"高瓜是长在上面的。"两位老师被逗得笑喷饭。高瓜长在水里，枝叶高出水面，金雅根据字面猜答案，再说答案是否正确已经不重要了，童言无忌才是最可爱的。这时金雅夹起了一块日本豆腐回问老师，"老师，日本豆腐是什么豆腐？那为什么我们平时吃的豆腐不叫中国豆腐呢？"两位老师再次被逗乐了。吃完饭程老师拥抱可爱的小金雅，薛老师也亲亲她的小脸庞，金雅高兴得手舞足蹈。

沟通是一座桥梁，及时有效的沟通是解决问题的最佳途径。此后金雅不再闹上学的事情。在同龄的孩子中，金雅充分展现了她与众不同的聪明智慧，不仅博得老师的夸奖，还获得了多枚红花，也成为小伙伴们的学习榜样。

直到多年以后，金雅才告诉爸爸妈妈当初不想上学的缘由，原来其中发生了一些不愉快的事情。由于金雅没有上过小班，开学第一天老师提问，金雅不知道回答老师的问题要站起来，同学们嘲笑她没礼貌，让她很没面子。最关键的是中午吃饭问题，金雅比其他小朋友吃饭慢，被年轻的薛老师批评了两次。一天中午其他同学都吃完了，金雅还在那里慢慢地吃，薛老师催她："快点快点！"她当时急哭了。接着薛老师把她单独叫到厕所里，把她吓得大哭……那时薛老师已经怀孕三四个月，幼儿园工作本来就很辛苦，老师也是无意的。但这给金雅幼小的心灵造成了极大的伤害，所以怕老师、不敢上学，回家后一直不敢告诉妈妈。现在的孩子也怪娇气，老师批评两句就不高兴了，幸好大家及时沟通。

9月中旬公司第二批赴日本研修的中国工人启程前往日本。

随着世界经济一体化发展，中国改革开放的大门越开越大。2003年日本公司来华投资，一方面将产品逐步打入中国市场，一方面进一步扩大国际市场占有率，充分运用中国资源和廉价的劳动力，企业效益蒸蒸日上，获得了丰厚的利润。为了培养更多的管理和技术人才，公司每年选派数十名优秀员工赴日本研修。去日本研修的工资收入比国内高很多，高薪吸引了一些中国造船工人迈出国门，但是这种机会不是人人都能够争取到的。胡建明很想去日本研修，可一直没有机会出国深造。

9月底中村一郎从日本来到港城分公司工作，主要负责现场技术指导。中村先生是日本船体火工专家，已经六十五岁了，按照日本政策还没有退休。中村先生形象或许与鲁迅先生笔下的藤野先生颇有几分相似，黑瘦的身材，戴着一副眼镜，不过中村先生来中国前特意剃去了八字须。日本船厂称船体火工为"歪曲"，主要工作也是处理船体变形，日本同行认为：船体变形复杂，火工是最难的造船技术之一。日本船厂火工的工资待遇较高，有的火工师傅和课长同等待遇。港城分公司也是如此。目前港城分公司有七十多名火工，其中有很多优秀火工，这让中村先生赞叹不已，"日本火工已经青黄不接了。"中村先生听得懂简单的汉语。班组的汤文龙两年前开始学习日语，可以和中村先生简单的交流，有时还可以给大家当翻译。唐华不懂日语，但也有不小的收获。

第二天唐华在食堂遇见了中村先生，当时几个年轻人正把中村先生围在中间，其中有个年轻人朝着中村很不礼貌地说道："老头你管什么闲事？"唐华一打听才知道，原来是一个新来的工人吃了几口，就把很多饭菜倒掉了，恰好被中村先生撞见了，中村先生用日语礼貌地对小伙子说："多浪费，多可惜。"那个年轻人不懂日语还以为在骂他，于是中村先生说按照公司规定浪费粮食六十克以上是要被罚款的。小伙子两眼盯着中村先生怒对"八格牙路"。中村先生结巴地说道："粒……粒……皆……辛……苦！"小伙子气呼呼地冲着中村先生大骂"我吃不下，关你什么闲事？"中村先生叹息道："粮食怎么能够随便浪费，难道你们中国人把祖训都丢了？"谁说又不是呢？后来一名保安上前让那个工人交了罚款，一群人才满脸羞愧、摇头晃脑地走出食堂。

文琴辞工后，一边相夫教子，一边收拾家务。像唐华这样的打工家庭有成千上万，夫妻俩带着孩子上学还要工作确实不容易，文琴是个平凡的女人，她愿意为唐华和女儿付出一切。唐华和文琴的爱情是幸福的，他们的婚姻也是幸福的，他们的幸福源于默契。文琴对唐华说道："家里的事情你不用操心，有时间多学习。"家里一切由文琴打理，唐华有了更多的学习时间，开始跟随中村先生深入学习日本的造船技术。

"这是我第二次来到中国工作，我热爱中国……"中村先生告诉唐华，然后礼节性向唐华鞠躬。唐华见中村先生鞠躬的姿势忍不住发笑，脑海里忽然想起电视上看过日本投降的画面，那已经成为不容改变的历史。中村先生作为日本企业界友好代表来华传播造船技术，"技术是没有国界的，很荣幸来到中国与大家一起工作。"中村先生告诉唐华："可以从多方面深入学习日本造船技术，比如工艺技术、设备、管理等方面，通过学习可以找出日本造船与中国造船的差异，从而收获多多。"

在中村先生指导下，唐华首先从工艺技术方面展开学习，他发现我们的造船图纸与日本相比有很多不同地方，日本的图纸更加细致，节点更明确细化，还有三维图形便于识图，工艺流程十分明朗。又如钢材套料十分准确，百分之九十五以上材料不需要二次切割，这关键依靠精确的设计。每天班前会，班组长向员工进行工艺交底，生产过程必须严格按工艺要求施工。据中村先生介绍：20世纪80年代，日本已推进"模块化"造船模式和"壳、舾、涂"一体化精度造船模式。中村先生自豪地说："有专家认为目前世界造船水平还停留在日本80年代的造船水平，足以说明日本造船技术的先进性。"唐华和汤文龙饶有兴趣地听中村先生讲解，不时地竖起大拇指。随后汤文龙问道："你们可以造航母吗？"中村先生笑着说："我们二战的时候就造出航母，我们的航母还偷袭了美国的珍珠港，不过我们为此付出了代价，遭受了广岛危机……"说着中村先生的脸色骤变，老人稍稍停顿了一会，又说，"我们唯一的禁区是豪华邮轮。"一群人围着中村先生议论纷纷，豪华邮轮究竟有多难造，难道比航空母舰还难造？唐华十分惊讶。中村先生接着补充道："豪华邮轮是海上的移动城市，是世界造船皇冠上的明珠，是欧洲船厂的拳头产品。世界只记住'泰坦尼克'号沉没了，但很多人不知道这艘船有多么迷人……"

先进的造船设备助力造船技术快速发展，让日本造船技术的先进性优势明显。日本船厂大量应用先进造船设备，如焊接机器人和活络胎架等多种先进造船工具和设备，显著提高造船效率和质量，降低造船成本。中村先生说："来中国之前，我对中国造船有过深入研究，相比之下很多中国船厂至今还在使用传统胎架和普通工具，造船设备和技术差距明显，尤其是一些中小船厂差距更加明显。"唐华从事造船工作多年，对中国造船也有一定的了解，他与中村先生展开辩论，"随着中国造船的不断发展进步，这种差距将不断缩小。"不过日本造船确实有其先进性，最令人敬佩的是他们的舱盖制造技术，采用无余量、无胎架、无固定场地的施工方法大大缩短产品周期，他们以百年传承的工匠精神攻克这项世界性造船技术，值得中国造船同行深入学习和研究。

造船管理方面，日本公司也有其独特的管理经验，中村先生滔滔不绝说："我们公司推进丰田汽车公司的看板管理和准时化生产管理模式，看板管理可视化效果好，管理信息透明度较强，看板管理传递的是一种指令、一种凭证、一种信息，具有公平、公正、公开的特性，看板管理有利于提高企业综合管理水平，也是船舶制造业重要的管理方法之一。另外我们有详细的生产计划，当天的工作计划当天完成，准时化生产有利于节约成本。"中村先生接着说道，

"现代企业管理逐渐由粗放型向精细化管理模式转化，管理重心向现场和基层延伸，激发员工积极向上的工作热情，掀起人人争当先锋的热潮，促进员工爱岗敬业的责任感和使命感，促进企业更加健康发展，既增强企业竞争力，也增加了客户满意度，因此看板管理已成为现代企业管理重要管理手段。另外我们还大力推进'5S'文明生产管理，生产现场更加井然有序，推广绿色造船，工作环境更加清洁更加舒适。"

日本公司的安全工作做得相当细致，事故发生率低，有力地保障了生产安全。专职安全员每天现场检查和监督管理，促进安全生产。厂区和车间布置了很多安全警示标语，还有激励性标语，例如"第一次就把工作做到位"。这些标语时刻提醒员工爱岗敬业。此外每周各单位组织召开专项安全会议，安全部门编制具有特色的《安全简报》，主要内容是每周安全问题，最具特色的是他们把天气作为一种重要的资源也写在简报里面。船舶制造难免有大量的露天作业，雨季会严重影响正常生产，各单位根据天气情况合理有序组织生产，从而提高生产效率。还有"安全园地"栏目帮助大家了解和掌握各种安全技术。

质量是企业的生命，日本船厂倍加珍惜自己的品牌，中村先生总结成内涵深刻的一句话：以一流的质量赢得客户的信赖，以优质的质量赢得广阔的市场，以先进的生产设备为基础，以一流的工艺技术为保障，以精益求精的工作态度，标准化施工，抓管理出效益，把复杂的事情简单做，把简单的事情重复做，这已经成为一种工作习惯、一种职业素养、一种企业文化。他们很自信产品质量，近乎完美的质量可以经得住任何考验，曾经有一位非常苛刻的韩国船东对他们的质量管理竖起大拇指点赞："质量信得过企业！"尽管日本造船质量要求很高，但是中国工人都是好样的，他们完全能够胜任日本造船工作，既为国争光了，也赢得了日本造船同仁的掌声。

在谈到世界造船格局时，中村先生坦率地表示："当前世界造船呈中日韩造船三国鼎立之势，随着中国造船强劲发展，不久的将来中国将超越日本和韩国。"

通过系统性学习，唐华收获颇丰，感慨万千。唐华打电话向上海的孙师傅汇报工作，孙师傅称赞道："很好！你这相当于到日本留学了。"

第 二 十 章

　　快到年底了，公司发了第十三个月工资，也就是年终奖了，唐华喜悦地领着老婆和女儿逛街购物，给她们都买了一身新衣服，文琴幸福地说道："老公，都辛苦一年了，你也买一套吧！"唐华自己原本不打算买新衣服过年，文琴坚持要给他买，最后亲自给唐华挑了一套品牌西装。

　　腊月二十七，唐华一家回家过2007年春节。村里外地打工的乡亲们也陆续回到家乡。过去的一年，家乡又有了些新变化。在"村村通"工程引领下，现在通往兴旺村的道路已经修成了水泥路，但村里到陈家庄的两公里还是土马路，不过路面上铺了一层沙子，没有过去那样的尘土飞扬，可是车来车往时间久了又变得坑坑洼洼。好马配好鞍，好车也得有好路啊。村里几位大老板抱怨："这样的路怎么开车回家？"

　　年前陈家庄有几位老板开车回家过年，一时间成了全村的特大新闻，可把乡亲们羡慕的，陈老书记感慨地说："当年上面说：要致富先修路，咱村步子现在也快起来啦，看看这些小轿车多气派！"这些老板大多数是在外搞垃圾承包业务发的财，其中有唐华的同学陈盈富。唐华到村口的时候，听见身后有汽车喇叭声，陈盈富停下车伸出头来，唐华羡慕地说："哎呀，恭喜发财！"还有一位大老板是唐文的表姐夫陈国峰，他的身价可了不得，开着豪华气派的车子回家，很多老人不认识他开的是啥牌子的车，"我说你的车是啥好（豪）车？"陈国峰笑着说："奥迪。"陈国峰的父亲曾经是村里开山造林的带头人，他现在是村里的致富能手，当即决定自掏腰包也要把村里这段路修通。第二天陈国峰拿出数十万元现金交到兴旺村雷书记手中，"这段路明年一定要修通水泥路。"雷书记二话没说，当场表态："保证完成任务。"

　　时代在快速发展，谁不想步子再快一点呢？新世纪以来，乡亲们都渴望年年有余，更上一层楼。这些年陈家庄绝大多数年轻人纷纷前往江浙沪地区务工，其中涌现了好几位老板，他们把垃圾分类回收，既有利于环保，也从垃圾中淘金，如今他们已经身价不菲，成为村里致富带头人，他们从平凡的岗位上找到一条走向成功的道路，感召着村里的年轻人要勇于挑战自我，实现自己的人生价值。

腊月二十八早上，陈家庄人按习俗上祖坟告慰逝去的先人。唐华买了很多纸钱去给爷爷奶奶上坟。天空中下起了鹅毛般的大雪，唐华和唐文深一脚浅一脚来到爷爷奶奶的坟前把一大堆纸钱烧完，唐华跪在雪地里给二老磕头，"爷爷奶奶，我已经是一名合格的造船人，但愿你们在天之灵有知孙子有出息了……"往返的路上，乡亲们对唐华从事造船工作引以为豪，一位老乡说道："造船是一项了不起的工程，你是我们村唯一的造船人，为你骄傲！"陈二爷接过话茬说道："从事造船十多年，现在日本公司工作，应该是工程师吧！"二爷的话勉励唐华继续努力学习，虽然目前唐华还没有达到工程师水平，但成为他将来的奋斗目标之一，相信不久的将来一定能够实现这个目标。

与往年一样，大年三十唐华和文琴带着女儿和双方父母一起吃团圆饭。中午他们先陪父母过年，与哥哥和妹妹两家人在一起过年。唐华妈做了一大桌可口的饭菜，父亲把酒杯倒满酒和饮料，一大家人围在一起吃团圆饭。回眸过去的一年，父母身体安康是儿女们最大的幸福，兄妹三家都稳步前进，令父母最高兴的是唐华到港城的日本公司上班，已经从一名普通的造船农民工成为外企职工，过去的一年唐华的收入提高了，这点进步让父母感到十分开心，但唐华深知为了全家的幸福依然任重道远。高高兴兴过大年，文琴给父母和孩子们发大红包，全家人都很高兴。

随后唐华坐车去岳父家吃晚上的年夜饭。农村很多人家过年要杀年猪。岳父当杀猪匠已经二十多年了，年年过年累得腰酸背痛。几个月前腰疼动了手术，但还是舍不得休息，"我是党员，腰疼也要干啊。"去年唐华在港城工作进步，让岳父脸上多了几分笑容。家家都有一本难念的经，文红不努力工作，让岳父很不省心。在这万家团圆的时刻，全家人最牵挂远在上海的二弟文义一家。过去的一年文义的进步最大，已经担任跨国公司部门经理，让全家人为他感到欣喜。

正月初四唐华一家人去女儿的干妈陆曼菲老师家拜年。陆老师在家乡中学教书，女儿玲玲三岁了，两个孩子开心地玩游戏。看到干女儿活泼可爱，还在港城读幼儿园，干妈很高兴。随后陆老师和他们拉家常，"这几年家乡的教育发展很好，我们中学是全县升学率最好的初中，去年我们班有很多同学考上城南一中，城南一中是省级重点示范高中，历年高考居'皖南八校'之首，过去几年有很多同学考上了全国重点大学，其中还有好几个学霸考上清华北大。"祖国在发展，家乡在进步，家乡的教育事业取得如此辉煌的成就，让唐华倍感自豪。目前县城的学区房销售火爆，陆老师年前买了一套房子，文琴很羡慕。

正月里走亲访友，唐华遇到了小学同学小冬子，十六年没有见面了，两人有一肚子的话说。小冬子在杭州建筑工地带班，他们工程队盖起几十幢大楼。现在泥瓦工的工资待遇逐渐提高，小冬子还在杭州买了一套房子。得知唐华在港城一家日本公司从事造船工作，小冬子十分好奇地问道："你在船厂干什么工作？"唐华告诉他从事船体火工。"什么是火工？是不是烧锅炉的？……"船体火工是消除船体变形的工种，是一项实实在在的技术活。隔行如隔山，也难怪小冬子不懂，更不知道大船是怎么造出来的。看来天下三百六十行还有多少行业不为人知，造船工作还有多少人不了解。

末了，两个人谈到村里电工方金水。这些年方金水一直没有离开家乡，在村里担任电工多年，另外依托家乡资源办起了木材加工场，还承包几亩鱼塘搞养鱼副业，成为村里致富带头人，带领家乡的父老乡亲一起致富。用他的话说：只要有头脑，因地制宜，哪里都能够创业，很多人热衷外出打工，而忽略了家乡致富之路。如今城乡差别正在逐步缩小，在家乡创业不仅可以促进家乡的新农村建设，也不至于让更多的孩子成为留守儿童。

回家过年，唐华家也遇到一些烦心事。

到家第二天，唐华四爷家两个儿媳妇闹别扭。原本他们家庭关系最和谐，妯娌之间相处最融洽，也备受邻居们夸奖。两年前他们被评为"好婆婆好媳妇"，现在竟然为了几块钱的事情闹矛盾了。大媳妇宝莉说桌上的五块钱不见，怀疑弟妹淑珍拿去了，妯娌俩为了这点小事情吵得不可开交，过去的和谐被打破了，老人们无比揪心。更可怕的是腊月二十八宝莉想不开，"噗通"跳进门前的水塘里，在冰冷的水塘挣扎……幸好唐华爸看见了，赶紧叫人帮忙救了上来。如此一闹一家人年都没法过，四爷四婶整日愁眉苦脸，面容憔悴。近年来各界高度重视新农村和谐社会建设，和谐的根本内涵是宽容，宽容别人也是善待自己。现在村里人最敬佩文琴的堂姐文秀了，她和家喜夫妻俩自力更生，勤劳致富，大家都夸她是村里的"最美好媳妇"。

再就是这几年亲戚之间来往少了，春节期间就连最亲的舅舅和姨妈也很少走动。唐华爷爷在世的时候常说：亲戚素有血缘关系，亲戚越走越亲，亲戚之间就算有什么怨恨，哪怕打断骨头还连着筋。前两年家里被嫂子一把大火烧得惨不忍睹，只剩下家徒四壁，谁愿意走这门穷亲呢？房子被烧的那一刻，舅舅和姨妈不知道去哪儿？远亲不如近邻，还是邻居们帮忙救火。当年他们两家贫困潦倒的时候，唐华家的门槛都被踏平，唐华妈把家里最好吃的拿出来招待他们，还起早贪黑砍柴卖钱为他们的儿女做衣裳。现在他们家的日子好了，过去的事情谁能还记得呢？宰相门前还有三门穷亲。就算再穷那也是亲戚啊！

或许是唐华目前在日本公司工作，让他一时冲昏头脑，过年前路过姨妈家的时候竟然对他姨妈和舅舅放了狠话。随后他们两家过来拜年，但唐华看到他母亲的微笑不是发自内心的，这让唐华的心里充满疑惑，更让人催人奋进！

另外唐华的女儿也遇到烦心事。文琴平时一向很注意卫生，过年回家金雅的毛巾和其他个人用品都是分开的，还买了单独的碗筷。金雅很听话，从不爱吃垃圾食品。可春节在家的日子不能待太长，超过一个星期金雅就必定会拉肚子。瞧这孩子真是习惯了城市生活，反倒是回家水土不服。过完年，他们赶紧返回港城。

今年金雅大了一岁，身体好多了，也懂事多了，特别喜欢上学，学习主动思考，老师多次夸奖，还和小朋友们友好相处。女儿的成长让唐华和文琴倍感幸福。金雅安心学习了，文琴去镇上一家私立幼儿园当老师。这次女儿同意妈妈上班，一家人又开始忙碌了。

春节回来上班后，建明夫妻俩为了花钱的事情经常吵架。他父亲是退休公务员，退休待遇还好，可惜老人年前得了癌症不幸去世。随后家里分家了，建明不仅没有房子，还马上要生孩子，也难怪月娥要控制他花钱。自从月娥怀孕后对建明花钱更加刻薄，每天只给建明五块钱午餐费，抽烟也控制了，弄得建明特没面子，夫妻俩为此一直闹得不消停。男人肩负家庭的重任，养家是男人义不容辞的责任。建明已经到了中年，过去花钱一向不注意节制，如今各种家庭矛盾全都暴露出来。家比天大，对于普通人来说没钱的日子是残酷的。

元宵节前后，建明家庭矛盾持续升级。一天早上建明出门的时候口袋里没有香烟。唐华知道建明是老烟民，唐华见他难受的样子，于是给他买了一包香烟，可死要面子的建明坚持不要，"我抽烟怎么能让你买呢？"过了几天，建明班组的同事辞工了，大家组织聚餐欢送，费用是AA制。建明不敢向家里要钱，向老乡借了几百块钱参加活动，当晚建明酒喝多了，回来后躺下就睡着了。第二天月娥在他的口袋里发现有香烟还有二百块钱，当即质问："这钱从哪里来的？"月娥不顾怀孕的身体，一场内战又爆发了。接着月娥四处打电话问："到底是谁借的钱？"老乡们知道月娥的脾气不好，大家都说没有借钱。

晚上回来夫妻俩继续内战，月娥站在门口破口大骂，建明气得大哭，跪在搓衣板上一五一十地坦白，即便磕头求饶，月娥还不肯罢休，又给老乡们挨个打电话，"以后谁都不准借钱给建明……"毕竟是家庭内部的事情，老乡们怎么劝也听不进去。

最终这场风波艰难地熬过去了。

事情刚过去不久，建明的房东阿姨对他说："我们的房子不能让外人生孩子，请搬家！"刚好唐华也打算再换一间房子。为了改善住房条件，他们决定合住公房，在镇上阳光小区找到一家三室二厅的套房，唐华和建明两家加上老乡家福一起合租。房东大叔是本地人，老两口很厚道，他们很乐意把房子租给日本公司的员工。小区实施设施完备，房子装修良好，工作和生活都方便，也比过去租住在村民家里好很多。一百多平方米的房子三家人合租很适宜，唐华和建明两家分别住在两个大房间，家福单身住门口的小房间。为了进一步提高生活质量，他们两家都买了冰箱、空调和衣柜等。这是唐华打工以来首次住公房，文琴和女儿都很满意，幼儿园就在小区对面，唐华和文琴上班都很方便。小区有文化广场和活动场所，让他们的业余生活更加丰富多彩，也真正开启了在港城的美好生活。

合租公房最有意思的是吃饭问题。建明邀请家福和他们一起吃饭，家福每月交生活费。月娥厨艺很不错，饭菜做得可口，家福也愿意搭伙。饭后建明和家福轮流收拾洗碗。唐华家由文琴负责掌勺，唐华负责后勤工作。唐华和建明两家人做饭，时常把饭菜放在客厅一起吃饭，如同一个和谐的大家庭，共同享受着合租的美好生活。

有天文琴对月娥说："怀孕期间需要补充营养，老母鸡营养丰富，最适合孕妇食用，有利于胎儿健康成长。"于是月娥买了一只老母鸡。吃饭的时候月娥先夹了一块鸡肉，一边吃一边说："建明不喜欢吃鸡，家福你多吃点，唐华也尝尝。"话音刚落，只见建明苦着脸，结果一块没吃，弄得家福和唐华也都没好意思吃。月娥见大家都不动筷子，又说："今天的老母鸡很香，家福你快吃啊。"家福急忙抬起头，尴尬地说道："我……我也不喜欢吃鸡。"晚上唐华告诉文琴："中午在公司食堂经常看到建明吃鸡，怎么月娥说他不喜欢吃呢？"文琴忍不住笑着说："还没有听说谁不喜欢吃鸡呢？"

入住阳光小区后，金雅上学显得格外自信，每天放学回家都要汇报学习情况，"妈妈，今天文化课程老师给每个小朋友发一盒火柴——不是让小朋友们玩火，老师教小朋友们用火柴棒数数，1、2、3、4、5……小朋友们跟着老师数数，一节课下来全班小朋友都学会了数数。接着老师还用火柴棒讲解加减法。慢慢地，老师要求大家扳手指数数，再就是在心里默数和口算。另外还教导小朋友们用火柴棒拼出汉字'土、于、王、丑'，小朋友们动手能力强，有的小朋友还用火柴棒拼出了自己名字。现在很多小朋友没有玩过火柴棒，大家玩得很开心，还学到了很多知识。"老师用这种简单的方法讲课生动而又有趣，循序渐进地把孩子们引入知识的海洋。

除此之外，文化课上老师时常给孩子们讲成语故事。成语故事和唐诗宋词、三字经都是中华文化的精粹，是我们的老祖宗留给后人的宝贵财富，其中蕴藏着很多深刻的道理。讲述"邯郸学步"故事时，老师在课堂上模仿学步的动作，小朋友们哄堂大笑。老师还讲解"孟母三迁""纸上谈兵""凿壁借光"等有趣的成语故事，老师借方仲永的故事告诫孩子们要努力学习新知识，也告诫家长朋友必须注重孩子后天的成长教育。有时老师还让小朋友互相讲故事，课堂气氛十分活跃。通过讲故事，让孩子们学习传承文明美德，一个个生动而精彩的故事让孩子们对学习充满乐趣。放学后金雅沾沾自喜，自豪地向爸爸妈妈讲几遍。金雅学到了很多知识，唐华和文琴很欣慰。

有天下午的音乐课和游戏课孩子们更加快乐。金雅说："老师在课堂上钢琴弹奏《让我们荡起双桨》，小朋友们跟着老师演唱，然后排练舞蹈动作，大家一起打着整齐的手势，好像在舞台上演出似的甭提多开心。休息之后，老师带大家到活动室上游戏课，有的玩滑滑梯，有的玩大风车，有的玩过家家。我们最爱玩这样的游戏，老师让小朋友动手拼装玩具，把一个个玩具拆得稀巴烂，再叫小朋友动脑筋把玩具还原，一会儿大家玩得满头大汗，下课前老师给孩子们擦掉脸上的汗，像妈妈一样热情的拥抱和亲吻每一个孩子。"班主任程老师温文尔雅，多才多艺，十分亲切，是教学经验丰富的好老师，让孩子们在游戏中积极思考，开启孩子们智慧的大门。另外老师特别注重培养孩子们从小不吃零食、肯动手、爱学习、爱动脑等好习惯，也是家长期盼的好习惯，更让孩子们终身受益。

孩子是祖国的花朵，是祖国未来的接班人。幼儿教育是学习文化的起点，也是培养孩子独立思考和动手能力的起点。幼儿园阶段，学校和老师重点是培养孩子的好习惯，好习惯能成就一个人的未来。我们正需要像程老师这样的好老师，向这样优秀的人民老师致敬！

此后金雅每天放学回来当起了爸爸妈妈的"小老师"，饭后给爸爸和妈妈两个"大孩子"上课，上课的时候严肃认真，金雅讲讲学校老师教的新知识，爸爸妈妈也像孩子们那样抢答问题，"答对了，奖励小红花和大红花。"金雅当老师上瘾，讲得津津有味，帮爸爸妈妈"补习"幼儿园的知识。唐华夫妻俩配合学校和老师做好家庭教育，幸福地陪伴孩子一起长大，做好亲子互动活动，也趁机给孩子补充知识，陪伴孩子度过美好的童年。

金雅还教育爸爸妈妈文明礼貌和遵守交通规则等。有次在广场散步回来的时候，路口红灯没有行人和车辆经过，唐华和文琴正准备过马路，金雅硬把他们拉回来，振振有词地说道："绿灯行、红灯停，你们没有遵守交通规则。"妈妈辩解道："现在路上没有车，就一次吧？""一次也不行，如果有一次，肯定有第二次……"谁说不是啊？那些闯红灯的行人，还有那些"中国式过马路"的行人，谁没有学过交通法规？问题是红灯的时候他们却视而不见，实际行动还不如幼儿园的小朋友。一句话说得爸爸妈妈脸红了。

转眼到了4月中旬，公司接到一大笔散货船订单，这可是全厂特大新闻。为了鼓舞士气，决定给全厂职工加工资。这次加工资依据工种类别，有的工种加得多一些，有的工种少一些。随着物价上涨，按说加工资本该是令人高兴的好事，由于调整幅度不等引发很多人不满，其中全厂火工师傅意见最大。于是有人组织全厂火工集体请愿，大家静坐在办公室楼梯道内，为了避免带头人被秋后算账，没有派出代表去谈话，日方高管置之不理，中方管理人员也没有办法。这两天现场没人干活，事态正逐步演变成为一场小范围的"罢工"。

第三天依然还有很多火工堵在楼梯道里。人事科迫于无奈，下午把大家召集到食堂开会。日籍稻田本部长代表公司谈话，他用中文首先介绍世界造船的大好形势。接着讲解日本造船的发展历程，"世界经济发展是呈曲线状波折起伏式发展，没有哪一种发展是一帆风顺的，日本造船也曾经历大起大落的曲折，希望大家好好珍惜工作，希望大家多干活来提高收入。"有人立刻反驳道："过去你们日本不是很重视火工吗？"稻田本部长没有回答大家的诉求。随后给大家发了一份资料，其中列举了一百条中日两国工人所谓的可比性，文件包含很多侮辱中国工人的话语，甚至带有严重的政治色彩，严重伤害中日友好关系。此刻会场气氛十分紧张，面对这样严重的挑衅，中国工人拒绝坚持参加会议，纷纷离开会场不欢而散。最终公司没有因此改变加工资的合理性。

慢慢地，大家恢复了工作。但这次会议的影响还在持续发酵。

几天后，很多中国工人为了民族尊严陆续辞工；与此同时，这一百条不平等文件正在大街小巷广泛传播，立刻引起更多的中国人无比愤慨！这次会议传递的信息还给这家百年老企业埋下了走向衰败的种子。

随后公司为了"加强管理"，决定从下个月开始推进一种"激励措施"，每月的奖金实行"ABCDE"五个等级考核制度，具体由班组长考核并上报课室。外企必须充分了解中国国情，走适合自身的发展道路，才能让企业和员工双赢。这种考核制度源自日本总公司，他们把它照搬照抄拿过来实行，没有召开职工代表大会讨论，强行推进这项考核措施，名义上说是"提高大家的工作积极性"，实际上给班组管理造成很大的压力，也给班组长工作出难题，立刻引起广大中国工人强烈不满和抵触，很多班长愤愤不平，"考核得'A'的有奖金，'E'就没有奖金，这不明摆着破坏班组团结吗？"

自从实行新考核制度以来，工人们的劳动态度发生很大变化。基层班组长都是由中国工人担任，考核难题摆在面前，如何做好班组管理？最终班长按照出勤天数、工作任务、工作质量、劳动纪律和加班情况等方面综合考评，考评是公开的，总的来说公平公正，但也有人不服从。唐华班组的唐建国来自南通，是武警部队的退伍军人，之前他的工作积极性很高，最近连续两次考核被评为"E"，心里很不是滋味找班长理论，刘班长说道："规矩都在那里，我也没办法。"一个月后唐建国辞工了。还有王鹏飞和彭二勇平时最不喜欢加班，他们的考核结果也不如意，一气之下也辞工了。唐华始终遵守劳动纪律，充分发挥"传帮带"的作用，带领新入职的同事一起努力工作，为了确保班组工作顺利完成，他几乎每天加班工作，还成功掌握了舱盖制造的核心技术——这是唐华的一大收获。按照考评规则，唐华连续两个月被评为"A"，每月有三百块奖金，可唐华却怎么也高兴不起来。

班组一下子少了三位骨干成员，全班战斗力明显下降，一些生产任务难以按期完成，人事科一时招不到新工人。面对巨大的压力，刘班长也辞工了。

与此同时，其他车间也有不少中国工人相继辞工。

刘班长离职后，林正华组长升为班长。林正华人缘好，大家都乐意和他处事，考核也说得过去。这期间唐华的工作发生了一些变化，协助班长做好相关管理工作，重点是新入职员工的培训工作。舱盖和汽车甲板是船体火工难点之一，对于这类变形矫正工人需要具备熟练的专业技术，新员工一般需要二三个月的培训学习，唐华很荣幸成为他们的技术指导，对他来说帮助别人学习进步是一件快乐的事情。

5月份以来，很多小伙子不再加班，他们开始迷恋赌博或上网。造船哪有不加班的呢，公司订单都排到三年后。过去大家都拼命加班，加班费高达上千元；现在对考核制度不满，谁还乐意加班呢？老乡汤文龙和纺织厂的女朋友恋爱一年多了，他喜好赌博，每月都要狂赌几把，十赌九输，弄得月头吃肉，月尾吃咸菜，还四处借钱过日子。唐华从不赌博，也最讨厌赌博，他开导汤文龙："好好上班，谈恋爱结婚要花钱的。""最后一次吧。"汤文龙东耳进西耳出，月月发工资总想赢回输掉的钱，最后越陷越深。老乡家福最爱上网，晚上吃完饭直接去网吧，起初喜欢QQ聊天，接着沉迷于网络游戏，玩些网络斗地主和网络结婚游戏等，经常给网上"新娘"买嫁妆、钻戒、项链等游戏产品，一个月下来上网花费不少，几千块钱工资所剩无几。一天晚上，家福半夜一点多才上网回来，第二天也没上班。出于老乡感情，建明打算管管这孩子。

家福已经从事造船工作五六年了，家里条件一般，小伙子是一位80后，是一位出色的三类焊工，以前经常加班工作，工资收入也不错。小伙子现在对考核制度抵触情绪很大，整天沉迷网络游戏。建明像叔父一样关心家福，"晚上早点回来，花钱要注意节约，年轻人要有理想和奋斗目标。"家福当面点头答应，可是付诸行动却很难，当晚下班后又迫不及待地去了网吧，晚饭没有回来吃，把借来的钱买了很多装备，"新娘"的嫁妆、钻戒、项链等都买齐了，今晚他要和他的网上"新娘"结婚。建明气急败坏，"这孩子再不好好管教真的无可救药！明天把他的身份证没收……"原本这是善意的举措，但是事态的发展并不如意，因为他根本不了解这个80后的小伙子。

第二天一早，建明夫妻俩把家福叫起床，"把身份证交出来。"家福揉揉眍开睡眼，怎么也不愿意，"我上网关你们什么事？今后少上网就是了。"三人闹得面红脖子粗。家福气得早饭也没吃，匆匆忙忙去上班了。晚上建明对家福说道："现在猪肉涨价了，生活费要涨一百块。"家福听到生活费涨价了，当即说道："那我在外面吃了。"家福立马就不再和建明搭伙吃饭了。月娥生气极了，"真是好心当做驴肝肺！"此后合租屋里吃饭的气氛有了变化，当初的和谐被彻底打破了，唐华和文琴开始把饭菜端到自己的房间里去吃了。而家福无心上班，晚上也从不加班，每天上网回来就把自己锁在房间里。

一个月后家福辞工了，再次踏上远走他乡的征程。几年前家福来到美丽的港城工作，与他一起工作的同事有的在这里买房，有的存款达到六位数以上，他却两手空空地离开了。一个沉迷低级趣味的人，一个没有远大理想的人都是十分可怕的。所谓今朝有酒今朝醉的观点，在任何时代都是站不住脚的，因为物质是生活的基础。青年应励志奋发，爱岗敬业，建设好美丽家园，不能贪图享乐。古人云：不积跬步，无以至千里。换句话说：不热爱劳动，不珍惜劳动成果，永远都是贫困户，谁也帮不了你！

2007年中国经济持续高速发展，中国船舶工业达到历史最好水平。国际市场船舶需求量激增，国内很多船厂业务蒸蒸日上，新接订单倍增，有的船厂订单排到三年后。为此很多船厂纷纷扩大规模，与此同时很多民营船厂异军突起。这也引起了造船人才的激烈竞争。

船厂是劳动密集型行业，面对复杂的生产形势各大船厂的劳动力都十分紧张，很缺乏熟练的技术工人，一场人才争夺战悄然打响。有船厂把招聘广告贴到日本公司大门口，他们提供的工资待遇都十分诱人；也有的大巴车开到日本公司门口来直接"抢人"，工作人员手拿扩音器大声喊道："朋友，您好！上我们公司去看看吧，我们保证你们满意的工作，您的工资一定比现在多，去看看吧！"手里还拿着一大沓钞票，上车不用干活立马发一百块钱！刚开始大家还不敢相信。大巴车一连喊了三天，有十几个人拿到钱跟着去了，回来后就有十来个工人辞工了。随后还有不少人心动了。

一天早上大巴车又在公司门口拉人，被公司高层领导知道了，稻田部长立即要求保安"赶快驱离，以免影响公司秩序"。日本公司的中国工人技术好，这正是他们的目的所在。于是大巴车开到稍微远一点的地方继续招揽。

最近有一个惊人数据令日本人恐慌，据人事科最新统计：到目前为止，公司离职员工 555 人。这就是加工资和考核带来的后果之一；不仅如此，现在人事科几乎招不到中国工人。实在招聘不到工人，便放宽了招聘条件，还把皖城船厂的杨班长招聘过来了。杨班长已经快退休了，现在厂里效益不好，为了生活来到了港城工作。

十多年前唐华和老乡们在皖城学徒，他们对杨班长的印象深刻。当年杨班长成功解决了很多技术难题，受到厂领导的高度赞扬，但随着时间的推移已经变得今非昔比。来到日本公司后，老班长对日本造船技术十分棘手。过去杨班长是这些皖城籍火工的师傅，而今徒弟们怎么也不敢相信师傅几乎到了不会干活的地步，几个徒弟看在眼里，轮流教师傅技术，大家想尽办法暗地里帮助老班长。

一天下午老班长按照自己的想法居然把一块板调坏了，这该如何是好？对于一个从事船体火工三十多年的老师傅又是何等难堪！老班长愁得寝食难眠。晚上唐华和建明知道了，悄悄地加班帮忙处理好了。但老班长越来越没有信心，几天后辞工回去了。临别前老班长语重心长地说道："我老了，不中用了，很高兴看到你们的成长。青出于蓝胜于蓝。如今你们已经成长为中国造船事业的接班人，希望你们继续努力！"

文红现在还没有工作，打算来日本公司试试。几年前，文红去江南船厂看过姐夫唐华干活，认为造船没啥难的，不懂技术可以学嘛，于是抱着这种侥幸心理过来面试。唐华花了三天的时间给文红简单地讲解一些技术要领，"临时抱佛脚，把我讲得死记硬背下来。"另外唐华还告诉文红一些面试的技巧。

星期一早上文红去公司面试。文红首先做"自我介绍"，"XX 年 XX 月，在 XX 船厂工作；XX 年 XX 月，在江南船厂工作……"面试老师听他说完，笑着点点头，随后问了一个很简单的问题，"江南厂有几个大门，两个、三个还是四个？"文红急得抓耳挠腮，左思右想，就是答不出来，一会儿说三个，一会儿又改说四个……唐华没有想到老师会问如此简单的题目。最终面试没有通过，文红失望地回去了。

第二十一章

　　儿童是祖国的花朵，六一节是孩子们的节日，也孩子们最期盼的节日。唐华夫妻俩带女儿去港城市区和公园游玩。

　　港城交通便捷，市区很多路线有无人售票车。为了方便乘车，城乡班车有售票员，驾驶员和售票员始终面带微笑，服务十分周到。文明是港城的名片，电子屏幕上滚动显示：请主动给老弱病残人员和需要帮助的乘客让座，请乘客们文明有序乘车。售票员一边售票，一边忙着给一些老人和携带行李的乘客提供帮助。不到半小时就到了汽车站。出了车站往前便是繁华的市区，一栋栋崭新的高楼大厦矗立在眼前，城市布局规划整齐，宽阔而清洁的街道，大街上绿树成荫，市井繁华，车来人往，热闹非凡，如同国外发达国家的城市。港城市是全国著名的生态文明城市，城市卫生极其干净，直叫人赞叹不已！

　　首先来到最繁华的步行街。街道两边的商场里各种商品琳琅满目，应有尽有，精美极致。音箱里播放着优美的轻音乐，没有刺耳的商家叫卖声，也没有人摆地摊，人们有序地逛街购物，自觉养成良好的文明习惯，点点滴滴的细节足以看出港城人的良好素养，他们倍加珍惜改革开放以来所取得的丰硕的文明成果。唐华一家人悠闲地漫步在美丽的步行街，不知不觉走进了一家商店，服务员甜美地说道："欢迎光临！"文琴先给女儿选购了一套夏装，接着文琴和唐华挑选了两套情侣装，"老公，这衣服感觉怎么样？"唐华第一次穿名牌夏装，从头到脚感觉清爽又凉快。常言道：人要衣装，马要鞍装。一家人穿上新衣服精神百倍，还在一处雕像前合影留念。

　　下一站前往美丽的港城公园。公园环境优美，景色独特，亭台楼阁和水榭长廊遥相呼应，山水倒影相映成趣，一草一木令人心旷神怡。园内文化韵味浓郁，有戏曲爱好者唱戏，有评弹和快板，还有画画和彩描等文化活动，让人们在旅游休闲的同时极大地丰富了精神生活。金雅特别喜欢美术，亲手挑了一只小燕子，按照指导老师要求一笔一画涂上色彩，看着活灵活现的小燕子，文琴表扬道："好像给小燕子穿上一件彩色的衣服。"

接着去爬山并欣赏优美的瀑布。沿着台阶拾级而上，道路两旁有很多奇花异草，十分灿烂，芳香扑鼻。站在一块巨石上，唐华掏出照相机"咔嚓咔嚓"拍到了文琴和女儿最美的笑容。再往前抬头便看到了一片巨大的瀑布，像一条巨大的白色绸带挂在半空中。游客纷纷争相欣赏。此刻金雅喜笑颜开，陶醉在美轮美奂的瀑布之中，"爸爸妈妈，快看大瀑布！"顿时让人想起大诗人李白的名诗《望庐山瀑布》，金雅疑惑地问："妈妈，李白是不是也来过港城？"妈妈笑着回答道："李白去看的是庐山瀑布。""妈妈，我长大也要去庐山。"第一次看到如此美丽的瀑布，这片山水之美令人陶醉。

穿过一道索桥，过了休闲街，便到了儿童乐园。金雅迫不及待爬上蹦蹦床蹦蹦跳跳，笑得合不拢嘴。金雅最爱玩的还是滑滑梯，快速爬上去，"妈妈，你看我！"唐华紧握住文琴的手，夫妻俩看着高高的滑滑梯心都提到嗓子眼。话音刚落，只见金雅身影快速冲了下去，安然无恙！金雅玩了三四次还不过瘾，打趣地嘱咐道："我还要再玩一次，你们睁大眼睛看我是怎么下去的，不许眨眼睛！"唐华和文琴在一边鼓掌加油呐喊："好样的，宝宝加油！"金雅准备就绪，一触即发，眼看着小小的身影又快速冲了下来，玩得满头大汗似乎还不尽兴。

"那么高，那么快，不害怕吗？"妈妈问道。

"宝宝一点都不害怕！"

"那你小时候在上海的公园里怎么不敢玩呀？"

"那时候宝宝还小嘛，现在我已经长大了。"

时间过得真快，转眼女儿五岁了，更加活泼可爱，更加勇敢了。伴随孩子的快乐成长，唐华和文琴的脸上堆满了笑容。一次简短的旅行收获颇丰，一家人倍感幸福和快乐。繁荣昌盛的港城给人留下深刻而美好的印象，虽然唐华不是这座城市的主人，但在这里工作和生活是无比快乐的，让他们共享港城的城市魅力。回去的路上，文琴有想在港城买房定居的打算，可唐华认为资金不足，放弃了这种想法，与这座美丽的城市擦肩而过。

6月初中村先生启程回国了，老人很舍不得离开中国，"中国美丽富饶，中国人民勤劳智慧，改革开放以来中国取得了举世瞩目的辉煌成就，未来的中国一定更加繁荣富强，未来的中国造船将不可估量！……"在中村先生的指导下，唐华的技术进步很大，成为车间优秀的技术骨干。临别前唐华紧紧握住中村先生的手，"欢迎再来中国！"然而随着公司的发展逐渐陷入泥潭，这位日本老人再也没能重返中国工作。

随后森本先生过来接替了中村先生的工作。森本先生给一些同事带来日本产的电子表，电子表时尚精美有良好的防水功能深受大家喜爱。两位日本老人都十分喜爱到中国来工作，一方面他们酷爱中国美食，一方面他们喜爱旅游，休息的时候可以领略美丽的中国风光。森本先生会说汉语，热爱中国文化，还是一个"中国通"，周末背上行囊就出发了。森本先生之前也来过中国工作，老人身体很好，去过苏州园林、无锡三国城、上海城隍庙，还爬过黄山和九华山。森本先生唯独不愿意去南京旅游，"我们爱好和平，我们不能改变历史，但我们必须承认历史，愿中日两国人民以史为鉴、面向未来……"

这次森本先生还带来年轻的助手小山二郎。小山二郎也是一名船体火工。在日本大多年轻人有高学历，据说现在从事船体火工的年轻人寥寥无几，这项工作主要由外国劳工担当。小山二郎身材矮小，骨瘦如柴，"O"型腿，走路的姿势令人发笑。小山二郎从事造船工作三年多了，他跟随森本指导员到现场巡查，整天呆呆傻傻地看着中国同行干活。有天几个中国工人围在一起议论，"日本人的名字真稀奇，都叫什么什么'郎'。"汤文龙跟着插话："那个小日本叫啥二郎，我看他走路的样子更像武大郎，干脆叫他'大郎'！"一群人默认了汤文龙的提议。还有人说："那小日本整天人模人样的，咱考考他的技术如何？"大家异口同声地说道："好好好！考考这小日本！"

星期五森本先生休假，下午三点多大家见"大郎"摇摇晃晃过来了。汤文龙找一块变形很小的钢板，唐华把手中的工具交给了小山二郎。谁知道这家伙大呼"NO！NO！"慌忙举起双手"投降"，低头用日语说道："我要回家。"汤文龙听懂他的话，握住小山二郎的手，先用日语说了一句祝福的话，接着用中文说道："回去切腹吧！"小山二郎不懂汉语，连忙点头致谢"好好好……"随后这小日本便急忙灰溜溜地跑了。一群人不住地大笑。汤文龙洋洋得意地补充道："胜者为王，败者为寇。日本人崇尚武士道精神，输了该切腹问罪，看来他命休也。"此后小山二郎再也不敢下现场，一个星期后启程回日本了。

据了解森本先生也是一位出色的火工专家，来中国后并没有发挥出什么特殊的本领。为了探索日本造船技术，有天大家特意找了一块变形很大的钢板，邀请森本先生指导。森本先生告诉大家："在日本这种变形需要几个人共同协作，通常采用千斤顶一边增加外力一边矫正。"唐华心想如果按照指导员的方法，这块板起码要两三个小时才能完成。其实唐华心里有底，他把工具交给了指导员，森本先生惊讶地说道："没有千斤顶，我不敢做。"唐华摇摇头说："看我的。"森本指导员的眼神充满怀疑。唐华把火焰温度调到最佳状态，两人不到半小时就把问题解决了。森本先生认真检查后，竖起大拇指称赞道："吆西！非常好！中国造船技术很先进，你们的水平很高！"实际上这种变形对唐华来说如同家常便饭，没想到却给指导员上了一堂实践课，令这位日本专家无地自容。

两个月后，森本指导员也回日本了。

转眼到了暑假，文琴、文义和文红三家的孩子在上海相聚。金雅已经五岁多了，两个弟弟都三岁了，孩子们难得见面，一起玩他们喜欢的游戏。文义家里有很多汽车玩具，赶紧拿出来一起分享。文红的儿子金天从小生活在农村，他从来没有见过这么好玩的汽车，玩得不亦乐乎，一会儿玩挖土机，一会儿把遥控汽车开得东奔西跑，忽然间金天好奇地把挖土机拆开了，摆弄好半天装不回去急得大哭。金宇是车迷，不到两分钟就把挖土机还原。刚玩一会，金天对玩具就没有兴趣了，他喜欢看电视动画片《黑猫警长》，姐姐和弟弟也都很喜欢，孩子们发出一阵阵笑声，"快看！黑猫警长多厉害啊！"孩子们甭提有多兴奋，从凳子上跳起来拍手叫好！每天一集的电视很快就看完了，金天还想看其他的节目，可金宇坚决不同意："爸爸说每天只能看一集，不准耍赖！"于是立即把电视机关掉。这时金天急得大哭，文义安慰道："每天只看一集最精彩，看多了会影响视力，知道吗？你看金雅的小眼睛都红了。"金天揉揉眼睛点点头答应了。

第二天金雅忽然感觉眼睛看东西模糊，文琴赶忙带女儿去医院检查视力。经检查金雅左眼1.0，右眼0.8，视力明显下降，难怪她有时感觉视力模糊不清。金雅平时不贪恋看电视，是点点滴滴的不当用眼导致视力下降。医生建议：孩子还小，这种情况属于假性近视，暂时不要戴眼镜，可以采用穿珠子的方式矫正视力，这种物理疗法长期坚持可以改善儿童视力。五颜六色的小珠子仅有黄豆一半大小，中间有直径很小的孔，用线从孔中间穿过去，再把二百多颗珠子穿成各种花样；穿的时候还要注意各种颜色的珠子搭配，两只眼睛轮换交替进行。当天晚上金雅开始练习，一只眼睛遮住，一只眼睛观看穿珠子，每天用心练习两三次，几个月后视力明显恢复，一年后两只眼睛视力都恢复到1.2以上。

后来金雅把穿珠子当做游戏，不厌其烦地坚持练习，一直坚持练习了四年多。

如今少年儿童的视力问题引起全社会广泛关注，越来越多的孩子在幼儿园、小学和中学阶段视力下降，学校里有一群近视眼。穿珠子疗效明显，不仅有利于改善儿童假性近视，还增加了游戏娱乐趣味，也锻炼了孩子的意志品格，对儿童身心健康发展非常有益，而很多家长发现孩子近视后立马让孩子戴眼镜，也失去矫正的最佳机会。眼睛是心灵的窗户，现在这扇窗户还安装了一层厚厚的玻璃，可以说爱护眼睛、保护视力已经刻不容缓。

新学期开学后，文琴像妈妈一样拥抱每个小朋友，给孩子们上开学第一课。文琴穿着新买的连衣裙很漂亮，身材优美，气质绝佳。小朋友欢呼道："老师是七仙女，老师好漂亮呀！"文琴亲切地问道："小朋友们，你们暑假快乐吗？有什么收获呢？"小朋友们轮流发言，有的说喜欢吃大西瓜，有的喜欢吃冰激凌，有的爱吃肯德基，等等。很多小朋友希望和爸爸妈妈在一起过暑假，有的回去看望老家的爷爷奶奶。大家纷纷自告奋勇地分享暑假的快乐。那些外地的孩子最想念他们家乡的亲人，异口同声说道："最想老家的爷爷和奶奶……"文琴和小朋友相处半年多，已经成为孩子们喜爱的好老师。

课后几位老师看到文琴身上漂亮的新裙子，"沈老师，你的裙子真漂亮！"文琴愉快地说道："这件裙子在上海买的，港城商场还没看到这款新裙子。"这让大家很遗憾。李丽老师羡慕地说道："这件三百多的衣服就是好看，和我身上一百多的就是两样，做女人要对自己下手要狠一点！""女人天生有好身材，要穿出好身材，穿出新潮流，穿出魅力，老公一定会更爱你……"文琴说。女人最爱一件新衣服，穿出女人味让世界多一道靓丽的风景线。李老师忽然提出要求："沈老师，你的新裙子能不能借我穿两天？"文琴满口答应。两人当即把裙子换过来，李老师穿上新裙子，对着镜子仔细欣赏好几遍。

一个星期后，李老师还舍不得把裙子还给文琴，李老师羞涩地说道："我平时最喜欢买几十块钱的衣服，穿了几次就压箱底了，还不如买一件高档一点的。"又说："但我舍得给老公买高档的衣服，男人的形象最重要。"李老师的爱人也在船厂工作。为了幸福生活，很多农民工妻子含辛茹苦，舍不得穿上一件好衣服，宁可花很多冤枉钱，也不肯提高生活质量，但为了老公的面子，她们倒是出手很阔绰。这也是广大的农民工家属的典型代表。

这学期金雅读大班了，幼儿园大班教学很有特色，老师不是直接上一年级的课程，重点还是培养孩子的学习兴趣，在游戏中学习基础文化课，让孩子们快乐成长。在老师的悉心教导下，金雅像小老虎一样开始发威了，成为班级最优秀的小朋友之一。

文琴一向很重视家庭教育，注重培养孩子的好习惯，启发孩子的智力开发。文琴教育孩子很有方法，运用多种方法引导孩子成长。一次文琴让唐华扮演"病人"，女儿扮演"医生"，自己演"医院院长"，一家人开始互动游戏表演。

"喂，你好！是120急救中心吗？"

"嗯，我们是120，请问有什么可以帮助吗？"

"医生，我感冒了，快过来帮我看看吧！"

"别着急！请问住在哪里？我们马上过来。"

几分钟后两位"医生"来了，唐华佯装生病躺在床上，头上搭着一块毛巾，那样子看上去病得不轻。金雅先是摸摸"病人"的头，再给"病人"切脉，又快速地拿出听筒观测心跳，接着又找到一个特殊的温度计测量体温……唐华和文琴一唱一和，尽量不出声，让女儿施展才华。"体温38.7℃，发烧了，别担心，挂一瓶水就好了。"连忙找来一个牛奶瓶，再灌点水，又找了一根管线接到"病人"的手臂上，所有的动作都很麻利。"我再给你开点药吧！"孩子的想象力和模仿能力都很强。说完找来几颗巧克力，还有一些白瓜子，"这药叫'白加黑'，记住要按时吃'药'。"白天吃瓜子，晚上吃巧克力，弄得唐华成了大馋猫。唐华和文琴终于忍不住哈哈大笑。

唐华家是学习型家庭，总有着讲不完的课、学不完的知识。除此之外，还开展了很多学习方法，如快速记忆法、快速算术法和火眼金睛法等。唐华和文琴做了一下分工，唐华负责教导孩女儿的数学知识，采用"快速算术法"帮助女儿数学方面的学习，从快速数数再到简单的加减方法，有时还通过游戏的方式有意识地学习数学知识。渐渐地，金雅学会了0~10之间的加减法，会背圆周率π=3.14……后面的100多位数，还会口算"1+2+3+……100"的数学题目。这些对于一个幼儿园大班的孩子来说是非常不容易的。通过家庭辅导学习，让女儿对数学知识产生浓厚的学习兴趣。文琴采用"快速记忆法"训练女儿的记忆力。金雅的记忆力超强，还会背很多的唐诗宋词。

文琴另外很注重孩子的营养。港城物产丰富，各种各样的蔬菜种类繁多。文琴经常买一些新鲜的青菜、西红柿和胡萝卜等蔬菜。金雅最爱吃妈妈做的菜，小嘴巴大口大口地吃，还调皮地学习鲁迅先生那样自嘲，"我好像一头牛，吃的是草，挤出的是奶，越吃越聪明！"把一家人逗得乐开花。

家庭教育是一块自留地，需要家长细心管理，既不能荒废也不能过度的施肥。一年来唐华一家生活在港城这片神圣的土地上倍感幸福，在这里收获了家庭的温馨与浪漫，与孩子共同进步，深深体味着孩子般的乐趣。看到了孩子的进步，他们把快乐写在脸上，把幸福藏在心底。

9月中旬，山东一家新建的韩国船厂直接把人才招聘工作瞄准港城日本公司的员工。该船厂是世界一流船厂，现在需要招聘大量的技术工人，他们深知港城日本公司中国员工技能素养很好，承诺给予1.5倍以上的高薪。已经有几个同事应聘去那边上班了。为了方便大家联系，他们把招聘面试地点直接设在船厂附近，并且选择周末悄然暗战。港城日本公司近百名工人专程前往南通面试，唐华和几个老乡也去了。

星期六上午面试在某酒店里进行，数百人参加了这场盛大的招聘工作。韩国船厂特别重视这次招聘工作，由两名韩国部长亲自带队负责招聘工作，他们都会说流利的汉语。其中有一名中国籍面试老师是原港城日本公司工作过的张课长。张课长不时向韩方部长推荐来自日本公司的工人。由于报名人员众多，加上时间紧迫，他们早先在来自日本公司的工人名单上都做了记号。每次安排五名工人同时面试，时间每人两分钟，根据应聘者回答水准做上适当评价，诸如"A、B、C"等级，日后再详细沟通工资待遇问题。来自日本公司的工人面试结果后面画上"A"或"B"，自然是他们比较满意的人选。

上午十时许，轮到唐华面试了，一名韩国部长仔细查看他的简历，"你在江南工作过？"唐华简要地回答："我曾经在江南工作了八年，并且在日本公司工作了一年多。"接着韩国部长问道："船体焊缝变形怎样矫正？"唐华胸有成竹，一口气回答了五种方法，韩国部长很满意他的回答。其他人面试时间仅有两分钟，结果给了唐华五分钟。当看到唐华手中奖状的时候，韩国部长点头称赞道："江南火工第一名！我们很欢迎你！"最终唐华的评定结果为"A"。随后唐华轻松地走出办公室。

一周后唐华接到来自山东的电话，对方求贤如渴地说道："恭喜您被我公司录取了，欢迎您加入我们的团队！期待您早日过来入职。"下班后唐华高兴地告诉了文琴，文琴也支持他去这家韩国船厂工作。

十一国庆节老乡李家辉结婚，他的爱人来自河南，在新兴镇上一家纺织厂上班，两人在港城这片福地相识相爱，今天终于走进幸福的婚姻殿堂，数十名好友和领导、同事参加了他们的婚礼，胡建明、王小飞和唐华作为他的师叔参加婚礼，十多个老乡全都出席。结婚是人生最幸福的大事，婚礼前前后后很多事情需要处理，此刻他们双方的父母都不在港城这边，关键时刻老乡们挺身而出，大家团结一心帮忙操办。

上午九时李家辉夫妻俩在酒店门口喜笑颜开地迎接前来出席婚礼的嘉宾。大喜之日新郎身穿笔挺的西装，新娘身披洁白的婚纱，手捧美丽的玫瑰花。老乡们忙前忙后招待客人，有的帮忙发喜糖，有的在帮忙安排入席，有照看小孩的，还有放鞭炮的，一切井然有序。高朋满座，领导们兴致勃勃地入座首席。随着一阵阵鞭炮声响起，婚礼正式开始，大家共同举杯祝福！为了让大家能够喝好，李家辉的大师兄二顺子今天自告奋勇当起"酒司令"。二顺子酒量很大，他先敬几个酒量大的领导和同事几杯酒，再从上桌喝到下桌陪所有的客人喝了个遍地开花。然而酒喝到这种程度，也没有看到二顺子喝醉。后来二顺子悄悄地透露：喝酒前先吃了一碗米饭，又喝了一种醒酒药。难怪这家伙喝了这么多酒面不改色。幸好这醒酒药不是假药，二顺子越喝越猛越喝越顺，最后客人们都不敢再喝了。为了师弟的婚礼，大师兄这招都能想得出来，大师兄真给力啊！

这次婚礼也是老乡大聚会，双方家长都没有过来，老乡们成为他们的娘家人，成功帮助两个新人完成了人生梦想。来宾们对婚礼筹划很满意，大家吃得好喝得开心。

恰逢国庆佳节，为了增加感情老乡们相约再组织会餐。

老乡会餐先从王小飞家开始。王小飞夫妻俩一早去市场买菜，王小飞老婆孙小兰做菜有几把刷子，忙了一上午做好一大桌丰盛的菜。昨天刚喝了喜酒，今天老乡们睡一个懒觉，起床穿上体面的衣服，骑上电瓶车出发。霍霍，十多辆电瓶车的车队也是一道别样的风景线。老乡们有的买牛奶，有的买水果，就像走亲戚一样来到王小飞家。王小飞夫妻俩热情接待，他们早已把饭菜准备好，再满上大杯的啤酒，老乡之间频频举杯，人人面带微笑，老乡之间乡情浓浓。

饭后老乡们聚在一起聊天，聊聊咱安徽人在日本公司的工作情况。大家在不同的车间工作，今天难得聚会聊天，高谈阔论就像开年终总结会一样。建明说道："咱安徽籍火工几乎占据日本公司半壁江山，个个都是好样的，个个都是骨干成员，个个都为家乡争光。"老乡们个个身怀绝技，各有所长，为日本公司解决了不少问题，他们都是值得骄傲和尊敬的造船人，王小飞是内场加工班长，工作能力十分突出。另外唐华和建明的技术也很出色。大家相互鼓励，继续加油！直到下午三点多，大家疲倦地回家休息。

随后建明提议由他来主持第二次老乡聚会。建明也准备了一大桌菜，还炖了只老母鸡。建明想得很周到，这几天连续喝酒，现在喝点老母鸡汤真香！会餐接力再次传递着老乡之间的深厚感情。

第三天老乡聚会持续，唐华接到了接力棒。大家再三嘱咐："吃饭有时候也很累人，连续几天吃吃喝喝，肚子受不了，大鱼大肉也吃腻了，炒几个小菜就行了。"到了唐华家就简单化了，细细想想老乡们说的话也很有道理。唐华买了一些大家爱吃的蔬菜，也买了一只老母鸡。唐华把菜洗好了，文琴干净利索地做好一桌饭菜。中午时分老乡们到齐了，大家看到一大桌菜很满意很对胃口，每人先喝一碗鸡汤，不过酒实在喝不下了。说来也奇怪，二顺子前几天喝那么多的酒，今天喝了一瓶啤酒脸就红了。

饭后大家再次聚到一起聊天。上次聚会老乡们像是开了个总结会，这次他们聊到日本公司的造船技术和管理上来，大家各抒己见。王小飞最先来公司工作，他对公司的发展最熟悉，"日本人在中国赚了不少钱，光卖废铁就能够养活中国工人，每次发工资前公司就把废铁卖给隔壁的废铁回收公司。"接着又说说去年接到九十六条船订单的情况，还说说日本指导员的技术和去年的"罢工"事件，随后一群农民工还把中日两国造船技术作了一些对比，大家一致认为"日本造船技术确实很先进，但是今年上半年开始的加工资和考核让他们失去了人性化，也让他们走进了死胡同"。

本来下次聚餐活动该轮到胡霄峰了，可他却没有一点行动，连一句话也没有，按照他的说法：不是钱的问题。胡霄峰从小家境贫寒，幼年丧母，直到三十岁才结婚。胡霄峰的脚是扁平足，走起路来像老奶奶一样踉踉跄跄，平时也像老奶奶那样算计着过日子，因此大家都称呼他"老奶奶"。胡霄峰已经习惯了这种荒诞的外号。这几年公司效益很好，胡霄峰的收入增加了很多，但他依然省吃俭用，悄悄地存下一笔巨款。本来聚餐活动就像田径赛场上接力一样，每人拿到接力棒都积极地往下传递。每次老乡聚餐胡霄峰都参与了，现在该轮到他接力，可是接力棒就停在他这里，结果活动告一段落。

这让王小飞觉得很没面子，他和老婆商量准备再组织一次老乡聚会。第二天孙小兰下班后到市场买了一条鳊鱼和一些蔬菜，赶忙回去做饭，这边把鳊鱼放在锅里煎炸，那边还忙着洗菜，突然鳊鱼在锅里跳起来了，油锅里面滚烫的油四处飞溅还着火了，鱼竟然跳到了地上，吓得小兰不知所措，慌乱之中滚烫的油突然溅到脸上，"哎哟哎哟，我的脸好疼……"王小飞回到家吓傻了，赶紧送小兰上医院。一张漂亮的脸被烫伤了，小兰生气地说道："都是你的错！还搞什么聚餐，看看我的脸！丢人都丢到家了……"王小飞再也不敢提老乡聚餐的事情了。自此老乡聚餐到此全部结束。

随后胡霄峰前往浙江搞承包业务，发展成为身价百万的老板。

十月六日唐华请假与十几个同事一同前往山东的韩国船厂赴职。出发前有同事告诉唐华：山东这边已经降温了，一定要多带些厚棉衣。由于唐华和老乡之前都没有去过山东，根本不了解那边的情况，国庆期间港城这边气温还高，唐华还以为他们在开玩笑，唐华将信将疑带上棉衣。再则唐华没有充分考虑家庭问题就草率地出发了，临出门前女儿金雅一把抱着爸爸大哭，"爸爸别走……"上车前文琴也热泪盈眶，唐华难舍难分地流下眼泪。幸好有老乡和同事一起出发，文琴这才放心了一些。

汽车驶出港城渐渐远去，沿着高速公路一路北上，途径苏南、苏北，再进入山东境内。人生最痛苦的莫过于在与家人离别的时刻了。又一次和家人分别，唐华想起妻儿离别的那一刻潸然泪下，从港城到山东一千多公里，又将面临怎样的牵挂？现在他又重复着这样的痛苦。一年前唐华与家人在上海分开，而今又一次把家人留在了港城。说到这次远行，唐华有自己的打算，一方面被韩国船厂的高薪打动，一方面他想学习韩国的先进造船技术。途中不知不觉地唐华睡着了。

一觉醒来时已经是凌晨两三点。这时驾驶员说道："大家别再睡觉了，以免坐过了车站。"天还没亮，外面一片漆黑，一阵阵东北风呼啸而来，下车后外面的气温骤降，唐华冻得直哆嗦，赶紧找到棉袄，穿上保暖内衣，半天才缓过神来。

当晚唐华住在朋友的宿舍，窗外呼啦啦的东北风大声呼叫，折腾得唐华根本没法安静入睡，恨不得把耳朵塞起来。初来乍到就被寒风吓倒，唐华脑海里不时地回想起在港城的美好生活，真是身在福中不知福！港城经济那么发达，人文环境和地理气候都十分宜人，怎么会舍得离开呢？唐华心情很复杂，无比牵挂留在港城的妻儿了。

第二天到了工厂，唐华被这座崭新的工厂深深吸引，工厂规模很大，道路是宽阔而平整的沥青路面，这与很多船厂所不同的。车间拥有先进的流水线，车间里已经有少量的工人开始小规模的生产了。随后工作人员组织培训学习。唐华心神不定，但还是从简短的培训中学到了韩国船厂的一些管理经验。

第三天上午，船厂安排新员工去医院体检。一百多人在工作人员的安排下分成几组，按抽血、胸透、心电图等流程依次进行。唐华昨晚又没有睡好，四个人盖了一床被子，冻得手脚冰凉，一早起床精神不振连打喷嚏，抽完血后心跳加速。测量血压的时候，唐华的心情格外紧张，医生将血压计的袖带绑在唐华的左臂上，只见唐华的手臂发抖，医生叮嘱唐华"放松点"，随即观测血压计的读数，"低压120，高压176，你有高血压？"唐华急忙站起来说道："不会吧！我没……没有高血压……"其实唐华根本没有高血压，他正要辩解，医生立即说道："对不起，你的血压不合格，有请下一位。"在这人生地不熟的地方，唐华根本无法接受这样的事实，他想起自己和孙少平那次进煤矿体检一模一样的遭遇，但是对唐华来说却没有孙少平那样幸运地有复检的机会，只好苦恼地离开了医院。

船厂工作人员得知唐华的体检结果后十分惋惜，工作人员很遗憾地告诉唐华落选结果，唐华无奈地摇摇头。随后人事处一位领导把唐华单独叫到办公室，惋惜地说道："我们原本打算派你到韩国研修半年，回来后由你担任公司技术负责人，那时你的年薪可能达二十万元以上，现在对我们来说十分遗憾！"听了这番谈话唐华极度遗憾，迷茫地返回港城。

上车前唐华打电话告诉文琴："亲爱的，我回来了。"文琴听说唐华回来了，反而显得十分高兴，女儿开心得跳起来了。推开家门一家人紧紧地抱在一起，金雅的小脸蛋堆满笑容，又找回了属于他们的快乐。家是人生的港湾，回家的感觉真好！想想当初的决定多么草率，一家人在一起比什么都重要，幸好没有分开，幸好还没有辞工……

最终同去的一个老乡选择留下了，但对北方这闹人的气候一直不太适应。一方水土养一方人。两年后老乡也回来了。后来老乡说道："韩国人和日本人是一个爹生的两个儿子，其实在韩国船厂工作也很辛苦，你当初回去也好。"听了老乡的安慰，唐华也就没什么遗憾了。

一个月后，在恩师洪老的帮助下，唐华和老乡们全部前往浙江工作。

第二十二章

2007年11月15日唐华拿到工资，第二天便提交了离职报告，一周后前往浙江宁波，同行的还有七个老乡。上车前他们的脸上露出满满的笑容，因为他们终于离开了日本人的魔掌。谁愿意长时间加班呢？频繁的加班不仅劳累不堪，也可能会导致亚健康。而浙江那边承诺不加班或少加班，以及让他们满意的工资。当汽车驶出港城车站的时候，他们脸上的笑容瞬间减了大半，甚至完全消失，怎么舍得离开这座美丽的城市呢？即便是过客，也给他们留下了难以抹去的印象。另外还有很多家属留在这里，也把他们的心留下了。命运是自己选择的，既然选择了远方，就要朝远方前行……

出了繁华的市区，汽车在高速公路上快速奔驰，犹如一匹不知疲倦的烈马，几个小时后到达了宁波汽车站。浙江东南船厂已经安排豪华专车在车站门口迎接。这是该厂首次安排专车迎接前来报到的一线新员工。这八名新员工都是来自日本船厂，他们都是技术过硬的造船人，因此接待规格高于以往过来的员工。一群农民工欣喜地上了车，浩浩荡荡向目的地进发。船厂距离市区八十公里，位于象山港的海边。他们第一次来到海边工作，一路有人高唱："在那遥远海边，看那潮起潮落……"

晚上六点到了宿舍，洪老在下车处迎接，迎接的队伍中还有唐华的另一位恩师孙师傅，以及几个领导干部，洪老上前与大家一一握手，"一路辛苦了。"

半小时后唐华拿到宿舍的钥匙。宿舍是两室一厅的套房，房间有卫生间和厨房，还有空调、电视机和热水器等设施。建明兄弟俩住一个房间，唐华和李家辉住另一个房间，他们四个人住在B栋404房间。王小飞和他两个徒弟住A栋518房间。唐华对房间的门牌号——404不太满意，他觉得"4"不够吉利，另外还是"B"栋。建明笑道："管他呢，反正都是一样免费的。"收拾好床铺后，建明打开空调，欣慰地说道："比在日本船厂的待遇好多了。"夜幕降临，海边的夜晚很安宁，夜色下村庄寥寥无几的几盏灯火在微弱的闪烁着，山岚显得更加高大巍峨。站在窗前欣赏一下海边的夜景，闭上眼睛听海水的潮汐声也是一种享受。远离了繁华的都市，没有车水马龙的嘈杂声，人们在海水的潮汐声中入睡了。

第二天唐华和老乡前去车间上班。唐华和老乡们都安排在新厂区加工部工作。现在厂房刚刚建成，其他的基础设施还没有全面竣工。这两年造船行业发展迅猛，造船人才竞争激烈，很多船厂不得不提前把工人招聘过来，那些技术好的熟练工人更是成了香饽饽。说是上班，其实根本无所事事，几个人整天围在一起聊聊天而已。

一个星期后，王小飞忽然想到一件事情，对洪老说道："师傅，我们的合同还没有签，这咋办？"工人都上班了，还没有签合同，这是十分荒诞的事情，更是他们关心的切身利益。老爷子居然把这么重要的事情给忽视了，当即打电话向有关人员报告。

"不要急嘛，合同早晚会签的。"

"这怎么可以？也不合法啊！"

"先考考他们技术水平怎么样？"

之前没说要考试，怎么搞突然袭击？一听说要考试，大家立马着慌了，紧张得如同高考。洪老赶紧找出资料，让他们临时抱佛脚。幸好考试题目由洪老出，这才稍稍打消大家的顾虑，不过有领导现场亲自参加，连洪老也放心不下。

星期一上班，洪老把大家召集到一起，加工部周副部长也来到现场。洪老手中拿着试题挨个问答。唐华首先答题。"船体火工原理是什么？"唐华的回答头头是道。唐华回答完毕，洪老说道："很好！"周副部长也跟着点点头。"下一个，水火弯板原理是什么？"王小飞一一回答。"再下一位，薄板矫正原理？"胡建明正准备回答，周副部长用上海话对洪老说道："阿拉不懂啥火工，侬考考伊拉（他们）就可以了。"说完周副部长转身离开了。

下午洪老再次打电话询问合同的问题，但还是没有得到肯定的答复，洪老急忙跑到领导办公室，周副部长给洪老点着香烟，"不急嘛，正在办。"洪老抽了两口便扔掉手中的香烟，拉着脸说："怎么不急？这是工作，哪有先斩后奏的道理？今天必须给个说法。"年轻的周副部长见洪老这样说话，小声对洪老说道："他们的工资要求太高了。"这样说来，洪老立马气急上头，一连在桌子上拍了三下，板着脸上说道："人家在日本船厂工作，他们都是技术过硬的老师傅！再不签合同的话我马上把他们带到江南去……"

第二天唐华和老乡们顺利签了合同。要说诸葛亮是被刘备三顾茅庐感动，唐华他们是被恩师拍桌子留在浙江工作的。当然这些造船人的技术确实值得这份工资，他们的平均工龄十年，平均年龄还不到三十岁，他们也希望在这里努力工作，助力浙江造船蓬勃发展。

签完合同，领到工作服，有些人又开始后悔了，"这是什么破工作服？哪有日本人的劳保用品好？日本船厂的工作服是全棉的，穿在身上舒适，工作鞋也耐穿……"这套工作服确实不如人家的好，洗两次颜色就褪色了。建明不以为然，说道："只要工资不少，穿啥衣服不是一样的干活。"农民工就是干活的命。他们现在穿上工作服，整天没活干也觉得浑身不舒服，天天加班干活又觉得累。让他们后悔的事情远不止是这些，因为船厂位于偏僻的海边，周围仅有一小片村庄，远离繁华的都市，生活根本无法与美丽的港城相比。唐华鼓励大家："既来之，则安之。好马不吃回头草。"人啊，走路总是喜欢回头看。既然离开了，路总是要往前走，何必总想着过去的事情呢？

一切安顿妥当了，唐华四处打电话报平安，文琴接到电话后说："我和女儿在港城生活很好，你安心工作吧。"现在只有文琴和女儿住在阳光小区合住的公房，房子里母女俩形影相对，增添了唐华对妻儿的思念与牵挂。

文义得知唐华去浙江工作，在电话里说道："怎么又跳槽了？不是在港城工作好好的吗？"全国有上亿农民工，各行各业的发展已经离不开广大农民工，但农民工的流动性太大，很多人总不能在一个地方扎根，像浮萍一样飘来飘去，也是社会关注的热点。文义鼓励唐华在宁波安居乐业，这对他和家庭尤其是子女上学都有好处。唐华不是没有考虑过这些问题，他打算等女儿读完幼儿园，再把女儿接过来上小学。

当晚唐华和老乡们在厂门口饭店聚餐，大家点了很多海鲜，费用 AA 制，也是老乡们时隔一个多月再次相聚在一起。洪老和孙师傅应邀出席，还有另一位副作业长黄建军也参加了聚餐。老乡们一半是洪老的徒弟，一半是徒孙辈，洪老与他们 1996 年在皖城相识，从此结下了深厚的师徒感情。王小飞坐在洪老身边，这样与师傅更亲近一些。孙师傅与黄建军紧邻洪老坐下。孙师傅自始至终没怎么说话。年轻的黄建军副作业长对洪老充满敬佩，"洪老您是造船专家，还参加过很多国家重大工程建设，尤其是鸟巢，您给我们讲讲鸟巢吧！"

参与鸟巢建设是洪老一辈子最荣耀的一件事，鸟巢是由中国工匠建造的一项世界超级工程，全部钢结构达四万多吨，所有焊缝长度加起来超过三百公里，工程历时五年，先后有两万多名工人参与建设。建设鸟巢责任重大，哪怕出现任何一点差错都将造成灾难性后果。明年北京奥运会将开幕了，大家都特别期待！洪老一辈子参与过很多重大工程建设，包括三峡工程，之前他觉得没有为国家建造航母而遗憾，而担任鸟巢工程监理，或多或少弥补了一些遗憾。洪老高兴地说："毛主席曾说'不到长城非好汉'，工程结束后，我荣幸地登上了万里长城。"老爷子一边说着，一边回想着在天安门前鲜艳的五星红旗下高唱国歌，在庄重的党旗下重温入党誓词。听完洪老的讲解，大家共同举杯向洪老祝贺！

晚饭后唐华前去拜见恩师洪老和孙师傅。他们住在 A 栋 205 房间。孙师傅还没有回来。洪老正在房间休息。转眼两年没有和恩师见面了，洪老与唐华促膝长谈。洪老是一个月前来到这里工作，"他们得知我在绍兴硬把强行拉过来担任顾问。"接着又说："现在鸟巢主体工程已经结束，我也放心了。另外我还参与一座钢结构大桥建设，并成功解决了桥面双拱梁弯曲成型的难题，这项技术攻关获得了'省科技进步二等奖'……"唐华为恩师取得的这些成就感到由衷的骄傲！为了国家重大工程建设，洪老头上又添了一根根白发。老爷子今年已经六十六岁高龄了，仍然坚持在造船一线工作。

鸟巢工程结束后，梁彩芬去了美国，她儿子在美国生了一对双胞胎，只好前去照看孙子。"本来我们打算结婚了，可我不能出国，没办法……"洪老遗憾地说。梁阿姨与洪老是跳舞时相识相爱的，在洪老担任鸟巢工程期间，细心照料，幕后做了很多工作。他们本来可以一起安度幸福的晚年，但由于洪老参与了很多国家工程建设，还参加了一些特殊工程，是不能出国的。夕阳无限好，只是近黄昏。

　　唐华起身准备离开的时候，刚好孙师傅回来了。孙师傅两个月前跟随团队来到浙江，担任作业长。"小唐，再坐会吧。"孙师傅拍拍唐华的肩膀，笑着说："结实了嘛，"又说："在日本船厂工作，技术也进步很大……"两位恩师都对唐华竖起大拇指，"继续努力。"接着孙师傅告诉唐华：近两年世界船舶市场达到前所未有的高峰，2007年新船需求量极度上升，中国和世界造船工业取得举世瞩目的大发展。这意味着造船的春天已经来临。东南船厂紧紧抓住发展机遇，实现了企业改组改制，并扩大生产规模，他们以"愚公移山"精神把一座山体拦腰切断，建设了两座大型船台，另外建设了一座世界独一无二的室内船台，还承接了大量的海工船订单。洪老赞许地说道："浙江造船大有前途。"唐华也期待与恩师一起在这片土地上创造更大的成绩。

　　俗话说：民以食为天。无论在哪里工作和生活，一日三餐吃饭都是头等大事。由于新食堂还没有建设好，工人们吃饭成了不小的问题。孙师傅告诉唐华可以在宿舍做饭。第二天唐华和建明把锅碗瓢盆买回来了，早餐和晚餐自己动手丰衣足食。靠山吃山，靠水吃水。船厂周围的村民把自家种的蔬菜拿到船厂门口卖，也有很多渔民卖海鲜。海鲜主要有两大类型，一种是贝壳，一种是各种海鱼，还有海虾和螃蟹等，价格便宜。唐华宿舍的四个人，两人一组轮流买菜做饭。老乡们团结友好，像亲兄弟一样共同合作。

　　中午休息时间短，下班后大家匆匆忙忙赶到厂外的小饭店或者面馆随意吃点。每到此时各家店面人头攒动，里里外外挤满了船厂过来吃饭的工人，老板实在忙不过来。唐华和老乡们最常去的是一家广东烧鸭面馆。面馆店面偏僻，生意却异常火爆，十几张桌子座无虚席，还有很多人站着吃面条。四个大炉子不停烧锅煮面，老板夫妻俩加上一个老阿姨根本忙不过来，尽管很忙老板娘还是微笑服务，老阿姨争分夺秒收碗洗碗，还有很多客人排队等候吃面条。唐华成了这家面馆的常客。

　　食堂没有建成之前，孙师傅午餐经常吃方便面，有时再加几个馒头。孙师傅和洪老同住一个房间，他们晚上也自己买菜做饭，两人谁有空谁过去买菜，一起共进晚餐。洪老和孙师傅都是上海人，都是江南的顶尖造船大师，为了造船事业发展来到浙江工作。过去他们为工作上的事情有过分歧，现在一起工作，生活上相互照应，十分和谐，成为徒弟们学习的典范。同乡之间就应该像他们这样团结互助。

车间还没有完全造好，还能有什么活做呢？每天就这样无所事事的上班，要么围着新安装的机械设备转几圈，研究一下操作方法；要么三五成群聊天，听洪老讲讲韩国日本和东南亚国家的造船情况，再就是讲讲他对中国造船事业发展的见解，"瞧，一台台大型龙门吊车，起重能力大大提升，中国造船大有希望！"偶尔也讲讲天南地北的奇闻怪事。最难忘的是洪老讲述自己的造船人生，1958年进江南船厂工作，从造船学徒工直至成为一代造船大师，一辈子经历了很多事情，创造了数不尽的技术，解决了无数难题。再就是听洪老讲讲他一辈子造了什么船解决了什么难题。有人欣喜地说道："师傅您写本书留给大家学习吧。"洪老摇摇头说："我一生不图名不图利，不求千古流芳……"有人冒昧地问道："那您图啥啊？"洪老笑而不语，他要把余晖洒在热爱的造船事业上。

实在没有话题了，大家开始交流各自在工作中遇到的问题。唐华把在日本船厂学到的技术分享给恩师。洪老拍拍胸脯说道："日本造船正在走下坡路。中国经济强劲快速发展，不出三年中国经济将超过日本，不出十年中国造船一定会超越日本，成为世界第一造船大国。"

半个月后作业区分来了十多名技校学生，都是本地的90后小伙子。本米大家都没活干，现在班组里更加热闹了，这里一撮那里一堆围在一起聊天。

一个星期后孙师傅从上海带回来一些学习材料，组织大家培训学习。这样可以让大家学习理论知识，还可以加强劳动纪律。前三节课大家把耳朵竖起来听，孙师傅讲得也很带劲。慢慢地，三天新鲜感没了，几个学生就没有兴趣听课——其实他们本来就不爱学习，有的晚上出去上网，白天上课打瞌睡，怎能集中精力听课呢？洪老对孙师傅说："看来这样下去不行，干脆把学生们分别找一个师傅，这对他们将来有好处。"于是班组每位师傅帮带技校学生，唐华和建明都收了两名徒弟。

唐华的两个徒弟一个名叫张伟，一个是郑斌，两个徒弟各有特点。

张伟身高177厘米，皮肤白净，帅气得像韩国明星，但性格却如同大姑娘一样腼腆。张伟家里还有一个十分可爱的双胞胎妹妹。养了这样一对漂亮的龙凤胎，父母真是八辈子修来的好福气，谁家父母不稀罕呢！

说来也巧，张伟还发生了一段桃花运的插曲。在新食堂吃饭的时候，新过来实习的女大学生谭琴总是喜欢坐在距离张伟很近的座位上，有时干脆和张伟背靠背挨在一起。姑娘长得靓丽可爱，小伙子更是帅哥，不知道是姑娘一见钟情还是情有独钟，谭琴和张伟一直保持不远不近的距离，张伟竟然对这突如其来的桃花运毫无知觉，哪有这么笨的男神啊？一天晚上谭琴主动找张伟说话，邀请张伟一起吃饭，张伟脸都红到脖子。都说美女配帅哥，可是帅哥还没有情花怒放，也让美女很失望……

郑斌身材中等，走路总习惯猫着腰身，看上去感觉像有点驼背。唐华小时候爷爷常教育：小孩子站有站相，坐有坐姿。唐华行为举止时刻像军人一样保持伟岸挺拔的姿态。这能提升人的气质，也会给人留下很好的第一印象。一个小伙子站着含胸驼背，还有那些走"八字步"的年轻人，是不是该好好军训一下呢？

唐华对郑斌的仪态观察很久了，作为师傅有责任提醒徒弟这些基本常识。一天上班的时候，唐华有意问他到底是不是驼背，郑斌明确回答："不是啊，我很正常啊！"唐华纳闷地说："怎么看像驼背呢？"随即唐华用手拍了一下郑斌的肩膀，瞧这家伙立马挺直了腰身，还夸张地叫道："哎哟哎哟……"此后郑斌每次见到师傅立马挺起腰板。有一次郑斌抱着手机低头玩游戏，肩膀又没有端正，腰身弯得像老大爷。唐华从身后过来轻轻地拍拍郑斌的肩膀，忽然间他条件反射把腰身挺直了。哪有必要天天提醒这事呢？此后郑斌依然不改，做人都不能挺直腰杆说话，根本不珍惜父母给予的健康身体。

渐渐地，培训课快上不下去了，洪老提议：干脆上午讲一节课，下午教学生们练习打锤基本功。洪老亲自做打锤的示范动作，老爷子虽然已经六十六岁高龄，可打锤的姿势和力度依然恰到好处。冬天特别冷，练习打锤大家身体暖和多了。这些学生都来自农村，吃苦的精神还是有些，就是不爱读书罢了。再后来孙师傅干脆叫他们自学。一听说不上课了，他们可高兴了。这些文化课对唐华来说早已学习过很多遍了，就算温故而知新吧，但是多数人理论知识还是很缺乏的，可又几个人愿意坚持学习呢？

当技校生的师傅也不简单，后来大家想尽办法让他们练习入门技术。还是洪老教学有方，循序渐进指导，让他们一步一步地练习基本功，很快一些学生掌握了一些标准的动作，基本达到实习的预期效果。

12月中旬发工资了。虽然没干什么活，工资还是正常发放，拿到工资老乡们都很满意。记得以前文义工资拿一万多块的时候，唐华想有文义的一半就很满足了，现在终于达到了，也比之前在江南的时候工资翻了一番，总算向前迈进了一步，平时又不用加班，唐华很满足。

直到12月底的时候，装配班组开始做第一个分段。现在有了一点活干，大家就像意大利疯牛被放出栏，装配工和电焊工一二三就把分段做完了。刚好那些技校生也该去锻炼技术。孙师傅安排唐华和建明过去解决这个小分段变形问题，具体工作由唐华负责，两个老师傅带着四个徒弟像唐僧西天取经似的出征了。唐华到了车间里意外遇到一个来自江南的老熟人——许文化科长。许科长对唐华印象深刻，欣喜地说道："真是缘分啊，没想到在江南一起工作，现在到了浙江又在一起工作。侬过来了，阿拉最放心啦！"

第一个分段质量一定要创精品，这是唐华对自己的要求。这个分段对唐华来说实在太简单不过了，但简单也一定要把它打造成精品。唐华作为师傅，想让两个徒弟跟着学点技术，简单的活让徒弟练练手，难点的地方亲自做到完美为止，其中也包括建明做的地方。分段很快就做完了，唐华认认真真检查了两遍，然后邀请洪老和孙师傅过去指导，两位老专家对唐华十分信任，非常满意产品质量。许科长紧紧握住唐华的手，"侬的技术一流，阿拉绝对放心！"第二天船东顺利报验合格。

最近唐华工作上与很多领导接触，本来没什么大不了的事情，恰巧被建明撞见了，引起了建明的疑虑，建明像狐狸一样总把鼻子架得高高的，嗅嗅别人使什么"招数"，甚至怀疑唐华要当班长，私下和其他老乡明里暗里放烟幕弹，"他怎么能当班长呢？也不照照镜子！"这显然是在挑拨老乡感情，好像班长非建明莫属。其实论技术，唐华远远超越所有的老乡，这点孙师傅和洪老最清楚，但唐华从不骄傲，更没有奢望当什么班长，本来离开日本公司前唐华也被提名当班长。这几天唐华仅仅是和许科长说几句话而已，瞧把建明紧张成那样。由于生产不连续，渐渐地这种流言才告一段落。

几天后孙师傅接到某劳务队电话，周末需要加班配合现场施工，孙师傅立即电话联系建明，"你明天加班辛苦一下，一定要注意安全。"

星期六一早建明起床去加班，看上去心情很不错。建明想借此机会一方面好好表现，说不定是当班长的好机会；另一方面想和劳务队老板套套近乎，没准日后也去搞搞承包业务。现场装配工向建明请教，"老师傅，你看我们这活怎么干？"建明烧了两把火，然后就叫装配工顶千斤顶，可装配工顶了几下就顶不动了，"再用力顶！""顶不动啊！"双方意见争持不下，最后装配工只好听从建明的意见，两名装配工一起奋力，把浑身的力气都使出来了。突然间固定千斤顶的马板爆裂，顿时千斤顶飞出三米多远，刚好砸到建明的嘴巴，"哎哟哎哟……"建明捂住嘴巴痛晕倒在脚手架上。建明徒弟从厕所回来后看到师傅捂住脸，嘴角边还在流血，左半脸都肿了……才几分钟时间，师傅怎么变成这样？赶紧打电话给副作业长黄建军，黄副作业长简直不敢相信，多年工作经验的老师傅怎么会出安全事故？立即前往现场，几个人一起把建明送到二十多公里外的医院救治。

晚上七点还不见建明下班回来吃饭，唐华还以为劳务队老板请吃饭了。等到黄副作业长送建明回来的时候，那样子十分吓人，整个脸都肿了，裹着纱布不能说话，徒弟说道："师傅掉了两颗牙齿，现在不能吃饭，只能喝粥……"工作来不得一丝马虎，造船人需要十分严谨的工作态度。正是有这样端正的工作态度，唐华在顺利把工作做好的同时，不仅确保了自己的安全，也保护了他人。本来一件很普通的工作，换成其他人去做或许完成得很顺利，结果被建明弄成这样，说什么好呢？

入冬之后海边的气候很冷，领导组织新厂区所有员工晨练，每天早上七点钟集合跑步，穿好工作服整装待发，由一名作业长领队，队伍高呼"一、二、三、四……"如同部队军训，每周一至周五都要集体锻炼，路程两公里。领队是退伍军人，曾经在部队担任教官，口号喊得十分响亮，铿锵有力，队伍士气高昂。通过晨练不仅可以锻炼身体，也充分展现了新团队的风采。有人私下说：领导别有用心，似乎要证明什么。

转眼到年底了，老天整天阴沉沉的，一连几天不见阳光，气温越来越低，渔民养殖的鱼虾被冻死了很多。听本地人说往年冬天好像没有这么冷，今年异常寒冷。回到宿舍大家赶紧把空调打开，房间里暖和多了。

还有几天要过年了，东北风刮得特别凶猛，洪老看看天空说："可能要下大雪了。"一会儿，天空果然下雪了，几个小时候地上白白一层，夜晚雪花越来越大。

第二天一早打开宿舍窗户，眼前到处都是白茫茫的积雪，天空一片弥漫，似乎像东北的冬天，还在不停地下着鹅毛般的大雪花。早上气温已经降到零下

8℃以下，路上有厚厚的霜冻，公交车暂停了，直到下午才有几班公交车通行。马上要放假了，孙师傅提醒大家赶紧去买车票准备回家过年。唐华赶紧给远在港城的妻儿打电话，问问港城那边的天气情况，下午赶紧坐车赶到市区去订票，排队半小时终于买到去港城的汽车票。老乡们也都买到了回家的车票。回来的时候，大大的雪花还在下着不停，路上的积雪越来越厚。

随后的几天，老天爷像发疯似的持续下大雪，连续下了五六天，整个大地到处都是白茫茫的大雪，很多地方有一两尺厚积雪，这在浙江地区十分罕见，是多年未遇的恶劣天气。这场大雪逐渐演变成一场百年未遇的灾难，整个长江流域乃至全国多省都遭遇了雪灾，严重影响了人们的生产生活，也严重阻碍了多少人回家的脚步。都是积雪惹的祸，南来北往的各条道路包括高速公路已经不堪重负，车辆已经很难通行。

晚上电视新闻报道：连日来全国各地普降大雪，已经成为一场罕见的雪灾，这场大雪在我国南方尤为罕见。恰逢农历春节前夕，成千上万的人们正赶着要回家过年，多少思乡的人们被这场严重的雪灾耽搁了回家的行程。飞机停飞，高速公路封闭或减速慢行，就连火车也受到干扰……大雪让回家的路变得异常艰难，让回家的人变得无比憔悴，让亲人们无比牵挂出门在外的亲人。大雪无情人有情，为了帮助老乡们回家，成千上万好心人积极参与这场特殊的战斗，多少人在寒冷中付出多少不平凡的辛劳！回家的人们已经无法用语言诉说感谢，因为真情感恩融化了那颗冰凉的心，因为真情帮助他们最终踏上了回家的路，让他们实现了回家过年的愿望。

为了让大家能够尽快平安回家过年，船厂决定提前一天放假。

天还没有亮唐华来到路边等车，冰天雪地里等了一小时，没见到一辆公交车过来。早上冰冻很厚，公交车可能又停运了。可唐华买了早上九点半车票，再晚就赶不上车了，这可怎么办呢？同行的三四老乡急得直跺脚，再急也没有用啊，一定要确保安全第一！就在这时一辆七座面包车突然出现在大家的眼前，"你们回家过年吧，快上车！"原来司机正要前往市区顺便把他们都带上，这让大家感到喜出望外，真是雪中送炭！下车后唐华掏出一百块钱路费，还有一位大哥掏出两百块叫这位好心人一定要收下，可是他坚决一概不要，笑着说道："我是顺路把你们捎过来的，也希望你们能够快点平安回家，冰天雪地没有公交车，我就是学一回雷锋，你们赶快去赶车吧！预祝你们新年快乐！"

眼看还有半小时汽车就要出发了，唐华赶紧再打出租车前往汽车站，这时恰巧又遇到一位热心的出租车司机，司机操小路快速把唐华送到了车站。正是这两位好心人相互接力，才让唐华没有耽误回家的行程。

进站后广播里滚动播报路况信息，由于积雪影响前往很多方向的汽车晚点或延误。为了回家过年多少人愁白了头，所有的乘客都期待着早点平安回家。而前往港城方向的汽车正常发车，唐华终于顺利地上了车。沿途到处都是皑皑白雪，道路两旁清理的积雪堆积如山，高速公路一律减速慢行。尽管减速了，冰天雪地路况太差，路面打滑而导致多起交通事故，现场令人触目惊心，事故一波未平又来一波，此刻交警同志最忙最辛苦。很多志愿者小分队和道路清障车一起清理积雪，还有很多武警战士也在积极参与这场雪灾之中。汽车在高速公路上走走停停，停停走走，原本五小时的车程，结果用了八小时才到达。

回到了妻儿身边，一家人的心终于踏实了。港城的大街小巷也下了大雪，到处是一片白茫茫。唐华已经很难再回安徽老家过年，干脆就留在港城过年。大年三十晚上，文琴做了几个拿手菜，还做一锅酸菜鱼，虽然没有家乡的年味，但是三口之家的年过得还是很温馨，再看看新兴镇上的街灯烟花，就这样迎来了不平凡的新年——2008年！

腊月二十八，唐文买到了车票从上海赶回家，受到大雪影响国道严重堵车，汽车借道小路艰难地前行，到达城南县城已经是晚上八点多，离家还有四十公里的路程没有公交车了。寒风中唐文又冷又饿，一个小时后过来一辆面包车，司机说叫以帮忙送到离家最近的镇上，可车费最低价二百元。平时几十块的车费，现在涨了三四倍！司机又说："兄弟，早点回家吧！冰天雪地会被冻死的……"没办法，唐文只好上车回去了。物价在特殊情况是特殊变化的，特殊情况需要特殊对待，就像风景区的一瓶矿泉水十块，饥渴的时候还容得下考虑吗？但对于唐文来说，让他出这么多钱好比割肉一般。

到了镇上，街上早已没有人影，还有最后五公里唐文只好步行回去。厚厚的积雪掩盖了道路，宛若行走在一个白色的恐怖世界，哪里还能看得清路呢？唐文深一脚浅一脚地往前走，鞋子早已湿透，两脚冻僵麻木，心里只有回家的念头，咬牙坚持在回家的路上。一路上没有月光，也没有灯光，多么期待有一把手电或者一盏破旧的小橘灯，也犹如卖火柴的小女孩对光明和温暖的期待。家是人生的港湾，再苦再难也要回家过年。正是这种精神支撑着，唐文到家已经是半夜。母亲听到敲门声，立即从床上爬起来，唐文叫开家门后一头倒在地上，因为饥饿，因为寒冷，因为劳累，一路的奔波到家终于抗不住了……

第二十三章

　　春节前两个月文义的房子被拆迁了。为了承办 2010 年上海世博会，市政规划建设一条高速公路连接虹桥机场和浦东机场。文义家刚好在这条高速旁边，属于拆迁范围之内。拆迁通知下达的第二天，文义主动与拆迁办签订了协议，拆迁办主任感激地说道："这次拆迁工程大，您是第一位签订协议的业主，感谢您的大力支持！"文义家住四楼，楼层和房型都是该小区最佳的，文义率先搬家也为其他业主树立了好榜样。

　　搬家一个月后，文义在上海买下了第二套房子，再次搬进了新房。文义大学毕业十年了，他完全依靠自己的努力在上海买下两套房子。这对于一个出生在普通农民家庭的大学生来说并不是一件容易的事情。人生最伟大的选项是选择永不停息地奋斗，让自己充满智慧和力量，使自己成为一个让人尊敬的人，从而实现人生的价值。文义就是这样的典范。

　　正月初四唐华全家前往上海庆贺文义乔迁之喜。文义的两位博士朋友也过来道喜。文义简要讲述了拆迁的事情。赵博士说："我们楼下的那家原来是拆迁户，也是钉子户，最终开发商拿他没办法，补偿了好多钱……"文义不以为然："我是党员，不能给国家添麻烦。"张博士和赵博士竖起大拇指称赞。

　　落座后，唐华与两位博士并排坐在一起。博士们得知唐华从事造船工作，大家立即围绕造船话题展开热议，让唐华本来忐忑不安的心情豁然开朗。文义说："地球上海洋面积占七成，海洋是连接世界的纽带，船舶是承载世界经济发展重要的水上交通工具。"张博士自豪地讲起我国明朝航海家郑和下西洋的故事，"15 世纪初中国是世界造船强国，郑和下西洋船队总航程达 10 多万海里，最大的船排水量达 14000 多吨，船舶技术之先进，航行海域之广泛，在世界航海史上前所未有，郑和七下西洋创世界之最，比哥伦布发现新大陆早了 87 年。"随后唐华简要介绍改革开放以来中国船舶工业所取得的巨大发展成就，"目前中国已经成为世界造船大国，新接订单位居世界第一，中国已经批量建造多种大型船舶，包括大型散货船、集装箱船和油轮等，中国建造的船舶航行在七大洲四大洋，为中国和世界经济发展做出突出贡献，2007年国家把船舶工业列为国民经济'十大支柱行业'，中国正朝着世界造船强国迈进。"博士们再次感到自豪，他们为人低调，说话很会照顾人，也很会找乐趣，把唐华的话饶有兴趣地翻译成英语、法语、德语、西班牙语，逗得满堂大笑。

博士拥有深厚的学问，学霸们分享了他们的成才经历。赵博士毕业于清华大学，张博士毕业于美国斯坦福大学物理系。他们都是从农村走出来的高材生，才华横溢，满腹经纶，成为高级研究人才。赵博士曾经是省状元，他愉快地回忆起当年的高考，"熟读唐诗三百首，不会吟诗也会吟。当年高考前语文老师要求我们每一位同学必须会唱三百首歌曲，后来高考很多同学语文作文得了高分，我的作文竟然得了满分。"说着赵博士教唐华的女儿唱起儿歌："小燕子穿新衣，年年春天来这里……"金雅两眼凝望着两位博士，好奇地说："我长大也要当博士！"张博士对文琴教育孩子的方法大加赞赏，建议：继续做好家庭教育，要把孩子打造成为一只"狼"，而不是培养温室里的"羊"，"德、智、体"全面发展，力争把孩子培养成祖国"四化"建设需要的优秀人才。

过去的一年，文义工作顺利，事业上成就辉煌，另外还炒股受益不少，都快成了"股神"。世界经济发展形势一片大好，中国经济持续强劲发展，上海股市一路直奔6000点大关，几乎所有的股民都狂赚一把。现在炒股成了文义的第二职业，夫妻两人越来越入迷，业余时间时刻关注股市行情，看看哪只股票又大涨了，哪只股票又是潜力股，分析得头头是道。股市造就了不少富翁，"杨百万"就是典型例子。股市也有风险，谨慎入股谨慎炒股，也有很多人盲目炒股而赔本。唐华妹夫姚满山四处跟风，结果连连亏损。

春节期间，唐华在港城租住的房租到期了，又搬家了，把文琴和女儿安顿好，唐华回去上班了。出门那一刻，唐华心里无比的酸痛，幸好金雅还有半年幼儿园毕业了，再坚持一下吧！一家人商量好暑假把文琴和女儿接到浙江去读小学。

二月里春暖花开，这样好的造船季节大家依然无所事事，三五成群聚在一起，有的找地方闲聊或睡觉，有的修剪指甲，竟然还有人喜欢拔胡子。同事宋祥林相貌堂堂，奇怪的是怎么感觉他没长胡子？一天下午，宋祥林找来了专业工具"拔胡子"，自豪地说："我已经拔十来年了。"没想到他居然有这种癖好，难怪看上去像女人一样不再长胡子。几个农民工相互瞧瞧，有的也学着拔胡子，把满脸的胡子连根拔了，甚至连汗毛都拔了。胡子是男同胞成年的象征，怎么能够随便拔掉？其实拔胡子既违背了生理规律，也是极不卫生的习惯。洪老批评道：真是闲着无聊透顶！

再就是玩手机和上网，年轻人喜欢玩贪食蛇和斗地主等游戏，把游戏玩到很高的级别，直到手机没电自动关机。在这遥远的海边，船厂周围的娱乐活动很少，晚上很多年轻人到厂门口网吧上网看电影、聊天或玩游戏等，一直要玩到半夜，每月上网花费上千块。老乡李家辉最爱上网，晚上吃完饭急忙赶到网吧，反正老婆孩子不在身边，就控制不住自己放任的性格，就像没人管的野马，与那些90后的小伙子一样疯狂的上网。建明喜欢坐四方打麻将、斗地主，从中找到了很多乐趣。

对唐华这样爱学习的人，时间在任何情况下都是很宝贵的，他永远都有学不完的知识，生活过得很充实。而那些不爱学习的人时间显得多么的漫长，工作起来也如半桶水晃悠。空闲的时间，唐华回顾过去几年的工作经验，总结日本公司所学的造船技术，再就是向两位恩师虚心请教，另外还去新华书店买几本船舶专业书籍学习。孙师傅勉励唐华："可能短时间不能爆发很大的能量，一旦充足了能量让自己变得强大起来，那将是收获的时节。"

唐华的两个徒弟也十分喜爱上网，每天QQ聊天玩得很嗨，一到上班时间无精打采。这些90后在学校学过电脑，个个会电脑，这也是他们这代人的长处。唐华不会上网，不懂什么"百度""QQ聊天"，简直很OUT了。时代在快速发展，已经不能再落伍了，除了学习专业技术，唐华打算学电脑了。

一天晚上，郑斌带唐华去网吧学习电脑，帮唐华申请QQ号，还加了几个好友，教师傅聊天。唐华看看键盘总觉得电脑是那么神秘，打字速度很慢；再看看周围人的打字速度，他都不好意思下手了。随后徒弟干脆叫唐华听音乐。这是唐华第一次接触电脑，也是第一次上网经历。一定要学习电脑的基本操作方法，这是成了唐华近期的主要学习目标之一。

春节后文红开始在家里养猪，夫妻俩在老家新建了八间猪舍，由于猪仔价钱很贵，文红决定先小规模养猪。夫妻俩不怕脏不怕累，横下一条心拧成一股绳养猪，每天把猪舍打扫得干干净净，把这些幼小的猪仔当成宠物一样饲养。

另外文红还种了二亩多地青菜萝卜搭配饲料让猪仔吃得好，再把猪粪浇灌到蔬菜上，蔬菜也长得很好。

常言道：良好的开端成功的一半。文红夫妻俩心往一处想，劲往一处使。在老爸的指导下，文红的养猪事业有了一定的起色，第一批猪仔长势良好，五六个月后最大肥猪长到二百多斤，文红看在眼里乐在心里。节假日返乡探亲的人多，文红把最大的三头大肥猪卖了，赚到了几千块钱。照这样下去，今年的收入还不错。可是他这个猪司令是新官上任三把火，三把火烧完了就没脾气了，有点成绩后就喜欢赖在床上，习惯性不能站起来说话。

慢慢地，文红夫妻俩开始喜欢睡懒觉了。

"你快起床喂猪吧。"阿雯说。

"你知道我的小名吗？"文红翻个身又睡了。

"懒王——很光荣，昨天你不是给儿子讲悬梁刺股的故事吗？"

文红小时候可勤快了，八岁的时候就干过犁田的重活，并以此为荣。由于文红在家里排行最小，他自以为是家人心中的"掌中宝"。再后来文红啥活都不干了，振振有词地说道："你们看，事情都被你们干完了，我哪有事情干啊？再说我做得多错得多，你们还不如不让我干。"于是邻里送他"懒王"称号！

文红不早起，阿雯也起不来，每天早上八九点钟才艰难地从被窝里爬起来，一群大大小小的猪早就饿坏了。就这样，你拼我、我拼你，谁都不愿意多干活。如此养猪何以收获？随后夫妻俩开始争争吵吵，日子过得还是那么紧巴。

转眼到了3月份，生产进入平稳状态，唐华作业区团结拼搏，出色完成各项工作。装配班组做了三个海工船的上层建筑薄板分段，唐华带领几个技校生和老乡一起施工，孙师傅安排由唐华负责带队处理。该船驾驶室分段建造难度大，由于图纸不到位，还遇到一些技术问题，唐华运用了自己所学船体装配知识，帮助装配工分析施工方案，采用江南船厂的工艺方法，成功解决了这种八角形多面体分段建造，并为后续船的建造打下良好的基础。此后唐华把多种江南造船技术推广应用，起到立竿见影的效果。

另外一件曲板加工方面遇到了技术问题。船头外板是双曲型线性，采用水火弯板技术已经把水平线加工到位，可中心线不在同一条线上。洪老仔细查看样板状态，百思不得其解，晚上睡觉还在思考究竟是什么线性呢？老爷子做了三十多年曲板加工，从来没有遇到这样的问题，真是老革命遇到新问题！洪老一连抽三根香烟，再次要求大家把样板的数据仔细核查一遍，结果还是没有查出问题。老爷子责任心强，生产中遇到问题总是带头挺身而出，最终洪老根据经验判断应该是图纸出了问题，大胆拍板加工方案，改进后的线性与现场很吻合，这为后续船施工积累了宝贵的经验。

船厂工作忙起来了，劳务公司也进来了很多新工人，还有一些学徒工。

刚过来不久，一个劳务队的工人把分段做坏了，孙师傅急忙带唐华过去查看。到了车间，带班忽然感觉似曾相识，对唐华说："你是江南过来的吧！我认识你，你的技术很好，向你学习。"唐华立刻想起来了，他叫赵青松，是江南的同事加同行，没想到在浙江见面了。江南搬迁后赵青松不愿意去岛上工作，今年被劳务队叫过来做带班。赵青松也在江南工作很多年，可他的技术不够扎实。过来后赵青松把第一个分段处理坏了，这才主动请求孙师傅指导。现场查看后，唐华告诉赵青松："别担心，我们过来解决这个问题。"

下午孙师傅要求把分段翻身，唐华协助孙师傅一起处理，一个多小时就把问题解决好了，给赵青松现场上了一课。真是行家一出手就知有没有。这时洪老来到了现场，有人邀请洪老点评一下，洪老点点头称赞："对呀，本来就应该这样做！"这是两位老前辈在浙江有了第一次共识。后来两位老专家联手解决了很多难题，充分发挥大师的超群技艺。

此后该队一些现场难题由唐华负责指导处理，这些所谓的难题对唐华来说都很简单。真正的高手需要掌握丰富的理论和实践知识，工作胸有成竹，因而令人敬佩。俗话说：活到老学到老。多年坚持不懈地学习还是有很多好处，而很多年轻人不爱学习理论知识，总以为自己掌握了不少经验，总以为学到了不少技术，可是真正遇到难题的时候，他们往往只看到问题的表象，却不能深挖问题的根源，因此找不到最佳处理技巧。

之后很多工作承包给劳务公司，唐华作业区工作任务减少了。工作负荷不足，大家又时常聚在一起聊天，聊聊国内外大事，最关注的自然是北京奥运会圣火传递。2008北京奥运会圣火已经在国内国际传递奥林匹克精神，3月24日圣火点火仪式在希腊奥林匹亚隆重举行，3月31日圣火抵达北京。随后北京奥运会的奥运圣火前后分别在二十多个国家和地区之间传递，4月6日和7日分别在伦敦和巴黎传递，4月8日在旧金山，4月29日进入越南的胡志明市，5月2

日和3日从我国香港、澳门率先开始传递，5月12日将传递到福建厦门。圣火所到之处普遍受到了极大的欢迎，人们相互传递奥林匹克的伟大精神，传递北京奥运会的吉祥与快乐。

正当全国人民传递北京奥运圣火的激情时刻，5月12日下午14时28分4.0秒，四川省汶川县发生了特大地震，震中位于北纬31.0度，东经103.4度。截至5月16日16时，震区共发生余震3345次，最大余震6.1级。汶川地震牵动了全国人民的心，所有的目光都聚焦汶川，所有人的心情变得特别凝重而又复杂。这一刻全国人民高呼："中国加油！中国挺住！四川加油！四川不哭！"汶川地震牵动了全国各族人民的无限关心，也牵动了世界人民的普遍关切。

灾难面前，中国人民表现出泰山压顶不弯腰的大无畏气概，谱写感天动地的英雄凯歌。伟大的中国备受磨炼，也倍显坚强和强大，面对空前的灾难，在党中央、国务院和中央军委坚强领导下，全党全军全国各族人民众志成城迎难而上，以惊人的意志、勇气、力量面对复杂的灾情，组织开展了我国历史上救援速度最快、动员范围最广、投入力量最大的抗震救灾斗争，最大限度挽救受灾群众生命和财产，最大限度减低灾害造成的损失，夺取抗震救灾斗争重大胜利！伟大的中国人民是不可战胜的！

地震发生后，全厂上下积极响应"一方有难，八方支援"的精神，船厂所有职工和劳务工纷纷为灾区捐款捐物，向灾区人民表达造船人的一份爱心，三天时间公司工会收到捐款443.974万元，衣物3018件。在这样不美好的日子里，大家与灾区人民心连心，因为我们都是姊妹弟兄，都是龙的传人，中国加油！

5月底第一艘海工船上层建筑总组阶段遇到了前所未有的问题。薄板矫正是一项技术活，由于该劳务队多数工人没有经过专业培训，结果该船薄板矫正出现了严重问题，平整度效果极差。公司领导紧急找到孙师傅，"希望你们班组帮忙处理好，赶紧亡羊补牢吧！"

孙师傅急忙带领唐华班组几个老师傅前往船上查看情况，现场已经被新来的劳务工处理得五花八门，大面积钢板被调坏，有的加热形状如同"武大郎烧饼"，孙师傅恼怒地说："哪个师傅教的？"当然换板已经来不及，唯有在孙师傅和洪老两位专家的指导下全面修复。细节决定质量，过程决定结果。这也体现了公司领导管理思想麻痹松懈，没有高度重视施工过程管理。孙师傅和洪老爬上爬下仔细查看，随后安排全班组最精悍的力量参与修复工作，动员大家克服一切困难啃下这块硬骨头，这也是一道军令状！

在这考验大家技术的关键时刻，班组所有人迎难而上。如此复杂的难题摆在面前，谈何容易呢？大家毫无怨言，打起一百二十分精神对待工作。五名老师傅带着各自的徒弟立即投入紧张的生产之中，唐华负责左舷外板修复工作，建明负责右舷，还有其他老乡积极参与。过去在日本公司他们都是各自岗位的技术骨干，现在集中精力在一艘船上，无形中展开一场劳动竞赛。说干就干，谁也不甘落后，采用得当的方法来啃这块骨头。唐华采用江南和日本造船技术相结合的方法，先易后难按部就班施工，另外还制作了两套专用工装辅助矫正，认真完成任务，得到两位专家的一致好评。

经过大家的共同努力，最终圆满完成了领导安排的特殊任务。这是唐华和老乡们从日本公司过来后集体打的一次漂亮仗，也给船厂带来新的惊喜。下午周副部长上船与这帮火工亲切握手，"师傅们辛苦了，这月加奖金。"从此，再也没人提他们的工资高低问题。

此次事件之后，该劳务队把高亚军高薪请过来了。高亚军原先也在江南工作很多年，他的名字叫得很响亮，是名副其实的高水平火工。第二艘船的上层建筑高亚军负责施工，产品质量明显提高，顺利通过船东报验。

有天下午唐华上船查看该船施工情况，忽然间唐华认出高亚军。几年不见，高亚军模样几乎没怎么变化。他乡遇故交真是难得的缘分。唐华像关羽见到失散多年的大哥刘备那般喜悦，当晚宴请老朋友，打开话匣交流这几年的造船经历。从此，高亚军成了唐华的人生知己，友谊天长地久。

7月初建明兄弟俩的家属赶到宁波过暑假。原本四个大男人住的宿舍，现在多了两个女人和两个孩子，这么多人怎么住得下？这可是公司的职工宿舍，再说暑假有两个月时间，男男女女挤在一起显然不方便。为了方便家属，建明兄弟俩晚上把席子拿到唐华和李家辉的房间打地铺。建明不善于解决问题，也给别人制造了麻烦。

一天晚上唐华刚入睡不久，忽然一个身影闯进了唐华的房间，迷迷糊糊中唐华感觉应该是建明老婆月娥。大概很久没有夫妻同床，她竟然在四个男人的眼皮底下和她的丈夫亲密……如此龌龊！这叫什么事情啊？其实大家都心知肚明，有人假装睡觉，有人假装打呼噜……暑假夫妻难得相聚，享受天伦之乐也无可厚非，但是哪有这样的方式呢？既然家人过来了，坦坦荡荡地出去外面租房子不是很方便吗？做人有时候不要把钱看得太重，否则一辈子会被人瞧不起。当一个人不尊重别人，还奢望别人尊重自己，未免这要求也有点过分。有人说人与人之间走得太近，也是一场灾难；再好的朋友也要保持适当的距离，或许友情会更持久。半夜里唐华被噩梦惊醒。事情的发生直接导致唐华和建明多年的友谊宣告结束，从此各走天涯路。十多年前他们从皖城到江南再到日本公司一路走来，从最初的师兄到好朋友，然而最终成为陌路人。

随后唐华搬出宿舍到厂外租房子，把文琴和女儿接过来了。吃完饭唐华一家人手牵手压马路，或去海边看潮起潮落，享受着温馨的天伦之乐。

船厂一般都位于沿江沿海偏远地区，有的船厂甚至在孤岛上，工人们不仅要克服单调的生活，还要战胜各种困难。海边的环境根本无法与美丽的港城相比，唐华感到十分歉疚。几个月前经历了汶川地震，文琴觉得再也没有什么比亲人团聚更幸福了，甜美地说："小霞不嫌弃少平挖煤，我也一样，即便天涯海角，我也愿意和你在一起！因为我们是相亲相爱的一家人。"金雅手舞足蹈唱道："爸爸妈妈，我们三个就是吉祥如意的一家……"。

2008年8月8日晚8时，第29届夏季奥运会暨北京奥运会隆重开幕。这是一个伟大而辉煌的时刻，是全体中华儿女期盼已久的特大喜事，来自世界各地上万名体育健儿聚集在北京鸟巢体育馆，世界目光再次聚焦中国。同一个世界，同一个梦想，也圆了中国人民百年奥运梦想。丰富多彩的开幕式充满中国元素，向世界展示中华民族五千年的灿烂文明和博大精深的中华文化。百年梦想成为现实，预示着古老的中华民族正走向复兴之路。鸟巢和水立方等体育场馆如期竣工，确保成功举办一届有特色、高水平的体育盛会，世界人民期待着北京奥运的最新诠释。北京奥运会充分展示中国开放、透明、负责的大国形象，向世界传递中国传统文化和中国现代发展元素，成为中国改革开放三十年发展史上的新界标，也将成为中国融入国际社会的新起点。

随后的比赛日程，中国乒乓球队囊括男女团体和单打全部4枚金牌，中国体操队一举夺取9枚金牌，羽毛球国手夺得3枚金牌，中国举重队出手不凡，男女10名选手参加9个级别比赛，取得8枚金牌1枚银牌的好成绩。中国运动员在奥运赛场上英姿潇洒，捷报频传，王牌项目纷纷创造历史新高，潜优势项目奋勇夺金。在竞争激烈的赛场上，来自全世界的运动健儿共创造了38项世界纪录，85项奥运会纪录被打破，见证崇高的奥林匹克精神"更快、更高、更强。"爱拼才会赢！中国奥运健儿谱写辉煌的历史，获得51枚金牌、21枚银牌、28枚铜牌，总奖牌数100枚，高居金牌榜第一。北京奥运会向世界充分展示了中国。作为一名普通的老百姓感到无上的荣光，极大地鼓舞每一位中华儿女积极奋发向上。

北京奥运会成功啦！看完比赛后，洪老的眼神透露出无比的喜悦。从箱底找出一张鸟巢竣工时的留影，还有一张天安门前的照片，老爷子仔细看了半晌，那段建设鸟巢的光荣经历久久不能忘怀，对唐华说道："鸟巢是我退休十年后干的最伟大的工程，我站在天安门前向毛主席像敬礼时，激动得半天说不出话……"

新学期开学了，金雅在当地就读小学，金雅很喜欢新学校，学校设施齐全，有现代化的教学设备，还有漂亮的塑胶跑道和操场。改革开放以来，国家综合实力显著增强，早已全面施行免费九年义务教育，外来农民工子女一视同仁，让广大农民工子女享受到很多实惠。报名之后，班主任老师听说金雅在港城读过名牌幼儿园很高兴，任命她担任组长，金雅高兴极了。很快金雅与同学们愉快相处。金雅在幼儿园养成了很多好习惯，聪明伶俐，勤奋好学，为小学学习生活奠定了良好的基础。

女儿上学后，文琴负责家里后勤工作，其实文琴也想进船厂上班。船厂已经进入正常生产秩序，仅少量的岗位招聘，目前最紧缺的女工是文员和行车工。行车工有专业培训，短期培训就可以上岗。按理说船厂女工开行车也是一份相对轻松的工作，但是文琴惧怕高空作业，"要钱不要命吗？"唐华不奢望走后门让文琴当文员，文琴偶尔也因此抱怨过唐华。

转眼到年底，新厂区年度计划没有很好完成。凡事讲天时地利人和。对于一个新成立的团队，任务没有完成既有主观的因素，也不乏客观的因素，由于年初的时候厂房等设施还没有建设到位，加上生产管理出现了一些问题，例如工艺技术存在众多问题没有得到快速解决；批量生产材料配送不及时不到位，阀门和电缆等材料频繁遗失；尤其是一些上海过来的作业长业务不精通，导致现场管理衔接不畅通，严重影响了生产的可持续，以致产品施工周期过长，诸多因素导致最终的年度计划没有完成。

年度总结大会上，洪老被评为年度"最佳技术指导员"。今年洪老成功解决了曲板加工和天方地圆等多项关键技术，因此这是当之无愧的殊荣。

公司今年造船总量进一步突破，年产值突破43亿大关，企业效益迈上新台阶。年底公司还发了丰厚的年终奖，所有人兴奋不已。大河有水小河涨，大家的收入都不错，老乡们的工资都比往年多，朋友高亚军也赚到了不少钱。唐华的收入比往年多了一成，文琴精打细算过日子，年底还结余了几万块钱。

工厂放假了，唐华和文琴买了很多海鲜，带着女儿一起回老家过春节。

第二十四章

腊月二十八，陈家庄喜气洋洋，张灯结彩，全村男女老少隆重集会评选全村第一届"最美好媳妇"。过去陈家庄人常聚在五爷家看电视，五爷家成了全村的活动中心。今天五爷家门口热闹非凡，人们整齐有序落座，五爷、陈老书记、老党员和其他代表在主席台上就座，兴旺村雷书记坐在主席台中间位置，由村妇女主任张丽霞主持会议，唐华担任监票员，文琴担任书记员。之所以要在春节前举办这件大喜事，一方面村里外出务工人员多，一方面通过活动增加和谐元素，促进和谐家庭建设。

雷书记首先发言："乡亲们，为了弘扬中华民族传统美德，建设美丽家园，共建和谐社会，在这万家团圆的时刻，大家冒着严寒隆重集会评选咱村第一届'最美好媳妇'。尊老爱幼是每个公民的义务。这项活动很有意义，有利于弘扬正气、传递真善美。"接着张主任发言："俗话说：百善孝为先，家和万事兴。女人是半边天，家有贤妻是个宝，好媳妇是新型家庭关系的重要组成部分，好媳妇是新时代大家学习的好榜样！大家说是不是啊？……"张主任还没有说完，台下掌声四起。这时唐华嫂子邹爱荣脸色却十分难看，悄悄地离开座位回去了。

最终投票结果，文琴的堂姐文秀获得本年度"最佳好媳妇"，文琴入围前五名。文秀是从沈家庄嫁到陈家庄的媳妇，她和家喜结婚十二年从未吵过一次架，家庭关系十分融洽，勤劳致富，成为全村人人夸奖的好媳妇。文秀高兴地从张主任手中接过奖状和一千块钱奖金，并向乡亲们鞠躬，"谢谢大家！今后我一定会继续努力，绝不辜负大家对我的期望……"全场起立，响起雷鸣般的掌声！

颁奖结束时，雷书记勉励大家向文秀学习，"乡亲们，和谐不能光嘴上说说，别的不说，十几年不吵架，谁能做到？为什么要举办这样的活动？"说着雷书记朝台下看看，半天没有找到唐华嫂子邹爱荣，摇摇头又说："现在家家日子都好了，可是有那么一些人……"陈老书记扯了雷书记的衣袖，小声说道："过年了，有些话不要讲了。"

会后，乡亲们纷纷捐款捐物，向村里的孤寡老人和困难家庭送去年货和生活必需品。

同一天，沈家庄人也评选出村里的"最美好媳妇"，最终陈家珍获得殊荣。陈家珍是陈家庄的姑娘。沈家庄和陈家庄相邻，两个村自古就有互相通婚的习俗。当年陈家珍家里穷，为了她哥哥的婚姻，她与沈家庄沈二的妹妹换亲。陈家珍是个苦命的女人，比起作家笔下的"家珍"还要命苦，作家笔下"家珍"的丈夫"福贵"是个赌徒败光了家业，可身体健健康康的，而陈家珍嫁给十足的二傻沈二，生养了两个女儿，沈二不会干农活，公公早年去世，全家的重任落在她和婆婆肩上，这些年陈家珍在上海做钟点工维持家里的生计。还有让陈家珍更痛苦的是沈二妹妹嫌弃她家穷，在她哥哥结婚的当晚就跟人跑了。但是陈家珍始终不离不弃，含辛茹苦把两个女儿拉扯大，大女儿在县一中读高中，有望考上重点大学。陈家珍的感人事迹在沈家庄和陈家庄两个村庄传为佳话。一位老板被陈家珍的事迹深深感动，当场表示，"我愿意资助两个小妹读书到大学毕业！"

末了，何福高村长要求把陈家珍的先进事迹上报十字铺镇妇联，代表幸福村参加全镇、全县"最美好媳妇"评比。

陈家庄和沈家庄公开公平评选出他们心中的"最美好媳妇"，两个村里的姑娘都给他们各自村树立了典范，也让两个村的关系更加密切。当晚兴旺村雷书记和幸福村村长何福高互致贺电，表示两个村今后一定要紧密团结，把和谐乡村建设得更美好。

在这阖家团圆的时刻，谁不希望一家人团团圆圆和和美美呢？随着国家改革开放的不断发展，大量的城乡青年外出务工，儿女们与父母团聚的日子越来越少，尽管老人们不奢望儿女们为家做多大贡献，但老人最最期盼的是家和万事兴。以"和"为贵、以"和"为美的和谐精神将引领美好的新时代。

今年的年夜饭唐华妈比往年做得更加丰盛，文琴把带回的海鲜煮好了。开饭前唐华爸烧了一炷高香。菜上齐了，一家人落座吃年夜饭。文琴第一次与嫂子邹爱荣坐在一起吃团圆饭，唐华与哥哥唐文同座，妹妹明珠夫妻俩同座，孩子们围在爷爷奶奶身边。唐华妈见两个儿媳妇和和美美地坐在一起心里特别高兴，"今天过年了，多吃点。"孩子们先敬爷爷奶奶一杯，接着文琴和邹爱荣同时站起来向公公婆婆敬酒，"爸妈，辛苦一年了，祝福你们健康快乐！"此刻唐华爸妈心情激动，老两口也站起来把酒杯喝干，唐华妈心想：小媳妇向来就好，差点被评上"好媳妇"；大媳妇一直没省心，怎么今儿也变好了？感谢村里组织"好媳妇"大赛，她要是像文琴文秀学习，我就是累死也……嗨！过年了，不想不吉利的……文琴放下酒杯给公公婆婆和嫂子夹了两块鳗鱼，"爸妈你们也尝尝这海鱼。"随后唐华兄妹也向爸妈敬酒。接着文琴和邹爱荣先后给老人和孩子们发红包，唐华妈收下红包喜不自禁。一家人从来没有这样的和谐美满。今年的团圆饭持续了两个半小时。吃完饭，两个儿媳妇抢着收碗、洗碗。唐华妈高兴地说："哎，两个媳妇真孝顺，还把我的活都干完了。"唐华爸得意地说："你就坐着享享福吧！"

今年唐华岳父家的年夜饭也特别有味。文义几年没有回家过年了，今年全家从上海回来过年。老爸老妈喜出望外，"再加几道菜。"另外文红夫妻俩前些日子还吵吵闹闹，这几天不知道怎么变得这么快，他们俩的脸上像是贴了喜字！再就是文琴差点被评上了"好媳妇"，让全家人倍感幸福。

一年之计在于春，唐华打算今年认真学习电脑。记得恩师洪老很早前就说过新世纪不懂电脑的也是文盲，因而心里有一种强烈的紧迫感。

正月十五，徒弟张伟帮忙选购了一台电脑，唐华正式开始学习电脑，可是他连最简单的"复制、粘贴、剪切"功能都不会，必须要赶紧拜师！张伟算得上是电脑高手，打字速度很快，根本不用看键盘达到盲打水平。为了提高电脑学习水平，唐华决定向徒弟张伟学习。白天上班期间唐华手把手教徒弟造船技术，90后小伙子脑子反应快，张伟的技术进步很快；晚上徒弟再手把手教师傅学电脑。从此师徒俩互相学习，取长补短。

下班后唐华邀请张伟到家里吃饭，饭后张伟坐到电脑桌前给师傅讲课。张伟带来学校的电脑教材，从第一课开始讲解，"我们先熟悉电脑开关机，再认识电脑键盘，找到26个字母和数字位置……"张伟用心教师傅学习打字，学习Word文档编辑基础，再讲解Execl表格基础和Powerpoint演示文稿入门。唐华是70后，有些知识教了几遍都没有记住，如同得了健忘症，但张伟不厌其烦地耐心讲解。文琴打字速度还行。可唐华这双干造船的手笨拙打字速度很慢，心里急得像猫抓一样，忽然想起公园里有老人手里拿着健身球活络手指。第二天唐华也去买了一对健身球，渐渐地打字速度有了明显进步。

时代在快速发展，工作和生活方方面面都离不开电脑，不抓紧时间学习就落伍了。学电脑成为唐华今年业余时间的主要学习任务，也为未来的学习和办公奠定了基础。在唐华的影响下，作业区掀起了学电脑的热潮。王小飞也买了一台电脑学习。孙师傅把家里一台老式电脑搬过来了，老爷子打算写回忆录。很多人在学习电脑，建明不以为然，"把手机玩熟练，电脑自然会了。"

一天晚饭后，唐华去看望朋友高亚军。高亚军虽是一个普通的造船人，但肚子里有不少文化，四大名著没少读，床边还有一本厚厚的《中华五千年历史》，"草船借箭""赤壁大战""过五关斩六将"等经典故事几天几夜也讲不完。高亚军就是这样热爱民族文化，业余时间最爱读这样的好书。唐华只是小时候读过连环画版的故事书，原著没有完整读过一本。高亚军感叹道："四大名著是咱老祖宗留给后人最最宝贵的文化，就连外国人都在不断学习。现如今很多人除了课本之外，恐怕连电视剧也没有完整的看一遍，尤其是网络发达之后，一些人特别关注某某明星出轨、吸毒，喜欢看书看标题、读书读短文，不再深入学习民族优秀文化，让人惶惶不安……"

高亚军儿子高俊杰是超级学霸，数理化成绩特棒，高中数学从来没有得过145分以下，高二的时候还获得省数学竞赛一等奖，只是英语成绩略逊一筹，全校老师都把他当做清华北大的重点培养对象，前途一片光明，未来可期，作为一名高三学生，随着高考的临近需要有好的复习方法。得知高亚军的儿子今年即将参加高考，唐华把买电脑赠送的《高考冲刺复习技巧》转赠给他的儿子。该书是全国特级教师编写的高考专题复习资料，不仅有每门功课具体的复习方法，还有历年高考的难点分析。高亚军连忙道谢，赶紧差人把书带回去。

两天后高俊杰收到了书，在电话里告诉他爸，"很早就想买一本高考复习资料，可是在新华书店找了很久没有挑到一本自己满意的书，这本书对我高考复习大有帮助！"唐华十分高兴能帮助到这位优秀的学生，祝愿他高考取得好成绩！

后来高俊杰高考数学得了满分，可惜以两分之差没有考上清华，最终被哈尔滨工业大学录取。拿到录取通知书的时候，高俊杰有些遗憾，但很感谢唐华这位好叔叔。

3月底公司召开生产动员大会，作业长以上领导干部参加会议。公司领导首先介绍了国内外造船形势，"令人可喜的是2008年中国造船已经连续三年超越韩国和日本，成为世界造船第一大国。"然而去年9月份以来，美国金融危机如同洪水正迅速波及全球，全球面临金融危机全面爆发的巨大风险。随着危机的进一步扩散，我国船舶业也将面临严峻的挑战。

会上，姚副总经理最后强调：去年一些生产任务没有很好地完成，一方面是由于上半年基础设施没有全面到位，再就是我们新团队需要磨合期；今年生产任务依然艰巨，希望大家克服一切困难，一定要顺利完成各项任务。姚副总经理没有直接点名批评。与会人员听完报告后脸色重重，有的说：都是他们没有及时给我们材料；有的说：某某某拿高工资不干活；还有的说：某某某根本不懂造船……众人议论纷纷，互相推责。

星期一晚上，洪老无意中得知作业区其他两位领导的工资待遇，尤其孙师傅的工资比他高很多，老爷子顿时闷闷不乐。从此洪老不再和孙师傅一起吃饭了，两人尴尬地同住在一个房间，说话小心翼翼，空气也变得十分紧张。洪老年龄大了，就是对工资待遇不满意，并不想谋什么权力；而副作业长黄建军极力渴望掌握实权，黄副作业长又和洪老走得近。如此一来办公室呈现"三国"鼎立之势，并且似乎把作业长孙师傅架空了。这是大家都不希望看到的局面。其他作业区大同小异，以致生产中各种矛盾百出。孙师傅身材高大，处事淡定，说话从来不提高嗓门。唐华记得孙师傅曾经告诉他一句话：当你气恼时，先数到十再说话；如果还是气恼，那就再数到一百。为了顾全大局，孙师傅保持最大限度的克制和忍耐，仍然兢兢业业地工作。

有句老话：一个和尚挑水吃，两个和尚抬水吃，三个和尚没水吃。其实只要人心齐，就未必没水喝。

突如其来的变化让唐华十分为难，因为洪老和孙师傅都是他的恩师，唐华夹在中间，说什么好呢？本来想多做做二老的思想工作，让他们化干戈为玉帛，但是老人的思想固执，怎么也不肯握手言和。这些日子唐华特别郁闷，开始学会抽烟，有次躲到厕所里抽烟，被女儿金雅发现了。常言道：借酒消愁愁更愁。实际上一点问题都没有解决。

星期二下午，班组里还发生了一件极不愉快的事情。车间里有几块曲板加工，洪老现场指导工作。老爷子仔细查看图纸，有了自己的加工方案；可是班长王小飞非要采用日本技术来处理，当众对洪老趾高气扬地说道："师傅，我在船厂干十几年了，在日本公司也学了不少技术，没有比我的办法更好！……"听了徒弟这些高傲的话，老爷子鼻子都气歪了，连忙气呼呼地跑到吸烟点抽烟。最终王小飞没有征求师傅的意见，硬是按照自己的方法处理。下班后唐华看见老爷子还在那里抽烟，脸色特别难看。唐华一整天在外场干活，不知道班组里发生了什么事情，他先向恩师汇报了今天的工作，洪老点点头说："你干活我最放心，有的人现在羽毛长全翅膀硬了，我的话都不听了，干十几年就了不起啦？阿拉造了四十多年船，还不敢说自己有多么了不起！"说话的时候，老爷子浑身发抖。随后老爷子告诉唐华事情的经过，唐华赶忙安慰恩师别为工作的事情生气。

洪老是名副其实的大国工匠，作为一代宗师解决了无数技术难题，到目前为止还没有人敢在老爷子面前耍大刀。现在王小飞居然破例了，这可闯大祸了。事情已经发生了，一边是恩师，一边是老乡，唐华赶紧从中调和，尽快调解这场不愉快的风波。下班前唐华找王小飞谈话，"你说话太鲁莽了，怎么把师傅气成那样？"王小飞现在也很后悔当时说错话，主要是性子太急，其实师傅的方案也可以做好，自己的方法也可以做好，关键师傅是技术指导，应该与师傅好好沟通一下，没想到让师傅真的生气了。唐华要求王小飞向师傅道歉。

事情已经过去半天，老爷子的气还没有消掉。吃完饭王小飞买了几样营养品，唐华陪同王小飞到了洪老房间，王小飞低着头向老爷子道歉："师傅，我错了。"洪老语重心长地说："你们都是我一手培养出来的徒弟，你们每个人有几斤几两我心里十分清楚，为什么不听我的方法呢？不是怪你的方法不好，当着那么多人面讲大话，明摆着让我难堪嘛！活到老学到老，做人做事都要低调，说话要注意方式方法。"王小飞终于知道自己错在哪儿。

第二天洪老坐在办公室里发愣，心里还有些闷闷不乐。自古以来只有师傅说教徒弟，哪有徒弟与师傅针锋相对？人老了，生气难以解开心结。老爷子心里憋了一口气，血压急速上升，连忙吃了两颗药……孙师傅和黄副作业长见状后赶紧劝导："今天不要去现场了。"难怪整天没有见到洪老来现场。

两天后老爷子心情有所好转，在办公室里坐不住了，还是来到现场指导生产。王小飞见师傅过来了，连忙给师傅递上一支香烟。唐华趁机对王小飞耳畔说："晚上请师傅吃顿饭吧，陪师傅喝两杯，或许明天师傅的气就彻底消了。"当晚王小飞邀请洪老和几个老乡一起去吃海鲜。王小飞站起来向老爷子敬酒，"师傅，我自罚三杯，啥也不说了，徒弟保证今后一律听从师傅指导！"喝完了，王小飞连扇自己两个嘴巴子。老爷子性格开朗，"我也不是气量小，这件事情就到此为止吧。"随后大家纷纷向老爷子敬酒。

酒过三巡，建明也过来向洪老敬酒。这家伙很不识趣，十年前在江南的时候他向老爷子借了两百块钱至今没有还，让人未免有些瞧不起。事情过去这么久，也不是老爷子计较，两百块钱是小事情，关键是借钱不还，那是徒弟对师傅起码的不尊重，因此老爷子有些不爽快。毕竟已经过去了，谁也不想再提这闹心的事情，喝酒就喝酒吧，洪老附和地端起酒杯。

常言道：师傅领进门，修行在个人。唐华两个徒弟对他都很尊重，唐华认真传授他们造船技术，也时常教导他们做人的道理。张伟脑子灵活，听得进师傅的教导，学习进步很快；吴斌性格怪僻，油嘴滑舌光说不练。他们各有所长，唐华看在眼里，根据他们的特点培养。新时代需要新方法指导徒弟成长。现在有些90后孩子真难管教，都是家里的独生子女，平时连家务都不愿意帮忙做，工作起来我行我素，最喜爱无休止地上网，不像70后那么拼。唐华作为师傅，时常感到忧心忡忡。

星期四唐华临时有事请假，徒弟吴斌与同事莫名其妙发生口角冲突，居然还先动手打架。第二天唐华得知消息后严肃批评徒弟。为预防类似事情再次发生，领导要求吴斌写一份检讨，没想到那家伙急忙要求辞工，就连他的父母都不知道。这两年船厂效益很好，外面很多人想进船厂工作，他却草率地把工作辞了。

4月初，老厂区的火工老专家裘万海得知洪老来浙江工作的消息，连忙拜会了洪老，"久闻洪技师大名，幸会幸会！"裘老与洪老紧紧握手，两人瞬间成了好朋友。虽说这些日子洪老与孙师傅关系微妙，然而洪老和裘老一下子成了八拜之交。裘老比洪老小五岁，裘老是老船厂无人不晓的造船专家，干了一辈子造船工作，技术好、资历老又弟子满堂，人人敬重，退休后仍然坚持工作。

但裘老脾气不太好，有时喜欢摆谱，中午喜欢喝点小酒，吃完饭再像蒋门神那样在树荫下躺上半晌，直到睡醒了再去干活，从来没人敢过问，领导见了纷纷绕道而行。这点远没有洪老高风亮节。当晚裘老设宴款待洪老。常言道：人逢喜事精神爽，酒逢知己千杯少。两位大师一醉方休。

随后裘老再三邀请洪老吃饭，把象山港所有的海鲜尝了个遍，什么清蒸的红烧的糖醋的洪老都吃腻了，裘老还怕招待不周，专门花高钱价买了一条两三斤的马鲛鱼。嚯嚯，这个季节象山港的马鲛鱼价钱可不得了，涨到二三百块一斤。"洪技师，尝尝这马鲛鱼，清明节期间象山港的马鲛鱼最有营养……"

裘老与洪老都是造船专家，裘老在洪老面前却十分谦虚。有天一个分段发生了中拱变形，裘老主动邀请洪老一起到现场指导，唐华跟着师傅一起去了。对于这样变形，工程技术员建议开刀处理，又不给出具体的施工方案。裘老气得把工程技术员大骂一通，接着和洪老交流自己的处理方法，"依我看该这样处理，洪技师看如何？……"洪老对此不以为然。同行之间有时候不便多话。其实唐华也看出了门道，洪老低声对唐华说："记住不要多话。"唐华自然明白师傅的意思，现在两大高手在切磋武艺，自己在一边观看华山论剑即可。裘老似乎有意在洪老面前炫耀技术，随即指挥现场施工人员按照他的方法处理。工人们按照裘老的要求处理，半天只处理好一半，还有一半怎么也处理不到位，裘老急得直跺脚，"不可能吧！"最终还是按照技术员的建议开刀调整。

第二天早上，洪老单独对唐华说："其实这个分段根本用不着开刀，一看就知道方法错了，看来他的技术没有想象中的好。"这种问题洪老在江南已经成功处理多次。真是行家一出手就知有没有。低调是洪老一贯的为人风格。只是碍于面子不便点破罢了。洪老饶有兴趣地考问唐华："元芳此事你怎么看？"接着唐华把自己的想法讲给恩师听听，并且分析裘老没有做好的几点原因，恩师点点头完全赞同唐华的意见。江南是全国造船人才最优秀的摇篮，唐华在这个摇篮里茁壮成长，已经具备独立处理各种重大问题的能力了。

2010年是农历虎年，又是中国的好运年，也是中华民族龙腾虎跃之年。4月30日晚8点，备受世界关注和期待的上海世博会在世博文化中心举行，灿烂的烟花与美丽的水景在黄浦江上交相辉映，盛况空前。另外，第16届广州亚运会不久将开幕了。今年两大盛会相继承办，再次把我国推向世界舞台的中央，让全体中华儿女倍感荣光。

世博会开幕后，前来参观的游客人山人海，来自世界各地的参观者络绎不绝。文义也领着家人参观了世博会。上海世博会主题"城市让生活更美好"，高科技电子屏幕滚动显示，十分耀眼，走进主题馆内便可以看到。主题馆不用排队可以直接进去参观，四面八方的影幕宣传世界各地的城市生活场景，令人印象深刻的是汶川大地震，触目惊心的画面让人们更加热爱生命热爱生活。

参观的人流络绎不绝，文义和淑玉领着儿子顺着人流来到B区。这里主要是一些欧洲国家的场馆。为了节省时间，他们选择观者相对较少的如匈牙利馆和捷克馆参观。随后加入澳大利亚馆的排队之中，场馆主题是"畅想之洲"，展馆内设置"旅行""发现"和"畅想"三个活动区，讲述澳大利亚这片神奇大陆上奇异的物种、丰富的人文和宜居的城市，给人们留下美好而深刻的印象。傍晚时分，文义来到了俄罗斯馆，俄罗斯馆分为"花的城市""太阳城"和"月亮城"三部分，夜晚的俄罗斯馆格外漂亮，展馆外形既似花朵，又似"生命树"，十二个"花瓣"形成塔楼，塔楼顶部的镂空图案由白天的白金色变成了黑色、红色和金色，三种颜色交相辉映，仿佛来到了人间仙境，来到了如梦的童话世界。

上海世博会是一届成功的世博会，让人们深刻领会到21世纪以来世界各国人民的智慧，看到了人与自然和谐的美好发展，也看到城市的快速发展带给人们幸福快乐的生活。通过本次参观学习，文义有了更大的梦想……

下半年文义公司的博士团队有了新的研究方向，他们开始向太阳能发电和新材料研究领域进发。能源是国家经济发展的基石，煤炭和石油是重要的传统能源，近年来国际国内不断加大新能源的研究开发。太阳能是一种新型能源，清洁无污染，取之不尽，有利于可持续发展，市场价值潜力巨大，国内外企业都加快太阳能产品的研究和开发。研究团队由海归张博士领衔。张博士毕业于美国斯坦福大学物理系，回国前已经在国际著名期刊上发表数篇优秀论文，张博士对太阳能的学术研究引起了国内外同行的广泛关注。这些大智慧人才从来不打无准备之仗，团队早已着手深入研究相关课题。行动是成功的阶梯，期待他们的研究早日取得更大的成功！

文红去年经历了养猪挫折之后，现在又开始变得勤劳起来，他听从父亲的建议把门前的稻田改成鱼塘，把猪粪直接排倒到鱼塘里面，这样鱼也长得很好。一阵禽流感过去了，猪肉价格仍然居高不下，这对于养猪户来说是大好事。失败乃成功之母。今年文红跟他爸学习养猪，还到大型养猪场参观学习科学养猪，目前家里的几十头猪长势很好。另外文红还递交了入党申请书。下半年有几个乡亲跟文红学习养猪，年底有望赚到几万块钱。

五一假期，唐华和家人前往宁波市区旅游。一家人早早地来到天一广场。广场气势恢宏，高楼林立，有美丽的音乐喷泉，水晶街更是美丽无比，让这座海边城市增添无穷的魅力。宁波是国家重点对外开放城市，城市综合实力位居全国前列。宁波是一座历史名城，又是一座现代都市。节日里来来往往的行人穿梭在大街上，还有各种肤色的外国人也过来旅行。唐华一家三口心旷神怡，愉快地享受着城市的美景。

广场上有一片美丽的"院士林"引人注目，这里有宁波籍院士亲手种植的名贵树木。自古以来宁波人才辈出，是我国著名的"院士之乡"，到目前为止有95位院士来自宁波，他们当中有56位中国科学院院士，42位中国工程院院士，其中有三位科学家为两院院士，还有三位杰出的女科学家，他们是宁波的骄傲，更是祖国和人民的骄傲！科学家们无比热爱科学，勇攀科学高峰，为中华民族繁荣富强和复兴做出重大贡献！唐华有幸参观"院士林"，向广大科学家表达最崇高的敬意！通过参观学习，极大鼓舞着唐华今后要加倍努力学习和工作，争取将来为祖国造船事业奉献更大的力量。

下午唐华和家人来到了梁祝文化公园。公园位于宁波西郊，是一座闻名天下的爱情主题公园。宁波是梁祝故事的发源地，公园以梁山伯和祝英台的爱情传说为故事背景，向人们展示"东方罗密欧与朱丽叶"的传奇故事。梁祝故事是中国四大民间传说之一，距今已有一千六百多年的历史，被誉为"东方的罗密欧与朱丽叶"。据史料记载梁祝故事起源于我国东晋时代，比西方的罗密欧与朱丽叶的故事早一千多年，千百年来爱情成为永恒的主题。"碧草青青花盛开，彩蝶双飞久徘徊，千古传颂深深爱，山伯永恋祝英台。"梁山伯庙是人们祈求自由美满的爱情和婚姻的圣殿，公园占地面积三百多亩，亭台楼阁别具一格，蝴蝶飞舞绚丽多姿。

从正门进入参观，眼前有一幅大型彩画，翩翩起舞、成双成对的彩蝶象征有情人终成眷属，引领人们向这座爱情的殿堂走来。音乐广场中矗立着高大洁白的梁祝化蝶雕塑，古香古色的公园集旅游休闲、文化学术等活动于一体，是有情人举行婚礼的理想场所。十八相送大道上有当年梁山伯与祝英台同窗共读的梁祝书院，他们在这座学府中同寝同食，同学三年孕育最纯洁的爱情。游客们纷纷在夫妻桥和恩爱亭穿着汉代服装拍照留念，唐华和文琴也迫不及待地拍了一张美丽的合影。

随后参观了"草桥结拜""三载同窗""十八相送""楼台相会""化蝶永伴"等著名景点，让人触景生情而感慨万千。爱情让人忘却了时间，而时间没有淡化他们的爱情。唐华和文琴十指紧扣，领略江南园林的风貌，在每一处景点驻足停留，向伟大的爱神表示崇高的敬意，幸福地回味他们的爱情历程。唐华和文琴回想起在皖城相识相爱，携手一起走过的十四个春秋，回眸牵手一起走过的路，唐华在回音阁情不自禁地大声叫道："老婆，我永远爱你！"文琴也深情呼唤："老公，我也爱你！"回音阁的余音回荡在耳畔。金雅调皮地叫道："爸爸妈妈，我——爱——你！"随后金雅非要坐在爸爸的肩膀上，"爸爸妈妈，我是你们的小蝴蝶，飞咯！"唐华抓住女儿的小手小跑起来，文琴也跟着唐华的脚步一起移动。一家人幸福地走向未来的和谐之路。

"若要夫妻同到老，梁山伯庙到一到。"这句广为流传的乡谚表达人们对幸福生活的向往和追求，爱情是伟大的，爱情永远在幸福的路上，而不是走走停停。问世间情为何物？倘若不祭拜一下两位爱神，就难以懂得什么才是真正的"永结同心"，就难以懂得爱情究竟有多么的伟大和神圣！

转眼到了6月底，按说时间过半，生产任务也该完成过半，可是上半年新厂区依然没有很好完成。这充分暴露了很多问题。造船是一项复杂的工程，企业必须走科学管理的道路。开完年中总结大会不久，姚副总经理带领部分团队骨干灰溜溜地离开了公司，还剩下数十人坚守在各自的岗位上，这些人包括一些不懂技术的和一些年龄偏大的残余人员，其中包括已经退休的洪老和孙师傅。随后新厂区引进了一家南方管理公司对公司进行全面整改，从而逐步走向了现代化发展道路。

一年后，徒弟张伟入伍去新疆当兵，朋友高亚军去南通的一家船厂担任技术主管，唐华的两位恩师和老乡们相继离开了浙江，自此唐华没能再与两位恩师一起工作。最终班组只剩下唐华一人。洪老临走前留给了唐华一本书，"小唐，这本书你用心学习，是上海交大老教授写的，对你有帮助。"该书是关于企业管理的一本好书，内容涵盖企业管理、工艺流程、生产效率等多方面知识。唐华决定认真学习，因为他明白了一个道理：一个人的技术再好，不如把一群人管理好创造的价值更大！

金雅在宁波读完了二年级，这孩子门门功课优秀，取得了双百分的好成绩。唐华和文琴商量让女儿下半年回老家读书，并把房子重新装修一番。装修之后家里焕然一新，邻居们十分羡慕。文琴把自己精心编织的十字绣挂起来，把女儿的奖状贴起来，家里温馨气派多了，给女儿的学习创造了良好的条件。金雅开心地说："妈妈我爱你，我爱我家！"唐华感慨说："在外漂泊了这么多年，还是家里好。"从此文琴在家带女儿，开始了陪读生涯。

为了生活和理想，唐华再次踏上了造船的道路。说句心里话，其实唐华也很想家，现在老乡们纷纷辞工，徒弟去了部队，两位师傅离开了，家人也回家了，一个人孤独地前行，如同一只离群的孤雁继续飞翔。在《平凡的世界》里，小霞不仅给了少平美好的爱情，还是少平的精神导师，让少平执着追求不平凡的生活。文琴就是唐华最大的精神支柱，在文琴的鼓励下，唐华长期坚持学习，可以说他现在的造船技术已经达到了一个高度。另外这几年唐华身体健康，开始发福了，似乎好运在向唐华招手。

回来之后，唐华搬进公司的高层新宿舍，一个人住在十六层的豪华房间，但没有往日三口之家的温馨，房间里形影孤单，如同捷克作家笔下的《二六七号牢房》，"从窗子到门是七步，从门到窗子是七步！"他时常静静地站在窗口，好像看到了老婆和女儿的身影，再仔细看又没了踪影，眼泪悄然流下……他依偎在窗前想起夫妻俩在梁山伯公园同唱"树上的鸟儿成双对"的日子，想起给女儿拍照的快乐瞬间，一家人在一起的生活是多么幸福快乐啊！文琴和女儿回去后，唐华隔三岔五给她们电话，电话费比以前多了很多。

一家人分开了，唐华心里无比难受，如同断肠人在天涯海角，很长一段时间不能习惯这种孤独的滋味，"本愿与你长相守，同偕到老忘忧愁；孤独的滋味早尝够，萍踪浪迹几度秋，怎叫离别恨？放下眉间又上心头。失去你，我好像风筝断了线随风走；没有你，我好像离巢孤雁落荒丘……"人生总不能停留在过去，要克服生活的焦虑和沮丧，努力追求自己的人生目标。往前看生活总是美好的，人生哪有一帆风顺呢？累了，可以休息一会，但不能停止前行的脚步。沉浸了一段时间后，唐华又加紧学习了。

一天唐华在网上买了一本励志的好书《乞丐囡仔》。该书讲述台湾杰出青年阿进的成才故事，阿进曾是人人嘲笑的乞丐，家里有瞎子父亲和智障母亲，十二个靠讨饭度日的兄弟姐妹……在这样的环境下，身为长子的阿进没有别的奢求，只希望让全家能活着见到明天的太阳！然而多年以后阿进凭靠自己的努力，成为台湾一家防火器材公司厂长兼生产部经理，并荣获"台湾十大杰出青年"称号。

古人云：天将降大任于斯人也，必先苦其心志。人生总是吃苦在前享受在后，人生必须挑战自己的极限，从而创造属于自己的美好人生。磨难是人生的一大财富，经历曲折的人更富有，无论面对什么困难都要有积极向上的奋斗激情。天空再高又怎样，踮起脚尖就更加接近阳光。夜深人静的时刻读一本好书，给自己一个安静下来的理由。读书让唐华从中洗涤心灵，从跌倒的地方迅速地爬起来，找到属于自己的一片天空。人生得到知己是幸运的，而阅读几本正能量的好书堪比遇到了好老师。

业余时间唐华上网学习造船技术。一天晚上，唐华在网上搜到两份重量级造船人物资料，一位是广州地区船厂的火工高级技师于宝华，一位是大连船厂的装配高级技师童雪峰。文章详细介绍了他们解决造船的众多技术问题，他们都是杰出的造船精英，都是中国造船的大国工匠，在平凡的岗位上为中国造船事业做出卓越贡献！他们是时代的楷模，鼓舞年轻一代造船人努力学习，坚持不懈地为中国造船事业努力奋斗！上网学习让唐华收获颇丰，他把两位造船专家的资料一字一句反复阅读了好几遍。榜样的力量是无穷的，劳模精神感召广大造船人代代相传，工匠精神鼓舞大家勇于担当和创新。

网上资料很多，上网成为唐华学习的一把金钥匙。作为一名新时代的年轻人，唐华总认为青春不能白白浪费，要把完成本职工作当作首要任务，其次要充分利用业余时间不断提高自己，力争创造完美的人生价值。

常在海边漫步，时常让人思考人生。大海的力量是无穷的，人与自然和谐共处，不仅让人们可以欣赏到美丽的自然风光，也可以尝到多种多样的海鲜。人生要拥有海纳百川的胸怀和激情面对未来，沉得住气、弯得下腰、抬得起头做人做事，梦想是什么？诺言是什么？山盟海誓句句感人，但别成了美丽的谎言。人生拥有幸福的爱人，努力用双手和智慧创造美好生活，给心爱的人最好的生活，那将是完美的人生。

国庆节前夕，文义代表公司率队参加秋季"广交会"。文义所在的公司是全球著名的跨国公司，在美国拥有200多年的历史，素有"化工帝国"之称，是当今全球最大的化学与能源集团，也是全球500强中历史最悠久的化工企业。上海分公司主要销售产品是各种工程塑料。为了精心筹备这次会议，文义几次从上海飞往广州，一切准备就绪。

"广交会"是我国进出口贸易的重要窗口，也是国内外商家必争的重要平台。广交会期间，文义热情接待来自世界各地的客户，用流利的英语与客户交流沟通，自己的才华得到充分展示，也为公司赢得各界的好评，并与国内外新老客户签订了数亿美元大单。

回到上海后，文义打电话告诉唐华这次参加广交会的所见所闻，"现在国家经济发展得非常好，好工作机会很多，努力学习就一定能够取得更大的进步。"文义的鼓励让唐华萌发去广东工作的念想。

年底前唐华辞职了，结束了四年的浙江造船之路。走出公司大门的那一刻，他想起了几条手机热传的短信：叶子的离开不是风的追求，也不是树的不挽留，而是命运的安排；自然的选择，花开花落，天道轮回，该来的会来该走的会走；有时候离开并不意味着结束，而是另一种开始，所有失去的都会以另一种方式归来；当你起步的那一刻，生命必将绽放光彩。冬天里失去的，秋天还会还给你，生命总有一天会向你微笑，何不潇洒走一回？

第二十五章

2010年国庆后，方金水当选十字铺镇兴旺村书记兼村长。在雷书记的领导下，过去两届村委会为乡亲们办了很多实事，"村村通"工程顺利完成，三家木材加工厂效益都很好，唯独粮食加工厂没有建成，适龄儿童入学率达95%以上，和谐乡村建设初见成效，让老百姓最自豪的是来自陈家庄陈老书记的孙子陈进考上了清华大学，成为全村家喻户晓的大喜事！前不久雷书记调任镇农林办工作，却由于违规给亲属办理低保引咎辞职。

方金水年轻有为，口碑极好，是家乡勤劳致富的带头人，顺利当选本届兴旺村书记。方书记表示将带领乡亲们共同致富，他想用五到八年时间把家乡建设成为"省级最美乡村"。乡亲们对他寄予深切厚望。

同期幸福村村委会也进行了换届。

说实话，村长何福高前几年为村里办了一些实事，后来就再也没有做出什么突出的贡献。值得一提的是该村陈家珍和二傻沈二的大女儿沈婷考上了北大，但没有何福高什么功劳。关于何福高的问题传得到处都是，有人曾怀疑他把村集体的树木偷卖了几卡车，有人怀疑他截留了不少农业补贴，还与某某是情人关系，等等。镇长秦海涛和书记王宏远都收到了几封举报信。经镇、县两级纪委调查：何福高涉嫌侵吞公共财产28738元，截留农业补贴52436元，还有上级下拨的三笔巨额资金不能说明去向，总涉案金额超过三十万元；另外还涉嫌向某市领导贿赂，所幸他已被关进了笼子。王宏远书记大发雷霆，"他简直就是村霸！一只小小的苍蝇胆子如此之大！……"最终何福高被撤职移交司法机关处理，等待他的将是法律的严惩。

之后镇里先后派遣了两名大学生村官到幸福村任职，但是幸福村发展落后，两名大学生先后离开了。

节后第一个工作日，村委会选举唐华岳父沈家发当选幸福村书记兼村长。唐华岳父今年已经五十七岁了，本该可以安享晚年了，却被乡亲们推上村长的位置，乡亲们你一言我一语，"老村长，咱村的发展指望不上别人，大伙最信任你！"老爷子坦言："我没啥文化，怕是辜负大家的期望……""你是村里的大能人，瞧瞧这些年你为村里做的事情还少吗？"唐华岳父身为一名老党员，在这关键的时刻只好挺身而出。乡亲们还给老村长起外号"省（沈）长"，老爷子连忙打住乡亲们的话，"这可不能乱叫，还是叫老村长顺口，或者干脆就叫老沈吧。"如何带领乡亲们共同致富？成为老村长日夜思考的大问题。

日前十字铺镇党委领导班子换届，由陈祖德同志担任书记。陈祖德今年四十六岁，祖籍兴旺村陈家庄，省农大研修班毕业，工作经验丰富，为官清廉，调任十字铺镇前任职六里镇书记。六里镇是全省经济百强镇。在陈书记的领导下，五年来该镇一、二、三产业再创辉煌。本来这次换届陈书记可以上调县农业局局长或交通局局长。但陈书记主动向上级请示要求调往十字铺镇任职，因为他对这片土地有着特殊的感情。邱道明县长是陈祖德的同学。邱县长很希望老同学到县里来挑大任，邱县长专门找陈祖德谈话，"老同学，在基层干了不少年了，现在到农业局或者交通局不是很好嘛！再说你的家属都在县上……"

陈祖德执意不肯，"我习惯在基层工作，希望为基层的老百姓多做点实事。"

陈祖德妻子沈翠萍是县人民医院副院长，沈翠萍来自幸福村沈家庄，她极力反对爱人前往十字铺镇任职，并为此闹得很不开心，"我说你都一把年纪了，到县里来在局长位置上再干几年也就退休了，人家都求之不得，说你什么好？还有十字铺那是什么地方，穷乡僻壤的地方能干出什么成绩？"妻子的话不是没有道理，陈祖德也不是没有想过，儿子在县里读高中，这些年家里的事情都交给了妻子和年迈的老母亲打理，妻子医院工作又忙，他为家付出的实在太少，要是调到县里工作再好不过了。陈祖德平时很少与妻子争执，但这次不同，"正因为家乡贫穷，才需要我们把家乡建设好！"陈祖德认准的事情就算是九头牛也拉不回来。沈翠萍气得三天没有胃口吃饭，"你就是一头犟驴！干不好就别回来了……"

陈书记对十字铺镇并不陌生，他小时候就生活在这片土地上，后来举家迁往六里镇，中专毕业后在六里镇一干就是二十多年，但他始终牵挂十字铺镇的发展。几个月前，陈书记对十字铺镇的几个村实地调研，写下两万多字的调查报告，拟出了宏伟的发展蓝图，并在镇党委会议上大胆提出自己的设想，"同志们，我们十字铺虽然比不上六里镇和其他乡镇，但是我们有绿水青山，有勤劳纯朴的人民，只要我们共同努力，勤勉工作，就一定能够把咱们这块土地打造成具有特色的美丽乡镇，大家有没有信心啊？……"陈书记的讲话与方金水的想法完全一致，这坚定了方金水的信心。会后陈书记紧紧握住唐华岳父的手，"老村长，幸福村虽然现在有点困难，我深知你的担子很重，别担心，我们一起扛起来！"

一周后，方书记挨家挨户征求乡亲们的意见和建议，笔记做了三大本。为了方便工作，方书记买了一辆私家车。村里有大量的村民在江浙沪地区务工，方书记专程前往这些地区收集外地务工人员对家乡发展的建言献策，其中在上海务工的村民代表得知方金水担任村支书举双手赞成，并给方书记提出了几十条好建议，有的说咱村以农业为主，可以建设一个中等规模的大米加工厂；有的说要发展现代农业，种植经济作物；有的说可以扩大养鸡和养猪业；等等。方书记还专程拜访了村里几位在上海的大老板，老板们积极支持，大家表示一定会齐心协力协助方书记建设美丽家园。

调研回来后，方书记来到了幸福村拜见老村长。方金水和唐华是同学，也很尊重唐华的岳父。两位村长共同谋划两个村的发展大计,"我这次前往上海收获很大,乡亲们都积极支持工作,他们提出很多好建议……"说着方金水把厚厚的笔记本拿出来给唐华岳父看看,又高兴地说出自己的想法,"在陈书记的领导下,我打算大干一场,我们一起努力,力争把咱们两个村打造成'美丽乡村'。"唐华岳父十分赞同方金水的意见。现在兴旺村和幸福村都期待在这两位村长的领导下快速前进!

春节前夕,方书记十分牵挂村里外出务工人员,关心他们的工作和生产情况,尤其关心在建筑工地打工的农民工工资有没有领到。方金水开车带上唐华岳父一起前往上海,他们走访了很多老乡。乡亲们见方书记再次来到上海表示热烈欢迎,当得知乡亲们在上海工作都好,两位村长都很高兴,"大家的工资都领到了吗?"一句暖心的话让很多老乡感动得流下幸福的眼泪。在一个建筑工地,方书记找到了唐文,"今年工作怎么样?"唐文欣慰地说:"今年我们在上海造了很多大楼,"说着唐文指着一幢刚刚完工的大楼对书记说"书记,这是我们新盖的大厦。"方书记数了数,"哇!这么高!咱村人勤劳肯吃苦,为上海的发展做了不少贡献!工资领到了吗?"唐文又说:"领到了,还有五百块奖金。"末了,唐文告诉书记前几年被拖欠工资的事情。方书记通过多方打听,最终把唐文的工资全额索回。两位村长亲自关心广大外出务工人员的生产生活,在村里引起了极大的反响。

腊月二十八,兴旺村再次在陈家庄举办"最美好媳妇"评选活动,最终还是文琴的堂姐文秀获得了殊荣,文琴排名第三。幸福村的陈家珍再次当选"最美好媳妇"。傍晚天空下起了大雪,人们在瑞雪中迎来了新年。

大年三十,家家挂上大红灯笼,再贴上喜迎新春的对联,有一副对联写得好:天增岁月人增寿,春满乾坤福满门。除夕之夜,陈家庄沉浸在一片欢乐祥和的气氛中,家家和和美美的吃团圆饭、看春晚,诉说春天的梦想,迎接新年的钟声。

听一听乡邻们问寒问暖知心语

看一看画中人影舞婆娑

休要愁眉长锁莫把时光错过

到人间巧手共绣好山河

夜静犹闻人笑语

到底人间欢乐多

莫把时光错过……

吃完年夜饭，唐华向父母亲人宣布了一条好消息："春节后我要到广东工作了。"唐华妈酒喝多了，反而糊涂了，"不是在浙江工作好好的吗？"随后唐华告诉母亲，这次前往广东工作与以往不同，将担任造船管理工作，且收入也将翻番。这是唐华的造船人生的又一转折，从一线农民工到企业管理者，为此唐华奋斗了十八年。此刻唐华妈十分欣喜，全家跟着高兴！最高兴的还有哥哥唐文，"我弟弟有出息了。"这两年唐文夫妻俩过上了和谐的好日子，勤恳工作，还积余一些钱，女儿即将上初中了，唐文开始有自己的打算了。妹夫姚满山的事业也有了起色，在家具厂得到了重用；妹妹明珠平时与家人沟通很少，什么事情也不告诉家人。总之，儿女们都取得了不错的成绩，这个年唐华爸妈过得特别幸福。

唐华岳父家除夕再次大团圆。文义得知父亲当上了村长，冒着大雪赶回家过年，还给父亲带了一箱"剑南春"。儿女们举杯庆祝老爸当选村长，他们也成了老爸的"智囊团"，年夜饭桌上他们积极向老爸献计献策。文义读书多，回来前他给老爸拟出发展大计：第一，村务公开，党务公开，加强作风建设；第二，以人为本，密切联系群众，剖析群众内部矛盾和关切，民生无小事；第三，紧紧围绕新农村建设，发展家乡经济，提高乡亲们的收入；第四，两个'文明'一起抓，增强乡亲们的幸福感……唐华也积极发言。奶奶急忙说道："你们说的话我听不懂，我只有一句话：做人要正直，身正不怕影子斜！"

大年初三，人们正在欢度春节的美好时光，兴旺村和幸福村两位村长却忙得不可开交。兴旺村方书记亲自主持村里的"兴旺大米厂"奠基仪式，十字铺镇陈祖德书记愉快地参加了有关活动。随后陈书记马不停蹄地来到了幸福村，参加该村的"三福木材加工厂"开工仪式，陈书记在讲话中指出："乡亲们，致富之路是人闯出来的，行动是成功的阶梯，只要方向正确，就应当立即付出行动。"春天已经来临了，勤劳的人们在春天播下希望的种子，一步一个脚印朝着收获的季节奋勇前进！

仪式结束后，陈书记打算春节后带领十字铺镇新任村长前往小岗村参观学习。1978年小岗村十八位农民冒死按下红手印搞"大包干",最终全村粮食产量大丰收。随后"包产到户"的政策推广到全国农村。这也掀起新中国农村改革崭新的一页。新世纪"三农"问题再次万众瞩目。近年来小岗村坚持走科学发展道路,新农村建设取得丰硕成果,他们的成功经验值得学习和借鉴。

为了弥补即将离家的遗憾,唐华提前给文琴和女儿过生日。大年初四一早,唐华去订购生日蛋糕,接着他和文琴一起准备丰盛的午餐。女儿很早起床,亲手给妈妈做生日贺卡。中午双方父母都过来庆祝并为唐华送行,文义也过来了。唐华夫妻俩结婚十五年来一直相敬如宾,现在他们步步高升,老人们倍感幸福。唐华向亲人们一一敬酒,感谢父母给予的养育之恩,即将离家远行了,这杯酒怎能不喝呢?岳父嘱咐道:"出门在外,保重身体;放心家里的事情,在外面放开胆子工作!"文琴叮嘱道:"放心吧!家里一切有我呢!"有首歌叫《儿行千里》,"千里的路啊,我还一步没走,就看到泪水在妈妈的眼里流……"唐华放下酒杯,嗓子瞬间沙哑,一句话也说不出来。

晚上文琴为唐华收拾好行李,带上唐华最爱喝的茶叶和最爱读的《平凡的世界》,把结婚照和梁山伯公园的全家福都塞进了行囊,另外文琴还送了唐华一本好书《情商决定成败》,"有空读读书,学习为人处世学问,不断提高社交能力和管理水平。"好男儿背后有贤惠的好妻子。唐华最感动的是文琴还送给他一条特别漂亮的毛巾,上面还印有"老公,我爱你!"让唐华每天洗脸的时候多看一眼。唐华的心里既幸福又心酸。懂事的女儿特别牵挂爸爸的远行,金雅说道:"爸爸开心地去广东工作吧,我一定会照顾好妈妈!"

大年初五唐华踏上远行的路,离家的心情十分沉重,那一刻脚步显得无比沉重,唐华已经记不清这是他的造船人生第几次离开家门,然而这次路程最远,又把老婆孩子留在家里。谁愿意这样的东奔西走呢?唐华至今仍然后悔当年没有考上师范在家乡当老师。命运有时候就是这样的折磨人。人生有梦想就不怕困难!为了不让妻儿伤心,唐华决定不让她们送别,一个人拖着行李箱慢慢地赶往车站,一次又一次地回眸,家的影子渐渐地消失在视线中,故乡的云朵从身边飘过,眼泪禁不住再次流下。

中午时分唐华到了皖城。下车后唐华带上一份薄礼拜见他的启蒙恩师——丁师傅。阔别皖城十三年了,眼前一座座高楼大厦,到处是崭新的繁华景象,城市的发展变化很大,发展之快简直追赶深圳,成为皖江发展的明珠。唐华一点都认不出城市的新面貌，看到家乡的快速发展让唐华感到无比自豪。在车站见到丁师傅的那一刻，唐华没想到师傅依然记得他说话的声音，尤其是还记得他的脸上长了几颗痣，连位置在哪里都记得一清二楚。这么多年过去了，师傅竟然把徒弟这些小细节深深地刻在脑海里，感动得唐华说不出话，而他的脑海里师傅的印象却越来越模糊。唐华赶紧迎上去和师傅紧紧握手。

当晚唐华乘坐加班车前往广州。列车上座位空荡荡的，唐华心里也是空荡荡的，满脑子是家人的身影、家人的祝福。二十多个小时的旅途唐华一刻也睡不着，往事一幕幕地在脑海里浮现，回想起一家人在上海、港城、宁波那些幸福的好时光，他的心依然停留在幸福之中。半夜列车到达广州东站。

第二天上午赶到江州市古镇红星船舶工程有限公司。红星船厂建厂于2005年，共有两个厂区，以建造灵便型散货船为主，也是广东省最大的民营船厂。唐华在红星二厂工作，对公司的发展前景充满期待。

第三天上午唐华顺利办完入职手续，工作人员还给唐华配了一部对讲机。唐华欣喜地拿起对讲机呼道："0101，我是唐华，收到请回答。"只见对方回复："领导请指示！"唐华一时不知如何是好，赶紧关闭对讲机频道。紧接着住宿安排好了。宿舍在船厂后面的山坡上。山坡上光秃秃的，有点像陕北的黄土高坡。一共有十栋三层的宿舍，外面看起来比浙江那边高层的豪华宿舍差很多，唐华心想有地方住就可以了。宿管处工作人员告诉唐华，"两人一间，你和你们办公室的赵宏刚住一起吧。"

拿到宿舍钥匙后，唐华赶紧去收拾房间。房间十几平方米，两张单人床，一台电视机，一个衣柜，还有厨房、卫生间和热水器等生活设施。唐华先把自己的行李收拾一番，发现行李箱被拉坏了，这个箱子伴他一路颠簸了三千多里路程能不坏吗？床铺整理完毕，唐华还把室友床上凌乱的被子叠整齐，再把房间彻底打扫了一遍。忽然发现卫生间里有一大桶工作服没有洗，已经泡了很久，估计室友工作很忙，唐华赶紧把衣服洗干净。房间收拾完毕，唐华顾不上休息立刻打电话向家人报平安。

晚上室友赵宏刚回到宿舍，唐华主动上前打招呼。赵宏刚也是70后，来自陕北榆林，令人意外的是他与唐华身材模样极其相似，同样戴着一副眼镜，赵宏刚打趣地说："你是不是我失散多年的兄弟啊！"两人瞬间有了特殊的亲切感，成为亲密无间的好朋友。赵宏刚见唐华把他的衣服全部洗干净了，感动地说："您太客气了！"当晚赵宏刚再三邀请唐华去他徒弟王小鹏的宿舍吃饭。小王买了一条四五斤重的大草鱼，还有几个小菜，正准备做菜。小王问唐华："你会做菜吗？"唐华心想由于初来乍到，还是客随主便吧。小王忙活了半天把鱼煮好了，其他的菜也做好了。赵宏刚去买几瓶啤酒，"咱师徒二人为你接风洗尘。"刚过来就遇到热心的好朋友，他们的热情让唐华尤为感动。

一切准备就绪，三个人围着一张小桌子共进晚餐。王小鹏是80后，重点大学毕业的高才生，英语六级，职务是工艺师。80后朝气蓬勃，是未来的栋梁。"来，干杯！"三人推杯换盏，如同桃园结义。就是这条鲜活的大草鱼被小王煮糊了，小王惭愧地表示要自罚一杯。最后三人囫囵吞枣把鱼吃了。

民以食为天。早餐和午饭唐华在食堂就餐，午餐价钱也不贵，比传说中的广东高消费合理多了。晚上唐华和赵宏刚一起做饭吃。到了市场，唐华挑几样小菜，"老板，这菜多少钱？"卖菜的老板看上去比唐华大不了几岁，可他的发型很有特点——额头上面光亮，脑后面倒还有一些头发。老板满口广东话，唐华一句也听不懂，干脆给一百块吧。从找回的零钱中才知道刚才买的菜是12块钱。广东话的数字发音真难分辨，如"1（鸭）""2（以）""6（老）""7（差）"等。瞧瞧广东话有意思吧。

菜买回来后，唐华和赵宏刚一起动手做饭。赵宏刚会做榆林风味的家乡菜，特别是陕西粉条味道很好吃。唐华也做了几道家乡菜，唐华做菜的花样和味道赵宏刚也喜欢吃。晚饭他们经常共同完成，唐华负责洗菜和炒菜，赵宏刚负责刷锅洗碗。生活上他们如同亲兄弟般彼此照顾。赵宏刚负责船体精度管理，负责跟踪船体分段吊装、定位和报验，每天在现场忙得不可开交，在他和起重工的指挥下，巨大的龙门吊车平稳地吊装一个个重达几百吨的大型总段下船坞搭载。赵宏刚工作很卖力，不怕苦不怕累，骨子里有着陕北人勤劳的性格，如同路遥先生笔下的"孙少安"，这点让唐华对他充满了敬意。有时候赵宏刚晚上加班，唐华把饭菜保温等他下班回来一起吃。唐华每天起床后把被子叠得像军营一样整齐。赵宏刚以前很邋遢，在唐华的影响下，他现在变得很讲究卫生。同事们到他们宿舍参观感到很诧异，评价道："你们房间卫生是五星级标准！"

一天饭后，正巧电视在重播电视剧《亮剑》。每当看到这部电视剧的时候，人们总不能忘记剧中主人翁独立团团长李云龙和政委赵刚，剧中李云龙和赵刚是一对"黄金搭档"。现在唐华和赵宏刚也是一对好搭档。唐华比赵宏刚大三岁，赵宏刚习惯叫唐华"唐师傅"，"这样称呼太生疏啦。"于是他们学着李大团长的说话风格改称"老赵""老唐"，兄弟之间更加友好相处，从此缔结了美好的友谊。

第四天一早，唐华来到公司上班。办公楼位于公司的中心位置，唐华的办公室在二楼，一排排办公桌布置整齐气派，唐华第一眼就喜欢上了这里。办公室有十几个同事，有单船主管、舾装主管、设备主管、精度主管和安全员等。早上八点同事们到齐了，叶课长向大家介绍道："这是我们新来的唐工，大家欢迎！"叶课长曾经去过安徽黄山旅游，黄山给他留下了美好的印象，他也期待这位来自安徽的年轻人有所作为。唐华愉快地给同事们派上中华香烟，还带来家乡的名茶太平猴魁。这种茶叶子很大，第一次品尝真是稀奇。同事们赞不绝口："好香啊，真是好茶！"办公室的气氛一下子活跃起来，也拉近了唐华和大家的距离。唐华的新工作是担任课室火工技术主管，主要负责船体变形控制和生产管理工作。在这美好的春天，唐华迎来人生新的一缕曙光，终于成功实现了人生的转型。

欢迎会上，大家开门见山表达诉求，"我们厂船体变形最复杂，船体火工太难了……"听说唐华曾经在上海江南船厂工作，大家感到十分振奋，"欢迎欢迎！现在唐工过来指导，大家就放心了。"唐华干了十八年造船工作，为人低调，说话谦虚谨慎，"我一定会尽最大努力工作。"唐华一脸的书生相也给大家留下了深刻的印象。俗话说：良好的开端，成功的一半。唐华和同事们相处很愉快。

一周后，唐华发现广东人习惯称呼"船体火工"为"火调"。前面说过，船体由很多块钢板组成，各种变形难以避免，船体火工就是解决船体变形的技术工种，也是船体的美容师。另外火工还是船厂高温作业的特殊工种，其主要工作方式是一边烧火给钢板加热，一边浇水冷却，再把一块块凹凸不平的钢板调平整。这项工作需要工人具有特别能吃苦耐劳的精神，也要有聪明灵活的智慧。现在船厂火工绝大多数是农村青年从事。工友告诉唐华广东地区夏季持续时间长，几乎大半年时间都处于夏季，以致他们的工作更加炎热更加辛苦。有人这样说："火烤胸前热，风吹背后寒。"因此他们也是中国造船事业最可爱的人。

"喂，外业课新来的主管唐工，你认识不？"从上班第一天起，唐华耳边经常听到这句话。唐华似乎一夜之间成了全厂"新闻人物"，让他受宠若惊。由于工作关系，很多同事都想尽快认识一下，包括生产部项目组、内业课和工艺室等单位的很多领导同事，一个月下来唐华的手机号码新增了一百多个。一张张陌生的面孔亢奋地对唐华说："听说你是江南过来的，幸会幸会！"其中内业课负责上层建筑建造的主管叫陈海洋，海洋是80后，前年大学毕业。上层建筑的薄板变形一直是老大难问题。得知唐华是火工高级工，海洋喜不自禁，虽然他们不在同一个课室工作，但是遇到问题可以请教，海洋深切地感到遇到高人相助，也增强了他的信心。还有很多同事对船体变形如同谈虎色变，有的告诉唐华遇到什么什么技术难题，有的认为火工技术多么多么难，在唐华看来这些都是一些常见问题，心想以他的能力是完全可以处理好，但这些问题的存在也让唐华倍感压力。唐华的到来让大家心里踏实很多。

企业管理就是管人和理事，管人需要抓住关键人物，理事需要按事情的轻重缓急处理，循序渐进把工作理顺。到了新工作岗位，一切都是从零开始，包括人际关系。金阳队负责全船的火调工作，队长叫林云飞，从事船体火工十多年，整日面带微笑，为人亲切、友善、真诚。唐华与林云飞相处得很友好。该队带班叫王红军，小伙子是80后，老家也来自安徽，这一下子拉近了两人的距离。有两名工人一个叫黑蛋，一个叫阿庆，他们都是广东人。黑蛋三十岁，是一名技术不错的老师傅；阿庆二十出头，他是黑蛋的徒弟，学习火工两年多。听说唐华过来当他们的领导，两个小兵都很支持。

两个小兵的性格爱好各有千秋。他们身材瘦小，可干活很有力气。黑蛋工作刻苦认真，工作的时候喜欢一边嚼着槟榔一边干活，恨不得一口气把所有的活全都干完；但生活方面却是一个大懒虫，工作服半个月不洗一次。一天工作下来，黑蛋时常喜欢到大排档喝酒，几乎每回都爱贪杯，最后老乡们把他抬回去。有回，黑蛋又喝大，躺在桌子下，阿庆赶忙上前扶一把，这酒鬼忽然说道："别动，让我思考人生，谁说我有'S'病？……"大家伙笑得肚子痛。阿庆喜欢用手机网上买彩票，巴不得天天中大奖，期望越大失望越大，一次次失败，一次次沮丧。为了中大奖，阿庆居然想出一个奇妙的主意，"师傅，您帮我在安全帽上写上'500W'。"从此每天下注前面对这个特别的安全帽祈祷一番，比拜祖宗还要虔诚。真是一个十足的财迷！唐华笑着说道："如果我的签名有那么神奇，恐怕全国的彩民都要找我签名……"

　　刚刚过来工作，两个小兵也给唐华上了一课。某线性分段出现一些变形，唐华查看后要求他们采用千斤顶配合矫正，黑蛋和阿庆采纳了他的建议施工。另外唐华还建议这种变形矫正过程不能采用水冷方法，阿庆一百个不同意，"不浇水怎么做？看来你不懂火工！"唐华把具体的缘由重复了三遍，这小子就是听不进去。不撞南墙不回头，年轻人有时让他痛一下也好。第二天阿庆垂头丧气，告诉唐华"调不过来"。于是唐华亲自做给他看，最终把问题解决了，两人同时竖起大拇指说道："师傅，我服了！"他们不怕苦的精神让唐华看到了希望，这俩小子若加以得当的指导将来一定是个好苗子。

　　两天后，唐华走下办公室来到现场，突然看到阿庆的工具箱上有油漆笔写的"＊＊王八蛋！"其中正是他的名字。这样赤裸裸的语言谁都会义愤填膺。尊严岂能遭到如此挑战？顿时唐华整个人都不好了。唐华立即打电话把黑蛋和阿庆叫过来，"这字谁写的？长本事了吗？"两个家伙立刻意识到出事了，只见黑蛋铁着脸说道："你问他。"阿庆随即反驳道："你问他！你问他！"一分钟后，两个臭小子都把头低着说道："不知道，没……没看见……"这明明是他们的工具箱，还会有谁干这么无聊的事情？前天刚教他们技术，居然在背后耍小把戏。看来新官上任不烧几把火不行，倘若不行使一下手头的权力，好比关公不要几把大刀，或许还以为关老爷没什么功夫。"不知道也没关系，根据公司管理规定乱涂乱画要罚款，作为你们的领导，这点权力还是有的。"说完唐华转身离开了。

　　一听说要罚款，两个臭小子互相挤对眼神，一脸紧张的样子，立即找来油漆把几个字涂了。下午刚上班，阿庆打电话给唐华，"唐工，'凶手'找到了。"只见他买了几瓶饮料，低头向唐华请罪。已经坦白从宽了，哪还有什么好责怪呢？要知道农民工挣钱不容易，出钱那就更难！其实唐华并没有一定要罚他们的意思，就是让他们知道懂得尊重！千万不要去挑战别人的底线。

　　一段时间后，阿庆时常邀请唐华去他的宿舍聊天。南方人习惯把"聊天"说成"吹水"。吹水自然离不开喝茶，广东人喜爱喝"功夫茶"，喜欢喝普洱之类的红茶，也喜欢铁观音。唐华忍不住说道："没想到一个农民工喝茶还如此讲究品位。"阿庆恃才傲物，接过话茬："农民工怎么啦？我骄傲我是农民工，我还会造大船。"茶泡好了，这小子便打开话题开始吹水，其中香港的大明星认识多少，广东的亿万富翁认识几位。唐华脱口而出："你不优秀认识谁也没用。"阿庆立马吹鼻子瞪眼睛，"叼你！"接着说上一段《水浒》，"话说武松十八碗酒下肚，在那令人胆寒的景阳冈前，明知山有虎偏向虎山行……"霍霍，瞧这小子论口才超过外交家，论搞笑超过孔乙己，好像还拜过单田芳大师，真是一位吹水达人，让唐华的业余生活增添了不少乐趣。不过这小子脑子倒是很聪明，在唐华的指导下他的技术进步很快。

慢慢地，唐华与这两个小兵相处很愉快，顺利完成了所有的工作。

一个月后发工资了，唐华打开工资单心里一阵惊喜，因为这是他进入船厂以来最多的工资，赶紧打电话告诉文琴，文琴在电话里鼓励道："不必挂念家里，努力工作，一定要把工作做好，争取做出更大的成绩。"

随后，唐华投入到紧张的工作之中。

第二十六章

离家远了，乡愁自然而然浓了；离家远了，更深深地感到家的温暖，心底多了几分牵挂。远隔千山万水，唐华又何尝不想念最亲最亲的人呢？他每天早上用文琴买的毛巾洗脸，仿佛看到老婆和女儿的笑脸；夜深人静的时候最是想家的时候，一曲萨克斯《回家》伴随他多少次梦回故乡……

这学期金雅当班长了。从宁波回来读书后，金雅学习继续表现得十分优秀。开学后金雅接连写了五篇好作文，得到老师的表扬，数学一直是强项，还很喜欢美术课。一天晚上，金雅忽然从梦惊醒，哭着说："妈妈，我想我爸爸！"妈妈连忙安慰道："我们是相亲相爱的一家人，现在爸爸在广东工作很好，想爸爸可以把爸爸的样子画出来。"第二天金雅开始画画，"妈妈，我要把爸爸画得帅一些。"孩子很天真，一连画了两张都不满意，反反复复画了好几次，终于把爸爸的形象画出来了。妈妈感动得流下了幸福的眼泪。

为了提高女儿的学习兴趣，文琴周末送女儿到县少年宫学习电子琴。少年宫离家三十多公里。她们坐公交车来回奔波，风里来雨里去，从不落课。文琴还注重培养女儿的气质，每天把女儿打扮得漂漂亮亮的，行为举止更加文明，金雅站在同学之间气质显然与众不同。除了照顾女儿的日常生活，文琴每天捧着书本埋头学习。家门口时常有一大群人围在一起打牌，吵闹得不可开交，但丝毫没有影响她的学习。所谓人各有志，志不同而道不合。学习让人远离低级趣味，可以提高一个人的修养，成为一个情操高尚的人。

春节后，文义的团队向太阳能材料更高层次研究了。在海归张博士的带领下，团队的研究成果获得重大突破，不久获得国家重大科技发明专利，并获得了数百万元的特别奖励。他们研究的太阳能新型材料未来开发应用价值巨大，具有十分广阔的市场前景。现在文义的团队开始积极谋划未来的发展道路。

好男儿志当高远。今年文红夫妻俩再次去了上海。养猪实在太辛苦，还成天担心遇到禽流感，于是文红决定放弃养猪。表哥马银祥帮文红在上海找了一家小工厂，让他承包清理垃圾业务。到上海第三天晚上，文红想家的老毛病又犯了，"妈呀，想家真受不了！"改革开放三十多年来，亿万国人背井离乡，谁不想家呢？想家是人之常情，想家可以给家人多打些电话。第四天文红从上海赶回安徽老家。他爸见儿子这么快就回家了，还以为有啥急事，没想到儿子因为想家而回来了，气呼呼地说："那古人治水十三年都没回家，难道他不想家吗？"他妈心都气肿了，"你姐夫在广东那么远工作不想家吗？要是你在广东的话，是不是该连夜坐飞机回家？"一家人大眼瞪小眼。文红连晚饭都没吃又返回了上海。他妈撵出家门，"怎么不吃饭就走了？""气都气饱了……"

年后阿雯经人介绍去朋友的饭店当服务员。饭店位于上海闹市区，规模还算大，生意兴隆。阿雯长得漂亮，又有工作经验，不久当上了大堂经理，也实现了人生的转型升级。

3月底，唐华接到了妹妹明珠的电话，"哥，我找到了一个快速致富的'好生意'，根据（勾股定理）公式计算，预计明年下半年可以买宝马……"唐华听妹妹这么说真高兴。接着明珠说道："我参加了xxx工程，这项工程现在秘密开发，交6.8万会费，坐在家里拿钱，哥你也赶快过来发展吧。"在该组织的严密监视下，明珠想尽办法企图说服唐华。

此后唐华隔三岔五接到妹妹的电话。唐华上网查资料，估计是一种新型传销，可是唐华怎么说妹妹也不相信。最后兄妹关系一度紧张，几乎到了断绝关系的地步，但妹妹仍然没有清醒过来。也就在这段时间，唐华妈整日以泪洗面，眼睛视线越来越模糊，腿也痛了起来。今年在唐华的带动下，他们家本该正走向更好的发展道路；岳父一家积极朝着好的方向变化，而妹妹却走向下坡路，让唐华十分担忧。有人说：人生必须经历两个日子，一个是认识世界的日子，一个是认识自己的日子；只有经历了这两个日子，人生才会走向成熟。尽管家人百般劝导，但他的傻妹妹就是不相信！

再过半个月船坞里H814船即将出坞，该船两侧的舷墙直线度较差，整体状态犹如一条弯曲的长龙。舷墙位于船舶甲板通道的两侧，是一项重要的面子工程，这怎么行呢？唐华立刻安排负责施工的金阳队火工处理，并亲自现场指导施工，工人不会做的他亲自处理，经过三天的努力终于把全船左右各150米长的舷墙调成笔直一条线。还有该船艏尖舱的内部平台有一些波浪变形，张主管交代："不管你想什么办法，明天一定要报验船东。"唐华二话没说带领两名工人加班，舱内光线很暗，通风条件差，为了争分夺秒抢时间已经顾不上了，直到半夜才把活全部干完。第二天顺利报验完毕，船东和张主管都很满意，确保该船的按期出坞。所有的问题都迎刃而解，唐华的工作表现得到大家一致好评。

这段时间，唐华不仅熟悉了各项工作，还看到船体大面积火工矫正一道道痕迹而导致大量的油漆被破坏让人心疼。这些问题唐华看在眼里忧在心里，他把所有的问题详细记录下来，还进行为期三个月的深入调研，共收集118项问题和改进措施。可以说这是唐华过来后工作的第一个亮点。有了这些细致的调查研究，对唐华今后的工作有十分积极的意义。

一天下班前，叶课长找唐华谈话，叶课长首先肯定了唐华的工作，接着说道："这里有几份关于'PSPC'的资料，好好学习一下。"另外叶课长还递给唐华一张《中国船舶报》。据报道："PSPC"是国际海事组织（IMO）第82届海安会（MSC）在2006年12月8日通过的一项船舶保护涂层性能标准，PSPC英文全称是Performance Standard of Protective Coatings，是所有类型船舶专用海水压载舱和散货船双舷侧处所保护涂层性能标准，所有压载舱的涂层破损率必须控制到2%以内，使船舶涂层达到15年的目标使用寿命。由于海水具有较强的腐蚀性，使船舶的使用寿命受到严重威胁。这是海安会（MSC）规定一项国际性强制性标准，也是影响世界造船具有划时代意义的新标准。该标准强制实施范围为：自2012年7月1日之后交付的船舶必须满足该技术要求。

PSPC标准核心是船舶建造过程加强船体涂层保护，所有压载舱的涂层破损率必须控制到2%以内，要求以"壳、舾、涂"一体化造船模式进一步向船舶涂装专业倾斜。这是在20世纪80年代日本船厂提出精度造船理论基础上，对造船质量要求又一次大提升，将严格考验船厂的造船技术，不仅要求船厂要不断提高船体建造工艺、精度质量，还要严格约束船舶建造过程管理。为此世界所有大中型船厂需要进一步提升造船水平，最大限度降低造船成本和提升国际竞争力。

近年来我国已经形成了三大造船基地，即以大连为中心的北方造船基地、以上海为中心的长三角造船基地和以广州为中心的南方造船基地，船厂规模发展到上千家，从业人员达数百万。新世纪以来，我国造船技术发展迅速，一台台大型龙门吊车助力中国造船正向总装化发展，也使我国实现了世界第一造船大国地位。由于各船厂发展不平衡，PSPC标准的实施对我国大部分骨干船厂影响不大，而中小船厂技术力量相对薄弱，因此对他们的影响相对较大。造船技术复杂、环境复杂，广大造船人正面临一场前所未有的重大考验。

如何确保PSPC标准顺利实施，成为全厂迫在眉睫的重大课题。为了积累相关技术经验，公司生产部制定了一系列严格的工艺技术和管理措施，还准备从非PSPC标准的H815船开始实施预演计划。目前船体大量火调痕迹严重破坏涂层，根本无法达到PSPC标准，因为火调也是破坏涂层的罪魁祸首之一。如何减少船坞阶段的火调面积？这将是唐华未来工作的重中之重。幸好唐华早已开始收集现场存在的问题。为了实现PSPC标准，唐华将全力以赴努力工作，这也是大家期待的目标。

两天后唐华在现场分析问题，手上拿着一个小本子做记录，忽然有一位体型偏胖的领导走过来拍了一下他的肩膀，"唐工，欢迎你！我们现在很缺乏像你这样能干的人才啊！"唐华刚来不久也不认识，从安全帽上看估计应该是领导，"我叫郑金文，是工艺室主任助理。听说你是从江南过来的，大家对你的期望很高，希望你继续努力！"同时郑主任邀请唐华参加质量QC小组，由他负责控制船体分段变形。这将为公司推进PSPC标准奠定良好的基础。唐华愉快地答应了。

唐华整天在船上爬上爬下，引起了不少人的关注，其中有一位陌生的领导似乎已经关注他很久了。领导气质很好，发型很酷，形象好像影视明星。有天下午，领导在船上再次见到了唐华，于是问了唐华几个问题，唐华对答如流。

下班后，室友赵宏刚问唐华："你知道今天谁和你说话吗？"唐华摇摇头。老赵接着说："说出来吓你一跳！是公司领导陈总。陈总来自江南，还是你们的安徽老乡呢。"天啊！唐华简直不敢相信，幸好今天没有说错什么话。有人说：出门在外遇到老乡就是遇到贵人。唐华真没想到在这里会遇到老乡，更没有想到居然遇到江南的造船同仁。

　　星期一上班，唐华刚走出办公室不远，看到陈海洋正与一位老者在谈话。陈海洋愉快地给唐华介绍道："这位是我们厂新来的顾问于宝华，于老是船体火工高级技师，你们认识一下吧！"于宝华——这名字感觉很熟悉？顿时唐华脑海里有了印象，记得以前在浙江的时候上网看过于宝华的资料，于宝华曾经获得"全国技术能手"。唐华赶紧上前一步，微笑地向于老握手致敬，"于老，您好！久闻您的尊姓大名，今天终于有幸见面，真是缘分啊！"两双手紧紧握在一起。于老身材高大魁梧，神采奕奕，让唐华更加印象深刻。这是唐华过来广东工作后遇到的第一位大师级工匠，也是唐华遇到的第二位贵人。

　　随后唐华简单自我介绍一下，并把在网上看到的信息一五一十告诉了于老。于老十分开心，谦虚地说："没想到过去的事情还有那么多人关注。"简短的交谈中，于老还告诉唐华厂里很多火工是他的弟子门徒，包括金阳队的负责人林云飞和王红军。恰巧他俩现在都是唐华管辖下的兵，这又一次拉近了距离。

　　当晚林云飞邀请一起去饭店招待祖师爷。饭店离船厂不远，是一家以广东烧鹅为特色的饭店。林云飞点了烧鹅、海鲜和蔬菜，"祖师爷，您看再点些什么菜？"于老连忙打住，"四菜一汤就足够了。"于老不爱喝酒，唯独喜欢喝苹果醋。林云飞点了两瓶苹果醋。座位在大厅里，可以看看外面的夜景，气氛十分欢快。菜上齐了，大家先满上一杯站起来敬于老，老爷子也愉快地端起酒杯一饮而尽。接着于老和徒孙们聊起以前的工作，还给他们细致地点评一番。他们用广东话交谈，唐华在旁边一句听不懂，不过于老说话很会照顾人，时而用不太标准的普通话与唐华交流。于老勇于攀登造船技术巅峰，是船体火工高级技师，还是全国劳动模范，更是年轻人永远学习的好榜样。于老获得2004年度"全国技术能手"称号，去北京人民大会堂领奖受到了中央领导的亲切接见。但于老把荣誉藏在心底，只字不提。从于老的言谈中，唐华深刻感受到于老谦虚、务实、低调、风趣的为人风格，令唐华更加敬佩不已。第一次与大师近距离接触，他由衷地感到无比幸运。

饭后于老再次紧紧握住唐华的双手，亲切地说："祝贺你来到广东工作！祝愿工作顺利并取得成功！"出门在外遇到贵人，真是人生最大的幸运。能与这样一位大师一起工作，他暗下决心一定要以于老为榜样加倍努力工作。金阳队的年轻人都能吃苦，从他们身上唐华仿佛看到他当年的影子，有大师在这样的团队身边必定能够战胜一切困难，这更加坚定了唐华的信心。

当晚唐华躺在床上辗转反侧，半夜爬起来写了一篇文章《劳模的风采》。

就这样于老成为唐华拜见的第三位造船大师。于老是公司顾问，每周过来工作一天，唐华抓住这有限的时间和恩师交流，并一同前往现场指导工作，稳步推进公司的技术进步。

4月26日是H814号新船出坞的好日子，全厂工人充满自豪与喜悦。新船上半部分是海蓝色，下半部分是鲜红色，宛如穿上漂亮新衣的新娘正装待嫁。H814号船是唐华过来后建造的第一艘新船，其中也有他的一份汗水，满心欢喜地看到自己打造的新船成功出坞。上午十时许，在一阵鞭炮声中新船准时出坞，不久的将来它将载着大家的心愿航行在大洋之中，这是广大造船人期待已久的梦想。

当晚公司生产部决定宴请本部门所有的工程管理人员，以感谢大家连日来的辛劳。聚餐地点在上次聚餐的烧鹅饭店。晚上六点整同事们到齐了，生产部杜经理出席了宴席。唐华也参加了，他紧挨着赵宏刚坐下。酒菜很丰盛，当然少不了特色菜广东烧鹅。老赵对唐华说："广东烧鹅驰名粤港澳，皮脆、肉香、爽口，尝尝吧。"说着老赵立即给唐华夹了一块。这时杜经理发表讲话："今天H814号船成功出坞了，首先代表生产部感谢大家！接下来大家要努力造好H815号船，更要全力以赴造好后续的PSPC首制船，希望大家再接再厉！大家辛苦了，干杯！"全场欢快地举杯一饮而尽。唐华现在酒量明显下降，只喝了一杯雪碧。

随后大家轮番向杜经理敬酒祝贺！

唐华来广东的时候是杜经理亲自面试的，对这位领导的印象深刻，杜经理当时捧着他那本十多万字的工作笔记，赞许地说道："相信你是一位出色的技术人才，如果你有能力，今后可能把整个公司的火工技术都交给你管理……"

过了一会儿，唐华过去向领导敬酒，"杜经理，您好！我是新员工，工作不足请您多指导！"说完唐华把一大杯貌似白酒的雪碧喝干了。杜经理喝了一小杯白酒。这时大家的目光齐聚在唐华的脸上。一位同事竖起大拇指说道："瞧这位老兄海量啊！那么大一杯白酒一口干了，佩服佩服！"不巧被旁边的同事说穿了，"什么啊？没看到是雪碧吗？"顿时场面好不尴尬，唐华真想找个地洞钻进去，赶紧向领导道歉。杜经理委婉地说："今天是新船出坞的好日子，大家能喝多少就喝多少，千万别喝多。"一句话立即扭转了尴尬的气氛，但唐华仍然感到很愧疚，毕竟这样向领导敬酒不太礼貌。有句话叫舍命陪君子。于是唐华又倒了一杯白酒一口喝干，但顿时他两眼直冒金花，最后还是老赵把他扶回了宿舍。这次难忘的聚餐，让唐华吃一堑长一智。

第二天唐华想给恩师洪老打电话，本想告诉恩师来广东的工作情况，忽然发现昨晚酒喝多了，把手机弄丢了，很多好朋友的号码也随之丢了。

很快到了五一，老赵对唐华说："我带你去看杧果吧。"这正迎合唐华的心愿。赵宏刚在这边已经工作六七年了，对江州市大街小巷十分熟悉。一下车看到满大街的杧果树，高高的树枝上挂满杧果，美不胜收。唐华喜滋滋地享受着南方的城市美景，"哇！第一次见到这么多杧果。"杧果肉多汁，味道香甜，是人们最喜爱吃的水果之一。杧果树是一种常年绿色树种，树干挺直，叶子像一小把小扇子，果实呈肾脏形。唐华去过很多城市，道路两边种植满大街杧果树的却十分罕见。除了杧果之外，广东还有荔枝、香蕉、龙眼、火龙果等风味十足的水果。荔枝是大家平常最喜爱的水果之一，苏东坡有"日啖荔枝三百颗，不辞长作岭南人"的著名诗句。广东烧鹅正是用荔枝树的炭火烤出来的美味。另外葵树在大街小巷十分普遍，也是一道独特而优美的风景线，把城市风光点缀得让人赏心悦目。游人们纷纷拿起相机拍下最美的景色。

市区道路的十字路口交通管理很特别，主要路口的斑马线附近有一把四方形大遮阳伞。这些遮阳伞成为城市一道独特而温馨的风景线，这是与其他城市所不同的特色，行人可以在这里稍许休息。路口有语音提示：红灯停、绿灯行，请自觉遵守交通规则，请行人注意安全！唐华驻足观察没看到乱穿马路的行为，也没有看到所谓的"中国式过马路"。一个小小的创意贴近老百姓的生活，也彰显了城市的文明。

一路沿街欣赏着美丽的街景，接着去中山公园。老赵像导游一样给唐华详细介绍。孙中山先生早年曾在广东革命多年，这里留下了先生的革命足迹。唐华和赵宏刚拾级而上参观纪念馆。馆内收藏很多重要的历史文献，纪念碑上有孙中山先生的名言：国家之本，在于人民。他们向孙中山铜像鞠躬致敬！

随后沿着林荫小道，前往山脚下向周恩来总理雕像致敬！雕刻艺术家把总理风尘仆仆而又艰苦朴素的光辉形象刻画得栩栩如生，总理是那么的和蔼可亲，看到雕像让人更加无比思念敬爱的周总理，伟大的周恩来总理永远活在人民心中，永垂不朽！前来游玩的人们纷纷向总理的雕像献花和鞠躬，唐华也向总理的雕像献花并三鞠躬。两位伟大的革命家的雕像坐落在这个美丽的城市，也颇有深刻的爱国主义教育意义。而今全国人民已经胜利地走在改革开放奔小康的道路上，全国人民时刻怀念着敬爱的周总理和孙中山先生。

这是唐华到广东工作后度过的第一个难忘而愉快的五一假期，不仅兴致勃勃地欣赏了五彩缤纷的南方城市风光，还拜谒了革命先烈，让他对未来的工作更加充满力量。

五一过后，连续多日潮湿天气，唐华突然生病了。说来也怪，既没有发热发烧，也没有感到哪里不舒服，就是喉咙沙哑不能发音，连话也说不出来，这让他感到一阵恐慌！老赵焦急地问："你是不是吃了什么？会不会感染了什么病毒？"为了不让家人担心，唐华不敢打电话回家。下班前，唐华对着叶课长的耳朵说请假的事情，叶课长一点也没有听明白，最后唐华把生病的事情写在纸上，领导才批准了请假。

到了医院量体温和抽血化验，还做了胸透，检查结果全部正常，医生也找不到具体的病因，诊断结果是"感冒，需要挂水和吃药"。接连打了三天吊针，还吃了很多感冒药，却丝毫没见好转，嗓子还是不能发声，这让他更加忧虑和焦急。最近几年从未生病，现在究竟怎么了？同事夏国宝告诉唐华，"你的情况和我刚来的时候差不多，天气潮湿，体内湿度大，要吃本地的陈皮，再喝点凉茶就好了。"唐华赶紧再去买陈皮，又喝了两大碗凉茶。

晚上唐华买了一些排骨，把陈皮搁在一起炖汤。陈皮有些苦辛味，这种排骨汤真难喝，但还是强忍着喝下去。据当地人说陈皮是"广东三宝"之一，对呼吸系统具有较高的医药价值，可以起到抗炎和消炎作用，有效治疗咽喉炎和气管炎。第二天早上，唐华张开嘴巴竟然奇妙地好了一大半，看来陈皮的功效真神奇！第三天就彻底好了，唐华喜出望外。

常言道：一方水土养一方人。没想到来广东工作，气候给了唐华一个下马威。长三角地区四季分明，气候宜人；而珠三角大部分地区地区处于亚热带季风气候区，上半年时常受到海洋性季风影响空气湿度大。此后唐华的喉咙发哑又随着季节的变化而多次发作，但只要吃陈皮就很快好了。后来唐华带了一些陈皮回家，唐华爸多年的气管炎也明显好转。

再来说说夏国宝吧。夏国宝来自江苏，高中毕业，20世纪80年代初开始从事造船工作，勤奋学习造船技术，曾在浙江舟山地区船厂当过车间主任，1996年去新加坡担任船东代表，与七八个来自不同国家的船东一起整整工作了八年。回国后公司领导三顾茅庐亲自请过来担任舾装主管。夏国宝是60后造船人的杰出代表，是一位"国宝"级传奇式造船人，从普通的岗位到出色的船东，足以可见他非凡的工作能力。夏国宝不仅造船技术精湛，英语水平也十分了得，让唐华无比敬佩。此后老大哥成为唐华的好同事好老师。

转眼暑假到了，唐华邀请文琴和女儿先到深圳旅游，然后再过来度暑假。

6月29日，唐华早早出发赶往深圳火车站迎接老婆和女儿。出发前唐华上网搜索深圳的旅游景点，最佳旅游景点是世界之窗、欢乐谷和景秀中华等，最著名的是世界之窗。一家人分别半年了，他们将相逢在美丽的深圳，唐华心里充满喜悦和期待。下午四点列车准点到站，一家人紧紧地拥抱在一起。随后夫妻俩牵着女儿的小手温馨地沿着通往香港的口岸大街漫步，一边是高速发展的深圳，一边是回归祖国繁荣的香港，文琴抑制不住激动而兴奋的心情，大声叫道："香港、深圳，我们来啦！"

第二天一早游览世界之窗。世界之窗是以弘扬世界文化精华为主题的大型文化旅游景区，汇集世界五大洲的著名景点，包括世界自然风光、历史遗迹、民俗风情等，生动地再现了一个美妙的世界。世界之窗复制世界130多处著名景观，其中标志性建筑是高度为108米的法国埃菲尔铁塔。世界之窗包涵独具魅力的景点和丰富多彩的娱乐项目，不出国门就可以欣赏到浓郁的异国风情，是人们来深圳的最佳旅游目的地之一。导游详细介绍各地的风景，风趣地说道："您给我一天时间，我给您一个美丽的世界！"

首先参观神奇的"埃菲尔铁塔"。法国巴黎是世界浪漫之都，凯旋门迄今有200多年历史，是法国人民心中爱国主义的感情和民族荣誉的象征；埃菲尔铁塔建于1889年，高达324米，以设计者埃菲尔命名，是法国巴黎的标志性建筑，也是世界著名的钢铁建筑。深圳世界之窗的"埃菲尔铁塔"和"凯旋门"

是世界之窗的核心建筑之一。游人纷纷驻足塔下仔细观赏并合影留念。唐华一家人也拍下了数十张精彩的照片，还欢快地从凯旋门通过，既充满胜利的喜悦，也充满旅行的快乐。

随后参观雄伟的金字塔和狮身人面像。古埃及和中国都是世界文明古国，万里长城和金字塔都是世界著名奇迹，人类迄今为止尚未揭开金字塔的神秘面纱。现今埃及境内保存完好的金字塔有70多座，其中最大的一座是法老胡夫的金字塔，建于公元前2700年左右，塔高146.5米，塔底是一个边长230米的正方形，用230万块巨石砌成，每块巨石重约2.5吨，最大的一块重达160吨，数千年来依然坚不可摧，可见当时的建筑水平何等高超！千百年来金字塔的形象被世人所熟知，让人感到无比惊叹！世界之窗的金字塔虽然是复制品，也让人们增添历史文物的探究兴趣。金雅亢奋地说："妈妈，我长大了要学考古学。"

有道是来深圳，不到世界之窗等于没来。在世界之窗不仅可以饱览世界著名建筑，还可以欣赏世界优秀文化。世界之窗的景点数不胜数，短短一天时间匆匆穿越"五大洲"，一路上目睹了泰姬陵、悉尼歌剧院、美国总统山、英国石阵、比萨斜塔等著名景点，欣赏了委内瑞拉山洪暴发、科罗拉州大瀑布，还观看了两场精彩的3D电影，并从影片中欣赏了美国的自然风光。每到一处景点，唐华用相机把文琴和女儿的微笑拍摄下来。晚餐后还观看了来自阿根廷艺术家带来的烟火表演，法国艺术家表演的《巴黎圣母院》，以及俄罗斯艺术团表演的《保尔·柯察金》，美美地享受到一顿世界经典文化大餐。

第三天前往欢乐谷旅游。欢乐谷是一处综合性娱乐场所，也是国家4A级风景区，融参与性、观赏性、娱乐性、趣味性于一体的现代主题乐园，游戏充满趣味、惊险、刺激。欢乐谷顾名思义充满欢乐，因而欢乐谷成为人们休闲娱乐的好去处。

第一站体验矿山车的速度和趣味。入园后，看到一辆矿山车正高速穿过矿山弯道，速度之快让人目不暇接，十分惊险而又刺激。游客纷纷排队等候体验游戏。矿山车每组八人。排队上车后，唐华和女儿并列而坐，文琴位于身后。第一次体验游戏，金雅满脸笑容似乎胆子很大，唐华和文琴两腿发软。工作人员提醒："大家系好安全带，再做深呼吸，30秒倒计时，预备！出发！"车辆随即如同火箭般飞快驶出，瞬间加速冲往高处的矿山，眼前的道路十分惊险。刹那间唐华的心跳急速加快，文琴和女儿吓得大喊大叫，唐华一边紧紧抱住女儿，一边急忙对文琴和女儿叫道："赶紧闭上眼睛！"此时同组的游客几乎同时发出撕心裂肺的尖叫声。一分钟后，车轮驶完全程缓缓停稳。回想刚刚过去的每一秒仍然心有余悸。下车后，金雅吓得仍然不敢睁开眼睛，唐华和文琴的五脏六腑都快爆炸了。游戏特别刺激，瞬间让人把所有的烦恼都抛到九霄云外。

第二站体验海水冲浪，感受海浪的激情。这里有一片人造上千平方米的海水，浪潮时而缓缓，时而汹涌，如在海边一般。岸边有浅浅的沙滩，光着脚丫踩在上面十分舒适。正值炎热的夏天，水上项目成为人们的好去处，很多游客在海水中享受一丝清凉。唐华和女儿穿上泳衣准备下水游泳，其实他俩都是旱鸭子。文琴在岸边担任摄影工作。看到成群结队的游客在享受海水的乐趣，他们顺着浅浅的海水逐渐向深处游去。忽然一阵海浪把金雅推向深处，金雅疾呼："爸爸快救我……"唐华急忙过去营救。实际上海水不太深，不会有很大的危险性。孩子就是孩子，似乎体味到更多的乐趣，还有意在海浪中享受着浪潮的快乐，文琴拿起相机捕捉到很多美妙的镜头。

欢乐谷有多达上百种娱乐项目，游戏惊险而又刺激，充满欢乐、时尚、青春、动感、神秘、梦幻般的乐趣，成为人们来深圳旅游、休闲、娱乐的好去处。生活就是体验，体验就是生活。由于时间关系，没能一一体验，但已收获满满的快乐。

第四天来到华侨城的景秀中华民俗村参观。深圳是一座新兴城市，她没有丰厚的历史底蕴，但可以创造文化，世界之窗汇集世界经典建筑和优秀文化，而景秀中华则汇集华夏五千年文化，以独特的丰姿呈现中华万里江山。因而景秀中华也成为深圳的最佳旅游景点之一。

门口的树枝上挂满五颜六色的遮阳伞，一把把串联的花伞微风中轻轻摇曳，高高低低错落有致，把园区点缀得五彩缤纷。由于园区很大，他们乘坐游览车观光，沿途看到天安门、故宫、长城、泰山等著名景点，每处景点可以下车游览十五分钟。漫步在美丽的景区，感受中华文化的博大精深。北京故宫建于明朝永乐年间，至今有五百多年历史，是我国古代建筑精华；锦绣中华的故宫是用真材实料按1∶15的比例复制，让他们领略到故宫的神秘。万里长城历史悠久，是世界上最伟大的奇迹之一，引人注目，游客无不感叹雄伟壮观。秦始皇兵马俑被誉为"世界第八大奇迹"，敦煌莫高窟也是我国重要的文化瑰宝，还有美丽的布达拉宫是藏文化的经典代表。祖先们为后人留下很多宝贵的财富，让中华民族成为世界骄傲和尊敬的民族。金碧辉煌的九龙壁也吸引了很多中外游客参观。中国是龙的故乡，中国人是龙的传人，传承和弘扬中华文化是中华儿女的使命担当。中国巨龙，腾飞吧！

景秀中华民俗村的古建筑群、山水名胜和民居民俗浓缩了中华五千年文化，与世界之窗相呼应，成为深圳改革开放的窗口，向世人充分展示中国魅力。我国拥有五十六个民族，每种民族文化都十分浓厚。园内各民族村落紧紧相连，象征着五十六个民族大团结。随后他们还参观了苗族、壮族、维吾尔族等少数民族的特色民居，欣赏不同风格的建筑，了解少数民族丰富多彩的生活习惯，其中苗族人爱住木质房屋，令人印象深刻。走进蒙古包看蒙古式摔跤，听马头琴弹奏也是一种享受。金雅还在骑手的帮助下学习骑马，骏马奔驰在一片大草坪上，可把孩子高兴坏了。

回来之后，唐华愉快地领着文琴和女儿去看杧果。七月份是杧果成熟的季节，树上挂满了沉甸甸的果实。第一次惊喜地看到如此多金黄的杧果，文琴喜不自禁，"来到水果的盛产地，不仅大饱口福，还大饱眼福了！……"

第二十七章

还有一个星期即将开学，文琴和女儿就要回安徽老家了。回去之前，文琴接到家乡小学张校长的电话邀请她到学校当代课老师，文琴愉快地答应了。这个假期唐华一家人过得十分快乐，最开心的是欣赏了南方都市美景，让他们的人生充满收获。古人云：月有阴晴圆缺，人有悲欢离合，此事古难全。远隔千山万水，相见亦难别亦难，与亲人分别的心情格外难舍，唐华一直把她们送出180公里，直到广州火车站，看到妻儿渐渐远去的背影，唐华的心里很不是滋味……

这学期金雅读四年级，再次当上班长，并把班级管理得很好。开学第一天，金雅和同学们愉快的分享暑假见闻，金雅在黑板上画一颗大大的榕树，给大家讲解小鸟天堂的神秘故事，和同学们一起分享梁启超爷爷的故事，另外还把广东的杧果、荔枝和龙眼等水果介绍给大家，让老师和同学们十分羡慕，因为他们都没有来过广东。快乐要与人一起分享，孩子们在快乐中共同进步。

时隔多年文琴再次走上讲台，在中心小学担任一年级语文老师兼班主任。文琴之前当了很多年教师工作，有着丰富的教学经验，她热爱教师职业，甘愿像蜡烛一样燃烧自己照亮别人。妈妈到了女儿的学校当老师，女儿也倍感自豪，她们每天一起进出校园。

一年级是从幼儿园到小学阶段的过渡期，是孩子们学习成长真正意义上的起步阶段，也是最难教育的阶段之一。小学与幼儿园阶段学习完全不同，现在孩子们要跟着老师一起迈入知识的海洋，不仅要学习语文和数学等基础文化课，还要"德、智、体、美、劳"全面发展，全面打好小学阶段的学习基础。一年级的小学生难教育，许多客观问题很棘手，如有些孩子自理能力不够，个别孩子上课的时候尿裤子；其次孩子的思维能力处在萌芽阶段，有的孩子不能专心听课；再就是写字，大多数孩子抓笔写字不熟练，作业不能按时完成。另外农村很多家长外出打工，绝大多数孩子由爷爷奶奶看管，大多数老人又不识字；特别是很多孩子家离学校较远，还要为他们的安全着想。因此担任这些孩子的老师也很辛苦。

文琴在困难面前绝不低头，专心致志工作，她关心每个孩子的健康快乐成长，就像关爱自己的孩子一样。文琴除了教孩子们语文课，还教体育课、活动课，手把手教孩子们写字，给孩子们讲故事，跟他们一起做游戏，很快就和这些孩子相处融洽，孩子们亲切称文琴"老师妈妈"。文琴倍感荣幸，把这些孩子教育得活泼可爱。

一天下课后，张校长手里拿着一张汇款单走进文琴的办公室，"你们知不知道这是谁寄过来的汇款单啊？"老师们相互看看，汇款金额20000元，收款人"十字铺镇希望小学"，落款"一位老人"，再从邮戳上分辨是来自上海。几位老师围在一起议论纷纷：到底是哪位好心人呢？答案他们不得而知。

8月底公司在三楼会议室召开H816船总结大会，会议由新来的工艺室黄志高顾问主持。

黄志高是上海人，18岁进入上海沪东船厂工作，1975年被派到武汉工作，直到退休后才返回上海。黄志高为中国造船事业做出重要贡献，曾造过数百艘船舶，是某型潜艇的权威专家，是船舶总公司1991年评定的第一批船体装配高级技师，还担任过湖北省职业技术考评委员会委员。另外他还曾担任过生产部长，说话很有水平，管理很有方法，是不可多得的顶尖造船人才，也是中国船舶工业的荣耀。正是有了像黄志高这样优秀的专家，才有力地把中国造船事业稳步推向前进。

退休以后，黄志高去江南担任某型舰船技术顾问。在江南船厂工作期间，他与江南的装配高级技师罗国杰一起指导工作，还与唐华恩师孙师傅成为同事。他精湛的造船技术得到江南同行的高度评价。罗国杰技师曾出版过著作，但是罗技师还谦虚地拜黄志高技师为师。真可谓华山论剑，高手之间相互学习而取长补短，体现了大师们高风亮节的人格魅力。一个多月前，黄志高来到公司担任技术顾问，全面负责船体工艺和精度技术。公司领导陈总对黄顾问的到来表示热烈欢迎，"千里遇知音！"

会议室座无虚席，来自生产课室和工艺室的负责人出席会议，叶课长和赵宏刚也参加了会议，陈总旁听了会议。黄顾问首先发言，"船台搭载的'六步序'，以中心线、基线和肋位定位，再采用全站仪测量控制船体精度，应该说H815、H816两艘船已经取得了明显进步，但还存在一些问题需要不断改进和提高，我们要造出PSPC船一定要突破船体精度的瓶颈……"接着黄顾问还举例说明量变引起质变的辩证道理。大家一边仔细听讲，一边认真做笔记。陈总发言时强调："黄顾问几句话点到了要害，大家要认真学习贯彻。"

随后黄顾问每周组织一次精度分析会，讲解船体工艺技术流程，讲解精度测量和模拟分析注意事项，讲解船体变形控制的重要性等知识，"船体精度管控是一项复杂的技术，也是能否实现PSPC标准的关键技术；船体精度源于过程控制，精度管理要从源头加以控制；造船是一项系统性工程，一定要从根本上下功夫解决问题，而不是像赤脚医生那样'头痛医头、脚痛医脚'……"黄顾问满腹经纶，用通俗易懂的语言把现代造船理论讲得很透彻，让大家耳目一新，如同一场甘霖洒在这片饥渴的土地上。新成立不久的船厂基础薄弱，问题多多，千头万绪，如何理顺精度管理？究竟能不能提升精度质量？有人私下表示怀疑。俗话说：欲速则不达。

造船工作复杂，黄顾问过来后也遇到了一些所谓的棘手问题。一天下午，一位主管急匆匆跑过来向黄顾问反馈一个难题，黄顾问听取汇报后略知问题复杂，接连抽了三支香烟，一边大口大口地抽烟，一边不停地思考问题。黄顾问是专家，脑海里藏有各种疑难问题的对策。抽完香烟后，黄顾问戴上安全帽，挺起将军肚说："有了，我们去现场。"到了现场，黄顾问打开图纸，一眼就看出问题所在，原来是施工的工人看错了图纸，把结构线安装错了。船体结构复杂，图纸上布满了密密麻麻的线条，有时难免出现一些细小的问题。黄顾问三加五除二就把问题处理好了，主管十分激动。有大师指导工作，现场问题迅速得到解决，口碑瞬间传开。

为了尽快理顺工作，接下来黄顾问开始着手培养青年人才，每天中午把排队吃饭的时间利用起来召开"午间碰头会"讨论工作问题，还通过日常工艺巡查和工人技能培训等多种形式，循序渐进引导大家快速进步，产品质量稳步提升。

一个星期后，唐华第一次目睹了大师的风采。黄顾问中等身高，体型发福，腰板硬朗，气度非凡，说话很有气魄。黄顾问紧紧握住唐华的手说："火工也是一项重要的造船技术，船体变形一定要加强控制。"黄顾问得知唐华是他在江南同办公室孙师傅的爱徒，老爷子十分高兴，十分亲切，如同老父亲一般关爱唐华的成长。黄顾问是唐华过来后遇到的第二位大师级工匠，唐华有幸跟着大师学造船。唐华深信有了专家把脉，公司的精度管理将稳步提升，今后船体分段的开刀工作必将大幅度减少，从而船体的变形也将随之减少，这对PSPC标准实施十分重要。经过顾问指导后，增进大家对船体变形和火调重要性认识，有力地推动船体精度和火调管理，给予唐华的工作很大支持和帮助。

人在他乡，岁月匆匆。时间再大，也要回家。

终于到了国庆节，在广东工作了194天后唐华第一次踏上回家的路。到家后，唐华首先给文琴和女儿一个大大的拥抱。几个月不见惊喜地发现女儿又长高了。金雅兴奋地拿出几张奖状，"爸爸，我今年得了四张奖状。"随后女儿说道："爸爸，你今晚必须陪我睡觉，你上次亲口答应的，君子一言驷马难追！"晚上一家人嘘寒问暖，直到半夜唐华才把女儿哄睡着，又跑过去陪老婆过二人世界。第二天早上女儿发现爸爸不在她的床上，还罚唐华今晚再陪她一晚上。瞧，这孩子多调皮啊！不经意中唐华发现女儿床边还有她喜欢的洋娃娃，可以想象这个玩具已经陪伴女儿度过了多少个不眠之夜！

"哎呀，儿子终于回来了，快让妈好好看看……"母亲见到儿子回家了心里又喜又忧。让唐华妈高兴的是儿子终于走上了好岗位，而失望的是妹妹至今还没有回家。尽管全家人做尽了思想工作，可傻妹子仍然执迷不悟，怎么就那么相信传销呢？传销究竟还要伤害多少家庭？唐华妈的身体也为此每况愈下。

有道是男人要入得厅堂，也要下得厨房。想想不在家的日子，家里的一切都是老婆操劳的。爱老婆何不从小事做起呢？文琴与唐华一直同甘共苦。回家之后，为了让文琴多休息，唐华几乎包办了家里所有的家务，从买菜做饭到洗衣刷碗全部揽下。饭菜做好了，女儿点评道："嗯，爸爸做的菜真好吃！有进步！"难得为孩子做顿饭菜，看到女儿狼吞虎咽的样子，唐华高兴极了。这几天唐华把楼上楼下打扫得干干净净。过往的邻居看了十分惊讶，"真是好男人！真是好老公！"

第三天文义一家也从上海回来了，假期里难得相聚，随后他们两家人一起去参观皖南事变纪念馆，还去了黄山脚下的太平湖旅游。途中文义鼓励唐华继续努力工作，争取创造更大的业绩。国庆期间阿雯所在饭店生意很忙，她是大堂经理，没有时间休息。文红在上海陪老婆，他们都没有回家过节。

返程之前，文琴告诉唐华买房的打算。今年唐华的收入提高了，文琴精打细算过日子，已经存了好几万块钱，"老公，为了女儿今后的学习，我们买一套学区房吧。"唐华很支持文琴的想法。结果文琴没有排到号，只有等到明年再开盘了。过了一会，文琴告诉唐华她当老师的酸甜苦辣，"现在独生子女多，尤其是农村留守儿童多，孩子真难教育，当老师很不容易……"唐华感到一阵心酸。

时间像插了翅膀一样飞快，假期很快就结束了，又到了离家的时间，分别的泪水像泉水一样一股脑儿地流了出来，唐华忍痛再次踏上南下的列车。

回来后唐华又接到了妹妹打来的电话："多好的一条致富之路，你们不过来赚钱会后悔的！"唐华再三劝解妹妹早日回家，可愚昧的妹妹偏偏听不进去，侥幸地徘徊在死胡同里，不撞南墙不死心……

国庆节后船坞里开始搭载 H817 号船了，该船是公司第一艘满足 PSPC 标准船。不久该船发生了一个罕见的技术问题：艉部分段焊接完毕后，该船的艉轴孔中心向右偏了 8 毫米。而标准公差 2 毫米。经过调查分析，主要原因是分段左右两侧没有对称焊接，焊接残余应力导致轴孔变形。焊接变形是造船的瓶颈，只要稍稍没有控制好，都将有不同程度的变形。现在分段已经焊接成型，如此关键问题怎么解决？

下午叶课长急忙找到唐华，"能不能采用火调处理好？"唐华想起恩师洪老当年的经验，相信一定能够把问题解决。当晚唐华安排金阳队黑蛋和阿庆加班，把处理方法向他们交代清楚，现场划出加热线，并全程跟踪施工。最终经过反复测量仅仅偏差1毫米，完全符合精度要求。主管出乎意料，"三道火就把问题处理好了，唐工真是专家！"叶课长十分满意。这是唐华创造的新亮点。其实这个问题唐华应该说比师傅做得更好，正所谓青出于蓝而胜于蓝。

第二天于老过来指导工作，唐华向于老汇报了有关工作。老爷子先夸奖一番，接着给唐华讲了他曾经处理的一项技术难题。多年前某船的主机已经定位，镗孔后发现其中一个螺丝孔向左偏差16丝，不能满足标准公差5丝的要求，导致螺丝没法插入螺纹孔，主要原因是镗孔过程附近的钢材受热产生了极其微弱的变形。16丝是什么概念？还不到1毫米，宛如一根细头发！工程负责人心急如焚，却一点办法没有。后来有人想到火调的办法，但是大家又开始担心如果调多了又该怎么办？紧急关头于老亲自动手采用热胀冷缩原理处理，一道火下去后经过测量刚好调过来13.5丝，将误差缩小到了2.5丝——这是一位高级技师的顶尖绝活，也是世界造船工业的罕见奇迹。在场所有的工程人员无不竖起大拇指点赞！

于老把船体火工技术掌握到如此炉火纯青的境界，真是当之无愧的大国工匠！难怪荣登"全国技术能手"称号！真是天外有天山外有人。令唐华敬佩得五体投地。随后唐华再次虚心地拜师学艺，荣幸地成为大师的关门弟子。

同期建造的H818号船艉封板平整度超差。艉封板位于船艉的外板，是船体的主要外观之一，船东十分关注平整度效果。接到了主管的反馈，唐华立即通知精度主管测量相关数据。数据显示主要问题是结构凹凸不平，但变形量又不是很大，如果采开刀的办法处理，那将导致平整效果更加糟糕。拿到数据后，唐华在现场拉起一条10米长的钢丝，再次仔细测量和分析，决定采用一种最简单的火调方法处理。当晚与金阳队火工黑蛋和阿庆一起加班到半夜把问题成功解决，确保该船艉封板的平整度和美观性。

第二天船东杨工过来报验，杨工对平整度十分满意，却又百思不得其解，"没有看到开刀处理，你们可真有办法，从来没有见到这么高明的技术，真是'火工王'！"唐华笑着告诉船东："这项技术是我在江南学习的。"船东当即竖起大拇指点赞！最终顺利通过船东验收。课长和主管特别高兴。其实唐华是采用自己独创的一种绝活处理好的。造船技术既要继承传统工艺，又要勇于大胆创新。于宝华和黄志伟两位专家评价："这种问题在其他船厂必定要选择开刀方法处理。"随后唐华"火工王"的雅号全厂传播开了。

为了推进PSPC标准，唐华参加质量QC小组负责全船100多个分段变形控制，从细节入手绝不放过每一个细节，力求公平公正，如同包公断案。但工作总归有点困难，工人过去一些不好的工作习惯已成自然，况且很多变形从源头上没有很好地加以控制，这是PSPC标准要求所绝不允许的。唐华努力做工人的思想工作，积极宣传PSPC标准的重要性，给他们讲解船体火工技术原理，指导处理方法和技巧，遇到疑难问题还亲自处理。野火烧不尽，春风吹又生。时间久了，以往的坏习惯又死灰般复燃。

前不久某分段检查时，唐华告诉项目组高主管：分段局部火调不到位，不能满足PSPC标准。高主管焦急地说："明天要进涂装了。"随后高主管把唐华和工人一起叫到现场，但工人就是不愿意处理。接着高主管把几位课长叫过来了。课长们都站在自己的立场争持不下。最后几位课长还把公司领导陈总请到现场。陈总铁着脸色说道："这点问题处理不好吗？你们就打算这样推进PSPC吗？"领导一句话让大家感到十分汗颜，几位课长不再争议，赶紧安排工人重新处理，唐华也帮忙一起处理，最终确保了分段的质量。

第二天于老过来指导工作，于老得知发生一些不愉快的事情，立即打电话给金阳队负责人林云飞和带班王红军，通知两位到现场开会，并把该队所有的工人也叫到现场。于老说道："把工作做好其实不难，只不过多流点汗水。依我的了解，小唐的技术很好。现在造PSPC船，大家一定要听从唐工的指导！"祖师爷一句话把林云飞和王红军说得哑口无言，现场工人满脸羞涩。林云飞当场表态："今后大家一定要支持祖师爷和唐工的工作，要尊重唐工就像尊重祖师爷一样……"一些话只有他们自己说出来才有意义。于老接着补充道："简单的工作，一定要持之以恒。"于老是大家共同尊敬的祖师爷，两句话理顺了大家的工作，为唐华今后的工作奠定良好的基础。

管理是一门科学，管理也是一门艺术。管人理事很不简单，改变一个人的习惯很难，改变一群人的习惯更难，但办法总比困难多，人与人之间需要架起一座沟通和友谊的桥梁，只要大家团结一心就没有什么克服不了的困难。情商是开启工作的一把万能钥匙，也是如何与他人沟通的金钥匙。只为成功找出路，不为失败找借口。随后唐华思考了很多问题，如何快速提高工人的技能，如何强化工人的责任心，这将是唐华今后的重点工作之一。找到了工作方法，从此唐华更加坚定信心。

在黄顾问专家指导下，各部门齐心协力，共同加强过程控制，层层落实，层层把关，H817号船船体精度显著提升，船体线性明显提高，所有压载舱破损率均满足PSPC标准。另外火调面积大幅下降。这得益于唐华参与了质量QC小组工作，一步步将问题在涂装前消除。最终该船7个压载舱总面积37000平方米，火调破损面积仅10平方米，平均每个舱不到1.5平方米，创国内同类产品较好成绩，获得船东代表的高度赞扬！10月28日H817船顺利出坞。该船是公司建造的第一艘满足PSPC标准的新船，被一家国际知名航运公司授予"全球造船奖"。

与此同时，各大新闻媒体捷报频传，纷纷报道国内很多船厂也相继造出满足PSPC标准的船舶。中国造船人克服了重重困难，极大地促进了中国造船迈上新台阶，这不仅提高了中国制造的内涵，也赢得了广阔的市场，捍卫了我国世界第一造船大国的地位。

工作顺利完成了，唐华的生活方面却引来插曲。

星期五傍晚，唐华的宿舍突然来了一位漂亮女孩阿朵。阿朵青春靓丽，不胖不瘦，超短而紧身的衣服把身材凸显得十分美妙，还有一双迷人勾魂的眼睛简直不敢让人对视。晚上十点多室友赵宏刚还没有回来，房间就剩下他们两个孤男寡女。唐华打了几次老赵的电话没有打通。这是什么情况？会不会是这家伙使的什么招数？还是传说中的"桃花运"？阿朵甜美地说："我是宏刚的'表妹'，他去打麻将还不回来，连个说话的人也没有，大哥可以陪我说说话吗？……"再后面说的话吞吞吐吐，唐华一句也没听清楚。阿朵一会站起来似乎有意展示妖娆的身材，一会又柔美地坐下，嘴唇十分娇媚，微笑十分甜美，空气弥漫着一股香味，还有那对乳峰极其诱人，正常男人大概都禁不住的。夜深了，唐华的眼睛都睁不开了。这样又怎么睡觉呢？

俗话说：窈窕淑女，君子好逑。英雄难过美人关。唐华虽不是英雄，可凡人也有七情六欲啊！下面的"小兄弟"有了反应。唐华感到一阵脸红低着头。就在这时，阿朵恰好窥视到这一幕，她上前一把拉住唐华的手，唐华更加紧张得不知如何是好，但还是果断推开了。不到一分钟，阿朵再次闪电般拉住唐华的手，并且把丰满的胸口尽量贴近唐华的身体，一股强大的电流正瞬间通过唐华的体内……

面前有一位年轻漂亮的美女，唐华的思想展开了一场激烈的斗争。杂念如同魔鬼，也是一块绊脚石，一念之差跨过去就是成功，跨不过去将会被重重地摔倒。人在寂寞的时候，感情最薄弱；心在孤单的时刻，最容易迷失自我。面对花花世界，一定要守住做人的底线，守住底线、守住道德就是守住幸福！男子汉大丈夫，岂能成为一块大豆腐？岂能成为花心大萝卜？爱情的初心岂能说变就变？宿舍里面没有其他人，其实干坏事和干好事都有可能，反正老婆不在身边，怎么着老婆也不知道，可是良心知道啊！另外窗外还有很多眼睛盯着呢，那些人倒是希望看到不一样的结果，或许明天就成了"头条新闻"。文琴坚信唐华绝不会同流合污。唐华也从未忘记他的初心，还记得文琴送他的那条毛巾，那是亲爱的老婆用心良苦，"绝不能做傻事！"

一种相思，两处闲愁。一个人常年在外地工作，也有不一样的烦恼。如何正确地解决这样的烦恼？那就是要耐得住寂寞，与家人常联系或常回家看看，而不要有非分之想。做真男人，做好女人，打开窗户说亮话，家庭将更幸福，社会将更加和谐美好。想想文琴在家独守空房，何尝又不是在忍受寂寞的滋味呢？寂寞深闺，柔肠一寸愁千缕。作为老师，教书育人必先提升自己。文琴总是把闲暇时间用来学习，让她成为人人尊敬的好老师。

思想斗争在一分钟之内就结束了，唐华再次推开了女孩。阿朵坐回窗前的凳子上低头玩手机，看样子没有要走的意思，这可如何是好？孤男寡女同居一室，即便有理也说不清啊！唐华立刻叫老赵的老乡赶紧把女孩送回去了。关上门，当晚唐华踏实地入睡了。第二天早上，打开窗户发现天空无比开阔，蓝天上缥缈的云朵十分潇洒。

之后，唐华买了一台电脑，经常通过QQ与家人视频聊天。尽管相隔千里，但是网络可以面对面地交流拉近心与心的距离。随着时代的发展，网络科技进一步构筑他们的爱情、亲情和家庭的温馨，让他们的生活依然充满了快乐。唐华也全身心地投入到工作之中。

半个月后，唐华调到生产部工艺室担任工艺师，负责管理全厂船体火工工艺技术。知识改变命运，梦想成就未来。正是因为多年来他不断地学习，在船厂奋斗了18年后再次实现了人生的转型升级。这年唐华35岁，正值风华正茂。他的恩师洪老当年担任工艺师已经50多岁了。还有船厂像他这样能够担任工艺师的一线工人并不多见，尤其是火工。为了考评唐华的工作能力，工艺室郑主任对唐华的识图和画图能力专门考察了一番。唐华读高中的时候学习过机械制图，他在白纸上随手画了一张图纸，郑主任点评道："唐工的画图水平整个工艺室无人能及。"随后唐华从二楼调到六楼的办公室工作。根据公司的宿舍管理规定，宿舍调整为单人间。唐华搬到楼下住了，但他和老赵的友谊并没有因为分开而受到影响。

新办公室的三位同事都是年轻的大学生，赵海滨负责焊接专业，另外两人负责舾装专业，唐华负责船体变形控制与矫正专业。唐华目前最紧要的工作是编制工艺、组织工人培训和理顺现场生产流程。除了在办公室做文字工作外，唐华和赵海滨每天到现场巡查指导生产，为后续船的建造打下良好的基础。

星期三下班后，唐华早早地来到公司三楼的培训室，打开电脑，调试好投影仪，组织工人培训。早在十几年前，唐华就梦想有朝一日能够像洪老那样给一群人讲课，或者像孙少平那样当老师，今天他终于实现了由来已久的夙愿。几分钟后，数十名工人和管理人员陆续走进培训室，一双双眼睛紧盯着唐华。第一次走上讲台当老师，唐华的心情很不错，"各位，晚上好！今天由我给大家讲解船体火工原理，首先学习热胀冷缩原理……"很多工人是第一次学习造船理论知识，唐华尽量把复杂的知识讲得简单明了，并通过图片实例讲解加深理解。学员们竖起耳朵认真听讲。下课时培训室响起热烈的掌声。

随后这样的培训每周举行一次，有效提高了工人的技能。

然而大有不测风云。元旦之后，唐华突然接到通知被调回原单位工作，唐华被弄得一头雾水。唐华在工艺室工作还不到两个月，刚刚取得一点点成绩，这点大家都有目共睹。有几位主管急得直跺脚，"这 PSPC 船才刚开始造，就这样干？简直是瞎搞！……"最发愁的是他的老领导叶课长，叶课长接连给唐华打了两个电话，"你是内行，他们一定会后悔的。"就个人而言，唐华也希望在工艺岗位上为公司发挥更大的作用，没想遇到了这样的插曲。当天下班后，有人居然起哄道："你是坐直升机上去的，现在跳降落伞下来啦……"这段时间，唐华的心情尤为糟糕，但还是尽最大努力把工作做好。每个人都有自己的精彩人生，在低谷时别忘了给自己来点掌声。为了调整好心态，他常常徘徊在十字路口，告诉自己：是金子总会发光的。

唐华回到原单位工作引起了一些人的关注，陈总急忙找到郑主任大发雷霆，"这是怎么回事？不管什么理由，立即将唐华再调回到工艺室工作，只要有合适的平台，他们同样可以创造很大的价值……"此事足以说明陈总对船体火工的高度重视。就这样，唐华又幸运地回到工艺室工作。谁说农民工没有才华？唐华不是一般的农民工，过去的工作业绩只不过是刚刚起步，未来他的造船技术像火山喷发一般爆发，也将为公司的发展书写新的辉煌。

很快就要过年了，今年的生产任务全部顺利完成了，大家都着手准备回家过年，现在最要紧的是买火车票。同事夏国宝告诉唐华："年底买火车票最麻烦，抓紧时间提前购票。"唐华一连打了几次电话，"您所拨打的电话正忙，请稍后再拨。"这两天唐华多次拨打电话，还是没有订到火车票，让他感到十分焦急，直到拨打第N次电话的时候，才幸运地订到一张回家的火车票。黄顾问也要回上海过春节，老爷子一个月前就订好了飞机票，两个小时可以到上海，让唐华特别羡慕，因为他现在连一次飞机都没有坐过。

春节放假前的第二天是个特别的好日子。一大早大家高高兴兴地来上班，把厂区卫生打扫得干干净净，办公室也收拾得整整齐齐，再挂上一对对红灯笼，贴上一对对新对联。中午下班前公司公布今年的年终奖发放方案：在全体员工的辛勤努力下，公司顺利圆满完成各项任务，为此对全体员工特别嘉奖！人们一年忙到头就图这点收获。顿时整个办公楼发出一阵阵如雷贯耳的笑声，"发年终奖咯！发年终奖咯！……"自2008年世界金融危机以来，我国南方造船形势一片大好，公司效益并没有受到太大影响，还发放十分丰厚的奖金，让全体员工倍感幸福，一张张脸上笑得如同绽放的花朵，走路也不知道该迈哪只脚，比邯郸学步可优美多了。下班的时候，公司门口很多职工开着一辆辆私家车排队等候出门。傍晚银行门口也排起了长龙。

快快乐乐回家过年。祝愿公司来年好运！

第二十八章

2011年冬天，一场瑞雪再次普降大江南北，皑皑白雪，火树银花，腊梅在寒风中一枝独秀。今年江南似乎有早春的迹象，瑞雪早已开始融化，大地展开了博大的胸怀，万物揉揉蒙眬的睡眼，沉睡一冬的鸟儿抖擞精神唱起嘹亮的歌声向世界报告：春天来了！

春天再次来了，也带来了新的希望。

今年是农历龙年，开放的中国迈向了新征程，昂首阔步走向新时代！至此我国改革开放已经走过了34个不平凡的春秋。多年来，一代代中国人民聚精会神搞建设、一心一意谋发展，解放思想、实事求是、凝聚力量、攻坚克难，坚定不移沿着中国特色社会主义道路前进，坚持以经济建设为中心，取得一系列新的历史性成就，经济持续平稳较快发展，综合国力大幅提升，人民生活水平显著提高。为全面建成小康社会，亿万龙的传人将继续努力奋斗！

下了车，唐华背着满满的行囊走向兴旺村村委会，远远地看到一面五星红旗在村委会门前迎风招展，整个村庄的外墙已经涂上雪白的涂料，一排排楼房焕然一新，加上屋顶上白雪的衬托，村庄显得十分美丽；一条条道路重新铺设了沥青，不仅干净整洁，还有好听的路名；还有一排排规划建设中的新式拆迁房即将竣工；岁末年关，大米加工厂的机械仍然没有停止转动。后来得知，方金水书记上任后，自掏腰包购买了涂料，让村民们把房子装扮一新。没想到过去的一年家乡发展如此之快，唐华忽然为眼前的变化感到十分震惊！

即将过去的一年，幸福村的发展明显慢于兴旺村。三福木材加工厂开办起来了，厂长沈三福上半年经营得还不错，积极带动家乡经济发展，但这家伙是个十恶不赦的赌棍，下半年开始沉迷于赌博，不仅输光了家业，还把木材厂的机械都输光了，更可气的是这王八蛋竟然把他老婆也当作赌资抵给了债主，比作家笔下的"福贵"输得更彻底！老村长——唐华岳父为此气得吐血。这些日子，幸福村也开始了新农村建设，把一些偏远的小山村拆迁了，但老村长看到兴旺村的发展心急如焚。每个村的资源不同，只能走适合自己的发展道路。村里的土地荒废严重，老村长号召大家一共种了一百多亩油菜。

春节前唐华妹妹明珠回到家里，终于逃离了传销的魔掌，但为此付出惨重的代价，加上妹夫姚满山炒股亏损，他们把前些年赚来的二十多万元全部搭进去了，有人说：他们一觉睡到了解放前。但无论如何生活还要继续。可喜的是年前姚满山在上海承包了一家家具厂。去年镇上的砖窑厂污染严重被强制关闭。唐文似乎看到商机，打算开办一家水泥砖厂。相比之下，传统的砖瓦制作需要大量的泥土，破坏了自然资源，而水泥制砖对环境没有污染，制作仅需要水泥和沙子，这种砖制作简单实用，农村市场需求量很大。儿女有梦想当然是好事，唐华爸妈既高兴又忧虑，但是他们最怕儿媳妇邹爱荣回到他们的身边。

今年春节全家最高兴的是文义创业办公司了。两个月前，文义和张博士在苏州工业园创办一家太阳能光伏公司，开发他们自己的专利产品。太阳能是一种重要的新型能源。他们的产品能更高效地利用太阳能发电，较以往工艺制作的产品性能延长至30年以上，具有广阔的市场前景。文义正在事业走向高峰的时候做出这样的决定，其实他也牺牲了很多，他原本是上海人才数据库高级人才，按政策还有一个月他将享有上海户口了。家里为此开了三次家庭会议坚决反对，淑玉很满足现有的生活，"你现在的收入也不错，干嘛还要那么拼？一家人在上海多好？"她气得有些日子没怎么和文义说话。丈母娘年岁大了，孩子在上小学，这个家实在离不开他……张博士三顾茅庐，邀请文义担任公司总经理。文义是一个充满阳光和敢于挑战的人，为了更大的梦想放弃了上海的高薪工作，带领团队从零开始创业，也在整个行业掀起一阵阵波澜。

还有一件喜事，文琴的堂弟文军传承爷爷的志愿光荣入伍，成为一名火箭军战士。文琴的爷爷生前是中国人民解放军优秀战士，身经百战，还参加过"抗美援朝"战争。革命的血液代代相传，为国奉献的精神代代相传。有国才有家，人人都有浓厚的家国情怀。唐华的梦想是走自己的造船之路，他渴望为国家造船事业奉献更大的力量。

在这个充满机遇与挑战的时代，有梦想谁都了不起！让我们祝福那些敢于为梦想而拼搏的人，祝福他们取得成功！

春节后，唐华再次踏上南下的列车回到工作岗位。

新年第一天上班喜迎开门红，各部门组织放鞭炮喜迎新春佳节，一台台大吊车前燃起吉祥的爆竹，车间门口到处硝烟弥漫，阵阵呐响，办公室里下起一阵"红包雨"。广东人发红包很有意思，习俗是上级给下属发红包，红包的金额一般是十块钱，而且是崭新的人民币。大家互相拜年问候"新年好！新年好！"一个上午唐华收到了几十个红包。除了领导发的红包外，公司也给员工发一个大红包。广东造船人以这样的方式迎接新年企盼新年好运！这是唐华从事造船工作以来体味到的最难忘的一个新年。

下午金阳队黑蛋和阿庆过来向唐华拜年，唐华给两个小兵发红包，接着聊聊春节见闻。阿庆讲述了他们家乡新年的见闻，"今年春节我们村首富'王款爷'家鞭炮放得可隆重了，他提前订购几大卡车烟花爆竹隆重庆祝龙年春节，由十多人专门负责燃放，另外还邀请数名有头有脸的'名流'一起观赏。为了确保安全，还有两辆消防车现场协助灭火工作。霍霍！一排排鞭炮整齐排列燃放，五彩缤纷，牛气冲天，足足持续了一个多小时。乡亲们也大饱眼福，在家门口欣赏了一场大型烟火表演……"王款爷是当地有名的亿万富豪，家业几乎可以和香港富豪相媲美。黑蛋和阿庆轮番给唐华讲解土豪的霸气。唐华第一次听到这么神奇的排场，心想：上百万元的鞭炮就这样一把火烧了，这也太任性了吧！倘若拿这些钱做一些善事，帮助一些弱势群体是否更有意义呢？

几个月后，有人在新闻中看到关于王款爷的报道：经公安部门半年多侦查，王某某身为高级干部，因涉嫌严重腐败问题，巨额财产来路不明，被公安部门依法逮捕！所谓"首富"，原来是一只猛虎！

晚上赵宏刚提着一大包家乡特产来给唐华拜年。陕西人杰地灵，也是盛产水果和核桃的好地方。老赵带来了家乡的苹果、柿饼、核桃和杏仁等特产。陕西的水果味道很好，苹果又大又甜，核桃颗粒大而饱满。唐华也回赠老赵家乡的黄山毛峰，可老赵不爱喝茶，唐华感到很意外。接着两人相互谈谈彼此家乡的年味和家人团聚的乐趣。老赵也是一个人在外工作，一回到家就感受到家的温暖，体味到浓浓的故乡情。陕北文化气息浓烈，陕北人爱打腰鼓、唱民歌民谣庆祝新年，"黄土地的儿女跟着那太阳走！"唐华家乡的龙灯早已不见踪影，小时候的年味已经没有了，唯独还有黄梅戏让他回味无穷。聊着聊着，不经意中老赵告诉唐华去年从工艺室调回的内情，"有人说你的学历不够……"这时唐华很后悔当初没有上大学。都说学历不能代表能力，但是学历毕竟是敲门砖啊！虽然现在重新回到工艺室工作，还是让唐华倍感压抑。

随后唐华报名参加电大考试，并立即着手复习备考。

一个月后，唐华被大连理工大学船舶工程专业录取，成为一名高龄大学生。这年唐华已经36岁，而他的高中同学已经大学毕业15年了，他多么羡慕那些同学……条条大路通罗马。他却选择了一条很远的路。当年如果不是辍学，或许不会走上这条造船之路，也不会体味一路走来的酸甜苦辣。这条路虽然艰辛，但尝到造船人不一样的快乐。

拿到大学录取通知书那一刻，唐华流出了激动的眼泪。人生不是看到希望才坚持，而是坚持了才有希望。这次能够考上大学得益于他从未放弃学习，从未放弃对理想的追求；他更要感谢的是他亲爱的老婆，这么多年文琴一直支持和鼓励唐华读书。当晚唐华打电话告诉文琴："亲爱的，我考上大学啦！"文琴尽量抑制激动的心情说："亲爱的，别激动得像范进中举似的疯了……"贫穷不能限制人的智慧，知识终将改变命运，谁能坚持20年的长期学习，谁都不简单！上大学是唐华年轻时的梦想，由于家庭的种种原因而错过了，今天他依靠自己的能力再次实现了梦想。感谢生活在这个伟大的时代，让追梦人圆了人生的梦想。

今年是唐华人生学习最关键的一年，也是最有收获的一年，一边白天忙于工作，一边充分利用业余时间学习大学课程，另外还学习电脑软件操作，其中CAD软件很复杂，唐华硬着头皮从零基础开始学习，掌握了CAD软件绘图技巧。夜深人静的时刻是学习的好时光，他何尝不羡慕那些酣酣入睡的同事呢？学习也是一名工艺师必备的素质。他像学习机一样总有学不完的知识，也是有目的向更高层次学习，唐华上网查阅了数百篇论文，不仅在文化学习方面取得了突破，还在造船理论与实践上取得可喜的进步。

还有半个月H818船即将出坞了，该船上层建筑火调破坏较多的油漆面积，船东十分不满，强烈要求后续船必须改进。造船是一项复杂的工程，船体施工过程难免存在这样那样的变形，其中薄板变形尤其难以控制。现在施行PSPC标准，上层建筑原本不属于PSPC区域，但是船东提出这样的要求，唐华作为主管工艺师，必须尽快拿出解决方案。接到任务后，唐华多次深入现场调研，认真分析施工原因、工人技能和设计等方面问题，三天后唐华写出了一份详细的分析报告，并组织有关人员开会讨论。一个星期后，唐华编写了相关工艺文件，并把江南和日本造船技术融入工艺，另外还专门设计了几种特殊的工装。火工专家于宝华对这份工艺详细审查后，点评道："这是一份很有价值的好工艺"。黄顾问也对唐华的工艺给予高度评价。这份工艺还得到了外国船东代表一致认可。

唐华每天深入现场从工艺流程上控制薄板变形，将存在问题逐步消化；同时组织工人培训，短时间内快速提高工人理论水平与实践技能。功夫不负有心人。H819船上层建筑取得历史性突破，平整度效果大幅提高，火调破坏面积大幅下降，达国内同类产品较好水平；不仅产品质量显著提升，也节约了大量的成本。H819船出坞前，唐华邀请于老和工人们合影留念。庆功宴上，外国船东代表紧紧握住唐华的手："Thank you very much！"

技术是无止境的，学习可以使人进步，也可以攀登高峰。H820船上层建筑同样创造了奇迹。之后唐华把这两艘船的总结报告用邮箱发给远在上海的孙师傅，孙师傅对唐华的进步大加赞赏："小唐，你的进步太大了，为你骄傲！"其实这些成绩的背后还要感谢一个人——大连船厂高级技师童雪峰。早在浙江工作期间，唐华在网上看到童雪峰技师处理难题的资料，启发了他对薄板矫正技术的深入研究。

工艺室的同事们工作认真，严肃活泼，团结友爱，共同进步。他们把宝贵的时间用于工作，每天中午照常开会讨论问题，成功解决了很多工艺技术问题，唐华发挥了积极的作用。会后大家打好饭菜围在一起吃饭，一个个肚子早已饿坏了，有人狼吞虎咽发出打嗝的声音"咯，咯……"这时郑主任有妙招，"咱猜拳，谁输了请大家喝水！"五六个人一起喊："锤子、剪刀、布！"本来这些都是小朋友常玩的游戏，可是没见过这么多人一起玩。霍霍，看看有出锤子的，有剪刀，也有布。没关系接着重新玩，直到决出胜负为止，"哦，唐工输啦，请喝水咯！"接着到小卖部挑选冰红茶、王老吉、花生奶等饮料，拿起饮料一饮而尽。猜拳也靠运气，结果唐华接连输了三场。这帮兄弟就是图乐趣。随后大家轮流请喝水，不好意思再让唐华买单。

阳春三月，春光明媚，春暖花开。幸福村在老村长的号召下，乡亲们组成互助合作组集体耕种，紧紧抓住时机春耕生产，大爷大妈一边干活一边谈论美好的生活，一位大妈说："嗨！我这腿脚不好，儿女都在上海打工，要不是村里合作组帮忙，我家的五亩地真不知道怎么办……"还有大爷说："我说这田地过去荒了多可惜，看看今年油菜长得多好，还有村里自来水也通了，合作医疗也有了，新生活越来越好！"皖南土壤肥沃，一百多亩杂交油菜长势良好，禾苗壮实，含苞待放。唐华岳父看着一眼望不到边的绿油油的油菜喜不自禁。这个季节的油菜一天一个样，阳光下油菜花更加迷人，春风里飘来淡淡的清香。幸福村地形特别，田野有梯田有平原，还有一条川流不息的河流，山水相映，衬托出一幅美丽的水墨画。

3月底十字铺镇陈祖德书记陪同邱县长下乡调研来到了幸福村，陈书记和邱县长被眼前的一大片油菜花吸引，两人握住唐华岳父的手说："老村长辛苦啦,今年油菜长势很好,恭喜恭喜!"随后两位领导拍摄了很多精彩的照片。当晚陈书记把照片上传到镇政府网站,一夜之间点击量不断上升,很多网友纷纷留言,有网友赞叹道:真是美丽乡村!不久一些慕名而来的游客来到幸福村参观,其中有画家现场描摹写生,有游客说道:我们就喜欢这样原生态的美丽乡村。一波接一波的游客给村里带来不少的商机。随后一家家特色农家乐应运而生。幸福村人为家乡的发展感到深深的骄傲!

第二天陈书记和邱县长也来到了兴旺村调研。车辆沿着崎岖的山路驶下山坡的时候,陈书记看到村委会前前后后的房子大变样,不仅整齐还很有特色,再次拿起相机拍摄了一组兴旺村照片。邱县长对方金水书记一年来的工作很满意,"现在村容村貌变化很大,要进一步加快新农村建设,一定要依托有利资源把新农村建设得更加美好,力争把咱村打造成'美丽乡村'!……"方书记满怀信心地说:"绝不辜负领导和乡亲们的期望!"随后兴旺村的照片在网上四处传播,方书记带领乡亲们开始了新的奋斗。

返回的途中,邱县长对陈书记说:"老同学,这次下乡调研收获很多,很高兴看到这两个村的新变化,现在他们需要什么政策就给予大力支持!一定以幸福村和兴旺村为突破口,把我县新农村建设搞得有声有色……"陈书记一直对这两个村寄予厚望,并开始实施下一步振兴计划。这一老一少两个村长都有一股不服输的干劲,他们正开展一场劳动竞赛,他们将取得怎么的发展?让我们共同期待。

今年五一唐华原本不打算回家探亲,他想挤出更多的时间学习,另外还准备申报工程师(助理级),参加计算机考试。文琴在电话里说:"亲爱的,女儿想你了,快回来吧!"唐华临时改变主意,但又没有提前购买火车票,最终决定坐飞机回家。登机前,唐华给恩师洪老打电话:"师傅,我现在广东工作。"唐华在电话里告诉恩师自己的工作情况,洪老在电话里勉励唐华:"我一生带过数百上千弟子,你是我最出色的徒弟之一,师傅为你骄傲!继续努力争取创造更大的成绩!"随后他们约定节后再联系。

第一次坐飞机唐华十分兴奋,他喜悦地坐在候机室等待登机起飞。窗外偌大的机场上停泊着很多漂亮的大飞机,每隔两三分钟就有一架飞机腾空而起,唐华一连拍了几张照片。晚上8:30广播里传来登机的消息,唐华健步走进机舱找到靠窗的位置坐下来,第一次坐飞机唐华紧锁的眉头直冒冷汗,一边又想象着飞上蓝天的情景。这时传来空姐甜美的声音："乘客，您好！飞机即将起飞，请系好安全带。"紧接着飞机掉头开始缓缓滑行，唐华目不转睛看着窗外霓虹灯下机场一片繁忙的景象。两分钟后飞机加速前进，巨大的轰鸣声震耳欲聋，巨大的气流明显感到飞机颠簸，很快飞机离开地面腾空而起冲向夜空，就像鸟儿一样在高空中展翅翱翔。人生有许多第一次。第一次坐飞机的快乐不言而喻，第一次享受腾云驾雾的飞行快乐，成为记忆中挥之不去的一幕。两个小时前还在广州，转眼就到了南京。

唐华进了家门，女儿高兴得跳起来了，"爸爸回来咯！"又说："爸爸，我现在会弹很多曲子了。"随即金雅坐在电子琴前娴熟地弹奏《你好吗》。音乐响起，优雅动听，"真真的思念你，我最亲最爱的人，你好吗？……"唐华听着听着流下了幸福的眼泪，一把抱住女儿说："爸爸欠宝宝太多了……"这几天唐华家的院子又坐满了邻居，大家再次对唐华夸赞不已，陈四婶说道："唐华是读书人有出息，现在连飞机都坐过了。"村里目前还没几个人坐过飞机，唐华爸妈引以为豪。

今年是唐华岳父六十大寿，全家回来给父亲祝寿。文义特别感谢父母当年在特别艰苦的条件下坚持让他读了大学，让他的人生更加顺利，"爸，辛苦了一辈子，咱去饭店好好庆祝一下吧！"现在儿女们的工作生活都还好，一家人都是这个意思，但是老爸坚持不肯，最终只在家里吃了一顿简单的团圆饭。为了报答父母的养育之恩，儿女们为父母买空调，还给爸爸买了戒指，给妈妈买了项链；还买了一个大大的生日蛋糕，三个孩子把爷爷涂得满脸奶油，老寿星在孩子们的嬉戏中感受了生日的快乐。淑玉在上海平时很少回来，这次回来后他们三姐妹家务活都抢着干。家和万事兴，老人最期盼这点。

饭后老爸语重心长地说道："中国有句古话叫'不以物喜'，即便有点成绩也不能骄傲，一定要撸起袖子加油干！"这是老爸再次以一个老党员的身份给儿女们开了一次家庭会议。让他们深受教育、备受鼓舞。老爸已经六十岁了，还要为家里和村里的发展忙乎不停，看到老爸渐渐弯曲的背影，儿女们感到一阵心酸。

为了庆祝老爸六十大寿，儿女们决定带老爸老妈去西山旅游。

西山花海石林风景区十分优美，是著名的"牡丹之乡"。西山距离幸福村30公里，花海石林旅游区充满着原生态自然美，是我国长三角地区石林分布面积最大的喀斯特地貌景观。相传诗仙李白曾在此居住过，并写下多首赞美诗。这里土壤十分肥沃，适合国花牡丹生长，人们在石缝之间种植三万多亩的牡丹，花以石为背景，石以花为衬托，形成独特的风景线。节日期间慕名而来的朋友纷纷赶来欣赏奇特的美景。

进入景区，首先看到一大片奇形怪状的石头，千姿百态的怪石令人震撼，文琴指着一块块奇石对唐华说："看这块石头多像神话人物，还有那块石头多像野兽，栩栩如生，妙趣横生，真是大自然的鬼斧神工之作。"这些怪石名不虚传，一点也不输给那些名山的奇石。由于属于喀斯特地貌，这里的石林没有黄山奇石的高大和险峻。三个孩子迫不及待爬上去，与爷爷奶奶在岩石的孔洞之间捉迷藏，唐华拿起相机捕捉快乐的瞬间，还给岳父岳母拍照留念。孩子们很会搞笑，他们在怪石上爬上爬下，或装着若无其事，或露出惊恐万分的表情，或露出灿烂的笑容，全被唐华的相机记录下来。

看完了奇石，再去欣赏美丽的牡丹花。牡丹是我国的国花，也是我国特有的名贵花卉，牡丹花大而香，色泽艳丽，富丽堂皇，素有"花中之王"和"国色天香"之美誉。五一期间正是牡丹盛开的季节，一片片的牡丹花争相斗艳，一朵朵娇媚的牡丹花芳香扑鼻，令人大饱眼福，漫步在美丽的花海之中，让人享受着大自然的馈赠。"啊牡丹，百花丛中最鲜艳，众香国里最壮观；春风吹来的时候，你把美丽带给人间……"花朵现在还没有完全绽放，有的还含苞待放，三两朵晚开的花儿羞涩地打着朵儿，旁边还有一些杜鹃花做伴，衬托着牡丹的高贵典雅。游人纷纷拿出相机拍照，唐华相机不离手生怕错过美妙的景色。

假期回来后，唐华再次拨打恩师洪老的电话，奇怪的是一连几次没有打通电话，"对不起，您拨打的电话无法接通，请稍后再拨！"接连好几天还是没有打通。这让唐华感到十分意外。恩师怎么会忘了约定呢？难道恩师去了什么地方不方便接电话？随后唐华又给上海的另外一位恩师孙师傅打电话，孙师傅克制哀伤的心情，遗憾地对唐华说："洪老在4月28日傍晚不幸去世了……"听到这个坏消息，唐华根本无法相信自己的耳朵，前几天刚给洪老打的电话，当时洪老在电话里说话铿锵有力，怎么会这样呢？孙师傅确定：这是真实的事情。尽管如此，唐华还是无法相信！

为了进一步了解洪老的消息，唐华给江南工会的夏主席打了电话。夏主席难过地告诉唐华消息是真实的，"那天下午洪老打麻将，自摸清一色开牌时血压突然上升，由于身边没有药品，没有来得及抢救不幸过世了，不过生命的最后一刻没有太多的痛苦，坐在椅子上安详地走了，遗憾的是生命的最后时刻身边没有自己的亲人，享年72岁。"洪老正式退休才三个月，刚刚享受安逸的退休生活。洪老把毕生的精力奉献给了中国造船事业。

　　洪老逝世后，家人含泪整理他的遗物，他仅有一处房产，还是1990年江南分配的；一生最爱穿工作服，箱底有十几套破旧的工作服，仅有两三套像样的西装；存款单上只有区区几万块，家人却惊奇发现还有厚厚一叠寄往皖南山区几家希望小学的汇款单，汇款单的金额高达十多万元，汇款单的署名却是"一位老人"。以及屈指可数的几张照片，其中一张是鸟巢建成的留影，一张是天安门前的留影。再就是厚厚一叠荣誉证书，其中一本证书上有海军某部的印章。除此之外，再也没有留下什么有价值的物品。洪老坚持五十多年的造船工作，取得了骄人的功绩，书写出一位造船工匠的辉煌人生，把一项项精品工程留在人间，把宝贵的造船技术传给后人。春蚕到死丝方尽。洪老两袖清风地离开了世间，就连阎王爷也不愿意折磨这位传奇的造船大师。

　　听到恩师去世的噩耗，唐华在房间号啕大哭起来了，顿时眼泪唰唰流下，"敬爱的恩师，您怎么这么快就匆匆地离开呢？我们不是约好的吗，怎么不等徒儿的电话呢？以前告诉我心脏不好，不过一直吃药血压控制得很好的，这次为什么就没有挺过去呢？都是麻将惹的祸！……"这几天唐华的心里总是七上八下，晚上梦里都是恩师的背影，想起他们在皖城、上海和浙江一起走过的路，想起恩师手把手教的技术，想起恩师临终前嘱咐的话，万万没想到上次的电话却成为永别。十六年师徒情同父子。第二天唐华手持鲜花跪在宿舍的山坡上，朝着上海方向痛哭："敬爱的师傅，您没有儿子，我就是您的儿子，每年在您的忌日给您敬上一炷香，愿您在天堂安息！"

　　洪老是一代造船大师，也是杰出的大国工匠，十八岁进入船厂，一直工作到七十一岁，整整工作了五十三年！为了国家造船事业，1996年退休后又坚持工作整整十五年，把自己的造船事业延续了这么久，把毕生的精力都奉献给了中国造船事业，这是一种多么崇高而伟大的奉献精神！他的一生功勋卓越，解决的难题不计其数，创造的新技术举不胜举。他伴随着国家造船事业的发展，特别是改革开放以来的快速发展，他勇于攀登技术高峰，不仅为我国民用造船事业做出巨大贡献，也为我国的国防事业做出巨大贡献，还有三峡大坝、卢浦大桥、鸟巢体育馆等多项国家级重大工程。他到过我国从南到北十多家船厂指导工作，行程达十多万公里，解决了很多关键技术难题。他严于律己，宽以待人，培养了一大批弟子，帮助了多少人的成长。他的一生兢兢业业，硕果累累，却一向过着十分简朴的生活。他是一位传奇的造船大师，也是很多人的人生导师。

　　5月2日上海龙华殡仪馆举行追悼大会。殡仪馆西大厅内庄严肃穆，大厅中央悬挂洪老生前照片，一朵朵鲜花簇拥在洪老的遗体周围，一面崭新的五星红旗覆盖在洪老的遗体上。江南船厂和社会各界的领导、同事和亲朋好友闻讯后十分悲痛，成百上千人前往殡仪馆向大师告别。上午九时许，江南的周老书记代表江南沉痛地致悼词，周老书记首先肯定洪老为江南造船事业做出的重大贡献，"同志们，朋友们：洪老的不幸逝世是广大江南人最悲痛的时刻，也是中国造船人最悲痛的时刻！洪老1958年进江南，1996年退休，退休后又继续在江南工作到2005年，随后在其他船厂继续从事造船工作，并参与了鸟巢等国家重大工程建设。在江南期间，他参与了新中国第一艘万吨巨轮、第一艘潜艇的建造，以及远望号测量船和新一代舰船的建造。他在平凡的岗位做出极不平凡的业绩，他是一位德高望重的大师，他的逝世是江南的巨大损失。今天我们怀着无比沉痛的心情缅怀大师，更要传承大师的遗愿打造好世界一流船舶……"哀乐声中人们的表情凝重，缓步上前向洪老的遗体三鞠躬，深切悼念这位功勋卓越的造船大师，愿大师一路走好！

　　敬爱的恩师匆匆地走了，让唐华很长一段时间难以自拔。洪老永远是唐华最尊敬的恩师。得知噩耗是在事后，没能最后送别恩师，连一张恩师生前的照片也没有留下，令唐华感到无比愧疚。从此再也不能见到他老人家了，有问题再也不能向恩师请教了，有快乐再也不能和恩师分享了。唐华含泪望天涯，想念恩师的时候只有仰望天空寻找那颗最亮的无名星，愿恩师在天堂里快乐！但是工作还要继续，一定要牢记恩师的遗言，一定要化悲痛为力量！晚上唐华躺在床上想念恩师，梦里仿佛看到恩师的微笑。师傅一生酷爱造船事业，是不是去打造宇宙飞船去了呢？唐华记得恩师的最后一个遗愿——没有打造出我们中国人自己的航母！但为该工程的建设，恩师已经做了大量的前期工作，相信不久的将来中国造船人一定能够完成大师的心愿。恩师去世后，唐华决定一定要把师傅传授的造船技术发扬光大，一定要传承师傅的遗愿做最出色的造船人。

第二天一早唐华给师兄们挨个打电话。王小飞也得知恩师去世的消息，两人在电话里彼此安慰感恩敬爱的师傅，愿恩师在天堂里安度晚年！王小飞想起当年冒犯恩师的事情后悔莫及，数度哽咽说不出话来。朋友高亚军也是洪老得意的弟子，噩耗传来的时刻高亚军瘫倒在地，以泪洗面，久久不知所措。各大船厂工作的师兄们都默默祈祷！师傅是他们共同敬仰的导师，然而所有的弟子的手机里面竟然没有一张照片是师傅的，这是徒弟们无法弥补的遗憾。徒弟中有百万富翁，还有千万富翁，而师傅却一无所有，最后一点积蓄也献给了希望小学，洪老把爱留在人间，轻轻地走了，不带走一片云彩。但数百名弟子将成为中国造船的新力量，他们将续写中国造船新辉煌！

一个星期后，唐华收到高亚军的短信，"好兄弟，当你看到这条信息的时候，我已经登上飞往巴西的航班了，祝工作顺利！"近年来巴西和我国经贸快速发展，中巴两国加强船舶工业合作。这是中国造船人首次踏上巴西国土，他们将代表中国造船人为巴西人民服务一年。高亚军是一位优秀的造船人，他的造船技术已经到达了新的高峰，这也是他的造船人生最辉煌的一页。喜讯传来，唐华为好朋友感到无比的骄傲。

另外唐华还接到徒弟张伟打来的电话，"师傅，我退伍了。"这孩子几年前选择参军报效祖国，巡逻在祖国最需要的边防线上。张伟入伍期间表现优异，还荣获了三等功。退伍后转业去了石化公司，最终离开了造船行业。张伟听取了唐华的建议准备参加自学考试。

第二十九章

五一过后，十字铺镇党委召开会议，陈书记对兴旺村和幸福村的新农村建设予以肯定，号召其他村向他们学习，因地制宜谋发展。会上陈书记部署了下一轮发展计划，他特别强调："根据《国家中小河流治理管理办法》，当前我镇要加大河流治理与防洪减灾，各级党组织要积极组织人员落实。"这也吹响了新一轮建设的号角。

一天晚上，唐华岳父从天气预报中得知今年江南可能出现多雨天气。

幸福村刚刚收割了沉甸甸的油菜籽，杂交油菜产量高，村民的收入提高了20%以上。随后乡亲们在田野里种植杂交水稻。为了预防暴雨袭击，唐华岳父顾不上自己的身体，立即组织乡亲们抢修河道，很快请来挖土机清理河道，还运来几大卡车石料。由于山区路窄，又缺乏现代化大型机械，乡亲们齐心协力，大家采用人工抬肩膀扛的原始作业方法把一块块大石头往河道里运送，接着把石块有规则的堆垒排列，再抹上厚厚的水泥浆。河道用石块修到二米多高，抗洪能力大大加强，往年下游的百姓屡遭洪水灾害，今年将大大改观。时间紧任务重，二公里河道两岸需要多少大石块，需要付出多少劳累，一天下来乡亲们劳累不堪，更何况一个有病在身的老人！

半个月过去了，最危险的一段河道修好了。由于劳累过度，唐华岳父腰痛得直不起来病倒了，本来腰椎就不好，现在干这么重的活，关键时刻老村长病倒了，可工程还没有结束。村里外出务工人员多，劳动力紧缺，于是唐华岳父决定把远在上海的儿子文红叫回家帮忙。文红也是一名党员，他二话没说返回家乡。

随后文红带领乡亲们把余下的河道全部修好，还把上游的水库大堤加固。古有李冰父子修筑都江堰，今有沈家父子上阵修河道，在乡亲们的口碑中传为一段佳话。工程竣工后，老村长望着固若金汤的河道，对乡亲们说："我看今年一定没问题。"

一个月后，江南进入了梅雨季节，连日来洪水肆虐，但是河道修得十分及时而又坚固，完全没有影响到附近村民的生活。村民们感叹道："若不是老村长及时发动群众力量，后果恐怕不敢想……"党员就是一面旗帜，敢于在关键时刻挺身而出，处处发扬党的优良传统，处处为党的事业放光芒。

从此文红没再返回上海，继续投身家乡的新农村建设。

与此同时，阿雯也辞去了上海的工作。辞职前，阿雯已是上海一家酒店经理，月薪过万，但是为了支持家乡发展，毅然回到家乡，在福利院担任一名特殊的护理员。福利院里收养了数百名孤寡老人和智障人群——他们是真正的弱势群体，他们很需要社会的关爱。福利院地点比较偏僻，工作条件十分艰苦且收入微薄，尤其与那些智障人怎样沟通啊？年轻貌美的阿雯不怕苦不怕累，成为这些特殊人群的爱心天使，把一份份爱心献给他们，"这是人间的春风，这是爱的奉献，只要人人献出一点爱，世界将变成美好的人间……"

经过半年的筹备，唐文水泥砖厂的机器已经开始运转起来了。砖厂建在国道旁边方便运输。唐文想像"孙少安"那样大干一场。砖厂开业后生意异常火爆，一块块砖还没有制好就已经被预定了，有老乡说："我打算建一个养鸡场，需要五千块砖。"唐文一天下来才制了一二百块砖，乡亲们需求量很大，唐文和邹爱荣起早摸晚干活，看着自己的劳动成果喜不自禁，"明天就能够把养鸡场的砖制好了。"除了制砖外，唐文还要送货上门，累得腰酸背痛。唐文原本是木匠，这几年建筑工人的工价直线上升，他却选择了回乡创业。隔行如隔山，他不知道这其中利润有多少——这是最要命的事！唐华多次提醒哥哥唐文投资要谨慎，但现在机械都买回来了，还能怎样呢？实际上，除去水泥、沙子和电费等成本，每块砖的利润还不到二毛钱。这样下去如何能够维持一家人的生计？

此后邹爱荣又开始和唐文争争吵吵。唐华爸妈为此焦头烂额。

今年也是文琴最忙的一年。6月底唐华妈的腿痛越来越厉害，身体渐渐消瘦了，文琴挤出时间带着婆婆四处问医求药，但只是稍稍控制了病痛。上个月文琴为了买房的事情来回奔波，终于买下了一套学区房，房款不够文琴四处想办法借钱。家里所有的事情都是她一个人扛起来。尽管很忙碌，但教学工作一点也不马虎，同学们学习优异，还养成了很多的好习惯，家长们纷纷打来电话感谢：真是遇到了一位好老师！

7月初文琴和金雅再次来到广东，金雅首先向爸爸汇报了学习情况，"爸爸，这学期我得了很多第一，我们班级期末考试语文和数学都得了年级第一名，我和妈妈班级的很多留守儿童结成好朋友帮他们辅导学习，另外我阅读了很多课外书，还帮妈妈做很多家务……"唐华一边仔细听女儿说话，一边为女儿感到骄傲，常年在外工作最牵挂的自然是女儿的成长了，得知女儿如此优秀心里充满了喜悦。文琴在百忙之中还挤出时间为唐华编织了一件新毛衣，其实广东的冬天一点都不冷，再说唐华也不缺衣服。已经是新时代了，人也到了中年，说是编织毛衣，其实是一针一线构筑他们的爱情，是延续他们的爱情，将爱情进行到底！

几天后强热带风暴"韦森特"和"苏芮"先后登陆广东，台风登陆时中心附近最大风力达13级，狂风横扫粤东南沿海城市，所到之处大风伴随强降雨。

7月24日，台风"韦森特"在广东沿海登陆，当晚风力巨大，彻夜狂风暴雨，宿舍的门窗霹雳哐当直响，大家根本不敢入睡，幸好宿舍前后有山坡避风。这是他们第一次亲身经历如此巨大的台风，十分惧怕。唐华原计划打算去深圳参观航母公园，让女儿见识一下这个庞然大物，可是计划赶不上变化，所有的计划泡汤了。台风给红星公司造成较大的经济损失，很多树木被台风刮倒，车间顶棚也刮破了，现场一片狼藉，幸好没有人员受伤。随后全厂职工紧急抢险救灾恢复生产。

一阵台风过后，公司各课室开始组织一年一度的旅游。这是公司的福利之一。唐华带着家属和同事们一起去厦门、汕头和惠州等地旅游。

车辆沿着高速公路向厦门方向进发。

第一站达到汕头。汕头是我国最早开放的沿海城市之一。改革开放以来，汕头解放思想、实事求是、开拓创新，城区面貌焕然一新，到处是崭新的高楼大厦。途中下车参观石炮台公园。炮台为环圆形城堡建筑，总体设计巧妙实用，独具匠心，防御坚固，是清代粤东地区主要海防工程，至今已有一百多年的历史。登上炮台，大家纷纷拿出相机拍照。唐华第一次目睹一门门大炮，文琴和女儿兴奋地用双手触摸大炮。导游向大家讲解："这里记录了中华民族沧桑的历史，历史告诉后人落后就意味着挨打，19世纪中期两次鸦片战争先后爆发，炮台最终没能抵挡住外国侵略者，腐败无能的清政府被迫与帝国主义列强签订了不平等的《南京条约》和《天津条约》。如今祖国繁荣富强，中华民族已昂首林立在世界大家庭中，让我们永远勿忘国耻！"

第二天一早导游带队前往鼓浪屿岛上旅游。厦门是国家重点开放城市之一，鼓浪屿是国家重点风景名胜区，居福建省十佳旅游景区之首。很早就听说鼓浪屿，今天登岛参观，大家的心情十分激动。岛上是一座万国建筑博物馆，众多的欧美建筑引人注目。

首先参观岛上英国领事馆。该馆建于鸦片战争时期，已有150多年历史。1840年英国发动鸦片战争，厦门和鼓浪屿沦陷，不平等的《南京条约》允许英国人暂居鼓浪屿。导游深情地说道："中华民族历来是伟大的民族，今天我们可以想象这里曾经记录了多少悲摧的历史，但历史早已成为过去，今天的中国远不只是站起来这么简单，威武的中国人民解放军是捍卫祖国和世界和平的重要力量，今天这些帝国主义胆敢冒犯我中华半寸领土！……"人们在勿忘国耻的同时欣赏到美丽的建筑。鼓浪屿吸引了大批来自世界各地的游客，也增添了厦门的旅游创收。

接着来到毓园，毓园是林巧稚大夫纪念园。林巧稚，1901年生于鼓浪屿，1929年毕业于北京协和医科大学，由于成绩优秀被留在协和医院工作，1983年4月22日在北京逝世，终年83岁。林大夫是我国著名的妇产科大夫，被尊称为"生命天使""万婴之母""中国医学圣母"，亲手接生了五万多名婴儿，平均不到九小时就有一名新生儿从她的手里诞生。她的一生平凡而伟大，对工作极其认真负责的态度值得大家深刻学习。

鼓浪屿是一座海上花园，有"中国音乐之乡""钢琴之岛"的美誉。鼓浪屿因岛上涨潮的海水拍打岩洞发出优美的声音而得名。鼓浪屿是中国未来钢琴家的摇篮，中央音乐学院鼓浪屿钢琴学校就坐落这里，岛上人均钢琴拥有率居全国第一。岛上没有车马喧嚣，随处可以听到优雅浪漫的琴声。岛上有上百个音乐世家，街头还有很多艺人免费义演，他们都是高水平的音乐人。累了，听一曲动听的音乐也是不错的选择。

休息半小时后，唐华一家人沿街闲逛，忽然看到一家店里挂满了各种奖状，赶紧进去瞧瞧。"最伟大母亲""最美妻子""最棒爸爸"等精美奖状引人注目。看到这些奖状心里暖暖的，干嘛要他人颁发呢？很多游客纷纷挑选喜爱的奖状送给心爱的人。唐华也挑选几张送给他亲爱的文琴。金雅欢天喜地，"我也要送给爸爸一个礼物。"唐华一共买了四张奖状，让他们的家庭增添了和谐的元素。

由于时间关系，最后连最著名的景点——郑成功雕像都没去祭拜，还是在渡口的宣传画上看到一些特别报道：郑成功是我国明末清初著名军事家，抗清名将，民族英雄。1661年郑成功率军横渡台湾海峡成功收复宝岛台湾，并为建设宝岛做出巨大贡献，成为一代民族英雄，也是炎黄子孙永远敬仰的民族英雄。导游补充道："海峡两岸同属一个中国，两岸一家亲是不容篡改的事实。当我们读起诗人余光中的《乡愁》的时候，就知道海峡对岸的游子多么盼望早日回归大陆……"

随后参观厦门大学，厦门大学是全国最美丽的大学之一。厦门大学坐落在美丽的海岸边，有美丽的海滩和环岛公路，各种风格建筑十分优美，各种美丽的树木、花草和校舍让人赞不绝口。厦门大学名不虚传，拥有一流的教学设施，容纳数万学子包括研究生在这里学习。

黄顾问今天身穿花衬衫气质出众，手提公文包像一位老干部。与黄顾问同行就是快乐，老爷子表扬唐华家的两位才女，对唐华女儿说："希望你长大以后也能来这里读大学。"黄顾问是高级技师——相当于大学教授！人群中没人知道这位朴实的老爷子有如此才华。黄顾问是唐华心中最崇拜的"大明星"，他拿起相机给黄顾问拍摄了多张照片，黄顾问也和他们一家合影留念。在一处景点拍照的时候，一位游客嫌弃黄顾问影响他给女朋友拍照，嘴里嘀咕："死老头，快点！"黄顾问礼貌地说："马上就好。"但对方仍然极不耐烦，"一点心情都没有了。"唐华心里感叹：与姚明合影才能知道我们的身高还有成长的空间，与大师照照镜子才知道我们的人生还有待成长。

随后参观陈嘉庚纪念馆，陈先生是著名爱国华侨，也是厦大的创始人。厦大创建于1921年，是我国第一所由华侨创办的大学。陈嘉庚先生早年去新加坡为父亲打理生意，当时父亲已身负巨额债务，而他却毅然承担起替父还债的责任，后来成功地经营多种生意，被誉为"橡胶大王"。教育是立国之本，抗战期间陈先生为国家募捐了30多亿，临终前还把300多万元献给国家，他先后创办了一百多所学校，从小学、中学到大学，包括厦门大学、集美大学和诚毅学院三所高等学府。陈先生无私奉公，救国救民，功勋卓越，为祖国的强大做出巨大贡献！毛主席表彰陈嘉庚先生：中华旗帜，民族光辉。

到达惠州已是傍晚时分，导游带领大家简短游览惠州西湖。惠州西湖面积巨大，是杭州西湖的三倍多，湖水清澈，山川秀美，景色宜人。惠州西湖把秀丽山水与岭南园林特色融为一体，大门也是典型岭南风格的牌楼建筑，红柱绿瓦，精雕细琢，中间有文笔精美的四个大字——惠州西湖。"天下西湖三十六，唯有惠州并杭州。"这是历代文人墨客对惠州和杭州西湖的赞美，每年都吸引了大量游客前来游览。

夜幕降临，天空中升起一轮弯弯的月亮，站在苏公桥上欣赏月儿在水中的倒影，人们不禁追思修桥的主人——苏东坡。不远的山脚下是苏东坡的雕塑。塑像昂首挺胸，手握书卷，愤愤沉思，巍然屹立在孤山之中，刻画出了先人高瞻远瞩却有怀才不遇的一生。苏东坡一生经历坎坷，为官数次被贬，但在坎坷中尽显伟大，不畏强权，不畏艰辛，绝地逢生。苏东坡是我国著名的政治家、文学家、诗人、书法家，他还精通军事和医术等，救百姓于危难之中；他关心百姓生产，推广一种插秧木马被老百姓引用了数百年；他也热爱美食，一道东坡肉延传至今。诗人拥有大江东去浪淘尽的豪迈情怀，有着强大的生命力和豪迈的激情，不仅成就伟大的诗人情怀，还被后人世世代代敬仰，值得后人学习。

第三天前往惠州雷公峡漂流，雷公峡漂流号称"亚洲第一漂"。导游介绍这里水道长、落差大、水流量巨大，是适合漂流的黄金水道，沿途时而激流澎湃，时而回旋幽谷，岸边怪石嶙峋，还有奇花异草。巨大的水流让山间云缭雾绕，并形成巨大的轰鸣声，远处便听到这片幽静的山谷里的水声，让大家更加期待这次漂流。

炎炎的夏日漂流是不错的选择，既可以享受阵阵的清凉，也可以体味满满的乐趣。唐华一家是第一次体验漂流的乐趣，文琴和女儿欣喜若狂。漂流船两人一组，唐华和文琴一组，女儿和同事一组。漂流开始了，入口处水流速度很快，唐华和女儿的船遥遥领先，同事们争先恐后。半小时后，进入了一片静水区，水流明显缓慢，唐华高兴地看到女儿很快就划过去了，可自己的船四处打转。唐华干了这么多年的造船工作却不善于掌舵，连一只小船都驾驭不了前进的方向，怎么也驶不出这片静水区，最终在同事的帮助下才划过去了。随后每到静水区大家出手相助。一路上，有同事比赛速度互相追逐，有的打水仗满身是水，大家畅享在一片欢乐之中。过了静水区，地势落差很大，水道激流澎湃，一路下来收获无限的乐趣，成为终生难忘的一次经历。

最后一站是体验海边捕鱼。大家来到一片海湾，排队跟随小船出海捕鱼。当地政府大力发展旅游业，把整个海湾打造得十分美丽，集旅游休闲和娱乐观光于一体，海边游泳也是人们在炎炎夏日的好项目，踩在柔软的沙滩上让人忘记工作的劳累。一家人出行旅游，再次尽情享受海边的风情。

三天的旅游行程就这样结束了，一路欣赏了很多的美景，不仅看到了美丽的鼓浪屿和惠州西湖，还体验了漂流的激情，也享受了几顿海鲜大餐。这是公司给员工的福利，也给唐华全家带来了无穷的旅游乐趣。唐华决心加倍努力工作回报公司。

回来后第二天晚上，文琴接到文义的电话："我的丈母娘回东北老家了，大姐你能不能来上海帮我照看孩子？"为了解决女婿一家的后顾之忧，文义的丈母娘在外孙出生之前就从东北老家来到上海，到现在已经整整八年了，一手把外孙拉扯大，日夜操劳他们全家的生活。为了女婿一家牺牲了自己的家庭，这是一位多么伟大的母亲，多么好的丈母娘啊！为了弟弟的家庭，唐华决定让文琴去上海。离别前女儿金雅给唐华留下一封信，"亲爱的爸爸：努力工作，注意安全保重身体，不要不开心，我们永远爱你！"落款：最爱你的人。女儿的字虽不工整，但家书抵万金。

文琴和女儿去上海后，房间里又只剩下唐华一个人，又变成了一个人的世界，没有老婆做的可口的饭菜，看不到女儿的微笑，一切又回到了原点。这样的生活真不习惯。想想文琴和女儿在家的日子，她们又何尝不期待家人的团聚呢？短暂的相聚又转化为万千的思念。一个人离家远了，最难的不是工作，而是对亲人对家乡的思念。

一天晚上，唐华在新闻中看到一条振奋人心的特大新闻：我国的第一艘航母"辽宁舰"终于诞生了。辽宁舰是中国人民海军第一艘航空母舰。辽宁舰的成功交付标志着中国造船技术水平迈上新台阶，也是对广大中国造船人的极大鼓舞。纵观世界主要大国，美、英、法、俄罗斯都拥有航母，而我国拥有380多万平方公里的海洋领土，建造航母是几代中国人的梦想。21世纪以来，中国船舶工业快速发展并取得举世瞩目的成就，已成为世界造船大国，完全有能力打造世界先进的航空母舰。

恩师洪老是我国造船行业的杰出工匠，他一生为国家打造多艘一流战舰，但没有真正参与到航母工程建造，成为他一生最大的遗憾，他临终前最大的愿望就是希望能亲眼看到国产航母诞生。今天他老人家的愿望终于实现了，当晚唐华仰望星空默默告诉恩师这个好消息，但愿恩师在天堂有知。

下半年世界经济依然没有复苏的迹象，世界造船工业也持续低迷，中、日、韩三国的船舶订单日益减少。船坞里H820号船出坞后，船坞里开始搭载H821号船。由于公司的订单减少，生产节奏明显放慢，公司被迫采取减员增效措施。很多同事纷纷离开了，好朋友赵宏刚也在名单之中。拿到了补偿款后，老赵依依不舍离开了。

老赵在公司工作了七年，而今要离开了。记得刚来的时候，唐华和老赵同住一个宿舍，友谊也是从那一刻开始，老赵一直很关心唐华的工作和生活，还带领唐华四处欣赏南方的美景。人生都会经历一杯茶一知己，一聚散一别离。现在好朋友要分开了，唐华心里很不是滋味，分别的那一刻最痛苦，他们借酒消愁，"劝君更尽一杯酒，西出阳关无故人。"随后老赵前往广州从事造船工作。在新公司老赵担任质量管理工作，并与一群年轻的大学生一起工作。常言道：学好数理化，走遍天下都不怕。老赵只有高中毕业，但工作经验丰富，一点也不输给那些年轻人。唐华由衷地为好朋友感到高兴。

此时唐华也有一种危机感，不知道未来的道路是否平坦？自从进入工艺室后，郑主任对唐华的工作一直很关心，郑主任对唐华说："唐工，我很欣赏你的工作能力，很希望你能够留下来……"一个星期后，郑主任有意安排唐华到红星一厂去搞一次技术培训，意在利用这个机会宣传提升一下唐华的口碑。

星期四下午，唐华和黄顾问一起来到了红星一厂。黄顾问在现场看到一些分段有不同程度的变形，忧虑地对唐华说："看来他们没有你控制得好。"

傍晚五点半唐华准备就绪，培训室座无虚席，很多工人和主管参加学习。黄顾问先简单介绍船体火工在船体建造中的作用和重要性，接着把唐华介绍给大家："这是我们唐工。"唐华起身向学员们致意。随后黄顾问说道："船体火工是一门重要的造船技术，大家需要掌握火工的基本原理，不断提高实践技能。我们唐工理论基础扎实，工作经验丰富，下面大家欢迎唐工讲课！"黄顾问是公司造船专家，老爷子讲话简明扼要，也是给唐华抛砖引玉。培训室响起一阵热烈的掌声。

"接下来由我给大家讲解船体火工基本原理……"唐华打开电脑开始讲课。培训课件图文并茂，主题突出。唐华讲课的声音洪亮，颇有几分老师的风采。学员们第一次听这样精彩的培训课。下课时培训室再次响起一阵阵热烈的掌声。其实这样的培训课唐华在红星二厂已经组织了很多次，培训学员超过300人次。本来唐华小时候就有当老师的梦想，上这样一堂课对唐华来说太平常了，但给很多学员留下了深刻的印象。课后有不少人叫唐华"唐老师"。有学员这样评价道："唐老师您今天的课讲得太精彩了，让我学到了很多有用的知识，谢谢您！"通过这次培训，红星一厂的同事对唐华刮目相看，一下子提高了他的"知名度"。

这两年唐华在红星二厂固然取得了一些成绩，可红星一厂那边也有同行，戴国平在红星一厂从事船体火工管理工作。戴国平从建厂开始就一直在这边工作，已经整整八年了，算得上是元老级功勋。外界都传闻戴国平是唐华的竞争对手。而唐华才过来工作两年，究竟公司会不会留下？唐华的心里没底。俗话说：是金子总是要发光的。努力不会白费，实力就是机会。唐华相信一定有机会再为公司继续服务。

国庆期间，几位公司领导邀请公司顾问于老在广州聚餐——这次聚餐决定了唐华的命运。酒过三巡，领导们谈到了工作问题，一位领导有意问于老：您认为那个来自安徽的唐工技术怎么样？唐华和于老相处两年，于老对唐华很了解，"这样说吧，小唐不仅现场经验丰富，而且理论基础相当扎实，是不可多得的技术人才……"领导接过话茬："于老您是全国造船专家，您能给予这样的评价，看来这小子还真是人才！"于老乘机补充道："你们应该把他留下来！"领导听到于老这样高度的评价和推荐，增加了他们对唐华的了解，于是下定决心把唐华留下。

当晚于老在电话里告诉唐华这个好消息，尘埃落定，云雾拨开。唐华春节后将被调往红星一厂工艺室工作。唐华很感谢恩师于老，也很感谢那些关心他的领导，否则他也可能在这场大浪淘沙中牺牲了。

很久没有和一些朋友联系了，唐华拨通了几位朋友的电话。江南的同事郭富林得知唐华现在担任工艺师十分欣慰，"为你骄傲！"江南的老班组是出人才的地方，很多骨干走上了管理岗位，但是能够从事工艺技术岗位的唯有唐华，因为唐华技术精湛、文化功底扎实。还有几位好友在电话里纷纷向唐华表示祝贺！另外唐华还给原日本公司的好友打了电话，朋友在电话里告诉唐华："你们离开公司后，公司一天不如一天，马上快倒闭了……"当年日本公司因为加工资不合理引发了中国工人极大不满，还企图诬蔑中国工人，伤害了中日双方的感情。两年后这家日本公司正式宣告倒闭。

接下来生产不忙了，学习成为目前最重要的任务。黄顾问指导工艺室团队"要继续加快学习步伐，不断提升工作能力、素养和气质，尤其是年轻人要把自己与众不同的气质打造出来"。黄顾问是造船大师，也是年轻人的人生导师，"年轻人要培养沉稳、细心、胆识、大度、诚信和担当的人格魅力；诚实做事，诚信于人，勇于担当，做一个充满阳光正能量的青年，要用乐观向上的态度做事，培养有条不紊和井然有序的工作习惯。"在黄顾问的指导下，大家从言谈举止开始学习，办公桌上还多了一些励志的座右铭。有人说人生需要交两种人：一是良师，二是益友，他们是人生成长的指南针，时刻引领我们不断进步。像黄顾问和于老这样的大师就是一座人生的灯塔，照亮年轻人不断奋勇前进。

在职称方面，黄顾问和于老也给予很多指导，"年轻人要不断提升业务能力，要向更高层次水平迈进，职称是工程技术人员能力的基本要素。"于是很多同事开始准备申报工程师职称。唐华已经从事造船二十年了，还没有取得技师证书，这怎么能行呢？可惜民营企业不具备这类考评资质。恩师于老点评道："以我之见，你完全达到技师水平，甚至高级技师。"公司领导杨总半开玩笑地说："证书不过是一张纸，你就是我们的无冕之王。"机会永远留给努力的人，年底唐华被评为助理工程师。

随着生产节奏放慢，大家抽出时间集体锻炼身体。郑主任喜欢打羽毛球，办公室也有很多羽毛球爱好者，大家组织业余球队一起锻炼，每周组织一次活动，下班后开车去球馆打球。说是业余球队，其中也不乏高手，包括前国家队三级陪练老梁，还有公司女单冠军阿玲。老梁曾经是公司羽毛球运动赛男单和男双冠军。

比赛中，老梁一会来长球搏杀，一会来一个致命的短球，忽左、忽右、忽高、忽低，把唐华打得落花流水。唐华见识了真正的高手。唐华好多年没有打球了，没想到一上场只有被挨打的份，虽败犹荣，心情是快乐的。阿玲看上去温文尔雅，打起球来判若两人，十分刁钻，十分凶狠，很多男同胞都败在她的球拍之下。多出点汗水也有益于身体健康，一场场比赛下来大家大汗淋漓。通过锻炼不仅增强体质，还增进了大家的友谊。

两个月后，公司顾问于老的合同到期了，公司领导再三挽留，于老婉言道："把机会留给年轻人吧。"唐华和于老话别感恩。随后他们一直保持电话联系。

第三十章

2012年底，兴旺村再次在陈家庄举办第三届"最美好媳妇"评选活动，活动由方金水书记主持，文琴堂姐文秀担任计票员，文琴担任监票员，唐华担任书记员。十字铺镇陈祖德书记也愉快地来到活动现场。五爷家门口再次聚集了全村老老少少。这些年乡亲们的口袋富足了，人们穿上华丽的衣裳，精神抖擞，神采奕奕。活动开始前，乡亲们围绕村里近年来的变化议论纷纷，有大爷说："哎呀，咱村今年采用收割机收割粮食进步最大，一台收割机一天能够收割几十亩田，机械化种田就是好！……"另一位大爷说："现在政策多好啊，咱们老年人看病有合作医疗国家报销医药费！"还有几位大妈在说村里的新鲜事，"听说今年咱村有不少人在城里买房了……"说话的大妈小声问唐华妈："听说你家唐华也在城里买房了？"唐华妈对着大妈的耳朵说："这可不敢乱说。"其实唐华和文琴确实在城里买了一套房子，文琴拿到钥匙后把新房装修一新，还把双方父母都接过去住了两天，老人们为儿女的进步感到高兴，他们现在走路腰身都挺直了。

"大家静一静，静一静！"现场顿时安静下来。这时方书记邀请陈祖德书记讲话。陈书记首先对兴旺村积极组织这项活动表示高度赞赏，"乡亲们，今天我很荣幸参加陈家庄第三届'最美好媳妇'评选活动，这项活动开展以来受到大家的热烈欢迎，并涌现了一批先进事迹，也有力促进了和谐家庭建设……"随后乡亲们纷纷上前投下神圣的一票。投票结束后，沈文秀打开投票箱，"沈文秀一票！""沈文琴一票！"……文琴姐妹俩成了今年活动的主角。多年来乡亲们纷纷夸文秀成为"好媳妇"榜样引领乡村民风建设。但是近年来文琴的表现也备受大家夸奖。最终文琴获得本年度"最美好媳妇"。现场响起热烈掌声！唐华向文琴送上祝福并拥抱在一起。唐华妈激动得从座位上站起来了。现场有人说：文琴比她嫂子就是好！唐华嫂子邹爱荣见文琴获奖了，气呼呼地离开了现场。

接着方书记点评道："沈文琴是我村一名优秀的村民，她和唐华结婚十六年来一直夫妻和睦、家庭和睦，勤劳致富，敬老爱幼，唐华常年在外从事造船工作为国家建功立业，文琴坚守家乡发展教育，她是中心小学的优秀教师，还被班级62个孩子称为'老师妈妈'……"台下再次掌声四起。一位老人感动得热泪盈眶，"我孙子也在她们班。""下面有请沈文琴发表获奖感言。"方书记说。文琴大大方方走上主席台，首先向台下的父老乡亲深深的鞠躬，又向台上的领导鞠躬，接着对着话筒说："感谢大家的支持！家和万事兴是老人的梦想，也是我们大家共同的梦想，敬老爱幼是我们每个人的义务和责任担当，其实婆婆也是妈妈……"一位大妈小声说道："这媳妇真好！每次回家都大包小包往家里买东西，唐华妈是前世修来的好福气！"随后陈书记亲自给文琴颁发了奖状和奖金。

第二天，文琴和唐华用奖金购买了一些礼物分发给村里的困难家庭。

值得一提的是文琴连续获得了两届"最美好媳妇"。

这两天幸福村也相继开展村里"最美好媳妇"评选活动。唐华岳父以老村长的身份参加活动，与村里德高望重的老前辈和陈书记同在主席台上就座。结果文红的爱人阿雯获奖了。来自陈家庄的姑娘陈桂花排名第二，陈家珍第三。唐华岳父对儿媳妇获奖很意外。文琴奶奶幸福地说道："传承家风，后继有人。"但也有人对评选结果不满，嘴里嘀咕道："还不是仗着她公公是老村长？"那些闲言碎语虽然引起小范围的议论，但绝大多数人都是支持阿雯的。此时主席台上的妇女主任沈爱萍心里咯噔咯噔的。忽然有位大妈愤愤不平，朝沈爱萍看了一眼，起身说道："我们都是女人，我说两句……"陈书记连忙摆摆手："老人家，不用！还是我来说。"老村长见有人持不同意见，赶紧对陈书记说道："书记看看要不要重新投票？"陈书记接着说："看来大家似乎有不同的看法，但是大家想过没有，谁愿意放弃上海的高薪白领工作，甘愿去福利院照顾那些聋哑和残障人？谁愿意照顾他们一个月，我们就把这个奖颁给她……"台下顿时鸦雀无声，随即响起一片雷鸣般的掌声！有位大爷振振有词的补充道："乡亲们，她这是活雷锋！要是在古徽州，是要赐牌坊的……"全场起立再次鼓掌！

阿雯和姐姐文琴一样，也连续两届被评为"最美好媳妇"。

会上，陈书记对幸福村的发展提出新要求，"今年幸福村种植了大片油菜，取得了较好的收益，旅游收入也大幅增收。明年还要继续种。经镇党委一致研究决定种子、化肥均由镇里统一安排资金。青山绿水就是金山银山，我们要充分利用家乡的自然资源，打造好特色乡村……"幸福村的发展大计受到各界的广泛关注，返乡创业人员越来越多，乡亲们紧紧抓住这一大好机遇，时刻准备大干一场。

其实兴旺村的发展潜力也十分巨大。春节前后方金水书记主持召开党委会议和返乡务工人员代表扩大会议，听取大家对家乡发展大计，为家乡人民的"中国梦"而努力奋斗！新一轮奋斗即将展开。

除夕之夜，唐华妈还是像往常一样做了一桌丰盛的饭菜。按说文琴获奖了，全家人该好好庆祝一番，可邹爱荣这几天的脸色让人忧心忡忡，她没吃几口便借口回去了。唐文端起酒杯向唐华夫妻俩表示祝贺，又恭喜唐华获得（助理）工程师职称。唐华向爸妈敬酒："感谢爸妈的养育之恩，把我培养成一名合格的造船人……"唐华妈这才转忧为喜，一口把酒喝干。唐华爸却怎么也高兴不起来把酒杯端起又放下。

大年初三，唐华一家前往他姨妈和舅舅家拜年。已经几年没有去过他们家拜年了，唐华买了脑白金和一些礼物。唐华远远地看见一辆私家车停在姨妈家门口，顿时心里觉得矮了半截。姨妈上前迎接，把唐华领进了家门。这几年姨妈家发生了很大的变化，哑巴兄弟把屋里屋外收拾得很整齐，表妹创业取得了很大成功。随后唐华领着文琴和女儿前往舅舅家拜年。舅舅听说外甥过来拜年跑到村口迎接。唐华还没有进舅舅家门，就听到一阵阵鞭炮声。要说姨妈家变化大，那舅舅家的变化则让唐华更吃惊——不仅楼房气派，门口还有两辆轿车！唐华心里又矮了半截，心想：干了一辈子造船，还不如他们做生意好。进门前，舅舅和舅妈把唐华夫妻俩从头到脚夸了一遍。舅舅今天特别高兴，向邻居们夸奖唐华："我外甥今天来看望老舅，还买了这么贵重的礼物，他现在是工程师！也让老舅脸上沾光、光宗耀祖啊！……"

春节后，唐华调入位于古镇的红星一厂生产部工艺室综合组工作。综合组包括船体焊接、工装、舾装和火工专业，几个不同专业的同事一起工作。办公室属刘小东主管文化水平最高。刘小东也是70后，哈尔滨工业大学毕业，高级工程师，也是老字辈工艺师，编写了大量的焊接工艺文件。唐华紧紧抓住机会向这位高级工程师学习焊接技术。根据职责分工，唐华主要负责全厂船体变形与现场矫正工艺，包括编制工艺文件，负责船体变形控制和现场指导工作，以及日常工艺巡查工作等；岗位需要全面掌握船体火工技术，需要有一定的电脑水平和文字表达能力，还要善于解决现场各种问题。唐华已经有两年工艺岗位的工作经验，专家于老曾这样评价唐华：全国船厂少有的火工技术人才！

常言道：书到用时方恨少。唐华毕竟不是科班出身，与一群大学生相互照照镜子，唐华发现自己还有很多不足，主要是电脑水平差距明显。不过有这些大学生同事真好，只要放下心态不耻下问，直接向他们学习可以加快学习步伐。唐华对船体工艺流程十分熟悉，在造船理论和实践经验方面唐华也有优势，尤其是对一些现场复杂问题的处理把控方面也是这些大学生的老师。大家相互学习，取长补短。黄顾问曾经多次叮嘱唐华：做事一定要认真仔细，要主动开动脑筋推进工艺技术进步，期待你有更大的作为。

红星一厂的工作环境比二厂好很多，一厂是一座花园式工厂，厂区内有很多葵树、木棉树和桂花树，还有整齐的草坪和各种灌木等。十多株葵树矗立在公司办公楼前，十分美丽，十分耀眼，笔直而粗大的树干上面伸出硕大的枝叶，犹如在风中摇曳一把大伞，成为一道独特的风景线。大概与南方的气候有关，南方的桂花树每年三四月和年底前开花两次，而江南的桂花是在八月盛开。唐华最喜欢南方的木棉树。二三月木棉花盛开，短暂的开花后全部凋零，光秃秃的树干再长出一片片嫩绿的新叶，焕发出大自然春天的魅力。

古镇是一座特色小镇，古镇烧鹅是名扬"粤港澳"的著名美食。周围三面环山，宛如一道屏障护佑古镇人民的安宁，其中东南和西南方向的几处山坡很有特点，起伏的山峦貌似日本的富士山。镇郊物产丰富，农民种植多种经济作物，有香蕉、甘蔗、莲藕和陈皮柑，也有种植水稻或养鱼等。这些经济作物不仅提高了农民的收入，也成为船厂周围一道道美丽的风景。当地插秧季节是四月初，插秧方法依然使用苏东坡创造的"秧马"。九百多年过去了，这种古老的工具至今仍然在被传承应用。但他们收割稻谷已采用机械化。伟大领袖毛主席早就说过要加快"四化"建设，包括也要实现农业现代化。近些年唐华家乡的秧苗则采用旱田育苗和抛秧等方法，稻谷收割推进机械化作业，大大提高了农业生产效率。

新学期开学了。金雅已经读六年级了，金雅依然是同学们的好榜样，也是老师的得力小助手，把班级管理得有条不紊。一寸光阴一寸金，寸金难买寸光阴。学习是人生成长的阶梯。金雅的课外生活丰富多彩，周末还像往常一样参加兴趣班学习。今年金雅报了电子琴班、金话筒班和跆拳道班。聪明好学的金雅像贪食蛇一样徜徉在知识的海洋里。

这学期十字铺中小学每个班级都安装了电脑、投影等教学设备推进现代化教学。文琴轻松点击鼠标用丰富多彩的课件讲课，让知识变得可视化、趣味化，课堂气氛十分浓烈，很多知识在互动中传授给学生。这些农村孩子赶上了好时代，更加专心听讲，更加热爱学习。文琴教学管理很有方法，她让每个孩子轮流当一天班长，把每天最后一节自习课或活动课搞得有声有色，让同学们轮流讲故事，相互分享各自的快乐，在快乐中共同学习进步。文琴是一位好老师，她的教学方法得到全校老师的夸奖，尤其对孩子们的促进很大，就连一些差生也奋勇直追。文琴从不给学生们布置大量的作业，让同学们的课外生活丰富多彩。这些农村孩子大多数是留守儿童，他们缺乏父母的关爱。文琴关爱每一个同学的健康成长，孩子们最爱他们的"老师妈妈"。

文琴去年参加全国成人高考被师大中文系录取，也圆了自己的大学梦。文琴像唐华一样爱学习，当年他们俩都不愿意增加家庭的负担没有机会上大学，如今他们都快四十岁了，终于搭上了晚班车成为一名"大学生"。他们依靠自己的力量继续充电，续写平凡而辉煌的人生，也成为女儿的学习榜样。另外今年文琴还报名学习驾驶。

经过两年的努力，文义公司有了很大起色，今年开春成功赢得了三千多万元订单。公司招募了来自家乡的技校生和当地大学生。文义懂技术懂管理，通过培训提高工人的技能，把他们打造成各自岗位的精英，不仅产品质量提升了，各项成本也下降了。值得庆幸的是市场和客户的信誉度快速上升。然而同类产品像雨后春笋，一下子涌现了很多公司，如何确保有利的市场竞争力？这让文义寝食难安。

春节前文义的爱人淑玉找了一份好工作，在一家世界500强公司工作，成为一名让人羡慕的高级白领。淑玉来自东北，却不像有些东北女孩那样性格刚烈，她不仅美丽而且说话低声温柔，夫妻俩结婚以来一直相敬如宾，淑玉也是沈家的好媳妇。每次提到儿媳妇，文琴爸妈心里总是暖暖的。另外淑玉琴、棋、书、画样样擅长；在公司她是业务骨干，也是领导同事喜欢的"白骨精"——白领、骨干、精英，唐华和文琴时常夸赞一番，"淑玉是我们家的大才女，淑玉就是我们家的林徽因！"唐华女儿金雅最崇拜了，美滋滋地说道："大舅妈，我长大了也要当'白骨精'。"淑玉也给小外甥女最大的鼓励，"金雅最棒，你一定行，好好学习，加油！"

到目前为止，沈家和唐家的儿女们都过了而立之年，他们在事业上取得了一些进步。两家的老人经常串门拉家常，两家人就像一家人一样说说心里话，文琴爸总是夸唐华是个好女婿，唐华妈总是夸文琴是个好媳妇。人生的价值就是实现梦想和创造美好的生活，青年时代一定要敢于突破和挑战自己，永远做好儿好女。文琴爸常说："儿孙自有儿孙福，未来靠他们自己努力。"

正月底公司技术中心曹林峰专家前来工艺室走访。曹老是上海人，已经六十多岁了，精神矍铄，说话亲切。为了支援祖国造船事业，曹老早年从上海来到南方船厂工作到退休。退休前，曹老已是享誉广东省的知名科技专家。退休后在公司技术中心担任科技顾问，负责推进科技创新和工法研究工作。曹老是唐华来广东遇到的第三位大国工匠。曹老得知唐华曾在上海江南船厂工作了很多年十分高兴，两人很快成了"忘年交"。曹老头发半白，每一根头发里似乎都蕴藏着无穷智慧。在曹老的指导下，唐华开始学习研究新工艺技术，积极开动脑筋搞一些创新小发明，一步一步开始向更高水平迈进。

曹老愉快地说："今天来访主要有三个目的，一是带来一本公司去年工法论文集，二是听取大家对今年工法科技项目的申报意见，三是通报去年公司的科技专利成果……"随后唐华积极参与公司的工法课题研究。

应该说唐华的造船人生是幸运的，一路上遇到了五位大国工匠，他们是江南的恩师洪老、孙师傅，船体火工专家于宝华，精度专家黄志伟，以及新认识的科技专家曹老。蹊跷的是，大师们都是属龙的，唯有洪老年长一轮，他们都酷爱造船事业，刻苦钻研技术，成为新中国造船界的一代宗师，也是名副其实的龙的船人。大师们的性格十分相似，为人低调而又平易近人，其中于老和曹老不爱抽烟，其他三位大师都有抽烟习惯，属黄志伟专家烟瘾最大，牙齿熏得黑黑的，每每遇到问题黄顾问总是边抽烟边思考。在大师们的亲切关怀和指导下，唐华一步步走向成熟，走向不平凡的造船人生。

五月初黄顾问因合同到期即将返回上海了。黄顾问过来这两年里，所有人都跟着专家取得了很大的进步，精度管理取得明显成效，得到船东代表的高度赞扬！

为了答谢黄顾问的教导，大家组织了三轮欢送宴。这两年大家跟随黄顾问不仅学到了很多宝贵的知识，建立了深厚的感情，这一刻大家的心情十分复杂。有次宴席开始前，一个年轻人在唐华耳畔傲慢地说道："老爷子不过初中文化，没看出有多大能耐……"唐华的心底立马想起一个人——华罗庚，他一生只有初中文凭，却是世界重量级数学家！有些人就是喜欢戴着有色眼镜看问题，学历有时并不代表能力，最好不要打听，就像女人的年龄一样。有句话叫英雄不问出生，真人不露相。黄顾问是一流的造船专家，还是知名桥梁专家，亲自指导江阴长江大桥和武汉长江二桥等国家重大工程建设。这些成绩老爷子深深藏在心底从不炫耀。相比之下，一些年轻人上了大学，取得一点点成绩便总是夸夸其谈。为了不影响和谐的氛围，唐华尽量克制没有辩论。菜上齐了，黄顾问端起酒杯，谦虚地说道："我没什么文化，向你们年轻人学习。"这杯离别酒唐华实在难以喝下，不知道今后有没有机会再见？

喝完了离别酒，第二天一早黄顾问便启程返回上海。上车前黄顾问和送行的同事一一握手道别，随后紧紧握住唐华的双手说："继续努力！"此刻泪水在唐华的眼里打转，一句话也说不出来。黄顾问安慰大家："一定有机会再见的，欢迎大家到上海做客。"车门关上的那一刻，唐华的脑海里一片空白，只见黄顾问打开车窗不停地挥手，"不必难过，都快回去吧！"同事们的目光随着车轮一点一点移开……

几天后某分段外检报验时，船东现场检查发现一块肘板弯曲变形要求调直。十分钟之内，唐华接到了高主管、劳务队李带班和管理员戴国平先后打来的电话，"请马上过来指导！"工艺室有管理规定，现场反馈的小问题需要在两小时内解决，大问题一天内解决，重大问题自己不能解决的要即刻反馈领导解决。接到电话唐华立即背起工具包三步并作两步到了现场。唐华还没有搞清楚什么问题，大家七嘴八舌议论纷纷，戴国平指着变形的钢板说道："看看多大变形，快出修改单开刀处理吧，明天还要报验，……"高主管和李带班都同意开刀处理，只是开刀的难度也很大。

唐华造船二十年什么样的船体变形没有见过，等他们都走远了，唐华拿出工具仔细测量分析，数据有了，问题根源找到了，解决办法有了——可以采用火调处理好。下午上班唐华打电话通知李带班："不需要开刀处理，准备几样工具，我亲自过去火调处理。"李带班听说不用开刀，怎么也不敢相信，"为什么戴国平说一定要开刀处理？……"唐华还没有说完，李带班已经挂断了电话。后来唐华又打了几次电话，李带班起先不再接电话，最后在电话里说："人家老戴做了三十多年火工，你就别吹牛了！"唐华无奈采用激将法说："调不好的话，我负责！"两小时后才有一名工人过来了。

这名工人名叫周宜飞，江苏南通人，从事船体火工工作二十五年。周宜飞告诉唐华："这种问题我们以前都是按照老戴的方法开刀处理的。"接着周宜飞指着千斤顶对唐华夸张地说道："钢板太厚了，看看千斤顶都坏了，还是开刀处理好！"尽管周宜飞好意劝解，可唐华还是决定要亲自做给大家看看。十分钟后，三道火下去弯曲变形已经被唐华调到直线度偏差不到2毫米。周宜飞仔细检查后竖起了大拇指点赞！并赶紧打电话四处报喜，"唐工已经调好了，真的不要开刀了。"李带班依然不敢相信，快速跑过来看看究竟，但还不放心检查了好几遍。事实就是事实。随后李带班夸道："水平高，真是火工王！"戴国平听说难题成功解决了，有意绕圈子不过来了，有点像廉颇避而不见蔺相如。

当天下午消息在全厂范围内传开了，大家疯传唐华是"火工王"。在唐华没有过来之前戴国平被尊称为"火王"，如此一来无形中有了一定的压力。戴国平是一个不服输的人，于是开始到处造势，"我干了三十多年的火工，他才干几年？……"随后戴国平试图找准机会再反击，当然这是他本人一厢情愿的挑衅而已，而唐华只想专心做好本职工作，根本没有要和他比试之意。

再来说说这位老前辈吧。戴国平年长唐华八九岁，快五十了，身材瘦弱，瘦长的国字脸上嵌了几道皱纹，那张脸时常拉得很长，倒是说话出口成章，有点南腔北调味道。唐华曾听于老和室友赵宏刚说起他的为人处世，"反正谨慎一些为好。"恩师洪老曾对唐华说过，"凡事要学会忍耐。忍一时风平浪静，退一步海阔天空。与人打交道一定要多留一个心眼。"洪老还教导唐华与各种人打交道的技巧。起初唐华还没有听懂恩师说的意思，只是懵懵懂懂地记在心底。有天唐华在路上遇到戴国平，心想着不能成为人们传说的同行非得成为冤家，他主动与戴国平打招呼，也暗示播种友谊，可戴国平似乎没把唐华放在眼里，唐华没想到自己热脸擦冷屁股，碰了一鼻子灰，还被数落得狗血喷头。

这次戴国平本想找点借口给唐华穿"小鞋"，或许他高估了自己，殊不知山外有山楼外有楼，输给了这样一个后生。但这是他的领地，又岂能甘心呢？而唐华赢得并非偶然，贵在再三拜师学艺并坚持二十多年的学习，掌握了丰富的造船理论与实践经验，还借鉴了苏联时代的造船技术和日本造船技术，尤其是学习了工程力学等多方面理论知识，让唐华深刻领悟船体火工技术的内涵。船体火工技术之所以难，关键在于很多工人没有从理论上挖掘技术内涵，因此很难达到技术的高度，也很难攀登技术高峰。

接下来他们在薄板矫正和水火弯板方面展开竞技。薄板矫正技术本来就是唐华的强项，唐华甚至把日本专家都KO了，毫无疑问难不倒他。而水火弯板是戴国平的强项，戴国平终于找准机会亮剑了。当然亮剑精神要靠实力的。"你敢亮剑，我就敢接招，我不惹事，但我也绝不怕事。"唐华采用日本造船技术像教科书一样把这块曲板完完整整加工好了，误差仅偏差1毫米。加工组的胡师傅不住地赞叹："火候控制得恰如其分，加热线十分均匀，曲板线性实在太完美。"晚上下班后有人看到老戴悄悄去现场瞄了一眼，不过这次戴国平没再发表意见，嘴里咕咚道："什么日本造船技术听都没听说过……"这两轮巅峰对决中，戴国平丝毫没有占上风，反而进一步提升了唐华的影响力。

此后戴国平再也没有给唐华添麻烦。两人各负其责，戴国平负责课室现场生产管理任务；唐华负责工艺技术，从流程上解决问题，加强施工过程管理和检查，也是为生产课室服务，还组织全厂工人培训，通过培训极大地提高了产品质量。员工必须与团队融为一体，紧跟团队的步伐为企业增添效益。唐华的工作得到了有关部门的肯定，连续几艘船工艺技术管理做得很到位。良好的职业形象也可以看出一个人的基本素养。就算工作再忙，也一定要注意气质形象。唐华每天衣着得体整洁，而老戴的工作服看上去每天都脏兮兮的。

一年后，业绩平平的戴国平辞工了。

再说说船体车间加工组胡师傅。胡师傅今年五十岁，身材高大，为人和蔼。胡师傅是一名老党员，工作勤勤恳恳，处处发扬模范带头作用，每天把自己的责任区卫生打扫得干干净净。胡师傅从事曲板加工二十多年，但只是学习传统造船技术，对国外的先进造船技术一无所知。技术是无国界的，我们不仅要学习国内先进的造船技术，也要善于学习国外的技术，只有这样才能更好地推动造船技术进步。唐华有着特殊的工作经历，他更会学以致用。后来唐华把很多先进的造船技术传授给胡师傅。

有天胡师傅向唐华透露戴国平的一些事情：之前有领导打算让老戴编写工艺推进公司的船体火工技术，结果他写的材料牛头不对马嘴，领导也不知道丢到哪里去了……唐华听了一笑了之，管好自己的嘴从不评价别人。有人喜欢高调做人高调做事。而唐华从不骄傲，时刻谨记恩师洪老的教导：低调做人低调做事，尽最大努力把工作做得更好。

也就在这段时间，唐华写了一篇论文《船体火工基本原理》，从多个方面全面详细论述船体火工技术原理，文章有六十多页，共计五万多字。这是唐华对船体火工技术的全面理解。技术中心专家曹老指导，"这篇论文很有价值，恐怕也是国内同行中绝无仅有的好文章。"公司领导在技术中心曹老的办公室看到了唐华的论文，领导花了几个小时整整看了两遍，点评道："小唐真是一位不可多得的技术人才！"不仅如此，唐华还曾编写过很多工艺技术资料被其他船厂拿去参考。

随后唐华持续展开工艺技术指导工作，每天深入生产一线，还遇到好几位劳务队工友，其中有几位工友给唐华留下深刻的印象。

汤友民身材魁梧，性格直爽，工作认真，来自江苏苏北地区，与唐华是同龄的造船人，火工技术很好，另外还擅长船体装配技术。老汤工作认真，积极支持唐华的工作，业余时间最喜欢谈论新四军在苏北艰苦战斗的故事，一说起少奇同志、陈老总和粟裕等老一辈革命家口若悬河，讲八天八夜也讲不完。有次遇到问题，汤友民主动打电话联系唐华指导，"这……这个问题我实在搞不定，请唐工多指导！"唐华初步查看了一下，对于这样的问题唐华有绝活，拿起工具很快就把小难题解决了。

问题成功解决了，汤友民有话要说，"输……输给你这样的高手不为过，原本我也想这样做，但是功夫不到家，还是向你讨教讨教！"瞧这家伙说话有几分像李大团长的风格。唐华抬头细细看了老汤一眼，"几个月没有理发，你看你这副造型像啥样？"唐华高兴的时候说话嗓门很高，有时口水也跟着崩出来。今天唐华的老毛病又犯了，口水恰巧溅到老汤的脸上。只见老汤一抬手自己擦掉了，"哎呀，天天上班没空理发，听你这么说我今晚就去理发，否则人家真以为我是恐怖分子……"换成其他人这样说他那可不行，凭他这副模样也不是吃素的，该亮剑的时候也会亮亮剑。当晚老汤就去把长长的头发剪短了。令老汤佩服的还有唐华的理论和电脑水平，"我就是一个会干活的土包子，不像你那么有文化。"

另外两位工友也很有意思，他们各有千秋。袁大刚是高级工，也是某劳务公司的"首席工人"。袁大刚的工龄比唐华差一年，但技术方面相比要差几层楼，一遇到薄板变形就无从下手，只好无奈向唐华求助，很多工作都是唐华亲手帮忙做好的。但为了维护这名"首席工人"的金身，唐华紧紧守口如瓶，从不让这名首席工人"背黑锅"。另一名工友夏德水是本地人，脑子反应能力有些迟钝，由于公司征地成为一名劳务工。在唐华的耐心指导下，一场场理论和实践培训课让工人们受益匪浅，即使像夏德水这样的工人也被训练得技术过硬。现场有问题唐华随叫随到，与其说是他们的领导，实际上是他们的服务员。

下半年公司又来了两位不一样的工友，他们都曾经光荣入伍参军，一位是前驻港部队的叶向军，一位是某部退伍不久的许吉祥。叶向军是第一批驻港部队优秀战士，英俊潇洒，至今依然气质与众不同，在公司担任安保工作，大家送他"团长"外号。小许是一位90后，来公司从事船体火工工作。他们退伍后军魂犹在，勤勤恳恳，任劳任怨，不讲条件不怕困难，主动发扬先锋模范带头作用，积极影响了很多人的进步，成为船厂的一面旗帜。唐华为有这样的好工友感到由衷的自豪！

有天唐华接到小许的电话，问题解决后唐华不小心把手机摔坏了。第二天唐华去买了一部智能手机。智能手机功能强大，拍照清晰度高，上网速度快，最强大的是还有微信功能，极大地丰富了人们的生活。

很久没有和好朋友高亚军联系了，不知道老高回国了没有？去年五一期间高亚军前往巴西工作，担任赴巴西工作组副组长。一天晚上，唐华忽然看到老高上传在微信朋友圈的照片，偶然中得知老高已经回国了。

第二天唐华接到高亚军的电话："我在巴西工作了一年多，团队出色完成了本次工作，受到巴西同行的高度赞誉。"回国前巴西石油公司授予高亚军一枚友谊勋章和一本荣誉证书。高亚军带着这份厚重的荣誉回到了祖国的怀抱。当天他们的通话长达四十多分钟，唐华在电话里告诉朋友近年来取得一些的成绩，"我为公司打造了第一艘满足PSPC标准船舶，上层建筑也取得历史性突破，正在推进船体无马装配技术……"另外唐华还和朋友愉快地分享读大学的快乐。高亚军鼓励唐华："祝贺你！期待你取得更大的成绩！"

回国休息半个月后，高亚军返回了上海工作。上班第一天车间召开欢迎大会，隆重庆祝赴巴西工作组凯旋！会议室布满鲜花，彩旗飘飘，鲜艳的五星红旗格外光彩照人。会上高亚军作为代表发言，"首先感谢公司领导给予我赴巴西的工作机会，在各级领导的关心下，工作组齐心协力，团结拼搏，克服很多困难，甚至不分昼夜奋战，历时一年多终于顺利完成各项工作，得到巴西同行的好评！此时此刻我的心情很激动，再次感谢领导和同事们的关心和厚爱！"台下响起热烈的掌声。随后车间陶主任和工会王主席上台向各位英模颁奖，并向他们致以崇高的敬意！

会后工会王主席与高亚军谈话，"鉴于你一向工作认真，刻苦勤奋，表现突出，经车间研究决定授予高亚军同志为公司'首席工人'称号！并决定从劳务工岗位转为职工行列重点培养……"高亚军紧握王主席的手深表谢意。可高亚军对"转正"的事情却另有想法。他认为此次巴西工作组中有两位班长比他更突出：装配张班长是装配技师，任劳任怨工作，此次出国发挥重要作用；焊工吴班长是焊接技师，工作极其认真，功不可没。而老高自己还只是一名普通的火工高级工，因此不能抢夺他人的功劳。王主席被高亚军的一席话深深感动，最终把指标转给装配李班长。把这份唾手可得的荣誉放弃了，让王主席万万没想到。这是一种怎样高尚的人格魅力啊！

由于该公司业务不饱满，三个月后高亚军前往武汉开始了新的征程。老高在一家劳务公司任带班，有幸参与港珠澳大桥工程建设，也让这位火工专家有了一展才华的大舞台。众所周知港珠澳大桥是国家级重点工程，桥面平整度精度质量要求极高，工期紧、任务重。老高带领班组成员一丝不苟地努力工作。老高工作二十多年了，与唐华一样掌握了很多独门技术，为了国家工程全力以赴，老高参与了数万吨桥面钢结构建造，每一段桥面精度都达到世界一流水平，得到项目工程部的高度评价。

另外还有一个巨大的惊喜！完成港珠澳工程建设后，高亚军又马不停蹄参与到另一个国家级工程——中国天眼。中国天眼是五百米口径球面射电望远镜，FAST是"十一五"国家重大科技基础设施建设项目，工程凝聚了我国科学家和广大工程技术人员二十多年的心血。让我们为这些科学家点赞吧！该工程的钢结构项目在武汉建造，一群南通造船人参与该工程建设，高亚军是其中之一。老高成功解决了一个个难题。然而工程即将完工前，老高不慎被砸伤了三根手指在医院里住了三个月，恢复健康后又迅速返回施工现场继续奋战。

三年后，这两大工程将相继竣工。高亚军用实际行动再次书写了辉煌的造船人生，为国家做出巨大贡献！高亚军是洪老最得意的弟子之一，是当代中国造船人的杰出代表，也是伟大时代的楷模。当港珠澳大桥通车时，当天眼工程正式运作后，请不要忘了背后有这些默默奉献的优秀造船人。

接下来红星公司开始建造日本船了。唐华积极参与新船建造，编制了很多工艺文件，尤其是在船体无马装配技术方面取得了很大的进展。由于日本船质量要求高，他们又将面临诸多工艺技术难题……

第三十一章

又是一阵阵春风徐徐吹过中华大地，亿万龙的船人在春天里再次播种新的希望，奋进在这美好的新时代；一大批龙的船人辛勤地奋斗在造船一线，他们以精益求精的工匠精神创造了丰硕的成果。

5月初，黄志伟顾问再次回到广东工作。黄顾问是红星公司唯一一名再次返聘的专家。黄顾问回来后大家心里像吃了一颗定心丸。不过这次黄顾问的职位有微妙变化，之前是生产部工艺室顾问，现在担任生产部顾问，由黄顾问继续负责精度管理工作，且具有考核权如同一把尚方宝剑握在手中。现代造船精度管理越来越重要，已经成为造船的核心技术之一。这也充分体现了公司领导对精度管理的高度重视。

俗话说：万丈高楼平地起。黄顾问对公司精度管理所存在的问题一清二楚，依然把过去的基础管理捡起来，首先是要求内外场主管加强精度数据的测量分析工作，推进各种测量仪器的标准化使用，提高全站仪模拟分析水平，收集、整理并建立系列船精度数据库；其次是加强工艺交底指导工作，加强工艺纪律巡查和施工过程管控，及时纠正不良施工行为；第三是加强施工人员技能培训，组织装配工、焊工高级工技能培训，也包括其他技术工种的工人岗位技能培训工作；第四是重点推进无余量造船和精度对合线应用，这是推进精度管理最关键的一步棋。另外还把上海地区最新的先进造船技术传授给大家。随后团队紧密围绕专家的指导意见有条不紊开展各项工作，统一思想，实事求是，埋头苦干，短时间内精度管理成效显著，也为公司的发展再次奠定了良好的基础。

黄顾问回来后，唐华第一时间向恩师汇报了有关工作，"去年我组织的上层建筑火调工艺技术研究获得了公司三等奖，今年组织的船体无马装配技术成功推广应用，还有好几项新工艺技术得到了应用，另外还申报了三项国家专利……"黄顾问对唐华的工作予以充分肯定。船体装配过程难免会产生装配马脚，而马脚不仅影响施工效率，也影响施工质量，如何改进传统工艺技术？由于唐华之前在日本公司曾经学习过该技术，因而率先在公司推广应用，并走在了全国同行业的前列。

近半年来，唐华负责的船体无马装配技术取得前所未有的突破。通过一系列培训，工人们已经熟练使用新型磁力工具，施工质量和效率大大提升。公司领导对唐华的工作予以充分肯定。6月中旬唐华和团队将代表公司前往广州参加华南地区船体无马装配技术研讨会。为此唐华专门编写精美的PPT演讲稿，阐述船体无马装配技术的重要性，并介绍了该技术在红星公司和国内外船厂的发展情况。研讨会前一天晚上，唐华通过微信视频告诉文琴参加研讨会的消息，文琴十分喜悦，叮嘱唐华"一定要为公司争得荣誉"。

6月18日清晨，唐华和团队驱车赶到广州。会议由广东造船学会主办，由研究员级高级工程师秦晓峰主持，来自华南地区十多家大中型船厂的六十多位专家和磁力工具厂家代表以及有关媒体代表出席会议。秦高工首先简要概述船体无马装配技术的重要性，"造船工艺技术要不断创新，这不仅可以提高造船技术含量，也有利于降低造船成本……"磁力工具厂家范礼军总经理详细介绍了他们公司的研究成果，"相比传统造船工具，磁力工具有很多实用性，是改进船舶制造的先进工具之一，可以有效提高造船效率并降低施工成本。"与会专家们饶有兴趣地聆听演讲，大家热烈鼓掌欢迎！

一小时后轮到唐华演讲了。唐华刚打开PPT演讲稿，大家迅速打起精神，全神贯注地听唐华的演讲。唐华按照文琴的建议演讲声音洪亮，"现代造船模式是创新管理、成本管理和信息化管理……"一开场就听到了阵阵热烈的掌声。由于唐华负责该技术在红星公司的具体推进，加上唐华熟知日本造船技术，因此唐华更有发言权。随后唐华列举一组组数据和一张张照片进一步阐述新工艺技术取得的成果，包括对比日本造船技术和具体技术推广应用方法等，让大家进一步了解该技术的先进性，现场不时穿插多次掌声。船体无马装配技术完全是颠覆传统工艺的新工艺新技术，但究竟可靠性如何？很多专家表示怀疑。在唐华的演讲中，他们找到了答案。最后唐华引用邓小平同志的名言把演讲推向高潮，"科学技术是第一生产力！"全场起立长时间鼓掌。

会后多位专家纷纷和唐华交流经验，"祝贺唐工演讲成功！您的演讲让大家眼前一亮，受益匪浅。"数位专家主动邀请唐华合影留念，并索取唐华的联系电话。通过这次会议，唐华把自己掌握的造船技术传播给更多的船厂，让兄弟船厂迅速掌握核心技术。这是唐华的造船人生的又一个重要的成绩。我国已经成为世界造船大国，可有些造船技术与日韩船厂相比还有一定的差距，但只要千千万万的工程技术人员不断加大技术创新研究，就一定能够快速缩小这一差距，甚至超越日韩造船技术，使我国的造船技术水平不断迈上新台阶，直至成为世界造船强国。这也是广大中国造船人的"中国梦"。

这次会议精神通过多种媒体快速传播到全国各大船厂，数十家船厂积极开展该工艺技术研究。黄顾问点评道："这项新工艺技术改变了我国传统造船工艺，不仅对民用造船技术有着十分重要的价值，对我国的国防事业也有重要的意义。"本来磁力工具厂家刚刚研发成功，他们还为新工具的销路发愁。会后广州、武汉、青岛和长三角等地船厂纷纷向厂家大量订购这种先进的造船工具。其中一家船厂如获珍宝，一位高层领导欣喜若狂地说道："终于找到了这样一种新工艺新工具，显著提高了产品质量。"而这种工具的源头正是唐华花了半年多时间改进设计并试验成功，可有谁知道这背后的故事呢？

研讨会回来后，唐华立即撰写了一篇新技术论文，也是国内船舶行业同类课题的第一篇论文。论文发表后唐华接到了很多咨询电话，帮助大家对先进造船技术的认识。唐华去年发表的论文也受到社会各界的广泛关注，某研究中心专家组评审后，认为唐华的论文是一项"科学发展与构建和谐社会理论实践成果"，被评为"一等奖"；另外国家级重点期刊《求是》杂志也来信要求约稿刊登。有了这些成果之后，唐华加紧学习研究各种新工艺技术研究。不久唐华设计了一种独特的船舶上层建筑总组定位工装，工装设计简单，制作成本费用低，不仅提高了产品施工安全性和精度质量，而且大大节约施工成本，有效缩短了施工周期，得到公司领导和施工单位的一致好评。

学习使人进步。现在唐华总感觉时间不够用。鲁迅先生曾说：世上哪有天才，我把别人喝咖啡的时间都用来工作。每当同事们闲暇娱乐的时候，唐华总在埋头学习到深夜。为了热爱的造船事业，他把有限的时间集中起来争取创造更多的价值，渐渐地身体也消瘦了许多。自从去年获评助理工程师以来，唐华的脑海就像打开了智慧的大门，在工艺技术研究方面接连取得丰硕的成果。之后唐华还研究了多项新工艺新技术，申报了二十多项国家专利，在技术创新的道路上越走越远。

为了进一步巩固新技术研究成果，9月初唐华组织一场特殊的技能比赛。

在公司工会的大力支持下，唐华一个月前开始策划本次比赛，亲自拟定比赛规则、奖金分配和评委名单等详细方案。现场悬挂大幅标语渲染比赛气氛。一切准备就绪。共计十名劳务工参加比赛，比赛分两组进行。比赛要求选手应用磁力工具装配一条长度9.8米长的球扁钢，不允许产生装配马脚，关键是考核参赛选手谁用时最短、质量最佳，由三位裁判参加评判。各部门高度重视本次比赛，工艺室黄顾问和技术中心曹老作为专家评委亲临现场指导比赛，公司领导杨总和几位课长现场督导比赛。另外公司工会邵主席还邀请上级领导莅临现场观摩比赛。比赛由唐华主持。随后杨总宣布比赛开始。

比赛正式开始了，一场别开生面的比赛正式拉开序幕，选手们有条不紊使用新型工具操作，展开激烈竞争，到场的领导同事认真观看比赛，上级领导惊喜地拿起手机和相机不停地拍照。五分钟后，选手们的差距逐步显现，犹如百米赛跑一般，大家都到了不同的位置，选手们加快比赛速度，也让比赛富有激烈的竞争性。裁判们忙碌着跟踪检查，唐华在一旁认真记录比赛用时。黄顾问点头称赞，"这是公司第一次举办此类技术比赛，国内也是首次，看来唐工付出了不少努力。"新工艺技术经过近半年时间的推进应用，工人们已经熟练掌握。杨总也不时赞扬一番。眼看到了关键时刻，大家的差距越来越明显，第二道刘蓝天已经遥遥领先。最后时刻谁不想冲刺呢？结果刘蓝天顺利摘得本组冠军，用时11分08秒。现场各位领导十分满意。上级领导紧握杨总和邵主席的双手表示热烈祝贺！

第二轮比赛开始前，H292号船东建造组兴致勃勃地来到现场观摩比赛。船东现场助阵，这进一步增添了比赛的意义，大家纷纷鼓掌欢迎！随后比赛继续进行。杨总向船东代表介绍了有关情况，船东夏工认真观看比赛细节，竖起大拇指称赞，对唐华说道："你的这项技术研究很有价值，可以显著提高产品质量，我代表建造组感谢你！"接着大家一同观看比赛。选手们你追我赶，都发挥出最佳水平。最终赵小明获得本组第一，成绩12分09秒；最后一名选手的成绩是13分20秒。

两轮比赛都取得较好的效果。经过裁判公正评判第一组刘蓝天获得冠军，第二组赵小明获得亚军，其他选手分获第三名或鼓励奖。杨总带头鼓掌庆祝比赛取得圆满成功！以往传统工艺方法装配这样一根球扁钢需要一小时以上，现在最短时间仅约十一分钟，显著提高了装配效率。比赛结束后，唐华和邵主席愉快地给获奖工人颁发奖金和获奖证书，并与选手们一起合影留念。唐华获得"最佳组织奖"。本次比赛是国内船厂首次举办同类型技术比赛，有力促进了公司新技术的快速发展，也引领其他船厂的快速发展。

第二天技术中心曹老给唐华打来电话，"再次祝贺比赛取得圆满成功！所有工程技术人员都应像你一样开动脑筋创新，引领新工艺新技术快速发展，丰富中国制造的内涵。"本次比赛得到了公司各界的广泛好评，增强了广大职工和劳务工的成就感。青年要敢于担当，勇于创新，也是新时代赋予年轻人的光荣使命！谁能坚持学习二十年谁都不简单，唐华持之以恒地学习，他的才华和智慧逐步展现出来，不仅为公司的科技发展做出积极贡献，也书写了他辉煌的造船人生。就在这期间，唐华收到了中央党校和国家管理科学院发来的邀请函，前往北京参加第九届全国管理科学大会。

比赛之后，唐华成了全厂的风云人物，很多素不相识的人都知道了他的名字。

一天工作中，唐华看到了两顶很熟悉的安全帽，他们的帽子上面有江南船厂的特殊厂标。大家互相认识之后，唐华了解到他们都是来自江苏的造船人，一位是焊工王爱国师傅，一位承包管道的蔡老板，他们都曾经在江南船厂工作了十多年。王师傅名字带有强烈的爱国色彩，是一名退伍军人，焊接技术水平很高。蔡老板造船技术经验丰富，成功转型为承包老板。唐华和他们的年龄相仿，王爱国和蔡老板泛黄的脸上有一道道皱纹，而唐华的脸色明显白净几分，王爱国对唐华说："还是你坐办公室好！我们的工作比你辛苦……"蔡老板跟着说："是啊是啊！"唐华说："都是为了造船，分工不同，脑力劳动也不轻松。"

得知唐华从事工艺技术后，王爱国兴奋地说道："咱江南的造船人就是牛牛，为你骄傲！我们的文化水平低，不像你那么有文化，你是我们的好榜样！"其实他们都是高中毕业，只是他们后来不再像唐华这样热爱学习，一个成为优秀焊工，一个发展成为承包老板，凭着自己的技术实力成为造船行业的佼佼者。造船的农民工终极发展目标无非是这样。唐华之前也有搞承包的机遇，只是唐华没有朝这方向发展。像唐华这样能够做工艺技术的毕竟是少数，因此唐华也成了他们引以为豪的偶像。

这时金阳队黑蛋和阿庆又返回公司工作。两年前由于公司订单减少，他们去了广州地区其他船厂工作。唐华对他们的影响是深远的，徒弟们也受到了同行们的尊敬。阿庆告诉唐华："师傅，我把您教我的很多技术都用在工作中，成功解决了很多技术问题。"

阔别家乡大半年了，国庆前唐华回家探亲。上车前，恩师于老再次前往广州火车站为唐华送行，唐华向恩师简要地汇报了有关工作，于老对唐华的工作高度赞扬，"很多高级技师水平也不过如此。"一个月前，于老前往俄罗斯旅游，"我给你女儿带了一个小礼物——俄罗斯套娃。"唐华连忙道谢。于老是唐华无比敬重的造船大师，他十分珍惜这份忘年交的友谊，愿恩师退休生活快乐！列车沿着京九线快速奔驰，唐华的心情起伏不定，离家这么久了，不知道家里现在怎样？下半年女儿读初中了，还有爸妈的身体好吗？尤其担心哥哥唐文和嫂子的生活，因为他们开办水泥砖厂不仅劳累而且收入微薄。儿行千里母担忧，回家的心情是美好的，"多重多重的心事今天都放下，多远多远的路程今天都回家，回家的感觉温馨着天涯海角，回家回家……"

进了家门，唐华惊喜地看到女儿已经长到一米七的大高个，文琴幸福地说："看看女儿长得多好！"金雅打开于爷爷送的俄罗斯套娃，一字排开，高兴得跳起来，十分喜爱这份来自万里之外的珍贵礼物，像古董一样珍藏起来。金雅在妈妈的耐心教导下，已经通过了电子琴八级，"爸爸，六一儿童节我演奏的歌曲获得了一等奖！"当晚金雅又给爸爸弹了两曲美妙的音乐，指尖在琴弦中移动，每个音符无不让唐华深深地感动。孩子长大了也懂事了，真是人小鬼大，把浓浓的思念转化成感人肺腑的音乐。远离家乡而不能陪伴女儿的成长，哪个父亲不是忍痛割爱？哪个留守儿童不期待阖家团圆呢？

上初中后，金雅依然担任班长，金雅有一套独特的学习方法，每天自主学习独立完成作业，上课专心听讲。班主任梁老师夸奖金雅"是品学兼优的好学生，也是全班同学的好榜样"。同学小莉是金雅相处最好的同学，也是学习上的好对手，两个孩子都很拼，相互交替争第一，促进共同进步。初中课程比小学多，由于不健康用眼，金雅的视力明显下降，开始戴眼镜了。这些00后新生代视力真令人担忧，有的坐姿不当，有的同学长时间看书、写作业，有的过度玩手机，特别是手机成为青少年近视的一大杀手。近年来学校里戴眼镜的同学比比皆是，比例越来越高，简直让人担忧。

晚上文琴告诉唐华："老公，家里样样都好着呢，放心吧。"唐华愉快地告诉文琴这半年来的工作情况，"今年我的收获很多，推进了很多造船新技术。"唐华还告诉文琴去北京参加有关会议的情况。文琴为唐华感到骄傲。"这辈子没有嫁错人。""一半以上功劳是你的。"半夜里唐华和文琴还在谈情说爱。他们的爱情好像贴了一层保鲜膜，还是当初那么新鲜那么甜美。唐华妈时常想：要是唐文的家庭也像唐华一样该多好啊！

唐华回家的第二天，哥哥唐文突然接到法院的传票，嫂子邹爱荣狠下一条心提出离婚。在这最困难的时刻亲情浓于水，唐华和妹妹明珠一起陪同哥哥来到了法院。邹爱荣在她老娘的陪同下来到了法院。为了孩子的将来，唐华建议侄儿侄女不参加开庭审理。法庭内庄严肃穆，法官按程序调解他们的感情问题，"当我们看到成群结队的大雁翱翔蓝天的时刻，当我们看到水上鸳鸯结伴而行的时刻，我们知道这些不会说话的动物是幸福的；而当我们看到它们的同伴离开的时刻它们孤独的前行，我们的心情也格外沉重。今天人们究竟需要怎样的爱情和婚姻？回眸这些瞬间，也让我多了几分思考，夫妻本是同林鸟，只要同甘共苦，就没有迈不过去的槛。别以为开放就可以越过道德的底线。离婚不过是一张纸。维护好共同建设的家园，为了父母、孩子和社会，这种行为必须得到遏制，强烈呼吁'双暂停'，就像世界期待朝鲜半岛和平一样。难道离婚真的幸福吗？要多想想离婚的后果，多想想孩子和老人……"法官耐心地讲解离婚的利害关系。邹爱荣不假思索坚决要求离婚。他们的感情本来就没有基础，但唐文舍不得离婚。谁希望孩子失去妈妈呢？

邹爱荣提出离婚的背后是有原因的，她不再愿意与唐文同甘共苦，春节后抛开家庭前往上海打工，竟然与房东老头同居了。由此邹爱荣动了离婚的念头，一心想离婚嫁给上海人过衣食无忧的生活。为了达到目的，邹爱荣上次回家把家里的东西全都砸烂，还在两个孩子的面前拿刀砍了唐文胳膊，刀口长达十多厘米，顿时鲜血直流……尽管如此，唐文依然不想离婚，因为他不想让家彻底破碎。邹爱荣老娘得知女儿在上海找了"相好"，迫不及待促成女儿离婚。世上哪有这样的妻子？世上哪有这样的丈母娘？最终法官调解失败。他们投资砖厂连连亏本，女儿上大学债台高筑，家里一贫如洗，还有三万多元债务。邹爱荣要求"净身出户"。唐文艰难地在离婚协议书上签字。法官连连摇头叹息，"孩子一个都不要？债务也不分担一分，这也太狠心了……"

回家后，唐文把一张张照片撕成两半，两天没有吃东西，捶胸顿足地说：

"终于解脱了，再也不会吵架了……"经过母亲和家人苦口婆心百般劝解，唐文才慢慢走出离婚的阴影。两个孩子更是哭成了泪人，儿子女儿哭破嗓子说"妈妈不要我了……"尽管儿媳妇不孝顺，可现在儿媳妇走了，唐华妈还是很舍不得；在孩子眼里，不管他们的妈妈多么不好，毕竟是他们的母亲。人一生要办的证件很多，但领到离婚证那一刻，他们的心情并不快乐，不仅是当事人自己，也包括他们的亲友，而其中最苦最苦的是孩子！

拿到了离婚协议书，邹爱荣连夜坐车赶往上海，也没有回家再看孩子一眼，自己的衣服物品都一概不要了——马上有上海大款"老公"了，还稀罕那些破烂？再说这上海老头一时冲动想再婚娶这么丑陋的乡下女人，儿女们怎么会轻易同意？老人的儿女大吵大闹，"这不明摆着是来争家产吗？"结果老头当晚心脏病突发，一命呜呼……邹爱荣成了街头的流浪鬼。世间哪有捷径可走？自私自利终究会吞下自己种的恶果。

从此唐文独自一人扛起家庭的重任。人在最困难的时候多么需要他人的帮助啊！就像菲利普夫妇盼望于勒回来一样。得知唐文家庭困难，村里方金水书记号召大家发扬"一方有难，八方支援"精神，很多老乡主动上门提供力所能及的帮助，过去唐文砖厂的砖头卖不掉，现在乡亲们纷纷"抢购"，三天时间把砖厂的水泥砖全都拉走了，让他的生意有了转机。几个月前唐文看着门前一堆堆水泥砖发愁，现在女儿上大学的费用终于有了着落，学校照顾贫困生还减免了部分学杂费并提供助学贷款。

两年后，最终唐文决定放弃苦苦经营的砖厂去苏州、上海、杭州等地打工，开启了新的生活，逐渐走出了离婚的阴影，女儿也快大学毕业了。后来他所在的建筑公司承建杭州某小区获得了"中国建筑工程鲁班奖"。

国庆期间同学聚会也成为一种新潮流。手机微信方便了沟通，微信群聊把多年不见的同学联系到一起，很多同学多年不见期待再聚首。近年来同学聚会越来越多，从小学到大学各种层次都有。文琴高中毕业二十年了，很多同学十分期待聚会。究竟该不该去参加聚会？文琴的同窗好友议论纷纷，有的说：有些聚会成为不良窝点，有些成为拆散家庭的根源，也有些成为炫富斗富的舞台。文琴犹豫不决。唐华鼓励文琴："毕业分开这么多年了，好好打扮一下去参加聚会吧，皮鞋我擦干净了。""老公回来就是好！家里也干净多了。"

文琴换好衣服愉快地去参加聚会了。唐华难得回家便在家陪女儿学习。

毕业二十年了，同学们已经步入中年，大多数男同学体型发福了，很多女同学还是那么青春貌美，也有个别女同学成了黄脸婆。同学们十分激动，"时间都去哪儿了？很多同学已经认不出了。"老班长赵文军逐一介绍，下面开始点名："李明，""到！""王大庆，""到！""王大庆你吃啥好东西，好好看看你的肚子？"……"下面这位女同学不用我介绍了吧！"同学们高呼："咱们的班花沈文琴谁不认识？她还是那么青春靓丽！"好友在一旁补充道："她老公是造船工程师！可能干了，老婆能不美吗？"文琴笑着起身向大家问好。同学们欢聚一堂，畅谈毕业后的工作、生活和家庭等情况，他们当中有事业成功的老板、企业高管，有学院院长，也有军队高干，还有两位博士高才生，一个普通高中能够走出这么多的人才真十分难得。最可贵的是他们的同学友情纯洁，求真务实，谈吐文明，大家畅享着快乐而难忘的聚会。

随后大家一起共进晚餐，费用是 AA 制。老班长高高举杯，"干杯！"同学们全体起立共同庆祝。席间老班长要求大家"不准拼酒，更不能喝醉，还要像上学时代一样照顾好我们的女同学"。同学们相互敬酒，也纷纷向老班长敬酒。酒喝三巡之后，有个绰号叫阿三的同学似乎有些醉意，他端起酒杯跟跟跄跄地跑到文琴的闺蜜小青身边，"阿青同学，敬你一杯！"一只手有意无意地放在女同学身上不该放的位置，小青吓得大叫道："你干嘛？""没干嘛，就是有一句话想对你说……"读书的时候阿三曾经暗恋小青。这一切正好被老班长看见了，"臭小子，你借着酒劲想表达什么？来几个男同学把他架出去！"老班长接着说："我再重申一下，所有同学务必文明聊天，不得借同学聚会名义谈论过火的话题，不得破坏同学之间的纯真友情。"这是一位负责任的好班长，至今仍然备受大家尊敬。他们的微信同学群里成了文明群聊，没有同学炫富，让大家延续多年的同学友谊。

聚会进行到十点多，老班长安排了十多辆车把每个同学安全送到家。

一直等到晚上十点多，文琴还没有回家，唐华和女儿十分焦急，金雅对爸爸说："妈妈今晚不回家吗？"说完金雅先睡觉了。半夜里，唐华听到了一阵敲门声立刻下楼开门。进了家门文琴兴奋不已，赶紧在群里回复："沈文琴同学已经平安到家，谢谢同学们！谢谢老班长！"当晚文琴与唐华一起分享聚会的快乐，激动得久久没入睡。

第二天一早，文琴的手机又响了，"沈老师，您好！我是您的学生，我是小调皮……"这些年文琴教了很多学生，半天没有想起来到底是哪个学生。"沈老师，今天我们同学聚会，您一定要参加，我马上过来接您。"半小时后，一辆奥迪车停在家门前，车上下来两人向文琴深深地鞠了一躬，"老师，您还认识我们吗，我是小调皮——余伟，他是班长吕涛。"转眼十五年过去了，文琴几乎认不出了，但是有些学生的名字还印象深刻。

"你们是……是我教的第一届初三毕业班学生。"文琴愉快地说。

"是的是的，老师您的记忆真好！"

"老师您还是那么年轻，您永远是我们的好老师！"

随后两名学生把文琴请上了车，一路上师生们滔滔不绝，余伟歉意地说道："老师，那时我不懂事也不好好读书，同学们都管我叫'小调皮'，还经常惹您生气，老师您多原谅！不过我们班长最爱学习，他考上了名牌大学，还读了研究生，班长你自己跟老师汇报吧！"文琴拍拍吕涛的肩膀，"好样的。"吕涛首先向老师报告了小调皮的成长经历，"老师，其实我们班小调皮最聪明能干，他不喜欢读书，但是他有致富秘籍，现在身价了不得啦，上海有公司有房子。"余伟前些年跟文红学习科学养猪，后来村里发展旅游业，他又办起了农家乐，捞到第一桶金。余伟边开车边说话，"那也没有你这个高才生总经理强啊！"几分钟后，他们到了位于幸福村的"余福农家乐"聚会。

文琴到达会场前，同学们已经整齐地排好队，余伟和吕涛在老师的一左一右沿着红地毯款款而来，像是国庆阅兵似的，同学们看到老师来了，纷纷鼓掌欢迎！十五年前他们还是初中生，现在已经长大成人，走上了不同的岗位，有的担任公司高管，有的当了老师，有的成了老板，有的是快递小哥，还有一位成为小有名气的作家，等等。学生们在天南地北工作打拼，事业上都有所起色，依然念念不忘自己的老师。文琴激动不已，收获满满，"当老师的最希望自己的学生桃李满天下，希望你们青出于蓝而胜于蓝。"文琴至今仍然是一名普通的代课老师，但她永远是学生们心中最美的老师。那位当作家的学生最亢奋了，"老师，您教学认真，您的快乐学习法让我受益终生，我要为您写本书，题目我都想好了，就叫《最美乡村老师》……"这时一位女学生上前说道："老师，这支笔是我在网上买的，昨天收到快递，希望您能够喜欢。"随后大家围绕网购议论纷纷。接着一位男同学从包里拿出一个精美的盒子，文琴急忙说："你的心意我领了，老师从不收礼。""老师您累了多喝水，送给您一个保温杯！"同学们最欢快的是围在老师周围畅所欲言，最激动的是拍集体照了，最遗憾的是还想再回到学生时代听老师讲课。然而岁月的流逝岂能复返呢？

唐华今天也去参加高中同学聚会。近年来唐华的母校取得十分骄人的成绩。在全体老师的辛勤努力下，母校早已成为省级重点示范高中，连续十八年位居"皖南八校"之首，每年高考都有一大批学弟学妹荣登榜首，很多学子考上清华、北大、复旦等一流名校，国内前一百强高等院校都有来自母校的学子，为家乡的教育事业作出十分突出的贡献，为祖国建设培养了很多优秀人才，唐华为母校感到无比自豪。

当年同学们都在同一起跑线上，二十年后已经完全没有可比性，他们当中有大学教授、院长、局长、校长，等等。唐华简要介绍了自己从事造船的工作情况，"通过自学从一名普通的农民工成为一名船舶工程师。"同学们纷纷鼓掌，大家都把目光集中在唐华身上，班主任紧紧握住唐华的手，语重心长地说："当年老师为你的辍学遗憾，但你终究没有掉队，老师为你骄傲！船舶是国家经济十大支柱性行业之一，船舶制造是我国重要的民族工业。期待你继续努力，期待你取得更大的成功！"

12月底，兴旺村和幸福村都参加了全省"最美乡村"评选活动，活动通过微信投票的方式评出全省十佳"最美乡村"。在十字铺镇陈祖德书记领导下，这两个村人民团结一心，艰苦奋斗，一、二、三产业都取得了可喜的进步。青山绿水就是金山银山。两个村联手改造万亩荒山，种植了两千多亩白茶、两千亩果园和一千多亩其他经济作物，剩下的荒山也在改造之中。乡村面貌焕然一新，人民生活日新月异，人均收入大幅提高，有三分之一以上的家庭买了私家车，其中不乏奔驰、宝马等豪车。现在走进村庄，山清水秀，鸟语花香，宛如一幅美丽的新画卷。春暖花开，大片油菜花赏心悦目，上半年采茶节，下半年丰收节，吸引了省内外大量的游客开着私家车或乘坐高铁前来参观，分享五谷丰登和瓜果飘香的喜悦。节日期间，乡亲们一边忙于收成，一边向游客展示皖南特色的文艺表演，流行歌曲和黄梅戏等节目给观众留下深刻的印象。方书记和老村长果然不负众望，短短几年时间把家乡建设得如此美好，乡亲们欢天喜地，在外务工人员无不感到骄傲和自豪！

两个村都把各自发展的精美图片上传到网上。兴旺村由方金水书记组织大家投票。幸福村由文红代表他爸——老村长组织投票活动。家是小小国，爱国

344

爱家是人人义不容辞的家国情怀。这些年唐华和文义身在外地，他们都一直积极关注家乡的发展。投票前几天，兴旺村和幸福村排名末尾，但是他们的微信群越来越强大，无论在家乡的村民还是在外地的务工人员甚至大老板都积极加入这场维护家乡发展的荣誉上来。随后他们的得票率持续上升。然而全省只有十个名额，谁不关心自己的家乡呢？最终兴旺村和幸福村双双获得了全省"最美乡村"称号！那一刻，唐华的微信朋友圈瞬间刷爆了。

喜讯传来，乡亲们穿上节日盛装，兴奋地舞起长长的龙灯庆祝！龙是中华民族的象征，是炎黄子孙自尊、自强、自信、自豪的象征，也是中华民族信仰和凝聚力的源泉。在锣鼓助阵下，大家把吉祥的龙灯表演得淋漓尽致，巨龙或翻滚，或盘旋，或腾飞，一股祥瑞之气弥漫在皖南这片充满神奇的沃土上。随后乡亲们围着巨龙跳起欢快的舞蹈，唱起欢快的歌声，一阵阵欢呼声响彻村庄的每一个角落……

第二天，陈书记在党委会上隆重宣布："恭喜我镇兴旺村和幸福村荣获'省最美乡村'称号！首先向两位优秀的村长表示祝贺！方金水书记和沈家发村长都是好样的。"全场响起热烈的掌声。方金水书记和沈家发村长——唐华岳父起身向大家鞠躬致谢。陈书记接着说："建设好美丽家园是我们共同的责任。幸福是创造出来的，一代接着一代干，终于走出一条辉煌的发展道路。"邱县长也在会上发表热情洋溢的讲话，"恭喜我县有两个村获'省最美乡村'光荣称号！党员要发扬先锋模范带头作用，陈书记是一位出色能干的好书记，两位村长也都是优秀的带头人。成绩是干出来的。陈书记只用了四年多时间，同时把两个村打造成为省级'最美乡村'，为乡亲们办了一件大实事，也是功在当代、利在千秋的大好事，这不能不说是一大奇迹，功不可没！……"

一年后，陈祖德书记调任城南县委副书记，并赴中央党校学习，成为焦裕禄式的好书记！

转眼时间到年底了。经过一年的努力，唐华负责推进的船体无马装配技术成功应用，特别是9月份的技术比赛有力推动新技术实施。这项新技术研究大力推动公司造船技术进步，产品质量显著提升，半年时间节约了四十多万元的成本，得到了公司上下一致好评，当之无愧获得公司技术中心工法研究"一等奖"。这是对唐华最大的鼓励和鞭策。努力是不会白费的，今年是唐华的人生收获最大的一年，也达到了人生新的巅峰。成绩背后隐藏了他二十多年的学习，也离不开家人的大力支持。每个人都渴望成功，对唐华来说如果说还有什么成功的秘诀，那就是学习、学习、再学习，坚持、坚持、再坚持，永远朝着自己的人生目标奋斗！

眼看就要放假了，大家都在热议年终奖的事情，很多朋友圈都在晒福利，一些还没有发年终奖的朋友都热切在期盼。此时此刻，年终奖成为大家最关注的话题。原本有消息说：只要在春节前完成H288号船，就可能发年终奖。为了实现交船目标，全厂员工加班加点工作，最终顺利完成交船任务。然而随着世界金融危机持续发酵，世界经济复苏缓慢，世界造船形势受到诸多冲击。俗话说：大河涨水，小河满。发不发奖金关键看公司效益。现在公司有困难只能大家一起同甘共苦，最终大家过了一个清贫年。

嗨，有钱没钱回家过年……

第三十二章

腊月二十六日，唐华从广东回到家乡。刚下车一些邻居纷纷向唐华打招呼："回家过年啦，广东是遍地藏金的聚宝盆，恭喜发财！"天天与钢铁打交道，现在唐华的脸明显没有以前那样圆润。一位细心的大妈看出来了，"造船很累吧？今年瘦了嘛。"唐华刚进家门，文琴心疼地说："看你怎么瘦了这么多？难怪刚刚在买菜的时候就听人说……""今年工作忙经常加班。"文琴又说："我再去买些牛肉给你好好补身体吧。"

晚饭后，唐华告诉文琴："今年我们放两个星期假。"文琴和金雅高兴极了，文琴笑着说："这个家就像是你的宾馆一样，一年在家住几天？假期长点真好！"

"我负责的新技术研究获得了公司一等奖！"

"还有一个不好的消息，"金雅急忙说："爸爸，什么坏消息？快说啊！"

"没有年终奖……"

"有钱没钱都要过年，年货都买好了，明天带你去买衣服。"

第二天文琴拉着唐华上街买衣服。这些年城南县变化很大，城区面积扩大了三四倍之多，数百上千栋高高低低崭新的商品房一眼看不到边，政府机关大楼焕然一新，各大中小学焕然一新，城里老百姓的面貌也焕然一新。唐华完全认不出了。文琴指向前方说："那边还有一个大大的经济开发区呢！"这个皖南小城美丽富饶，人民勤劳致富极具创造力，人才辈出，名扬九州大地。改革开放三十多年来，全县人民谱写出辉煌而动人的篇章，"两个文明"建设取得双丰收，当然家乡的发展不能用简单的几句话来概括。过去县城面貌陈旧，如果没有一群敢于作为的人很可能就要戴上一顶"贫困县"的帽子。正是在党和政府的领导下，一大群人积极响应号召不畏艰难、勇于奋斗，以这样的速度发展下去，她完全有可能成为下一个"全国百强县"！

春节前夕大街小巷挤满了购物的人群，一张张脸上喜气洋洋，有的赶着买年货，有的买衣服。文琴拉着唐华说："我们去那边看看。"在海澜之家里，文琴亲自帮唐华挑选时尚的衣服，"老公，试试这件新款的吧。""这件太贵了。"唐华拗不过文琴的好意，最终买了一件666元的羊毛上衣和一件288元的牛仔裤，还有一双299元的皮鞋。付账的时候，唐华的心里直打退堂鼓，对文琴的耳朵说道："省着点吧，要还房贷，还没有给你买车呢……"文琴立即说道："没事。"服务员紧跟着说："看你老婆对你多好！你穿这身衣服气质真好！"然而为了省钱过日子，文琴和女儿已经提前在换季的时候买了打折的衣服。

大年三十，陈家庄鞭炮声此起彼伏，家家闭门吃团年饭。人们举杯庆祝马年收获的同时迎来了羊年。有老人说：咱们赶上了新时代好时代，衣、食、住、行样样都发生了翻天覆地的变化，乡亲们的日子越来越红火，比往年大地主家都强！一个地方的发展往往需要几代人的努力，现在陈家庄人的腰杆硬朗了，口袋不再空空的，好多户人家买了私家车。幸福是奋斗出来的，但守住幸福则成为人们的新盼头。这顿团年饭几家欢喜几家愁。

今年唐华家团年饭桌上忽然少了一人——邹爱荣。唐华妈表面上还是像往年一样做饭做菜，可心里怎么也不是滋味，耳畔总觉得大儿媳妇在喊她……离婚让这个家笼罩了一层阴影。唐文和两个孩子的心里更不是滋味。菜上齐了，文琴亲切地叫道："妈，快吃年夜饭吧！""还有一道酸菜鱼马上就好。"说完唐华妈把锅里的鱼端上了饭桌，又先给文琴舀了一大勺汤，"尝尝味道咋样？"文琴喝了一口，随即说道："妈你没放盐吗？"唐华妈也不知道是咋了，错把味精当盐了。哥哥唐文低头喝闷酒，侄儿侄女哭哭啼啼吃年夜饭。唐华爸妈的肚子饿了咕嘟咕嘟却没有一点食欲。过了很久，妹夫姚满山向岳父岳母敬酒。姚满山承包家具厂有两三年了，今年他们厂的家具在北京某展销会上获得了一等奖！加上唐华的努力，唐华妈才稍稍宽心。过年前陈三婶家的儿媳妇也离婚了，陈三婶也没有胃口吃年夜饭。一阵阵鞭炮的硝烟像是雾霾一样笼罩在这些人家的周围，让他们的饭桌少了往年的和谐气氛。

然而谁也没想到这是唐华家最后一次大团圆。过完年，妹夫与妹妹也离婚了，原因是妹夫姚满山不愿意再像往日那样辛苦打拼，用他的话说"还不如傍大款"。于是被一个上海富婆收养。结婚这么多年来，明珠任劳任怨操持家务，一手把孩子拉扯大，村里人无不夸明珠是个好媳妇，最终被这个狼心狗肺抛弃。世界就是这样充满变化，唐华妈哭干了眼泪，唐华爸气急怒吼："这是什么世道，难道就没有底线？简直无法无天！"姚满山父亲也长叹道："唉，守不住这好日子，养儿不教父之过……"姚满山妈临终也没闭上眼睛。

相比之下，沈家的儿女个个幸福，而唐家却再次走向了衰败。唐华爸哀怨"老天爷，我上辈子造了什么孽，晚年还这么不安生……"唐华妈心里咕咚咕咚的，还担心唐华和文琴能不能白头到老。就在妹妹离婚的那天，文琴打了姚满山两耳光，"卑鄙无耻小人。"文琴还当面对婆婆说道："妈妈，你放心，我和唐华相知相爱，我下辈子还嫁给他！"

春节前夕，幸福村家家门前挂起大红灯笼，隆重庆祝羊年春节！乡亲们兴高采烈，因为不久前他们村获得了"省最美乡村"。那些美好的心情还没有散去，又迎来了新年。大年初一一早，文红开车过来接姐夫唐华一家人回家过年。文义也开车从上海回到家。唐华岳父家门前一下子多了两辆车，乡亲们羡慕不已，"恭喜恭喜！马到成功，更上一层楼。"

今年文琴奶奶八十大寿。沈家庄和幸福村的乡亲们早已准备好老人的生日礼物。奶奶身体安康，思维敏捷，一点也不糊涂。爷爷当年参加抗美援朝战争，可惜爷爷已经去世二十多年了。奶奶再三叮嘱："我们是革命家庭，要保持优良传统，你们不许借机大办酒席，搞些啥新名堂……"老村长——唐华岳父坚决不收礼、不办酒席，只是要求在家里吃顿简单的团圆饭。乡亲们无奈地收回礼金和礼物。老寿星今天特别开心，穿上漂亮的新衣裳，"这是我大孙女文琴买的保暖内衣，这是我小女儿买的新外套……"文琴的叔叔阿姨悉数到场，儿孙们齐聚一堂，晚辈们向老寿星拜寿并送上大红包。最幸福的是拍全家福了。唐华担任摄影师。儿孙们把老寿星安排在最中间位置，"奶奶长命百岁，笑口常开，三、二、一，茄子！"接着每个家庭又单独和老寿星合影。

文琴的外婆今年也迎来八十大寿，外公九十大寿辰。外婆已经满头白发，身体佝偻，行动不便。外公精神矍铄，老当益壮，走起路来比年轻人还要快很多。说起外公的长寿秘诀，外公愉快地说："一个秘诀是吃了很多乌龟延年益寿，还有一个秘诀就是'不生气'。"人生一辈子不生气又谈何容易呢？外公与外婆相敬如宾一辈子，真正的白头偕老。

外婆过完生日的第二天溘然长逝，与世长辞，儿孙们悲痛不已……

过完年，唐华岳父已经六十二岁了。由于年事已高，加上身体原因，老岳父辞去了村长职务，但仍然在村里坚持工作。文红在家乡最需要的时候毅然返回家乡修河道，这几年积极投身家乡的新农村建设，通过发展白茶和科学养猪等引领乡亲们走上多种致富路，特别是抗洪救灾中充分发挥党员模范带头作用，村民们纷纷表示："那次若不是文红深更半夜发现了险情，水库随时可能面临溃坝……"文红是80后，有头脑敢干敢闯，有望当选村长——这也是乡亲们的呼声！然而文红却热衷于他的梦想，远走他乡继续追逐他的环保梦想。后来一名退伍军人担任了幸福村村长，他将带领家乡人民继续奋斗！

兴旺村书记还是由方金水继续担任。在实现了第一个五年计划后，兴旺村继续朝着更大的发展目标迈进，决定因地制宜大力发展农村经济，进一步振兴乡村特色农业。不久方金水书记参加了市委组织的村长培训班学习。

春节回来后，今年红星公司再次迎来开门红，大家不仅拿到了现金红包，还通过手机微信"抢红包"。现在智能手机和4G网络的快速发展，尤其是微信改变了人们的生活，也增添了抢红包的乐趣。领导带头发红包，之后大家也积极响应轮流发了几轮红包，人人抱着手机抢得不亦乐乎。几轮之后，微信红包变得越来越小，有好事分子干脆发一分钱，"一分也是爱。"不管红包的数额大小，抢到的还是很开心，"没抢到的也说声谢谢！"其中有一位广东朋友给唐华发了一个很有意思的红包，金额"7.33"，用广东话翻译过来是"出门工作顺利！"接着唐华也给朋友发"6.66"，祝福朋友一切顺利！

随后微信也成为企业管理的一部分，让现场管理变得更加高效。

正月底红星公司与高校签署合作协议，走校企联盟科技合作化道路，迎来了一批大学老师，还有知名教授，他们带来最新研究成果。唐华代表公司有幸参加了一系列活动。其中一名教授带来智能化焊接机器人的合作项目，还有一名教授带来了大数据云计算合作项目。同期国内各大船厂纷纷走上科技创新的发展道路。一大批船厂荣登中国造船"白名单"。红星公司是一家年轻的民营船厂，靠着不断创新的发展理念，一年后也荣登"白名单"之列。

3月底公司召开年度总结大会。唐华被公司高层领导点名邀请参加，并作为科技代表发言。会议室座无虚席，公司领导在主席台上就座，各部门和课室代表近百人参加大会，大家济济一堂总结过去展望未来。公司领导吴总在发言中首先感谢大家过去一年的辛勤努力，顺利完成了各项任务，交船七艘，"同志们，在市场极度低迷的背景下，我们的成绩来之不易。当前国内外造船发展形势严峻，过去的一年很多企业订单明显不足，其中部分船厂效益明显滑坡，而我们公司在市场细分之下依然保持快速发展，这一成绩主要得益于降本增效，得益于依托科技进步……"吴总在报告中特别表扬了唐华推进的研究项目，"这个研究项目很有价值！我代表公司感谢来自工艺室的唐工！"吴总最后强调："今后公司将加大科技投入，促进造船技术跨越式发展。"

会议接下来轮到唐华发言了。唐华着重介绍去年的两项技术研究成果，不仅节约了成本，提升了产品质量，还给船东留下了好印象，"技术创新有利于加快公司造船新技术发展，有利于降低造船成本，有利于提升公司造船水平……"最后唐华表态要向优秀员工学习，在技术中心指导下，进一步把专利科技成果转化为科技生产力，不断通过工艺技术创新促进公司的快速发展，为公司的技术创新作出应有的贡献。发言完毕后，全场响起热烈的掌声！会议结束前，吴总亲自给唐华颁发一等奖奖状。

然而，今年公司年度考核升职加薪的名额时，唐华的考核结果出乎意料，"表现一般，成绩平平。"还险些被列入降级区。好友赵宏刚在电话中对唐华说："世上哪有那么多的公平呢？当你优秀的时候，嫉妒你的人就越来越多。咱俩性格差不多，都不喜欢阿谀奉承，就算技术再好也无济于事。"微信朋友圈流传着"一个人的失败，98%死于脾气"。其实唐华也没有所谓的坏脾气，他只是埋头苦干踏实工作，看不惯那些浮躁的现象。更令人匪夷所思的事情正在发生。由于公司订单减少，公司开始了新一轮减员增效，唐华排名垫底，被列入"边缘人物"。黄顾问说："应该说唐华的表现还是不错的，再说哪个船厂不需要高水平的专业技术人才？如果再这样下去很危险的……"最终挽回了唐华的工作机会。

一个月后，H292 号船进入了生产高潮，就在这时该船上层建筑遇到了新问题。这两年在唐华的指导下，金阳队火工技能进步很大，日本船东也很满意产品质量。渐渐地，这帮工人开始骄傲自满，如同狐狸尾巴翘上了天。H292 船东按照更高标准提高产品质量，他们就适应不了，带班还在现场与船东夏工发生了口角，"造船不是造飞机造航母？"唐华严肃批评带班："得罪船东就是得罪了上帝，连这个简单的道理都不明白？……"这也意味着唐华的工作任重道远。

几天后，有同事告诉唐华："船东夏工来自安徽，还是你老乡！"当天下午唐华揣一包中华香烟前去拜见夏工。夏工惊喜地说："没想到广东这里还能遇到老乡，真是缘分！"夏工立马把唐华介绍给船东建造组。夏工年长唐华七八岁，身材高大，性格直爽。老乡之间总有一种特殊的故乡情。"我们去会议室谈谈。"他们用熟悉的家乡话交谈，提起当年皖城造船经历感慨万千，似乎有一肚子话要说，"皖城船厂已经搬迁了，现在发展很好。"虽然离开皖城船厂很多年，佳音传来还是令唐华十分激动和自豪。从此唐华和船东之间架起了沟通的桥梁。

第二天黄顾问也拜会了船东夏工。黄顾问向船东简要介绍公司近年来的发展情况，着重介绍船体精度管理取得的成效，以及国内先进的精度管理技术在红星公司具体的应用情况。夏工对这位来自上海的老专家早有耳闻，打心底尊重，"久闻黄顾问大名，老专家的话我洗耳恭听，感谢老专家！"两人边抽烟边谈工作，船东不时点头称赞。船东夏工从事造船工作三十多年，对造船理念有个人独到的见解，但就造船理念和技术方面在黄顾问面前还略逊一筹，毕竟老爷子是国内一流造船专家。

船东是客户，船舶建造过程中质量必须满足船东要求，而船东的造船理念也直接影响到船舶的顺利建造。不久精度管理还是遇到了一些新挑战，船东对船体精度提出，以军品的高标准高质量来施工，也让年轻的船厂成长过程付出代价。在一次报验中，吴雷主管与船东意见相左，吴雷突然冒出一句，"你懂不懂造船啊？"有些人就是喜欢在关公面前耍大刀。最终吴雷无奈离职了。随后在黄顾问的指导下，稳步推进多种技术并取得阶段性进步；其中唐华也超水平发挥，通过火工矫正技术帮助精度方面解决很多实际问题，显著提高产品的精度质量，得到船东的充分肯定。

现在上层建筑施工遇到了前所未有的困难，如何解决这些问题？让唐华寝食难安。一天晚上，唐华忽然有了奇妙的想法。第二天一早，唐华走进生产部罗部长办公室，"目前公司遇到了一些困难，我想借调到生产课室协助现场管理提升产品质量。"罗部长见唐华主动请战十分高兴，激动地紧握唐华的手："难得你能主动为公司排忧解难！"罗部长当即批准了唐华的建议。

随后的日子，唐华与现场施工人员一起努力工作，每天忙忙碌碌，没日没夜。之后生产课室招聘了四名来自云南的小伙子，他们有工作经验也十分能干，如同唐华年轻时一样的工作认真。唐华通过简短的培训，把他们的技能提升一大截。很快 H292 船上层建筑顺利报验成功。这背后很多人付出巨大的努力，成功克服困难渡过了难关。然而唐华的身体却瘦了很多，似乎有一种不祥的征兆正向他靠近。

每逢佳节倍思亲。往年的中秋节唐华没能回家，身在他乡悄悄望天涯……今年中秋节唐华买了车票，踏上了返乡之路。

火车上，车厢里坐满了回家探亲的老乡，唐华身边坐着好几位老乡。今年全国各地都掀起了新百家姓寻祖问宗的热潮。一位桐城的方姓老乡夸夸其谈，"咱们桐城属方姓最大，方姓创造了桐城派文化，清朝统治中国文坛二百多年……"还有一位老乡跟着插话："据说福建莆田的方姓最著名，历史上出了很多进士和举人，其中宋代出了二十八对父子进士、二十六对兄弟进士。"另一位老乡说道："你们了解百家姓吗？还是桐城方氏最厉害，有学者说桐城方氏是继曲阜孔氏之后对中国文化影响最大的家族，被誉为中国文化世家的一个绝唱！"接着有人列举了"方氏三圣——墨圣方于鲁、联圣方地山、骨圣方先之"，他们都是方氏的顶级代表人物。唐华在一边津津有味地听着老乡们高谈阔论。

中秋节一家人聚在一起吃妈妈做的团圆饭。皓月当空，花好月圆，赏月吃月饼。回想小时候，一家人围在一起常听奶奶讲过去的事情至今难忘。今年唐华爸给儿女们讲故事，"前不久，过去村里那些知青时隔三十多年后突然造访……"在那个特殊年代，知青们积极响应号召到农村去，他们来自上海、南京和皖城等地。这么多年过去了，他们已经从年轻的小伙子变成白发老人。老知青来到村里挨家挨户串门，大家坐到一起拉家常，寻找过去的青春记忆。

当得知村里去年获得"省最美乡村",老知青们竖起大拇指称赞："咱村变化可真大,做梦也没想到。""知青"两个字永远成为一个特殊意义的名词,他们的青春有永远抹不去的记忆。随后老知青们相约每年回村一次。

唐华爸吃了一块月饼,喝了一口水,又接着说:"儿啊,还有一件事:我们家原本姓'方',我们祖上成分不好,这些年我一直没有对你们讲……"唐华爸很严肃地一口气说出他们的身世。原来唐华太爷爷先前是桐城的地主,战乱年代弃家埋名逃到江南,后来奶奶带着唐华爸改嫁到陈家庄。唐华爸抹抹眼泪,又说:"两个月前江北老家来人寻祖问根。"一位长者激动地说:"亲人啊,终于找到你们了。"得知唐华爸的不幸遭遇,长者眼泪一把鼻涕一把,当即要给唐华爸下跪。如果说从解放前算起至今起码有六七十年了,但是祖宗不变,亲人永远心连心。当晚唐华爸摆起家宴招待族长们,大家共同端起酒杯庆祝新时代好日子!族长们临别的时候说:"在桐城方姓家族一直很有名望,历史上曾经出过很多名人,期待家族后代人才辈出。"这次千里寻宗让唐华爸做梦都没想到,高兴得一连几个月都睡不着觉。他们一家人写满了世间的酸甜苦辣。唐华顿时哭成了泪人,"明天就去派出所把姓改过来……"

唐华妈见他爸滔滔不绝讲那些陈年往事,唐华妈急忙对他爸说:"儿女们难得回家,就你话多。"唐华爸立刻闭口不提了。

忽然间,唐华见母亲瘦了很多。妹妹明珠把唐华拉到一边,说:"妈妈得了糖尿病,现在血糖还很高……"幸好妹妹及时带母亲去医院治疗,现在血糖已经降下了很多。得知母亲生病的那一刻唐华的心如刀绞,十分内疚。常年在千里之外工作,作为儿子没有照顾到家庭,没有尽到应尽的责任,眼泪再次止不住地流下了……平凡的人哪有完美的生活?路遥先生曾说:牺牲自己支撑起这个平凡的家,奋斗成为一生的信念。常年背井离乡,忠孝两难全,既然选择了远方,就必须比别人付出更多的艰辛。想想哥哥唐文刚刚经历了离婚,现在母亲生病了,父亲的腰疼病时好时坏,因此对唐华来说无论是家庭还是工作都依然任重道远。

与亲人相聚的时间总是那么的短暂,离开家门的那一刻,唐华一步三回头望着亲人远远地还在向他挥手,他的喉咙又瞬间哑了,再次孤独地踏上驶向远方的列车。

都说离家的孩子最辛苦。一个人在外工作,最难的不是工作,是心态,是生活，尤其是一日三餐这种最简单的饮食起居。回来后唐华心里一直牵挂母亲的身体，更加没心情处理自己的吃饭问题。过去的日子，唐华为了工作经常没日没夜地工作，吃饭便简单化了，有时胡乱吃几口，有时做上几道菜，对影成三人也没什么胃口，不过填饱肚皮而已。前些日子工作很忙，唐华没空做饭常常去饭店吃饭，有次饭后回来就拉肚子，一连几天不舒服。

　　星期五下班前，唐华突然接到电话，"明天现场有点问题，麻烦唐工加班指导一下。"一周工作下来了，周末还要去加班，人也累了。唐华下班后径直走进一家小餐馆，"老板娘，一份青椒香干。"老板娘一见唐华就发笑，因为这个人总是爱吃他们家这道菜。吃了两口，唐华就没有胃口了，还觉得很恶心。回到宿舍，开始准备下周的培训工作，直到半夜才上床睡觉，刚躺下唐华忽然肚子痛得厉害，后背又酸又痛。第二天唐华坚持去加班，工人不会做的工作自己亲自处理，下班的时候浑身衣服几乎湿透了。

　　也就在这段时间，唐华总感觉身体不舒服，起先还是坚持忍一忍吧。文琴每次打电话，唐华都说：一切都很好。半个月后，唐华的食欲越来越差，还返酸水，心想：会不会胃病又犯了？唐华捂着肚子赶紧去医院检查。"先去做胃镜检查吧。"果不其然，诊断报告显示：早期胃溃疡！主治医生告诉他："幸好及时发现，否则再拖下去很严重。胃要保养，今后要注意营养，不能过度劳累，多休息。"拿到诊断报告时，唐华一脸的茫然，提着一大袋子药有气无力地走出了医院。十年前，唐华在江南为了工作累成胃病，幸好文琴及时细心调养，再也没有犯过；随后的十年间一直拼命地工作，现在胃病又犯了。唐华今年才四十出头，是家中的顶梁柱，家中老母亲身体也不好，让他简直要崩溃！黄顾问得知唐华的情况后，像老父亲一样关心，"要宽心，保持良好的心态。"在这危急的时刻，黄顾问成了唐华的心理医生，让他克服心理障碍重新找回信心。于是唐华一方面配合治疗，一方面每天加强锻炼。

　　经过两个多月治疗，唐华妈血糖依然没有达到正常标准，但血糖下降了很多。主要原因是长期劳累加上营养不良，饮食也没有控制好。随后唐华妈听从医嘱"管住嘴、迈开腿"，每天控制饭量并加强锻炼，饭后百步走。文琴隔三岔五买菜回家改善母亲的营养。唐华妈为有这样的好媳妇而自豪，村里的邻居无不夸奖文琴是一位好媳妇。一个月后，唐华妈的血糖终于恢复到正常水平。夜深人静的时刻遥望天涯，千里之外母亲的身体成为唐华最大的牵挂！幸好文琴和女儿的身体都很健康，文琴每次打电话都叮嘱唐华"保重身体"。文琴万万没想到唐华已经生病了。

唐华身体状态虽然不如以前，但一刻也没有放弃学习。几个月前，唐华拿到了大专毕业证书。二十多年前由于种种原因，唐华被迫放弃了学业，今天终于完成心愿。学习成为唐华人生最大的快乐，多年来当别人在休闲的时候他却伏案读书，收获了丰富的知识。常言道：活到老，学到老。他又岂止会满足于现有的学习呢？他正在准备参加"专升本"考试。

10月底，唐华走进了全国成人高考考场。第一场政治课目考试，拿到试卷后，唐华认真答题，试卷写满了答案，字迹工整。交卷前，唐华还认真检查了两遍。人生如果不逼自己一把，就不知道自己究竟还有多优秀！最终唐华以高出五十多分的成绩被一所大学录取。喜报传来，文琴激动不已，"你真是范进中举了。"就在这时，唐华又开始忧虑了，船厂的订单少了，哪有钱读书呢？

又快到年底了，同事们会餐吃"肥羊宴"。大家边吃边聊先喝三轮，再各自找对象互相拼酒。席间有人思苦忆甜，回想过去一起奋斗的岁月，回想小时候的艰苦生活，末了竟然还有很多人期盼年终奖的事情，但更多的人不相信公司还会发年终奖。个人的发展与公司的发展息息相关。现在世界造船形势一度低迷，公司明年的发展形势究竟如何？唐华也不知道，或许是他杞人忧天，或许大家已经喝得醉醺醺而忘乎所以。会餐进行了一个多小时，大家酒足饭饱，期待明年再相聚！

唐华回家的当晚，文琴拿出账本，"这是我们全家今年的花销，现在要学会理财。"唐华算来算去，有五千块钱怎么也对不起来。文琴问道："钱呢？怎么花了？……"女儿金雅急忙说："老实交代。"这孩子真是人小鬼大，又说："是不是干了见不得人的事？"唐华从来不赌博，也不敢乱花钱，更没有什么不良嗜好。夫妻俩一直算到半夜，唐华似乎也觉得"蹊跷"——当然这些钱不是乱花的，每个月去医院看病。这些钱到底去哪儿了，唐华怎敢直白地告诉他心爱的文琴呢？最终文琴原谅了唐华。

今年春节，唐华在家休息了一个月，这是史无前例的。

说来也怪今年开春很不顺利，往年红星公司节后上班红包发得不停，即便是十块的小红包，大家也能收到好几十个。然而今年的气氛迥然不同，连一个红包都没有收到。不仅他们公司如此，很多行业也都取消了一些福利。还有一件令人奇怪的事，办公楼前的两棵木棉花树往年早就开花了，光秃秃的树枝上挂满了鲜艳的花朵，也预示着公司生机勃勃。而今年的木棉花却迟迟没有开花，直到花期结束了也没有看到几朵。由于世界金融危机影响，世界经济增速明显放缓，造船行业受到很大的影响，中日韩三大主要造船大国订单明显减少。众多的造船人不得不面临新的挑战。

3月底公司进行了重大人事调整，公司所有的退休返聘人员被辞退了，包括唐华的恩师曹老和黄顾问都要离开了。这两位造船大师对唐华的影响深远，在他们的影响下，唐华取得了一系列的成果。唐华与恩师一一话别。临别时，黄顾问说道："中国已经成功实现世界造船大国梦想，大型集装箱、大型油轮和其他各种船舶都能够建造，中国造船达到世界先进水平，唯一还没有造过豪华邮轮……"豪华邮轮被誉世界造船的明珠，其建造难度堪比航母。这成为黄顾问退休前最大的愿望。

黄顾问回到上海后生病住院了，"我回去之前就检查了，一方面上海的医疗条件好；一方面我有医保不给企业增加负担。"得知恩师住院，唐华多次打电话问候。出院后，老爷子依然牵挂中国造船事业，牵挂红星公司的发展。唐华很钦佩大师的高尚品格。

就在此时，唐华也险些下岗了。他一个人在宿舍里反复思考人生该何去何从？常言道：三十而立。难道如今真的老了？有人说：四十岁不过刚升起的太阳。为何不继续挖掘自己的潜能发挥更大的价值呢？恩师于老安慰唐华："假如有一个更好的平台，相信你一定能够成为一名更加优秀的造船人……"

即便在人生的低谷阶段，唐华依然没有放弃学习，继续利用业余时间研究国内外的先进造船技术，他在公司报纸上发表多篇文章，把很多世界造船理念推荐给同事们。这两年中国造船事业发展进步引起了国人的广泛关注，也期待着中国造船事业再次取得更大的进步。令唐华兴奋的是看到我国已经成功建造一批超大型集装箱船舶等先进船舶，还看到了我国新航母工程的相关报道，相信未来中国造船人一定能够取得更多的辉煌，为国家经济建设和国防事业做出更大的贡献！同一个世界，同一个梦想。更期待在"一带一路"的指引下，世界金融危机的雾霾早日散去。

五一假期，唐华休长假回家探亲。辛苦了近半年，唐华两手空空地踏上回家的路，像一只受伤的小鸟回到母亲的怀抱。列车上，唐华思绪翻滚，想想这些年妻子文琴为家付出了多少辛劳，想想女儿又失去了多少父爱，想想邻居和亲戚朋友们都取得了巨大的发展，而自己却走向了下坡路……同样在这个伟大的时代，不同的人取得不同的业绩。论学习，很多人没有唐华读的书多；论吃苦，或许唐华比他们更辛苦，为什么没有他们的步子快呢？或许他的思想还不够解放，或许他还没有进一步挖掘自己的潜能，或许他还在等待别人的帮助，可谁帮助他呢？文琴平静地说道："人生只有靠自己，路是自己走出来的，不同的人穿不同的鞋走不同的路，不要羡慕别人，走自己的路，做最好的自己！"而母亲的一句话也让唐华感触很深，"现在我们步子慢了，亲戚和邻居们说话的味道也不同了，儿子你好好努力吧！妈妈希望看到你美好的明天！"每当想到这时，唐华总忘不了母亲眼角那两行眼泪……只有不断地努力，才不辜负母亲的期望。

一进家门，文琴就看出唐华的脸色不好，心痛地说道："今年上班才几个月，照照镜子看看你那张脸像六十岁老头子！工作有压力不要怕，家里还有我呢！"文义也开导一番，"人生难免有起伏，不要有太多的压抑，唯有身体是自己的。生活总归是美好的，不要在意别人的目光，发挥你的长处走自己的路，一定能够找到自己的闪光点，永远不要放弃自己的人生梦想！"在最困难的时候，亲人们暖暖的问候让他倍感温馨。

是啊，人生该放弃的就放手，该休息的就要休息。船到中流浪更急，人到半山路更陡。人到中年了，上有老下有小，家庭的担子哪能放得下呢？

当晚召开家庭会议，全家人为唐华出谋划策。今年文义公司与国内外大公司加强合作，公司效益快速增长，"我们公司加开了第三条生产线，到我公司来上班吧。"唐华岳父心急如焚，说道："现在猪肉价格稳定，回家养猪也是一条出路。"文琴也积极找朋友帮忙联系工作，还风趣地说："现在国家放开二胎政策，回家咱生二宝吧……"半夜里，唐华和文琴还没有睡意，两个人思苦忆甜，回想一起走过的路，"亲爱的，嫁给我这样的造船人，后……后悔吗？"文琴一把抓紧唐华的手，"不许胡说，你是一个有梦想的人，你是一个平凡而又不平凡的造船人，也是我值得托付终身的人。还记得汪国真的诗吗？——没有比人更高的山，没有比脚更长的路。一切都会过去，明天一定会更美好！"

这条路该如何往下走？唐华很茫然，但绝不会放弃自己的造船梦。成功的大门随时为那些有准备的人敞开，时间上或许是迟早的问题，至于这扇门打开的宽度要看他的能力。新时代是勇往直前奋进的好时代，人人都应努力把握时代前进的脉搏实现自己的梦想，为伟大的"中国梦"加油！为祖国的繁荣富强而不懈奋斗！

一年后，唐华获评船舶工程师职称，并收到国家管理科学院担任研究员的邀请函。那一刻唐华的心情特别亢奋，他喜迎冉冉升起的东方日出，在鲜艳的五星红旗旗下敬礼、高唱国歌，在庄重的党旗下重温入党誓词。

清明节到了，唐华和妻儿来到上海龙华陵园给恩师洪老扫墓，他跪在墓前哭成泪人，久久不肯起来，久久不肯离开。蓦然回首，胡建明和王小飞等来自皖城和各地数十名弟子排着整齐的队伍，手捧鲜花庄严肃穆地向师父敬礼！远处洪老的家人在窃窃私语，还有忏悔声……

又是一年春潮澎湃，正是扬帆时。唐华迎着新一轮日出，前往上海一家大型船厂参加首艘国产大型邮轮的建造，再次开始了新征程新奋斗，他将勤勉工作完成黄志伟恩师的愿望，他将不负恩师和各界的重托。捷报传来，恩师孙师傅、于老、曹老和黄顾问等专家第一时间送上祝福，多年没联系的胡建明也为唐华感到骄傲，亲人们遥望着远方的天空喜不自禁！……

弘扬造船工匠精神

罗光奖

两年前，我对中国船舶工业知之甚少。

学华同志长期从事造船工作，是一位优秀的船舶工程师。在与学华同志交往后，我开始关注中国造船，关注千千万万中国造船人的工作与生活。学华同志脚踏实地而志存高远，一步一个脚印，走出了自己的造船之路，成为出色的工程师、作家，他用真实朴素的语言记录了改革开放以来中国造船事业的伟大发展以及皖南乡村的巨大变化——这一切，让我对学华同志从心底里充满敬佩！

我国国土广袤，水域、海域辽阔，长江、黄河是哺育华夏儿女的母亲河，还有东海、南海等广阔的海岸线。纵观我国古代造船史，以明朝郑和下西洋时期最为鼎盛，古代海上丝绸之路与陆上丝绸之路把我国的古代文明传播到世界各地，促进了世界经济的繁荣发展。新中国成立以来，特别是改革开放四十多年来，我国船舶工业蓬勃发展，逐步走向现代化发展道路，取得了可喜可贺的巨大成就。到目前为止，我国已经完全掌握各类船舶建造技术，世界约40%的船舶由中国制造，为中国经济和国防建设乃至世界经济的发展作出了卓越贡献。另外，各大船厂还参与建设三峡、鸟巢、天眼与港珠澳大桥等世界一流精品工程，广大工程技术人员专业专注，攻坚克难，精益求精，代代相传，助力中国船舶工业由弱到强，直至成为"世界第一造船大国"！这里，我发自内心地为广大中国造船工匠点赞！

船舶制造是一个国家科技发展水平的典型代表，也是中华民族走向复兴的重点行业，对我国的国防和现代化建设具有十分突出的意义。千千万万的中国造船人责任重大，使命光荣，打造出的一艘艘豪华巨轮，承载着我国经济和世界经济的快速发展，促进世界经济的一体化发展。而船舶制造工艺技术极其复杂，生产环境十分复杂，这就越发需要弘扬工匠精神。

工匠，可理解为具有专门技艺特长的劳动者。工匠们忘我工作，无私奉献、坚持、执着、专注、严谨、细致、创新、进取，这是一种崇高的品格。工匠精神，是一种严谨认真、精益求精、追求完美、勇于创新的精神，包括高超的技艺和精湛的技能，严谨细致、专注负责的工作态度，精雕细琢、精益求精的工作理念，以及对职业的认同感和责任感。自古以来，我国有大量的能工巧匠，鲁班、李春等，就是其中的杰出代表。

如今各行各业需要大批科技人才，也需要大批技能型人才。在《龙的船人》里，我们可以看到：造船工匠们长期与钢铁打交道，他们特别能吃苦特别能负重，代代相传，前赴后继，老一辈的造船大师，还有新一代的后起之秀，这些"龙的船人"传承着工匠精神，他们以炉火纯青、登峰造极的高超技艺，以一丝不苟、精益求精的工作态度，以孜孜不倦、精雕细琢的职业精神，以勇于登攀、敢于超越的前行动力，在平凡的工作中见证着崇高与伟大，谱写着人生路上辉煌的乐章。广大中国造船工匠当先锋、打头阵、扛红旗、立新功，用智慧和双手创造了无数奇迹无数第一，开创了中国造船事业辉煌的新篇章，让中国制造充满丰富的内涵。特此，向这些最可爱的中国造船工匠致以崇高敬意！

弘扬工匠精神，当好"龙的船人"——这是学华同志的志向与信念，也是《龙的船人》中的一种揭示与心愿。一部优秀的作品，往往在于内在主题的升华。新时代快速发展，不仅仅是造船行业，各行各业都离不开工匠精神；工匠精神处处放光芒，人民有信仰，国家必将更加繁荣富强，民族必将实现伟大复兴。广而言之，我们更可以由此而殷切希望亿万大众尤其是广大青年"弘扬工匠精神，争当时代先锋"。

《龙的船人》是一部以中国船舶工业为题材的长篇小说，小说的主人公唐华（原型即学华同志），富有梦想，不懈追求，励志勤学，刻苦磨练，"在激情奋斗中绽放青春光芒、健康成长进步"，由一名普通的农民工成长为优秀的船舶工程师，书写无愧于时代的青春之歌。青少年是国家的未来与希望。作为一名教师，一本书对青少年的价值导向，往往是我最关注的。《龙的船人》也是一部关涉青春、励志、奋斗的好作品，对于广大青少年特别是那些刚走出学校大门、新踏上工作岗位的青年来说，无疑是一道精神"大餐"。

复兴之路上，每个青年都是追梦人，实现中国梦，青春勇担当。新时代弘扬工匠精神，具有十分重要的意义。学习造船工匠精神，传承工匠精神，牢记使命，不负韶华，不负青春，把火红的青春投入到国家建设中，为民族复兴作出应有的贡献。依我之见，无论是为了了解造船情况，还是为了寻求榜样力量，都不妨读一读《龙的船人》。

愿中国广大造船工匠砥砺奋进，再创辉煌！

愿华夏全体龙的传人鲲鹏展翅，腾飞世界！

2020年5月于宁波

罗光奖：中学高级教师，资深编辑，作家，曾被评为全国教育系统劳动模范、全国科技教育十大新秀、全国十大杰出青年之一，并荣获国家人民教师奖章。

后　记

2018 年 1 月 8 日，国家统计局数据：中国造船完工量、新接订单量、手持订单量分别占全球总量的 41.9%、45.5% 和 44.6%，造船三大指标国际市场份额均位居世界第一！还有两个重要的惊喜：一是中船重工集团 2017 在《财富》世界 500 强排名提升了 48 位，位居入榜全球船舶企业之首；二是中国有三家船厂名列"世界十大船厂"。经过几代中国造船人共同努力，终于实现了跨世纪的宏伟目标，实现了"世界第一造船大国"的伟大梦想。

船舶制造是一个国家科技发展水平的典型代表，其中蕴含了多种意义。科学技术是第一生产力。船舶工业是现代工业的集大成者，被称为"综合工业之冠"。据有关报道：在国民经济 116 个产业部门中，船舶工业对其中的 97 个产业有直接消耗，关联面达 84%，其中尤以机械、冶金、电子等行业最为密切。船厂是劳动密集型行业，促进大量的就业；大型船舶是海上重要的交通工具，其运输能力非一般的交通工具可以相提并论。随着世界经济一体化发展，各国的贸易紧密联系在起来。改革开放四十多年来，我国大量的进出口贸易通过海上运输，从这个意义来说广大中国造船人功不可没。

当我们看到这些伟大成就时，不免回想起中国造船事业走过的光辉历程。我国古代造船业一直领先世界，创造郑和七下西洋的伟大历史。600 多年前，我们的祖先到过世界 30 多个国家，这支浩浩荡荡的船队开辟了海上丝绸之路，把一件件精美的中国商品送达洋人手里，也把国外一些好东西带回国内，其中"南海一号"就是最好的佐证。

改革开发四十多年来，中国船舶工业由弱到强，走过一条不平凡的发展道路，实践充分证明中国人民拥有伟大的智慧和惊人的创造力。随着时代的变迁和科技的不断进步，如今船舶的吨位已经今非昔比，船舶的功能已经多元化，还打造出海上巨无霸——航母，广大中国造船人已经取得了巨大成就！历史是人民书写的，回顾中国造船历史让全国人民感到无比荣幸和骄傲！我国的民族工业已经阔步走出国门，世界上 40% 以上的船舶由中国打造，并且创造了一个又一个的世界第一！改革开放四十多年来，中国造船逐步迈向现代化发展水平，成功实现了新的伟大复兴并取得世界第一宝座！这中间有多少科技工作者砥砺奋进，多少高效管理团队全力以赴。在此，向这些最可爱的中国造船人致以崇高敬意！

国家有信仰，人民有力量，民族有希望。从党的十一届三中全会到党的十九大，中国坚持改革开放，坚持走中国特色的社会主义发展道路，人民生活发生了翻天覆地的变化，人民群众的幸福感、获得感、成就感显著倍增。改革开放以来，由中国制造到中国创造，新四大发明、超级计算机、大飞机航空航天等各行各业发展取得历史性的最好水平；另外，在近两年的世界500强排行榜上中国企业占比达1/4以上。改革开放，不仅发展了中国，也深刻影响了世界，让世界人民共享中国改革开放取得的伟大成果。

一年又一年的春天，亿万中华儿女勇于乘风破浪，砥砺奋进，不断引领中华大地快速发展；亿万龙的传人万众一心，众志成城，紧紧团结在国旗党旗下书写浓墨重彩的无限辉煌。中华圆梦日，吉祥满乾坤。到2035年中国将全面建成小康社会。

再简略地谈谈《龙的船人》的创作过程吧。

假如时光倒流三十年，我就是那个热爱读书学习的"唐华"，小时候我的理想就是考师范学校当老师，最终以一分之差落选，阴差阳错走上了造船之路。当然落榜是有原因的，一方面招生名额少，另一方面我的学习还不够好，尤其是语文基础差，连一篇作文都写不好。后来，我读过一本好书《新叶》，该书由当时闻名全国的新叶文学社指导教师罗光奖主编，是安徽省芜湖市南陵县戴镇中学学长们的文学作品选，作品以散文为主，包括诗歌和微型小说，一共近百篇优秀佳作，全在报刊上公开发表过。高尔基曾说：书是人类进步的阶梯。书更是全人类的精神营养。读书，可以拓宽我们的眼界，获得丰富的知识。《新叶》激发了我对语言文学的学习爱好。

罗光奖老师自学成才，终生从教，分别被评为全国优秀语文教师、全国新长征突击手、全国模范教师、全国科技教育十大新秀，并获得国家人民教师奖章、七五建功一级奖章等，众多的荣誉面前，罗老师淡泊名利，勤勉工作。时隔三十年后，我才与调往宁波工作的罗光奖老师联系上，老师也为我感到骄傲，并十分乐意地担任了本书的特约编辑。在此，向罗老师表示深深的谢意！

人生怎么能够没有诗和远方呢？奋斗的路上，我喜欢上了诗人汪国真的作品。他的诗，如涓涓溪流，可以融入大海；又如平静的海面，却让人心潮澎湃。既然选择了远方，便只顾风雨兼程。

走上社会后，我有幸拜读了《平凡的世界》。该书是路遥先生呕心沥血打造的茅盾文学奖巨作，全书围绕主人翁孙少平一家的变化、双水村的变迁，以及孙少平孙少安兄弟俩为了理想不断艰苦奋斗的历程。众所周知，《平凡的世界》是一本影响几代人的好书，小说告诉我们怎样去生活，告诉我们人生要励志成才。我再三拜读，从中汲取营养，鼓舞我勇于面对生活，勇于面对困难，从而战胜困难，尤其是生活在这美好的新时代，更要勇于担当，不负使命，用双手去创造美好生活。借此机会向路遥先生致以最崇高的敬意！

改革开放以来，皖南农村发展缓慢，但皖南人民热爱劳动热爱生活，他们紧紧跟随国家发展的步伐建设美丽家园。习总书记曾说：绿水青山就是金山银山。皖南人民通过几代人的不懈努力，把家乡打造成为"省级最美乡村"，其中有很多动人的故事。由于常年在外工作，我的亲人们也经历了很多催人泪下的事情。落叶归根，我作为家乡的一份子有责任有义务把他们的事迹记录下来，以回馈家乡对我的养育之恩。

进入船厂工作以来，我亲身经历了中国造船事业快速发展的好时期，并有幸拜了五位顶级造船大师，他们是江南船厂的船体火工高级技师冯林根、沈鹤胜，船体装配高级技师王勇伟，还有广州文冲船厂有限公司船体火工高级技师杜贵华，以及广东造船科技专家梁华辉等。造船是一项艰苦的工作，造船人身上有一种特别能吃苦特别能负重的伟大工匠精神，他们有着追求卓越的创造精神，精益求精的品质精神，用户至上的服务精神，把一份工作、一件事、一门手艺当作信仰或追求，对工作执着认真、对产品高度负责、极度注重细节，不断追求完美，打造出一流船舶。一代代造船人艰苦奋斗，成功实现了他们的"中国梦"！助力中国造船成功实现了"世界第一造船大国！"当前中国造船正加紧推进现代造船模式，推动船舶制造高质量发展，推动《中国制造2025》国家发展战略。热烈欢迎业内外人士关注中国造船，尤其是广大青年参与未来宏伟的造船事业。

我的恩师冯林根是一位了不起的大国工匠。冯林根大师一生热爱造船事业，并为之奋斗终生，从事了53年造船工作，经历江南造船的蓬勃发展，参与了数百艘军品、民用船舶建造，以及三峡工程、卢浦大桥、上海F1赛场、上海环球国际金融中心大厦和北京鸟巢等国家重大工程，硕果累累，功勋卓越。另外冯林根大师还培养了数百上千名弟子，让国家造船事业后继有人。其他的恩师也都在各自的岗位上做出了积极的重大贡献！杜贵华专家曾经获得"全国技术能手"光荣称号！并受到了党和国家领导人亲切接见，但是大师们为人低调，虚怀若谷，从不炫耀荣誉，有着无比高贵的品格值得大家学习和传承。

我有幸师从这些造船大师学习造船多年，大师们把我从一名普通的农民工培养成一名合格的造船工程师，我更有责任有义务把恩师们的先进事迹告诉世人，让我们共同传承伟大的造船工匠精神。早在2009年我开始构思，并且动笔写了数万字。2015年底再次动笔，前后花了四年多的时间，记录了国家改革开放四十多年来中国造船发展的光辉历程，以及皖南农村的巨大变化。原本计划写70万字，当我写到67万字的时候，有幸得到了芜湖市作家协会副主席、南陵县文联主席罗光成的大力指导，罗光成主席对我的创作给予高度评价：造船是一项复杂的工程，能够把中国造船的崛起，把其中很多工程师乃至农民工的先进事迹写下来，是一件了不起的事情，也是一件十分荣光的事情，这就是文学的魅力。

为了写好《龙的船人》，我拜读了《平凡的世界》《白鹿原》和《抉择》等多部茅盾文学奖作品，以及路遥先生的全部作品，还有《鲁迅全集》《活着》等著作。最终在很多恩师和老师的指导下完成了第二稿，共计33万字，逐词逐句斟酌，不敢苟且。前前后后共计写了100万字。都是充分利用业余时间构思、码字，总的来说很辛苦，其间还得了一场大病，另外电脑数次死机，鼠标换了三次，但无论如何未曾放弃。时代在进步，比起路遥先生那个年代写手稿已经轻松很多了。《龙的船人》主要讲述了中国造船人拼搏奋斗的动人故事，也是目前为止第一部以造船为题材深刻表现了广大中国造船人工作、生活的长篇小说。再现了平凡人的不平凡的事迹，再现路遥先生的《平凡的世界》的人物形象。以时代发展为背景，以励志为精髓，可以帮助广大读者进一步了解造船行业，以及皖南新农村建设。

改革开放四十多年，中华大地万象更新，中华好儿女有着数不尽感人肺腑的故事，我只是从一个角度或侧面写下了这些，不足之处恳请广大读者谅解！

借此机会，还要特别感谢江门南洋船舶工程有限公司副总经理安波和副总经理张鹏，感谢南陵县中学物理高级教师蔡正青老师，感谢芜湖市罗光奖、罗光成和谈正衡三位作家，感谢所有帮助我的恩师和良师益友，祝大家万事顺意！家庭幸福！

新时代属于每一个人，建设美丽家园，建设和谐社会，建设中国特色社会主义现代化强国，实现中华民族伟大复兴，每一个青年都义不容辞，也是时代赋予青年一代的光荣使命。幸福是奋斗出来的。奋斗永远是时代的主题，励志永远是时代的主题。每一个青年都应努力把自己打造成为时代需要的优秀人才。

造船兴，则国兴。愿造船工匠精神代代相传！

方学华
2018年2月第一稿
2019年8月第二稿